JUDITH McNAUGHT

FARBEN DER SEHNSUCHT

Roman

Aus dem Amerikanischen
von Elvira Bittner

WILHELM HEYNE VERLAG
MÜNCHEN

HEYNE ALLGEMEINE REIHE
Band-Nr. 01/13338

Die Originalausgabe
NIGHT WISPERS
erschien bei Pocket Books, New York

Umwelthinweis:
Dieses Buch wurde auf
chlor- und säurefreiem Papier gedruckt.

Taschenbucherstausgabe 09/2001

Printed in Denmark 2001
Umschlagillustration: ZEFA Visual Media/Sharpshooters/Joyce Wilson
Umschlaggestaltung: Nele Schütz Design, München
Satz: Leingärtner, Nabburg
Druck und Bindung: Nørhaven, Viborg

ISBN 3-453-18724-5

http://www.heyne.de

FÜR NICHOLAS MICHAEL SHELLEY

Liebster Nicky,

dein erster Geburtstag rückt näher, und es wird Zeit, dir ein Geschenk zu machen, das dich durch dein ganzes späteres Leben begleiten wird. Es scheint mir daher eine gute Idee, dir dieses Buch zu widmen und dir folgende Leitsätze mit auf den Weg zu geben:

> Stecke deine Ziele hoch – wie deine Mutter.
> Behalte einen klaren Kopf – wie dein Vater.
> Kämpfe hart für deine Träume – wie deine Onkel.

Jedesmal wenn du einen Erfolg verbuchen kannst, wie klein er auch sein mag, halte einen Moment inne und lausche auf den Jubel. Du wirst ihn in deinem Herzen finden. Hörst du ihn nicht gerade in diesem Moment?

Das bin ich, mein Liebling.

Wo immer ich auch sein mag, und wo immer du auch sein magst, ich werde für dich jubeln.

Für immer und ewig.

1

Er folgte ihr seit drei Tagen, immer auf der Lauer, immer auf dem Sprung.

Inzwischen kannte er ihren Tagesablauf und ihre kleinen Gewohnheiten. Er wußte, wann sie morgens aufstand, mit wem sie regelmäßig Umgang hatte und wann sie abends schlafen ging. Er wußte, daß sie gerne nachts im Bett schmökerte, gemütlich auf ein paar Kissen gestützt. Er kannte den Titel des Buches, das sie gerade las, und wußte, daß sie es am Ende umgedreht auf das Nachtkästchen legte, bevor sie schließlich das Licht löschte.

Er wußte, daß das Blond ihres fülligen Haars echt und daß das bezaubernde Veilchenblau ihrer Augen nicht das Ergebnis ihrer Kontaktlinsen war. Er wußte, daß sie ihr Make-up im Drugstore kaufte und daß sie exakt fünfundzwanzig Minuten benötigte, um sich morgens für ihren Arbeitstag fertigzumachen. Offensichtlich war ihr mehr an einem netten, ordentlichen Aussehen gelegen als an der Betonung ihrer körperlichen Vorzüge. Er selbst jedoch interessierte sich sehr für ihre nicht unbeträchtlichen körperlichen Vorzüge. Allerdings nicht unbedingt aus den »üblichen« Gründen.

Zunächst hatte er große Mühe darauf verwendet, daß sie ihn nicht bemerkte und doch immer in seinem Blickfeld blieb. Seine Vorsichtsmaßnahmen entsprangen aber eher der Gewohnheit als der Notwendigkeit. Mit einer Einwohnerzahl von hundertfünfzigtausend Menschen – fünfzehntausend davon College-Studenten – war die kleine Stadt Bell Harbor an Floridas Ostküste groß genug, daß sich ein Fremder völlig unbemerkt in ihr bewegen konnte, aber doch wiederum so klein, daß er nicht in Gefahr geriet, sein Beobachtungsobjekt im unübersichtlichen Chaos der Häuser und Straßen zu verlieren.

Heute war er ihr in den Stadtpark gefolgt, wo er einen milden, aber anstrengenden Februarnachmittag inmitten von gutgelaunten, biertrinkenden Erwachsenen und kreischenden Kindern verbracht hatte, die sich hier am Feiertag mit allerlei Spielen und Picknicks vergnügten. Er mochte Kinder nicht besonders, insbesondere keine solchen mit schmutzigen Händen und verschmierten Gesichtern, die pausenlos um ihn herumrannten und ihm vor die Füße stolperten. Hin und wieder forderten sie ihn mit einem ausgelassenen »Hey, Mister!« auf, ihnen ihre verirrten Bälle zurückzuwerfen. Dieses Spielchen fand er auf die Dauer so ermüdend, daß er seine bequeme Parkbank schließlich verlassen und unter einem abseits stehenden Baum Schutz gesucht hatte. Doch auch hier fand er keine einigermaßen zufriedenstellende Beobachterposition. Die rauhe Baumrinde machte das Anlehnen zur Qual, und die dicken, knorrigen Wurzeln erlaubten es ihm nicht, sich auf den Boden zu setzen. All diese widrigen Umstände gingen ihm langsam auf dic Nerven und stellten seine Geduld auf eine harte Probe. Er konnte sich nur mit der Aussicht trösten, daß er seine Aufgabe bald erfüllt haben würde.

Um auf andere Gedanken zu kommen, wandte er sich wieder seinem Beobachtungsobjekt zu und ging im Kopf noch einmal Punkt für Punkt seiner weiteren Pläne durch. Sloan war im Moment gerade damit beschäftigt, von einem Baum herabzusteigen, aus dessen Krone sie einen Drachen befreit hatte, der wie ein schwarzer Falke mit hellgelben Spitzen an den ausgebreiteten Flügeln aussah. Unter dem Baum stand eine Gruppe von fünf- bis sechsjährigen Kindern, die sie mit ihren hellen, fröhlichen Stimmen anfeuerten. Ganz in der Nähe lungerten ein paar männliche Jugendliche herum. Die kleineren Kinder waren vor allem an der Rettung des Drachens interessiert; die größeren Jungs hingegen schienen mehr Aufmerksamkeit auf Sloans wohlgeformte, sonnengebräunte Beine zu verwenden, die sich langsam aus dem dichten Geäst des Baumes hervorarbeiteten. Insgeheim stimmte er in die anerkennenden Kommentare der Jungen mit ein, denn Sloans Beine wären schon für eine zwanzigjährige Studentin bemerkenswert gewesen; für eine dreißigjährige Polizistin aber waren sie phänomenal.

Normalerweise fühlte er sich eher zu großgewachsenen, üppig gebauten Frauen hingezogen, doch auch diese hier mit ihren nur eins fünfundsechzig Körpergröße, den festen Brüsten und dem gertenschlanken, sportlichen Körper, den sie sehr anmutig zu bewegen wußte, gefiel ihm ausnehmend gut. Sie war nicht der Typ Frau, den man in Herrenmagazinen abgebildet sah, aber in ihren flotten, khakifarbenen Shorts, ihrem makellos weißen Häkelshirt und mit ihrem blonden Haar, das sie zu einem Pferdeschwanz gebunden hatte, strahlte sie eine gesunde Frische und fast spröde Reinheit aus, die ihr eine ganz erstaunliche Attraktivität verliehen.

Anläßlich des Geschreis von ein paar Kindern, die in seiner Nähe Baseball spielten, blickten zwei der älteren Jungen kurz zu ihm herüber, und er hob schnell seinen Papierbecher mit Orangenlimonade zum Mund, um sein Gesicht zu verbergen. Auch dies tat er aber eher aus alter Gewohnheit: Sie hatte ihn in den vergangenen drei Tagen, in denen er ihr auf Schritt und Tritt gefolgt war, nicht bemerkt; und selbst wenn sie ihn jetzt gesehen hätte, würde sie sicherlich nichts Sonderbares an einem Mann finden, der wie andere brave Bürger auch einen freien Tag im Park verbrachte. Tatsachlich, dachte er mit einem heimlichen Grinsen, war sie in ihrer Freizeit unglaublich unvorsichtig. Sie hatte sich nicht umgedreht, als sie eines Nachts seine Schritte hinter sich gehört hatte, und normalerweise schloß sie nicht einmal ihren Wagen ab, wenn sie ihn irgendwo parkte. Wie die meisten Kleinstadtpolizisten empfand sie in ihrer Heimatstadt ein trügerisches Gefühl der Sicherheit, geradezu der Unverwundbarkeit, die nicht nur durch ihre Polizeimarke und ihre Dienstwaffe zu erklären war, sondern auch durch die Tatsache, daß sie in die intimsten Geheimnisse ihrer Mitmenschen eingeweiht war.

So konnte es geschehen, daß sie ihn ahnungslos ihre eigenen Geheimnisse entdecken ließ. In weniger als zweiundsiebzig Stunden hatte er alle ihre wichtigsten Daten – Alter, Größe, Registriernummer ihres Führerscheins, Kontostand,

Jahreseinkommen, Privatadresse – herausgefunden, alle Informationen, die man über das Internet problemlos bekommen konnte, wenn man nur wußte, wie man zu suchen hatte. In seiner Tasche trug er sogar ein Foto von ihr mit sich. Doch all diese Standardauskünfte reichten nicht aus, um einen Menschen einschätzen zu können; was er durch seine eigenen Beobachtungen über sie erfahren hatte, war daher für seine Zwecke viel wertvoller.

Er nahm noch einen Schluck von seiner inzwischen lauwarmen Limonade und versuchte, seine wiederaufkeimende Ungeduld zu zügeln. Manchmal war Sloan so direkt, so geradeaus und vorhersehbar, daß es ihn amüsierte; doch manchmal war sie auch unerwartet impulsiv und spontan, und diese Unberechenbarkeit stellte für ihn ein gefährliches Risiko dar. Es blieb ihm nichts anderes übrig, als weiter auf der Lauer zu liegen und zu warten. In den vergangenen drei Tagen hatte er alle Geheimnisse zusammengetragen, die normalerweise das Gesamtbild eines Menschen ergeben, aber in Sloan Reynolds' Fall war das Bild immer noch verschwommen, komplex, verwirrend.

Sloan hielt den Drachen fest in ihrer linken Faust, während sie sich langsam zu den unteren Ästen vorarbeitete. Dann sprang sie auf den Boden und präsentierte den Drachen unter dem Jauchzen und Klatschen der Kinder seinem stolzen Besitzer. »Oh, vielen Dank, Sloan!« stammelte Kenny Landry und lief vor Bewunderung und Verlegenheit rot an, als er seinen Drachen in Empfang nahm. Da ihm zwei Vorderzähne fehlten, lispelte Kenny etwas, was ihn in Sloans Augen – die ihn gut kannte, weil sie mit seiner Mutter in die High School gegangen war – noch liebenswerter machte. »Meine Mama hatte schon befürchtet, daß du dich verletzen könntest, aber ich wette, daß du vor gar nichts Angst hast.«

Tatsächlich hatte Sloan bei ihrem Kletterakt große Angst gehabt, daß die verzweigten Äste die Hosenbeine ihrer Shorts hochschieben und mehr von ihren Beinen entblößen würden, als ihr lieb war.

»Jeder hat vor irgendwas Angst«, erwiderte Sloan und unterdrückte den spontanen Wunsch, Kenny in den Arm zu nehmen und ihn durch dieses Zeichen der Zuneigung vor seinen Freunden in Verlegenheit zu bringen. So zerzauste sie ihm statt dessen das sandbraune Haar.

»Ich bin einmal von einem Baum gefallen!« gestand ein kleines Mädchen in pinkfarbenen Shorts und einem pinkweißen T-Shirt, das Sloan mit großen Augen anstaunte. »Dabei habe ich mir am Ellbogen weh getan«, fügte Emma schüchtern hinzu. Sie hatte kurzgeschnittenes, lockiges rotes Haar und unendlich viele Sommersprossen auf der kleinen Nase, und in ihren Armen hielt sie eine Stoffpuppe fest an sich gedrückt.

Butch Ingersoll war das einzige Kind, das sich weigerte, von Sloans Rettungsaktion beeindruckt zu sein. »Mädchen sollten besser mit Puppen spielen«, tat er Emma kund. »Nur Jungen klettern auf Bäume.«

»Meine Lehrerin sagt, daß Sloan eine echte Heldin ist«, erklärte Emma und preßte ihre Stoffpuppe noch fester an sich, als gäbe ihr das den Mut zum Weitersprechen. Dann hob sie ihre Augen zu Sloan und platzte heraus: »Meine Lehrerin sagt, daß du dein Leben riskiert hast, um den kleinen Jungen aus dem Brunnen zu retten.«

»Deine Lehrerin ist sehr nett«, erwiderte Sloan, während sie die Drachenschnur vom Gras aufhob und sie um ihre Finger zu spulen begann. Auch Emmas Mutter war eine Schulfreundin von Sloan gewesen, und während sie ihren Blick zwischen Kenny und Emma hin und her wandern ließ, konnte sie sich nicht entscheiden, welches der beiden Kinder hübscher war. Sie war mit den meisten Eltern der Kinder aufgewachsen und entdeckte nun in vielen der ihr erwartungsvoll zugewandten Gesichter erstaunliche Ähnlichkeiten mit früheren Schulkameraden.

Die Tatsache, daß sie vom Nachwuchs ihrer Altersgenossen umringt war, versetzte ihr plötzlich einen Stich, der sie an ihre Sehnsucht nach einem eigenen Kind erinnerte. Im letzten Jahr war ihr Wunsch nach einem kleinen Jungen oder Mädchen, das sie lieben, umhegen und dem sie etwas beibringen konnte, immer stärker und schließlich zum drängenden Bedürfnis geworden. Auch sie wollte eine kleine Emma oder einen kleinen Kenny haben. Leider war aber der Wunsch, ihr unabhängiges Leben für einen Ehemann aufzugeben, nicht damit einhergegangen. Im Gegenteil.

Während die anderen Kinder Sloan bewundernd anstaunten, blieb Butch Ingersoll immer noch unbeeindruckt. Sein Vater und sein Großvater waren in ihrer Schulzeit Football-Stars gewesen. Mit seinen sechs Jahren hatte Butch von ihnen nicht nur den stämmigen Körperbau und das kantige Kinn geerbt, sondern er legte schon jetzt dasselbe großspurige Gehabe an den Tag. Sein Großvater war Polizeichef und Sloans Boß. Als Butch nun das Kinn vorstreckte, mußte Sloan daher unwillkürlich an ihren Vorgesetzten denken. »Mein Großvater sagt, daß jeder Cop das kleine Kind retten hätte können, genau wie du. Die Leute vom Fernsehen haben nur so eine große Sache daraus gemacht, weil du ein Mädchen bist.«

Eine Woche zuvor hatte Sloan einen Notruf wegen eines vermißten Kindes erhalten und schließlich in einen Brunnen hinuntersteigen müssen, um das Kind hochzuholen. Zunächst hatten nur die lokalen Fernsehsender darüber berichtet, aber dann war die Nachricht von der Rettung des Jungen in ganz Florida verbreitet worden. Schon drei Stunden nachdem sie in den Brunnen hinuntergeklettert war und dort die entsetzlichsten Augenblicke ihres Lebens verbracht hatte, war Sloan zur Heldin proklamiert worden. Als sie völlig verdreckt und erschöpft wieder an die Oberfläche kam, wurde sie nicht nur von den Jubelrufen der Bürger von Bell Harbor begrüßt, die sich versammelt hatten, um für die Rettung des Kindes zu beten, sondern auch von dem Geschrei der Fernsehreporter, die nichts anderes im Schilde führten, als mit der neuen Sensationsnachricht ihre Einschaltquoten in die Höhe zu treiben.

Nach einer Woche begann langsam wieder Gras über ihre plötzliche Berühmtheit zu wachsen, aber für Sloans Geschmack war der Wirbel um ihre Person immer noch zu groß. Sie fand ihre Rolle als Medienstar und Kleinstadtheldin nicht nur unangebracht, sondern tief verstörend. Auf der einen Seite sah sie sich mit den Bewohnern von Bell

Harbor konfrontiert, die sie als Heldin und sogar als Rollenvorbild für andere Frauen feierten. Auf der anderen Seite hatte sie mit Captain Ingersoll – Butchs fünfundfünfzigjährigem Großvater – zu kämpfen, der Sloans unfreiwillige Heldentat als »Effekthascherei« bezeichnete. Da er der Prototyp eines Macho war, stellte für ihn allein schon die Tatsache, eine weibliche Kollegin zu haben, einen Affront gegen seine Manneswürde und Autorität dar. Im Grunde wartete er nur auf eine passende Gelegenheit, um sie loszuwerden.

Sloan hatte gerade die Drachenschnur fertig aufgewickelt und sie Kenny mit einem Lächeln überreicht, als ihre beste Freundin, Sara Gibbon, auf sie zugesteuert kam.

»Ich habe ein großes Geschrei aus dieser Richtung gehört«, erklärte Sara, während sie ihren Blick von Sloan zu den Kindern und schließlich zu dem Drachen mit seinem kaputten Flügel wandern ließ. »Was ist denn mit deinem Drachen passiert, Kenny?« fragte sie und schenkte dem Jungen ein Lächeln, das ihn erstrahlen ließ. Sara hatte diese Wirkung auf Männer aller Altersgruppen. Mit ihren kurzen roten Haaren, ihren leuchtenden grünen Augen und ihren feinen Gesichtszügen konnte Sara mit einem einzigen Blick dafür sorgen, daß jeder Mann wie angewurzelt stehenblieb und sie wie verzaubert anstarrte.

»Er ist im Baum hängengeblieben.«

»Ja, aber Sloan hat ihn heruntergeholt«, unterbrach Emma aufgeregt, indem sie mit ihrem rundlichen kleinen Zeigefinger auf die Baumkrone deutete.

»Sie ist bis ganz oben hinaufgeklettert«, fügte Kenny hinzu, »und sie hatte gar keine Angst, weil sie nämlich *tapfer* ist.«

Sloan hatte den Eindruck, daß sie die Meinung der Kinder etwas korrigieren mußte, wenn sie eines Tages selbst eine gute Mutter sein wollte. »Tapfer zu sein heißt nicht, daß man niemals Angst hat, sondern eher, daß man – *obwohl* man Angst hat – tut, was man für richtig hält.« Sie schickte ein Lächeln in die Runde. »Tapferkeit ist zum Beispiel, wenn man die Wahrheit sagt, obwohl man dadurch in Schwierigkeiten geraten könnte.«

Die Ankunft des Clowns Clarence mit seinem Strauß von bunten Luftballons bereitete ihren Ausführungen ein Ende. Die meisten der Kinder verloren ihr Interesse an Sloan und rannten zu ihm, so daß nur Kenny, Emma und Butch zurückblieben. »Danke, daß du meinen Drachen runtergeholt hast«, sagte Kenny mit einem herzerfrischenden Grinsen, das seine Zahnlücke entblößte.

»Keine Ursache«, erwiderte Sloan und kämpfte erneut den plötzlichen Impuls nieder, ihn mitsamt seinem fleckigen Hemd und seinem verschmierten Gesicht in die Arme zu nehmen und fest an sich zu drücken. Immer noch in eine heftige Diskussion über Sloans Tapferkeit verstrickt, trollte sich das kleine Trio nun langsam von dannen.

»Miss McMullin hat recht gehabt. Sloan ist eine richtige Heldin«, erklärte Emma.

»Ja, das ist sie, sie ist wirklich tapfer«, stimmte Kenny bei.

Butch Ingersoll jedoch fühlte sich berufen, die Lobeshymnen seiner Freunde zu relativieren. »Sie ist vielleicht tapfer für ein *Mädchen*«, meinte er abschätzig, und erinnerte die amüsierte Sloan damit einmal mehr an Captain Ingersoll.

Die schüchterne kleine Emma begriff sofort, was er damit sagen wollte. »Mädchen sind genauso tapfer wie Jungen.«

»Das sind sie nicht! Sie sollten auch keine Polizisten werden. Das ist nämlich Männerarbeit!«

Emma gab sich durch diese weitere Herabsetzung ihrer Heldin keineswegs geschlagen. »Meine Mami hat gesagt«, entgegnete sie wütend, »daß Sloan Reynolds Polizeichefin werden sollte!«

»Ach, wirklich?« entgegnete Butch Ingersoll. »Nun, mein Großvater *ist* Polizeichef, und er sagt, daß sie ihm furchtbar auf die Nerven geht! Er sagt, sie solle heiraten und Kinder kriegen. Dazu sind Mädchen nämlich da!«

Emma öffnete den Mund, um zu protestieren, aber sie wußte nicht, welches Argument sie noch anführen sollte. »Ich hasse dich, Butch Ingersoll«, rief sie statt dessen und rannte davon, ihre Puppe fest an sich gepreßt – eine überzeugte Feministin mit Tränen in den Augen.

»Das hättest du nicht sagen sollen«, schalt Kenny den anderen Jungen. »Du hast sie zum Weinen gebracht.«

»Das ist mir egal«, erwiderte Butch – ein selbstgerechter Despot, wie sein Großvater einer war.

»Wenn du morgen *sehr* nett zu ihr bist, vergißt sie vielleicht, was du gesagt hast«, entschied Kenny – ein ebenso kompromißbereiter Politiker wie sein Vater.

2

Als die Kinder außer Hörweite waren, wandte sich Sloan mit einem verschmitzten Lächeln an Sara. »Bisher konnte ich mich nie entscheiden, ob ich lieber einen Jungen oder ein Mädchen wollte. Jetzt weiß ich es: Ich will auf jeden Fall ein Mädchen.«

»Als ob du es dir aussuchen könntest«, scherzte Sara, der das Gesprächsthema nicht neu war, da sie sich in letzter Zeit öfter über Sloans Kinderwunsch unterhalten hatten. »Statt dir Gedanken über das Geschlecht deines noch nicht mal gezeugten Kindes zu machen, solltest du vielleicht erst einmal mehr Zeit darauf verwenden, einen passenden Vater und Ehemann zu suchen.«

Sara lernte ständig neue Männer kennen, und immer wenn sie wieder einmal mit jemand Neuem ausging, erkundigte sie sich geschickt nach seinen Freunden, in der Hoffnung, daß vielleicht jemand für Sloan dabei wäre. Hatte sie dann einen eventuell in Frage kommenden Mann gefunden, setzte sie alles daran, um ihn Sloan vorzustellen. Obwohl ihre Kupplerdienste bisher immer fehlgeschlagen waren, versuchte sie es doch immer wieder. Es war ihr einfach völlig unverständlich, daß Sloan lieber einen Abend allein zu Hause verbrachte als in Gesellschaft eines einigermaßen attraktiven, wenn auch für sie uninteressanten Mannes.

»Wen hast du denn diesmal im Sinn?« fragte Sloan ahnungsvoll, während sie durch den Park auf die Zelte und Buden zugingen, die die Geschäftsleute der Stadt aufgestellt hatten.

»Da drüben ist zum Beispiel ein neues Gesicht«, sagte Sara, und wies auf einen großgewachsenen Mann in braunen Hosen und gelber Jacke, der gegen einen Baum gelehnt stand und dem Clown Clarence zusah, wie er vor den staunenden

Augen der Kinder zwei rote Luftballons in einen Elch mit Geweih verwandelte. Das Gesicht des Mannes, der jetzt aus einem großen Papierbecher trank, lag allerdings im Schatten und war nur undeutlich zu erkennen. Sloan hatte ihn schon ein wenig früher bemerkt, als sie sich nach der Rettung des Drachens mit den Kindern unterhalten hatte, und da er auch jetzt wieder dieselbe Kindergruppe beobachtete, hielt sie ihn für den Vater von einem der Kinder. »Er hat doch schon Kinder«, sagte sie.

»Wie kommst du denn darauf?«

»Weil er seit einer halben Stunde dort steht und die Kleinen im Auge behält.«

Sara wollte sich noch nicht geschlagen geben. »Das muß noch lange nicht heißen, daß eins davon ihm gehört.«

»Wieso sollte er sie dann beobachten?«

»Nun, er könnte ...«

»... ein Kinderschänder sein?« schlug Sloan amüsiert vor.

Als hätte er bemerkt, daß sie über ihn sprachen, warf der Mann seinen Becher in den nächsten Abfalleimer und schlenderte davon, um wenig später vor dem neuen Löschfahrzeug der Feuerwehr stehenzubleiben, das gerade einer staunenden Menschenmenge vorgeführt wurde.

Sara sah auf ihre Uhr. »Du hast Glück! Ich habe heute sowieso keine Zeit, um dich mit jemandem zu verkuppeln. Ich muß langsam wieder rüber zu unserem Zelt und noch drei Stunden dort bleiben.« Sara war Innenarchitektin und arbeitete am Stand ihrer Firma, an dem Interessierte sich mit Broschüren und kostenloser Beratung eindecken konnten. »Heute ist noch kein einziger einigermaßen attraktiver Mann vorbeigekommen, um sich von mir beraten zu lassen.«

»Wie schade«, erwiderte Sloan schmunzelnd.

»In der Tat«, fiel Sara feierlich ein, während sie gemeinsam hinüber zu den Zelten schlenderten. »Hast du schon etwas gegessen? Ich könnte unser Zelt auch für zwanzig Minuten schließen und einen Happen zu mir nehmen.«

Sloan sah auf ihre Uhr. »Nein, ich muß selbst in fünf Minuten unser Zelt noch für eine Stunde übernehmen. Ich werde wohl mit dem Essen bis nachher warten.«

»Okay, aber halte dich dann auf jeden Fall von dem Chili fern! Pete Salinas hat gestern abend eine Wette gewonnen, wer das schärfste Chili zubereiten kann. Sein Stand ist mit Warnungen gepflastert, daß es sich um das schärfste Chili in ganz Florida handelt. Das Zeug besteht zur einen Hälfte aus Jalapeño-Schoten, zur anderen aus Bohnen, aber die meisten Männer können es sich nicht verkneifen, trotzdem davon zu probieren«, erklärte Sara mit der traumwandlerischen Sicherheit einer Frau, die das Rätsel »Mann« eingehend und mit großem Vergnügen studiert hat. »Nur Männer können auf die Idee verfallen, das Essen von scharfem Chili als eine Art Mutprobe zu betrachten.«

Sloan hatte eine eher pragmatische Erklärung auf Lager. »Das Chili ist wahrscheinlich bei weitem nicht so scharf, wie du denkst.«

»O doch, das ist es! Tatsächlich ist es sogar lebensgefährlich, davon zu essen. Shirley Morrison arbeitet im Erste-Hilfe-Wagen, und sie kann ein Lied davon singen, wie viele Opfer von Petes Chili in den letzten Stunden schon bei ihr gestrandet sind. Die Symptome gehen von Magenschmerzen und Krämpfen bis hin zu Brechdurchfall.«

Das Zelt der Polizei stand auf der Nordseite des Parks, ganz in der Nähe der Parkplätze, und Saras Zelt befand sich nur etwa dreißig Meter davon entfernt. Sloan wollte gerade noch etwas hinzufügen, als sie Captain Ingersolls Einsatzwagen neben dem Zelt der Polizei auftauchen sah. Sie beobachtete, wie er seine massige Gestalt aus dem Wagen hievte und die Fahrertür zuschlug, um dann zu dem Zelt hinüberzugehen und nach einem kurzen Gespräch mit Lieutenant Caruso stirnrunzelnd in die Gegend zu blicken. »Falls mich meine Menschenkenntnis nicht täuscht, ist mein Boß gerade auf der Suche nach mir«, bemerkte sie seufzend.

»Du sagtest doch, daß du noch etwas Zeit hast, bevor du dran bist.«

»Das stimmt auch, aber ich glaube nicht, daß ihn das besonders interessiert.« Plötzlich packte sie aufgeregt Saras Handgelenk. »Sara, sieh doch, wer da drüben bei eurem Zelt auf dich wartet! Mrs. Peale mit ihren Katzen.« Mrs. Clifford Harrison Peale die Dritte war die Witwe eines Mannes, der zu den einflußreichsten und wohlhabendsten Bürgern von Bell Harbor gezählt hatte. »Sicher wirst du sie so hervorragend beraten, daß deine Firma bald um eine wohlsituierte Kundin reicher ist. Aber sei vorsichtig, sie hat ihre Launen.«

»Gott sei Dank verfüge ich über die Geduld und Flexibilität, die man für schwierige Kunden braucht«, erwiderte Sara, verabschiedete sich fröhlich von ihrer Freundin und sprintete los. Sloan sah ihr lächelnd nach, bevor sie sich schließlich das Haar zurückstrich und es wieder zu einem Pferdeschwanz band. Dann steckte sie ihr weißes Häkelshirt ordentlich in den Hosenbund ihrer Khaki-Shorts, blickte noch einmal prüfend an sich herunter und ging endlich festen Schritts auf das Polizeizelt zu.

3

Captain Roy Ingersoll war gerade in ein Gespräch mit Matt Caruso und Jess Jessup vertieft, als Sloan auf die kleine Gruppe zueilte. Während Ingersoll eine feindselige Miene aufsetzte, als er sie erblickte, lachte ihr Jess freudig entgegen. Caruso, der sein Fähnchen immer nach dem Wind drehte, versuchte sich zunächst in einem Grinsen, setzte aber nach einem prüfenden Blick auf Ingersoll schnell eine ernste Miene auf.

Normalerweise entdeckte Sloan in jedem Menschen eine liebenswerte Seite, doch mit Caruso hatte selbst sie ihre Schwierigkeiten. Er war nicht nur ein Opportunist, sondern ließ sich auch keine Gelegenheit entgehen, um seine Kollegen bei Ingersoll zu verpfeifen. Mit nur dreiunddreißig Jahren hatte er schon sechzig Pfund Übergewicht und eine angehende Glatze, und auf seinem runden, teigigen Gesicht bildeten sich unweigerlich Schweißperlen, wenn Ingersoll ihn auch nur schief ansah.

Sobald Sloan vor ihm stand, brach Ingersoll auch schon in eine Schimpftirade aus. »Sie vollbringen wohl wieder mal lieber Heldentaten, als Ihren Job zu machen«, schnauzte er. »Lieutenant Caruso und ich haben schon gewartet, weil wir gern etwas essen möchten. Denken Sie, daß Sie es eine halbe Stunde hier aushalten können?«

Seine zahlreichen Schikanen und Gehässigkeiten konnten manchmal wirklich verletzend sein, aber die jetzige Kritik war so dumm und ungerechtfertigt, daß er mehr einem launischen kleinen Jungen ähnelte als einem erwachsenen Mann; nur die grauen Haare und der Bauchansatz wollten nicht so recht dazu passen. »Lassen Sie sich ruhig Zeit«, erwiderte Sloan großzügig. »Ich kann für die nächste Stunde hierbleiben.«

Da sie ihm nicht den Gefallen tat, auf seine Attacke einzugehen, drehte er sich auf dem Absatz um und marschierte davon, konnte sich aber eine letzte beißende Bemerkung nicht verkneifen. »Bringen Sie hier bitte nichts durcheinander, während wir weg sind, Reynolds.«

Diesmal war sie wirklich verärgert, insbesondere weil mehrere Passanten seine Worte gehört hatten und Caruso sie unverschämt angrinste. Sie wartete, bis sich die beiden ein paar Schritte entfernt hatten, um ihnen dann fröhlich nachzurufen: »Kosten Sie mal von dem Chili! Alle sagen, daß es ganz phantastisch schmeckt.« Sie hatte noch nicht vergessen, was Sara über das Chili gesagt hatte, und da sie ihrer Freundin in bezug auf ihre Kenntnis der Männerwelt und deren seltsame Verhaltensweisen bedingungslos vertraute, ging sie davon aus, daß ihre Bemerkung ihr Ziel nicht verfehlen würde. »Wenn Sie keine Jalapeño-Schoten vertragen, sollten Sie aber besser einen Bogen darum machen!« fügte sie noch hinzu.

Die beiden Männer drehten sich um und warfen ihr ein Grinsen zu, das wohl männliche Selbstsicherheit und Überlegenheit signalisieren sollte; dann lenkten sie ihre Schritte unverzüglich in die Richtung von Pete Salinas Chili-Stand.

Sloan senkte den Kopf, um ihr Lächeln zu verbergen, und begann dann die Broschüren zu ordnen, die interessierte Besucher über die neugebildete Bürgerwehr, die Möglichkeiten einer Polizeilaufbahn und den neuen Selbstverteidigungskurs für Frauen informierten.

Jess Jessup, der neben ihr Platz genommen hatte, sah Ingersoll und Caruso nach, bis sie in der Menge verschwunden waren. »Die beiden haben sich gesucht und gefunden. Ein zynischer Egozentriker wie Ingersoll braucht immer jemanden, der ihm nach dem Mund redet. Und wer könnte das besser als ein Kriecher wie Caruso.«

Sloan mußte ihm insgeheim recht geben, doch sie zog es vor, das Thema auf sich beruhen zu lassen. »Trotzdem ist Ingersoll ein guter Polizist, und dafür schulden wir ihm Respekt.«

»Na und? Du bist eine *verdammt* gute Polizistin, und er hat kein Quentchen Respekt für dich übrig«, konterte Jess.

»Er hat vor überhaupt *niemandem* Respekt«, wandte Sloan ein, die keine Lust hatte, sich ihre gute Laune nehmen zu lassen.

»Außer wenn er jemanden mag«, erwiderte Jess leicht verärgert.

Sloan schmunzelte. »Ach ja? Wen mag er denn zum Beispiel?«

Jess dachte einen Moment nach, bevor er leise auflachte. »Niemanden«, mußte er zugeben. »Du hast recht, er mag tatsächlich niemanden.«

Wie auf Verabredung schwiegen sie nun beide, während sie den Passanten zusahen und ab und zu jemanden freundlich grüßten. Sloan nahm vergnügt zur Kenntnis, daß einige Frauen mehr als einmal vorübergingen und offensichtlich darum bemüht waren, Jess' Aufmerksamkeit auf sich zu lenken.

Es verwunderte sie nicht. Jess Jessup war ein stadtbekannter Frauenliebling, und wie er sich auch anziehen oder betragen mochte, die Damen liefen scharenweise hinter ihm her. Jetzt, in seiner Polizeiuniform, wirkte er wie der Prototyp des gutaussehenden, charismatischen Cops aus einem Hollywoodfilm. Es waren nicht nur seine schwarzen Locken und sein umwerfendes Lächeln, das die Frauen für ihn einnahm, sondern auch die kleine Narbe über der linken Augenbraue, die ihm einen frechen, fast gefährlichen Touch gab, und die tiefen Grübchen in seinen Wangen, die seinen Zügen im Gegensatz dazu etwas rührend Jungenhaftes verliehen.

Er war erst vor einem Jahr nach Bell Harbor gekommen, nachdem er vorher sieben Jahre lang in Miami beim Dade County Police Department Dienst getan hatte. Nachdem er der Großstadt mit ihren Verbrechen und ihrem chaotischen Verkehr überdrüssig geworden war, hatte er eines Tages einen Schlafsack und ein paar Klamotten in seinen Jeep gepackt und war von Miami aus in Richtung Norden gefahren. Er hatte kein spezielles Ziel im Sinn und wußte nur, daß das Meer nicht weit sein sollte, und so war er schließlich in Bell Harbor gelandet. Nach zwei Tagen hatte er beschlossen, daß die kleine, etwas verschlafene Küstenstadt seine neue Heimat werden würde.

Er zögerte keinen Augenblick, den Polizeiposten in Bell Harbor anzunehmen, und ließ Miami ohne Bedauern hinter sich, auch wenn er damit auf einen höheren Dienstgrad und ein besseres Gehalt verzichtete. Kompetent, witzig und energiegeladen wie er war, war er schon bald bei seinen Kollegen fast so beliebt wie bei Bell Harbors Frauenwelt.

Der sprunghafte Anstieg von Notrufen aus den Vierteln, in denen Jess gerade Dienst hatte, sorgte auf dem Revier immer wieder für willkommene Erheiterung. Selbstverständlich handelte es sich bei den Anrufern überwiegend um Damen, die über den alle drei Monate wechselnden Dienstplan bestens informiert zu sein schienen.

Es sprach für Jess, daß er die Witzeleien seiner Kollegen mit scheinbar unbeeindruckter Gelassenheit und ohne jede Eitelkeit zur Kenntnis nahm. Wären die Frauen, mit denen Jess ausging, nicht ausnahmslos groß, gertenschlank und bildschön gewesen, hätte Sloan schon fast geglaubt, daß er keinerlei Wert auf gutes Aussehen legte, weder auf sein eigenes noch auf das der anderen.

Eine hübsche Rothaarige hatte soeben ihre kurze, aber intensive Besprechung mit zwei Freundinnen beendet, und die drei steuerten nun geradewegs auf ihren Tisch zu. Sloan erblickte sie im selben Augenblick wie Jess. »Da kommt dein Fanclub«, spöttelte sie. »Ich glaube, die drei haben gerade einen Plan geschmiedet.«

Zu Sloans Vergnügen tat Jess, als bemerke er das Trio gar nicht, und blickte statt dessen neugierig zu Saras Zelt hinüber. »Sieht so aus, als hätte Sara eine neue Kundin gewonnen«, erklärte er mit übertriebener Begeisterung. »Ist das nicht Mrs. Peale, mit der sie sich da unterhält? Ich sollte vielleicht mal rübergehen und hallo sagen.«

»Das kannst du ja versuchen«, erwiderte Sloan schmunzelnd. »Glaube aber nur nicht, daß du den drei Damen dadurch entkommst. Wenn du jetzt weggehst, laufen sie dir entweder nach, oder sie warten hier auf dich. Es ist nicht zu übersehen, daß sie diesen strahlenden, entschlossenen Gesichtsausdruck haben, den alle Frauen in deiner Nähe bekommen.«

»Alle außer dir«, sagte er schnell, und zu Sloans Verwunderung klang seine Stimme leicht verletzt.

Die drei Frauen waren etwa Ende Zwanzig, attraktiv und sonnengebräunt, und Sloan bewunderte sie insgeheim wegen ihrer Traumfiguren. Offensichtlich war die Rothaarige ihre Rädelsführerin, da sie Jess nun als erste ansprach und ihn offensichtlich auch schon persönlich kannte. »Hi, Jess! Wir hatten den Eindruck, daß du etwas verloren dreinblickst.«

»Wirklich?« fragte er mit einem unverbindlichen Lächeln.

Sloan bemerkte mit einer gewissen Genugtuung, daß die Frauen stark geschminkt waren und aus der Ferne jünger ausgesehen hatten, als sie tatsächlich waren.

»Wirklich«, erwiderte die Rothaarige strahlend und schenkte ihm einen langen, verführerischen Blick, den Sloan sicher niemals zustande gebracht hätte – jedenfalls nicht, ohne heftig zu erröten. Als Jess immer noch nicht reagierte, versuchte es die Frau mit einer anderen Taktik. »Wir sind ja alle so erleichtert, daß du jetzt in unserer Gegend Streife fährst.«

»Wieso das denn?« fragte er mit gespielter Unschuld, die er – wie Sloan schon öfter bemerkt hatte – immer anwendete, um lästige Frauen abzuwimmeln.

Seine Verehrerinnen schienen überrascht, aber noch lange nicht entmutigt. »Na, wegen dieses Verrückten, der sich in der Stadt herumtreibt«, informierte ihn eine der beiden anderen Frauen. Sie spielte damit auf die Serie von Raubüberfällen an, bei denen mehrere ältere Damen in ihren Wohnungen überfallen und niedergeschlagen worden waren.

»Die Frauen in der Stadt haben entsetzliche Angst – vor allem die, die alleine wohnen!« schaltete sich die Rothaarige wieder ein. »Und ganz besonders in der Nacht«, fügte sie beschwörend hinzu und intensivierte ihren Blick.

Jess lächelte plötzlich, als habe er nun endlich kapiert, worauf sie hinauswollte. »Oh, da weiß ich einen Rat für euch«, sagte er dann mit samtener Stimme.

»Ach, wirklich?«

»Aber ja!« Er wandte sich unvermittelt an Sloan und zwang sie damit, ihre amüsierte Beobachterposition aufzugeben.

»Würdest du mir bitte die Liste und drei der Broschüren dort reichen?« fragte er. Nachdem Sloan seiner Bitte gefolgt war, händigte er jeder der Frauen eine Broschüre aus und drückte dann der Rothaarigen die Liste in die Hand. »Setzt einfach eure Namen auf diese Liste hier.«

Ohne Widerrede taten die Frauen, wie er gesagt hatte, und fügten auch noch ihre Telefonnummern hinzu.

»Und wofür habe ich mich nun eigentlich eingetragen?« fragte die Rothaarige, als sie ihm die Liste zurückgab.

»Für einen Selbstverteidigungskurs«, erwiderte er mit einem schalkhaften Grinsen. »Wir haben vier Kurse im Rathaus geplant, der erste davon findet morgen nachmittag statt«, fügte er hinzu, ließ aber nichts davon verlauten, daß ein Großteil des Kurses von Sloan durchgeführt wurde und er selbst nur kurz zugegen sein würde, um den Teilnehmerinnen ein paar Übungen zu zeigen.

»Wir werden dasein«, versprach die Brünette, die bisher geschwiegen hatte.

»Enttäuscht mich nicht«, sagte er mit einem Unterton in der Stimme, der ein zärtliches Versprechen zu beinhalten schien.

»Nein, bestimmt nicht«, versicherten die drei Frauen einmütig, bevor sie sich zum Gehen wandten.

Sie sehen aus wie Tänzerinnen aus einer Revue in Las Vegas, dachte Sloan, während sie den Frauen hinterherblickte, die mit verführerisch schwingenden Hüften auf ihren langen Beinen und hochhackigen Pumps davonschwänzelten. Ein leichtes Lächeln huschte über ihre Lippen, als sie versuchte, sich ihre eigene Person als aufreizende *femme fatale* vorzustellen.

»Nun, laß hören«, sagte Jess plötzlich mit einem ironischen Lächeln.

»Was denn?« fragte sie, etwas erschrocken darüber, daß er nicht wie sie selbst den Frauen hinterherhergeblickt, sondern sich auf seinem Stuhl ihr zugewandt hatte und sie offensichtlich schon seit längerem aufmerksam ansah.

»Was hast du gerade gedacht?«

»Ich dachte, daß sie aussehen wie Tänzerinnen aus einer Revue in Las Vegas«, erwiderte Sloan verlegen, während sie versuchte, seinem forschenden Blick auszuweichen. In jüngster Vergangenheit hatte sie ihn schon mehrmals dabei ertappt, wie er sie nachdenklich ansah, und aus Gründen, die ihr selbst nicht ganz klar waren, hatte sie ihn nie um eine Erklärung gebeten. Unter Kollegen war Jess bekannt für seine Fähigkeit, einem Verdächtigen jedes Geständnis aus der Nase zu ziehen, und zwar einfach indem er eine Frage stellte und dann seelenruhig wartete, bis die Person zu reden begann. Sloan hatte zwar nichts angestellt, aber Jess' Haltung brachte sie dennoch aus dem Konzept. »Ehrlich, genau das habe ich gedacht«, versicherte sie hastig.

»Das ist aber noch nicht alles«, sagte er mit sanftem Beharren. »Dein Lächeln verrät dich doch.«

»Na gut, du hast recht«, gab Sloan zu. »Ich hatte mir nur gerade vorzustellen versucht, welches Bild ich selbst in hochhackigen Schuhen und superkurzen Shorts abgeben würde.«

»Ich würde dich gerne mal so sehen«, sagte er zu Sloans Erstaunen. Dann stand er auf, schob seine Hände in die Hosentaschen und fuhr versonnen fort: »Vielleicht solltest du dir dann auch das Gesicht mit Make-up verkleistern, um deine strahlende Haut zu verdecken. Und dir deine honigblonden Haare färben.«

»Was redest du denn da?« fragte sie lachend.

Er sah sie amüsiert an. »Was ich damit meine, ist: Tu einfach was, damit du mich nicht ständig an Eiswaffeln und Erdbeerkuchen erinnerst.«

Sie war sich ihrer glänzenden Augen nicht bewußt, als sie nun noch herzlicher zu lachen begann. »Wie bitte? Ich erinnere dich an Erdbeerkuchen?«

»Du erinnerst mich an die Zeit, als ich dreizehn Jahre alt war.«

»Aha, und wie warst du als Dreizehnjähriger?« fragte sie neugierig.

»Du wirst es nicht glauben, aber ich war Ministrant.«

»Nein!«

»O doch. Nur konnte ich mich häufig nicht auf den Gottesdienst konzentrieren, da meine Aufmerksamkeit immer zu einem Mädchen wanderte, das meist in der dritten Kirchenbank saß. Ich war damals schon ein kleiner Sünder.«

»Hat das Mädchen dich auch bemerkt?«

»Nun, ich versuchte jedenfalls, sie auf mich aufmerksam zu machen, indem ich zum Beispiel immer einen besonders tiefen Kniefall machte oder eine ungemein andächtige Miene aufsetzte.«

»Hat es funktioniert?«

»Nein, jedenfalls nicht so, wie ich wollte. Ich wurde zwar schließlich ein so hervorragender Ministrant, daß ich bei fast allen Messen dabeisein mußte, aber Mary Sue Bonner hat mich beharrlich ignoriert.«

»Ich kann mir kaum vorstellen, daß ein Mädchen dich ignoriert hat, nicht einmal damals.«

»Ich fand es selbst ein bißchen beunruhigend.«

»Nun, nicht einmal ein Frauenheld wie du kann immer Glück haben.«

»Was heißt da Frauenheld? Ich wollte keine andere als nur Mary Sue Bonner.«

Da sie fast nichts über seine Vergangenheit wußte, freute sich Sloan, daß er ihr so offenherzig über diese Teenagerepisode erzählte.

Er überlegte kurz und fuhr dann fort: »Da meine Frömmigkeit keinen Eindruck auf sie machte, habe ich sie eines Tages nach der Messe abgepaßt und überredet, in ein Eiscafé mitzukommen. Sie bestellte ein Schokoladeneis in der Waffel, ich dagegen einen Erdbeerkuchen ...«

Anscheinend erwartete er, daß Sloan etwas sagen würde, und so sprach sie die nächstliegende Vermutung aus. »Und dann, nehme ich an, ist Mary Sue deinem Charme doch noch erlegen?«

»Nein, da täuschst du dich. Ich habe es die folgenden zwei Jahre immer wieder versucht, aber sie war gegen meine Verführungskünste immun. Genau wie du.«

Wider Willen fühlte Sloan sich geschmeichelt, als Jess sie nun voller Sympathie und fast ein bißchen traurig ansah.

»Da wir gerade beim Thema sind«, sagte er dann. »Ich darf wohl nicht hoffen, daß du morgen abend mit mir auf Petes Party gehst?«

»Ich habe Dienst, wollte aber später noch nachkommen.«

»Und wenn du nicht Dienst hättest, würdest du dann mit mir zusammen hingehen?«

»Nein«, erwiderte Sloan mit einem Lächeln, das ihrer Antwort die Härte nehmen sollte, obwohl sie eigentlich sowieso nicht davon ausging, daß ihre Weigerung ihm etwas ausmachte. »Ich hab dir das doch schon mal erklärt: Erstens sind wir Arbeitskollegen ...«

Er schmunzelte. »Siehst du denn kein Fernsehen? Polizisten verlieben sich immer ineinander.«

»Zweitens«, fuhr sie unbeirrt fort, »habe ich mir – und auch das weißt du bereits – vorgenommen, niemals mit einem Mann auszugehen, der hundertmal attraktiver ist als ich. Es wäre einfach zu hart für mein schwaches Selbstbewußtsein.« Scheinbar unbeeindruckt kehrte er wieder zu seiner üblichen guten Laune zurück, und Sloan deutete dies als Zeichen, daß sie mit ihrer Vermutung richtig gelegen hatte: Es war ihm eigentlich egal, ob sie nun mit ihm ausging oder nicht.

»Nun, wenn das so ist«, sagte er, »dann kann ich genausogut in die Mittagspause gehen.«

»Tu den Mädchen den Gefallen und laß sie diesmal nicht darüber streiten, wer dich zum Essen einladen darf«, scherzte Sloan, während sie anfing, den Tisch wieder aufzuräumen. »Es ist so furchtbar, sie leiden zu sehen.«

»Da wir gerade über Verehrer sprechen«, meinte Jess. »Hast du gesehen, daß Sara schon wieder einen neuen Typen aufgegabelt hat? Die beiden kamen vorhin hier vorbei, und sie hat ihn mir vorgestellt. Sein Name ist Jonathan. Der arme Mann«, fügte er spöttisch hinzu. »Wenn er nicht ein paar Millionen Dollar auf seinem Bankkonto hat, vergeudet er nur seine Zeit. Sara flirtet doch nur mit ihm.« Er stieg über die langen Seile, mit denen das Zelt am Boden vertäut war. »Ich glaube, ich werde gleich mal das Chili probieren, das du so warm empfohlen hast.«

»Das würde ich an deiner Stelle nicht tun«, warnte ihn Sloan mit einem spitzbübischen Grinsen.

»Wieso denn nicht?«

»Weil es angeblich so schlecht ist, daß man sich im Erste-Hilfe-Wagen über eine Durchfallepidemie beklagt hat.«

»Ist das dein Ernst?«

Sie nickte vielsagend und grinste noch breiter. »Mein voller Ernst.«

Jess lachte laut auf und schlug kopfschüttelnd die entgegengesetzte Richtung ein, in der Pizzas und Hot Dogs feilgeboten wurden. Im Vorbeigehen wechselte er einen Gruß mit Sara, die noch immer in ihr Gespräch mit Mrs. Peale vertieft war und jetzt sogar eine von Mrs. Peales Katzen im Arm hielt.

Ein paar Meter weiter blieb er bei ein paar Kindern stehen und beugte sich mit Verschwörermiene zu ihnen hinunter. Sloan konnte nicht verstehen, was er zu ihnen sagte, aber den Kindern schienen seine Worte jedenfalls einen Heidenspaß zu bereiten, da sie in fröhliches Gelächter ausbrachen. Fast tat es Sloan leid, daß sie nicht mit ihm ausgehen konnte, ohne sich Gedanken über die Konsequenzen zu machen …

Da sie Jess' Vorliebe für große, auffällig attraktive Frauen kannte, war Sloan äußerst überrascht gewesen, als er sie vor einigen Wochen zum Abendessen eingeladen hatte. Auch danach hatte er sie nochmals gebeten, mit ihm auszugehen. Es wäre sehr verlockend gewesen, ja zu sagen. Sie mochte ihn wirklich gern, und er besaß fast alle Vorzüge, die sie sich an einem Mann wünschte. Aber Jess Jessup sah einfach zu gut aus, um sich mit ihm einzulassen. Sloan war nicht wie Sara, die ein glamouröses und aufregendes Leben führen wollte und die daher fest entschlossen war, einen Mann zu finden, der alles hatte – tolles Aussehen, Charme und Geld. Sie dagegen wollte fast das Gegenteil all dessen: Sie wollte ein ganz normales Leben mit einem ganz normalen Mann.

Sie wollte einen Mann, der nett, liebevoll, intelligent und zuverlässig war. Sie wollte ein Leben, wie sie es nicht kannte und es sich doch immer gewünscht hatte – ein einfaches Leben in Bell Harbor, mit Kindern und einem Mann, der ein treuer und fürsorglicher Familienvater war. Sie wollte, daß sich ihre Kinder auf die Liebe und Unterstützung ihres Vaters unter allen Umständen verlassen konnten. Und sie wollte sich auch selbst darauf verlassen können – ein ganzes Leben lang.

Jess Jessup war in vielerlei Hinsicht perfekt, aber er zog Frauen an wie ein Magnet, und Sloans Ansicht nach machte ihn das zu einem schlechten Heiratskandidaten. Da er ansonsten jedoch viele ihrer Auswahlkriterien erfüllte und sie nichts tun wollte, was sie später bereuen würde, hatte sie mit Bedauern beschlossen, jeden persönlicheren Kontakt mit ihm zu vermeiden – gemeinsame Abendessen eingeschlossen.

Außerdem würde eine ernsthafte Beziehung mit Jess oder einem anderen Polizeibeamten sie von ihrer Arbeit ablenken, und das wollte Sloan unter allen Umständen vermeiden. Sie liebte ihren Job, und sie arbeitete gerne mit den neunzig Männern zusammen, die die Polizeikräfte von Bell Harbor stellten. Wie Jess waren die meisten von ihnen freundlich und hilfsbereit, und sie wußte, daß sie ihrer jungen Kollegin herzlich zugetan waren.

Um vier Uhr nachmittags wäre Sloan liebend gern nach Hause gefahren. Caruso und Ingersoll hatten sich beide kurz nach dem Mittagessen wegen eines »Darmkatarrhs« verabschiedet, was für Jess und Sloan bedeutete, daß sie die Stellung halten mußten, bis man ihnen jemanden zur Ablösung schicken würde.

Sie war seit acht Uhr morgens im Dienst und konnte es kaum erwarten, zu Hause ein warmes Bad zu nehmen, etwas Leichtes zu Abend zu essen und dann ins Bett zu gehen, um noch etwas in ihrem Buch zu lesen. Sara war vor einer Stunde gegangen und hatte ihr vorher noch erzählt, daß Mrs. Peale für Dienstag abend einen Termin mit ihr verabredet habe, um über die Renovierung ihres Hauses zu sprechen. Aus irgendwelchen Gründen wollte Mrs. Peale, daß auch Sloan bei diesem Treffen dabei war, und nachdem Sara den Termin mit ihrer Freundin festgemacht hatte, war sie schnell verschwunden: Sie hatte sich nämlich noch auf ihr Rendezvous mit ihrer neuen Flamme – einem vielversprechenden jungen Anwalt namens Jonathan – vorzubereiten.

Da es schon bald Abendessenszeit war, war der Park inzwischen fast menschenleer, so daß Sloan mehr oder weniger untätig neben Jess saß und den Kopf lässig in die Hände gestützt hatte.

»Du siehst wie ein unzufriedenes kleines Mädchen aus«, stellte Jess fest, während er sich in seinem Stuhl zurücklehnte und den Leuten zusah, die langsam auf die Parkplätze zuschlenderten. »Bist du müde oder nur gelangweilt?«

»Ich habe ein schlechtes Gewissen wegen Ingersoll und Caruso«, gab sie zu.

»Aber wieso denn?« fragte Jess und kicherte. »Du wirst einmal mehr zur Heldin erklärt werden, wenn die Jungs das herausfinden.«

»Bitte verrate es niemandem«, flehte Sloan. »Wenn du es auf dem Polizeirevier herumerzählst, weiß es bald ganz Bell Harbor.«

»Nur die Ruhe, Detective Reynolds. Ich habe ja bloß einen Witz gemacht.« Seine Stimme hatte einen warmen, dunklen Ton angenommen, den Sloan noch nie an ihm bemerkt hatte. »Nur zu deiner Information: Ich würde wirklich alles tun, um dich zu beschützen, außerdem würde ich niemals etwas Böses gegen dich im Schilde führen.«

Sloans Hände sackten auf den Tisch, als sie sich ihm nun zuwandte und in sein hübsches, lächelndes Gesicht blickte. Mit dem Ausdruck größten Erstaunens fragte sie: »Jess, flirtest du etwa mit mir?«

Statt ihr zu antworten, sah er an ihr vorbei und sagte: »Hier kommt ja endlich unsere Wachablösung.« Damit stand er auf und blickte sich nochmals um, um zu prüfen, ob er etwas vergessen hatte. »Welche Pläne hast du für den heutigen Abend?« fragte er sie dann beiläufig, den Blick jedoch auf Reagan und Burnby gerichtet, die langsam auf sie zugewandert kamen.

»Ich gehe mit einem guten Buch zu Bett. Und was hast du vor?«

»Oh, ich habe ein ziemlich heißes Date«, antwortete er leichthin und nahm Sloan damit den Wind aus den Segeln. Sie lachte verlegen und kam sich etwas dumm vor, daß sie tatsächlich geglaubt hatte, er würde mit ihr flirten.

»Blödmann«, murmelte sie mit einem freundschaftlichen Unterton, bevor sie ins Zelt ging, um ihre Handtasche zu holen.

Die Kollegen Reagan und Burnby standen schon am Tisch, als sie wieder aus dem Zelt auftauchte. Sie waren zwei zuverlässige und freundliche Cops, beide Anfang Vierzig, und sie konnten sich noch gut an die Zeit erinnern, als Verkehrsdelikte und Ehestreitigkeiten so ziemlich die einzigen Verbrechen waren, mit denen sie es in Bell Harbor zu tun hatten. »War irgendwas los?« fragte Ted Burnby.

Sloan hängte sich ihre braune Ledertasche über die Schulter und stieg über die Zeltseile. »Nein.«

»Doch«, widersprach ihr Jess. »Sloan hat mich gerade einen Blödmann genannt.«

»Klingt so, als machtest du Fortschritte bei deinen Annäherungsversuchen, Jess«, scherzte Burnby und zwinkerte dabei Sloan zu.

»Ich muß ihr recht geben«, schaltete sich Reagan grinsend ein. »Du bist wirklich ein Blödmann.«

»Versucht mal das Chili, wenn ihr Hunger habt«, meinte Jess wie nebenbei, während er hinter Sloan über die Seile stieg.

Sloan fuhr so heftig herum, daß sie mit Jess zusammenstieß und er sich an einem der Seile festhalten mußte, um das Gleichgewicht nicht zu verlieren. »Wagt euch ja nicht in die Nähe des Chilis«, warnte sie ihre Kollegen über Jess' Schulter hinweg. »Ingersoll und Caruso haben üble Bauchschmerzen davon bekommen.«

»Spielverderberin«, klagte Jess, indem er sie leicht an den Schultern faßte und in Richtung Parkplatz schob.

Sloan schüttelte lachend den Kopf. »Idiot«, versetzte sie kurz.

»Hey, Sloan«, rief ihr Burnby nach. »Du warst schon wieder im Fernsehen. Ich habe einen Bericht über den Notruf gesehen, den du gestern abend erhalten hast. Du hast wieder mal gute Arbeit geleistet, Mädchen.«

Sloan nickte, war aber von der Neuigkeit gar nicht begeistert. Sie hatte den Bericht selbst in den Morgennachrichten gesehen und ihn gleich wieder vergessen, aber jetzt wurde ihr schlagartig klar, wieso Captain Ingersoll heute besonders schlechter Laune gewesen war.

Während Sloan Reynolds und Jess Jessup Seite an Seite davongingen, blickten Burnby und Reagan ihnen mit großem Interesse hinterher. »Was meinst du?« fragte Reagan schließlich. »Kriegt Jess sie ins Bett oder nicht? Ich habe fünf Dollar gewettet, daß Sloan nicht auf ihn anspringt.« Er spielte damit auf die Wette an, die sie im Büro über ihre beiden Kollegen laufen hatten.

»Ich habe zehn Dollar auf Jess gewettet.«

Burnby blinzelte ins Sonnenlicht, während seine Augen immer noch dem hübschen Paar folgten, das am Parkrand stehengeblieben war, um sich mit ein paar Leuten zu unterhalten. »Wenn Sloan jemals etwas über die Wette erfährt, ist die Hölle los.«

»Ich glaube, du bist nicht ganz auf dem neuesten Stand«, versetzte Reagan lachend, wobei sein Bauch auf und ab hüpfte. »Ich bin sicher, daß Sloan schon längst von der Wette weiß und ihm schon allein deshalb keine Chance geben wird. Sie ist nur zu klug und gewitzt, um sich etwas anmerken zu lassen.«

Sloan ging auf ihren Zivilwagen zu, einen weißen Chevrolet, den die Stadt Bell Harbor ihr zur Verfügung gestellt hatte. Nachdem sie sich lachend und feixend von Jess verabschiedet hatte, blieb sie noch kurz neben ihrem Wagen stehen. Teils aus reiner Gewohnheit, teils aber auch aus einem sonderbaren Gefühl heraus sah sie sich aufmerksam um, um ganz sicherzugehen, daß alles friedlich und in bester Ordnung war.

Die kleine Stadt Bell Harbor wuchs in so dramatischer Geschwindigkeit, daß jeden Tag Dutzende unbekannter Gesichter ihren Weg kreuzten. Sie kannte weder das mollige junge Mädchen mit dem kleinen Kind an der Hand, das neben einem Wagen wartete, noch die alte Frau mit den Zwillingen, die ganz in der Nähe Fangen spielten, noch den bärtigen Mann, der unter einem Baum saß und Zeitung las. Der enorme Zustrom an neuen Einwohnern hatte der Stadt nicht nur zu beträchtlichem Wohlstand und zu entsprechenden

Steuervergünstigungen verholfen, sondern er ging auch mit einer drastischen Zunahme der Kriminalität einher. Dies war der Preis, den Bell Harbor für seinen Wandel vom schläfrigen Strandnest zur angehenden blühenden Großstadt zahlen mußte.

Im Park hielten sich nicht mehr viele Menschen auf. Der Clown Clarence hatte sich – wie auch die Zauberkünstler und Jongleure – eine Stunde freigenommen, um zu Abend zu essen. Die meisten Buden und Zelte lagen wie ausgestorben da. Auch die Parkbank in der Nähe von Saras Zelt war leer, und es war keine Spur mehr von einem Fremden mit scharfgeschnittenen Gesichtszügen zu sehen, der irgendwie nicht so recht in den milden, sonnigen Tag passen wollte.

Zufrieden stieg Sloan ins Auto, startete den Motor und warf einen Blick in ihren Rückspiegel. Der Weg war frei, und so legte sie den Rückwärtsgang ein und fuhr aus dem Parkplatz, um dann in die gewundene Straße einzubiegen, die den Park in zwei Hälften teilte.

Als Burnby ihr vorhin zu ihrem Erfolg gratuliert hatte, hatte er auf ein Ereignis am Vorabend angespielt. Ein rasend eifersüchtiger und sturzbetrunkener Mann hatte den neuen Freund seiner Exfrau erschießen wollen, und es war Sloan erst nach mehreren aufreibenden Stunden gelungen, ihn von seinem Vorhaben abzubringen. Sie hatte so lange mit sanfter Beharrlichkeit auf ihn eingeredet, bis er seine Waffe endlich niedergelegt hatte. Zunächst hatte er sich geweigert, für ein Verbrechen, das er nicht einmal zu Ende gebracht hatte, ins Gefängnis zu gehen. Sloan hatte ihn aber schließlich davon überzeugt, daß die Zeit in der Zelle ihm Gelegenheit geben würde, zur Ruhe zu kommen und wieder Hoffnung zu schöpfen, daß er später eine andere Frau finden würde, die seine »Qualitäten« mehr zu schätzen wußte. Niemand hätte jemals davon erfahren, wenn der Mann nicht im Lokalfernsehen ein Interview gegeben hätte, in dem er dem Journalisten haarklein darlegte, was ihn zum Aufgeben bewogen hatte. Ihm selbst war die leichte Ironie in Sloans Ratschlägen gar nicht aufgefallen, doch die Medien hatten sofort die Gelegenheit ergriffen, Sloan einmal mehr zur unfreiwilligen Heldin zu stilisieren, die mit ihrem Handeln nicht nur Mut, sondern auch Witz und Schlagfertigkeit bewiesen hatte.

Am Abend zuvor hatte Captain Ingersoll ihr widerwillig seine Anerkennung dafür gezollt, daß sie die Situation so geschickt gemeistert hatte; doch offensichtlich hatte das Interesse der Medien für ihre Person ihn nun wieder gegen sie eingenommen. Bis zu einem gewissen Grad konnte sie seine Reaktion sogar verstehen. Es war nicht zu leugnen, daß man ihr schon allein deshalb mehr Aufmerksamkeit schenkte, weil sie eine Frau war.

Nachdem sie die große Kreuzung am Eingang des Parks überquert hatte, wandte Sloan ihre Gedanken wieder angenehmeren Dingen zu, so zum Beispiel dem warmen Schaumbad, das sie zu Hause gleich nehmen würde. Sie bog nach links in die Blythe Lane ein, eine breite, kopfsteingepflasterte Straße, die von schicken Modeboutiquen und teuren Spezialitätenläden gesäumt wurde. Vor jedem der Geschäfte stand eine große Topfpalme, und jeder Eingang wurde von einem grünen Vordach überwölbt.

Wieder einmal stellte sie mit Erstaunen fest, wie sehr sich das Geschäftsviertel in den letzten Jahren verändert hatte. Der Bevölkerungsboom hatte zwar zunächst einen Aufschrei des Entsetzens unter den alteingesessenen Bürgern von Bell Harbor hervorgerufen; doch die Klagen waren schon bald verstummt, als die Immobilienpreise in die Höhe zu schießen und der am Hungertuch nagende Einzelhandel sich fast über Nacht in gewinnbringende Kleinunternehmen umzuwandeln begann.

Um weitere wohlhabende Steuerzahler anzuziehen, nutzte der Stadtrat die großzügige Stimmung seiner Einwohner, um eine Reihe von sündhaft teueren Projekten zur Modernisierung und Verschönerung der Stadt durchzuboxen. Auf Drängen der ehrgeizigen und einflußreichen Ehefrau von Bürgermeister Blumenthal wurde ein Architektenteam aus Palm Beach angeheuert, das sich unverzüglich daran machte, das Gesicht Bell Harbors zu verändern.

Langsam, aber sicher war Bell Harbor so zu einer sorgfältig strukturierten, wohlhabenden und durchaus charmanten

Stadt geworden, die immer mehr Ähnlichkeit mit Palm Beach bekam – und genau das war Mrs. Blumenthals Absicht gewesen. Nachdem das Geschäftsviertel mehr oder weniger fertiggestellt war, hatte sie ihre Aufmerksamkeit nun den Verwaltungsgebäuden – und zuallererst dem Rathaus – zugewandt.

Der Verkehr war ziemlich dicht, und es dauerte fast fünfzehn Minuten, bis Sloan in ihre Straße einbog und schließlich in der Einfahrt ihres grau-weißen, stuckverzierten Häuschens den Motor abstellte. Vom Strand, der gleich auf der anderen Straßenseite lag, drang nicht nur das Lachen und Rufen der spielenden Kinder, sondern auch das beruhigende Rauschen der Brandung zu ihr herüber.

Sie fand nichts Ungewöhnliches daran, daß einen halben Block von ihr entfernt eine blaue Limousine hinter einem Lieferwagen hielt. Es war ein ganz normales Wochenende in der Urlaubszeit, und der Strand war in dieser Zeit des Jahres viel besucht.

Als Sloan ihre Eingangstür aufschloß, fragte sie sich schon gespannt, wie der Krimi weiterging, dessen Lektüre sie später im Bett wieder aufnehmen würde. Sara hatte kein Verständnis dafür, daß Sloan einen Samstagabend lieber mit einem guten Buch als mit einem Rendezvous verbrachte, aber Sara haßte es generell, allein zu sein. Sloan hingegen verbrachte ihre Zeit lieber allein als in der Gesellschaft von Menschen, denen sie nichts zu sagen hatte.

Sie war froh, daß sie erst wieder am morgigen Nachmittag zum Dienst antreten mußte, um ihren Selbstverteidigungskurs zu leiten.

4

Das Polizeirevier befand sich in der neugebauten Stadtverwaltung, einem dreistöckigen, in makellosem Weiß gehaltenen Gebäude mit Stuckverzierung und rotem Ziegeldach, um das sich eine weitläufige, anmutig geschwungene Loggia rankte. Die saftiggrüne Rasenfläche, die mit Palmen bestanden war und nachts von Gaslaternen beleuchtet wurde, trug das Ihrige dazu bei, um die Anlage zum unangefochtenen architektonischen Schmuckstück von Bell Harbor zu machen.

Im dritten Stock befanden sich die eichengetäfelten Gerichtssäle und Versammlungsräume, während im zweiten das Büro des Bürgermeisters und das Einwohnermeldeamt untergebracht waren. Der Großteil des Erdgeschosses hingegen war für die Polizeiwache vorgesehen und im Vergleich zu den anderen hochherrschaftlichen Räumen eher stiefmütterlich behandelt worden.

Die Inneneinrichtung hatte man Saras Firma übertragen, und ihr Stil war im großzügig ausgestatteten Büro des Bürgermeisters und in den Gerichtssälen, deren Stühle mit der in Dunkelblau und Beige gehaltenen Polsterung perfekt auf den Teppich abgestimmt waren, unverkennbar.

Für den Bereich, der dem Polizeirevier vorbehalten war, hatten Sara und ihre Kollegen allerdings nur ein verhältnismäßig niedrig bemessenes Budget und strenge Vorgaben erhalten, die ihrer Kreativität nicht viel Raum gelassen hatten.

In der Mitte des Großraumbüros befanden sich dreißig in drei Reihen aufgestellte Schreibtische, von denen jeder mit einem Computer, einem Aktenschränkchen, einem Drehsessel und einem Besucherstuhl ausgestattet war. Hinter der Glaswand an der Vorderseite des Raumes lagen die Büros der höherrangigen Beamten, während sich zu seiner Rechten und Linken die Konferenzräume befanden. Hinter einer schweren

Tür im rückwärtigen Teil, die immer verschlossen gehalten wurde, verbarg sich ein längliches, schmales Zimmer, in dem hin und wieder Verdächtige vorübergehend in Gewahrsam genommen wurden.

Die Atmosphäre des Raums war karg, streng und bürokratisch, was bei dem einfallslosen Beige, das die Einrichtung beherrschte, kein Wunder war. Auch Saras tapferer Versuch, durch einen dunkelblau und beige gemusterten Teppich und dazu passende Vorhänge etwas Farbe in die tristen Räumlichkeiten zu bringen, hatte daran nicht viel geändert. Überdies war der Teppich schon bald ruiniert, da keiner der neunzig Polizisten, die sich hier in drei Schichten rund um die Uhr aufhielten, Zeit und Lust hatte, sich über schmutzige Schuhe, ausgeschüttete Getränke und zu Boden gefallene Essensreste Gedanken zu machen.

Sloan war eine der wenigen, die Saras Bemühungen zu schätzen wußten oder sie wenigstens bemerkt hatten, aber an diesem speziellen Tag zollte sie ihrer Umgebung genausowenig Aufmerksamkeit wie ihre Kollegen. In der Ferienzeit gab es für die Polizeibeamten immer mehr Arbeit als üblich, aber diesmal schien es noch lauter und hektischer als sonst zuzugehen. Die Telefone schrillten unaufhörlich, und aus dem Gang drangen die Stimmen und das Gelächter der etwa vierzig Frauen, die an Sloans Selbstverteidigungskurs teilnehmen wollten. In den Versammlungsräumen war eine größere Anzahl von Beamten damit beschäftigt, Unmengen von Zeugen und Verdächtigen hinsichtlich eines Raubüberfalls zu verhören, den eine Gruppe von Jugendlichen begangen hatte: Man hatte die Täter zwar dingfest machen können, allerdings erst nach einer wilden Verfolgungsjagd, in deren Folge es zu einer Massenkarambolage gekommen war. Zu guter Letzt riefen auch noch ständig die Eltern und Anwälte der halbwüchsigen Straftäter an, wenn sie nicht sogar bereits herbeigeeilt waren und nun aufgeregt im Gang auf und ab marschierten.

Roy Ingersoll, der sich sowieso schon nicht wohl fühlte und eine Magentablette nach der anderen schluckte, revanchierte sich für den unwillkommenen Tumult, indem er an den Schreibtischen seiner Untergebenen herumlungerte und nach hanebüchenen Gründen für kritische Anmerkungen suchte. Marian Liggett – seine fünfundsechzigjährige Sekretärin – fügte dem heillosen Lärm auch noch den schrillen Klang ihrer durch Mark und Bein gehenden Stimme hinzu, indem sie von der Schwelle seines Büros aus jedes Mal laut und krächzend nach ihrem Chef rief, wenn ein Anrufer nach ihm verlangte. Sie war nämlich nicht nur schwerhörig, sondern betrachtete das neuinstallierte Telefonsystem auch als unzuverlässig und zog es vor, sich persönlich darum zu kümmern, daß Ingersoll seine Anrufe bekam, statt ihn erst umständlich zu verbinden.

Die Beamten taten ihr Bestes, um sich trotz der chaotischen Verhältnisse auf ihre Arbeit zu konzentrieren, wenngleich jeder von ihnen seine Schwierigkeiten damit hatte. Die einzige Ausnahme bildete Pete Bensinger, der an diesem Tag seinen Polterabend feiern wollte und wegen seiner bevorstehenden Heirat so aufgeregt war, daß weder Ingersolls Launen noch der Lärm um ihn herum ihn in irgendeiner Art und Weise beeindruckten. Leise vor sich hin pfeifend spazierte er an den Schreibtischreihen entlang und verwickelte jeden, der bereit war, ihm zuzuhören, in einen kleinen Plausch. »Hey, Jess«, sagte er nun, als er an Jessups Schreibtisch ankam, welcher sich neben dem von Sloan befand. »Wie geht's denn so?«

»Verschwinde«, sagte Jess, der gerade an einem Report über eine kleinere Drogenrazzia schrieb, die er Anfang der Woche durchgeführt hatte. »Ich will nicht, daß du mich mit deiner guten Laune ansteckst.«

Petes euphorische Stimmung blieb jedoch von Jeffs schroffer Reaktion unberührt. Als er sich nun Sloans Schreibtisch zuwandte, versuchte er, seine Stimme wie die von Humphrey Bogart klingen zu lassen. »Sag mal, Baby, was hat ein so hübsches Ding wie du an einem solchen Ort zu suchen?«

»Ich hoffte, auf einen Schmeichler wie dich zu treffen«, scherzte Sloan, ohne von ihren Notizen über den bevorstehenden Selbstverteidigungskurs aufzusehen.

»Zu spät«, frohlockte Pete und riß seine Hände überschwenglich in die Luft. »Ich heirate nämlich nächste Woche. Hat man dir das nicht erzählt?«

»Ich glaube, ich habe so ein Gerücht gehört«, erwiderte Sloan, indem sie ihm ein kurzes Lächeln schenkte und sich dann wieder ihren Notizen zuwandte. Die Wahrheit war, daß sie ebenso wie die meisten ihrer Kollegen nach Kräften zum Gelingen seiner zunächst aussichtslos verlaufenen Bemühungen um seine zukünftige Ehefrau beigetragen hatte. Mary Beths wohlhabende Eltern waren anfangs wenig begeistert über die Heirat ihrer Tochter mit einem Police-Officer gewesen, dessen berufliche und finanzielle Aussichten eher bescheiden waren. Aber Pete war hartnäckig geblieben, und seine Kollegen hatten ihn maßgeblich unterstützt, indem sie ihm alle nur erdenklichen – wenn auch teilweise nicht sehr erfolgreichen – Ratschläge gegeben hatten, wie er über alle Hindernisse hinweg Mary Beths Herz und Hand gewinnen konnte. Jetzt, da seine Hochzeit unmittelbar bevorstand, zeigte er eine ehrliche und fast kindliche Begeisterung, die Sloan sehr rührte.

»Vergiß nicht, heute zu meinem Polterabend am Strand zu kommen«, erinnerte er sie. Jess Jessup, Leo Reagan und Ted Burnby hatten ursprünglich eine typische Junggesellenparty mit dem Auftritt einer Stripperin und einem anschließenden wilden Besäufnis geplant, aber davon hatte Pete nichts hören wollen. Seine Heirat mit Mary Beth bedeutete ihm zuviel, hatte er erklärt, um irgend etwas zu tun, was er später bereuen könnte… *oder was sie ihn später bereuen lassen würde,* fügte Jess Jessup hinzu. Um ganz sicherzugehen, daß alles in geregelten Bahnen verlaufen würde, hatte Pete sogar darauf bestanden, daß jeder seinen »Anhang« mitbringen konnte; er selbst wollte selbstverständlich Mary Beth dabeihaben.

»Ich dachte, daß die Party erst morgen abend stattfindet«, log Sloan und tat so, als wäre sie nicht sicher, ob sie kommen konnte.

»Sloan, du mußt kommen! Es wird eine ganz phantastische Party werden. Wir machen ein Lagerfeuer am Strand und grillen und…«

»Klingt mir ganz nach einer Gesetzesübertretung«, scherzte sie.

»Du kannst soviel Bier trinken, wie du willst«, konterte Pete.

»Trunkenheit und ungebührliches Verhalten in der Öffentlichkeit... Wir werden bei einer Razzia aufgegriffen werden und als weitbekannte Skandaltruppe in die Geschichte unseres Landes eingehen.«

»Es wird doch gar niemand im Dienst sein, um eine Razzia zu machen«, entgegnete er fröhlich.

»Doch, ich werde im Dienst sein«, sagte Sloan. »Ich teile mir heute abend eine Schicht mit Derek Kipinski, so daß zuerst er zu deiner Party kommen kann und später ich.« Als Pete sie ziemlich enttäuscht ansah, fügte sie ernster hinzu: »Es muß jemand dasein, um den Strand zu überwachen, Pete; wir haben dort ein ernsthaftes Drogenproblem, vor allem an den Wochenenden.«

»Das weiß ich doch, aber wir werden dem Problem nicht Herr werden, wenn wir ein paar kleine Fische am Strand festnehmen. Das Zeug kommt per Schiff herein. Wenn wir es wirklich loswerden wollen, müssen wir es noch auf See abfangen.«

»Das ist der Job der Drogenfahndung, und ich zweifle nicht daran, daß sie sich darum kümmert. Unser Job ist es, den Strand und die Straßen sauberzuhalten.«

Sie warf einen Blick zur Tür und sah, daß Sara gerade hereinkam; dann überprüfte sie nochmals kurz ihre Liste für den Selbstverteidigungskurs. »Mein Unterricht beginnt in zehn Minuten.«

Pete drückte ihr freundschaftlich die Schulter und schlenderte zurück zu seinem Schreibtisch, um einen Anruf zu erledigen. Sobald er außer Hörweite war, stand Leo Reagan auf und kam herüber zu Sloans Schreibtisch. »Ich wette zehn zu eins, daß er Mary Beth anruft«, sagte er. »Das hat er heute schon dreimal getan.«

»Er ist völlig verrückt nach ihr«, stimmte Jess zu.

Sara war inzwischen hinzugekommen, setzte sich lässig auf Sloans Schreibtisch und schenkte den beiden Männern ein Begrüßungslächeln; dann warf sie einen amüsierten Blick vorbei an Leo auf Pete, der sich mit dem Hörer in der Hand gemütlich in seinem Stuhl zurückgelehnt hatte und versonnen die Decke angrinste. »Ich finde ihn wirklich süß«, sagte sie. »Seinem Gesichtsausdruck nach zu schließen, telefoniert er gerade mit Mary Beth.«

Leo warf einen prüfenden Blick auf Pete, sah, daß er beschäftigt war, und zog dann einen Briefumschlag aus seiner Hemdtasche, den er Jess reichte. »Wir machen eine kleine Sammlung, um Pete und Mary Beth ein Hochzeitsgeschenk zu kaufen. Jeder von uns steuert fünfundzwanzig Dollar bei.«

»Wollen wir ihm etwa ein Haus kaufen?« fragte Jess, griff aber bereitwillig in seine Tasche. Auch Sloan holte ihre Handtasche hervor.

»Nein, Silberbesteck«, versetzte Leo.

»Du machst wohl Witze!« meinte Jess, suchte seine fünfundzwanzig Dollar hervor und reichte den Umschlag an Sloan weiter. »Oder wollen die beiden eine Großfamilie gründen?«

»Keine Ahnung. Ich weiß nur, daß Rose in einem Laden angerufen hat, in dem die Braut einen Geschenktisch bereitgestellt hat. Tatsache ist, daß man dort für fünfundzwanzig Dollar nicht mal eine Gabel kaufen kann.«

»Das muß aber eine verdammt große Gabel sein.«

Sloan tauschte lachend einen Blick mit Sara, während sie ihre fünfundzwanzig Dollar in den Umschlag steckte. In diesem Moment trat Captain Ingersoll aus seinem Büro, warf einen prüfenden Blick in die Runde und entdeckte die fröhliche Versammlung an Sloans Schreibtisch. Seine Miene verdüsterte sich merklich.

»Scheiße«, sagte Reagan. »Da kommt Ingersoll.« Er wollte sich gerade davonstehlen, wurde jedoch von Sara aufgehalten, die von dem mürrischen Blick des Captains unbeeindruckt schien.

»Warte, Leo, laß mich auch etwas zu dem Geschenk beisteuern.« Sie steckte das Geld in den Umschlag und wandte sich dann mit ihrem bezauberndsten Lächeln dem Captain zu, in der uneigennützigen Absicht, seine Laune zum Wohle aller aufzuheitern. »Hallo, Captain Ingersoll! Ich habe mir schon Sorgen um Sie gemacht. Wie ich gehört habe, ging es

Ihnen nach dem Genuß dieses fürchterlichen Chilis gestern gar nicht gut!«

Ingersolls finsterer Gesichtsausdruck verwandelte sich langsam in das, was man bei ihm guten Gewissens als Lächeln bezeichnen konnte. »Ihre Freundin hier hat es mir empfohlen«, sagte er mit einer Kopfbewegung zu Sloan, jedoch ohne den Blick von Sara zu wenden. Anschließend versuchte er sogar, einen Witz darüber zu machen, daß Sara Reagan gerade Geld gegeben hatte. »Wissen Sie eigentlich, daß Beamtenbestechung strafbar ist?«

Humor war wirklich nicht seine Sache, dachte Sloan, während er fast ausgelassen hinzufügte: »Und außerdem sollte man Polizisten während der Ausübung ihres Dienstes lieber in Ruhe lassen.«

Er lief rot an, als Sara ihm nun schelmisch zuzwinkerte. »Was tue ich denn Schlimmes?«

»Sie lenken uns alle von der Arbeit ab, junge Dame.«

»Oh, tatsächlich?« rief sie triumphierend.

Hinter Ingersolls Rücken öffnete Jess seinen Mund und tat so, als würde er sich den Finger in die Kehle stecken. Unglücklicherweise drehte sich Ingersoll, dem nicht entgangen war, daß man sich über ihn lustig machte, in diesem Moment um und erwischte ihn dabei. »Was zum Teufel ist denn mit Ihnen los, Jessup?«

Sloan mußte über Jess' mißliche Lage grinsen und entschloß sich, ihm zu Hilfe zu kommen. »Ich glaube, ich geh mal Kaffee holen«, unterbrach sie und stand schnell auf. »Möchten Sie auch eine Tasse, Captain?« fragte sie im süßlichsten Ton, den sie auf Lager hatte, um ihren Chef bei Laune zu halten.

Es funktionierte. »Was? Nun … ja, wenn Sie ihn mir schon anbieten, hätte ich gerne eine Tasse.«

Während Sloan auf die Kaffeemaschine am anderen Ende des Raums zuging, rief er ihr noch nach: »Mit zwei Würfeln Zucker, bitte.« In diesem Moment begann Sloans Telefon zu klingeln; Ingersoll nahm schnell den Hörer ab, offenbar weniger aus Pflichtgefühl als um Sara damit zu beeindrucken, was für ein schwerbeschäftigter Mann er war. »Ingersoll«, bellte er dann in den Hörer.

Die männliche Stimme am anderen Ende der Leitung klang höflich, aber bestimmt. »Ich hatte gedacht, Sloan Reynolds unter dieser Nummer zu erreichen. Hier spricht ihr Vater.«

Ingersoll sah auf die Uhr. Sloans Kurs sollte in drei Minuten beginnen. »Sie hat zu tun. Kann sie Sie später zurückrufen?«

»Ich würde lieber gleich mit ihr sprechen.«

»Warten Sie einen Moment.« Ingersoll drückte mißmutig auf die Wartetaste. »Reynolds ...«, rief er dann. »Ich habe einen Privatanruf für Sie. Ihr Vater.«

Sloan sah kurz über ihre Schulter, während sie zwei Würfel Zucker in Ingersolls Kaffee gab. »Das kann nicht für mich sein. Ich habe gar keinen Vater.«

Sloans Bemerkung hatte offensichtlich das Interesse ihrer Kollegen geweckt, denn viele von ihnen hatten den Kopf gehoben und warfen ihr nun neugierige Blicke zu. »Jeder Mensch hat einen Vater«, ließ Ingersoll verlauten.

»Ich meinte, daß mein Vater und ich keinerlei Kontakt miteinander haben«, erklärte Sloan. »Der Anruf kann nicht für mich sein.«

Ingersoll nahm achselzuckend den Telefonhörer wieder auf. »Mit wem, sagten Sie, wollten Sie sprechen?«

»Sloan Reynolds«, erwiderte der andere Mann ungeduldig.

»Und Ihr Name ist?«

»Carter Reynolds.«

Ingersoll fiel die Kinnlade herunter. »Sagten Sie *Carter Reynolds*?«

»Genau das sagte ich. Ich möchte jetzt sofort mit Sloan sprechen.«

Ingersoll drückte wieder die Wartetaste, kreuzte die Arme über der Brust und stand auf, während er Sloan mit einer Mischung aus Ehrfurcht, Anklage und ungläubigem Erstaunen anstarrte. »Kann es vielleicht sein, daß Ihr Vater *Carter Reynolds* heißt?«

Der Name des in der Öffentlichkeit wohlbekannten Finanzhais aus San Francisco explodierte im Raum wie eine Bombe und hatte den verblüffenden Effekt, daß plötzlich eine unheimliche Stille eintrat. Sloan – in jeder Hand eine Kaffeetasse – blieb kurz wie angewurzelt stehen und ging dann mit gespielter Ruhe weiter. Die ihr vertrauten Gesichter im Raum hatten sich ihr mit einem neuen Ausdruck von Verwunderung und mißtrauischem Erstaunen zugewandt. Sogar Sara fehlten offensichtlich die Worte. Ingersoll nahm seine Kaffetasse aus Sloans Händen entgegen, blieb dann aber an ihrem Schreibtisch stehen, augenscheinlich nicht gewillt, sich auch nur ein Wort von ihrem Gespräch entgehen zu lassen.

Sloan nahm kaum Notiz von ihrer Umgebung. Sie hatte ihr ganzes bisheriges Leben ohne ihren Vater zugebracht, und er hatte es nicht einmal für nötig befunden, ihr zu Weihnachten oder zum Geburtstag eine Karte zu schicken. Was immer der Grund für sein plötzliches Auftauchen sein mochte, es hatte sie nicht sonderlich zu interessieren. Sie war fest entschlossen, ihm das so kühl und ungerührt wie möglich mitzuteilen und die Sache damit auf sich beruhen zu lassen. Behutsam stellte sie ihre Tasse auf ihren Schreibtisch, strich sich eine Haarsträhne aus dem Gesicht, nahm den Hörer auf und legte ihn an ihr Ohr. Ihr Finger zitterte ein wenig, als sie den blinkenden Knopf drückte, der den Anrufer durchstellte. »Ja. Hier spricht Sloan Reynolds.«

Sie hatte noch nie seine Stimme gehört und stellte nun fest, daß sie kühl und kultiviert klang und in diesem Moment einen amüsierten und anerkennenden Unterton trug. »Du klingst sehr professionell, Sloan.«

Er hatte kein Recht, das zu sagen; er hatte kein Recht, irgendeine Meinung zu ihrem Verhalten zu äußern, und sie mußte an sich halten, um ihm dies nicht unverzüglich mitzuteilen und aufzulegen. »Dein Anruf kommt im Moment sehr ungelegen«, sagte sie statt dessen. »Du versuchst es besser zu einem anderen Zeitpunkt.«

»Wann?«

Ein Zeitungsfoto, das sie kürzlich von ihm gesehen hatte, schoß ihr durch den Kopf: Auf ihm war ein gutaussehender, sportlicher Mann mit stahlgrauen Haaren zu sehen gewesen, der mit Freunden in einem Country Club in Palm Beach Tennis spielte. »Sagen wir, in etwa dreißig Jahren?«

»Ich mache dir keinen Vorwurf, daß du nicht gerade erfreut über meinen Anruf bist.«

»*Du* machst mir keinen Vorwurf, daß ich nicht erfreut bin?« stieß Sloan sarkastisch hervor. »Das ist aber *sehr* großzügig von Ihnen, Mr. Reynolds.«

Er unterbrach sie auf höfliche, aber ungeheuer selbstbewußte Art. »Wir wollen nicht gleich bei unserer ersten Unterhaltung streiten, Sloan. Du kannst mir meine Versäumnisse als Vater bald persönlich vorwerfen, genauer gesagt in zwei Wochen.«

Sloan nahm für einen Moment den Hörer vom Ohr und starrte ihn verwirrt und verärgert an, bevor sie ihn wieder zurücklegte und erwiderte. »In zwei Wochen? Persönlich? ... Tut mir leid, aber es interessiert mich nicht, was du mir zu sagen hast!«

»Doch, es interessiert dich«, gab er zurück, und Sloan konnte nicht umhin, einen Anflug wütender Bewunderung für seine Unverblümtheit zu empfinden, die sie offensichtlich daran hinderte, einfach aufzulegen. »Vielleicht hätte ich dir vorher einen Brief schreiben sollen; aber ich dachte, ein Anruf würde die Angelegenheit schneller erledigen.«

»Ach ja? Welche Angelegenheit gibt es denn zwischen uns zu erledigen?«

»Ich ...« Er zögerte. »Deine Schwester und ich hätten gerne, daß du mit uns für ein paar Wochen nach Beach kommst, damit wir uns kennenlernen können. Ich hatte vor sechs Monaten einen Herzanfall ...«

»Beach«, so vermutete Sloan, war wohl ein Insider-Ausdruck für Palm Beach. »Ich habe in der Zeitung davon gelesen«, sagte sie mit gespielter Gleichgültigkeit und gab ihrem Vater damit indirekt zu verstehen, daß sie sein Leben nur aus den Medien kannte. Palm Beach war zwar eigentlich nicht weit von Bell Harbor entfernt, aber für sie lag es in mancher Hinsicht in einer anderen Galaxie. Um damit auch das eigene Prestige etwas zu heben, brachte die Stadtzeitung von Bell Harbor in ihrer Sonntagsausgabe immer den neuesten Klatsch aus ihrer illustren Nachbarstadt, und auf diese Weise wurde Sloan über das Leben ihres prominenten Vaters und ihrer verwöhnten Schwester immer auf dem laufenden gehalten.

»Ich möchte, daß wir uns kennenlernen, bevor es zu spät ist.«

»Ich kann einfach nicht glauben, was du da sagst!« stieß Sloan wütend hervor und ärgerte sich darüber, daß ihr wider Willen die Tränen in die Augen stiegen. »Es *ist* doch schon viel zu spät! Ich habe nicht den geringsten Wunsch, dich kennenzulernen, nach all den Jahren ...«

»Und was ist mit deiner Schwester?« fragte er etwas sanfter. »Willst du sie auch nicht kennenlernen?«

Vor Sloans innerem Auge blitzte wieder das Foto aus dem Country Club auf: Ihre Schwester, Paris, war auf dem Bild die Tennispartnerin ihres Vaters. Sie hatte ihren Kopf mit den dunklen Haaren triumphierend zurückgeworfen und holte gerade zu einem schwungvollen Schlag aus, und sie sah keineswegs so aus, als würde sie in ihrem Leben etwas vermissen. »Ich will sie genausowenig kennenlernen wie sie mich«, erwiderte Sloan, doch sie hatte den Eindruck, als würden ihre Worte hohl und leer klingen.

»Paris hat das Gefühl, daß etwas sehr Wichtiges in ihrem Leben fehlt, weil sie dich nie getroffen hat.«

Den Berichten nach zu schließen, die Sloan über Paris gelesen und gehört hatte, war das Leben ihrer Schwester bisher eine endlose Reihe von aufregenden Ereignissen gewesen – von den zahlreichen Tennis- und Reittrophäen, die sie errungen hatte, bis zu den luxuriösen Partys, die sie in San Francisco und Palm Beach zusammen mit ihrem Vater gab. Paris Reynolds besaß mit ihren einunddreißig Jahren Schönheit, Selbstsicherheit und Reichtum im Überfluß, und bisher hatte sie keinen Wert darauf gelegt, Sloan an ihrem Leben teilhaben zu lassen. Diese Tatsache hinderte Sloan daran, ihren nachlassenden Widerstand gänzlich aufzugeben und von ihrem Vorsatz, mit dem wohlhabenden Teil ihrer Familie keinerlei Kontakt zu pflegen, abzuweichen. »Ich habe einfach kein Interesse«, sagte sie fest. »Auf Wiedersehen.«

»Ich habe heute mit deiner Mutter gesprochen. Sie ist anderer Meinung als du, und ich hoffe, daß sie dich dazu bewegen kann, dir die ganze Sache noch einmal zu überlegen«, sagte ihr Vater noch, bevor Sloan den Hörer auflegte. Sie zitterte zwar merklich, wollte sich aber vor ihren Kollegen nicht gehenlassen. »Das hätten wir also«, sagte sie daher mit gespielter Fröhlichkeit. »Jetzt muß ich mich aber auf die Socken machen; meine Kursteilnehmer warten schon auf mich.«

5

Während Sloan mit festen Schritten auf den Unterrichtsraum zuging, versuchte sie ihre Gefühle unter Kontrolle zu bringen und sich ganz auf ihre Arbeit zu konzentrieren.

Kurz darauf betrat sie das Zimmer, schloß die Tür hinter sich und schenkte ihren Schülerinnen ein strahlendes Lächeln. »Wir werden hier verschiedene Methoden kennenlernen, die Frauen dabei helfen können, mit gefährlichen Situationen umzugehen«, kündigte sie an; dann erst merkte sie, daß sie vergessen hatte, sich vorzustellen und die Teilnehmerinnen zu begrüßen. »Ach, übrigens, mein Name ist Sloan Reynolds ...«, fing sie nochmals an. *Und gerade hat mich zum ersten Mal in meinem Leben mein Vater angerufen*, dachte sie.

Sloan schüttelte den Kopf, um diesen lästigen Gedanken loszuwerden. Dieser Kurs war für die anwesenden Frauen eine wichtige Sache, und Sloan wollte ihren Job gut machen. Die Frauen brauchten ihren Rat; sie vertrauten ihr und zählten auf sie. Carter Reynolds hingegen bedeutete ihr nichts.

Sloan beschloß, nicht mehr an ihn zu denken, und begann mit ihrer ersten Lektion. »Wir werden zunächst versuchen, uns eine der häufigsten Situationen vorzustellen: Eine Frau befindet sich plötzlich in Gefahr, und niemand ist in der Nähe, der ihr helfen könnte. Nehmen wir einmal an, Sie sind nachts auf einer einsamen Straße unterwegs und haben eine Panne. Es herrscht kaum Verkehr, und die nächsten Lichter – also die nächsten Lebenszeichen von anderen Menschen – sind meilenweit entfernt. Was tun Sie?«

Mehrere Hände schossen in die Luft, und Sloan nickte auffordernd einer attraktiven Frau mittleren Alters zu, von der sie wußte, daß sie Immobilienmaklerin war. »Ich würde die Autotüren versperren, die Fenster hochkurbeln und im Wagen sitzen bleiben, bis ein Polizeiauto oder ein Lastwagen oder sonst ein Fahrzeug mit einem vertrauenswürdigen Fahrer vorbeikommt.«

Das war genau die Antwort, die Sloan erwartet hatte, und es war die falsche Antwort. »Okay«, sagte sie und sammelte im Geiste Argumente für ihre spätere Erklärung. »Stellen wir uns also jetzt vor, daß – während Sie in Ihrem verschlossenen Wagen sitzen – ein Fahrzeug heranfährt und am Straßenrand hält. Ein Mann steigt aus, kommt zu Ihnen herüber und bietet Ihnen seine Hilfe an. Wie verhalten Sie sich?«

»Sieht er vertrauenswürdig aus?« fragte die Maklerin.

»*Ich* weiß nicht, wie ein vertrauenswürdiger Mensch aussieht«, konterte Sloan, »und *Sie* wissen das sicherlich auch nicht. Es könnte doch sehr wohl passieren, daß sich ein sehr freundlich und anständig auftretender Mann als Serienmörder entpuppt. Aber gehen wir mal davon aus, daß der Mann *nicht* vertrauenswürdig aussieht. Was würden Sie dann machen?«

»Ich würde die Fenster geschlossen lassen, und … und ich würde ihn anlügen und ihm sagen, daß schon jemand unterwegs ist, um mir zu helfen!« setzte die Frau mit der Begeisterung eines Menschen hinzu, der der festen Überzeugung ist, eine gelungene Lösung gefunden zu haben. »Ist das die richtige Antwort?«

»Nun, wir werden gleich sehen, ob sie das ist oder nicht«, sagte Sloan, während sie auf einen Tisch zuging, auf dem ein Fernseher und ein Videorecorder bereitstanden. »Wenn Ihr Mann ein guter Mensch ist, der wirklich nur helfen wollte, wird er sich wieder in seinen Wagen setzen und weiterfahren. Aber was, glauben Sie, wird er tun, wenn er ein Verbrecher ist, der Sie berauben, vergewaltigen oder gar umbringen will?«

»Was kann er denn schon tun?« fragte die Frau. »Ich sitze doch sicher bei verschlossenen Türen und Fenstern im Auto.«

»Ich werde Ihnen zeigen, was er tun kann – und tun wird, wenn er die feste Absicht dazu hat«, versetzte Sloan und schaltete den Fernseher an. Das Video zeigte eine nachgestellte Situation, die genau der von Sloan beschriebenen entsprach: Eine Frau blieb mitten in der Nacht mit ihrem Wagen auf einer verlassenen Landstraße liegen. Kurz darauf kam ein zweiter Wagen hinzu, dem ein sehr korrekt aussehender Mann entstieg, der der Frau höflich seine Hilfe anbot. Als die Frau dankend ablehnte, packte er plötzlich den Türgriff und versuchte, die Wagentür aufzureißen. Die Frau schrie vor Entsetzen auf, beruhigte sich aber wieder, als der Mann zu seinem Auto zurückrannte. Statt einzusteigen und wegzufahren, kehrte er jedoch einen Augenblick später mit einem Wagenheber zurück, schlug das Fenster ein, entsicherte die Tür, zerrte die schreiende Frau aus dem Wagen und schlug sie mit dem Wagenheber nieder.

Der Kurzfilm war so realistisch gewesen, daß Sloans Schülerinnen mit betroffenem Schweigen reagierten, als Sloan sich nach dem Ende des Films wieder an sie wandte.

»Lektion Nummer eins«, sagte Sloan mit einem aufmunternden Lächeln, um die gespannte Atmosphäre etwas aufzulockern. »Bleiben Sie *nicht* in Ihrem kaputten Wagen sitzen! Wenn Sie es doch tun, machen Sie sich zum potentiellen Opfer und verlocken jeden zufällig vorbeikommenden Kriminellen oder Verrückten, Ihre Lage auszunutzen.«

»Was sollen wir denn sonst tun?« fragte eine Frau, die Sloan ebenfalls flüchtig kannte, weil sie und ihr Mann in Bell Harbor eine Apotheke führten.

»Sie haben mehrere Möglichkeiten – je nachdem, wie weit Sie von der nächsten Ansiedlung entfernt sind. Keine dieser Möglichkeiten ist besonders angenehm, aber sie sind allesamt immer noch angenehmer, als beraubt zu werden oder Schlimmeres. Wenn Sie in der Ferne ein Haus sehen – sollte es auch mehrere Kilometer entfernt sein –, marschieren Sie los. Falls Sie nicht querfeldein laufen können, gehen Sie an der Straße entlang, aber seien Sie immer darauf vorbereitet, daß Sie sich schnell hinter einem Busch oder in einem Graben verbergen müssen, wenn Sie die Scheinwerfer eines Wagens auf sich zukommen sehen. Wenn das Haus zu weit entfernt ist, um den Weg zu Fuß zurückzulegen, oder wenn die Wetterverhältnisse einen Fußmarsch nicht zulassen, müssen Sie zwar im Auto bleiben: Verlassen Sie Ihren Wagen jedoch, um sich irgendwo zu verstecken, wenn Sie ein anderes Fahrzeug auftauchen sehen. Sollte jemand aussteigen und sich Ihren Wagen ansehen, bleiben Sie unter allen Umständen in Ihrem Versteck.«

Sloan machte eine Pause, um ihren Zuhörerinnen Gelegenheit zu geben, ihre Ausführungen nachzuvollziehen. Dann fuhr sie fort: »Von Ihrem Versteck aus können Sie dann beobachten, ob es sich bei dem Anhaltenden um einen Mann oder eine Frau handelt. Falls es ein Mann ist, verfolgen Sie genau, was er tut und wie er sich verhält. Falls er versucht, in Ihren Wagen einzubrechen oder ihn zu beschädigen, oder falls er auch nur ein paar sturzbetrunkene Freunde bei sich hat, dann wissen Sie wenigstens, daß Sie in Ihrem Versteck am besten aufgehoben sind.«

Sloan griff hinter sich und nahm einen kleinen schwarzen Gegenstand vom Tisch. »Wenn Sie aber wirklich keine Lust haben, im Dunkeln an Straßen entlangzuwandern oder sich über die Felder zu schlagen, und falls Sie nur ungern eine schreckliche Nacht damit zubringen, aus Ihrem Wagen in ein Versteck und wieder zurückzuspringen und dabei die ganze Zeit um Ihr Leben zu fürchten – dann habe ich hier eine Alternative für Sie.« Sie hob ihren Arm und hielt das Handy in die Luft, das sie vom Tisch aufgenommen hatte, und ihr Lächeln verschwand. »Bitte schaffen Sie sich so ein Ding an«, sagte sie mit eindringlicher Stimme. »Ich bitte Sie wirklich darum. Es kostet Sie nicht einmal hundert Dollar, und wenn Sie es nur für Notfälle benutzen, sind auch die laufenden Kosten nicht sehr hoch. Ich verstehe natürlich, daß es für viele von Ihnen eine beträchtliche Ausgabe bedeutet, aber Sie können Ihr Leben nicht in Dollar bezahlen; und es handelt sich tatsächlich um Ihr Leben, das Sie riskieren. Wenn Sie nachts mit Ihrem Wagen liegenbleiben und ein Handy bei sich haben, müssen Sie sich weder verstecken noch eine größere Wanderung unternehmen. Sie können einfach die Polizei anrufen – beziehungsweise Ihren Mann oder Ihren Freund – und ihm sagen, daß Sie am Wagen auf ihn warten. Danach müssen Sie nichts weiter tun, als sich bis zum Eintreffen der erwarteten Hilfe verborgen zu halten.«

»Eine Sache noch«, fügte sie hinzu, während gerade Jess den Raum betrat. »Falls Sie sich entscheiden sollten, die Polizei anzurufen, vergessen Sie bitte nicht zu erwähnen, daß Sie nicht im Wagen sitzen, sondern sich in seiner Nähe aufhalten werden. Tun Sie uns den Gefallen, nicht einfach unangekündigt hinter einem Busch hervorzuspringen, wenn wir dort ankommen.«

»Wieso denn nicht?« fragte Sara – die auch unter den Teilnehmerinnen war – mit einem herausfordernden Lächeln in Richtung Jess.

»Weil wir uns sonst vor Angst in die Hosen machen«, erwiderte Jess trocken.

Alle lachten, aber Sloan hatte einen ganz anderen Eindruck von dem scheinbar harmlosen Wortwechsel zwischen Sara und Jess. Sara, die sonst immer zu allen Menschen nett und freundlich war, hatte Jess mit ihrer Frage offensichtlich dazu zwingen wollen, vor einer Horde Frauen zuzugeben, daß auch er Angst haben konnte. Sloan wußte das genauso sicher, wie sie wußte, daß Jess, der Witze – und Frauen – niemals ernst nahm, Sara ihren Spott verübelte. Die beiden zählten zu den attraktivsten und nettesten Einwohnern von Bell Harbor. Und sie konnten einander nicht ausstehen. Sloan mochte beide sehr und sah es nur ungern, daß sie sich nicht vertrugen. Die unterschwellige Feindseligkeit, die schon lange zwischen ihnen herrschte, war eben für einen Moment an die Oberfläche gekommen.

Sloan schloß ihre erste Unterrichtsstunde ab, indem sie ihre Schülerinnen darauf hinwies, daß sie ihnen beim nächsten Mal ein paar konkrete Selbstverteidigungsübungen zeigen würde und sie dafür bequeme Kleidung mitbringen sollten; dann schaltete sie den Fernseher ab und nahm die Videocassette aus dem Recorder. Sie hatte vollständig vergessen, daß an diesem Tag Carter Reynolds aus dem Dunkel der Vergangenheit aufgetaucht war.

Leider kam die Erinnerung daran zurück, sobald sie mit Sara allein war.

6

»Ich kann nicht glauben, daß Carter Reynolds dein Vater ist!« stieß Sara aufgeregt hervor, sobald sich die schweren Türen des Rathauses hinter ihnen geschlossen hatten. »Ich kann es einfach nicht glauben«, wiederholte sie und dachte dabei unwillkürlich an all das, was sie im Boulevardteil der lokalen Tageszeitung über ihn gelesen hatte.

»Ich konnte es ja selbst nie glauben«, sagte Sloan mit einem wehmütigen Lächeln. »Eigentlich hatte ich auch nie Grund dazu«, fügte sie hinzu, während sie über den Parkplatz auf ihren Wagen zuging.

Sara hatte ihr kaum zugehört; sie war zu sehr mit ihren eigenen Gedanken über die aufregende Neuigkeit beschäftigt. »Als wir noch klein waren, hast du mir erzählt, daß deine Eltern geschieden wurden, als du noch ein Baby warst, aber du hast mir nie gesagt, wer dein Vater war... Carter Reynolds!« rief sie wieder aus und warf ihre Hände beschwörend in die Luft. »Mein Gott, schon allein beim Klang seines Namens sehe ich alles vor mir: Yachten, Luxuswagen, Banken und... Geld. Viel, viel wunderbares, herrliches Geld! Wie konntest du das all die Jahre vor mir geheimhalten?«

Sloan hatte keinen einzigen Moment für sich gehabt, um über alles nachzudenken, aber Saras überschwengliche Begeisterung festigte ihren spontanen Entschluß, sich weder von Carter Reynolds' Herzkrankheit noch von seinem verspäteten Versöhnungsversuch beeindrucken zu lassen, und schon gleich gar nicht von seinem Geld. »Er ist nur im biologischen Sinne mein Vater. In all den Jahren hat er mir nicht mal eine Karte geschrieben, geschweige denn mich angerufen.«

»Aber heute hat er dich doch angerufen! Was wollte er eigentlich?«

»Er wollte, daß ich ihn in Palm Beach besuche, damit wir einander kennenlernen. Ich habe abgelehnt. Meine Entscheidung steht fest«, sagte Sloan, in der Hoffnung, sich nicht mit Sara auf eine Debatte einlassen zu müssen. »Es ist zu spät; er kann nicht plötzlich nach dreißig Jahren daherkommen und Vater spielen«, fügte sie hinzu, während sie ihren Wagen aufsperrte.

Sara hatte Sloan gegenüber immer eine uneingeschränkte Solidarität an den Tag gelegt, und unter normalen Umständen hätte sie Sloans Entscheidung, einen Vater zurückzuweisen, der nie einer gewesen war, sicherlich unterstützt. In diesem Fall lag ihrer Meinung nach die Sache jedoch anders: Sloan hatte sich als die Tochter eines steinreichen Mannes entpuppt, der auch sie zu einer wohlhabenden Frau machen konnte. »Meiner Meinung nach solltest du es dir noch einmal überlegen«, sagte sie und suchte verzweifelt nach einem Argument, das ihre wahren Motive im verborgenen lassen würde. Was ihr schließlich in den Sinn kam, war allerdings mehr als fadenscheinig.

»Ich glaube nicht, daß Männer so sehr das Bedürfnis haben, ihren Kindern nahe zu sein wie Frauen«, erklärte sie. »Wahrscheinlich fehlt ihnen irgendein Chromosom, das sie zu einem anständigen Elternteil macht.«

»Tut mir leid«, erwiderte Sloan unbeeindruckt, »aber du kannst diesen ausgeprägten Mangel an Interesse nicht auf defekte Gene schieben. Nach allem was ich gelesen habe, kümmert er sich sehr um meine Schwester. Sie spielen zusammen Tennis, sie fahren zusammen Ski, sie spielen zusammen Golf. Sie sind ein Team, und zwar ein sehr erfolgreiches. Ich habe irgendwann den Überblick verloren, wie viele Preise die beiden schon gewonnen haben.«

»Deine Schwester! Stimmt ja! ... Mein Gott, du hast ja auch eine Schwester!« rief Sara voller Staunen aus. »Ich kann es einfach nicht glauben ... Du und ich, wir haben gemeinsam Sandkuchen gebacken, gemeinsam Hausaufgaben gemacht, und wir hatten sogar gemeinsam die Windpocken; und nun erfahre ich aus heiterem Himmel, daß dein Vater ein bekannter Mann ist und daß du auch noch eine Schwester hast. Wieso in aller Welt hast du mir das alles verschwiegen?«

»Ich habe dir gerade eben so ziemlich alles erzählt, was ich über die beiden weiß. Genau wie du kenne ich sie nur aus der Zeitung und weiß von meiner Schwester nur, daß sie Paris heißt und ein Jahr älter ist als ich. Ich habe keinen Kontakt mit ihr, genausowenig wie mit meinem Vater.«

»Aber wie konnte denn das alles geschehen?«

Sloan sah auf ihre Uhr. »Ich habe nur eine Stunde, um etwas zu essen und mich umzuziehen, bevor ich wieder zum Dienst antreten muß. Wenn du wirklich darüber reden willst, müssen wir das bei mir zu Hause tun.«

Sara zögerte keinen Augenblick. »Natürlich will ich darüber reden«, sagte sie und ging schon auf ihren roten Toyota zu. »Wir treffen uns gleich bei dir zu Hause.«

Sloan hatte ihr kleines, schmales Stuckhaus vor einigen Jahren gekauft. Es lag in einem angenehm gepflegten Viertel, das zehn Wohnblöcke umfaßte und in dem die meisten anderen Häuser nicht größer waren als ihr eigenes. Die Nähe zum Strand machte die Gegend sehr interessant für junge Leute, die zwar nicht sehr viel Geld hatten, aber über die nötige Begeisterung und Energie verfügten, um die etwa vierzig Jahre alten Häuser zu renovieren. Der Phantasie und den handwerklichen Fähigkeiten dieser jungen Hausbesitzer war es zu verdanken, daß das Viertel sich schnell zu einer freundlichen und etwas bizarren Wohngegend entwickelt hatte, in der sehr eigenwillige, schindelgedeckte Avantgarde-Häuser in bestem Einvernehmen neben eher ländlich-traditionellen, malerischen Backsteinhäuschen mit Stuckverzierung standen.

Sloan hatte alle ihre Ersparnisse und ihre ganze Freizeit in die Renovierung ihres Hauses gesteckt, und das Ergebnis konnte sich sehen lassen. Das hübsche Haus mit den weißen Fensterrahmen und Zierleisten, die das Schiefergrau des Stucks sehr schön zur Geltung kommen ließen, war ein ungemein gemütliches Heim geworden. Als sie ihr Haus gekauft hatte, war der gegenüberliegende Strand noch fast ausschließlich in Privatbesitz gewesen. Damals war die Straße sehr ruhig gewesen, und das gleichmäßige Rauschen der Wellen war die meiste Zeit über das einzige Geräusch, das die Anwohner zu hören bekamen.

Bell Harbors Bevölkerungsexplosion hatte der Ruhe allerdings ein Ende bereitet, da mehr und mehr Familien mit kleinen Kindern hinzukamen, die nach einem Strand suchten, an dem sie dem Stadtlärm und dem Gealber der Studenten entgehen konnten. Hier hatten sie genau das gefunden, was sie gesucht hatten. Als Sloan jetzt – an einem Sonntag nachmittag um vier Uhr – in ihre kleine Straße einbog, parkten die Autos bereits Stoßstange an Stoßstange. Manche standen direkt vor Parkverbotsschildern, andere blockierten die Einfahrten der Anwohner. Und wenngleich Sloan sehr wohl wußte, daß das Meer in unmittelbarer Nähe war, konnte sie doch nur das Kreischen der Kinder und den Lärm der Musik hören, die aus den zahllosen Kofferradios drang.

Sara erwischte den einzigen freien Parkplatz weit und breit, und Sloan mußte ein Grinsen unterdrücken, als sie beobachtete, wie Sara den Fahrer eines zuerst angekommenen dunkelblauen Ford Sedans dazu brachte, zu ihren Gunsten auf seinen Parkplatz zu verzichten. Mit offenem Mund saß der Mann im Auto und starrte sie bewundernd an, während er sie widerstandslos passieren ließ.

»Du mußt wirklich etwas gegen den Verkehr hier unternehmen«, erklärte Sara, während sie auf Sloan zueilte und sich über ein Hosenbein wischte. »Die Autos parken so dicht, daß ich mich wirklich dazwischenquetschen mußte, und dabei habe ich mich auch noch schmutzig gemacht.«

»Es ist schon ein Glück, wenn sie mir nicht gerade die Einfahrt zuparken«, erwiderte Sloan, während sie ihre Haustür aufschloß. Das Haus besaß eine heitere und sommerliche Atmosphäre, da es sehr hell war und Sloan viel Liebe auf seine Einrichtung verwandt hatte. Auf den leichten Rattanmöbeln lagen gemütliche Sitzkissen, deren Muster aus grünen Palmenblättern und gelbem Hibiskus sich sehr harmonisch in den Raum fügte.

»Willst du mir jetzt endlich von Carter Reynolds erzählen?« drängte Sara. »Woher kannte er eigentlich deine Büronummer?«

»Er sagte, er habe meine Mutter angerufen.«

»Dann haben die beiden also doch Kontakt miteinander?«

»O nein.«

»Ach, ist das aufregend!« stieß Sara aus. »Ich frage mich, wie sie sein plötzliches Interesse an dir aufgenommen hat.«

Sloan konnte sich gut vorstellen, wie ihre Mutter reagiert hatte, aber statt ihrer Freundin gleich zu antworten, ging sie erst hinüber zu ihrem Anrufbeantworter, der drei neue Nachrichten anzeigte. Sie setzte ein ahnungsvolles Lächeln auf, als sie den Wiedergabeknopf drückte: Wie erwartet war es ihre Mutter, die angerufen hatte, und wie erwartet klang sie noch jugendlicher und fröhlicher als sonst. »Sloan, Liebling, hier ist deine Mom. Ein wundervolle Überraschung wartet heute auf dich, aber ich will sie nicht verderben, daher sage ich dir nicht, was es ist… Einen Tip muß ich dir aber doch geben: Du wirst heute einen Anruf von einem Mann erhalten, der eine große Rolle in deinem Leben spielt. Ruf mich doch heute nachmittag an, bevor du deinen Abenddienst antrittst.«

Auch die zweite Nachricht war von Kimberly Reynolds und nur zwei Minuten nach der ersten aufgenommen. »Liebling, ich war so aufgeregt, als ich dir vorhin auf Band sprach, daß ich gar keinen klaren Gedanken fassen konnte. Ich werde heute abend nicht vor neun Uhr zu Hause sein, weil wir Ausverkauf haben und im Geschäft sehr viel los ist, so daß ich Lydia versprochen habe, bis Ladenschluß zu bleiben. Du kannst mich dort aber nicht anrufen, weil es sie so aufregt, wenn Angestellte ihr Telefon benutzen. Du weißt doch, daß sie sowieso schon Magenbeschwerden hat, und ich möchte nicht, daß es noch schlimmer wird. Ich kann es aber auch gar nicht erwarten, deine Reaktion zu erfahren, daher hinterlasse mir doch bitte eine Nachricht auf meinem Anrufbeantworter. Vergiß nicht…«

Sara schüttelte verwundert den Kopf über Kimberlys endlose Monologe. »Mein Gott, sie ist ja völlig aus dem Häuschen.«

»Stimmt«, sagte Sloan und verdrehte leicht entnervt die Augen über diese für ihre Mutter so typische Naivität. Auf Sloans Geburtsurkunde war zwar Kimberly Janssen Reynolds als ihre Mutter verzeichnet, aber in Wirklichkeit hatte eher Sloan Kimberly erzogen als umgekehrt. »Wieso, überrascht dich das?«

»Ich weiß nicht. Wahrscheinlich habe ich angenommen, daß sie einen Groll gegen deinen Vater hegt.«

Sloan sah sie mit einem spöttischen Grinsen an. »Sprechen wir beide über dieselbe Person? Meinst du *meine* Mom, meine süße Mom, die niemandem etwas abschlagen kann, weil sie Angst hat, zu hart zu sein oder seine Gefühle zu verletzen? Die Frau, die sich von Lydia hat zwingen lassen, noch sechs Stunden mehr in der Woche zu arbeiten, weil sie Angst hat, die Magenbeschwerden dieses herrischen, undankbaren Weibs könnten sich verschlimmern? Die unterbezahlte, überarbeitete Frau, die fünfzehn Jahre lang Lydias Laden geschmissen und ihr mehr Kunden eingebracht hat als alle anderen Angestellten zusammen?«

Sara, die Kimberly fast ebenso liebte wie Sloan selbst, fing an zu lachen, als Sloan ihre komische Tirade zum Abschluß brachte. »Ich kann nicht glauben, daß du wirklich gedacht hast, die Frau, die dich praktisch aufgezogen hat, könnte einen Groll gegen Carter Reynolds hegen, nur weil er sie vor dreißig Jahren verlassen, ihr das Herz gebrochen und nie wieder an sie gedacht, geschweige denn je wieder ein Wort mit ihr gewechselt hat.«

Sara hob abwehrend ihre Hand. »Okay, okay. Du hast absolut recht. Ich muß einen Moment lang nicht ganz bei Trost gewesen sein, daß ich auf eine solche Idee gekommen bin.«

Sloan lächelte wehmütig und drückte wieder auf den Wiedergabeknopf. Auch die dritte Nachricht war von Kimberly und eine Viertelstunde vor Sloans Heimkehr aufgenommen. »Liebling, hier ist noch mal deine Mom. Ich habe gerade Pause und bin schnell zu dem Münztelefon im Drugstore gelaufen. Jess sagte mir am Telefon, daß dein Vater dich inzwischen schon erreicht hat; ich brauche mir daher keine Gedanken mehr zu machen, daß ich dir mit meinen Anrufen die Überraschung verderbe. Weißt du, ich habe darüber nachgedacht, was du nach Palm Beach mitnehmen könntest. Ich weiß ja, daß du jeden übrigen Cent für dein Haus ausgegeben hast, aber wir werden dich wohl vorher noch komplett neu einkleiden müssen. Mach dir auf jeden Fall keine Sorgen, Schatz: Wenn du nach Palm Beach fährst, wirst du eine Menge wunderschöner neuer Kleider haben.«

Während Sara verhalten kicherte, schüttelte Sloan den Kopf und wählte die Nummer ihrer Mutter; wie erwartet war sie nicht zu Hause, und Sloan hinterließ daher eine Nachricht auf ihrem Anrufbeantworter. »Hallo, Mom, hier ist Sloan. Es stimmt, daß Carter Reynolds mich angerufen hat, aber ich werde sicher nicht nach Palm Beach fahren. Ich habe ihm deutlich zu verstehen gegeben, daß ich keinen Wert darauf lege, ihn oder jemand anderen aus diesem Zweig meiner Familie kennenzulernen. Sei mir bitte nicht böse. Lieben Gruß. Tschüs.« Damit legte sie auf und wandte sich wieder Sara zu. »Ich bin am Verhungern«, erklärte sie mit einem Seufzer, als wäre das Thema Carter Reynolds für sie damit erledigt. »Willst du auch ein Thunfischsandwich?«

Sara verfolgte schweigend, wie Sloan in die Küche ging und mit den Vorbereitungen für die Sandwiches begann. Jetzt, da die Faszination der Sensationsnachricht langsam abebbte, war sie vor allem erstaunt und auch verletzt, daß Sloan und Kim all die Jahre ein so großes Geheimnis vor ihr gehabt hatten. Diese beiden Frauen verkörperten für sie ihre Familie – jedenfalls viel mehr als ihre eigene.

Ihre Mutter war Alkoholikerin gewesen und hatte sich nicht um Sara gekümmert. Es war ihr auch egal, daß ihre Tochter seit ihrem vierten Lebensjahr die meiste Zeit bei ihren Nachbarinnen Kimberly und Sloan Reynolds verbrachte. Gemeinsam mit Sloan hatte sie als Dreikäsehoch unzählige Male an dem alten Resopaltisch in Kims einfacher Küche gesessen und mit ihren Wachsmalstiften in den Malbüchern herumgeschmiert, die Sloan bereitwillig mit ihr teilte. Kim war es gewesen – und nicht etwa ihre eigene Mutter –, die ihre ersten Kunstwerke gelobt hatte. Im Jahr darauf waren die beiden Mädchen gemeinsam in den Kindergarten gekommen und hatten sich am ersten Tag ängstlich an der Hand gehalten, um einander Mut zu machen, während sie auf dem Rücken den gleichen Snoopy-Rucksack trugen, den Kim gleich in zweifacher Ausfertigung für sie gekauft hatte.

Als sie das erste Mal mit einer Zeichnung nach Hause kamen, die sie im Kindergarten angefertigt hatten, hatte Kimberly Sloans Zeichnung an ihren Kühlschrank geheftet. Doch als die beiden Mädchen nach nebenan liefen, um Saras Mutter mit der Zeichnung ihrer Tochter zu überraschen, warf Mrs. Gibbon sie unachtsam auf den Tisch, wo sie auf dem runden, nassen Fleck landete, den ihr Whiskeyglas dort hinterlassen hatte. Sloan versuchte ihr zu erklären, daß Sara für ihr Werk von der Kindergärtnerin mit einem Stern ausgezeichnet worden war, doch Mrs. Gibbon schrie sie nur an, sie solle ihren Mund halten. Sara hatte vor Angst und Demütigung geweint, aber Sloan dachte nicht daran zu weinen und schien auch keine Angst zu haben. Statt dessen griff sie nach Saras Zeichnung, nahm ihre Freundin resolut an der Hand und führte sie wieder zu sich nach Hause. »Saras Mommy hat keinen guten Platz, um ihr Bild aufzuhängen«, erklärte Sloan ihrer Mutter mit einer stolzen, wenn auch leicht zitternden Kinderstimme. Dann griff sie nach dem Klebstreifen und hängte Saras Bild neben das ihre. »Wir werden sie einfach beide hierbehalten, nicht wahr, Mommy?« sagte sie fest, während sie mit ihrer kleinen Hand noch einmal auf das Bild patschte, um ganz sicherzugehen, daß es sich nicht ablösen würde.

Sara hatte den Atem angehalten, voller Angst, daß Mrs. Reynolds ihren kostbaren Platz nicht für ein Bild hergeben wollte, das Saras eigene Mutter verweigert hatte. Kimberly jedoch nahm die beiden kleinen Mädchen in den Arm und konstatierte, daß das eine *sehr* gute Idee sei.

Die Erinnerung an diese Episode hatte sich für immer in Saras Gedächtnis gegraben, denn seither hatte sie sich nie mehr ganz und gar allein gefühlt. Es war nicht das letzte Mal gewesen, daß ihre Mutter ihr Leid zugefügt hatte, und auch nicht das letzte Mal, daß Sloan ihre eigene Wut und ihre eigenen Tränen unterdrückt hatte, um für Sara oder einen anderen Menschen einzutreten. Es war auch nicht das letzte Mal gewesen, daß Kimberly sie beide getröstet oder ihnen beiden Schreibsachen für die Schule gekauft hatte, die sie sich eigentlich gar nicht leisten konnte. Aber es war sehr wohl das letzte Mal gewesen, daß Sara sich wie eine hilflose und verängstigte Außenseiterin in einer verwirrenden und grausamen Welt gefühlt hatte, in der jeder Mensch jemanden hatte, an den er sich wenden und dem er vertrauen konnte – außer ihr selbst.

In den folgenden Jahren waren die Kinderzeichnungen an Kimberlys Wänden durch Schulzeugnisse und Klassenfotos ersetzt worden. Statt Malbüchern und Wachsmalkreiden lagen nun Algebrabücher und Schulaufsätze auf dem Tisch, und die Gesprächsthemen kreisten nicht nur um gemeine Lehrer und brutale Jungs, sondern oft auch um das liebe Geld, von dem nie genug da war. Als Sloan und Sara zu Teenagern herangewachsen waren, merkten die beiden, daß Kimberly einfach nicht mit Geld umgehen konnte, und von diesem Zeitpunkt an übernahm Sloan an ihrer Statt die Haushaltsplanung, wobei dieser Rollenwechsel nicht nur die finanzielle Seite betraf. Eine Sache aber blieb über all die Jahre hinweg konstant und wurde zur unumstößlichen Sicherheit: Sara wußte, daß sie ein Teil dieser Familie war und von Kimberly und Sloan über alles geliebt wurde ...

Als sie sich nun langsam am Küchentisch niederließ, dachte Sara unwillkürlich an den Küchentisch, an dem sie unzählige Male mit Sloan und Kimberly gesessen hatte. Es enttäuschte sie zutiefst, daß die beiden sie aus einem so bedeutenden Familiengeheimnis ausgeschlossen hatten.

Sloan wandte sich um und wiederholte ihre Frage, da Sara ihr nicht geantwortet hatte. »Du möchtest doch ein Sandwich, oder?«

»Es geht mich vielleicht nichts an«, begann Sara statt einer Antwort und fühlte sich zum ersten Mal, seit sie Sloan und Kimberly kannte, wie eine Außenseiterin, »aber könntest du mir bitte sagen, wieso du mir das mit deinem Vater so lange verheimlicht hast?«

Sloan hielt erstaunt inne, als sie die Verletztheit in Saras Stimme wahrnahm. »Aber es war doch gar kein großes Geheimnis, wirklich nicht. Als wir beide Kinder waren, haben wir doch über unsere Väter geredet, und ich habe dir auch von meinem erzählt. Meine Mutter hat als Achtzehnjährige einen

Schönheitswettbewerb gewonnen, und der erste Preis war eine einwöchige Reise nach Fort Lauderdale mit Unterbringung in einem Luxushotel. Carter Reynolds wohnte damals im selben Hotel. Er war sieben Jahre älter als sie, sah unheimlich gut aus und kam aus den besten Kreisen. Mom hat geglaubt, daß es Liebe auf den ersten Blick war, daß sie heiraten und zusammen glücklich werden würden. In Wahrheit hatte er nicht einmal die Absicht, sie wiederzusehen, geschweige denn sie zu heiraten. Als sich aber schließlich herausstellte, daß sie schwanger war, ließ seine angeekelte Familie ihm keine Wahl. Die nächsten paar Jahre lebten sie in der Nähe von Coral Gables, wo sie sich mit dem Wenigen durchschlugen, das mein Vater verdiente, und Mom bekam schließlich noch ein Kind. Mom war der festen Überzeugung, daß sie glücklich miteinander waren, bis dann eines Tages seine Mutter in ihrer Limousine angefahren kam und ihm die Chance bot, in den Schoß seiner glorreichen Familie zurückzukehren. Er nahm ihr Angebot sofort an. Meine Mutter war in Tränen aufgelöst, doch statt sich ihr gegenüber wenigstens verständnisvoll zu zeigen, behauptete Reynolds' Mutter auch noch, es sei egoistisch von ihr, nicht nur ihren Mann sondern auch noch die beiden Kinder behalten zu wollen. Sie überredeten sie schließlich, Paris für eine Weile auf Besuch zu ihm nach San Francisco mitkommen zu lassen. Dann ließen sie sie ein Dokument unterschreiben, in dem sie der Scheidung zustimmte. Sie wußte nicht, was im Kleingedruckten stand, nämlich daß sie damit alle ihre Rechte auf Paris abtrat. Sie machten sich einfach in der Limousine auf und davon, drei Stunden nachdem seine Mutter angekommen war. Ende der Geschichte.«

In Saras Augen standen Tränen der Wut und des Mitgefühls für Kim, während sie wie gebannt an Sloans Lippen hing. »Ich erinnere mich jetzt, daß du mir diese Geschichte vor langer Zeit schon einmal erzählt hast«, sagte sie dann. »Aber ich war damals zu jung, um zu verstehen wie ... verantwortungslos sie gehandelt haben und welchen Schmerz sie euch damit zufügten.«

Sloan war erleichtert, daß Sara ihre Reaktion auf Carters Anruf nun besser verstehen würde. »Und jetzt, wo du alles weißt, sag mir eins: Würdest *du* dich noch als Verwandte dieses Mannes und dieser Familie fühlen? Könntest du vergessen, was er dir angetan hat?«

»Ich würde den Bastard wahrscheinlich umbringen«, erwiderte Sara mit einem leisen Lachen.

»Das wäre eine gesunde Reaktion – und ›Bastard‹ ist eine treffende Bezeichnung für diesen Mann«, stimmte Sloan zu, während sie zwei Teller mit Thunfischsandwiches auf den Tisch stellte. »Da meine Mutter sich weigerte, ihn umzubringen, und da ich selbst zu jung war, um es für sie zu tun«, fügte sie leichthin hinzu, »und da es sie unendlich traurig machte, über meine Schwester oder über diesen unseligen Tag auch nur zu sprechen, beschloß ich als Sieben- oder Achtjährige, daß wir in Zukunft einfach so tun würden, als hätten die beiden nie existiert. Schließlich hatten wir immer noch einander, und dann gab es ja auch noch dich. Wir waren eine ganz phantastische Familie, die niemanden brauchte.«

»Ja, das waren wir ... und wir sind es noch«, bestätigte Sara gerührt. »Konnte Kim denn gar nichts unternehmen, um Paris zurückzubekommen?«

Sloan schüttelte den Kopf. »Mom setzte sich mit einem Rechtsexperten in Verbindung, und er sagte uns, daß ein Prozeß uns ein Vermögen kosten würde. Selbst mit einem hochkarätigen Anwalt hätten wir kaum Aussichten gehabt, zu gewinnen. Mom hat sich schließlich eingeredet, daß Paris bei den Reynolds' ein wundervolles Leben in Luxus hat, das sie selbst ihr nie bieten hätte können.«

Sloan hatte versucht, gelassen zu bleiben, doch nun fühlte sie plötzlich Wut und Enttäuschung in sich aufsteigen. In der Vergangenheit hatte sie die Demütigung ihrer Mutter oft schmerzhaft nachempfunden und ihren Vater zutiefst verachtet. Jetzt, da sie als erwachsene Frau die Geschichte noch einmal rekapitulierte, empfand sie eher Stolz als Scham; doch plötzlich wurde sie erneut von so heftigem Mitgefühl für ihre Mutter übermannt, daß es schmerzte. Für ihren Vater – diesen herzlosen, egoistischen, grausamen Zerstörer von Kimberlys Träumen – fühlte sie nun nicht mehr nur Verachtung, sondern Abscheu; und dieses Gefühl verstärkte sich, sobald sie an seinen unverfrorenen Anruf dachte. Er schien tatsächlich zu glauben, daß ein kurzer Anruf genügte, um seine verlassene Frau und seine vernachlässigte Tochter vor Freude über ein Wiedersehen aufjubeln zu lassen. Sie hätte ihn am Telefon nicht nur kühl abweisen sollen; sie hätte ihm sagen sollen, daß sie lieber eine Woche in einer Schlangengrube verbringen würde, als ihn zu treffen. Sie hätte ihm sagen sollen, daß er ein Bastard war.

7

Etwa um halb zehn Uhr abends hatte ein Nachbar von Mrs. Rivera das Feuer entdeckt und die Feuerwehr gerufen. Obwohl sie nur wenige Minuten später am Brandort eingetroffen war, hatte sie das etwas schäbige Haus mit dem hölzernen Grundgerüst nicht mehr retten können.

Sloan war gerade auf dem Nachhauseweg, als sie über Funk von dem Brand hörte. Eigentlich hatte sie sich schnell zu Hause umziehen und dann gleich an den Strand zu Petes Polterabend gehen wollen. Sie entschloß sich jedoch spontan, zu dem brennenden Haus zu fahren und zu sehen, ob sie irgendwie helfen konnte. Die kleine Straße sah aus, als befände sie sich im Belagerungszustand: Die Ansammlung von Feuerwehrfahrzeugen, Kranken- und Streifenwagen machten es Sloan fast unmöglich, zum Brandherd durchzudringen. Blinkende Blaulichter, heulende Sirenen und die auf der Straße lagernden Feuerwehrschläuche, die aussahen wie fette weiße Schlangen, gaben der ganzen Szenerie etwas Unheimliches. Um die Neugierigen zurückzuhalten, hatte die Polizei bereits eine Absperrung errichtet.

Sloan war gerade in ein Gespräch mit ein paar Nachbarn vertieft, als die Hausbesitzerin, Mrs. Rivera, die den Abend ahnungslos bei einer Freundin verbracht hatte, plötzlich auf der Bildfläche erschien. Sie war eine ziemlich mollige, ältere Frau und schien unter einem schweren Schock zu stehen, als sie sich nun ihren Weg durch die Menschenmenge erkämpfte. »Mein Haus! Mein Haus!« schrie sie immer wieder, und als sie schließlich über einen Wasserschlauch stolperte und dabei fast zu Boden fiel, eilte Sloan sofort zu ihr, um die verzweifelte Frau aufzufangen und zu trösten.

»Sie können da nicht reingehen«, sagte Sloan sanft zu Mrs. Rivera. »Sie könnten sich verletzen, und außerdem würden

Sie dabei nur die Männer stören, die Ihr Haus zu retten versuchen.«

Statt sich zu beruhigen, wurde Mrs. Rivera aber nur noch hysterischer. »Mein Hund …!« schluchzte sie plötzlich laut auf und versuchte, sich von Sloan loszureißen. »Meine Daisy ist noch da drin!«

Sloan hielt die Frau fest in ihrer sanften Umklammerung und überlegte hastig, wie sie sie beruhigen konnte. »Ist Daisy ein kleiner braunweißer Hund?«

»Ja. Klein. Braun und weiß …«

»Ich glaube, ich habe sie vor ein paar Minuten gesehen«, sagte Sloan. »Sie ist ganz bestimmt in Sicherheit. Rufen Sie ihren Namen. Kommen Sie, wir werden gemeinsam nach ihr suchen.«

»Daisy!« weinte Mrs. Rivera, während sie hilflos im Kreis herumirrte. »Daisy! Daisy, wo bist du?«

Sloan sah sich aufmerksam nach einem Versteck um, das der kleine, sicherlich völlig verängstigte Hund gewählt haben könnte. Plötzlich entdeckte sie das rußverschmierte Tierchen, als es gerade unter einem Streifenwagen hervorlugte. »Da ist ja Ihre Daisy!« sagte Sloan erleichtert zu Mrs. Rivera.

»Daisy! Meine allerliebste Daisy!« schluchzte die Frau überglücklich, rannte auf das Tier zu und riß es in ihre Arme.

Danach konnte Sloan nichts weiter tun, als neben der verzweifelten Frau zu stehen und sie nicht allein zu lassen, während sie hilflos mit ansehen mußte, wie die gierigen Flammen ihr Haus verschlangen. »Ein Nachbar hat mir erzählt, daß eine Ihrer Töchter in der Nähe lebt«, sagte Sloan schließlich zu Mrs. Rivera.

Die Frau nickte stumm, den Blick immer noch ungläubig auf das gerichtet, was einmal ihr Zuhause gewesen war.

»Ich werde einen Kollegen bitten, sie abzuholen und hierher zu Ihnen zu bringen«, erbot sich Sloan.

Als Sloan nach Hause kam, war es schon zu spät, um noch zu duschen und Haare zu waschen, bevor sie sich zu Petes Party aufmachte. Sie ließ ihren Wagen in der Hauseinfahrt stehen, griff nach ihrer Handtasche und eilte über die Straße, wobei sie sich zwischen zwei dicht hintereinander geparkten Autos hindurchwinden mußte. Dabei fiel ihr Blick auf einen weiter entfernt stehenden Ford, auf dessen Fahrersitz die Umrisse eines Mannes zu erkennen waren; plötzlich war der Mann jedoch verschwunden, als hätte er sich auf seinem Sitz zusammengekauert, um nicht gesehen zu werden.

Sloan unterdrückte den Wunsch, der Sache auf den Grund zu gehen, und ging schnell den Gehsteig entlang. Sie hatte es eilig, auf Petes Party zu kommen. Vielleicht hatte der Mann in dem Wagen – falls sie überhaupt jemanden darin gesehen hatte – sich hinuntergebeugt, um etwas aufzuheben. Vielleicht hatte er auch beschlossen, ein Nickerchen zu machen. Vielleicht hatte sie sich aber auch getäuscht und in Wirklichkeit nur den Schatten einer Palme gesehen, der sich im Licht der Straßenlaterne auf der Windschutzscheibe spiegelte.

Dennoch behielt sie den Ford noch eine Weile im Auge, während sie auf die lange Reihe der Snackbuden am Strand zuging. Tatsächlich stellte sie kurz darauf fest, daß sie sich doch nicht getäuscht hatte: Nach einer Weile wurde plötzlich die Wagentür geöffnet, und ein großgewachsener Mann stieg aus und schlenderte langsam den Strand entlang in ihre Richtung.

Da Sloan intuitiv spürte, daß mit diesem Mann etwas nicht stimmte, blieb sie hinter einer Snackbude stehen, um sich vor seinem Blick zu verbergen. In nördlicher Richtung befand sich ein fünf Kilometer langer Sandstrand mit mehreren Pavillons, die von den Besuchern für Picknicks und Grillfeste genutzt wurden. Dies war der Strandabschnitt, auf dem sich der Großteil der Sonnenanbeter von Bell Harbor tummelte, und nicht weit von hier sollte auch Pete Bensingers Party stattfinden.

In südlicher Richtung hingegen lagen die zum Teil üppig bewachsenen Sanddünen, die von verliebten Paaren für nächtliche Stelldicheins aufgesucht wurden – oder auch von Menschen, die nichts Gutes im Schilde führten. Der Fremde hatte diese Richtung eingeschlagen.

Sloan war seit dem nachmittäglichen Anruf ihres Vaters nervös und angespannt, aber es lag nicht nur daran, daß der

Mann ihr ein Gefühl des Unbehagens einflößte. Während ihrer Polizeilaufbahn hatte sie gelernt, diesem Gefühl absolut zu vertrauen. Einerseits kam ihr der Mann seltsam bekannt vor, andererseits lag in der Art, wie er sich bewegte, etwas Verstohlenes, das nicht zu einem harmlosen spätabendlichen Strandspaziergang passen wollte. Überdies war es auf dem südlichen Strandabschnitt in der letzten Zeit immer häufiger zu Raubüberfällen und einmal sogar zu einem Mord gekommen, und nicht selten wurde er auch von den Drogendealern der Stadt für ihre zwielichtigen Geschäfte genutzt.

Kurz entschlossen schlich sich Sloan langsam hinter den Snackbuden entlang in Richtung Süden, auf der Suche nach einem Versteck, von dem aus sie den Mann beobachten konnte.

Er verfluchte heimlich den Sand in seinen Schuhen, während er im Schutz der Dünen wartete, daß sie hinter den Snackbuden auftauchen würde. Bisher hatte sie sich als so leichtsinniges und vorhersehbares Beobachtungsobjekt erwiesen, daß er sich zunächst keine Sorgen machte, als sie nicht erschien. Als sie aus seinem Blickfeld verschwunden war, nahm er einfach an, daß sie zu Hause etwas vergessen hatte und zurückgegangen war, um es zu holen.

Statt ihr zu folgen und dabei noch mehr Sand in die Schuhe zu bekommen, ging er ein paar Schritte zurück und kauerte sich zwischen den Dünen nieder. Während er geduldig wartete, suchte er in seiner Tasche nach einer Rolle Minzbonbons.

Er beugte sich vorsichtig vor, um einen guten Blick auf die Straße zu haben, die sie auf dem Rückweg zum Strand überqueren mußte. Der Mond hatte sich gerade hinter einer Wolke verborgen, so daß der Strand nur vom Licht einer Straßenlampe erhellt wurde, die sich in der Nähe einer der Snackbars befand. Während er noch sein Minzbonbon aus der Silberfolie wickelte, sah er sie plötzlich am südlichen Ende der Buden auftauchen und dann ebenso schnell wieder zwischen den grasbewachsenen Dünen verschwinden.

Ihr Überraschungsmanöver erstaunte und verwirrte ihn; er mußte jedoch zugeben, daß es seinem Auftrag, der ihm in den vergangenen drei Tagen schon zur langweiligen Pflicht geworden war, einen neuen Kitzel verlieh. Sie hatte zweifellos etwas vor, und er hatte nicht die leiseste Ahnung, was es war.

Vorsichtig richtete er sich auf und sah sich nach allen Seiten aufmerksam um, konnte aber keine Spur von ihr entdecken. Leise vor sich hin fluchend begann er, auf einen Hügel zu klettern, von dem aus er einen besseren Überblick haben würde.

»Bleiben Sie stehen, und nehmen Sie die Hände hoch!«

Der Klang ihrer Stimme kam so plötzlich und unerwartet, daß ihm das Seegrasbüschel, an dem er sich hochgezogen hatte, aus der Hand rutschte und er den Hügel wieder hinunterschlitterte. Seine Füße fanden in dem weichen und nachgiebigen Sand keinen Halt, und als er auch noch über eine Wurzel stolperte, sackten ihm die Beine weg, und er landete in einer Bauchlandung direkt vor ihren Füßen.

Langsam drehte er den Kopf und starrte sie fassungslos an. Sie stand mit leicht gespreizten Beinen vor ihm, so dicht, daß er nach ihr greifen hätte können, und in ihren Händen hielt sie eine Neun-Millimeter-Glock, deren Lauf direkt auf seinen Kopf zielte.

»Legen Sie Ihre Hände auf den Rücken, so daß ich sie sehen kann!« befahl sie.

Da seine Jacke sich während des Falls geöffnet hatte, hatte sie sicherlich bemerkt, daß auch er bewaffnet war. Er beschloß, ihr Spielchen eine Weile mitzumachen, aber auf keinen Fall zuzulassen, daß sie ihm die Waffe abnahm. Mit einem schiefen Grinsen folgte er daher ihrem Befehl und legte langsam die Arme auf den Rücken. »Das ist aber ein großes Gewehr für ein so kleines Mädchen wie Sie.«

»Legen Sie Ihre Hände zusammen, und rollen Sie sich auf den Rücken.«

Sein Lächeln wurde breiter. »Wieso? Sie haben wohl keine Handschellen bei sich?«

Natürlich hatte Sloan keine Handschellen; nicht einmal ein Schuhband hatte sie, mit dem sie ihn fesseln hätte können. Sie war allein mit einem bewaffneten Mann an einem vielbesuchten Strand; mit einem Mann, der sich zudem recht seltsam verhielt, da er kaltblütig genug – oder verrückt genug – war, sich auch noch über sie lustig zu machen. »Tun Sie, was ich gesagt habe«, drängte Sloan und hob ihre Waffe ein paar Zentimeter. »Lassen Sie Ihre Hände auf dem Rücken, und rollen Sie sich herum.«

Wieder überflog ein sonderbares Lächeln sein Gesicht. »Das ist kein guter Plan, Lady. Falls Sie mir auf diese Weise die Waffe abnehmen wollen, brauche ich mich nur ganz leicht aufzurichten, um Sie am Handgelenk zu packen und mit Ihrer eigenen Waffe zu erschießen. Haben Sie schon mal gesehen, was so ein Ding mit einem Menschen anrichtet?«

Der Mann schien wirklich gefährlich zu sein. Sloan befürchtete, daß er nicht davor zurückschrecken würde, jeden Menschen am Strand zu erschießen, der sich ihm in den Weg stellte. Es hatte keinen Sinn, ihm die Waffe im Alleingang abnehmen zu wollen. Um Zeit zu gewinnen, atmete sie tief durch und zielte auf die Stelle direkt zwischen seinen Augen. »Nein. Bringen Sie mich lieber nicht dazu, es mir jetzt ansehen zu müssen«, warnte sie.

Als er merkte, daß sie nicht nachgeben würde, rollte er sich widerwillig auf den Rücken, versuchte dann aber, sie durch eine List zu ködern. »Ich habe zwanzigtausend Dollar in bar bei mir«, sagte er hastig. »Sie können sie haben, wenn Sie mich gehen lassen. Ich verspreche Ihnen, daß niemand zu Schaden kommen und daß niemand je davon erfahren wird.«

Statt auf seinen Vorschlag einzugehen, trat Sloan einen Schritt zurück, zielte mit ihrer Glock auf das Meer hinaus und feuerte dreimal hintereinander, bevor sie die Waffe wieder auf ihn richtete. Die Schüsse hallten in der Dunkelheit nach, und irgendwo am Strand stieß jemand erschrocken einen Schrei aus.

»Wieso zum Teufel haben Sie das getan?« fragte er.

»Ich habe nach Verstärkung gerufen«, erwiderte sie. »Einige Kollegen von mir halten sich hier am Strand auf; sie werden in einer Minute dasein.«

Ihre Worte bewirkten eine schlagartige Veränderung in seinem Verhalten. »In diesem Fall werde ich mich wohl vorstellen müssen«, versetzte er brüsk und fast geschäftsmäßig. »Ich bin Special-Agent Paul Richardson, FBI, und Sie sind auf dem besten Wege, meine Deckung auffliegen zu lassen, Detective Reynolds.«

Sloan war zwar über seine plötzliche Verwandlung baß erstaunt, doch zögerte sie noch, ihm zu glauben. Es war in jedem Fall besser, auf Nummer Sicher zu gehen. »Zeigen Sie mir Ihren Ausweis.«

»Er ist in meiner Jackentasche.«

»Setzen Sie sich langsam auf«, befahl sie und folgte mit ihrer Pistole jeder seiner Bewegungen. »Gut... Nehmen Sie jetzt mit Ihrer linken Hand den Ausweis aus Ihrer Tasche, und werfen Sie ihn mir herüber.«

Einen Moment später landete ein flaches Ledermäppchen vor ihren Füßen. Die Waffe immer noch auf den Mann gerichtet, beugte sich Sloan vorsichtig hinunter, griff nach dem Mäppchen und schlug es auf: Das Gesicht auf dem Ausweisfoto war tatsächlich das des Mannes, der vor ihr im Sand saß...

»Zufrieden?« fragte er selbstgefällig und stand auf.

Sloan war alles andere als zufrieden. Als sie nun langsam ihren Arm sinken ließ, begann ihr Körper plötzlich heftig zu zittern, als würde er jetzt erst auf die Gefahr reagieren, in der sie sich befunden hatte. »Entspricht das Ihrer Vorstellung von Spaß, oder haben Sie eine andere Erklärung dafür, wieso Sie mich in panische Angst versetzt haben?« fragte sie in ohnmächtiger Wut.

Er zuckte mit den Schultern und schüttelte sich den Sand von den Hosenbeinen. »Nun, es war eine gute Gelegenheit, um herauszufinden, wie Sie unter Schock reagieren; ich habe mich kurzerhand entschlossen, sie auszunutzen.«

Sloan hatte ihn indessen einer prüfenden Betrachtung unterzogen, und plötzlich fiel ihr ein, wieso er ihr so bekannt vorgekommen war. »Ja, natürlich... Ich habe Sie gestern im Park gesehen, und vorgestern haben Sie sich auf dem Rathausparkplatz herumgetrieben! Kann es sein, daß Sie mich schon seit Tagen beobachten? Sie schulden mir eine Erklärung: Was in aller Welt will das FBI von mir?«

»Von Ihnen eigentlich nichts... Wir interessieren uns für Carter Reynolds.«

»Wie bitte?« fragte sie vollkommen verdattert.

»Wir interessieren uns für Ihren Vater.«

Sloan starrte ihn sprachlos an. Ihr Vater war vor langer Zeit aus ihrem Leben verschwunden. Carter Reynolds war für sie einfach der Name eines berühmten, aber ihr völlig fremden Mannes, über den sie niemals mit jemandem sprach. Und nun, vor noch nicht einmal zwölf Stunden, war dieser Name, dieser Mann, plötzlich aus einer dunklen Vergangenheit aufgetaucht, und er schien sie nun nicht mehr loslassen zu wollen. »Ich weiß nicht, welchen Verdacht Sie gegen ihn hegen, aber was immer es auch ist, ich habe nichts damit zu tun. Ich hatte mein ganzes Leben lang nichts mit ihm zu tun.«

»Das wissen wir sehr gut.« Sein Blick wanderte den Küstenstreifen entlang und fiel auf drei Männer, die in ihre Richtung gerannt kamen. Einer der Männer trug eine Taschenlampe, deren Lichtstrahl auf dem Sand umherirrte wie ein Warnsignal. »Sieht so aus, als sei Ihre Verstärkung schon unterwegs«, sagte Richardson, indem er sie am Ellbogen nahm und vorwärts schob. »Kommen Sie, wir gehen ihnen entgegen.«

Sloan bewegte sich automatisch vorwärts, doch ihre Beine fühlten sich hölzern an, und ihr Kopf war wie benebelt. »Versuchen Sie, sich ganz normal zu benehmen«, beschwor sie Richardson. »Stellen Sie mich erst mal vor. Wenn jemand danach fragen sollte, dann sagen Sie, Sie hätten mich vor zwei Monaten während Ihres Fortbildungsseminars in Fort Lauderdale kennengelernt und mich damals eingeladen, Sie für ein Wochenende in Bell Harbor zu besuchen. Setzen Sie jetzt ein Lächeln auf, und winken Sie den Leuten zu.«

Sloan nickte und versuchte, seinen Anweisungen zu folgen, aber sie konnte an nichts anderes denken, als daß das FBI gegen Carter Reynolds ermittelte ... und daß sie beobachtet worden war ... und daß Richardson ihr gerade einen Riesenschreck eingejagt hatte ...

Jess war seinen unsportlicheren Kollegen vorausgerannt und kam als erster bei ihnen an. »Hallo, Sloan! Wir haben Schüsse aus dieser Richtung gehört«, sagte er, während er einen suchenden Blick über die Dünen warf. »Hast du eine Ahnung, was hier los war?«

Sloan fiel es ungeheuer schwer, das Vertrauen und die Hilfsbereitschaft eines Freundes und Kollegen zu mißbrauchen und ihm eine unverfrorene Lüge aufzutischen. Dennoch versuchte sie so gut wie möglich, einen heiteren Plauderton anzunehmen, als sie nun sagte: »Das waren nur Knallkörper, Jess. Zwei Jugendliche haben sie in den Dünen losgelassen und sind dann abgehauen.«

»Es klang aber wie Schüsse«, insistierte Jess, indem er die Hände in die Hüften stemmte und über ihre Schulter hinweg den Strand absuchte.

Endlich kamen auch Ted Burnby und Leo Reagan angelaufen. »Wir dachten, wir haben Schüsse gehört«, stieß Ted hervor, während Leo Reagan so schwer atmen mußte, daß er kein Wort herausbekam. Seine vierzig Pfund Übergewicht und sein Bewegungsmangel machten sich bei körperlichen Anstrengungen deutlich bemerkbar. Immer noch nach Luft schnappend, ließ er sich nun schwer nach vorne fallen und stützte sich mit den Händen auf den Beinen ab.

»Ein paar junge Leute haben am Strand Knallkörper entzündet«, log Sloan weiter, mit wachsendem schlechtem Gewissen.

Leo und Ted akzeptierten ihre Erklärung viel bereitwilliger als Jess, der als ehemaliger Großstadtcop über einen unbeirrbaren Instinkt und einen messerscharfen Verstand verfügte. Kurze Zeit später gab aber auch er es auf, mißtrauisch die Dünen abzusuchen, und wandte sein nicht gerade begeistert dreinblickendes Gesicht Sloan zu. »Petes Party ist fast zu Ende«, sagte er mit einem beleidigten Unterton. »Wir haben uns schon Gedanken gemacht, wieso du nicht gekommen bist.«

Es blieb Sloan nichts anderes übrig, als ihre Lügen weiterzuspinnen. »Oh, ich war gerade auf dem Weg dorthin.«

Jess ließ die Hände fallen und nahm eine etwas weniger angriffslustige Haltung ein, als er sich nun ihrem Begleiter zuwandte. »Wer ist das denn?«

Sloan war erleichtert, daß der FBI-Agent es nicht ihr überließ, ihn vorzustellen. »Paul Richardson«, sagte er und schüttelte zuerst Jess und dann auch Ted und Leo die Hand. Er strahlte selbstsichere Männlichkeit und eine lockere Herzlichkeit aus, als er hinzufügte: »Ich bin ein Freund von Sloan aus Fort Lauderdale.«

»Wenn Sie auf Petes Party noch etwas zu essen bekommen möchten, sollten Sie sich schleunigst auf die Socken machen«, warnte Leo, dessen Gedanken immer ums Essen kreisten, seinen neuen Bekannten. »Ich glaube nicht, daß noch allzuviel übrig ist.«

»Ich habe einen langen Tag hinter mir«, erwiderte Paul Richardson und wandte sich dann bedauernd an seine Begleiterin: »Sloan, geh du lieber ohne mich auf die Party.«

Sloan geriet in Panik. Der Mann hatte tatsächlich vor, nun einfach wieder zu verschwinden und sie mit all den Fragen allein zu lassen, die ihr schon die ganze Zeit unter den Nägeln brannten. Wahrscheinlich würde er Bell Harbor verlassen, ohne ihr gesagt zu haben, was das FBI nun eigentlich von ihr wollte. Im verzweifelten Versuch, ihn aufzuhalten, packte sie ihn hastig am Arm. »Oh, Paul, ich möchte aber doch so gerne, daß du Pete kennenlernst«, beharrte sie. »Ich verspreche dir, daß wir nur ein paar Minuten bleiben.«

»Ich glaube, ich bin heute abend ein äußerst langweiliger Gesprächspartner und …«

»Nein, das bist du gar nicht!« sagte Sloan mit gespielter Fröhlichkeit.

Seine Augen wurden schmal, als er in warnendem Ton erwiderte: »Doch, das glaube ich schon.«

»Du kannst doch gar nicht langweilig sein, Paul. Du bist so ein *interessanter* Mensch.«

»Du täuschst dich.«

»Nein, tue ich nicht«, versetzte Sloan und wählte einen letzten Verzweiflungsausweg, indem sie sich an ihre Kollegen wandte: »Ich muß euch wirklich erzählen, *wie* interessant er ist …«

»Langweile sie bitte nicht mit Einzelheiten, Sloan«, unterbrach er sie mit einem gezwungenen Lächeln. »Gehen wir also zu deinem Freund Pete und besorgen uns etwas zu essen.«

Bei der letzten Bemerkung leuchtete Leos Gesicht auf. »Hey, Paul, mögen Sie Anchovis?«

»Ich liebe Anchovis«, antwortete Richardson begeistert, aber Sloan hatte den Eindruck, daß er dabei die Zähne zusammenbiß.

»Dann haben Sie Glück, denn die Pizza war mit Anchovis belegt, und daher ist noch eine Menge davon übrig. Ich habe noch nie jemanden kennengelernt, der Anchovis mochte, außer Pete und jetzt Ihnen.«

Das ganze Gespräch über hatte Jess das Gesicht des FBI-Agenten aufmerksam studiert, jetzt aber schien er plötzlich das Interesse und die Geduld zu verlieren. »Wenn wir uns jetzt nicht schnellstens auf den Weg machen, ist die Party vorbei.«

»Gehen wir«, willigte Richardson ein und legte zu Sloans Überraschung in einer freundschaftlichen und leicht besitzergreifenden Geste den Arm um sie. Es lag jedoch nichts Liebevolles in dem harten, warnenden Griff, mit dem er ihre Schulter drückte.

Jess, Leo und Ted trotteten neben ihnen her, und schon bald waren die vier Männer in eine angeregte Unterhaltung über Sport vertieft. Alles schien in bester Ordnung, als sie den relativ menschenleeren Dünenabschnitt hinter sich ließen und den hellerleuchteten Strand entlangwanderten. Das Rauschen der Brandung wurde vom Lärm der aus mehreren Radios dröhnenden Musik übertönt, und auf den bunten Decken lagerten meist junge Paare, die einen romantischen Abend am Strand genießen wollten.

8

Der Pavillon, in dem Petes Fest stattfand, war mit einem Grill ausgerüstet, und der Geruch nach Holzkohle und brutzelnden Hot dogs bereitete Sloan ein leicht unangenehmes Gefühl im Magen. Pete stand mit seiner Verlobten und dem Großteil der Partygäste ein Stück entfernt, um Jim Finkle zu lauschen, der seine Gitarre mitgebracht hatte und gerade ein sehr schönes Flamenco-Stück spielte. »Er hätte Musiker werden sollen statt Polizist«, bemerkte Jess, bevor er sich ebenfalls Jims Zuhörern anschloß.

Leo blieb noch einen Moment bei Sloan und Paul stehen. »Essen Sie erst mal was«, wies er Richardson an und zeigte mit einer großzügigen Geste auf den riesigen Holztisch, der mit offenen Pizzaschachteln, zahlreichen Schüsseln mit den Resten von Käsedips, Chili und Kartoffelsalat und einem großen Teller mit kalten Hot dogs beladen war. »Getränke sind dort im Kühlschrank«, fügte er hinzu, bevor auch er zu Jim hinüberging. »Nehmen Sie sich einfach, was Sie gerne möchten.«

»Danke, das werde ich tun«, erwiderte Richardson, der seinen Arm immer noch um Sloans Schulter gelegt hatte und sie so zwang, an seiner Seite zu bleiben, bis sie den Tisch erreicht hatten. Sloan hatte den Eindruck gehabt, daß er zu Anfang wütend gewesen war, doch während des Strandspaziergangs schien er sich ein wenig beruhigt zu haben. Er hatte in lockerem Plauderton mit Leo über die Kochkünste von Männern gescherzt und auch herzlich über eine Bemerkung Sloans zum Thema gelacht. Sie nahm an, daß er mittlerweile langsam Vertrauen zu ihr gewonnen hatte und davon ausging, daß sie ihn nicht verraten würde.

Er reichte ihr lächelnd einen Teller, doch die Heftigkeit seiner darauffolgenden Worte strafte seine freundliche Miene

Lügen. »Wenn Sie auch nur *ein* Wort verlauten lassen, das mich in Gefahr bringt, werden Sie Ihr blaues Wunder erleben!«

Sloan war so überrascht über den verhaltenen Zorn in seiner Stimme, daß sie ihn wortlos anstarrte, während sie mit einer automatischen Bewegung den Teller in Empfang nahm. Immer noch lächelnd, reichte er ihr eine Serviette, bevor er sich selbst eine nahm und dann schnauzte: »Verstanden?«

Sie begriff, daß es ihm mit seiner Drohung ernst war und sah ihm verwundert zu, wie er anscheinend ungerührt seinen Teller mit Happen aus den verschiedenen Schüsseln belud und ihn schließlich mit einem kalten Hot dog krönte. Die Pizza ließ er allerdings unberührt – auch noch, als die Gitarrenmusik verstummte und Leo sowie der Rest der Gruppe zum Tisch zurückkehrten. Offensichtlich ging Agent Richardsons Pflichtgefühl nicht so weit, daß er vor lauter Aufopferung auch noch Anchovis verspeiste.

»Ich hatte überhaupt nicht vor, ihnen etwas über Sie zu erzählen«, erklärte Sloan in dem ruhigen, vernünftigen Ton, den sie immer gebrauchte, wenn es eine emotional aufgeheizte Situation zu bewältigen galt. »Aber ich habe ein Recht auf eine Erklärung, und ich konnte Sie einfach nicht gehen lassen, bevor Sie mir eine gegeben haben.«

»Sie hätten bis morgen warten sollen.«

Sloan tunkte einen Taco Chip in einen Dip und legte ihn auf ihren Teller. Sie war fest entschlossen, souverän zu bleiben und sich nicht von Richardson beeindrucken zu lassen. »Ach was«, versetzte sie. »Und wie hätte ich Sie morgen finden sollen?«

»Gar nicht. Ich wäre schon von selbst auf Sie zugekommen.«

»Wann denn? Nachdem Sie mich erst noch eine Weile beschattet hätten?« fragte sie bitter.

Ihre schlagfertige Antwort schien ihn zu amüsieren, doch sicher war sie sich dessen nicht, da der Mann ihr ein völliges Rätsel war.

»Hey, Sloan, wo bist du denn die ganze Zeit gewesen?« fragte Pete, der in diesem Moment auf sie zukam und damit

Richardson an einer Erwiderung hinderte. Er trug ein Bier in der Hand und hatte den anderen Arm um die Schultern seiner Verlobten gelegt. Mary Beth war blond, schlank, sehr hübsch und ein wenig scheu, und wenngleich sie kein Wort sagte, machte sie einen ebenso glücklichen Eindruck wie Pete. »Liebling, zeig ihnen doch das Medaillon, das ich dir zur Erinnerung an den Tag eine Woche vor unserer Hochzeit geschenkt habe«, bat Pete, nachdem Sloan dem Paar ihren »Freund« Paul Richardson vorgestellt hatte. »Es ist aus vierzehnkarätigem Gold«, fügte Pete stolz hinzu.

Mary Beth zeigte ihnen das schwere, herzförmige Medaillon an ihrem Hals, so daß sie es angemessen bestaunen konnten.

»Es ist wirklich sehr hübsch«, kommentierte Sloan strahlend und überlegte hastig, was sie noch tun konnte, um Richardsons Vertrauen zu gewinnen.

Richardson seinerseits beugte sich vor und betrachtete aufmerksam das Medaillon, als gäbe es in diesem Moment nichts Wichtigeres für ihn, als sich bei Sloans Freunden beliebt zu machen. »Ich finde es auch sehr schön«, sagte er dann anerkennend.

»Stellen Sie sich nur vor«, gestand ihm Mary Beth und brach damit zur Überraschung aller das Schweigen, das sie im Beisein Fremder normalerweise an den Tag legte, »Pete hat mir auch noch eine goldene Uhr geschenkt, zur Erinnerung an den Tag einen Monat vor unserer Hochzeit.«

»Er ist offensichtlich ganz verrückt nach Ihnen«, sagte Richardson.

»Er ist *besessen*«, verbesserte ihn der neu hinzugekommene Jess mit einem Grinsen.

Sloan hörte ihm gar nicht zu, da sie soeben eine unerwartete Bedrohung von Agent Richardsons Maskerade entdeckt hatte: Sara kam mit ihrer neuen Eroberung direkt in ihre Richtung spaziert, und sie wußte, daß ihre Freundin nie das Gesicht eines attraktiven Mannes vergaß. Am Nachmittag hatte sie noch gesagt, daß sie nicht lange auf Petes Party bleiben würde, doch anscheinend hatte sie es sich anders überlegt. Richardson schien Sloans Zerstreutheit zu bemerken und folgte ihrem Blick. »Da ist meine Freundin Sara«, warnte ihn Sloan so gelassen wie möglich.

»Zusammen mit ihrem neuen Mann für eine Woche«, setzte Jess sarkastisch hinzu und nahm noch einen Schluck von seinem Bier. »Er fährt einen BMW, der sicher seine achtzigtausend Dollar gekostet hat. Sein Name ist Jonathan.«

Sloan hatte im Moment andere Sorgen als die ständigen Spannungen zwischen Jess und Sara. Mit gespielter Freude machte sie ein paar Schritte auf die Neuankömmlinge zu. »Hallo, Sara!« sagte sie in der Hoffnung, daß es nicht zur Katastrophe kommen würde. »Hallo, Jonathan!« fügte sie dann mit einem Blick auf Saras Begleiter hinzu. »Ich bin Sloan, und dies hier ist Paul Richardson, ein Freund von mir aus Fort Lauderdale.« Während die beiden Männer einander die Hand schüttelten, versuchte sie Sara abzulenken, die den FBI-Agenten bereits aufmerksam musterte. »Hast du die Knallkörper vorhin gehört? Jess und die anderen hier haben sie zunächst für Schüsse gehalten.«

»Nein«, erwiderte Sara, während sie den Blick nicht von Paul Richardsons Gesicht wandte. Ihre fragende Miene hellte sich plötzlich auf. »Jetzt weiß ich, wo ich Sie schon einmal gesehen habe: Sie waren gestern im Park!«

»Ja, das war ich.«

»Sloan und ich haben Sie dort gesehen. Tatsächlich habe ich noch zu Sloan gesagt ...«

Jess Jessup senkte seine Bierdose und sah Richardson mißtrauisch an, während Sloan verzweifelt nach einer Erklärung suchte. »Leider stand Paul gerade mit dem Rücken zu mir, als du mich auf ihn aufmerksam gemacht hast«, sagte sie mit einem kurzen Lachen. »Er hat mich im Park gesucht, und dummerweise haben wir einander verpaßt und erst später wiedergetroffen.«

Sara sah sie verwundert an. »Du meinst, du wußtest, daß er in der Stadt war?«

»Natürlich wußte ich das *nicht*«, sagte Sloan etwas nervös. »Ich hatte Paul zwar für das Wochenende eingeladen, aber er dachte eigentlich, daß er sich nicht freimachen könne. Dann stellte sich in letzter Minute doch heraus, daß er Zeit hatte, und so wollte er mir einen Überraschungsbesuch abstatten.«

Sara gab sich fürs erste mit dieser Auskunft zufrieden und wandte ihre Aufmerksamkeit den finanziellen Möglichkeiten von Sloans potentiellem Heiratskandidaten zu. »Welchen Beruf übt er denn aus, wenn er so beschäftigt ist?« fragte sie.

Sloan atmete unhörbar auf, als der FBI-Agent ihr aus ihrer mißlichen Lage half und sein Schicksal selbst in die Hand nahm. »Ich bin im Versicherungsgeschäft tätig«, antwortete er höflich.

»Ach, wirklich?« sagte Sara mit einer Begeisterung, von der Sloan wohl wußte, daß sie nur gespielt war. Sara wollte nicht nur für sich selbst einen reichen Mann finden, sondern war fest entschlossen, daß auch ihre Freundin in dieser Hinsicht nicht leer ausgehen sollte. »Das ist ja sehr interessant. Mit welcher Art von Versicherung haben Sie denn zu tun?«

»Wir handeln mit allen Arten von Versicherungspolicen. Vielleicht sind Sie ja gerade auf der Suche nach einer besonders günstigen Lebensversicherung?« fragte er schnell und tat so, als wolle er die Gelegenheit beim Schopf packen, um ein Geschäft einzufädeln. Der Erfolg seiner Taktik war ihm sicher, da kein Mensch sich auf einer Party mit Versicherungen beschäftigten wollte.

»Nein, bin ich nicht«, erwiderte Sara denn auch hastig in der Hoffnung, daß er das Thema damit auf sich beruhen lassen würde.

Zu Sloans unendlicher Erleichterung beschloß Richardson, sie beide mit einer Entschuldigung aus der Affäre zu ziehen. »Sloan hatte dieses Wochenende so viel zu tun, daß wir kaum Zeit miteinander verbringen konnten, und ich muß morgen schon wieder fahren«, erklärte er den Anwesenden. Dann warf er Sloan einen Blick zu, aus dem man schließen hätte können, daß sie mindestens gute Freunde waren – wenn nicht mehr. »Was hältst du von einer Tasse Kaffee, bevor ich zurück ins Hotel gehe, Sloan?«

»Gute Idee«, stimmte Sloan bereitwillig zu, verabschiedete sich mit einem Winken von ihren Freunden und ging mit ihm davon.

Sara sah ihnen lange nach, bevor sie sich schließlich ihrem Begleiter zuwandte. »Jonathan, ich habe hier irgendwo meinen Pullover vergessen. Ich glaube, er liegt noch auf Jims Decke. Bist du so lieb und holst ihn mir?« Jonathan nickte und machte sich sofort auf den Weg.

Jess sah dem anderen Mann mit einem zynischen Lächeln nach und nahm wieder einen Schluck von seinem Bier. »Sag mal, Sara«, begann er dann spöttisch, »wieso haben deine Männer eigentlich immer dreisilbige Namen?«

»Wieso haben alle deine Frauen einen erstaunlich niedrigen IQ?« konterte Sara, deren Gedanken jedoch weiterhin bei Sloan und Richardson weilten, die noch in der Ferne zu sehen waren. »Er ist sehr attraktiv«, sagte sie dann mehr zu sich selbst als zu Jess.

Jess zuckte die Schultern. »Auf mich wirkt er nicht besonders anziehend.«

»Klar, er sieht ja auch nicht aus wie eine Striptease-Tänzerin.«

»Ich traue ihm nicht«, versetzte Jess, ohne auf ihre Bemerkung einzugehen.

»Du kennst ihn doch gar nicht.«

»Sloan kennt ihn auch nicht.«

»Natürlich tut sie das, sonst hätte sie ihn wohl kaum eingeladen«, widersprach Sara, wenngleich sie sich selbst sehr wunderte, daß Sloan ihre neue Eroberung nie erwähnt hatte.

»Es hat mich überrascht, daß du ihn nicht gleich nach seinem Einkommen gefragt hast«, meinte Jess sarkastisch.

»Ich dachte, damit warte ich noch ein bißchen«, versetzte Sara schlagfertig. Seine Bemerkung hatte sie getroffen, doch sie wollte sich das nicht anmerken lassen.

»Du bist ein geldgieriges kleines Flittchen.«

Die Rivalität zwischen Sara und Jess Jessup war in der Vergangenheit immer wieder aufgeflammt, aber niemals zuvor hatte er sie so direkt und persönlich angegriffen. Sara war wütend, und sie wurde noch wütender, als sie nun merkte, wie ihr die Tränen in die Augen traten. »Du bist wirklich nicht fähig, mit einer Zurückweisung umzugehen«, stieß sie hervor.

»Ich weiß nicht, was du meinst. Man kann doch nicht etwas zurückweisen, das einem niemals angeboten wurde. Und da wir uns gerade so nett unterhalten«, fuhr er kaltschnäuzig fort, »könntest du mir vielleicht erklären, wieso sich Sloan Reynolds ein so oberflächliches, eigensüchtiges, launisches Gör wie dich als beste Freundin ausgesucht hat?«

Sara hatte das Gefühl, einen Schlag in die Magengrube bekommen zu haben. Niemals zuvor in ihrem Leben war ihr von einem anderen Menschen eine so hemmungslose Verachtung entgegengeschlagen. Niemand außer ihrer Mutter hatte sie jemals so verletzt, und die Erinnerungen ihrer Kindheit stürmten nun so heftig auf sie ein, daß sie sich wie gelähmt fühlte. Er wartete nur darauf, daß sie den Kampf mit ihm aufnahm und zurückschlug, doch sie konnte es nicht. Aus irgendwelchen Gründen, die niemals wirklich deutlich geworden waren, hatten sie und Jess einander von Anfang an nicht gemocht, aber sie hatte nicht gewußt, ja nicht einmal geahnt, daß er sie so tief verabscheute. Sie starrte ihn entsetzt an und versuchte verzweifelt, die Tränen zurückzuhalten; dann senkte sie den Blick und schluckte. »Es tut mir leid«, brachte sie hervor, bevor sie sich abwandte.

»Es tut dir leid?« fragte er. »Was zum Teufel tut dir denn leid?«

»Das, was ich dir angetan haben muß, weil du mich so verachtest.«

In diesem Moment erschien Jonathan mit ihrem Pullover und legte ihn ihr über die Schultern. »Ich möchte nach Hause«, sagte sie leise zu ihm. »Ich bin ziemlich müde.«

Jess sah ihr nach, als sie mit Jonathan davonging. »Scheiße«, stieß er bitter hervor. Dann zerdrückte er die Bierdose in seiner Hand und warf sie in einen Abfalleimer.

9

Sloan nickte einem Nachbarn zu, der gerade seinen Hund ausführte, und schenkte dann einem Paar, das sich in ihrem Vorgarten mit Freunden unterhielt, ein freundliches Lächeln. Als sie aber in ihrem Wohnzimmer angekommen waren, ließ sie die Maske sofort fallen. »Wieso stehe ich unter FBI-Überwachung?« fragte sie drängend.

»Wie wär's mit einer Tasse Kaffee, während ich es Ihnen erkläre?«

»Ja, natürlich«, erwiderte Sloan nach einem Moment des Zögerns und führte ihn in die Küche. Wenn er lange genug für einen Kaffee bleiben wollte, konnte sie wohl wenigstens auf eine vernünftige Erklärung hoffen.

Sie ging zum Spülbecken und ließ Wasser in die Kaffeekanne laufen. Während sie dann das Kaffeepulver in den Filter löffelte, sah sie ihm über ihre Schulter zu, wie er seine marineblaue Baumwolljacke auszog und sie über eine Stuhllehne warf. Er war etwa vierzig Jahre alt, groß und athletisch gebaut; sein kurzes Haar war dunkel wie auch seine Augen, und sein Gesicht mit der energischen Kinnpartie war scharf geschnitten. In seinem weißen Polo-Shirt und den dunkelblauen Hosen und Leinenschuhen hätte er auch als ein gutaussehender, lässig gekleideter Geschäftsmann durchgehen können – wenn da nicht auch das braunlederne Pistolenhalfter über seiner Schulter gewesen wäre, aus dem eine halbautomatische Neun-Millimeter Sig-Sauer ragte. Da er noch zu zögern schien, schenkte Sloan ihm ein kleines, ermunterndes Lächeln, als sie ihn nun aufforderte, mit seiner Geschichte zu beginnen. »Ich bin ganz Ohr.«

»Vor zwei Wochen haben wir herausgefunden, daß Ihr Vater Kontakt mit Ihnen aufnehmen will«, sagte er, während er einen Küchenstuhl heranzog und sich am Tisch niederließ.

»Wir wußten, daß er Sie heute anrufen würde. Da wir gerade beim Thema sind: Was hat er eigentlich zu Ihnen gesagt?«

Sloan schaltete die Kaffeemaschine ein, wandte sich zu ihm um und lehnte sich gegen die resopalbeschichtete Anrichte. »Wissen Sie das denn nicht?«

»Lassen wir doch die Spielchen, Detective.«

Seine schroffe Selbstsicherheit irritierte Sloan, doch sie hatte das bestimmte Gefühl, daß sie gelassen bleiben und ihre Karten richtig ausspielen mußte, damit er ihr alles erzählte. »Er sagte, er habe eine Herzattacke gehabt und wolle, daß ich für ein paar Wochen nach Palm Beach komme.«

»Was haben Sie ihm geantwortet?«

»Ich kenne den Mann nicht einmal, habe ihn praktisch noch nie gesehen. Meine Antwort war ein klares Nein.«

Paul Richardson wußte dies alles bereits. Seine Absicht war es nur, herauszufinden, wie sie unvorbereitet auf seine Fragen reagierte. »Wieso haben Sie abgelehnt?«

»Das sagte ich Ihnen doch bereits.«

»Obwohl er Ihnen anvertraut hat, daß er einen Infarkt hatte und Sie kennenlernen will, bevor es zu spät ist?«

»Es ist sowieso schon dreißig Jahre zu spät.«

»Reagieren Sie nicht ein bißchen zu impulsiv?« wandte er ein. »Immerhin bietet sich Ihnen hiermit auch die Möglichkeit, eine reiche Erbschaft zu machen.«

Seine selbstverständliche Annahme, daß Carter Reynolds' Geld sie in ihrer Entscheidung beeinflussen könnte, raubte Sloan den Atem. »Zu impulsiv?« fragte sie in ungläubigem Erstaunen. »Das glaube ich ganz und gar nicht. Als ich acht Jahre alt war, hat meine Mutter ihren Job verloren, und wir mußten uns wochenlang von Hot dogs und Brot mit Erdnußbutter ernähren. Meine Mutter wollte ihn anrufen und um Geld bitten, aber ich habe in einem Schulbuch nachgelesen, daß Erdnußbutter das gesündeste Lebensmittel der Welt ist, und überzeugte sie davon, daß ich Erdnußbutter sogar noch lieber mochte als Schokolade. Als ich zwölf Jahre alt war, bekam ich eine Lungenentzündung, und meine Mutter hatte Angst, daß ich ohne eine Krankenhausbehandlung sterben würde, aber wir besaßen keine Krankenversicherung. Meine

Mutter war schon drauf und dran, ihn um das Geld für die Krankenhausrechnung zu bitten, aber am Ende blieb uns auch dies erspart. Wissen Sie, warum ich nicht ins Krankenhaus mußte, Agent Richardson?«

»Warum?« fragte Paul, den die Leidenschaft und der Stolz, die in ihren Worten mitschwangen, nicht ungerührt ließen.

»Weil es mir noch in derselben Nacht besserging. Und wissen Sie, was der Grund für meine wunderbare Heilung war?«

»Nein, das weiß ich nicht.«

»Ich wollte gesund werden, weil ich unter keinen Umständen auch nur einen Cent von diesem Feigling annehmen wollte.«

»Ich verstehe.«

»Dann verstehen Sie sicher auch, daß ich auch heute, da ich weder hungrig noch krank bin, sein Geld nicht anrühren würde. Abgesehen davon verspüre ich auch nicht das geringste Bedürfnis, auf seine Wünsche einzugehen, nur damit er sein Gewissen beruhigen kann.« Sie drehte sich wieder um und nahm zwei Kaffeetassen aus dem Küchenschrank.

»Was könnte Sie dazu veranlassen, sich das Ganze noch einmal zu überlegen und ihn doch zu besuchen?«

»Nur ein Wunder.«

Paul schwieg und hoffte, daß ihre Wut bald einer unwiderstehlichen Neugier Platz machen würde. Er nahm an, daß es einige Minuten dauern würde, bis sie sich beruhigt hatte, doch darin unterschätzte er sie. »Hat Carter Reynolds Sie hergeschickt, um mich zu überreden, meine Meinung zu ändern?« fragte sie. »Sind Sie offiziell für das FBI hier, oder ist das nur so eine Art Nebenjob?«

Sie lag mit ihrer Annahme völlig falsch, doch die Äußerung zeigte Paul, daß die Frau eine lebhafte Vorstellungskraft und einen flexiblen, eigenwilligen Verstand besaß. Leider waren beide Eigenschaften nicht besonders vorteilhaft für die Rolle, die sie in seinen Plänen spielen sollte.

»Das FBI interessiert sich für Reynolds, da er mit ein paar zwielichtigen Gestalten Geschäfte treibt«, erwiderte er, ohne auf ihren Vorwurf einzugehen. »Vor einiger Zeit haben wir Informationen erhalten, daß er in kriminelle Aktivitäten verwickelt ist, aber wir haben noch keine Beweise gefunden.«

Trotz der Gleichgültigkeit, die sie ihrem Vater entgegenzubringen behauptete, bemerkte Paul, daß sie auf seine Eröffnung sehr still und nachdenklich reagierte. Statt der Schadenfreude, die er erwartet hatte, schien sie eher enttäuscht zu sein und nicht so recht glauben zu wollen, daß ihr Vater ein Krimineller war. Kurz darauf schien sie ihre Überraschung aber schon wieder überwunden zu haben, da sie ihm ein schnelles, entschuldigendes Lächeln zuwarf. Dann goß sie den Kaffee in die Tassen und trug diese auf einem Tablett zum Tisch.

»In welche Art von Geschäften ist er verstrickt?«

»Das darf ich Ihnen nicht sagen.«

»Ich verstehe einfach nicht, was das alles mit mir zu tun hat«, sagte sie, während sie sich ihm gegenübersetzte. »Sie werden ja wohl nicht glauben, daß ich mit ihm unter einer Decke stecke«, fügte sie mit einer solchen Ehrlichkeit in der Stimme hinzu, daß Paul gegen seinen Willen lächeln mußte.

»Nein, das glauben wir nicht. Wir interessieren uns auch erst seit ein paar Wochen für Sie. Wir hatten einen Informanten in San Francisco, der uns von Carters Absicht erzählt hat, Kontakt mit Ihnen aufzunehmen. Leider ist dieser Informant nicht mehr verfügbar für uns.«

»Wieso nicht?«

»Er ist tot.«

»Ist er eines natürlichen Todes gestorben?« fragte Sloan weiter, ohne sich bewußt zu werden, daß sie instinktiv in die Polizistenrolle schlüpfte und Richardson einem Verhör unterzog.

Richardsons spürbares Zögern beantwortete ihre Frage, noch bevor er den Mund öffnete. »Nein.«

Sloan war durch seine Antwort wie vor den Kopf geschlagen und schwieg, während Richardson fortfuhr: »Wir haben Ihren Vater Tag und Nacht überwacht, aber wir haben immer noch nichts gegen ihn in der Hand, das uns berechtigen würde, gegen ihn vorzugehen. Reynolds unterhält in San Francisco eine ganze Reihe von Büros, aber die Geschäfte, an denen wir interessiert sind, scheint er von anderswo aus zu tätigen – möglicherweise von zu Hause. Er ist vorsichtig und clever. Er wird bald nach Palm Beach fahren, und wir hätten gerne, daß dort jemand in seiner Nähe ist.«

»Denken Sie dabei etwa an mich?« fragte Sloan mit gemischten Gefühlen.

»Nein, nicht direkt jedenfalls, sondern eher an mich selbst. Ich möchte, daß Sie Reynolds morgen anrufen und ihm sagen, daß Sie es sich anders überlegt haben: Sie wollen diese Gelegenheit, ihn kennenzulernen, doch nicht ungenutzt lassen und ihn daher in Palm Beach besuchen.«

»Und was haben Sie davon?«

Er sah sie mit einer vielsagenden Unschuldsmiene an. »Verständlicherweise würden Sie gerne einen Freund mitbringen, damit Sie sich in Ihrer neuen Umgebung nicht so allein und unsicher fühlen; jemanden, mit dem Sie etwas unternehmen können, wenn Ihr neuer Vater keine Zeit für Sie hat.«

Sloan, die zu ahnen begann, worauf er hinauswollte, lehnte sich hilflos in ihrem Stuhl zurück und starrte ihn an. »Und dieser Freund wären Sie?«

»Natürlich.«

»Natürlich«, wiederholte sie wie benommen.

»Falls Reynolds Einwände hat, daß Sie einen Freund mitbringen, sagen Sie ihm einfach, Sie hätten einen zweiwöchigen Urlaub mit mir geplant und würden Ihre Pläne nur ändern, wenn ich mitkommen kann. Er wird nachgeben. Er hat in Palm Beach ein Haus mit dreißig Zimmern, so daß ein weiterer Gast nicht besonders auffallen wird. Außerdem ist er im Moment so erpicht darauf, Sie kennenzulernen, daß er Ihnen keine Bedingungen stellen wird.«

Sloan fühlte sich plötzlich völlig erschöpft. »Ich muß eine Weile darüber nachdenken.«

»Sie können mir Ihre Antwort morgen mitteilen«, sagte er ruhig. Dann sah er auf seine Uhr, nahm einen Schluck von seinem inzwischen lauwarmen Kaffee, stand schließlich auf und griff nach seiner Jacke. »Ich muß zurück in mein Hotel, um einen Anruf zu erledigen. Morgen früh werde ich noch einmal herkommen. Sie haben morgen frei, so daß wir genug Zeit haben, um uns eine Geschichte zu überlegen, die sowohl für Ihre Bekannten hier als auch für Ihren Vater in Palm Beach überzeugend klingt. Sie müssen diese Sache ganz für sich behalten, Sloan. Weder Sara Gibbon noch Roy Ingersoll oder Jess Jessup dürfen etwas davon erfahren. Nicht einmal Ihrer Mutter dürfen Sie es erzählen.«

Als sie nur betroffen schwieg, machte er sich auf den Weg zur Tür und fuhr in eindringlichem Ton fort: »Ich wiederhole noch einmal, daß ich mich auf Ihre absolute Diskretion verlassen können muß. Die Lage ist zu ernst, um irgend jemandem hier oder in Palm Beach vertrauen zu können. Ich kann Ihnen nicht sagen, was für uns auf dem Spiel steht, aber Sie müssen mir glauben, daß ich nicht umsonst so mit Ihnen spreche.«

»Ich habe Ihnen noch nicht meine Einwilligung gegeben, daß ich nach Palm Beach fahre«, erinnerte ihn Sloan an der Haustür mit fester Stimme. »Meiner Meinung nach ist es auch keine gute Idee, daß wir uns morgen wieder hier treffen. Sara wird mich mit Fragen über Sie bestürmen, und meine Mutter wird alles versuchen, um mich zu der Fahrt nach Palm Beach zu überreden, auch wenn ich ihr auf dem Anrufbeantworter eine Nachricht hinterlassen habe, daß ich nicht einmal im Traum daran denke. Ich bin sicher, daß die beiden morgen früh hier aufkreuzen werden.«

»Gut, aber wo sollen wir uns dann treffen?«

»Was halten Sie von dem Versteck in den Dünen, in dem wir heute abend jene nette Begegnung hatten?«

Statt zu antworten, zog Paul seine Jacke über und sah die junge Frau aufmerksam an. Als sie ihn vor wenigen Stunden überrascht und für einen bewaffneten Verbrecher gehalten hatte, war sie ihm mit ruhiger Effizienz begegnet; danach hatte es nur eine kurze Weile gedauert, bis sie sich in die neue Situation fügte, die es nötig machte, ihn als einen Freund zu behandeln. Am Küchentisch hatte er beobachtet, wie schnell sie sich an den Gedanken gewöhnte, daß ihr hochangesehener Vater ein Verbrecher sein könnte. Wenngleich sie eher zart und zerbrechlich wirkte, war sie körperlich und geistig ungeheuer agil und flexibel. Dennoch war es ihm nicht entgangen, daß der Tag auch bei ihr seine Spuren hinterlassen hatte. Sie sah erschöpft und angespannt aus, und er fühlte sich gegen seinen Willen ein kleines bißchen schuldig, daß er im Begriff war, ihre Wärme und Lebenskraft für seine Zwecke auszunutzen. Er machte einen etwas hilflosen Versuch, sie aufzuheitern. »Wenn Sie mich morgen bei den Dünen sehen, würden Sie dann bitte etwas freundlicher zu mir sein als beim letzten Mal?« fragte er trocken.

»Gut, wenn Sie mich nicht wieder überfallen«, entgegnete sie und brachte sogar ein Lächeln zustande.

»Ich habe Sie doch gar nicht überfallen, sondern bin Ihnen eher vor die Füße gestolpert.«

»Nun, das ist Ansichtssache«, sagte sie schmunzelnd.

Paul lachte laut auf und wandte sich zum Gehen.

Während er den Hof überquerte, wich sein Lachen jedoch der Sorge über die Komplikationen, die sie ihm in Palm Beach möglicherweise bereiten würde. Ursprünglich hatte er so gut wie gar nichts von der Idee gehalten, sie in einen so schwierigen Geheimauftrag hineinzuziehen. Er hatte mit genug unfähigen, unerfahrenen und korrupten Kleinstadtcops zusammengearbeitet, um ein instinktives Mißtrauen gegen sie zu empfinden. Die Tatsache, daß Sloan Reynolds sich als bemerkenswert schlaue und souveräne junge Idealistin erwiesen hatte, die eher wie eine eifrige College-Studentin als wie eine Polizistin aussah, vermochte seine Vorbehalte nicht gänzlich aus dem Weg zu räumen.

Er zweifelte keinen Moment daran, daß sie sich am Ende doch entschließen würde, nach Palm Beach zu fahren. Diese Gewißheit hatte er sowohl aus den Informationen, die er aus ihrer FBI-Akte über sie erhalten hatte, als auch aus seinen eigenen Beobachtungen gewonnen. Der Stolz und die Hartnäckigkeit, die sie als Achtjährige dazu veranlaßt hatten, wochenlang Erdnußbutter zu essen, statt ihren Vater um Geld zu bitten, würde sie nun dazu treiben, ihre Vorbehalte aufzugeben und Carter Reynolds einen Besuch abzustatten.

10

Der vielversprechende Name des Ocean View Motels war eigentlich irreführend, da es gar keinen Meerblick besaß und nur die Möwen, die auf seinem Dach vor sich hin dösten, die Nähe des Wassers erahnen ließen. Aber es war mit Swimmingpool und Kabelfernsehen ausgestattet, und seine Lounge war bis zwei Uhr nachts geöffnet. Als Paul um ein Uhr mit seinem Wagen vor dem Haupteingang hielt, hätte er alle diese Annehmlichkeiten noch nutzen können.

Auf dem Fernseher in der Eingangshalle liefen gerade die CNN-Nachrichten, die jedoch von der Jukebox in der Lounge übertönt wurden. Dort saßen noch ein paar Nachtschwärmer an der Bar vor ihren Drinks, während die Tanzfläche jedoch leer war. Auf dem Weg zu seinem Zimmer ging Paul auch an der Schwimmhalle vorbei, in der ein paar Jugendliche trotz der späten Stunde noch Wasser-Volleyball spielten und sich durch schmutzige Bemerkungen gegenseitig ihre Männlichkeit bewiesen.

Das Telefon kingelte, als er sein Zimmer betrat. Eher aus Gewohnheit als aus realer Sorge vor Beobachtern versperrte er erst die Tür und zog die Vorhänge vor die Fenster, bevor er zu seinem Bett hinüberging und den Hörer abnahm. Die Stimme am anderen Ende der Leitung gehörte einem alten Bekannten und Kollegen, der mit ihm zusammen am Fall Reynolds arbeitete. »Und?« fragte der Mann erwartungsvoll. »Ich habe dich mit Sloan Reynolds auf einer Strandparty gesehen. Wird sie mit uns kooperieren?«

»Ja, das wird sie«, erwiderte Paul, während er sich den Hörer mit der Schulter ans Ohr klemmte, um sich nach vorne zu beugen und die Klimaanlage anzuschalten. Der Geruch der kalten Luft, die ihm kurz darauf ins Gesicht blies, war leicht modrig.

»Ich dachte, daß du erst morgen früh Kontakt mit ihr aufnehmen wolltest.«

»Ich habe es mir anders überlegt.«

»Wann denn?«

»Wahrscheinlich als sie plötzlich hinter mir auftauchte und ich mich unfreiwillig auf den Hintern setzte. Nein, es war doch erst später, als sie mit einer Neun-Millimeter-Glock auf mich zielte.«

Sein Freund lachte schallend. »Sie hat dich ausgetrickst? Machst du Witze?«

»Nein, tue ich nicht. Und wenn du möchtest, daß wir beide Freunde bleiben, erzählst du besser niemandem davon.« Trotz seines ruppigen Tons mußte Paul unwillkürlich lächeln bei dem Gedanken an die unwürdige Lage, in die ihn eine naive und unerfahrene Polizistin mit äußerst zierlichem Körperbau gebracht hatte.

»Ich habe heute abend drei Schüsse gehört. Es wundert mich, daß du noch lebst – bei all den Auszeichnungen, die sie auf der Polizeischule für ihre Treffsicherheit erhalten hat.«

»Die Schüsse galten nicht mir, sondern waren ein Signal für ihre Kollegen, die sich in der Nähe aufhielten. Sie hielt mich für einen bösartigen Kriminellen und hatte wohl Angst, die vielen Menschen am Strand zu gefährden, wenn sie es allein mit mir aufnehmen würde. Daher hat sie durch die Warnschüsse ihre Freunde zu Hilfe geholt. Ich muß zugeben, daß sie sehr routiniert und umsichtig gehandelt und jedes Risiko vermieden hat.«

Er machte eine Pause, um sich ein Kissen am Kopfende des Bettes zurechtzulegen und sich gemütlich auszustrecken, bevor er fortfuhr: »Als ihre Verstärkung eintraf, wußte sie schon, wer ich wirklich war, und hat ganz selbstverständlich die Rolle übernommen, die ihr in diesem Fall geraten schien. Alles in allem«, schloß er, »hat sie ein bemerkenswertes Maß an Sachverstand und Reaktionsvermögen an den Tag gelegt.«

»Klingt doch, als sei sie perfekt für den Job geeignet.«

Paul legte den Kopf zurück, schloß die Augen und dachte nach. »Das würde ich nicht unbedingt sagen.«

»Machst du dir etwa Sorgen, daß sie die Seite wechseln wird, wenn sie lange genug in Reynolds' Palast in Palm Beach war, um sich von seinem Reichtum und seinen illustren Freunden beeindrucken zu lassen?«

»Nachdem ich heute abend mit ihr gesprochen habe, halte ich das für sehr unwahrscheinlich.«

»Was ist dann das Problem? Du hast soeben selbst gesagt, daß sie schlau und flexibel ist... und zudem sieht sie auch noch verteufelt gut aus. Ich glaube nicht, daß wir die Tatsache gegen sie verwenden können, daß sie phantastische Beine und ein schönes Gesicht hat.« Als Paul nicht auf die Anspielung reagierte, wurde der Mann wieder ernst. »Paul, wir haben vorher überprüft, daß sie nicht korrupt ist. Du behauptest selbst, daß du dies nur bestätigen kannst, und überdies hast du herausgefunden, daß sie ein kluges Mädchen und eine gute Polizistin ist. Was zum Teufel stört dich dann an ihr?«

»Mich stört, daß sie mir wie eine Pfadfinderin vorkommt. Es ist völlig offensichtlich, daß sie zur Polizei gegangen ist, weil sie Menschen helfen will. Sie holt Drachen von Bäumen herunter und sucht die Straßen nach Promenadenmischungen ab; statt ihren Feierabend zu genießen, tröstet sie eine alte spanische Frau, deren Haus in Flammen aufgegangen ist. Als sie als Kind die Wahl hatte, Erdnußbutter zu essen oder ihren Vater um Geld zu bitten, entschied sie sich für Erdnußbutter. Sie ist durch und durch eine Idealistin, und das stört mich in der Tat.«

»Wie bitte?«

»Weißt du überhaupt, was eine Idealistin ist?«

»Ja, aber ich möchte doch gerne deine Definition davon hören, denn bis vor zehn Sekunden dachte ich, daß Idealismus eine seltene Tugend ist.«

»Vielleicht ist er das auch, aber in einer Situation wie dieser klingt das alles nicht gerade verlockend für mich. Idealisten haben die besondere Angewohnheit, selbst zu entscheiden, was sie für richtig oder falsch halten; sie hören auf ihre innere Stimme, um dann das zu tun, was sie tun müssen. Sie beugen sich keiner Autorität außer ihrer eigenen. Das macht sie unberechenbar und damit gefährlich. Sloan Reynolds könnte bei einer komplizierten Operation wie dieser ein unkalkulierbares Risiko darstellen.«

»Aus deinem sehr erhellenden Ausflug in die Philosophie folgere ich, daß du die Befürchtung hegst, daß sie nicht nach deiner Pfeife tanzt?«

»Genau.«

Sara verabschiedete sich sofort von Jonathan, als sie vor ihrem Haus anlangten. Dann ging sie hinein und nahm eine heiße Dusche in der Hoffnung, sich etwas zu beruhigen und Jess' beleidigende Worte fürs erste zu vergessen. Die Spannungen zwischen ihnen hatten nicht lange nach ihrem ersten Treffen begonnen, und sie hatte sich schon fast an den regelmäßig wiederkehrenden Schlagabtausch gewöhnt. Aber heute abend war er zu weit gegangen. Was er gesagt hatte, war brutal und gemein gewesen. Um so mehr schmerzte es sie, daß dennoch ein Fünkchen Wahrheit in seinen Worten lag.

Sie war gerade dabei, sich ein Handtuch um die Haare zu wickeln, als es an der Tür klingelte. Überrascht zog sie ihren Bademantel an, ging ins Wohnzimmer und lugte zwischen den Vorhängen auf die Straße. Vor ihrem Haus parkte ein Streifenwagen. Sie nahm an, daß Pete spontan beschlossen hatte, seine Party in ihrem Haus fortzusetzen, und ging mit einem nachsichtigen Lächeln zur Tür.

Als sie die Haustür geöffnet hatte, verschwand ihr Lächeln schlagartig. Auf der Schwelle stand kein anderer als Jess Jessup. Sein dunkles Haar sah ganz zerwühlt aus, was Sara automatisch auf irgendeine Strandknutscherei mit einer Frau zurückführte. Seinem grimmigen Gesicht nach zu urteilen, war die Begegnung jedoch nicht sehr erfreulich verlaufen.

Sara schluckte und tat ihr Bestes, um ihre Stimme eiskalt klingen zu lassen. »Wenn du nicht aus dienstlichen Gründen hier bist, dann geh und komm nie wieder her! Sloan zuliebe werde ich dir gegenüber höflich sein, solange sie in der Nähe ist; ansonsten aber möchte ich, daß wir nichts mehr miteinander zu tun haben...« Sie wollte weitersprechen, wollte ihn ebenso verletzen, wie er sie verletzt hatte, aber plötzlich hatte sie das heftige Bedürfnis zu weinen, was sie nur noch wütender machte.

Seine Augenbrauen hatten sich zusammengezogen, als er sie nun halb mißmutig, halb bedauernd ansah. »Ich bin hergekommen, um mich dafür zu entschuldigen, was ich heute abend zu dir gesagt habe«, erwiderte er, wobei er jedoch eher zornig als beschämt klang.

»Fein«, sagte Sara kühl. »Das hast du nun getan. Es ändert aber nichts an meinen Wünschen.« Sie wollte die Tür schließen, doch er blockierte sie mit seinem Fuß.

»Was willst du noch?« fragte sie unwillig.

»Mir ist gerade eingefallen, daß ich nicht nur hergekommen bin, um mich zu entschuldigen.« Bevor sie etwas sagen konnte, packte er sie an den Schultern und zog sie an sich. »Nimm deine Hände von mir…«, stieß sie hervor, doch da hatte er schon seinen Mund auf ihre Lippen gepreßt und küßte sie nun heftig. Es fiel ihr zunächst nicht schwer, sich gegen ihn zu wehren – bis der Kuß schließlich weicher und sanfter wurde. Während ihr Widerstand nachließ und ihre Wut und Verletztheit von einer Woge der Wollust überrollt wurde, versuchte sie verzweifelt, die Beherrschung zu bewahren.

Als er sie wenig später losließ, trat Sara sofort zurück und griff nach dem Türknopf. »Gefällt es deinen Dummchen etwa, wenn du so über sie herfällst?« fragte sie sarkastisch, und bevor er auch nur ein Wort darauf erwidern konnte, schlug sie ihm die Tür mit aller Kraft vor der Nase zu.

Sara stand da wie gelähmt und wartete gespannt auf das Startgeräusch seines Wagens. Nachdem Jess endlich weggefahren war, drehte sie sich langsam um und lehnte sich schwer gegen die Haustür. Ihr Blick war leer und starr, als er nun über die erlesenen und sorgfältig gepflegten Möbel wanderte, die ihr Wohnzimmer zierten. Da war die schöne Porzellanvase, die antike Fußbank, das Louis-XIV-Tischchen… All diese Dinge hatten für sie immer etwas Besonderes bedeutet. Sie waren magische Vorzeichen für das schöne Leben, das sie für sich und die Kinder, die sie eines Tages haben würde, geplant hatte.

11

Es dämmerte bereits, als Carter Reynolds den Telefonhörer in seinem Arbeitszimmer auflegte und in seinem Drehstuhl herumschwang, um einen langen Blick aus dem großen Fenster zu werfen. Vor seinen Augen lag die Skyline von San Francisco, die von der Abendstimmung und den Nebelschwaden, die sie umhüllten, in ein geheimnisvolles und fast magisches Licht getaucht wurde. Es verstimmte ihn, daß er diese Aussicht, die er so liebte, in zwei Wochen mit derjenigen auf den eintönig blauen Märzhimmel von Palm Beach vertauschen mußte. Seine Familie verbrachte seit Generationen dort ihren Urlaub, und seine Großmutter würde es unter keinen Umständen zulassen, daß mit dieser Tradition gebrochen wurde.

In den vergangenen Jahren hatte er die zweimal jährlich erfolgenden Ausflüge nach Palm Beach immer mehr als lästige, wenn auch unvermeidliche Störungen seines eigentlichen Lebens empfunden; nach diesem Telefonat aber schien die Reise plötzlich ganz neue Perspektiven zu eröffnen. Fast eine Stunde lang blieb er so sitzen und ließ seinen Gedanken ihren Lauf; dann drehte er sich wieder zum Schreibtisch und drückte den Knopf für die Gegensprechanlage. »Wo ist Mrs. Reynolds?« fragte er den Bediensteten, der auf sein Signal antwortete.

»Ich glaube, sie ist in ihrem Zimmer und ruht sich vor dem Abendessen noch etwas aus, Sir.«

»Und meine Tochter?«

»Meines Wissens ist sie bei Mrs. Reynolds und liest ihr vor, Sir.«

Es stimmte ihn zufrieden, daß die Frauen zusammen waren, und er stand auf und begab sich in die Privaträume der Familie im dritten Stock, die der Architekt seines Großvaters vor vierzig Jahren entworfen hatte. Statt den Aufzug zu nehmen, wählte er den Weg über die breite Treppe mit dem schwarzen, schmiedeeisernen Geländer; dann wandte er sich nach rechts und ging einen langen getäfelten Gang hinunter, von dessen Wänden ihm die düsteren Gesichter seiner Vorfahren aus ihren schweren, reichverzierten Bilderrahmen entgegenstarrten.

»Ich bin froh, daß ich euch beide hier antreffe«, sagte er, als Paris auf sein Klopfen hin die Tür öffnete. Nachdem er eingetreten war, überfiel ihn wie immer das Gefühl, keine Luft zu bekommen in diesem düsteren Raum mit seinen schweren braunen Brokatvorhängen, die fast immer zugezogen waren und so das Tageslicht ausschlossen. Auch jetzt wieder hing ein schwerer Lavendelgeruch in der Luft, der ihm schier den Atem raubte.

Carter ließ sich jedoch nichts anmerken, als er nun einen Arm um Paris legte und seiner Großmutter zulächelte, die auf ihrem Lieblingsplatz – einem riesigen Barockstuhl am Kamin – saß. Edith Reynolds war eine beeindruckende Erscheinung, die trotz ihres hohen Alters ihren zerbrechlichen Körper noch kerzengerade trug und unter keinen Umständen die Haltung verlor. Sie hatte ihr weißes Haar zu einem Knoten gebunden, und der Kragen ihres grauen, hochgeschlossenen Kleides wurde durch eine große, mit Rubinen besetzte Filigranbrosche zusammengehalten.

»Was ist denn los, Carter?« fragte sie mit herrischer Stimme. »Fasse dich bitte kurz. Paris hat mir gerade vorgelesen, und wir waren bei deinem Eintreten an einer sehr spannenden Stelle angelangt.«

»Ich habe aufregende Nachrichten für euch«, sagte er, nachdem Paris Platz genommen hatte. »Sloan hat gerade angerufen. Sie hat ihre Meinung geändert und beschlossen, nach Palm Beach zu kommen und dort zwei Wochen mit uns zu verbringen.«

Seine Worte wurden von den beiden Frauen sehr unterschiedlich aufgenommen: Während seine Großmutter sich gelassen in ihrem Stuhl zurücklehnte, sprang Paris auf und starrte ihn fassungslos an.

»Das hast du gut gemacht«, erklärte seine Großmutter mit einer leichten Neigung ihres Kopfes. Dann verzog sie kaum merklich die Mundwinkel, was jemand, der sie gut kannte, ihr guten Gewissens als Lächeln ausgelegt haben würde.

Seine Tochter hingegen vermittelte eher den Eindruck eines verschreckten Fohlens, das am liebsten über das nächste Gatter gesprungen und auf und davon gelaufen wäre. Immer noch um Fassung ringend, stand sie vor ihm und starrte ihn vorwurfsvoll an. »Du – du kannst doch nicht einfach hereinkommen und erzählen, daß Sloan es sich anders überlegt hat! Ich war überzeugt, daß sie nicht kommen würde. Das ist nicht fair, und ich will damit nichts zu tun haben. Unter diesen Umständen komme ich nicht mit nach Palm Beach!«

»Paris, mach dich bitte nicht lächerlich! Natürlich kommst du mit nach Palm Beach.« Carter hatte seine Worte höflich, aber bestimmt geäußert, und die Sache war für ihn damit erledigt. »Und noch etwas«, fügte er hinzu, bevor er sich zum Gehen wandte, »ich möchte, daß du soviel Zeit wie möglich mit Noah verbringst. Du kannst schließlich nicht erwarten, daß ein Mann dir einen Heiratsantrag macht, wenn du ihn bei jeder Gelegenheit meidest.«

»Ich habe ihn nicht gemieden. Da er in Europa war, konnte ich ihn ja gar nicht treffen.«

»Er wird aber schon bald in Palm Beach sein. Dort hast du Gelegenheit, das Versäumte nachzuholen.«

Courtney Maitland saß lässig auf der Armlehne des ledernen Schreibtischstuhls ihres Bruders und sah ihm dabei zu, wie er verschiedene Unterlagen in seiner Aktentasche verstaute. »Du bist gerade erst aus Europa zurückgekommen, und jetzt fährst du schon wieder weg«, klagte sie. »Immer verbringst du viel mehr Zeit irgendwo anders als hier zu Hause.«

Noah warf seiner hübschen fünfzehnjährigen Halbschwester einen mißbilligenden Blick zu. Sie trug einen Minirock aus glänzendem schwarzem Stretch und ein knallenges pinkfarbenes Top, das kaum ihre Brüste bedeckte. Doch nicht nur ihre Vorliebe für unanständige Kleidung störte ihn, sondern er hielt sie auch für einen launischen und verzogenen Teenager, der seiner Umwelt maßlos auf die Nerven gehen konnte. »Was hast du dir denn da wieder für einen Fummel gekauft?« fragte er sie unwirsch.

»Was du hier siehst, ist zufälligerweise hochmodern – jedenfalls nach meinem Geschmack«, informierte sie ihn.

»Du siehst aus wie ein Flittchen.«

Courtney ignorierte seine Bemerkung. »Willst du mir jetzt sagen, wie lange du diesmal weg bist?«

»Sechs Wochen.«

»Geschäft oder Vergnügen?«

»Beides.«

»Das sagtest du damals auch von dem Trip nach Paraguay, auf den du mich mitgenommen hast«, sagte sie mißmutig. »Es hat die ganze Zeit geregnet, und deine sogenannten Geschäftsfreunde trugen Maschinengewehre.«

»Nein, das taten sie nicht. Es waren ihre Bodyguards, die Maschinengewehre hatten.«

»Auch deine Geschäftsfreunde waren bewaffnet, wenn auch nur mit Handfeuerwaffen. Ich habe sie selbst gesehen.«

»Das hast du dir nur eingebildet.«

»Okay, du hast recht, und ich habe mich natürlich geirrt. Es war nicht in Paraguay, sondern in Peru, wo ich deine schwerbewaffneten Freunde gesehen habe.«

»Jetzt weiß ich plötzlich wieder, wieso ich beschlossen habe, dich nicht mehr auf Geschäftsreisen mitzunehmen. Du bist eine furchtbare Nervensäge.«

»Ich habe nur eine gute Beobachtungsgabe.« Ein Blatt Papier glitt von seinem Schreibtisch, und sie bückte sich danach und reichte es ihm.

»Das Ergebnis ist in jedem Fall dasselbe«, versetzte er, während er einen Blick auf das Schriftstück warf und es in seiner Aktentasche verstaute. »Zufällig fahre ich aber diesmal nicht nach Paraguay oder Peru, sondern nur nach Palm Beach. Wir haben dort ein Haus, in dem du jedes Jahr deine Winterferien verbringst, falls du das vergessen haben solltest. Dein Vater ist schon dort, und du und ich werden ihm ab morgen Gesellschaft leisten.«

»Ich fahre dieses Jahr nicht mit. Dad wird die ganze Zeit auf dem Golfplatz verbringen. Und du wirst meistens hinter verschlossenen Türen in deinem Büro sitzen und Versammlungen abhalten oder ewige Geschäftstelefonate führen, oder du wirst dich an Bord der *Apparition* aufhalten und dort Versammlungen abhalten und Geschäftstelefonate führen.«

»Das klingt ja sehr langweilig.«

»Du bist langweilig...« Er warf ihr einen beleidigten Blick zu, so daß Courtney sich schnell korrigierte. »Ich meine doch nur, daß du ein langweiliges Leben führst. Viel Arbeit, kein Vergnügen.«

»Ein lebhafter Kontrast zu deinem eigenen Leben. Kein Wunder, daß du keinen Respekt für das meine hast.«

»Welche glückliche junge Dame wird denn in Palm Beach das Objekt deiner Begierde sein?«

»Ich glaube, du willst dir eine Tracht Prügel einhandeln.«

»Ich bin zu alt, um verprügelt zu werden. Außerdem bist du nicht mein Vater.«

»Diese Tatsache gibt mir den Glauben an Gott zurück.«

Sie beschloß, das Thema zu wechseln. »Übrigens, ich habe Paris gestern bei Saks in der Fifth Avenue gesehen. Auch die Reynolds sind auf dem Weg nach Palm Beach. Weißt du, Noah, wenn du nicht aufpaßt, wirst du eines Morgens aufwachen und mit Paris verheiratet sein.«

Er warf einen goldenen Füllfederhalter und einen Bleistift in seine Aktentasche und ließ sie zuschnappen; dann drehte er das Kombinationsschloß. »Das wäre die kürzeste Ehe der Welt.«

»Magst du Paris nicht?«

»Doch.«

»Wieso heiratest du sie dann nicht?«

»Abgesehen von allem anderen ist sie zu jung für mich.«

»Das stimmt. Du bist vierzig und ein alter Mann.«

»Du bist wirklich widerlich.«

»Ich weiß; das liegt nun mal in meiner Natur. Wenn Paris so steinalt wie du wäre, würdest du sie dann heiraten?«

»Nein.«

»Wieso nicht?«

»Kümmere dich um deine eigenen Angelegenheiten.«

»Dein Leben gehört nun mal zu meinen Angelegenheiten«, sagte sie fast zärtlich. »Ich habe keine anderen Geschwister außer dir.«

Ihr Überraschungsmanöver sollte ihn besänftigen und umstimmen, und Noah wußte das. Dennoch verfehlte sie ihr Ziel nicht, daher schwieg er und beschloß, seine Energien für den Kampf aufzuheben, den er mit ihr über die Fahrt nach Palm Beach würde ausfechten müssen. Ihr Vater war fest entschlossen, seinen Wohnort nach Palm Beach zu verlegen und Courtney dort in die Schule zu schicken, und Noah hatte nicht die Absicht, sich in die Auseinandersetzungen zwischen den beiden einzumischen.

»Willst du überhaupt mal heiraten?«

»Nein.«

»Wieso denn nicht?«

»Weil ich es ausprobiert habe und es mir nicht gefallen hat.«

»Jordanna hat dir die Ehe wohl auf Dauer madig gemacht, was? Paris denkt sogar, daß du seit der Trennung von Jordanna keine andere Frau mehr ansiehst.«

Er hob den Blick von seinen Akten, die er gerade durchblätterte, und sah sie mit wachsender Ungeduld an. »Sie denkt *was*?«

»Paris weiß nichts von den Frauen, die du mit dir auf die Yacht nimmst oder die aus deinen Hotelzimmern geschlichen kommen. Da ich dich ja auch nicht oft auf Reisen begleiten darf, hatte ich selbst auch kaum Gelegenheit, einen Blick auf sie zu erhaschen. Paris glaubt, daß du herzensgut und von deiner ersten Ehe tief verletzt bist und seitdem absolut abstinent lebst.«

»Fein. Laß sie das ruhig weiterhin glauben.«

»Zu spät, tut mir leid. Ich habe ihr alles erzählt. Die ganze schreckliche, schmutzige Wahrheit.«

Noah schrieb ungerührt an der Notiz für seinen Assistenten weiter und schien von ihren Worten völlig unbeeindruckt. »Ich nehme dich mit nach Palm Beach.«

»Auf keinen Fall! Dazu hast du kein Recht.«

Er hielt im Schreiben inne und warf ihr denselben unerbittlichen Blick zu, mit dem er es schon oft geschafft hatte, anderen Menschen seinen Willen aufzuzwingen. »Sei ein bißchen vorsichtiger mit dem, was du sagst«, meinte er dann etwas sanfter. »Und jetzt geh in dein Zimmer und fang an zu packen.«

»Nein, das werde ich nicht tun.«

»Gut. Dann nehme ich dich so wie du bist mit, und du verbringst die nächste Zeit in diesen ekelhaften Klamotten. Du hast die Wahl.«

»Du bluffst doch nur.«

»Ich bluffe nicht. Nach all unseren Streitigkeiten solltest du das besser als die meisten anderen wissen.«

»Ich hasse dich, Noah.«

»Das ist mir verdammt egal. Geh jetzt packen, wir sehen uns morgen früh.«

In ihren Augen standen Tränen, als sie widerwillig von der Armlehne glitt. Es hätte ihr jedoch nichts genutzt, ihm eine Szene zu machen, denn er hatte nicht die geringste Absicht, nachzugeben.

12

Sloan war so mit ihren Gedanken an die bevorstehende Reise nach Palm Beach beschäftigt, daß sie Jess' Streifenwagen hinter sich erst bemerkte, als er die Scheinwerfer einschaltete. Das Licht blendete sie, und als sie nun in den Rückspiegel blickte, konnte sie gerade noch sehen, wie er sich per Handzeichen von ihr verabschiedete und den Blinker setzte. Dann wünschte er ihr über Lautsprecher einen schönen Urlaub, bog um die Ecke und war verschwunden.

Als Sloan zu Hause ankam, standen in ihrer Einfahrt die Autos von Sara und Kimberly. Auch Paul Richardson war schon da und im Moment gerade damit beschäftigt, ihr Gepäck in den Kofferraum eines hellblauen Coupés zu laden, das er für ihre gemeinsame Reise gemietet hatte. Sloan hatte ihn in den zwei Wochen seit ihrer Einwilligung, nach Palm Beach mitzukommen, nur noch einmal gesehen, um gemeinsam mit ihm und ihrer Mutter zu Mittag zu essen. Kimberly war von dem attraktiven Mann begeistert gewesen.

Sloan stellte erstaunt fest, daß es ihm anscheinend einige Mühen bereitete, das Gepäck im Kofferraum unterzubringen. Nachdem er verschiedene Stapelvarianten ausprobiert hatte, gab er sich schließlich geschlagen, hob einen seiner eigenen Koffer wieder aus dem Kofferraum und verstaute ihn statt dessen auf dem Rücksitz.

»Kann ich helfen?« fragte Sloan endlich.

»Nein, ich brauche wohl eher ein größeres Auto«, sagte er mit einem schiefen Lächeln.

»Ich bin in fünf Minuten fertig«, versprach Sloan. Da sie selbst nur zwei von Sara geborgte mittelgroße Koffer gepackt hatte, nahm sie an, daß entweder der Kofferraum des Wagens zu klein oder Agent Richardsons Gepäckstücke zu groß waren, aber sie hatte keine Lust, sich in eine Diskussion darüber einzulassen. Als ihre Mutter und Sara erfahren hatten, daß Sloan nun doch nach Palm Beach fahren wollte, hatten sie ihr endlose Ratschläge über die mitzunehmende Garderobe erteilt, bis Sloan sich schließlich jede weitere Erwähnung des Themas verbeten hatte.

Sie hatte noch nie viel Geld für Kleidung ausgegeben und betrachtete – ganz im Gegensatz zu ihrer Mutter und ihrer besten Freundin – diese Reise durchaus nicht als Grund, ihre Gewohnheiten oder gar ihr Image zu ändern. Natürlich hatten die beiden keine Ahnung, daß Sloan in Wirklichkeit nur nach Palm Beach fuhr, um ihren Vater im Auftrag des FBI auszuspionieren. Dennoch konnte sich Sloan über ihre Vorstellungen nur wundern: Die beiden Frauen waren unaufhörlich damit beschäftigt, sich in den herrlichsten Farben auszumalen, was Sloan in Palm Beach tragen und wie sie die Herzen aller Männer im Sturm erobern würde. »Carter wird hingerissen sein«, schwärmte Kimberly glücklich, als Sloan ihr die Änderung ihrer Pläne mitteilte, »wenn er dich in dem schwarzen, perlenbesetzten Cocktailkleid sieht, das in Faylenes Schaufenster hängt. Ich werde es für dich kaufen.«

Sara hingegen hatte andere Vorstellungen über das perfekte Outfit ihrer Freundin. »Ich sehe dich schon vor mir, wie du in meinem roten Leinenkleid den Palm Beach Polo Club betrittst und *er* plötzlich vor dir steht ... gutaussehend, reich, aufregend ...«

»Wollt ihr jetzt beide damit aufhören?« unterbrach Sloan die beiden. »Mom, wage es nicht, auch nur einen Dollar für mich auszugeben. Falls du es doch tust, werde ich jedes einzelne Kleidungsstück zurückgeben, ohne es jemals getragen zu haben. Und Sara, ich danke dir für dein Angebot, aber ich weigere mich, Mannequin zu spielen, nur um Carter Reynolds zu beeindrucken.«

»Okay, aber was ist, wenn du deinem Märchenprinzen begegnest?«

»Die Art von Mann, die du im Kopf hast, entspricht wohl eher deinem Märchenprinzen als dem meinen«, erwiderte Sloan mit einem vergnügten Lächeln. »Außerdem nehme ich doch Paul mit, oder hast du das vergessen?«

»Gut, aber du bist ja schließlich nicht mit ihm verlobt. Es ist also nichts dabei, wenn du dir alle Möglichkeiten offenhältst, und mein rotes Kleid würde dir wirklich gut stehen. Es ist raffiniert, aber doch nicht zu aufdringlich ...«

»Bitte, fang nicht schon wieder damit an«, flehte Sloan und hielt sich die Ohren zu, bevor Sara zu einem ihrer begeisterten Monologe über Mode anheben konnte. »Paß auf, wir treffen eine Abmachung: Ich werde deinem Rat folgen und versuchen, mir alle Möglichkeiten offenzuhalten, wenn du mir nichts mehr über Kleider erzählst.« Sie stand auf, um dem Gerede ein für allemal ein Ende zu machen, und kündigte an, daß sie nun zu Bett gehen wolle.

Aber die Diskussion war damit nicht zu Ende gewesen. Sie wurde fortgeführt, Tag für Tag, Stunde für Stunde, ob Sloan nun dabei war oder nicht. Tatsächlich waren Kimberly und Sara so hartnäckig, daß Sloan schon befürchtet hatte, Sara würde ihr beim Abschied noch eine Reisetasche mit weiteren Kleidern aushändigen, die sie Sloan unbedingt borgen wollte. Aber darin hatte sie sich Gott sei Dank getäuscht. Statt dessen wünschten ihr die beiden viel Vergnügen und stellten sich schließlich in der Einfahrt auf, um sich mit großem Brimborium von Sloan zu verabschieden.

Kimberly sah mit zufriedenem Gesichtsausdruck zu, wie Paul Richardson um den Wagen herumging und Sloan höflich auf den Beifahrersitz half. »Sie wird wundervoll aussehen in dem schwarzen, perlenbesetzten Cocktailkleid«, flüsterte sie Sara glücklich zu. »Sie hat eine nagelneue Garderobe, mit der sie ein wunderschönes neues Leben anfangen kann, ein Leben mit ihrem Vater und Paul Richardson ...«

»Und mit meinem roten Leinenkleid«, fügte Sara hinzu.

Als der Wagen nun in die Straße einbog, winkten die beiden Frauen ihm mit fröhlichen Unschuldsmienen hinterher. »Es war sehr nett von Paul, daß er die beiden anderen Koffer vor Sloan versteckt hat«, sagte Kimberly schließlich.

»Ja, da hast du recht«, stimmte Sara mit einem etwas unsicheren Lächeln zu. »Es wäre mir aber doch lieber, wenn diese neue Liebe nicht so plötzlich käme. Ich wünschte, Sloan würde ihn etwas besser kennen.«

»Ich nicht«, eröffnete Kimberly der erstaunten Sara. »Sloan hat das Leben immer zu ernst genommen und war Männern gegenüber viel zu vorsichtig. Um die Wahrheit zu sagen: Ich wünschte mir eigentlich schon seit Jahren, daß sie etwas impulsiver wäre.«

Sara wies in die Richtung, in der das Auto verschwunden war, und schenkte der Frau, die sie mehr als ihre eigene Mutter liebte, ein strahlendes Lächeln. »Ich glaube, dein Wunsch hat sich erfüllt, Mom.«

13

Sie waren bereits seit zwei Stunden unterwegs, als Paul seiner beharrlich schweigenden Beifahrerin einen beunruhigten Blick zuwarf. Sie saß still und kerzengerade da und verzog keine Miene, aber mit jedem Kilometer, den sie zurücklegten, schienen ihre innere Anspannung und Angst größer zu werden. Es tat ihm nun fast leid, daß er sie zum Mitkommen bewegt hatte.

Um zu vermeiden, daß sie es sich schließlich doch noch einmal anders überlegte, hatte er sie in den vergangenen zwei Wochen nur noch einmal getroffen. Sie hatten aber des öfteren miteinander telefoniert, und Sloan hatte dabei mehrmals versucht, ihn über ihren Vater und ihre Schwester auszufragen. Paul hatte jedoch darauf bestanden, daß sie erst später auf der Fahrt nach Palm Beach darüber reden würden. Er war jetzt bereit, ihre Fragen zu beantworten, und hätte sie gerne etwas aufgemuntert, aber sie schien nicht dazu in der Lage, ein Gespräch zu beginnen oder ihn auch nur anzusehen, wenn er etwas sagte.

Er stellte allerlei Überlegungen an, welche Vorteile für ihr eigenes Leben Sloan sich von dem Besuch in Palm Beach erhoffen konnte und ob die Möglichkeit bestand, daß die Begegnung mit ihrer Familie für sie doch noch einen glücklichen Ausgang nehmen würde. Es wäre eine ganz normale Reaktion gewesen, wenn sie sich insgeheim ausgemalt hätte, daß sich zwischen ihr und ihrem Vater oder ihrer Schwester wider Erwarten eine gewisse Nähe und Vertrautheit entwickeln oder sie sich sogar glänzend verstehen würden. Aber Sloan fuhr ja nicht aus sentimentalen Gründen nach Palm Beach, sondern sie hatte ihren Stolz nur hinuntergeschluckt, weil sie ihre Mitarbeit mit dem FBI als ihre Pflicht ansah.

Da er kaum Chancen für ein wie auch immer geartetes Happy-End sah, erfand Paul schließlich eine, um wenigstens sein Gewissen zu beruhigen und ihre Stimmung etwas aufzuheitern. In seinem Kopf entwarf er ein für alle Seiten gleichermaßen zufriedenstellendes Märchenszenario, in dem Carter Reynolds sich nicht nur als unschuldig herausstellte, sondern auch noch starke väterliche Gefühle für Sloan entwickelte.

Wenngleich die Wahrscheinlichkeit, daß die Geschichte wirklich so ausgehen würde, äußerst gering war, räusperte er sich schließlich und ergriff das Wort. »Sloan, vielleicht erscheint dir das jetzt im Moment ganz absurd, aber es wäre doch immerhin möglich, daß die ganze Angelegenheit für deine gesamte Familie gut ausgehen wird.« Statt weiterhin auf die Windschutzscheibe zu starren, drehte sie sich nun abrupt um und sah ihn an, jedoch ohne ein Wort zu sagen. Paul nahm dies als ein ermutigendes Zeichen und fuhr fort: »Dein Vater ist im Moment nur ein Verdächtiger, den wir unter Beobachtung stellen müssen. Du sollst uns dabei helfen, in seine Nähe zu kommen und einige Dinge über ihn herauszufinden. Doch es kann sich am Ende durchaus auch herausstellen, daß wir uns getäuscht haben.«

»Für wie wahrscheinlich hältst du das?«

Paul zögerte. Er wollte sie nicht beleidigen oder ihr Vertrauen mißbrauchen, indem er ihr etwas vorschwindelte. »Für nicht sehr wahrscheinlich«, erwiderte er. »Aber es ist immerhin möglich. Betrachten wir die Situation doch einmal von dieser Seite: Reynolds hat als Vater zweifellos versagt, doch offensichtlich hat er dies bereut, sonst hätte er dich wohl nicht angerufen. Wir wissen nicht, was damals alles zum Scheitern der Ehe deiner Eltern beigetragen hat – aber nach allem, was du mir erzählt hast, war seine Mutter die treibende Kraft, die sowohl die Scheidung als auch die Trennung von euch Kindern veranlaßt hat. *Sie* war es damals, die nach dem Schlaganfall ihres Mannes nach Florida kam und Carter nach San Francisco zurückholte, nicht wahr?«

»Ja, aber er hat in ihren Plan eingewilligt.«

»Das stimmt, aber er war damals auch noch sehr jung, nicht älter als Mitte Zwanzig. Es mag vielleicht nur Schwäche oder

Unreife oder Feigheit gewesen sein, die ihn dazu bewogen haben, ihr zu gehorchen; vielleicht hat sie ihn auch davon überzeugt, daß es seine verdammte Familienpflicht sei, nach San Francisco zurückzukehren. Wer weiß? Ein schwacher Charakter ist nicht gerade respekteinflößend, aber vielleicht hat er sich ja tatsächlich geändert. Alles, was wir wissen, ist, daß seine Mutter vor drei Monaten gestorben ist und dein Vater kurz darauf den Versuch unternommen hat, sich mit dir zu versöhnen.«

Sloan war sich bewußt, daß Paul ihr wirklich helfen wollte, aber seine Ausführungen verunsicherten und verwirrten sie auch, und sie hatte sowieso schon genug damit zu tun, ihre widerstreitenden Gefühle im Zaum zu halten. Eigentlich hatte sie ihn bitten wollen, damit aufzuhören, aber aus Höflichkeit oder vielleicht auch aus Neugierde ermutigte sie ihn statt dessen durch weitere Fragen zum Weitersprechen. »Und was ist mit meiner Schwester? Welche Entschuldigung könnte sie dafür haben, daß sie nie versucht hat, Kontakt mit meiner Mutter aufzunehmen?«

Paul sah sie von der Seite an. »Du solltest die Sache mal aus ihrer Perspektive sehen: Vielleicht fragt sie sich, wieso ihre Mutter nie Kontakt mit *ihr* aufgenommen hat.«

»Die Einwilligung, die meine Mutter unterschreiben mußte, hätte ihr das nicht gestattet.«

»Wer sagt dir, daß Paris von dieser Einwilligung weiß?«

Sloan starrte ihn fassungslos an und spürte unweigerlich, wie in ihr ein kleiner Hoffnungsfunke aufflammte, daß es für ihre Familie vielleicht doch noch eine Möglichkeit zur Wiedervereinigung geben würde. »Du sagtest, daß ihr einen Informanten im Haus der Reynolds' in San Francisco hattet. Hast du durch ihn irgendwelche konkreten Hinweise erhalten, daß etwas von all dem wahr sein könnte?«

»Nein. Paris hat uns nie sehr interessiert. Ich weiß über sie nur, daß manche Menschen sie für kühl und reserviert halten, andere wieder für still und scheu. Alle sind sich einig, daß sie sehr schön, elegant und gebildet ist. Sie spielt hervorragend Tennis und Golf und ist Meisterin im Bridge. Bei Turnieren spielt sie normalerweise mit Ihrem Vater zusammen, der noch besser ist als sie.«

Sloan brachte ihr Unverständnis und ihre Verachtung für solche oberflächlichen und nutzlosen Spielereien zum Ausdruck, indem sie die Augen verdrehte und die Schultern hochzog – eine Geste, die so spröde und doch auch so hübsch aussah, daß Paul sich ein Lachen verbeißen mußte. »Dann ist da noch Edith«, sagte er und verzog das Gesicht bei dem Gedanken an die Familienälteste. »Sie wird auch in Palm Beach sein.«

»Edith?« fragte Sloan.

»Deine Urgroßmutter«, erklärte Paul. »Sie ist ein neunzigjähriger Drachen, der sich mit jedem anlegt, der es wagt, ihr in den Weg zu treten. Außerdem ist sie krankhaft geizig. Sie besitzt etwa fünfzig Millionen Dollar, aber sie kann sich fürchterlich aufregen, wenn in einem Zimmer mehr als eine Lampe brennt.«

»Sie klingt ja sehr liebenswert«, sagte Sloan trocken, dachte aber gleichzeitig leicht betreten an ihre eigene Sparsamkeit. Erst letzte Woche hatte Sara sie eine Knauserin genannt, und ihre Mutter beschwerte sich immer wieder darüber, daß Sloan es haßte, Geld auszugeben. Andererseits waren Sara und Kimberly beide regelrecht verschwendungssüchtig, wie Sloan zu ihrer eigenen Verteidigung zugeben mußte. Sie selbst hingegen hatte nie auf großem Fuß gelebt, zum einen weil sie es in ihrer Kindheit nicht anders gelernt hatte, zum anderen weil ihr bescheidenes Polizistengehalt ihr gar keine andere Wahl ließ. Falls sie eines Tages einen Haufen Geld verdienen sollte, würde sie es sicherlich auch ausgeben. Nun, jedenfalls einen Teil davon.

Paul war froh, daß seine aufmunternden Worte sie ein wenig entspannt hatten, und er überließ sie nun wieder ihren eigenen Gedanken. Als sie sich aber immer mehr der Ausfahrt nach Palm Beach näherten, beschloß er, sie in die Realität zurückzuholen. Nachdem er sie zuvor auf die Möglichkeit aufmerksam gemacht hatte, daß ihre Verwandten durchaus menschliche und vielleicht sogar liebenswerte Geschöpfe waren, mußte er sie nun wieder daran erinnern, daß sie ihrem Vater vorläufig kein Vertrauen schenken durfte. »Wir werden bald am Haus deines Vaters ankommen«, sagte er. »Ich habe dir gerade geschildert, wie die Sache im günstigsten Fall ausgehen könnte. Ich fürchte, wir müssen uns nun aber auch mit dem ungünstigsten Fall beschäftigen. Laß uns nochmals unsere Geschichten durchgehen, damit wir nachher unseren Job vernünftig machen können.«

Sie wandte sich auf ihrem Sitz um und schenkte ihm ihre volle Aufmerksamkeit. »Okay, schieß los.«

»Wir haben uns vor fünf Monaten in Fort Lauderdale kennengelernt, wo ich ein Versicherungsseminar und du ein Polizeiseminar besuchtest«, erklärte er. »Mein Vater heißt Clifford, meine Mutter hieß Joan. Sie ist vor einigen Jahren gestorben. Ich war ein Einzelkind. Ich bin in Chicago aufgewachsen und habe an der Loyola University meinen Abschluß gemacht. Ich lebe immer noch in Chicago und arbeite für Worldwide Underwriters Inc. Wir beide hatten wegen der großen Entfernung zwischen unseren Wohnorten bisher kaum die Möglichkeit, viel Zeit miteinander zu verbringen, und daher war es uns auch so wichtig, unseren zweiwöchigen Urlaub gemeinsam zu verleben.« Da die nächste Ausfahrt Palm Beach sein würde, reihte er sich in die rechte Spur ein. »Ist bis hier alles klar?«

Sloan nickte. Sie hatten all dies schon bei ihrem letzten Treffen besprochen, aber nun konnte sie ihre Neugier nicht mehr zurückhalten. »Ist irgendwas von all dem wahr?«

»Nein«, erwiderte er in einem Ton, der jede weitere Frage nach seiner wahren Identität ausschloß. »Meine Tarnung ist sicher genug, um standzuhalten, falls Reynolds mir aus irgendwelchen Gründen hinterherspionieren sollte. Aber soweit wird es voraussichtlich gar nicht kommen. Da wir einander noch nicht lange kennen, wird deine Familie sicher nicht mißtrauisch werden, wenn du viele Dinge über mich nicht weißt. Sie werden sowieso nicht besonders an mir interessiert sein und mir daher kaum Fragen stellen. Falls sie es aber doch tun, werde ich Antworten parat haben. Wenn ich gerade nicht in der Nähe bin, kannst du sagen, was du willst, aber vergiß nicht, mich später auf den neuesten Stand zu bringen. So, nun sollten wir uns aber deiner Geschichte zuwenden. Hast du dich entschieden, welchen Beruf du ausüben willst?«

»Ja.«

Sie waren sich beide darüber einig gewesen, daß Carter Reynolds besser nicht erfuhr, daß Sloan Polizistin war. Laut Pauls Informanten in San Francisco hatte Reynolds nichts über Sloans Leben gewußt, als er Kimberly angerufen hatte, um ihre Telefonnummer zu erfragen, und es gab keinen Grund zur Annahme, daß er sich bei dem ersten Gespräch mit seiner Tochter darüber im klaren gewesen war, daß er ein Polizeirevier am anderen Ende der Leitung hatte. Paul war darüber sehr erleichtert. »Es ist wirklich ein großes Glück für uns, daß deine Mutter bei seinem Anruf keine Gelegenheit hatte, ihm etwas über dich zu erzählen.«

»Glück hat damit nichts zu tun. Meine Mutter hätte ihm sicher gerne alles über mich erzählt, aber in seiner Herzlosigkeit und Arroganz hat er das gar nicht erst zugelassen. In dreißig Jahren hat er sie nicht *einmal* angerufen, weil es ihm völlig egal ist, was sie fühlt oder denkt. Als er sich dann endlich doch bei ihr gemeldet hat, behauptete er, er habe keine Zeit für ein Gespräch und wolle nur meine Telefonnummer. Sobald er die bekommen hatte, hat er sie auf ein anderes Mal vertröstet und aufgehängt.«

»Ich verstehe.«

Sloan wollte ihn ihre Verbitterung nicht zu sehr spüren lassen. »Aber im Grunde hast du doch recht, wenn du von Glück sprichst«, sagte sie mit einem Lächeln. »Ich habe Sara später ausgefragt, ohne daß sie etwas davon gemerkt hat. Sie sagt, sie erinnere sich genau, wie Captain Ingersoll das Telefon abgenommen und was er zu Carter gesagt hat. Aus keinem seiner Worte hätte mein Vater schließen können, daß er mit einem Polizeirevier verbunden war.«

»Gut, daß du das überprüft hast«, sagte Paul erleichtert. »Nun sag mir, welchen Beruf du dir ausgesucht hast.«

»Im College hatte ich Biologie und Mathematik als Hauptfächer, bevor ich mich dann für die Polizeilaufbahn entschieden habe. Du sagtest, ich solle einen Beruf wählen, den Reynolds als harmlos und uninteressant betrachten würde. Eine naturwissenschaftliche oder mathematische Ausbildung kommt aber nicht in Frage, da ich zuwenig Ahnung davon habe, um ihm etwas vorspielen zu können. Ich habe mir gerade darüber den Kopf zerbrochen, als ich letzte Woche einmal auf Sara wartete, die eine Verabredung mit einem Kunden hatte, und dabei kam ich auf eine tolle Idee.«

»Spann mich doch nicht so auf die Folter! Worum handelt es sich?«

»Für die nächsten zwei Wochen werde ich mich als Innenarchitektin versuchen.«

»Ein guter Einfall.« Er lachte. »Irgendso etwas hatte ich auch im Sinn. Weißt du genug darüber, um damit zu bluffen?«

»Ja, ich denke schon.« Seit Jahren mußte sie sich regelmäßig Saras schwärmerische Ausführungen über Möbel und Inneneinrichtungen anhören, und Sloan war sich ziemlich sicher, daß sie dabei genügend Insider-Informationen und Fachausdrücke aufgeschnappt hatte, um sich mit Carter Reynolds darüber unterhalten zu können. Er würde das Thema sicherlich langweilig finden, so daß sie hoffentlich nicht allzusehr in die Tiefe gehen mußten.

»Eine Sache ist da noch, über die wir noch nicht gesprochen haben«, sagte Paul nun, und seine Stimme nahm einen ernsteren Unterton an. »Ich möchte, daß du dir absolut im klaren darüber bist, welche Rolle du in Palm Beach zu spielen hast und welche Konsequenzen es haben könnte, wenn du auch nur ein Stückchen davon abweichst.«

Sloan war sich durchaus bewußt, worauf er hinauswollte, aber sie war neugierig, welche Argumente er anführen würde, um sie zu überzeugen.

»Von der Gesetzeslage her kann dein Vater davon ausgehen, daß ihm in seinem Haus keine Gefahr droht. Da du auf meine Aufforderung hin mitfährst, arbeitest du nun offiziell für das FBI. Das FBI hat keine Durchsuchungserlaubnis, und jedes Beweisstück, das einer von uns beiden entdeckt, werden wir nur dann vor Gericht verwenden können, wenn es entweder vor aller Augen liegt oder aber an einem Ort, zu dem Carter uns persönlich Zugang gewährt hat. Solltest du zufällig auf wichtige Informationen stoßen, mußt du sie an mich weitergeben, aber du darfst nicht selbst danach suchen. Verstehst du, was ich meine? Ich möchte, daß du in Reynolds' Haus nicht einmal eine Schublade öffnest, ohne daß jemand dich darum gebeten hat.«

Sloan mußte lächeln bei dem Gedanken, daß Paul ihr umständlich erklärte, was sie doch schon in ihrer juristischen Grundausbildung gelernt hatte. »Ich erinnere mich, daß ich in irgendeinem Krimi so etwas gelesen habe.«

Bei dem Gedanken daran, daß er es nicht mit einer Anfängerin zu tun hatte, entspannte er sich ein wenig, doch seine Stimme blieb ernst. »Dasselbe gilt für Gespräche, die du zufällig mitbekommst. Achte immer darauf, daß du dich in einem Raum aufhältst, zu dem du offiziell Zugang hast. Es wäre auch gut, wenn du in einer solchen Situation nicht allein wärst. Selbstverständlich ist es dir auch nicht erlaubt, über Nebenapparate Telefongespräche abzuhören. Wir müssen uns sehr genau an die Vorschriften halten. Okay?«

Sloan nickte. »Okay. Tatsache ist nur: Auch wenn wir noch so vorsichtig sind, werden wir doch kaum verhindern können, daß seine Anwälte vor Gericht alles versuchen werden, um Beweisstücke zurückzuhalten.«

»Daher müssen wir unbedingt verhindern, daß sie hierfür eine rechtliche Grundlage in die Hand bekommen. Wir dürfen nicht vergessen, daß wir noch gar nicht auf der Suche nach Beweisstücken sind. Ich fahre nur nach Palm Beach, um ein Auge auf Carter Reynolds zu haben. Er verbringt regelmäßig einen Teil des Jahres in Palm Beach, und ich will wissen, was er den lieben langen Tag tut, wo er hingeht, wen er trifft und so weiter. Du bist hier, weil ich ohne dich keinen Zugang zu seinem Haus hätte und weil du vielleicht wichtige Informationen, an die du zufällig gelangst, an mich weitergeben könntest. Du bist aber *nicht* hier, um selbst nach diesen Informationen zu suchen.«

»Ich verstehe.«

Paul atmete erleichtert auf und knüpfte an das vorherige Gesprächsthema wieder an. »Ich halte es für eine sehr gute Idee, dich als Innenarchitektin auszugeben. Reynolds wird sich dadurch nicht bedroht fühlen. Es ist genau das Richtige.«

Sloan nickte, doch je mehr sie sich ihrem Ziel näherten, desto schwieriger kam es ihr vor, sich als etwas zu verkaufen, das sie gar nicht war. Es war ein ihr völlig unbekanntes Terrain, in das sie sich begeben mußte, und sie würde es mit fremden Menschen zu tun haben, denen sie nicht vertraute. Durch das Verschweigen ihres wahren Berufs verlor sie nicht nur ein sicheres Gesprächsthema, sondern auch einen großen Teil ihrer Identität.

»Sloan?« fragte Paul, während er in eine breite Allee in Strandnähe einbog, die mit imposanten Luxusvillen gesäumt war. »Machst du dir Sorgen, daß es dir schwerfallen wird, dich als Innendekorateurin anzupreisen?«

»Innenarchitektin«, korrigierte sie ihn seufzend. »Nein, es geht schon in Ordnung. Wenn ich Unsinn erzähle, werden sie einfach denken, daß ich einen anderen Geschmack habe – oder daß ich etwas dämlich bin.«

»Das wäre eigentlich gar nicht so schlecht für uns«, bemerkte Paul, den diese Möglichkeit zu erheitern schien. »Schließlich und endlich wird Reynolds um so unvorsichtiger werden, je mehr er dich unterschätzt. Du solltest keine Gelegenheit ungenutzt lassen, in der du beweisen kannst, wie naiv und gutgläubig du bist. Er wird das mögen.«

»Wieso gehst du davon aus, daß er glaubt, ich sei wirklich so?«

»Weil wir wissen, daß er deine Mutter mehr oder weniger so im Gedächtnis hat«, sagte Paul, der seine Worte vorsichtig gewählt hatte. Schließlich konnte er ihr nicht sagen, daß Reynolds von Kimberly als einer »törichten Närrin« und dem »klassischen dummen Blondchen« gesprochen hatte.

»Ich weiß jetzt schon, daß ich diesen Mann hassen werde«, seufzte Sloan. »Aber was hat seine Meinung über meine Mutter mit mir zu tun?«

Paul lächelte. »Du siehst ihr sehr ähnlich.«

»Das glaube ich nicht.«

»Es ist aber so«, sagte er überzeugt. »Reynolds wird das auch sehen und ganz selbstverständlich annehmen, daß du genauso ...«, er unterbrach sich, um das harmloseste Wort zu finden, das Reynolds zur Beschreibung von Sloans Mutter verwendet hatte, »... genauso gutmütig wie sie bist.«

Sloan begann zu ahnen, daß Paul wirklich von ihr erwartete, in eine Rolle zu schlüpfen, die ihr ganz und gar nicht gefiel.

»Verstehe ich recht? Du möchtest, daß ich seine abfällige Meinung über den Intellekt meiner Mutter und damit den meinen auch noch bestärke?«

»Wenn du das kannst.«

»Und da du wußtest, daß ich allein schon den Gedanken hassen würde, hast du mit diesem Vorschlag gewartet, bis wir praktisch in seiner Hofeinfahrt angelangt sind.«

»Genau«, sagte er ungerührt.

Sloan lehnte ihren Kopf gegen die Nackenstütze, schloß die Augen und seufzte – nicht ohne einen Anflug von Selbstmitleid – tief auf. »Das ist ja eine schöne Bescherung. Ich bin wirklich entzückt.«

»Sieh mal, Sloan: Du bist hierhergekommen, um deinen Job zu machen, nicht um Reynolds' Respekt und Bewunderung zu erlangen, stimmt's?«

Sloan schluckte. »Stimmt«, gab sie zu, doch innerlich stöhnte sie auf bei dem Gedanken, welches Theater ihr die kommenden zwei Wochen bevorstand.

Paul setzte den Blinker und fuhr von der Straße ab und auf ein imposantes eisernes Gittertor zu, hinter dem sich eine breite, gepflasterte Hofeinfahrt erstreckte. In der Ferne war eine palastartige, in mediterranem Stil gehaltene Villa zu erkennen.

»Noch ein Letztes, bevor wir uns in die Höhle des Löwen wagen: Ich weiß, daß das hart für dich ist, aber du *mußt* deine Voreingenommenheit vor Reynolds verbergen. Er ist kein Narr, und du mußt ihm auf überzeugende Art und Weise vermitteln, daß du wirklich eine Versöhnung im Sinn hast. Wirst du es schaffen, deine wahren Gefühle vor ihm zu verbergen?«

Sloan nickte. »Ich habe schon geübt.«

»Wie kann man so was üben?« fragte er neugierig und trat auf die Bremse.

»Ich stelle mich vor den Spiegel und denke an etwas Schreckliches, das er getan hat; dann lächle ich so lange meinem Spiegelbild entgegen, bis ich mir einbilde, daß es mir nichts mehr ausmacht.«

Paul lachte und drückte kurz und ermutigend ihre Hand. Da sie bereits vor dem Hoftor standen, kurbelte er sein Seitenfenster herunter und drückte einen Knopf auf einem Messingkasten, der auf einem Sockel befestigt war. Während er wartete, wandte er sich nochmals an Sloan. »Und nun ein Lächeln für die Kamera«, wies er sie mit einem vielsagenden Blick auf das kleine gläserne Loch in dem Messingkasten an.

»Ja bitte?« ließ sich schließlich eine männliche Stimme vernehmen.

»Sloan Reynolds und Paul Richardson«, sagte Paul freundlich.

Einen Augenblick später öffneten sich für sie die beiden Flügel des schweren Eisentors.

14

Sloan hatte sich diesen Moment immer so vorgestellt, daß ihr Vater die Tür selbst öffnen und sie persönlich begrüßen würde, weshalb sie nun eine freundliche, aber unverbindliche Miene aufsetzte. Ihre Bemühungen erwiesen sich jedoch als unnötig, da die Tür nicht von ihrem Vater, sondern von einem großen, blonden Butler geöffnet wurde, der mindestens genauso freundlich und sogar noch unverbindlicher dreinsah als Sloan. »Guten Tag, Miss Reynolds. Guten Tag, Mr. Richardson«, sagte er mit einer tiefen Stimme, die noch die Spuren seines nordischen Akzents trug. »Die Familie erwartet Sie bereits. Folgen Sie mir bitte.«

Er führte sie durch einen breiten, steingefliesten Gang, von dem aus mehrere Türen in geräumige, mit antiken Möbeln eingerichtete Zimmer führten. Plötzlich trat aus einem der Zimmer ein Mann und kam mit ausgestreckten Armen auf sie zu. Sloan erkannte den Fremden sofort als ihren Vater. Aufgrund seiner Herzattacke und seines scheinbar so sehnlichen Wunsches nach einer Versöhnung mit ihr hatte sie jedoch erwartet, daß er etwas kränklich und mitgenommen aussehen würde. Der gutaussehende, sonnengebräunte Mann, der ihr nun mit einem strahlenden Lächeln entgegenkam, machte jedoch einen sehr kräftigen und agilen Eindruck. »Sloan!« rief er erfreut, als er vor ihr stehenblieb und ihr die Hand reichte.

Sloan überließ ihm mit einer automatischen Geste ihre Hand, die er in seine beiden Hände nahm und einen Moment festhielt. »Mein Gott, du siehst deiner Mutter so ähnlich, daß es schon fast unheimlich ist«, sagte er mit einem warmen Lächeln. »Danke, daß du gekommen bist«, fügte er mit entwaffnender Spontaneität hinzu.

Sloan bebte innerlich vor Anspannung und Nervosität,

aber es gelang ihr, ihre Stimme gelassen und ruhig klingen zu lassen. »Dies hier ist mein Freund, Paul Richardson.«

Die beiden Männer schüttelten einander die Hand; dann kehrte Carters Blick wieder zu seiner Tochter zurück. »Ich hatte eigentlich angenommen, daß deine Begleitung weiblich sein würde«, sagte er etwas verunsichert. »Nordstrom hat zwei Gästezimmer vorbereitet, aber ...«

»Das ist schon in Ordnung«, sagte Sloan schnell.

Sein Lächeln wurde noch wärmer, als sei er sehr angenehm überrascht, daß seine Tochter nicht so unverfroren war, auf einem gemeinsamen Schlafzimmer mit ihrem »Freund« zu bestehen. Sloan wußte nicht so recht, was sie davon halten sollte, doch schließlich rief sie sich ihren festen Vorsatz ins Gedächtnis, keinerlei Wert auf das Urteil ihres Vaters zu legen.

»Nordstrom wird sich um euer Gepäck kümmern«, sagte Reynolds schließlich. »Nun kommt erst mal mit! Deine Schwester und deine Urgroßmutter sind im Sonnenzimmer.«

Sie wollten sich gerade auf den Weg machen, als ein schlanker Mann von etwa fünfunddreißig Jahren mit dünnem Haar und Silberrandbrille aus einem Zimmer in der Nähe der Treppe trat. Er schien ganz in die Lektüre eines Aktenstücks versunken, das er in der Hand trug. Carter sprach ihn an und stellte ihn Sloan und Paul als Gary Dishler vor. »Gary ist mein Assistent«, erklärte Carter. »Wann immer ihr etwas braucht und ich gerade nicht zur Verfügung stehe, könnt ihr getrost Gary fragen.«

Mit einem freundlichen Lächeln und einer lockeren Geste, die zu seiner lässigen Kleidung paßte – der Kragen seines Hemdes stand offen, und er trug keine Krawatte –, schüttelte er den beiden Neuankömmlingen die Hand. »Zögern Sie bitte nicht, sich an mich zu wenden, wenn Sie etwas brauchen«, sagte er. »Ich bin hier so eine Art Mädchen für alles.«

Das »Sonnenzimmer« war ein geradezu riesiger, achteckiger Raum im hinteren Flügel des Hauses, dessen Wände ganz aus Glas waren. Er war mit allerlei tropischen Pflanzen bewachsen und wurde sogar von einem Miniaturflüßchen durchquert, über das eine schmale asiatische Brücke führte.

Mehrere einladende Sitzecken mit Korbsesseln und Sofas waren neben exotisch anmutenden Gefäßen gruppiert, denen die herrlichsten Düfte entstiegen. An den Wänden standen Spaliere, über die sich weitverzweigte, üppig blühende Pflanzen bis zur Decke rankten. Inmitten dieser seltsamen Szenerie und umgeben von prächtigen weißen Orchideen saßen zwei Frauen und sahen dem Trio gespannt entgegen. Sloan mußte sich innerlich zusammennehmen, um angesichts des nicht gerade alltäglichen Schauplatzes für die erste Begegnung mit ihrer Schwester nicht die Nerven zu verlieren.

Die Fotos, die Sloan aus Zeitungen und Zeitschriften kannte, waren der wirklichen Paris Reynolds nicht gerecht geworden. Mit ihrer Alabasterhaut, ihren großen braunen Augen und ihrem dunklen, glänzenden Haar, das ihr weich auf die Schultern fiel, entsprach Paris dem Inbegriff von mondäner Eleganz. Sie trug ein jadefarbenes, enganliegendes Leinenkleid mit weiten Ärmeln, die an den Handgelenken durch goldene Knöpfe zusammengehalten wurden. Schweigend und unbeweglich saß sie da, die Hände locker um eine Mappe auf ihrem Schoß gefaltet, die nach einem Skizzenbuch aussah. Ihr schönes Gesicht zeigte keinerlei Regung, während sie Sloan entgegenblickte.

Sloan konzentrierte sich ganz darauf, einen Fuß ruhig vor den anderen zu setzen und sich ihre Verlegenheit nicht anmerken zu lassen. Da die blasierte Miene ihrer Schwester sie verunsicherte, richtete sie ihren Blick auf die alte, magere Frau, die hochaufgerichtet neben Paris saß. Paul hatte Edith Reynolds als Drachen bezeichnet, aber Sloan fand, daß sie eher einem Falken ähnelte. Ihr kleiner, zerbrechlich wirkender Körper war in ein strenges schwarzes Kleid gehüllt, dessen Stehkragen von großen Perlen geziert wurde; die Haut ihres schmalen, vornehmen Gesichts war so bleich wie das Weiß ihrer Perlen, und auch ihre Augenbrauen und die zu einem festen Knoten gebundenen Haare waren schlohweiß. Nur die hellblauen Augen verliehen ihrer Erscheinung etwas Farbe, doch sie waren so scharf und stechend, daß Sloan das Gefühl hatte, einer unerbittlichen Prüfung unterzogen zu werden.

Der Eindruck der Zerbrechlichkeit verschwand jedoch sofort, als sie nun Carter barsch in seinem höflichen Vorstellungsritual unterbrach. »Zweifellos weiß sie bereits, wer wir sind, Carter«, schnauzte sie. Dann wandte sie sich mit einem herausfordernden Blick an Sloan und versetzte kurz: »Ich bin deine Urgroßmutter, dies ist deine Schwester, und du bist natürlich Sloan.«

Da das Benehmen der alten Frau bereits an die Grenze zur Unhöflichkeit ging, antwortete Sloan ihr nur mit einem wortlosen Nicken. Edith schien darüber etwas irritiert, wandte sich dann aber kurzerhand an Paul und fragte in einem Ton, der eher eine Forderung als eine Frage enthielt: »Und wer sind Sie?«

Sloan beschloß, für Paul zu antworten. »Das ist mein Freund, Paul Richardson«, erwiderte sie ruhig und sah dann ihren Vater an, der von dem seltsamen Verhalten der alten Frau völlig unbeeindruckt schien. »Ich hatte doch vor meinem Besuch angekündigt, daß ich jemanden mitbringen würde«, sagte sie wieder zu der weißhaarigen Frau gewandt.

»Ja, aber wir sind selbstverständlich davon ausgegangen, daß dieser Jemand eine Frau sein würde«, ließ Edith Reynolds sie wissen. »Ich hoffe, du hast nicht vor, in unserem Haus ein Schlafzimmer mit ihm zu teilen.«

Sloan fühlte das plötzliche Bedürfnis, laut aufzulachen oder fluchtartig den Raum zu verlassen, doch da keine dieser beiden Möglichkeiten in Betracht kam, setzte sie statt dessen eine gelassene Miene auf und antwortete in höflichem Ton: »Nein, gnädige Frau, das habe ich nicht vor.«

»Nenn mich nicht ›gnädige Frau‹«, blaffte die alte Dame. »Du kannst mich mit ›Urgroßmutter‹ ansprechen«, fuhr sie dann gnädig fort. Da sie wie eine Monarchin klang, die einem ihrer Untertanen einen unverdienten Gefallen gewährte, beschloß Sloan für sich im stillen, sie niemals so anzusprechen.

Die alte Frau richtete ihren durchdringenden Blick nun wieder auf Paul. »Wie alt sind Sie?«

»Neununddreißig.«

»Dann sind Sie ja alt genug, um zu begreifen, daß in meinem Haus gewisse Anstandsregeln befolgt werden müssen –

und zwar auch, wenn Sie sich unbeobachtet fühlen. Sie verstehen, worauf ich hinauswill?«

»Ich glaube, ja. Natürlich«, fügte er hinzu, als sie ihn mißtrauisch ansah.

»Sie können mich ›Mrs. Reynolds‹ nennen.«

»Danke, Mrs. Reynolds«, erwiderte er höflich, wobei er eher klang wie ein braver Musterschüler als ein FBI-Agent, der die Absicht hatte, die ganze Familie Reynolds ins Unglück zu stürzen.

Nachdem er dem Gespräch eine Weile schweigend gefolgt war, entschloß sich Sloans Vater, das Thema zu wechseln. »Paris«, wandte er sich an seine andere Tochter, »ich weiß, daß du sehr auf diesen Moment gewartet hast …«

Sein Stichwort veranlaßte Paris, in einer anmutig fließenden Bewegung aufzustehen und Sloan ein höfliches Lächeln zu schenken. »Ja, das habe ich«, sagte sie mit einer sehr melodischen, aber zurückhaltenden Stimme und reichte Sloan ihre perfekt manikürte Hand. »Angenehm, deine Bekanntschaft zu machen«, sagte sie dann.

Wieso denn angenehm? dachte Sloan in einem Anflug von Ironie und Verzweiflung. Das Wort *Stiefschwester* schoß ihr durch den Kopf, während sie die Hand der schönen Fremden ergriff und leise erwiderte: »Auch ich freue mich, deine Bekanntschaft zu machen.«

Edith Reynolds hatte genug von den höflichen Begrüßungsfloskeln. »Ich nehme an, daß Sloan und Mr. Richardson sich vor dem Dinner noch frischmachen und ausruhen möchten«, sagte sie. »Paris wird euch beide zu euren Zimmern bringen. Wir treffen uns um sieben Uhr wieder zum Abendessen. Bitte kommt nicht zu spät. Und noch etwas: Wir sehen dich hier nur äußerst ungern in Hosen«, fügte sie mit einem verächtlichen Blick auf Sloans Beinbekleidung hinzu.

Sloan hatte befürchtet, daß ihr Vater und ihre Schwester sie gleich nach ihrer Ankunft einem langen und ausführlichen Verhör unterziehen würden. Sie war daher erleichtert, daß der alte Drachen ihr eine zweistündige Verschnaufpause gewährte, die ihr die Möglichkeit gab, ihre Gedanken zu sammeln. Allerdings hätte Edith Reynolds sich bestimmt etwas anderes einfallen lassen, wenn sie gewußt hätte, daß sie Sloan damit einen Gefallen tat.

»Paris wird dafür sorgen, daß es euch an nichts fehlt«, schaltete sich Carter Reynolds mit einem freundlichen, fast entschuldigenden Lächeln ein. »Wir sehen euch beide zum Dinner.«

Sloan folgte Paris hinaus, während Paul sich an ihre Seite gesellte und – wie es sich für einen Freund geziemte – in einer höflichen, aber vertrauten Geste leicht ihren Ellbogen berührte. Sie war so in ihre Gedanken über diese seltsamen Menschen versunken, daß sie kaum einen Blick für ihre Umgebung hatte, als sie nun zurück in die Eingangshalle gingen und von dort die lange, gewundene Treppe mit dem Messinggeländer hochstiegen. Bisher deutete alles darauf hin, daß ausgerechnet Carter Reynolds, den sie sich ganz anders vorgestellt hatte, der menschlichste und sympathischste von ihren drei neuen Familienmitgliedern war.

Im oberen Stockwerk angelangt, wandte sich Paris nach links und ging weiter bis fast ans Ende des Korridors. »Dies ist Ihr Zimmer, Mr. Richardson«, erklärte sie, während sie die Tür öffnete, hinter der ein geräumiges Zimmer zum Vorschein kam, das in Jadegrün gehalten und mit massiven italienischen Möbeln eingerichtet war. Pauls Koffer lagen bereits geöffnet auf dem Bett. »Wenn Sie irgend etwas benötigen sollten, wenden Sie sich einfach über die Gegensprechanlage an unser Personal«, sagte sie und nickte ihm höflich zu, bevor sie das Zimmer wieder verließ und weiter den Gang hinunterging.

Paul hatte Sloan erzählt, daß Paris allgemein für kühl und reserviert gehalten wurde. Sie war aber mehr als das. Sie hat keinen Funken Leben im Leib, dachte Sloan und spürte, daß ihr diese Erkenntnis zu ihrer eigenen Überraschung einen Stich der Enttäuschung versetzte. Jede von Paris' Bewegungen vermittelte den Eindruck, daß sie einer präzisen Choreographie folgte; sie setzte ihre Füße in den hochhackigen Schuhen so gleichmäßig voreinander, daß ihr Gang etwas von einem steifen, aber durchaus anmutigen Tanz hatte, bei dem sich ihre Hüften und Arme kaum bewegten und ihr Kopf hochaufgerichtet auf dem kerzengeraden Rücken thronte.

»Ich sehe dich dann beim Abendessen, Sloan«, rief ihr Paul in fast zärtlichem Ton nach.

Sloan hatte ganz vergessen, daß sie und Paul sich in einer Art Theaterstück befanden. Sie drehte sich schnell zu ihm um und sagte mit einem Augenzwinkern: »Ich wünsche dir angenehme Ruhe.«

»Danke, das wünsche ich dir auch.«

Am Ende des Korridors blieb Paris vor einer weiteren Tür stehen, öffnete sie und wiederholte dieselben höflichen Worte und dasselbe pflichtschuldige Lächeln, mit dem sie kurz zuvor Paul eingewiesen hatte. Dann blieb sie jedoch zögernd an der Tür stehen, als warte sie noch auf etwas. Wahrscheinlich wollte sie hören, ob ihr das Zimmer zusagte, dachte Sloan, während sie ihren erstaunten Blick durch die Suite gleiten ließ: Die Wände wie die Einrichtung des Raums waren überwiegend in zarten creme- und rosafarbenen Tönen gehalten, was wunderbar zu den eleganten, mit Blattgold verzierten französischen Möbeln paßte. Der sicherlich ungeheuer wertvolle Orientteppich zu ihren Füßen war so dick, daß sie das Gefühl hatte, auf Sand zu gehen. »Es ist – wirklich sehr schön«, sagte sie lahm, während sie ihrer immer noch auf der Schwelle stehenden Schwester das Gesicht zuwandte.

Paris wies mit einer anmutigen Geste auf eine Balkontür. »Der Meerblick ist bei Sonnenaufgang besonders schön.«

»Danke«, sagte Sloan, die sich immer unwohler fühlte.

»Nordstrom hat deine Koffer nach oben gebracht«, bemerkte Paris mit einem königlichen Nicken auf das von einem Baldachin überwölbte Bett am anderen Ende der Suite. »Soll ich dir jemanden schicken, der dir beim Auspacken hilft?«

»Nein, danke.« Sloan wartete, daß sie endlich die Tür hinter sich schließen und gehen würde, doch Paris schien keinerlei Anstalten dazu machen zu wollen. Endlich wurde es Sloan bewußt, daß die Anstandsregeln, die ihre Schwester zu beherrschen schienen, offensichtlich von ihr erwarteten, daß sie irgendein Konversationsthema anschlug. Sie dachte nervös nach und äußerte die erste Frage, die ihr in den Sinn kam. »Bist du Malerin?«

Paris starrte sie an, als habe sie in einem unverständlichen Dialekt mit ihr gesprochen. »Nein. Wieso fragst du?«

Sloan wies auf die große Mappe, die sie immer noch in der Hand hielt. »Ich dachte, das sei vielleicht ein Skizzenbuch.«

»Oh, ich hatte ganz vergessen, daß ich es bei mir habe. Ja, es ist ein Skizzenbuch. Aber ich bin keine Malerin.«

Enttäuscht von ihrer nicht gerade ermutigenden Antwort betrachtete Sloan die dunkelhaarige Schönheit, die soeben einer Ausgabe der *Vogue* entstiegen zu sein schien, und fragte sich plötzlich, ob Paris vielleicht eher schüchtern als reserviert war. Doch egal was der Grund für ihr seltsames Verhalten war: Es war in jedem Fall alles andere als einfach, ein Gespräch mit ihr in Gang zu bringen. Nachdem nun schon einmal ein Anfang gemacht war, war Sloan jedoch entschlossen, nicht so leicht aufzugeben. »Wenn du keine Künstlerin bist, wieso hast du dann ein Skizzenbuch?«

Paris zögerte noch; dann machte sie aber ein paar Schritte auf Sloan zu und reichte ihr das Skizzenbuch, wobei sie wirkte wie eine Fürstin, die ihr Gegenüber mit dem Szepter berührt. »Ich entwerfe Damenmode.«

Kleider! Sloan stöhnte innerlich auf. Sara liebte es, über Kleider zu sprechen; Kim liebte es, über Kleider zu sprechen; nur Sloan hatte nicht die leiseste Ahnung von Mode und auch kein Bedürfnis, mehr darüber zu erfahren. Schließlich nahm sie jedoch das Skizzenbuch in Empfang und folgte Paris zum Bett, wo sie sich neben sie niedersetzte und das Buch aufschlug.

Sogar Sloans Laienaugen erkannten sofort, daß Paris keine Kleider für die Durchschnittsfrau entwarf. Sie zeichnete hochmodische, erlesene Cocktailkleider und Abendkleider von förmlicher Eleganz, die wahrscheinlich mehr kosten würden als ein sehr gut instandgehaltener Gebrauchtwagen. Während Sloan schweigend Seite um Seite umwandte, versuchte sie vergeblich, die Worte für einen geeigneten Kommentar zu finden, bis sie schließlich auf ein Mantelkleid stieß, das sie an Saras rotes Leinenkleid erinnerte. »Oh, dies hier gefällt mir sehr gut!« rief sie etwas zu enthusiastisch aus. »Es ist raffiniert, aber nicht … ähm … zu aufdringlich!«

Paris blickte ihr neugierig über die Schulter, schien aber eher enttäuscht, als sie merkte, welches Modell Sloan so begeistert hatte. »Ich finde es etwas gewöhnlich.«

Sloan hatte keine Ahnung, ob ihr Kommentar völlig danebengelegen war oder nicht, doch sie klappte entschlossen die Mappe zu und entschied sich, Paris reinen Wein einzuschenken. »Weißt du, ich bin nicht unbedingt die Richtige, um ein Urteil über deine Entwürfe abgeben zu können«, erklärte sie. »Meine Mutter und meine Freundin Sara lieben Kleider, aber ich habe immer zuwenig Zeit, um einkaufen zu gehen. Wenn ich dann doch einmal losziehe, kann ich mich nie entscheiden, was mir steht und was nicht, so daß ich am Ende immer bei dem alten Stil bleibe. Danach trage ich die Kleider, bis sie praktisch auseinanderfallen und ich mir etwas Neues kaufen muß. Sara sagt, daß sie ein neues Kleid an mir nur an der Farbe erkennt.«

Sloan hatte bemerkt, daß irgend etwas in ihren Worten Paris' Aufmerksamkeit geweckt hatte, doch sie wußte nicht, was es war, bis Paris schließlich fragte: »Sie mag also Kleider? Deine Mutter, meine ich?«

Deine Mutter? *Unsere* Mutter.

Der Gedanke, wie absurd und auch tragisch die Situation war, in der sie beide sich befanden, traf Sloan mit unerwarteter Wucht. Doch die Sympathie, die sie vielleicht für Paris hätte empfinden können, wurde von dem Gedanken unterdrückt, daß Paris sich alle Kleider der Welt leisten konnte; ihre Mutter hingegen arbeitete in einer Boutique und mußte die Kleider, die ihr gefielen, an andere Frauen verkaufen. »Ja«, sagte Sloan kurz, »sie mag Kleider.« Damit stand sie auf und ging um das Bett herum zu ihren Koffern, als habe sie die Absicht, mit dem Auspacken zu beginnen.

Paris fühlte, daß Sloan allein sein wollte, und stand auf. »Ich sehe dich dann unten um sieben Uhr«, sagte sie ebenso kurz.

Sloan, die sich plötzlich schuldig fühlte, weil sie das Gespräch so abrupt beendet hatte, beugte sich verlegen über Saras Koffer und zog den Reißverschluß auf. Aus den Augenwinkeln beobachtete sie, wie Paris das Zimmer verließ und die Tür hinter sich zuzog. Dann öffnete sie ganz in Gedanken versunken den Koffer, nahm ein schwarzes Cocktailkleid an einem Kleiderbügel heraus und suchte gerade nach einem Schrank, als ihr endlich bewußt wurde, daß etwas nicht stimmte …

Sie hatte sich Saras großen Koffer gar nicht ausgeborgt, weil sie ihn nicht gebraucht hatte!

Und sie hatte das schwarze, perlenbesetzte Cocktailkleid mit dem kurzen Chiffonrock, das sie in ihrer Hand hielt, nie zuvor gesehen.

Entsetzt fuhr sie wieder zum Bett herum und starrte in den geöffneten Koffer. Obenauf lag ein langer, veilchenblauer Seidenrock. Sloan kannte weder den Rock noch das dazu passende Top, noch das rote Strandkleid, das darunter zum Vorschein kam …

»Oh, Mom, nein!« flüsterte Sloan gequält, während sie neben dem Koffer auf das Bett sank. Sie mußte nicht weitersuchen, um zu wissen, daß jedes einzelne Kleidungsstück in dem Koffer neu war, und sie konnte sich auch denken, wie ihre Mutter die neue Garderobe ihrer Tochter finanziert hatte. Ein weißer Briefumschlag war unter die Riemen eines nagelneuen Paars gelber Sandalen geklemmt, und nachdem sie sich selbst geschworen hatte, daß sie gleich nach ihrer Rückkehr jedes einzelne Kleidungsstück zurückgeben würde, zog sie ihn eilig hervor. Die Geschäfte würden sich ohne weiteres damit einverstanden erklären, das Geld ihrer Mutter zurückzugeben, wenn sie die Kleider noch ungetragen zurückbrachte … Das dachte Sloan jedenfalls – bis sie den Brief las.

»Liebling«, stand da in der runden, hübschen Handschrift ihrer Mutter, *»ich weiß, daß du böse sein wirst, wenn du die neuen Kleider entdeckst. Aber ich habe für die Bezahlung nicht meine Kreditkarte verwendet, so daß du dir keine Sorgen über die schrecklichen Zinsen machen mußt, die immer höher und höher zu werden scheinen, egal wieviel Geld man eigentlich ausgibt. Statt dessen habe ich das Geld verwendet, das ich für meine Kreuzfahrt gespart hatte.«*

Sloan stöhnte auf, beruhigte sich aber mit dem Gedanken, daß die Kleider zurückgegeben werden konnten.

»Du wolltest, daß ich einen Traumurlaub verbringe, aber in diesem Moment ist für dich ein Traum wahr geworden, der schöner ist als alles, was ich mir erhoffen hätte können. Nach all diesen Jahren wird dein Vater dich endlich kennenlernen, und ich will, daß sich deine innere Schönheit auch in deinem Äußeren spiegelt.

Dies ist der einzige Traum, den ich noch habe, mein Liebling. Alle meine anderen Träume hast du schon wahr gemacht, indem du einfach du selbst warst.

Genieße also die wunderschöne Zeit in Palm Beach! Denke nur an schöne Dinge, vergiß alle Sorgen, und trage mit Freude die herrlichen Kleider, die ich dir gekauft habe.

Ich liebe dich.

Mom

P.S.: Für den Fall, daß du nur einen Teil deiner neuen Garderobe benutzen willst: Ich habe alle Preisetiketten abgeschnitten, so daß eine Rückgabe nicht möglich ist. Nochmals viel Spaß!

Mit Tränen in den Augen starrte Sloan auf den Brief, während das Geschriebene langsam vor ihrem Blick zu verschwimmen begann; dann wanderte ihr Blick wieder auf die Kleider in dem Koffer. Es würde ihr sicher nicht gelingen, einen sorglosen Aufenthalt in Palm Beach zu verleben und nur an schöne Dinge zu denken, während es ihre eigentliche Aufgabe war, zur Überführung ihres Vaters beizutragen; aber sie würde sich wohl oder übel überwinden und die schönen Kleider tragen müssen. Mit der ihr eigenen selbstlosen Großzügigkeit und einer für sie ganz untypischen, wenn auch gutwillig gemeinten Hinterlist hatte ihre Mutter ihr diesbezüglich keine Wahl gelassen.

Sloan wischte sich die Tränen aus den Augen und begann, sorgfältig all die schönen neuen Dinge auszupacken, als ihr Blick plötzlich auf einen weiteren von Saras Koffern fiel, den sie nicht selbst gepackt hatte.

Sie hievte ihn aufs Bett, ließ die Schlösser aufschnappen und hob den Deckel.

Das erste, was sie sah, war Saras rotes Leinenkleid. Dann entdeckte sie einen weiteren weißen Briefumschlag, aus dem sie einen kurzen Brief von Sara hervorzog.

Du kümmerst dich immer um die anderen, aber Mom und ich wollten, daß du dich diesmal um dich selbst kümmerst. Sei also bitte nicht böse, wenn du meine Kleider in diesem Koffer entdeckst. Und sei auch nicht böse, wenn du merkst, daß deine eigenen Kleider in keinem der Koffer sind.

Alles Liebe, Sara

P. S.: Wir haben Fotos von allen möglichen Kombinationen gemacht und sie in deinen Kosmetikkoffer gesteckt. So mußt du dir keine Gedanken darüber machen, was am besten zusammenpaßt.

Sloan starrte den Brief wütend an. Sie konnte einfach nicht glauben, daß die beiden tatsächlich ein Komplott gegen sie geschmiedet hatten, ohne auch nur ein Wort davon verlauten zu lassen!

Ihre Wut machte aber langsam einem hilflosen Lächeln Platz, und schließlich mußte sie laut loslachen.

Sobald sie mit dem Auspacken fertig war, öffnete sie die beiden Flügeltüren und ging hinaus auf den Balkon. Ihr Zimmer befand sich im nordöstlichen Teil des Hauses und gab den Blick auf eine riesige Rasenfläche frei, die etwa dreihundert Meter vom Haus entfernt in einen Sandstrand überging. Eine hochgewachsene, sorgfältig gepflegte Hecke, die die seitlichen Grenzen des Anwesens markierte, erstreckte sich fast bis zum Strand hinunter.

Der Garten war mit vereinzelten Gruppen von Palmen, Myrtensträuchern und riesigen Hibiskuspflanzen bewachsen, und auf seiner linken Seite befanden sich mehrere Tennisplätze sowie ein Swimmingpool von olympischen Ausmaßen. In der Mitte der Rasenfläche flatterte eine kleine Flagge an einem kurzen Pfahl, die das Zentrum eines Golfplatzes anzeigte, dessen kurzgemähte, dichte Grasfläche so ordentlich aussah, als sei jeder Grashalm einzeln abgemäht worden.

Amüsiert von den Extravaganzen, die sich die Reichen dieser Welt leisteten, lehnte Sloan sich über das Balkongeländer und schaute in die Richtung, in der Pauls Zimmer liegen mußte: Vielleicht hatte er ja auch einen Balkon und stand gerade draußen. Sie entdeckte zwar mehrere Balkons, doch von Paul oder einem anderen Menschen war keine Spur zu sehen.

Enttäuscht, daß sie ihrem »Komplizen« nicht einmal zuwinken konnte, gab sie ihre Suche auf. Auf dem Balkon stand neben den beiden bequemen Chaiselongues auch ein runder Eisentisch mit zwei Stühlen, aber es war so schwül, daß Sloan keine Lust hatte, sich noch länger draußen aufzuhalten.

Sie ging wieder hinein und überlegte, wie sie mit dem FBI-Agenten in Kontakt treten und herausfinden konnte, welchen Eindruck er von ihrer Familie gewonnen hatte. Das Haus besaß die Größe eines Luxushotels, und das Telefon auf dem Nachttisch war mit einer Unmenge von Knöpfen ausgestattet, mit denen man sicher auch innerhalb des Hauses telefonieren konnte. Doch auch wenn sie herausfinden würde, wie sie Paul in seinem Zimmer erreichen konnte, würden sie doch nicht frei sprechen können, da jemand im Haus vielleicht von einem Nebenapparat aus ihr Gespräch belauschen konnte.

Sloan überlegte kurz, ob sie ihn in seinem Zimmer aufsuchen sollte, doch sie wollte nicht riskieren, von einem der Hausangestellten dabei beobachtet zu werden. Sicher war das Personal angewiesen worden, der herrschsüchtigen alten Frau jede Übertretung der Hausordnung unverzüglich mitzuteilen. Es kam ihr immer noch merkwürdig vor, daß ausgerechnet diese Frau ihre Urgroßmutter sein sollte und von ihr auch so genannt zu werden wünschte.

Widerwillig gab sie sich für den Moment geschlagen und beschloß, später am Abend eine Gelegenheit ausfindig zu machen, um sich mit Paul zu beraten.

Sie war zu aufgeregt, um schlafen zu können, und so beschloß Sloan, ihren Krimi weiterzulesen, den sie angefangen hatte, bevor Paul Richardson in Bell Harbor aufgetaucht war und ihr ganzes Leben durcheinandergebracht hatte. Nachdem sie die Tagesdecke zurückgeschlagen hatte, baute sie sich aus ein paar Kissen eine Rückenstütze und streckte sich auf dem Bett aus. In Erinnerung an Edith Reynolds' Befehl, beim Abendessen pünktlich zu sein, griff sie dann nach dem Radiowecker und stellte ihn – für den Fall, daß sie doch einnicken würde – auf sechs Uhr abends. Als ihr Blick auf das Telefon auf dem Nachttisch fiel, sah sie, daß ein Licht auf dem Apparat blinkte, und fragte sich nachdenklich, was man mit dem Ding alles anstellen konnte.

Wenn wohlhabende Leute in Bell Harbor ein neues Haus bauten oder ein altes renovierten, ließen sie sich meist ein multifunktionales modernes Telefonsystem installieren. Ein solches System gewährte nicht nur die Möglichkeit, von jedem Zimmer aus telefonischen Kontakt mit jedem anderen Zimmer des Hauses aufzunehmen, sondern befähigte den Eigentümer auch noch, das ganze Haus – von Stromversorgung und Alarmanlage bis zu Heizung und Klimaanlage – über das Telefon zu kontrollieren.

Solange der Eigentümer die richtigen Codes eingab, war alles in Ordnung, aber sobald er einen Fehler beging, konnte unversehens ein Chaos ausbrechen, und die Erzählungen über solche Fehlbedienungen, die bei der Feuerwehr und der Polizei von Bell Harbor zirkulierten, hatten nicht selten für großes Vergnügen unter ihren Kollegen gesorgt

Sloan mußte unwillkürlich schmunzeln, als sie sich daran erinnerte, wie Karen Althorp letzten Monat versehentlich die Fünf für Feueralarm eingegeben hatte statt der Sechs, die ihren Whirlpool in Gang setzte. Als die Feuerwehr schließlich durch ein Fenster eingebrochen war und das Haus von oben bis unten durchsucht hatte, erwischten sie die Frau schließlich dabei, wie sie sich nackt in ihrer Badewanne mit ihrem Gärtner vergnügte. Trotz der äußerst peinlichen Situation hatte Mrs. Althorp auch noch die Dreistigkeit, den armen Feuerwehrmännern mit einer Klage wegen Hausfriedensbruchs zu drohen.

Eine Woche später gab sie statt der Sechs eine Neun ein und löste damit einen Polizeialarm aus. Jess Jessup, der als erster in dem im Dunkeln liegenden Haus ankam, fand sie schließlich, wie sie – wiederum nackt – am Pool lag und in die Sterne schaute. Sie war zunächst so erschrocken, daß sie bei Jess'

Auftauchen laut aufschrie; als sie den hübschen Polizisten dann näher betrachtete, besann sie sich jedoch eines Besseren und lud ihn ein, sich auszuziehen und zu ihr zu gesellen.

Ein ähnliches System hatte das Ehepaar Pembroke in seinem Haus installiert, und nach mehreren Streitigkeiten aufgrund von Fehlbedienungen wurde es schließlich zum Auslöser für die Scheidung ihrer Ehe. Dr. Pembroke versuchte später, den Hersteller auf ein Schmerzensgeld von sieben Millionen Dollar zu verklagen, was genau dem Betrag entsprach, den er seiner Exfrau als Abfindung zahlen mußte.

Sloan lächelte immer noch in sich hinein, als sie schließlich ihr Buch aufschlug. »Nächster Halt: Mord« war ein ungeheuer spannender Bestseller, und schon nach wenigen Minuten hatte sie die Welt um sich her vergessen.

Das plötzliche Summgeräusch des Weckers ließ Sloan aus ihrer Lektüre hochfahren. Ohne den Blick von ihrem Roman zu wenden, griff sie nach dem Wecker und schaltete ihn ab. Als sie ein paar Minuten später am Ende des Kapitels anlangte, legte sie das Buch widerstrebend umgedreht auf das Nachtkästchen und stand auf.

15

Paul klopfte wenige Minuten vor sieben Uhr an Sloans Tür und wurde von ihr gebeten, hereinzukommen. »Ich bin fast fertig«, sagte sie und warf einen kurzen Blick aus ihrem Ankleidezimmer. Er trug einen grauen Nadelstreifenanzug, ein weißes Hemd und eine rot-grau gemusterte Krawatte. Sloan konnte nicht umhin, zu bemerken, daß er sehr gut aussah, aber sie war sich nicht sicher, ob es unter den gegebenen Umständen angemessen war, ihm ein Kompliment zu machen. »Du läßt besser die Tür offen, so daß niemand auf falsche Gedanken kommt und uns Ihrer Hoheit verrät«, warnte sie ihn statt dessen.

Sie stellte sich vor den riesigen Ankleidespiegel und überprüfte sorgfältig, ob die Kombination, die sie gewählt hatte, sich mit der auf Saras Foto deckte. Der leichte, veilchenblaue Seidenrock war lang und gerade geschnitten und mit einem Schlitz versehen, der ihr Bein bis zum Knie freigab, und das dazu passende Oberteil hatte einen weiten Kragen, der die Schultern unbedeckt ließ. Sloan fühlte sich etwas unbehaglich mit nackten Schultern, doch als sie versuchte, den Kragen hochzuziehen, glitt die weiche Seide wieder herunter, so daß sie sich schließlich in das Unabänderliche fügte.

Sie warf noch einen Blick auf das Foto und legte sich dann den zu der Kombination passenden Gürtel um die Taille; anschließend glitt sie in die silbernen Sandalen, die ebenfalls auf dem Foto abgebildet waren. So blieben nur noch die silbernen Ohrringe und der Armreif, die sie dazu anlegen sollte, und schließlich das silberne Halsband, das auf ihrem nackten Hals einen aparten Blickfang darstellte. Sie war es nicht gewöhnt, soviel Schmuck zu tragen, doch da sie – im Gegensatz zu Sara und ihrer Mutter – auf diesem Gebiet eine blutige Anfängerin war, entschloß sie sich, ihren Vorgaben peinlich genau Folge zu leisten.

Pauls Reaktion auf ihr Aussehen bestätigte Sloan, daß ihre Entscheidung richtig gewesen war. »Du siehst hinreißend aus«, sagte er mit einem Lächeln, aus dem die reine männliche Bewunderung sprach. »Wie nennt man diese Farbe?«

»Ich weiß es nicht. Wieso fragst du?«

»Weil sie genau zu deiner Augenfarbe paßt.«

»In diesem Fall würde ich sie ›blau‹ nennen«, erwiderte Sloan mit einem aufrichtigen Lächeln.

Am Fuß der Treppe wartete schon eine Hausangestellte auf sie, um sie ins Wohnzimmer zu begleiten, wo Cocktails und Hors d'œuvres serviert wurden. Neben den drei Familienmitgliedern war noch ein anderer Mann im Raum, der mit dem Rücken zur Tür stand und sich gerade mit Paris unterhielt.

Als Paul und Sloan eintraten, sah ihr Vater auf und stellte sein Glas auf einem Tischchen ab. »Ihr kommt gerade rechtzeitig«, sagte er mit einem freundlichen Lächeln und stand auf.

Er stellte ihnen den Fremden als Noah Maitland vor. Sloan war zunächst nur überrascht, daß Reynolds zu ihrem ersten Familiendinner einen Gast eingeladen hatte, aber als Noah Maitland sich umdrehte und sie ansah, konnte sie keinen klaren Gedanken mehr fassen.

Er war groß, schwarzhaarig und sonnengebräunt, und sein Lächeln war so strahlend, daß es den ganzen Raum zu erhellen schien; seine Augen trugen die Farbe von grauem Stahl, und seine wohlklingende Baritonstimme war so bezaubernd wie ein schönes Musikstück. Er hatte ein so hinreißendes, kontrastreiches Gesicht, einen so unglaublichen Sex-Appeal und sah in seinem tadellos geschnittenen schwarzen Anzug mit der gestreiften Krawatte so phantastisch aus, daß Sloan fast schwindelig wurde, als er ihr nun die Hand reichte. »Schöne Frauen scheinen in dieser Familie üblich zu sein«, ließ sich nun seine dunkle Stimme vernehmen, während er sie mit seinen grauen Augen bewundernd ansah.

»Ich freue mich, Ihre Bekanntschaft zu machen«, brachte Sloan mühsam hervor und dankte ihm verlegen für das Kompliment, bevor sie schnell ihre Hand zurückzog und den Blick von ihm abwandte. Noah Maitland war Saras Fleisch und Blut gewordener »Märchenprinz«.

Während sie sich alle auf den Weg zum Speisezimmer machten, teilte ihr ihr Vater mit: »Paris und Noah sind praktisch verlobt.«

»Sie sind ein schönes Paar«, erwiderte Sloan ehrlich, während sie einen bewundernden Blick auf ihre Schwester und Noah warf. Sie dachte kurz mit Bedauern an Sara, die die Chance ihres Lebens verpaßt hatte, wurde jedoch schnell aus ihren Gedanken gerissen, da sie und Paul während des Essens unversehens ins Zentrum der allgemeinen Aufmerksamkeit gerieten.

»Dies ist ein großer Tag in der Geschichte unserer Familie«, begann ihr Vater und blickte vielsagend in die Runde. Sein Blick blieb kurz an Noah Maitland hängen, der Sloan direkt gegenübersaß, bevor er sich dann an seine zweite Tochter wandte. »Sloan, erzähl uns etwas von dir.«

»Da gibt es nicht viel zu erzählen«, erwiderte Sloan und versuchte nicht daran zu denken, daß Noah sie unverwandt ansah. »Wo soll ich denn anfangen?«

»Fang doch einfach mit deinem Beruf an«, erwiderte Carter prompt. »Was machst du eigentlich?«

»Ich bin Innenarchitektin.«

»Künstlerisch begabte Frauen scheinen in dieser Familie ebenfalls üblich zu sein«, bemerkte Carter mit einem Lächeln für Paris.

»*Ich* bin keine Künstlerin«, ließ sich Edith barsch von ihrem Platz am Kopfende des Tisches vernehmen. »Hast du das College besucht?« fragte sie Sloan dann herausfordernd.

»Ja.«

»Und was hast du studiert?«

Für Sloan war nun der Moment gekommen, da sie sich als oberflächliche, nicht allzu intelligente Frau darstellen mußte, wie sie es mit Paul Richardson abgesprochen hatte. »Oh, ich habe eine Menge Dinge studiert«, anwortete Sloan und versuchte, soweit wie möglich bei der Wahrheit zu bleiben, um sich später nicht in Widersprüche zu verwickeln. »Ich konnte mich einfach nicht entschließen, was ich mit meinem Leben anfangen sollte. Daher habe ich mein Hauptfach ständig gewechselt.« Sie machte eine Pause, um einen Löffel von der Suppe zu nehmen, die man vor sie hingestellt hatte.

Ihre Urgroßmutter schien jedes Interesse am Essen verloren zu haben. »Wie waren deine Noten?«

»Ganz okay.«

»Bist du eine gute Innendekorateurin?«

Sloan fühlte eine gewisse Genugtuung, als sie sie korrigierte. »Innenarchitektin«, sagte sie bestimmt.

Paul Richardson kam ihr zu Hilfe, indem er Sloan mit einem stolzen Lächeln bedachte und sagte: »*Ich* finde, daß sie eine ausgezeichnete Innenarchitektin ist.«

Edith Reynolds blieb von seinem Kommentar ungerührt. »Alle Innendekorateure, von denen ich gehört habe, sind homosexuell«, verkündete sie. »Ich hatte gehofft, daß junge Frauen wie du und Paris in so unsicheren Zeiten etwas Vernünftigeres mit ihrem Leben anfangen.«

Sloan warf einen verstohlenen Blick auf Paris, um herauszufinden, wie ihre Schwester auf diese offene Kritik reagieren würde, doch deren Miene verriet keinerlei Regung. In ihrem roten Sarongkleid mit Mandarinkragen und mit ihrem dunklen, hochgesteckten Haar sah sie schön, exotisch und sehr beherrscht aus. »Welchen Beruf würdest du denn wählen?« fragte Sloan die alte Frau.

»Ich glaube, ich wäre eine gute Steuereintreiberin«, versetzte Edith. »Sicherlich würde ich meinen Job besser machen und mehr Steuersündern auf die Spur kommen als all die Steuerbeamten, mit denen ich es zu tun habe.«

»Leider hat Sloan keinen Kopf für Zahlen«, sagte Paul und tätschelte begütigend Sloans Hand.

»Was ist mit Sport?« fragte Carter. »Spielst du Golf?«

»Nein.«

»Tennis?«

Sloan spielte wohl Tennis, doch sie wußte auch, daß sie nicht seine Klasse hatte. »Ein bißchen, allerdings nicht sehr gut.«

Er wandte sich an Paul. »Spielen Sie, Paul?«

»Ein wenig.«

»Wir sollten uns morgen früh um neun zu einem Match treffen; Paris und ich werden euch trainieren. Du solltest auch ein paar Golfstunden nehmen, wenn du schon hier bist, Sloan. Paris ist eine hervorragende Golfspielerin.« Er sah seine ältere Tochter an. »Du könntest Sloan morgen nachmittag mit in den Club nehmen und ihr gleich ein wenig Nachhilfe erteilen.«

»Ja, natürlich«, erwiderte Paris sofort und schenkte Sloan ein kurzes, höfliches Lächeln.

»Ich mag Golf eigentlich gar nicht«, wandte Sloan ein.

»Aber nur, weil du nicht spielen kannst«, entgegnete Carter. »Hast du sonst irgendwelche Hobbys? Was machst du in deiner Freizeit?«

Sloan kam sich vor wie bei einem Verhör. »Ich, ähm ... ich lese.«

»Was liest du denn so?« fragte er, offensichtlich enttäuscht über ihre Antwort.

»Zeitschriften«, rief Sloan, in der Absicht, seine Enttäuschung noch zu verstärken. »Meine Lieblingszeitschrift ist *Haus und Garten*. Findest du sie auch so interessant, Paris?«

Ihre Schwester schien etwas erschrocken über die persönliche Anrede, und Sloan war überzeugt, daß sie log, als sie schnell erwiderte: »Ja, sehr.«

»Welche anderen Interessen hast du?« wollte Carter weiter wissen.

Die Fragerei dauerte Sloan schon viel zu lange. Sie war hungrig und brach ein Stück von ihrem Brot ab, während sie ihn mit großen Augen ansah. »Was meinst du?«

»Ich fragte, wofür du dich sonst noch interessierst, Politik, Kultur, was weiß ich?«

Sloan begann, ihr Brot mit Butter zu bestreichen. Sie senkte den Kopf, um ihr Lachen zu verbergen, als sie nun flötete: »Oh ja, ich interessiere mich *sehr* für Kultur. Ich sehe wahnsinnig gern fern, vor allem die Berichte über berühmte Persönlichkeiten aus dem kulturellen Leben. Es ist so aufregend, zu wissen, wer gerade mit wem eine Affäre hat oder wer sich von wem scheiden läßt ... Findet ihr nicht?« fragte sie mit einem Gesichtsausdruck, der einer Unschuld vom Lande alle Ehre gemacht hätte. Als sie aber Noah Maitlands Blick begegnete und darin eine Mischung aus Hohn und Verachtung las, tat es ihr fast schon wieder leid, so übertrieben zu haben. Es war deutlich, daß er sie ein für allemal zur Idiotin abgestempelt hatte.

Offensichtlich hatte ihr Vater beschlossen, daß seine wiedergefundene Tochter sich nicht weiter blamieren und seine Gäste mit ihrer Oberflächlichkeit langweilen sollte. »Wie sind die Aussichten auf dem Markt, was meinst du?« fragte er daher, indem er sich an Noah wandte.

Wenn Sara vom »Markt« sprach, meinte sie damit die zweimal jährlich erfolgende Einführung von neuen Produkten in Dallas und New York, die die amerikanischen Zentren für Innenarchitektur waren. »Auf dem Markt in Dallas überwogen dieses Jahr Rosa- und Goldtöne«, schaltete sich Sloan begeistert ein, wenngleich sie genau wußte, daß Carter den Börsenmarkt gemeint hatte. »In New York hingegen habe ich ein paar wirklich *göttliche* Drucke entdeckt, die …«

»Du und Paris werdet euch nachher noch viel zu erzählen haben«, unterbrach sie Carter Reynolds.

Mit einer Mischung aus Erleichterung, Vergnügen und Scham nahm Sloan zur Kenntnis, daß er ihr damit indirekt geboten hatte, den Mund zu halten. Sie war etwas besorgt, daß sie ihr Spiel zu weit getrieben hatte, doch als sie heimlich einen Blick auf Paul warf, grinste sie dieser breit an, was ihr wohl zu verstehen geben sollte, daß sie ihre Rolle noch besser spielte, als er erwartet hatte.

Sloan beschloß daraufhin, sich keine Gedanken mehr darüber zu machen, sondern sich vielmehr auf ihr achtgängiges Menü zu konzentrieren und dabei der lebhaften Diskussion über die Weltwirtschaft zu folgen, die ihr Vater und Noah Maitland inzwischen begonnen hatten. Die beiden Männer hatten in einigen Punkten radikal unterschiedliche Meinungen, aber sie waren beide so gut informiert und eloquent, daß Sloan ihnen fasziniert zuhörte.

Zusätzlich zu der gesetzlichen Rentenversicherung, in die sie bei der Polizei einzahlte, steckte Sloan einen gewissen Prozentsatz ihres Gehalts in eine private Altersvorsorge, und sie hatte darauf bestanden, daß ihre Mutter ihrem Beispiel folgte.

Als sie einige Zeit später mit ihrem Dessert fertig war, war sie von Noah Maitlands Ausführungen so überzeugt, daß sie heimlich beschloß, ihre Investitionsstrategie zu ändern.

Der letzte Dessertteller war noch nicht abgetragen, als Edith Reynolds schon nach ihrem Stock griff und sich mühsam aufrichtete. »Für mich ist es jetzt Zeit, zu ruhen«, verkündete sie.

Paul und Noah waren gleichzeitig aufgestanden, um ihr Hilfe zu leisten, doch sie verscheuchte sie beide mit einer unwirschen Geste. »Ich will nicht wie eine Invalidin behandelt werden«, teilte sie den beiden brüsk mit. »Ich bin genauso gesund wie ihr beiden!«

Trotz dieser Behauptung konnte Sloan nicht umhin, zu bemerken, wie steif und schwach ihr Körper war und wie schwer sie sich auf ihren Stock stützte. Es war weit mehr die Kraft ihres Willens als die ihres Körpers, die die alte Frau mit langsamen Schritten den Raum durchschreiten ließ.

Auf der Türschwelle drehte sie sich nochmals um und warf einen Blick auf das Grüppchen, das an dem gigantischen barocken Eßtisch unter dem großen Kronleuchter saß. Sloan hatte erwartet, daß die weißhaarige Matriarchin ihnen nun eine gute Nacht wünschen würde. »Vergeßt nicht, die Lichter zu löschen!« bellte sie statt dessen, und Sloan mußte schnell den Blick abwenden, um nicht laut loszulachen.

Ediths Abgang schien auch für die anderen das Zeichen zum Aufbruch zu sein. »Wenn ihr jungen Leute mich bitte entschuldigt«, erklärte Carter und stand auf. »Ich muß noch etwas arbeiten.«

»Ich glaube, ich würde gerne einen Spaziergang machen«, sagte Paul und legte die Hand auf die Lehne von Sloans schwerem Stuhl. »Sloan?«

»O ja, ich komme gerne mit«, stimmte sie begeistert zu, da sie es gar nicht erwarten konnte, das Zimmer zu verlassen.

Die Höflichkeit gebot es, daß Paul auch das andere Paar fragen mußte, ob sie sich ihnen anschließen wollten, doch zu Sloans Erleichterung lehnten sie beide ab.

Draußen schwieg Sloan, bis sie fast am Golfplatz angekommen waren, um sicherzugehen, daß sie außer Hörweite waren. Dann wandte sie sich mit einem amüsierten Blick an Paul. »Ich kann einfach nicht glauben, daß ich mit diesen Leuten verwandt bin«, gestand sie.

»Ich auch nicht«, gab er mit einem leisen Lachen zu.

»Meine Urgroßmutter muß ein später Nachkömmling von Dschingis Khan sein«, fuhr Sloan fort.

»Für den Fall, daß uns jemand sieht, sollte ich besser deine Hand nehmen oder den Arm um dich legen. Was ist dir lieber?«

»Mir ist beides recht«, willigte Sloan zerstreut ein, die immer noch mit ihren eigenen Gedanken beschäftigt war und kaum bemerkte, wie er nun ihre Hand nahm. »Und dann meine Schwester! Sie ist so leblos. Kein Wunder, daß die Leute sie für kühl und hochmütig halten.«

»Und wofür hältst du sie?«

»Ich weiß es noch nicht.«

»Wie findest du deinen Vater?«

»Ich habe bisher noch einen eher verschwommenen Eindruck von ihm. Jedenfalls kann ich nun einigermaßen nachvollziehen, was meine Mutter in ihm gesehen hat. Sie war damals erst achtzehn, und er hat sehr viel Charme und gute Manieren, und er sieht verdammt gut aus. Ich kann verstehen, daß sie von ihm fasziniert war.«

»Was denkst du über Maitland?«

Die Frage überraschte Sloan, da er weder ein Familienmitglied noch von beruflichem Interesse für ihn war. »Gutaussehend«, gab sie widerstrebend zu.

»Er fand dich ungeheuer attraktiv. Am Anfang konnte er seinen Blick gar nicht von dir losreißen.«

»Du meinst, vor dem Dinner, bis er schließlich entdeckte, daß ich eine völlige Idiotin bin«, sagte sie bedauernd.

In einer spontanen Geste ließ Paul ihre Hand los, legte ihr statt dessen den Arm um die Schultern und drückte sie herzlich. »Du warst absolut phantastisch.«

Sloan stutzte einen Moment über die spontane Ehrlichkeit in seiner Stimme und sah ihn kurz von der Seite an. »Danke«, sagte sie schlicht, und zum ersten Mal hatte sie das Gefühl, daß er großen Respekt vor ihr empfand und gern mit ihr zusammenarbeitete.

»Du hast deinen Ausweis und deine Waffe nicht irgendwo liegenlassen, wo sie jemand entdecken könnte?« fragte er nach einer Weile.

»Nein, ich habe sie in meinem Zimmer gut versteckt.«

»Wenn du willst, können wir gerne zurückgehen. Du kannst es sicher nicht erwarten, in deinem Buch weiterzulesen.«

Sloan kehrte um und ging langsam zum Haus zurück. Da Paul in guter Laune zu sein schien, beschloß sie jedoch, ihm noch ein paar Informationen zu entlocken. »Ich würde nur allzugern wissen, wonach genau du in diesem Haus suchst«, begann sie.

»Wenn ich dir darauf eine exakte Antwort geben könnte«, erwiderte er, »könnte ich mir ohne weiteres einen richterlichen Durchsuchungsbefehl beschaffen und hätte nicht auf deine Hilfe zurückgreifen müssen.«

In einem etwas leichteren Ton fügte er hinzu: »Was auch geschehen mag, mein Aufenthalt hier wird doch nicht ganz umsonst gewesen sein. Ich habe heute abend am Eßtisch ein paar interessante Dinge aufgeschnappt, als dein Vater und Maitland sich über Wirtschaft unterhielten.«

»Was denn zum Beispiel?«

Er lachte kurz. »Zum Beispiel, daß ich mein Geld anders anlegen muß. Ist doch interessant, daß sie so unterschiedliche Meinungen haben? Dein Vater kontrolliert eine Bank, die internationale Filialen hat, und Maitland betätigt Geschäfte in der ganzen Welt. Sie haben im Grunde die gleichen Interessen und eine globale Perspektive. Ich hatte erwartet, daß sie auch mehr oder weniger dieselbe Meinung haben würden.«

»Das gleiche ist mir auch aufgefallen«, sagte Sloan. »Im Grunde hatte ich den Eindruck, daß sie zwar die gleichen Entwicklungen erwarten, aber unterschiedliche Ansichten darüber haben, wann diese eintreffen und welche Konsequenzen sie mit sich bringen würden. Jedenfalls besteht kein Zweifel, daß sie beide viele Auslandsinvestitionen tätigen.«

Er lächelte sie vielsagend an. »Das habe ich auch bemerkt.«

Er begleitete sie zu ihrem Zimmer, doch statt sich im Gang zu verabschieden, folgte er ihr ins Schlafzimmer und schloß die Tür; dann stand er da und wartete.

»Was machst du denn noch hier?« fragte Sloan, die schon den halben Raum durchquert hatte und gerade ihre Ohrringe herausnahm.

»Ich gebe dir einen Gutenachtkuß«, scherzte er.

Als er gegangen war, beschloß Sloan, einen Brief an Sara zu schreiben, solange die Ereignisse des Abends noch so frisch in ihrem Gedächtnis waren. In dem antiken Wandschrank, der gegenüber von ihrem Bett stand, befand sich auch ein Fernseher, und sie schaltete die Nachrichten auf CNN an; dann begann sie mit ihrem Brief.

16

Normalerweise war die erste Stunde nach Sonnenaufgang für Sloan die Zeit, in der sie am liebsten einen Strandlauf unternahm, aber als sie aufwachte, war es schon fast sieben Uhr. Sie sprang eilig aus dem Bett, band ihr Haar zu einem Pferdeschwanz und zog eine kurze Hose und ein T-Shirt an, das Sara wider Erwarten in ihrem Koffer gelassen hatte.

Das Haus schien völlig verlassen, als sie leise durch den Gang und die Treppen hinunterging, aber draußen waren zwei Männer schon damit beschäftigt, eine Hecke zu stutzen. Sloan winkte ihnen zu, als sie über den Rasen joggte und genußvoll die salzige Meeresluft einatmete, die ihr so vertraut war. Die ruhigen Wellen umspülten den Sand zu ihren Füßen, und wie immer versetzten sie die umherkreisenden Möwen, deren Kreischen in ihren Ohren wie Musik klang, in gute Laune.

Der Himmel über ihr war strahlend blau, aber eine leichte, kühle Brise trieb auch ein paar dicke weiße Wolken vor sich her. Zu ihrer Linken lag das weite, endlose Meer, das so schön, majestätisch und unbezähmbar wirkte, daß es sie wie immer mit tiefem Respekt erfüllte. Zu ihrer Rechten lagen die luxuriösen Villen der Reichen von Palm Beach, und einige davon waren sogar noch größer als die ihres Vaters. Trotz der frühen Stunde schienen überall schon die ersten Morgenaktivitäten im Gange zu sein: Hier jätete jemand ein Blumenbeet, dort säuberte jemand eine Veranda oder einen Swimmingpool, und auf den meisten Grünflächen standen Rasensprenger, die ihr kühles Naß über das Gras ergossen, auf dem die Wassertropfen glitzerten wie Edelsteine.

Immer wieder wanderte Sloans Blick über das Meer, während sie ungefähr vier Meilen am Wasser entlangjoggte und sich dann zum Umkehren entschloß. Sie hielt ihr Tempo, bis die kleine Flagge auf dem Golfplatz ihres Vaters in der Ferne sichtbar wurde; dann fiel sie in einen entspannten Trab. In Palm Beach schlief man anscheinend länger als in Bell Harbor, denn in der ersten halben Stunde hatte sie den Strand ganz für sich gehabt, und erst jetzt tauchten ein paar andere Jogger auf. Die Leute hier schienen auch weniger freundlich zu sein, da sie den Blickkontakt scheuten und einander nicht wie bei ihr zu Hause mit einem Nicken oder einem Lächeln begrüßten.

Plötzlich fiel Sloans Blick auf einen älteren Gärtner in einem langärmeligen Hemd, der ein Blumenbeet am Rande eines Anwesens bearbeitete. Als er aufstand, griff er auf einmal nach seinem linken Arm und klappte nach vorne zusammen. Während Sloan auf ihn zurannte, blickte sie sich automatisch nach eventuellen Helfern um, doch in unmittelbarer Nähe konnte sie niemanden entdecken.

»Seien Sie ganz ruhig«, sagte sie sanft, als sie bei dem Mann angekommen war. »Ich werde Ihnen helfen. Stützen Sie sich nur auf mich.« Sie schlang ihren Arm um seine Taille und fragte sich, ob er es bis zu der eisernen Bank, die sich um den Stamm eines nahen Baums schmiegte, schaffen würde. »Was tut Ihnen denn weh?«

»Mein Arm«, stöhnte er mit schmerzverzerrtem Gesicht.

»Haben Sie auch Schmerzen in der Brust?«

»Nein. Meine Schulter ist … operiert worden.«

Sloan war erleichtert, daß es sich offensichtlich nicht um einen Herzinfarkt handelte, und führte den Mann vorsichtig hinüber zu dem Baum, wo sie ihn auf die Bank niederließ. »Atmen Sie tief ein, und lassen Sie den Atem dann langsam wieder ausströmen«, wies sie ihn an. »Haben Sie irgendwelche Medikamente gegen die Schmerzen?«

Er folgte ihrem Rat und atmete tief ein und aus. »Ich werde gleich okay sein … in einer Minute.«

»Lassen Sie sich Zeit. Ich habe keine Eile.«

Nach ein paar weiteren Atemzügen hob der Gärtner den Kopf und sah Sloan an, und sie bemerkte sofort, daß seine Gesichtsfarbe sich schon gebessert hatte. Er war etwas jünger, als sie gedacht hatte – Ende Sechzig vielleicht –, und sah tief bekümmert aus, als er nun sagte: »Ich habe mich beim Aufstehen versehentlich auf den linken Arm gestützt. Meine kaputte Schulter fühlte sich an, als wolle sie explodieren.«

»Wann war denn Ihre Operation?«

»Letzte Woche.«

»Letzte Woche! Sollten Sie dann nicht eine Armschlinge oder so tragen?«

Er nickte. »Ja, aber damit kann ich meinen Arm nicht gebrauchen.«

»Es könnte doch sicherlich jemand Ihre Arbeit hier übernehmen, während Ihre Schulter heilt und Sie vielleicht unterdessen leichtere Aufgaben erledigen.«

Er starrte sie an, als sei er noch nie auf eine so faszinierende Idee gekommen. »Welche Arbeit soll ich denn sonst machen?«

»Dies muß eines der größten Anwesen in Palm Beach sein. Es muß doch hier irgend etwas weniger Anstrengendes zu tun geben. Sie sollten mit dem Hausbesitzer sprechen und ihm Ihre Lage erklären.«

»Er weiß das mit meiner Schulter doch schon. Und er meint, ich solle überhaupt nichts machen, bis sie geheilt ist.«

»Er hat Ihnen keinen leichteren Job gegeben?« fragte Sloan, die wütend war über die Gleichgültigkeit der Reichen gegenüber den Bedürfnissen ihrer Angestellten, die auf ihren geringen Verdienst angewiesen waren, um überleben zu können.

Gerührt über ihre Entrüstung tätschelte er ihr die Hand. »Es wird mir gleich wieder gutgehen, wenn Sie nur ein Weilchen hierbleiben und sich mit mir unterhalten. Der Anblick eines so netten und hübschen Mädchens, wie Sie es sind, ist für mich heilsamer als jede Medizin.«

»Werden Sie Schwierigkeiten bekommen, wenn Sie hier mit mir herumsitzen?«

Er dachte nach und lächelte. »Ich wüßte nicht, wieso, aber es wäre eine vielversprechende Aussicht.«

Sloan wurde plötzlich mißtrauisch: Seine Hand war gepflegt und ohne Schwielen, seine Ausdrucksweise höflich und gebildet, und außerdem flirtete er ganz offensichtlich mit ihr. Rot vor Verlegenheit stand sie schnell auf. »Sie sind gar kein Gärtner. Ich habe einen dummen Fehler gemacht. Es tut mir leid.«

Sein Griff um ihr Handgelenk wurde fester, als sie aufzustehen versuchte, doch als sie nachgab und sich wieder hinsetzte, ließ er sie sofort los. »Bitte laufen Sie nicht weg, und sagen Sie auch nicht, daß es Ihnen leid tut. Ihre Besorgnis und Ihre Hilfe haben mich sehr gerührt. Es gibt nicht viele junge Leute, die einem alten kranken Gärtner spontan helfen würden.«

»Sie *sind* aber kein alter kranker Gärtner«, beharrte Sloan, wenngleich sie schon wieder etwas versöhnt war.

»Ich bin Hobbygärtner. Die Gartenarbeit macht mir Spaß und hält mich beschäftigt, während meine Schulter heilt. Ich habe mich wegen einer alten Verletzung, die langsam, aber sicher mein Golfspiel ruinierte, operieren lassen.« Seine Stimme nahm einen ernsten und gemessenen Klang an, als er ihr gestand: »Ich hatte einen Fehler in meinem Aufschlag entwickelt, den ich nicht mehr losgeworden bin. Es war furchtbar.«

»Das ist... tragisch«, sagte Sloan mit gespieltem Mitleid und versuchte, dabei nicht zu lachen.

»Das ist es in der Tat. Dieses Haus gehört meinem Sohn, und der ist so herzlos, daß er gestern nicht nur ohne mich Golf gespielt hat, sondern daß er auch noch die Unverschämtheit besaß, besser zu spielen als ich in den letzten Jahren!«

»Er ist ein Monster!« scherzte Sloan. »Er verdient es nicht, zu leben.«

Er kicherte. »Ich liebe Frauen mit Humor, und Sie haben eine ganze Menge davon. Ich bin ganz hingerissen von Ihnen. Wer sind Sie überhaupt?«

Die Villa von Sloans Vater war nur ein paar Häuser weiter, und es war sehr wahrscheinlich, daß die beiden Männer einander kannten. Sie wollte dem Fremden nicht sagen, daß sie Carter Reynolds' Tochter war, doch früher oder später würde er es wahrscheinlich sowieso erfahren. »Mein Name ist Sloan«, sagte sie zögernd.

»Das ist aber nur Ihr Vorname?«

»Ja. Wie heißen Sie denn?« fragte sie schnell, bevor er nach ihrem Familiennamen fragen konnte.

»Douglas... Ich habe Sie hier noch nie gesehen.«

»Ich lebe in Bell Harbor. Hier in Palm Beach bin ich nur zu Besuch, und ich bleibe auch nur ein paar Tage.«

»Ach wirklich? Bei wem sind Sie denn zu Besuch? Ich kenne fast alle Familien, die an diesem Strand wohnen.«

Sloan steckte in der Falle. »Ich besuche die Familie von Carter Reynolds.«

»Das ist ja nicht zu glauben! Ich kenne die Reynolds seit Ewigkeiten. Dann müssen Sie eine Freundin von Paris sein.«

Sloan nickte und blickte auf ihre Uhr. »Jetzt sollte ich aber wirklich gehen.«

Er sah so enttäuscht drein, daß sie sich fast schuldig fühlte. »Könnten Sie nicht noch ein paar Minuten Ihrer Zeit erübrigen, um den langweiligen Tag eines einsamen alten Mannes zu verschönern? Der Arzt hat mir verboten, Auto zu fahren, und mein Sohn ist immer beschäftigt oder gar nicht zu Hause. Ich versichere Ihnen, daß ich völlig harmlos bin.«

Sloan konnte den Klagen alter Menschen nie widerstehen; nicht einmal denen der Reichen, die – wie sie jetzt merkte – auch Einsamkeit empfinden konnten. »Nun, ich habe noch ein bißchen Zeit, bevor ich zum Tennisplatz muß. Worüber möchten Sie sich denn unterhalten?«

»Über gemeinsame Bekannte?« schlug er ungeniert und freudig vor. »Wir könnten ein wenig über sie herziehen und ihren guten Ruf zunichte machen. Das ist immer lustig!«

Sloan lachte laut auf. »Das wird nicht gehen. Die einzigen Leute, die ich in Palm Beach kenne, sind die Reynolds.«

»Nun, da gibt es nicht viel zu lästern«, meinte er. »Sie sind schrecklich anständig und daher unendlich langweilig. Sprechen wir doch lieber über Sie.«

»Ich bin aber auch langweilig«, versicherte sie ihm.

Er war jedoch nicht von seinem Vorhaben abzubringen. »Sie tragen keinen Ehering, daraus schließe ich, daß Sie nicht verheiratet sind. Wenn Sie aber nicht verheiratet sind, wie verbringen Sie sonst Ihre Zeit? Was arbeiten Sie?«

»Ich bin Innenarchitektin«, antwortete Sloan und fügte schnell hinzu: »Aber das ist auch kein interessantes Thema. Sprechen wir doch lieber über etwas, das auch Sie interessiert.«

»Oh, ich interessiere mich sehr für schöne junge Frauen, die aus irgendeinem Grund nicht gern über sich selbst sprechen«, sagte er und sah sie forschend an. Sloan wurde unwohl dabei zumute, doch er fügte gleich darauf lächelnd hinzu: »Sie brauchen keine Angst zu haben, ich werde Ihnen bestimmt nicht hinterherspionieren. Denken wir lieber mal nach: Wir brauchen also ein Gesprächsthema, das für uns beide gleichermaßen interessant ist. Ich nehme nicht an, daß Sie sich zum Beispiel für Fusionen, die Hochfinanz oder die Weltwirtschaft im allgemeinen interessieren?«

Sloan nickte eifrig. »O doch! Ich habe beim gestrigen Abendessen ein paar interessante Theorien über die Zukunft des Weltmarkts gehört.«

Er sah zunächst ziemlich überrumpelt aus, schien dann aber von ihrer Reaktion schwer beeindruckt. »Eine schöne Frau mit einem weichen Herzen, viel Humor und einem scharfen Verstand. Kein Wunder, daß Sie nicht verheiratet sind! Ich kann mir vorstellen, daß die Männer in Ihrem Alter eine Heidenangst vor Ihnen haben.« Er lächelte sie so verführerisch an, daß Sloan daran zu zweifeln begann, ob er wirklich so harmlos war, wie er behauptete; dann schlug er sich aufs Knie und verkündete: »Lassen Sie uns über die russische Wirtschaft sprechen. Ich *liebe* es, mich selbst über dieses Thema sprechen zu hören. Immer wieder bin ich baß erstaunt über meine eigene Klugheit und Einsicht …«

Sloan konnte seinem Humor nicht widerstehen und mußte lachen. Dann hörte sie ihm zu. Und tatsächlich war auch sie beeindruckt.

Douglas Maitland stand da und sah ihr nach, bis sie aus seinem Blickfeld verschwunden war; dann trollte er sich zurück zum Haus und ging in die Küche. »Guten Morgen«, wünschte er seinem Sohn und seiner Tochter, während er sich eine Tasse Kaffee einschenkte. »Ihr hättet den Sonnenaufgang heute morgen sehen sollen. Er war wunderschön.«

Sein Sohn saß am Küchentisch und las das *Wall Street Journal*. Seine Tochter nahm gerade einen Bagel aus dem Toaster.

Als sie seine muntere Stimme hörten, sahen sie beide auf. »Du bist ja heute früh in ausnehmend guter Laune«, bemerkte Noah.

»Ich hatte auch einen ausnehmend schönen Morgen.«

»Wie kann das sein?« fragte seine Tochter Courtney skeptisch. »Erstens bist du nirgendwo hingegangen. Zweitens gibt es hier weit und breit nichts, das zu sehen sich lohnen würde. Palm Beach ist *stinklangweilig*. Ich kann einfach nicht glauben, daß du von mir erwartest, ich solle hier leben, wenn ich genausogut in Kalifornien wohnen und dort zur Schule gehen könnte.«

»Ich muß ein Masochist sein«, erwiderte Douglas heiter. »Aber um deine erste Frage zu beantworten: Mein Morgen wurde durch die Begegnung mit einer faszinierenden jungen Frau versüßt, die bemerkt hat, daß meine Schulter schmerzte, und die mir daraufhin ihre Hilfe und ihre Gesellschaft angeboten hat.«

Courtney sah ihn prüfend an. »Wie jung war sie?«

»Noch keine dreißig, würde ich sagen.«

»Ist ja toll! Die letzten beiden Male, als du eine ›faszinierende junge Frau‹ getroffen hast, die ›noch keine dreißig‹ war, hast du sie geheiratet.«

»Sei nicht so frech, Courtney! Eine dieser beiden Frauen war deine Mutter.«

»Und die zweite war zu jung, um schon Kinder bekommen zu können«, log sie.

Douglas ignorierte ihren Kommentar und wandte sich an seinen Sohn. »Sie hat mich für einen Gärtner gehalten – was ja verständlich war, da ich draußen im Dreck herumgebuddelt habe. Wir hatten ein wirklich interessantes Gespräch. Du wirst nie raten, wer sie war ...«

»Spann mich nicht auf die Folter. Wer ist sie?« fragte Noah.

»Wenn du gestern abend bei Carter gegessen hast, mußt du sie dort kennengelernt haben. Ich wollte sie eigentlich danach fragen, aber ich behielt es lieber für mich, daß ich einen Sohn in deinem Alter habe. Meine Eitelkeit war sowieso schon angeschlagen, als sie mich für einen Gärtner hielt. Ihr Name ist Sloan.«

Noah stieß ein kurzes Lachen hervor. »Du machst wohl Witze! Worüber zum Teufel hast du dich mit ihr unterhalten?«

»Über viele Dinge. Politik und Wirtschaft zum Beispiel.«

»Dann hast du wahrscheinlich einen Monolog gehalten«, sagte sein Sohn sarkastisch. »Sie ist doch überhaupt nicht in der Lage, ein einigermaßen intelligentes Gespräch zu führen.«

»Heute morgen war sie sehr wohl dazu in der Lage. Sie hat auch eine Diskussion von gestern abend erwähnt. Was sie mir darüber erzählt hat, klang, als käme es von dir.«

»Ich bin erstaunt, daß sie noch etwas davon wußte, aber glaub mir, sie hat kein Wort davon verstanden.«

»Du sprichst ja über sie, als sei sie eine Närrin. Wirklich, Noah, du solltest nicht an meiner Menschenkenntnis zweifeln, und die sagt mir, daß die Frau nicht nur schön, sondern auch klug ist. Und geistreich ist sie auch noch dazu.«

»Sprechen wir eigentlich beide über Carter Reynolds' Tochter?«

Diesmal war es Douglas, der völlig überrascht war. »Seine *was?*«

»Carter hat zwei Töchter. Paris ist ein Jahr älter als Sloan.«

»Ich kenne Carter seit Jahrzehnten, und er hat nie erwähnt, daß er noch eine Tochter hat.«

»Er hat mir gestern abend erzählt, daß die beiden Mädchen noch Babys waren, als sie bei der Scheidung getrennt wurden. Sloan blieb bei ihrer Mutter. Nach seiner Herzattacke beschloß Carter, eine Wiedervereinigung der Familie zu versuchen, und so lud er Sloan auf Besuch ein. Bis gestern hatten sie keinerlei Kontakt miteinander.«

»Wieso nicht?«

Noah schob seine Zeitung zur Seite und stand auf. »Ich weiß es nicht. Carter hat mir freiwillig nicht mehr erzählt, und ich hielt es nicht für angemessen, ihn darüber auszufragen.«

»Ich hab's doch gemerkt, daß sie mir etwas verheimlicht!« sagte Douglas, erfreut über seinen trugsicheren Instinkt. »Ich habe sie zum Narren gehalten, indem ich sie vorübergehend in dem Glauben ließ, ich sei ein Gärtner; und sie hat mich ausgeschmiert, indem sie mir ihre wahre Identität vorenthielt. Sie muß aber geahnt haben, daß ich trotzdem herausfinde, wer sie ist. Aber immerhin hat sie mir meinen Betrug heimgezahlt... Sie ist ein ganz erstaunliches Mädchen! Glaub mir, du unterschätzt sie gewaltig.«

»Vielleicht hast du recht«, erwiderte Noah, zwar nicht überzeugt, aber doch neugierig geworden.

Courtney beschmierte ihren Bagel mit Schmelzkäse und ging dann an Noah vorbei zum Tisch. »Ich sehe schon deutlich vor mir, wie das alles weitergeht«, sagte sie. »Mein Bruder wird Paris heiraten, mein Vater wird ihre Schwester heiraten, und ich werde in der *Ophrah-Winfrey-Show* auftreten und über inzestuöse Beziehungen in meiner Familie sprechen. Das wird sicher spannend.«

»Ich habe dir schon mal gesagt, daß ich Paris nicht heiraten werde«, schnauzte Noah sie an.

»Nun, Sloan kannst du aber auch nicht heiraten, weil dein Vater das zu tun plant. Und du kannst sie auch nicht nach seiner Scheidung von ihr heiraten, weil das alte Kamellen sind, die mich nicht in Ophrahs Show bringen werden. Sie haben das Thema ›Meine Schwägerin war einmal meine Stiefmutter‹ dort schon abgehandelt.«

»Hör auf mit dem Unsinn!«

Courtney wartete, bis Noah außer Hörweite war; dann sah sie ihren Vater an, der gerade Noahs Zeitung aufschlug. »Wieso läßt du zu, daß er so mit mir spricht?«

Douglas ignorierte ihren Versuch, einen Streit vom Zaun zu brechen, und versuchte sich auf den Leitartikel zu konzentrieren.

»Er ist nur mein Bruder, nicht etwa mein Vater. Wieso läßt du zu, daß er so mit mir spricht?«

»Weil ich zu alt bin, um dir den Hintern zu versohlen, und weil er sich weigert, es für mich zu tun.«

»Er würde es wahrscheinlich genießen. Er mag Gewalt.«

»Wie kommst du auf eine solche Idee?« fragte Douglas unbeeindruckt.

»Das weißt du ganz genau«, versetzte sie. »Du tust nur so, als hättest du keine Ahnung, weil du dein ganzes Geld verloren hast und wir nur durch ihn ein Leben wie dieses weiterführen können. Wirst du auch noch den Ahnungslosen spielen, wenn sie ihn erwischen? Wirst du ihn im Knast besuchen und so tun, als hättest du von nichts gewußt?«

17

Carter Reynolds und seine Tochter Paris boten mit ihrem weißen Dreß und der sonnengebräunten Haut auf dem Tennisplatz nicht nur einen phantastischen Anblick, sondern sie bildeten auch ein hervorragendes Team. Sloan mußte zugeben, daß sie beeindruckt war, mit welcher Kraft und Anmut sie ihre Schläge führten und wie gut sie aufeinander eingestimmt waren.

Am Ende des Spiels war Sloan aber noch etwas anderes deutlich geworden: Ihr Vater spielte Tennis, als führte er eine Schlacht, die es unter allen Umständen zu gewinnen galt, und er zeigte seinem Feind gegenüber kein Mitgefühl, auch wenn es von Anfang an klar war, daß Paul und Sloan ihm als Gegner hoffnungslos unterlegen waren. Doch auch seiner Partnerin gegenüber zeigte er keine Gnade. Wann immer Paris einen noch so geringfügigen Fehler machte, ergriff er die Gelegenheit, um sie zu kritisieren und zu schulmeistern.

Sloan fühlte sich dabei so unwohl, daß sie mit Sehnsucht das Ende des Spiels erwartete. Hilflos stand sie dann neben Paul und mußte mit anhören, wie ihr Vater Paris für die Art und Weise tadelte, wie sie ihren letzten Punkt erzielt hatte: »Du bist den ganzen Morgen über zu nah am Netz gestanden! Es war reine Glückssache, daß Paul deinen letzten Lob nicht nehmen konnte. Aber nur Verlierer verlassen sich auf ihr Glück, während Gewinner ihre Sache selbst in die Hand nehmen. Das weißt du doch, oder?«

»Ja«, erwiderte Paris so höflich und beherrscht wie immer, aber Sloan ahnte, daß Carters Verhalten sie in tiefe Verlegenheit stürzte, und sie hätte gerne gewußt, ob er sich bei öffentlichen Tennisturnieren ihr gegenüber genauso benahm.

»Das ist doch unglaublich!« flüsterte sie Paul zu. »Wieso wehrt sie sich nicht gegen ihn und sagt ihm, daß sie ihr Bestes getan hat?«

»Weil es gelogen wäre«, erwiderte Paul. »Sie hat die ganze Zeit versucht, es allen recht zu machen, indem sie gut genug spielte, um ihren Vater nicht zu verärgern, aber auch nicht so gut, daß wir uns völlig fehl am Platz fühlen würden.«

Sloan wußte nicht, was sie sagen sollte. Sie hatte bereits denselben Gedanken gehabt, aber als Paul ihn nun ansprach, konnte sie die Sympathie, die sie unfreiwillig für Paris empfand, nicht mehr verdrängen.

Sobald das Match vorbei war, durchlief Carters Verhalten eine grundlegende Veränderung. Mit dem herzlichen Charme, den er bereits am Vortag zur Schau gestellt hatte, ging er zum Netz und schenkte Sloan ein anerkennendes Lächeln. »Du bist sehr talentiert, Sloan«, sagte er. »Bei gutem Training könntest du eine hervorragende Spielerin werden. Ich werde mit dir arbeiten, solange du hier bist. Am besten fangen wir gleich damit an.«

Seine Ankündigung ließ Sloan entsetzt auflachen. »Das ist sehr nett von dir, aber ich glaube, ich verzichte lieber.«

»Warum denn?«

»Weil mir Tennisspielen keine besondere Freude bereitet.«

»Das ist nur so, weil du noch nicht so gut spielst, wie du könntest.«

»Mag sein, aber ich möchte es doch lieber nicht versuchen.«

»Okay. Du hast eine gute Kondition. Du joggst jeden Morgen. Was machst du sonst noch?«

»Nicht viel.«

»Was ist mit dem Selbstverteidigungskurs, den du gemacht hast? Sie müssen dir doch ein wenig Taekwondo oder Jiu-jitsu beigebracht haben.«

»Ein wenig«, sagte Sloan widerstrebend.

»Gut. Ich hatte ein paar Jahre lang Unterricht in verschiedenen Kampfsportarten. Gehen wir da hinüber, dann kannst du mir zeigen, was du gelernt hast.«

Der Mann war nicht nur athletisch gebaut, er war auch ein äußerst ehrgeiziger Gegner, der das Nachgeben nicht gewohnt war, merkte Sloan mit einem Anflug von Panik. Carter Reynolds war ein schlechter Verlierer, und wenn sie vorhatte, sich bei ihm einzuschmeicheln, war es alles andere als eine gute Idee, ihn zu demütigen.

»Nein, ich möchte wirklich nicht.«

»Keine Angst, ich werde dir nicht weh tun«, insistierte er. Ohne sich weiter um ihren Widerstand zu kümmern, legte er seinen Tennisschläger ins Gras und ging ihr ein paar Schritte voraus. »Nun komm schon.«

Sloan warf einen hilflosen Blick auf Paul und bemerkte dann, daß Noah Maitland mit einem großen braunen Briefumschlag in der Hand über den Rasen auf sie zukam.

Carter sah ihn ebenfalls und winkte ihm zu. »Ich wußte gar nicht, daß du heute morgen vorbeikommen wolltest, Noah.«

»Ich habe einige Papiere mitgebracht, für die ich deine und Ediths Unterschrift brauche«, erklärte Noah.

»Ich werde in ein paar Minuten Zeit für dich haben. Sloan hat vor kurzem einen Selbstverteidigungskurs gemacht und wollte mir gerade zeigen, was sie gelernt hat.«

»Laßt euch ruhig Zeit«, erwiderte Noah.

Widerwillig legte Sloan ihren Tennisschläger neben dem ihres Vaters ins Gras. Paris sah aus, als würde sie sich nicht besonders wohl fühlen, aber sie sagte nichts. Paul schien auch nicht gerade begeistert zu sein, und Sloan war sich nicht sicher, ob er sich mehr Sorgen um sie oder um ihren Gastgeber machte. Noah Maitland hingegen kreuzte die Arme über der Brust und sah sie skeptisch an, was Sloan noch mehr störte als der Gedanke an das, was ihr bevorstand. »Ich möchte wirklich nicht, daß Sie meinetwegen warten müssen«, sagte sie zu Noah, in der Hoffnung, den Kampf doch in letzter Minute noch abwenden zu können. »Ich bin sicher, daß Ihre Papiere sehr viel wichtiger sind als dies hier.«

»Nicht für mich«, erwiderte er mit einem Seitenblick auf Carter. »Legen Sie ruhig los.«

Sloan mußte erkennen, daß die Sache damit entschieden und jeder weitere Einwand zwecklos war. Sie folgte ihrem Vater und nahm sich fest vor, ihn auf keinen Fall auf den Rücken zu legen – was immer er auch tun würde, um sie zu provozieren.

»Bist du bereit?« fragte er mit einer kurzen, förmlichen Verbeugung.

Sloan nickte und erwiderte seine Verbeugung.

Seine erste Attacke kam so schnell und unerwartet, daß Sloan nicht rechtzeitig reagierte und sofort zu Boden ging.

»Du hast nicht aufgepaßt«, sagte er in demselben strengen und herablassenden Ton, in dem er beim Tennis mit Paris gesprochen hatte. Statt ihr Zeit zu geben, in ihre Ausgangsposition zurückzukehren, griff er sie dann sofort wieder an und riß sie aus dem Gleichgewicht. »Sloan, du bist zu unkonzentriert!«

Entgegen ihren Prinzipien beschloß Sloan, daß es eine *sehr gute* Idee sein würde, ihn auf den Rücken zu legen. Als er sich nun wieder auf sie zubewegte und zum Sprung ansetzte, fuhr sie blitzschnell herum und versetzte ihm einen hochangelegten, harten Stoß mit dem Fuß, der ihn auf allen vieren im Gras landen ließ. »Ich glaube, diesmal war ich etwas konzentrierter«, sagte sie mit einem überaus freundlichen Grinsen.

Carter war deutlich vorsichtiger geworden war, als er jetzt aufstand und sie auf der Suche nach einem Angriffsziel von neuem zu umkreisen begann. Sloan war inzwischen aufgefallen, daß er wirklich sehr gut war, aber auch einen Schuß zuviel Selbstvertrauen hatte. Als er nun wieder zum Sprung ansetzte, blockierte sie ihn geschickt mit dem einen Arm und versetzte ihm mit dem anderen einen Schlag in den Solarplexus, der ihm den Atem raubte. »Und diesmal habe ich wohl wirklich gut aufgepaßt«, sagte sie dann seelenruhig.

Ein wütender Gegner war zwar nichts Ungewöhnliches für Sloan, doch sie war doch etwas erschrocken zu sehen, daß ihr Vater vor Wut schäumte, als er nun zum nächsten Angriff ansetzte. Sein Gesicht war hochrot angelaufen, und seine Bewegungen hatten an Anmut und Präzision deutlich verloren. Er wartete auf eine Lücke in ihrer Verteidigung, dann kickte er nach ihr, traf sie jedoch nicht. Er hatte sich noch nicht von seinem Fehler erholt, als Sloan ihm einen Schlag mit der Handkante versetzte, der ihn zu Boden warf.

Sloan beschloß, die kleine Vorführung zu beenden, bevor einer von ihnen beiden ernsthaft verletzt wurde.

Sie stemmte die Hände in die Hüften und ging ein paar Schritte zurück. »Mir reicht's!« Sie lachte und versuchte, die Lage etwas zu entspannen. »Du bist mir ein zu harter Gegner.«

»Wir sind noch nicht fertig miteinander«, zischte Carter, während er aufstand und sich ein paar Grashalme von seinen Shorts wischte.

»O doch, das sind wir. Ich bin völlig erschöpft.«

Zu Sloans Erstaunen kam ihr schließlich Noah Maitland zu Hilfe. »Carter, es ist unhöflich von dir, deine Gäste so zu überfallen; sie sind doch gerade mal seit einem Tag da.«

»Das stimmt«, scherzte Sloan. »Du solltest wenigstens ein paar Tage damit warten.« Sie wollte sich bücken und nach dem Tennisschläger greifen, der zu Noah Maitlands Füßen lag, doch er hob ihn für sie auf und reichte ihn ihr.

»Mein Vater läßt Sie herzlich grüßen«, sagte er, und sein strahlendes Lächeln brachte Sloan so aus dem Konzept, daß sie sich nur schwer auf seine Worte konzentrieren konnte.

»Wie bitte?«

»Mein Vater sagte mir, er habe heute morgen ein hochinteressantes Gespräch mit Ihnen geführt. Sie haben ihn schwer beeindruckt.«

»Ich hatte keine Ahnung, daß das Ihr Vater war«, stieß Sloan entsetzt hervor.

»Das dachte ich mir.« Er warf einen Blick auf Carter, den Sloan nutzte, um die Flucht zu ergreifen. »Carter«, sagte er, »wenn du heute abend zu deinem Dienstagspoker in den Club gehst, würde ich gerne Sloan, Paul und Paris zum Dinner ausführen.«

Sloan ging bereits mit Paul auf das Haus zu, als sie ihren Vater erwidern hörte: »Das ist eine tolle Idee! Sloan«, rief er dann, »seid ihr damit einverstanden?«

Es war gar keine tolle Idee, und sie war auch nicht damit einverstanden. Sloan wandte sich um, blieb aber nicht stehen, sondern ging rückwärts weiter, um die Entfernung zwischen ihr und Noah Maitland zu vergrößern. »Klingt nett«, sagte sie, woraufhin sie Paul zuraunte: »Ich wünschte, wir könnten dem irgendwie entgehen.«

Er warf ihr einen Seitenblick zu. »Ich wünschte, ich wüßte mehr über die Papiere, die Maitland unterschrieben haben will.«

»Hast du einen Verdacht gegen Noah Maitland?«

»Jeder hier ist verdächtig, außer dir und mir natürlich... Und auch was dich betrifft, bin ich mir gar nicht so sicher«, fügte er lächelnd hinzu. Dann wurde er wieder ernst und fuhr fort: »Ich frage mich, für welche Dokumente Maitland auch noch Edith Reynolds' Unterschrift benötigt. Wenn wir das in Erfahrung bringen könnten, wäre das vielleicht schon ein Schritt in die richtige Richtung.«

Sloan hatte den Eindruck, daß er ihr nur die halbe Wahrheit erzählte, aber sie wußte, daß es keinen Sinn hatte, ihn weiter auszufragen.

»Wo bist du denn heute morgen Maitlands Vater begegnet?«

»Auf dem Rückweg von meinem Lauf sah ich einen Mann einen Garten umgraben, und als er sich aufrichtete, hatte er offensichtlich Schmerzen. Ich blieb stehen, um ihm zu helfen, und habe mich dann ein Weilchen mit ihm unterhalten. Ich habe ihn zunächst für den Gärtner gehalten.«

»Hast du irgend etwas zu ihm gesagt, das er nicht wissen darf?«

»Nichts, was uns schaden könnte. Überhaupt habe ich ihm nur das Nötigste erzählt und nannte ihm auch nur meinen Vornamen. Ich konnte aber nicht verschweigen, wo ich wohne. Habe ich etwas falsch gemacht?«

Er dachte kurz nach. »Absolut nicht«, sagte er mit einem amüsierten Lächeln. »Maitlands Vater ist nicht der einzige, den du heute beeindruckt hast. Ich glaube, sein Sohn ist auch ziemlich begeistert von dir.«

»Von mir? Das glaube ich nicht!«

»Ich habe bemerkt, wie er dich ansieht. Und du hast es auch bemerkt, und es hat dich ziemlich nervös gemacht.«

Sloan schien von seiner Vermutung gar nicht begeistert. »Männer wie Noah Maitland besitzen genug erotische Ausstrahlung, um ganz New York damit aufzuheizen, und sie wissen das auch. Sie benutzen diese Macht bei jeder Gelegenheit. Und ich bin nur eine dieser zahlreichen Gelegenheiten.«

»Ach ja, funktioniert das tatsächlich so? Wie viele Männer wie Noah Maitland hast du denn schon kennengelernt?«

»Ich habe eine besondere Nase für diesen Typ Mann geerbt«, versetzte sie. »Und aus diesem Grund bin ich immun gegen ihn.«

»Was meinst du denn damit?«

»Meine Mutter. Nach allem, was sie mir erzählt hat – und nach allem, was ich nun mit eigenen Augen sehe –, ist mein Vater der gleiche Fall wie Noah Maitland. Wußtest du übrigens, daß Paris in ihn verliebt ist? Sie sind so gut wie verlobt.«

Da sie schon in der Nähe der Verandatreppe waren, senkte Paul seine Stimme. »Paris ist nicht verliebt in ihn. Dein Vater ist derjenige, der eine Heirat zwischen ihr und Maitland vorantreibt. Sie will ihn gar nicht heiraten. Leider«, fügte er nachdenklich hinzu, »heißt das nicht unbedingt, daß sie am Ende nicht doch nachgeben und ihn tatsächlich zum Mann nehmen wird. Beide Männer schüchtern sie ein.«

»Woher weißt du denn das alles?«

»Einen Teil davon hat sie mir heute morgen beim Frühstück anvertraut. Den Rest habe ich selbst herausgefunden.«

»Sie hat dir das selbst erzählt?« fragte Sloan ungläubig. »Ich kann mir gar nicht vorstellen, daß sie so offenherzig zu jemandem ist. Und wieso sollte sie gerade *dich* als Vertrauten wählen?«

»Weil *ich* sie nicht einschüchtere. Andererseits bin ich aber auch ein Mann, und da sie sich Männern im allgemeinen unterlegen fühlt, meinte sie mir antworten zu müssen, als ich ihr ein paar konkrete Fragen stellte.«

»Das ist so traurig«, sagte Sloan sanft und blieb vor der Hintertür des Hauses stehen. »Ich hatte nicht erwartet, daß ich sie mögen würde. Ich *will* sie auch gar nicht mögen.«

Er grinste. »Aber du tust es bereits. Und du wirst auch versuchen, sie vor den beiden Männern zu beschützen, während du hier bist.«

Manchmal ging ihr Paul Richardsons Allwissenheit wirklich auf die Nerven. »Wieso bist du deiner Sache so sicher? Wie kommst du überhaupt auf die Idee, daß ich so etwas tun würde?«

Ihr verhaltener Zorn ließ ihn unbeeindruckt. »Du wirst nicht anders können«, sagte er ernst, aber nicht unfreundlich, »weil du den Zwang in dir trägst, anderen helfen zu müssen, wenn sie dich brauchen.«

»Du bist doch kein Psychiater.«

»Stimmt«, sagte er mit einem Grinsen, während er die Tür für sie aufhielt, »aber ich erkenne ein weiches Herz, und das deine ist so weich wie ein Marshmallow.«

»Das klingt ja entsetzlich.«

»Eigentlich war es aber als Kompliment gedacht«, sagte er ehrlich. »Ich liebe Marshmallows. Du solltest nur aufpassen, daß dein weiches Herz dir bei diesem Job hier nicht in die Quere kommt. Du brauchst einen kühlen Kopf, wenn du deine Aufgabe erfüllen willst.«

In der Küche wurden sie von Gary Dishler abgefangen, so daß Sloan keine Gelegenheit hatte, auf Pauls Bemerkung zu antworten. »Es war ein unheimlich amüsanter Vormittag«, log sie. »Ich werde erst mal duschen gehen …«

»Verzeihen Sie, Miss Reynolds«, unterbrach sie Dishler. »Mrs. Reynolds möchte Sie gerne sehen. Sie ist im Sonnenzimmer.«

»Oh.« Sloan sah an ihren grasbefleckten Shorts und ihrem verschwitzten T-Shirt herunter. »Ich muß erst duschen und meine Kleider wechseln. Würden Sie ihr bitte ausrichten, daß ich komme, so schnell ich kann?«

»Mrs. Reynolds sagte aber, daß sie Sie *sofort* sehen möchte«, beharrte er.

Es war deutlich, daß keine Widerrede möglich war, und auch Paul bemerkte dies. »Ich werde dich begleiten«, sagte er.

Gary schüttelte den Kopf und teilte Sloan feierlich mit: »Mrs. Reynolds wünscht Sie *allein* zu sprechen.«

Vom Sonnenzimmer aus konnte man den Garten überblicken, und als Sloan den verdrießlichen Gesichtsausdruck der alten Frau bemerkte, nahm sie an, daß sie den Kampf zwischen ihr und ihrem Vater gesehen hatte und nicht gerade begeistert über das Ergebnis war. »Das war eine ziemlich eindrucksvolle Vorführung, die du da gegeben hast!« schnarrte Edith tatsächlich mit einem verächtlichen Blick auf Sloans wirres Haar und ihre verdreckten Shorts. »Wohlerzogene junge Frauen wälzen sich nicht im Gras, und sie laufen auch nicht in völlig verschmutzten Kleidern herum.«

Sloan war zutiefst verärgert über die Ungerechtigkeit ihrer Vorwürfe. »Ich wollte diese Vorführung nicht geben. Tatsächlich habe ich alles getan, um sie zu vermeiden, aber dein Enkel hat mich praktisch dazu gezwungen. Außerdem hätte ich mich umgezogen, bevor ich hierherkam, aber Mr. Dishler hat darauf bestanden, daß du mich sofort zu sehen wünschst.«

Die alte Frau starrte sie ungläubig an. »Bist du fertig?«

Sloan nickte.

»Du kannst ganz schön wütend werden.«

»Ich hatte einen ziemlich anstrengenden Vormittag.«

»Das habe ich gemerkt. Wie ich von Noah hörte, warst du am Strand laufen und hast dann versucht, Douglas Maitland zu retten. Du kamst gerade rechtzeitig zurück, um – wenn auch nicht sehr gut – Tennis zu spielen, und hast deinen aufreibenden Vormittag damit abgerundet, daß du deinen eigenen Vater nicht nur einmal, sondern gleich zweimal aufs Kreuz gelegt hast. Falls du nach dem Mittagessen noch etwas Energie übrig hast, solltest du dich deiner Rückhand widmen.«

»Was?«

»Bei etwas Übung wird dein Tennisspiel schon bald viel besser werden.«

»Soweit wird es nicht kommen. Ich gehöre nicht zu den Reichen und Privilegierten in diesem Land. Ich arbeite hart für meinen Lebensunterhalt, meine Zeit ist daher sehr wertvoll, und ich möchte sie mit etwas zubringen, das ich mag. Tennis mag ich *nicht*!«

»Als ich jung war, habe ich viele Preise errungen. Die Reynolds waren immer hervorragende Tennisspieler. Einige von uns haben Tennismeisterschaften in den besten Country Clubs der Vereinigten Staaten gewonnen. So wie es gegenwärtig ist, ist dein Spiel eine Schande für unseren Familiennamen; aber wenn du ernsthaft übst, könntest du uns vielleicht eines Tages einholen.«

»Ich habe weder die Absicht noch den Wunsch, das zu tun«, ließ Sloan sie zornig wissen. »Und ich bin auch kein Mitglied der Reynolds-Familie.«

»Du dummes Mädchen! Du siehst zwar nicht aus wie wir, aber du bist durch und durch eine Reynolds, viel mehr jedenfalls als Paris. Was denkst du, woher du diesen Stolz hast, den du hier gerade an den Tag legst? Wieso hast du dich geweigert, dich da draußen von Carter demütigen zu lassen? Sieh dich doch an, wie du jetzt vor mir stehst – unbezähmbar und selbstbewußt, und das, obwohl du schmutzig und unordentlich gekleidet bist. Du hast sogar die Stirn, mir in meinem eigenen Haus zu widersprechen, nur weil du dir einbildest, du hättest recht und ich nicht. Wenn das nicht der typische Hochmut der Reynolds ist, dann weiß ich nicht, wie ich es sonst nennen soll.«

»Falls du glaubst, daß ich beeindruckt bin, dann täuschst du dich.«

»Ha!« rief Edith aus und schlug in freudigem Triumph auf die Armstütze ihres Stuhls. »So spricht eine echte Reynolds! Du denkst, daß du besser bist als wir, auch wenn wir die Stadt kaufen könnten, in der du lebst. Ich wünschte, Carters Mutter wäre noch am Leben und könnte dich sehen. Als sie nach Florida fuhr, um ihn zu holen, wollte sie eigentlich das Kind mitbringen, das am meisten Ähnlichkeit mit uns hat. Diese böse und törichte Frau hat doch tatsächlich das *falsche* Mädchen mitgenommen!«

»Was sicher ein Glück für mich war.«

»Genug der Komplimente. Ich glaube, daß wir beide uns sehr gut verstehen werden. Gehen wir nun zu wichtigeren Themen über. Setz dich bitte.«

Sloan war sich nicht sicher, ob sie der Sarkasmus der alten Frau mehr verärgerte oder amüsierte, setzte sich dann aber ohne Widerrede in einen der Korbstühle.

»Ich habe keine Lust mehr, wie eine Katze um den heißen Brei zu schleichen«, erklärte Edith frei heraus und erntete dafür von Sloan ein mißtrauisches Stirnrunzeln. »Ich habe darauf bestanden, daß man dich zu uns einlädt, und zwar aus mehreren guten Gründen. Wieso schaust du denn so überrascht?«

»Ich war der Meinung, das sei die Idee meines Vaters gewesen. Er sagte, er habe einen Herzinfarkt gehabt und wolle mich kennenlernen, solange noch Zeit ist.«

Edith zögerte und spielte mit der Perlenkette, die um ihren Hals hing. Dann sagte sie widerstrebend: »Nun, du hast dich getäuscht. Am Anfang hat er sich sogar noch eifriger dagegen gesträubt als Paris.«

»Paris wollte nicht, daß ich komme?«

»Natürlich nicht. Sie war entsetzt, als sie hörte, daß du die Einladung annimmst.«

Sloan hielt ihren Blick auf die rosafarbenen Azaleen gerichtet, die neben ihrem Stuhl blühten, und suchte das Gehörte zu verdauen, ohne ein Gefühl zu zeigen. »Ich verstehe.«

»Ich glaube nicht, daß du verstehst. Carters Mutter hat Paris während ihrer gesamten Kindheit eingeredet, daß deine Mutter nicht in der Lage sei, ihre Kinder anständig zu erziehen, und daß sie aufgrund einer richterlichen Verfügung von ihr ferngehalten wurde. Später hat man ihr dann weisgemacht, du seist ganz genauso geworden wie deine Mutter.«

Sie gab Sloan eine kurze Verschnaufpause, bevor sie fortfuhr: »Was Carter betrifft – er hatte mehrere Gründe, um dich nicht noch verspätet in die Familie einzuführen. Zum einen dachte er, es sei dir gegenüber nicht fair, dir ein Leben zu zeigen, das du nie haben konntest. Überdies hatte er – glaube ich jedenfalls – ein schlechtes Gewissen, daß er dich zurückgelassen hat. Es ist wohl verständlich, daß es nicht einfach für ihn ist, dem Menschen gegenüberzutreten, den er mehr als jeden anderen verletzt hat ... Ich hingegen wollte diese kleine Wiedervereinigung schon seit langem herbeiführen, aber zu Lebzeiten von Carters Mutter war das nicht möglich. Als meine Schwiegertochter mir dann überraschend den Gefallen tat, vor mir zu sterben, hielt ich die Zeit für gekommen, um Kontakt mit dir aufzunehmen.«

»Wieso war es vorher nicht möglich?«

»Weil sie dich nach zehn Minuten rausgeschmissen hätte. Du hättest dir die Behandlung, der sie dich unterzogen hätte, nicht gefallen lassen, und das wäre auch dein gutes Recht gewesen. Natürlich hätte ich dich in Bell Harbor besuchen können, doch mein eigentliches Ziel war es, den Bruch zwischen Paris, Carter und dir zu heilen.«

Sloan wußte nicht, ob sie das alles wirklich glauben sollte. Wie konnte Ediths Ziel eine Versöhnung sein, wenn sie bisher nur Demütigungen und Kritik geäußert hatte?

»Nachdem Carters Mutter gestorben war, wollte ich dich unbedingt zu uns holen, und ich zwang Carter, meinen Plan auszuführen. Er hatte keine Wahl.«

»Wieso denn nicht?«

»Nun, mein Kind«, verkündete die alte Frau mit einem gackernden Lachen, »weil *ich* es bin, die in diesem Haus auf der Schatztruhe sitzt.«

Sloan blinzelte und räusperte sich. »Wie bitte?«

»Ich kontrolliere den Hanover Trust, der einen Großteil des Vermögens der Reynolds ausmacht«, erklärte sie mit einem triumphierenden Lächeln. Sie schien davon auszugehen, daß Sloan nun über alles im Bilde sei.

»Ich verstehe nicht«, sagte diese hingegen.

»Es ist ganz einfach. Mein Vater, James Hunsley, war ein hübscher, nichtsnutziger Gauner, der zwar aus einer guten Familie stammte, aber schon mit fünfundzwanzig Jahren sein ganzes Erbe verspielt hatte. Um weiterhin ein Leben auf großem Fuß führen zu können, mußte er eine reiche Erbin heiraten, und er wählte schließlich meine Mutter, die die Erbin des Vermögens der Hanovers war. Mein Großvater mütterlicherseits durchschaute ihn genau und erhob Einspruch gegen die Heirat, aber meine Mutter liebte den jungen Mann, und sie war ein starrköpfiges und verwöhntes Mädchen. Sie drohte, mit ihm durchzubrennen, und schließlich willigte mein Großvater ein; jedoch nicht, ohne vorher einen Plan zu schmieden, wie er meinen Vater daran hindern konnte, jemals die volle Kontrolle über das Vermögen meiner Mutter zu erlangen. Großvater Hanover gründete also eine Treuhändergesellschaft, über die meine Mutter nach seinem Tod verfügen würde, allerdings nur mit dem Rat und der Zustimmung der anderen Treuhänder, die er selbst ernannt hatte. Bis heute hat sich nichts daran geändert, daß die Kontrolle über den Trust in den Händen des ältesten noch lebenden Mitglieds der Familie Hanover bleibt und dessen Ehemann oder Ehefrau nichts damit zu tun hat. Im Moment bin *ich* diese Familienälteste.«

Sloan wußte dazu nicht viel zu sagen. »Dein Vater muß sehr enttäuscht gewesen sein, als er das mit dem Trust herausgefunden hat.«

»Er war unheimlich wütend. Aber als er schließlich merkte, daß sein Leben sich nur bessern würde, wenn er selbst Geld verdiente, hat er sich eines anderen besonnen. Er konnte allerdings nur ein sehr bescheidenes Vermögen anhäufen, das sich nicht mit dem der Hanovers messen konnte; und natürlich gehörte die Hälfte davon meiner Mutter und landete schließlich sowieso im Trust. Carter hat übrigens den Geschäftssinn meiner Familie geerbt und das Vermögen der Reynolds inzwischen vervielfacht«, stellte sie nicht ohne Stolz fest. »Wie auch immer, ich habe dich nicht herbestellt, um mit dir über Carter zu sprechen, sondern über Paris. Siehst du, trotz der häßlichen Dinge, die man ihr über dich und deine Mutter weisgemacht hat, kam sie gestern abend zu mir und sagte, sie fände dich sehr nett.«

Da die alte Frau bisher noch nie ein freundliches Wort gesagt hatte, war Sloan völlig unvorbereitet auf das, was nun folgen sollte.

»Ich konnte nicht umhin zu bemerken, daß du Temperament und einen scharfen Verstand besitzt, alles Dinge, von denen auch Paris etwas mehr haben sollte. Du solltest das nicht vergessen, wenn du mit ihr zusammen bist.«

Sie unterbrach sich, als sie Paris' Schritte hörte, und wartete schweigend, bis die junge Frau auf sie zugetreten war und ihr einen Kuß auf die Wange gehaucht hatte. »Dein Spiel heute morgen war alles andere als glänzend«, sagte sie streng. »Du hast die ganze Zeit zu nahe am Netz gespielt. Was war denn mit dir los?«

»Ich hatte wohl nur einen schlechten Tag.«

»Unsinn. Du hast versucht, Sloans Gefühle nicht zu verletzen, weil ihr Spiel beklagenswert ist. Genug damit«, knurrte die alte Dame, als Paris etwas erwidern wollte. »Wie ich höre, willst du mit Sloan heute nachmittag zusammen Golf spielen?«

»Ja, das stimmt.«

»Gut, ich will nämlich, daß ihr beide viel Zeit miteinander verbringt. Was wollt ihr heute abend machen?«

»Noah hat Paul, Sloan und mich zum Essen eingeladen.«

»Wunderbar«, sagte Edith mit einem begeisterten Nicken. »Dein Vater möchte gerne, daß ihr beide noch in diesem Jahr heiratet. Daher solltest du auf jeden Fall mehr Zeit mit Noah verbringen.«

Sloan hatte keine Lust, Golf zu spielen, und sie wußte, daß Paris keine Lust hatte, Noah zu heiraten. Carter und Edith Reynolds schienen aber keinerlei Interesse dafür zu haben, was die Menschen in ihrer unmittelbaren Umgebung wollten oder nicht wollten. Sloan fühlte sich inzwischen so benommen von den jüngsten Ereignissen, daß sie selbst nicht mehr genau wußte, was sie eigentlich wollte. Sie war immer noch schockiert über alles, was Edith erzählt hatte, und sie konnte es kaum erwarten, mit Paul darüber zu sprechen. Darüber hinaus wußte sie nur eines sicher: Sie wollte Paris besser kennenlernen.

»Ich muß jetzt unter die Dusche«, erklärte Sloan den beiden anderen Frauen. Während sie aufstand, lächelte sie Paris freundlich zu. »Ich möchte dir dafür danken, daß du auf dem Tennisplatz Rücksicht auf mich und Paul genommen hast. Das war sehr nett von dir.«

»Unsinn!« unterbrach Edith. »Sie hätte die Zeit nutzen sollen, um zu gewinnen, statt sich in falscher Bescheidenheit zu üben.«

Sloan merkte, daß die alte Frau niemanden respektierte, der sich von ihr oder ihrem Sohn auf der Nase herumtanzen ließ – auch wenn sie beide immer jemanden brauchten, mit dem sie dies tun konnten. »Paris ist sich bewußt, daß Paul und ich eure Gäste sind, und es steht daher für sie verständlicherweise an erster Stelle, daß wir uns wohl fühlen. Wenn ich mich nicht täusche, habe ich auf irgendeiner Liste mit Anstandsregeln einmal gelesen, daß dies die erste und wichtigste Pflicht des Gastgebers ist. Was hältst du denn davon?« fragte Sloan die alte Frau und setzte eine unschuldige Miene auf.

Edith Reynolds war nicht gewillt, auf sie hereinzufallen. »Junge Frau, willst du mich etwa über höfliche Manieren belehren?«

Ihr Ton war nicht leicht zu deuten: Sie klang zwar leicht gereizt, aber nicht wirklich verärgert.

Sloan biß sich auf die Unterlippe, um nicht lachen zu müssen. »Ja, ich fürchte schon, das habe ich versucht. Aber nur ein wenig.«

»Unverschämtes Mädchen«, erwiderte Edith schroff, aber immer noch ohne Wut. »Ich kann den ganzen Dreck an dir nicht mehr mit ansehen. Lauf schon los und geh unter die Dusche.«

Sloan begriff, daß sie damit entlassen war, und machte sich unverzüglich von dannen.

»Aber vergeude bitte kein Wasser«, rief ihr Edith noch hinterher.

Als Sloan verschwunden war, heftete Edith ihre hellblauen Augen auf Paris. »Sie ist eine impertinente junge Frau, ohne jeden Respekt für Autoritäten. Und ums Geld schert sie sich auch nicht. Was hältst du von ihr?«

Vor langer Zeit, als sie noch ein Kind war, hatte Paris Reynolds akzeptiert, daß es nutzlos und unklug für jeden Menschen war, einem Mitglied ihrer Familie zu widersprechen. Sie waren alle so herrschsüchtig und unbeugsam, daß sie selbst sich wie ein feiger Weichling vorkam. Und doch hatte sie in der letzten Stunde miterlebt, wie ihre jüngere Schwester zuerst sich selbst und dann Paris gegen den Rest der Familie verteidigt hatte. Dieses unerhörte Ereignis machte es für Paris zur Pflicht, nun dasselbe zu tun. Doch sie war nervös und unsicher und rieb sich erst ihre verschwitzten Handflächen an ihrer Hose trocken, bevor sie endlich den Mund aufmachte. »Ich ... Es tut mir leid, Urgroßmutter«, murmelte sie mit zitternder Stimme, »aber sie ... sie ...«

»Hör auf zu stottern, Kind! Du hast diesen Sprachfehler doch schon vor Jahren überwunden.«

Erschrocken, aber immer noch entschlossen hob Paris ihr Kinn und sah ihrer Urgroßmutter fest in die Augen, genau wie Sloan es vorhin getan hatte. »Ich finde sie großartig!«

»Nun, wieso hast du das dann nicht gleich gesagt?«

Paris sah auf ihre Uhr, weil sie weder eine Antwort parat hatte, noch eine weitere Standpauke über sich ergehen lassen wollte. »Wenn ich mich nicht beeile und noch schnell dusche, kommen wir zu spät zum Golf.«

»Du solltest vorher noch die Garderobe deiner Schwester überprüfen«, versetzte Edith herrisch. »Ich will nicht, daß sie sich und damit uns alle blamiert, während sie hier ist. Sie wird im Club und in der Stadt vielen unserer Freunde begegnen. Falls sie Kleider braucht, borge ihr welche von den deinen.«

Paris senkte verlegen den Kopf. »Ich kann doch nicht in ihrem Schrank herumstöbern und ihre Garderobe kontrollieren.«

»Natürlich kannst du das. Du hast ein sicheres Stilempfinden und entwirfst sogar selbst Kleider.«

»Ja, aber ...«

»Paris! Ich verlange von dir, daß du dich darum kümmerst. Und, Paris ...«, rief sie ihr hinterher. »Dennoch sehe ich keinen Grund, einen Haufen Geld zu verschwenden und sie in den teueren Geschäften hier neu einzukleiden. Du solltest ihr nur etwas Neues kaufen, wenn du wirklich nichts findest, das du ihr borgen könntest.«

18

Sloan hatte keine Ahnung, wieviel das FBI über die finanzielle Lage ihres Vaters wußte und ob sie für seine Ermittlungen überhaupt von Bedeutung war. Sie hielt es aber doch für angeraten, Paul – trotz ihrer Enttäuschung, daß er mit weiteren Informationen über seinen Auftrag hinter dem Berg hielt – alles zu erzählen, was sie in Erfahrung gebracht hatte. Nachdem sie auf ihr Klopfen an seiner Zimmertür keine Antwort erhalten hatte, begab sie sich zu ihrem eigenen Zimmer, fand die Tür jedoch verschlossen.

Als sie verwundert an der Tür rüttelte, wurde sie so plötzlich geöffnet, daß Sloan erschrocken zurückwich. Vor ihr stand kein anderer als Paul: Er trug eine kurze Hose und hatte seinen Zeigefinger zwischen die Seiten ihres Taschenbuchromans gesteckt, als hätte er gerade darin gelesen.

»Mein Zimmer hat keinen Balkon, daher dachte ich, daß ich mir deinen ausleihen und eine Weile lesen könnte, bis du zurückkommst«, erklärte er.

Sloan ahnte, daß dies nur eine Ausrede war – für den Fall, daß sie vom Gang aus jemand belauschen könnte. Sie folgte ihm ins Zimmer und schloß die Tür. »Darf ich erfahren, was du wirklich hier tust?«

»Ich habe nach Abhörwanzen gesucht, konnte aber keine finden.«

»Es kommt mir absurd vor, daß jemand sein eigenes Haus mit Wanzen versehen könnte.«

»Es war nur eine Sicherheitsmaßnahme. Wir wissen, daß dein Vater ein sehr vorsichtiger Mann ist.«

»So vorsichtig kann er auch wieder nicht sein, sonst hätten sie uns hier keinen Einlaß gewährt«, scherzte Sloan.

»Da wir schon beim Thema sind«, fuhr sie nach einer Weile mit einem befriedigten Lächeln fort, »ich hatte gerade ein sehr erleuchtendes Gespräch mit meiner Urgroßmutter. Wußtest du, daß sie den Großteil des Familienvermögens kontrolliert?«

»Sprichst du vom Hanover-Trust?«

Sloan nickte etwas enttäuscht.

»Was hat sie dir darüber erzählt?«

Sloan war bemüht, nichts auszusparen, als sie ihm nun das Gespräch mit ihrer Urgroßmutter wiederholte.

»Das ist nichts Neues für uns«, sagte er gelassen. »Jedenfalls nichts von Bedeutung. Du warst ganz schön lange bei ihr – worüber hat sie denn noch gesprochen?«

Sloan erzählte ihm den Rest des Gesprächs, und sie stellte verwundert fest, daß ihn dieser Teil wesentlich mehr zu interessieren schien als die Information, die sie als so wichtig erachtet hatte. »Da sie will, daß du viel Zeit mit Paris verbringst, solltest du das auch tun. Ich bleibe dann hier im Haus und sehe, was ich sonst in Erfahrung bringen kann.«

»*Worüber* denn?« wollte Sloan wissen und warf in einer verzweifelten Geste ihre Hände in die Luft. »Was hast du gegen Carter in der Hand? Ich denke, ich habe ein Recht darauf, das zu erfahren.«

»Du brauchst nicht mehr zu wissen, als unbedingt notwendig ist. Wenn ich die Zeit für gekommen halte, daß sich daran etwas ändert, werde ich es dir auch mitteilen.«

Sloan versuchte, ebenso selbstsicher und herablassend wie er zu klingen, als sie nun sagte: »Nun, dann werden wir in Zukunft wohl auch darüber verhandeln müssen, ob ich *meine* Endeckungen immer gleich an dich weitergebe.«

Sie hatte erwartet, daß er ihre Drohung entweder als einen Scherz auffassen oder verärgert darüber sein würde, doch er schien nichts von beidem zu tun.

»Es gibt in Palm Beach zwei Männer, mit denen du besser nicht verhandeln solltest, Sloan. Einer davon bin ich.«

»Und wer ist der andere?« fragte Sloan, die sich etwas unbehaglich fühlte.

»Noah Maitland. Danke für die Benutzung deines Balkons«, setzte er knapp hinzu, während er zur Tür ging und in den Gang hinaustrat.

Als sich die Tür hinter ihm geschlossen hatte, ging Sloan ins Badezimmer, um eine warme Dusche zu nehmen.

Das Gespräch mit Paul hatte sie sehr nachdenklich gestimmt. Er war völlig undurchschaubar, unberechenbar in seinen Launen und manchmal so kühl und abweisend wie ein Eisklotz. Aber es gab auch Momente, in denen er ihr mit unübersehbarem Charme und sogar mit Herzlichkeit begegnete.

Seit seinem letzten Auftritt hatte sie jedoch das unangenehme Gefühl, daß seine guten Seiten nur eine Fassade sein könnten.

19

Paris wartete schon in der Eingangshalle, als Sloan die Treppen herunterkam. »Mein Wagen steht vor dem Haupteingang«, erklärte sie und forderte Sloan auf, ihr nach draußen zu folgen.

Auf der Zufahrt parkte ein offenes Jaguar-Cabrio von mattgoldener Farbe, in das Paris sie einzusteigen bat, während sie selbst sich auf dem Fahrersitz niederließ. Die beiden jungen Frauen schwiegen eine Weile und hingen jede ihren eigenen Gedanken nach, nachdem sie zum Haupttor hinausgefahren und auf die Straße eingebogen waren. Dann warf Sloan einen heimlichen Blick auf ihre schöne Schwester und war von dem Anblick fasziniert: Paris' haselnußbraunes Haar glänzte in der Sonne, und ihre elegante Erscheinung nahm sich in dem schnittigen Wagen so harmonisch aus, daß Sloan das schöne Bild gerne festgehalten hätte. Als Paris sie kurz von der Seite ansah, bemerkte sie ihren Blick. »Hast du etwas vergessen?« fragte sie besorgt.

»Nein, wieso?«

»Du siehst so nachdenklich aus.«

Nach all den widersprüchlichen Eindrücken, die sie bisher über Paris gewonnen hatte, war in Sloan der feste Wunsch entstanden, die höfliche Förmlichkeit ihrer Schwester zu überwinden und sie wirklich kennenzulernen. Sie ergriff daher die Gelegenheit, die Paris ihr mit ihrer Frage geboten hatte. »Ich habe nur gerade gedacht, daß du toll aussiehst.«

Paris verlor vor Überraschung beinahe die Kontrolle über das Lenkrad. »Danke. Ich weiß gar nicht, was ich darauf sagen soll.«

»Du könntest doch einfach sagen, was du denkst.«

»Nun, ich glaube, ich hätte niemals erwartet, daß du so etwas zu mir sagen würdest.«

Als Sloan nichts erwiderte, platzte Paris heraus: »Und ich finde es sehr liebenswert von dir, das zu sagen.« Ihre Worte enthielten ehrliche Freude und Herzenswärme, und Sloan war über diese Entdeckung sehr erleichtert.

Paris mußte sich auf den Verkehr konzentrieren, als sie nun in einen breiten Boulevard einbog. Doch nach einer Weile wandte sie sich wieder an Sloan und fragte sie zögernd: »Kommt es dir nicht komisch vor, hier zu sitzen und zu wissen, daß wir … daß wir Schwestern sind?«

Sloan nickte. »Ich dachte gerade dasselbe.«

»Du bist ganz anders, als ich erwartet hatte.«

»Ich weiß.«

»Du weißt das?«

»Ja. Deine Urgroßmutter hat mir gesagt, was man dir über mich erzählt hat.«

Paris warf ihr einen scheuen Blick zu. »Sie ist auch *deine* Urgroßmutter.«

Mit einem süffisanten Unterton in der Stimme sagte Sloan: »Irgendwie finde ich es viel leichter zu akzeptieren, daß du meine Schwester bist, als daß sie meine Urgroßmutter ist.«

»Es ist nicht leicht, an sie heranzukommen. Die meisten Menschen fühlen sich von ihr eingeschüchtert.«

Du eingeschlossen, dachte Sloan.

»Schüchtert sie dich auch ein?« fragte Paris.

»Nicht wirklich. Nun, vielleicht ein bißchen«, gab Sloan zögernd zu.

»Viele Leute haben regelrecht Angst vor ihr.«

»Sie ist nicht gerade eine typische Urgroßmutter, oder jedenfalls entspricht sie nicht meiner Vorstellung von einer.«

»Wie ist denn deine Großmutter?«

»Du meinst, die Mutter unserer Mutter?« fragte Sloan sanft.

»Ja.«

»Sie starb, als ich sieben war, aber ich erinnere mich noch, daß sie sehr … verschmust war. Sie hat immer nach Plätzchen gerochen.«

»Nach Plätzchen?«

Sloan nickte. »Sie war eine leidenschaftliche Plätzchenbäckerin. Außerdem war sie ziemlich mollig und hat mich immer an ihren weichen Körper gedrückt, daher habe ich sie wahrscheinlich ›verschmust‹ genannt. Ich glaube, es kam fast nie vor, daß sie uns besuchte und Sara und mir keine Plätzchen mitbrachte.«

»Sara?«

»Wir sind zusammen aufgewachsen, und sie ist immer noch meine beste Freundin.«

Es folgte ein seltsames Schweigen – das Schweigen von zwei Menschen, die aufeinander zugehen möchten, doch die auch so erleichtert über das bisher Erreichte sind, daß sie Angst vor dem nächsten Schritt haben. Sloan atmete tief durch und hoffte, daß sie das Richtige sagen würde. »Möchtest du wissen, wie deine Mutter wirklich ist?«

»Wenn du darüber sprechen willst. Ich überlasse es dir.«

Sloan legte den Kopf zurück und hielt ihr Gesicht in den Wind, während sie über Paris' ausweichende Antwort nachdachte. »Wenn wir nicht offen und ehrlich zueinander sind«, sagte sie schließlich ruhig, »dann haben wir keine Chance, uns wirklich kennenzulernen. Ich möchte dich aber kennenlernen, Paris. Meinst du, wir könnten einen Pakt schließen, daß wir einander nach Möglichkeit immer die Wahrheit sagen und mit unseren wirklichen Gefühlen nicht zurückhalten? Dafür brauchen wir viel gegenseitiges Vertrauen, aber ich wäre bereit, es zu versuchen. Wie steht's mit dir?«

Paris' Hände legten sich fester um das Lenkrad, während sie sich Sloans Vorschlag durch den Kopf gehen ließ. »Ja«, flüsterte sie endlich. »Ja, ich bin einverstanden«, bestätigte sie dann lauter und nickte bestimmt, wobei sie Sloan ein schüchternes Lächeln schenkte.

Sloan beschloß, ihren Pakt unverzüglich auf die Probe zu stellen. »Nun gut. Möchtest du also wissen, wie deine Mutter wirklich ist?«

»Ja, ich möchte es gerne wissen.«

»Es ist ganz einfach«, sagte Sloan glücklich. »Sie ist dir sehr ähnlich, soweit ich das bisher beurteilen kann. Sie ist freundlich. Sie haßt es, jemanden zu verletzen. Sie liebt modische Kleider und arbeitet im elegantesten Bekleidungsgeschäft von Bell Harbor. Jeder, der sie kennt, liebt sie, außer Lydia, der Besitzerin des Ladens. Lydia schikaniert sie ständig und läßt keine Gelegenheit außer acht, sie unter Druck zu setzen, aber Mutter findet immer eine Entschuldigung für sie.« Hier mußte Sloan sich unterbrechen, da sie vor dem Eingang des Country-Clubs angekommen waren. Sie hatte einen spontanen Einfall und beschloß, ihn unverzüglich in die Tat umzusetzen. »Paris, laß uns lieber nicht Golf spielen. Ich möchte gerne etwas anderes machen.«

»Aber Vater möchte doch, daß ich dir Unterricht gebe.«

»Ich weiß, aber nimm doch mal an, daß ich mich einfach weigere. Was könnte er schon tun?« Ihr Vater hatte das Temperament eines wütenden Stiers, und Sloan war sich nicht sicher, ob eine Mißachtung seiner Wünsche unangenehme Konsequenzen nach sich ziehen würde. »Wird er dich ausschelten oder anschreien?«

Paris schien allein schon die Frage zu schockieren. »Nein, natürlich nicht. Aber er wird sehr enttäuscht sein.«

»Ich verstehe. Du meinst, es wird ihn ungefähr so enttäuschen wie dein Tennisspiel heute morgen?«

»Ja, nur daß er diesmal von uns beiden enttäuscht sein wird, während es heute morgen nur mich betraf. Er kommt nicht so schnell über Enttäuschungen hinweg wie andere Menschen«, erklärte sie, als sei das *ihr* Problem und nicht seins, und als müsse Sloan den verzeihlichen Fehler ihres Vaters genauso verstehen und akzeptieren wie sie selbst.

Sloan hatte jedenfalls soviel verstanden: Ihr Vater war zwar nicht gewalttätig, aber er benutzte eine sehr viel subtilere und mindestens genauso wirkungsvolle Methode, um Paris zu beherrschen. »Aber wenn ich mich absolut weigere, Golf zu spielen, dann kann er doch gar nicht enttäuscht von dir sein, oder?«

»Nein, ich glaube nicht.«

»Hast *du* denn Lust, Golf zu spielen?«

Paris zögerte so lange, daß Sloan sich nicht sicher war, ob sie nicht antworten wollte oder ob sie selbst nicht wußte, was sie eigentlich wollte. »Nein, eigentlich nicht. Ich mag Golf nicht so sehr, wie mein Vater es gerne hätte.«

»Wenn du jetzt tun könntest, wozu du Lust hast, was wäre das?«

»Wir könnten irgendwo zu Mittag essen und einfach nur reden.«

»Das würde ich auch gern tun! Da ich mich weigere, Golf zu spielen, und er nicht enttäuscht von *dir* sein kann, laß uns also irgendwo hingehen und uns unterhalten.«

Paris biß sich auf die Unterlippe und zögerte noch; dann schlug sie das Lenkrad plötzlich um und fuhr los. »Ich kenne ein nettes Lokal. Es ist ein kleines Café, in dem man auch draußen sitzen kann. Niemand wird uns dort stören oder zur Eile drängen.«

In Bell Harbor verstand man unter einem Café ein sehr einfaches Lokal – ähnlich einem Diner –, in dem man auch eine Kleinigkeit essen konnte, wenn man hungrig war. Paris' Café hingegen war ein luxuriöses französisches Restaurant mit einem baldachinartigen Vordach über der Eingangstür, das über eine elegante Terrasse mit einem bezaubernden kleinen Springbrunnen verfügte. Sowohl der Wächter des hauseigenen Parkplatzes als auch der Oberkellner begrüßten Paris mit ihrem Namen.

»Wir möchten gerne draußen speisen, Jean«, sagte Paris mit einem höflichen Lächeln zu dem Kellner. Noch vor wenigen Stunden hätte Sloan dieses Lächeln für einen Ausdruck purer Förmlichkeit gehalten, doch nun, da sie wußte, daß es von Herzen kam, mußte sie es bewundern.

»Was darf ich den Damen zu trinken bringen?« fragte der Kellner, als sie an einem Tisch in der Nähe des Brunnens Platz genommen hatten, von dem aus sie die Geschäfte auf der gegenüberliegenden Straßenseite überblicken konnten.

Paris warf zuerst einen fragenden Blick auf Sloan und traf dann selbst die Entscheidung. »Ich glaube, wir sollten Champagner bestellen – und zwar hervorragenden Champagner. Wir haben etwas zu feiern.«

»Einen Geburtstag?« fragte Jean.

Paris schüttelte den Kopf und warf einen scheuen Blick auf Sloan. »Es ist wohl eher eine Wiedergeburt.«

Als der Kellner gegangen war, folgte eine Verlegenheitspause, in der sie beide nach einem passenden Gesprächsthema suchten. Auf dem Gehsteig gegenüber schob eine Mutter gerade ihr Baby in einem Kinderwagen vorbei, während ein junges Mädchen auf seinem Fahrrad um sie herumwirbelte. »Ich habe mein erstes Fahrrad bekommen, als ich fünf war«, brach Sloan das Schweigen. »Es war zu hoch für mich, und ich fuhr jeden über den Haufen, der mir in die Quere kam, bis ich schließlich lernte, das Gleichgewicht zu halten. Ein Verkehrspolizist sagte einmal, ich sei eine Gefahr für die Allgemeinheit.«

»Wolltest du schon immer Innenarchitektin werden?«

Wenngleich Sloan ihrer Schwester einige Dinge aus ihrem gegenwärtigen Leben verschweigen mußte, war sie doch entschlossen, soweit wie möglich bei der Wahrheit zu bleiben. »Eigentlich«, gestand sie, »war es immer mein Traum, einmal wie Superwoman oder Batwoman zu sein. Und du, was wolltest du werden?«

»Schon als ich meine erste Puppe bekam, machte ich mir ständig Gedanken darüber, was ich ihr alles Schönes anziehen könnte«, gab Paris zu. »Ich nehme also an, daß ich mich schon immer für Mode interessierte.«

Der Kellner servierte ihnen eine Flasche Champagner in einem silbernen Eiskübel und füllte ihre beiden Gläser, bevor er sie wieder sich selbst überließ. Da gerade ein händchenhaltendes Teenagerpaar an ihnen vorbeiging, sagte Sloan lächelnd: »Sie sehen so furchtbar jung aus. Kaum zu glauben, daß sie schon etwas miteinander haben, findest du nicht?« Als Paris nickte, ergriff Sloan die Gelegenheit, um ihr eine persönliche Frage zu stellen. »Wie alt warst du bei deiner ersten Verabredung mit einem Jungen?«

»Sechzehn«, antwortete Paris. »Er hieß David und hat mich zum Abschlußball begleitet. Ich hatte eigentlich mit einem Jungen namens Richard gehen wollen, aber Vater kannte Davids Familie und hielt es für besser, daß er mich begleitete.«

»Und, wie war's?« fragte Sloan gespannt.

»Es war schrecklich«, gestand Paris schaudernd. »Auf dem Rückweg vom Ball trank er sich einen an; dann parkte er den

Wagen und fing an, mich zu küssen. Er wollte nicht damit aufhören, bis ich schließlich in Tränen ausbrach ... Und wie war deine erste Verabredung?«

»Ungefähr so wie bei dir«, sagte Sloan lachend. »Ich besuchte den Abschlußball zusammen mit Butch Bellamy, der einen Kopf größer war als ich und nicht tanzen konnte. Er verbrachte den Großteil des Abends im Nebenzimmer, wo er mit seinen Kumpels vom Football-Team Bier trank. Auch er hat auf dem Heimweg angehalten und begonnen, mich zu begrapschen und zu küssen.«

Lachend versuchte Paris, den Ausgang der Geschichte zu erraten. »Und dann hast du auch angefangen zu weinen, so daß er dich nach Hause bringen mußte?«

»Nein. Ich habe ihm gedroht, daß ich allen seinen Freunden erzählen würde, daß er schwul sei, wenn er mich nicht sofort aussteigen ließe. Dann zog ich meine ersten hochhackigen Schuhe aus und ging in meiner ersten Netzstrumpfhose drei lange Kilometer zu Fuß nach Hause. Als ich dort ankam, war die Strumpfhose natürlich kaputt.«

Paris lachte immer noch, als Sloan nun ihr Glas zu einem Toast hob. »Auf uns – darauf, daß wir unser erstes Rendezvous überlebt haben«, sagte sie feierlich.

Auch Paris erhob das Glas und stieß mit ihrer Schwester an. »Auf uns – und auf alle Mädchen, die eine ähnliche Erfahrung gemacht haben.«

Inzwischen war der Kellner wieder erschienen und hatte den beiden Frauen eine Speisekarte ausgehändigt. Sloan wollte die Atmosphäre von Heiterkeit und beginnender Vertrautheit, die zwischen ihnen entstanden war, nicht abklingen lassen, während sie sich etwas zu Essen aussuchten. Sie warf daher über ihre Karte hinweg einen verschmitzten Blick auf Paris und bat sie: »Sag mir, was dir überhaupt nicht schmeckt.«

»Rosenkohl zum Beispiel. Und dir?«

»Leber.«

»Ich habe gehört, wenn man Leber mit ...«

Sloan schüttelte den Kopf. »Es gibt keine Art der Zubereitung, die Leber eßbar machen kann. Wenn du Leber magst, können wir wohl doch keine Schwestern sein. Vielleicht wurde ich adoptiert und ... Wieso lachst du denn?«

»Weil ich ja nur sagen wollte, was ich von anderen gehört habe. Ich selbst *hasse* Leber. Ich muß schon würgen, wenn ich nur an sie denke.«

»Das ist der Beweis. Wir sind doch miteinander verwandt«, verkündete Sloan fröhlich.

Paris wandte in feierlichem Ton ein: »Nicht unbedingt. Ich stelle dir nun die entscheidende Frage; überleg dir daher gut, was du sagst! Was hältst du von Tomatensuppe?«

Sloan schüttelte sich angeekelt, woraufin sie beide erneut in Lachen ausbrachen. Damit war die Sache also ein für allemal geklärt.

Paris nahm sich eine Scheibe von dem frischen Weißbrot, das Jean auf den Tisch gestellt hatte. »Warst du schon mal verheiratet?« fragte sie dann.

»Nein«, erwiderte Sloan. »Und du?«

»Fast. Ich habe mich verlobt, als ich fünfundzwanzig war. Henry war zweiunddreißig. Wir hatten uns in Santa Barbara auf einer Theaterparty kennengelernt. Zwei Monate später haben wir beschlossen zu heiraten.«

Sloan nahm sich auch eine Scheibe Weißbrot und sah ihre Schwester erwartungsvoll an. »Was ist dann passiert?«

»Am Tag nachdem wir uns verlobt hatten, fand Vater heraus, daß er eine geschiedene Frau und zwei Kinder hatte, die in Paris wohnten. Die Tatsache an sich hätte mir nichts ausgemacht, aber er hatte mich belogen und mir gesagt, daß er noch nie verheiratet war.«

»Das muß furchtbar für dich gewesen sein.«

»Zuerst schon ... Vater hatte ihm von Anfang an nicht über den Weg getraut.«

Sloan konnte sich lebhaft vorstellen, wie wenig Mitgefühl Carter Reynolds seiner Tochter entgegengebracht hatte, und es machte sie wütend und traurig, daß weder sie selbst noch ihre Mutter bei ihr gewesen waren, um ihr über die Enttäuschung hinwegzuhelfen. »Wie hat dein Vater sein Geheimnis entdeckt?«

»Er ist auch *dein* Vater«, rief ihr Paris mit einem bezaubernden Lächeln ins Gedächtnis. »Als Henry und ich anfingen, uns regelmäßig zu treffen, begann Vater, Erkundungen über ihn einzuziehen. Die Nachricht aus Europa traf aber erst ein, als wir unsere Verlobung schon bekanntgegeben hatten.«

Sloan versuchte sich nicht anmerken zu lassen, wie sehr sie Carter Reynolds' ehrlichen Motiven bei der Überwachung seiner Familie mißtraute. »Macht er das öfter, daß er deinen Freunden hinterherspioniert?«

Zu Sloans Überraschung nickte Paris mit einer Selbstverständlichkeit, als hielte sie das für das normalste Verhalten, das ein Vater seinem Kind gegenüber an den Tag legen konnte. »Er überwacht nicht nur meine Freunde, sondern auch andere Leute, die er noch nicht gut kennt und die viel Zeit bei uns zubringen. Vater glaubt, man müsse Menschen gegenüber sehr vorsichtig sein. Er schenkt nur schwerlich jemandem sein Vertrauen.« Sie betrachtete versonnen das Stück Weißbrot in ihrer Hand und blickte dann wieder Sloan in die Augen. »Sprechen wir lieber über etwas anderes. Meine geplatzte Verlobung ist sicher nicht besonders interessant für dich.«

Die Stunden danach vergingen wie im Flug. Ihre Gespräche verliefen manchmal zögerlich, manchmal offen und spontan, aber die wachsende Zuneigung zwischen den beiden Frauen war tief und ehrlich empfunden. Noch gestern hatten sie einander nicht gekannt, doch jetzt merkten sie, daß zwischen ihnen beiden ein Band bestand, das immer dagewesen war. Sie vergaßen alles um sich her und bemerkten nicht einmal die Männer, die ihre bewundernden Blicke nicht mehr von der bezaubernd schönen Dunkelhaarigen und der hinreißend attraktiven Blonden an ihrem Tisch unter dem gestreiften Sonnenschirm losreißen konnten. Sloan und Paris Reynolds waren viel zu beschäftigt damit, eine Brücke über die vergangenen dreißig Jahre zu errichten.

20

Als sie auf dem nachmittäglichen Nachhauseweg neben Paris im Wagen saß, hatte Sloan das wunderbare Gefühl, daß die Magie der letzten Stunden eine neue Schönheit über ganz Palm Beach gelegt hatte. Der Himmel über ihnen war noch blauer als zuvor, und die weichen weißen Wolken schienen ihr so malerisch wie noch nie. Der Ozean war noch majestätischer geworden, und der Strand noch hübscher. Alle Farben hatten eine ganz neue Lebhaftigkeit bekommen, alle Geräusche klangen in ihren Ohren wie Musik, und die Seeluft in ihrem Gesicht war nicht mehr nur erfrischend, sondern eine unbeschreibliche Wohltat.

Gestern noch waren Paris und sie Fremde gewesen, ja hatten einander sogar für Feinde gehalten; nun waren sie Schwestern geworden und betrachteten einander als Verbündete. Als Sloan ihre Schwester nun lange ansah, antwortete diese ihr mit einem Lächeln, in dem dasselbe Staunen und dieselbe Freude lagen, die auch Sloan empfand.

»Wir hatten gar keine Zeit, um über dich und Paul zu sprechen«, sagte Paris, als sie schon fast zu Hause waren. »Ist es etwas Ernstes zwischen euch?«

Sloan zögerte, da sie plötzlich von dem schrecklichen Gedanken überfallen wurde, daß die wunderbare, aber noch zaghafte Bindung zwischen ihr und Paris bald schon aufs Spiel gesetzt werden würde – und zwar durch die Lügen, die sie und Paul noch eine Weile aufrechterhalten mußten. Falls Pauls Verdacht gegen Carter sich nicht bestätigte, konnte sie Paris vielleicht wenigstens mit der Wahrheit über die Gründe verschonen, die sie nach Palm Beach geführt hatten. In diesem Fall mußte sie sich nur etwas einfallen lassen, um zu erklären, wieso sie ihrer Familie ihren wahren Beruf verheimlicht hatte. Falls aber Carter doch schuldig war, würde Paris unweigerlich das ganze Ausmaß ihres Betrugs erfahren, und Sloan fürchtete sich davor, wie sie reagieren würde.

Wie auch immer die Geschichte enden würde: Sloan saß in der Falle. Sie durfte nichts sagen, das Pauls Ermittlungen gefährden konnte, und so entschloß sie sich für einen Kompromiß. Sie wollte sich zwar an Pauls Anweisungen halten, aber, wo dies möglich war, doch bei der Wahrheit bleiben, um Paris' spätere Enttäuschung in Grenzen zu halten. »Die Wahrheit ist, daß wir eigentlich nur Freunde sind. Ich... fühlte mich nicht wohl bei dem Gedanken, zu euch zu kommen. Paul hat mich dazu überredet, es doch zu tun, und er erbot sich auch, mich zu begleiten.«

»Paul hat dir sozusagen seine moralische Unterstützung angeboten«, schloß Paris. »Er ist wirklich nett. Bei ihm weiß man sofort, daß man ihm vertrauen kann.«

Sloan nahm sich im stillen vor, in Zukunft gegenüber Paris' Urteil über einen Mann skeptisch zu sein. »Und was ist mit Noah und dir?« fragte sie schnell, um von sich abzulenken. »Carter hat gesagt, daß ihr beide so gut wie verlobt seid.«

»Vater möchte unbedingt, daß wir heiraten. Ich habe ihm gesagt, daß ich Noah nicht heiraten will, aber er versteht es einfach nicht.«

»Wieso nicht?«

Paris schenkte ihr ein bezauberndes Lächeln. »Wahrscheinlich weil Noah bildschön, steinreich und dazu ein brillanter Gesellschafter ist; die meisten Frauen sind so verschossen in ihn, daß sie die größten Torheiten für ihn begehen würden. Wie auch immmer, auch Noah ist nicht daran interessiert, mich zu heiraten, und so haben wir eine heimliche Abmachung getroffen, wie wir das Problem umgehen können.«

»Welche Abmachung denn?«

»Noah wird einfach nicht um meine Hand anhalten«, sagte Paris lachend, während sie in die Einfahrt ihres Hauses einbogen. Das Tor öffnete sich wie von selbst, ohne daß Paris anhalten und den Knopf drücken mußte. Sloan fragte sich unwillkürlich, wie das Haus überwacht wurde, nicht nur weil es sie persönlich interessierte, sondern weil das auch für sie und Paul eine nützliche Information sein konnte.

»Hast du niemals Angst in diesem Haus?«

»Angst? Wovor denn?«

»Vor Einbrechern oder unerwünschten Besuchern. Dieses Haus ähnelt mehr einem Museum als einer Privatwohnung. Wenn ich ein Dieb wäre, würde ich annehmen, daß es hier viele wertvolle Dinge zu stehlen gibt.«

»Ach, wir sind hier vollkommen sicher«, erwiderte Paris. »Die Mauern, die das Anwesen eingrenzen, sind mit Infrarotstrahlern ausgestattet. Sie schalten sich am Abend automatisch an, zusammen mit dem hauseigenen Alarmsystem. Dann sind überall auf dem Gelände noch zehn Kameras verteilt. Hast *du* denn Angst?«

»Ich ... Nun, ich glaube, ich mache mir einfach oft Gedanken darüber, wie man sich vor allen möglichen Dingen schützen kann«, sagte Sloan, indem sie so nahe wie möglich bei der Wahrheit zu bleiben versuchte.

»Daher hast du wohl auch einen Selbstverteidigungskurs gemacht«, folgerte Paris und beschloß, die Besorgnis ihrer Schwester durch weitere Auskünfte über das Sicherheitssystem zu besänftigen. »Wenn du das Gefühl hast, daß irgend etwas nicht stimmt, brauchst du nur einen der Fernseher im Haus anzuschalten und kannst dann alles sehen, was von den Kameras draußen aufgenommen wird. Ich weiß nicht mehr genau, welche Fernsehprogramme den zehn Kameras entsprechen, aber Gary wird uns das mit Sicherheit sagen können. Vater hat ihn mit der Überwachung des neuen Sicherheitssystems betraut. Ich werde ihn nachher gleich danach fragen.«

»Danke«, sagte Sloan etwas lahm, da sie ein schlechtes Gewissen hatte.

»Solltest du in Gefahr sein oder irgend etwas Beängstigendes bemerken, kannst du auf jedem Telefonapparat im Haus die Taste mit dem Pfundzeichen drücken. Das solltest du aber nur tun, wenn es wirklich notwendig ist. Ich habe es mal aus Versehen getan, kurz nachdem das System installiert wurde. Eigentlich wollte ich nur vom Haus aus das Tor öffnen, aber ich hatte vergessen, daß ich vor dieser noch die Intercom-Taste drücken mußte.«

»Und was passierte dann?«

»Es war die Hölle«, kicherte Paris. »Bei der Polizei ging ein Alarmruf ein, überall auf dem Anwesen fingen Sirenen an zu heulen, und alle Lichter schalteten sich an.«

Sie fuhr um das Haus herum und auf die Garageneinfahrt mit sechs verschiedenen Türen zu, von denen eine sich automatisch öffnete. »Ich habe gar nicht bemerkt, daß du irgendeinen Schalter betätigt hast, um das große Hoftor oder die Garage hier zu öffnen«, sagte Sloan.

»Alle unsere Wagen sind mit versteckten elektronischen Signalgebern ausgestattet. Wenn ich auf das Garagentor zufahre, nimmt das Gerät an meinem Wagen Kontakt mit seinem Pendant an der entsprechenden Garageneinfahrt auf. Dasselbe gilt für das Tor an der Hofeinfahrt.«

»Das heißt also, daß niemand Unerwünschtes hier ein- oder ausfahren kann?« fragte Sloan.

»Wenn Nordstrom jemanden einmal hereingelassen hat, kommt er auch wieder heraus. Unter den Pflastersteinen im Hof sind Sensoren eingebaut, die das Tor öffnen, sobald ein Wagen darüber hinwegrollt. Ansonsten müßte Nordstrom das Tor immer persönlich öffnen, wenn ein Lieferwagen oder einer der Bediensteten das Anwesen verlassen will.«

»Ihr seid ja wirklich bestens abgesichert«, sagte Sloan mit einem Lächeln.

»Vater ist unheimlich sicherheitsbedürftig.«

Sloan befürchtete, daß er dazu auch allen Grund hatte.

21

Gary Dishler kam gerade aus einem in der Nähe der Haupttreppe gelegenen Zimmer im Erdgeschoß, als Paris und Sloan das Haus betraten. »Mrs. Reynolds hat schon nach Ihnen gefragt«, sagte er zu Paris. »Sie ist oben in ihrem Zimmer.«

»Ist sie in Ordnung?« fragte Paris besorgt.

»Nun, wenn sie an irgend etwas leidet, dann ist es Langeweile«, beruhigte er sie.

Während Paris sich von ihm bestätigen ließ, welche Fernsehprogramme die Überwachungskameras aktivierten, beobachtete Sloan den Butler, der sich ganz in der Nähe aufhielt. Nordstrom war etwa eins neunzig groß, blond und blauäugig, muskulös gebaut und von rosiger Gesichtsfarbe. Auf dem Weg nach oben gestand sie Paris ihren Eindruck von ihm. »Er sieht eher wie ein Leibwächter als wie ein Butler aus.«

»Ich weiß«, erwiderte Paris mit einem Lächeln. »Er ist wirklich ein Riese.«

Die beiden jungen Frauen waren in bester Laune, als sie Edith Reynolds' Schlafzimmer betraten. Die alte Dame thronte auf einem braunen Samtsofa im hintersten Winkel eines Raums, der fast so groß war wie Sloans Haus und in dem sich so viel klobiges und düsteres Mobiliar angesammelt hatte, daß Sloan einen Anflug von Klaustrophobie verspürte.

Mrs. Reynolds sah ihnen mißtrauisch entgegen, nachdem sie ihre Brille abgenommen und ihr Buch zur Seite gelegt hatte. »Ihr wart ja den ganzen Tag weg«, sagte sie vorwurfsvoll. »Nun«, wandte sie sich dann an Paris, »wie war Sloans erste Golfstunde?«

»Wir sind gar nicht im Club gewesen«, sagte Paris.

Edith zog mißbilligend ihre weißen Augenbrauen zusammen, doch bevor sie etwas erwidern konnte, meldete Sloan sich zu Wort. Im Versuch, geichzeitig Paris vor dem Unmut der alten Frau zu schützen und deren Laune zu bessern, erzählte sie in scherzhaftem Ton von ihrer Weigerung, Golf zu spielen. »Paris hat wirklich versucht, mich zum Golf zu überreden, aber ich habe sie erst inständig um Gnade gebeten und mich dann geweigert, aus dem Auto zu steigen. Sie hat sogar noch versucht, mich herauszuziehen, aber Gott sei Dank bin ich stärker als sie. Dann wollte sie mich mit einem Golfschläger verprügeln, aber ich habe sie daran erinnert, daß wir besser nicht in der Öffentlichkeit auffallen sollten; und so mußte sie schließlich nachgeben.«

»Du bist wirklich impertinent«, erklärte Edith, doch sie hatte offensichtlich Schwierigkeiten, ihre schlechte Laune aufrechtzuerhalten.

Sloan sah sie vergnügt an. »Ja, ich weiß; aber ich kann einfach nichts dagegen tun.«

»Ich bin immerhin deine Urgroßmutter, daher solltest du etwas mehr Respekt vor mir haben.«

»Gut, du hast recht, Urgroßmutter«, sagte Sloan besänftigend, wohl wissend, daß die alte Frau es gerne hörte, wenn sie sie so nannte.

In der Tat verzogen sich Edith Reynolds' Lippen zu einem widerstrebenden Lächeln. »Du bist wirklich ein unverschämt starrköpfiges Mädchen.«

Sloan nickte schmunzelnd. »Meine Mutter sagt das auch immer.«

Edith merkte, daß sie Sloans Schlagfertigkeit nicht gewachsen war, und um wenigstens ihr Gesicht zu wahren, entließ sie ihre Urenkelin mit einer schnellen Handbewegung. »Nun geh schon! Ich habe genug von deinen Scherzen. Außerdem muß ich mit Paris allein sprechen.«

Sloan war sehr zuversichtlich, daß Paris nun nicht mehr für den verhinderten Golfunterricht getadelt werden würde, und tat, wie ihr geheißen wurde. Im Vorbeigehen warf sie der etwas hilflos wirkenden Paris noch einen aufmunternden Blick zu.

Als Sloan den Raum verlassen hatte, wies Edith auf den Stuhl, der ihr gegenüberstand. »Setz dich, Paris. Ich will genau wissen, was ihr getan und worüber ihr gesprochen habt.«

»Wir haben bei Le Gamin zu Mittag gegessen und über alles mögliche gesprochen«, erwiderte Paris, während sie Platz nahm. Etwa eine Stunde lang erzählte sie nun ihrer Urgroßmutter von ihren Gesprächen mit Sloan, wurde dabei aber immer wieder von den prüfenden Fragen der alten Frau unterbrochen. »Es war wundervoll«, schloß Paris, als das Verhör endlich vorbei war. »Ich hätte noch den ganzen Tag und die ganze Nacht so weiterreden können. Und Sloan ist es nicht anders ergangen, das weiß ich.«

»Und jetzt«, sagte Edith kühl, »wirst du wohl nach Bell Harbor fahren und deine Mutter kennenlernen wollen, nehme ich an?«

Paris, die mit einem Sturm der Entrüstung gerechnet hatte, wenn sie selbst diesen Vorschlag machen würde, war fest entschlossen, diesmal auf keinen Fall nachzugeben. »Ja, genau das möchte ich tun. Sloan hat mir alles über sie erzählt, und sie ist überhaupt nicht so, wie Vater und Großmutter sie beschrieben haben.«

»Du kennst Sloan noch nicht mal seit zwei Tagen und traust ihren Worten mehr als den ihren?«

Paris konzentrierte sich gut auf das, was sie sagen wollte, um nicht anzufangen zu stottern. »Ich weiß nicht, wem ich mehr vertraue. Aber ich will meine eigenen Erfahrungen machen und dann eine Entscheidung fällen.«

Statt ihr eine Strafpredigt zu halten, wie Paris befürchtet hatte, lehnte sich ihre Urgroßmutter auf ihrem Sofa zurück und sah sie aufmerksam an. Nach einem langen, gespannten Schweigen sagte sie schließlich: »Es scheint, daß Sloans Dreistigkeit und Starrköpfigkeit ansteckend ist.«

»Ich hoffe es«, sagte Paris und hob stolz den Kopf.

»Falls du noch einen Rat von mir hören willst: Ich würde vorschlagen, daß du deinem Vater nichts von deinen neuen Erkenntnissen über deine Mutter mitteilst.«

Paris nickte und stand auf. »Kann ich jetzt gehen?«

»Selbstverständlich«, erwiderte Edith.

Edith Reynolds sah ihr nach und saß dann einige Minuten lang völlig bewegungslos da und ließ ihre Gedanken schweifen; dann griff sie nach dem Telefon neben ihrem Sofa und wählte eine Nummer. »Ich habe Arbeit für Sie, Wilson«, sagte sie zu dem Mann am anderen Ende der Leitung. »Es handelt sich um eine Sache, die sehr eilig ist und sehr diskret behandelt werden muß.« Dann teilte sie ihm mit, was sie von ihm wollte.

22

»Wie war euer Tag?« fragte Noah, als er ins Wohnzimmer trat, wo sein Vater gerade einen alten John-Wayne-Film ansah und Courtney mit Kopfhörern auf den Ohren in einem Sessel lümmelte und eine Zeitschrift durchblätterte. Als sie ihren Bruder bemerkte, nahm sie die Kopfhörer ab, und auch Douglas wandte ihm seine Aufmerksamkeit zu.

»Mein Tag war todlangweilig«, beklagte sich Douglas im bekümmerten Ton eines Invaliden, der von seiner Umwelt erwartete, daß sie ihn für sein Schicksal bedauerte. »Ich habe gelesen und ein Nickerchen gemacht. Wo bist du denn den ganzen Nachmittag gewesen?«

»Ich habe heute früh bei Carter vorbeigeschaut, um ihm einige Papiere zu bringen; dann mußte ich noch ein paar Besorgungen erledigen und habe mich anschließend mit Gordon Sanders getroffen.«

»Ich traue Sanders nicht über den Weg«, erklärte Douglas. Dann fragte er neugierig: »Hast du bei Carter auch Sloan getroffen?«

»Ja, das habe ich«, erwiderte Noah schmunzelnd. »Als ich dort eintraf, hatte er sie gerade zu einem kleinen Kampf herausgefordert, um sich demonstrieren zu lassen, was sie in dem Selbstverteidigungskurs gelernt hat, den sie angeblich besucht hat.«

»Es ist eine traurige Sache, daß Frauen Selbstverteidigungskurse besuchen müssen, um sich auf unseren Straßen sicher zu fühlen! Arme kleine Sloan. Sie ist so niedlich und friedliebend wie eine Taube.«

»Deine süße kleine Taube hat Carter auf seinem Hintern landen lassen. Zweimal sogar.«

Douglas starrte ihn mit offenem Mund an. »Wirklich? Nun, trotzdem tun mir die Frauen von heute leid. Stell dir mal vor, du müßtest in der ständigen Angst leben, überfallen und beraubt oder sogar vergewaltigt zu werden.«

Noah kicherte amüsiert. »In Sloans Fall sollte dein Mitleid eher dem Übeltäter gelten. Ich vermute, daß sie einen schwarzen Gürtel in Karate hat, nach allem, was sie mit Carter angestellt hat.« Er warf einen Blick auf seine Uhr. »Ich muß noch einen Anruf erledigen.«

»Gehst du heute abend aus?« fragte Douglas, der jetzt erst bemerkte, daß Noah Anzug und Krawatte trug.

Als Noah bejahte, sahen sein Vater und seine Schwester ihn vorwurfsvoll an, weil er sie wieder einmal dem schrecklichen Schicksal überließ, den Abend allein miteinander verbringen zu müssen. Courtney hielt mit ihrer Enttäuschung nicht zurück, als sie ihn spöttisch fragte: »Und wer ist die glückliche junge Dame, die du heute abend ausführst?«

»Ich esse mit Paris, Sloan und ...«

»Der Mann hat tatsächlich keinerlei Schamgefühl!« verkündete Courtney mit einem Blick zur Decke. »Jetzt vergreift er sich auch noch an zwei Schwestern. Das ist Inzest!«

»... und Paul Richardson zu Abend«, fuhr Noah fort, ohne auf ihre Bemerkung einzugehen.

»Wer ist das denn?«

»Sloans Freund.«

»Armer Junge«, ließ sich Courtney vernehmen, während sie ihren Kopfhörer wieder aufsetzte. »Er ist drauf und dran, seine Freundin an den begehrtesten und hübschesten Junggesellen von ganz Palm Beach zu verlieren.«

Courtneys Vorhersage lag weit von der Wahrheit entfernt. Soweit Noah dies beurteilen konnte, war es Sloan Reynolds noch gar nicht aufgefallen, daß auch er im Ocean Club an ihrem Tisch saß. Es hätte ihn nicht weiter gestört, wenn er nicht aus irgendeinem Grund angefangen hätte, sich brennend für sie zu interessieren. Als er der zierlichen, goldhaarigen Schönheit in ihrem sexy schwarzen Cocktailkleid gegenübersaß, konnte er sich kaum mehr vorstellen, daß dieselbe Frau sich noch an diesem Morgen als ausgezeichnete Kampfsportlerin erwiesen und Carter aufs Kreuz gelegt hatte.

Den interessanten Gesprächen nach zu urteilen, die sie mit Paris oder Paul Richardson führte, hatte er am Vorabend einen völlig falschen Eindruck von ihr erhalten. Sie war alles andere als langweilig und geistlos, wenn sie auch keinen ganzen Satz mehr hervorzubringen schien, sobald er selbst sich am Gespräch beteiligte. Wenn er sie nicht gerade persönlich ansprach, vermied sie sogar jeden Blickkontakt mit ihm.

Auch Richardson war ihm ein Rätsel. Wenngleich er mit Sloan zusammen war, zollte er Paris mindestens genausoviel Aufmerksamkeit, und Sloan schien nicht das geringste dagegen zu haben. Und selbst Paris lernte er nun von einer ganz anderen Seite kennen. Noah kannte sie seit Jahren, aber heute abend war sie in Anwesenheit dieser beiden Fremden so fröhlich und lebhaft, wie er sie noch nie gesehen hatte. Überdies hatte Noah den unglaublichen Verdacht, daß Paris im Begriff war, mehr als nur Sympathie für den Freund ihrer Schwester zu entwickeln.

Noah fühlte sich immer unbehaglicher, da er sich im Kreise dieses heiteren und ungezwungenen Trios wie ein unerwünschter Außenseiter vorkam.

Der Ocean Club hatte auch eine Tanzfläche, die vom Speiseraum durch ein mit tropischen Pflanzen bewachsenes Spalier getrennt war. Während sie noch auf das Dessert warteten, beschloß Noah heimlich, Sloan sobald wie möglich zum Tanzen aufzufordern, da sie ihn dabei nicht mehr so leicht ignorieren würde können. Sobald ihre Teller abgeräumt waren, stand er auf und ging um den Tisch herum zu ihrem Stuhl, um sie um einen Tanz zu bitten.

Ihr Kopf schnellte hoch, und sie starrte ihn mit einer Mischung aus Staunen und Entsetzen an, während sie stotternd hervorbrachte: »O nein. Danke, aber ... ich glaube, ich möchte lieber nicht tanzen.«

Leicht verärgert, aber auch amüsiert wandte Noah sich an Richardson. »Haben Sie auch Probleme, sie zum Tanzen zu bewegen, oder liegt es an mir?«

»Nein, manchmal weigert sie sich auch bei mir«, erwiderte Paul mit einem freundschaftlichen Grinsen. Dann wandte er sich an Sloan und sagte scherzhaft: »Noah wird sich wie ein

Mauerblümchen vorkommen, wenn du ihn einfach so stehenläßt. Auch Männer haben Gefühle, weißt du. Zeig ihm, daß du ein Herz hast, und tanz mit ihm.«

Noah nahm irritiert zur Kenntnis, wie zögernd und widerwillig sie aufstand, und es fiel ihm auch auf, daß sie die Blicke der Männer, die ihr auf dem Weg zur Tanzfläche folgten, gar nicht zu bemerken schien. Er war es gewohnt, daß sich schöne Frauen ihrer Ausstrahlung jederzeit bewußt waren, und die Tatsache, daß es ihr entweder egal war oder sie wirklich keine Ahnung hatte, wie hinreißend sie war, machte ihren Reiz für ihn noch größer. Als er sie auf der Tanzfläche in den Arm nahm, hielt sie sich so weit wie möglich von ihm entfernt und heftete ihren Blick fest auf einen seiner Hemdknöpfe.

Sloan war so angespannt, daß sie sich wie ein Stück Sperrholz vorkam. Noah Maitland hatte sie den ganzen Abend mit Argusaugen beobachtet und sie dann auch noch gezwungen, mit ihm zu tanzen. Er machte sie so nervös, daß sie keinen ganzen Satz zusammenbrachte, wenn er sie etwas fragte. Er sah so unglaublich gut aus, daß die Blicke der Frauen ihr auf dem Weg zur Tanzfläche neidisch gefolgt waren, und auch die Männer hatten sie angestarrt und sich wahrscheinlich gefragt, was ein Mann wie er an ihr finden konnte. Er wäre Saras Traum gewesen, doch er war Sloans Alptraum.

Sie hatte gemerkt, daß er sich um so mehr für sie zu interessieren schien, je mehr sie ihn ignorierte; daraus schloß sie als logische Konsequenz, daß sie ihn nur von sich ablenken konnte, indem sie so tat, als würde sie sich für ihn interessieren. Allerdings war Sloan dazu schlichtweg nicht in der Lage, denn es hätte bedeutet, daß sie mit ihm flirten oder wenigstens in seine hinreißenden Silberaugen hätte blicken müssen, und dazu konnte sie sich einfach nicht entschließen.

Noah bewegte sich automatisch zur Musik und fragte sich, wann er zuletzt mit einer Frau getanzt hatte, die sich so distanziert verhielt wie Sloan. Als er in seiner Erinnerung bei seiner Schulzeit angelangt war, gab er auf und beschloß, ein wenig mit ihr zu flirten und sie vielleicht dadurch etwas aufzulockern. »Was machen denn die Männer in Bell Harbor, um Sie zu beeindrucken?«

Verwirrt von dem neuen, leicht vertraulichen Ton in seiner Baritonstimme, brachte Sloan nur hervor: »Das tun sie nicht.«

»Das erleichtert mich.«

»Wie?«

»Es erleichtert mich, daß sie es dort auch nicht schaffen, Sie zu beeindrucken. Wenigstens kann ich mich in meinem verletzten Stolz damit trösten, daß ich nicht der einzige bin, der bei Ihnen nicht landen kann.«

Für einen Moment dachte er, daß sie gar nicht auf seine Bemerkung antworten würde, doch dann hob sie unvermittelt ihre bemerkenswerten veilchenblauen Augen. »Ich meinte, daß sie es gar nicht versuchen«, sagte sie und sah ihn dabei an, als habe er eine völlig absurde Frage gestellt.

Noah verließ abrupt die Regeln des Flirtrepertoires, mit dem er sich normalerweise bei Frauen beliebt machte, und versuchte es mit spontaner Direktheit. »Würden Sie mir eine Frage beantworten?«

»Ich will's versuchen.«

»Wieso unterhalten Sie sich mit allen anderen wunderbar, nur nicht mit mir?«

Sloan fühlte sich genauso dumm, wie nun ihre Antwort klingen mußte. »Das kann ich nicht erklären.«

»Mein Eindruck ist also richtig?«

Sie nickte.

Noah sah hinunter in ihre Augen mit den langen Wimpern, mit denen sie ihn nun endlich ansah, und er vergaß, wie enttäuscht er noch einen Moment zuvor gewesen war. Statt dessen erschien ein herzliches Lächeln auf seinem Gesicht. »Was kann ich tun, damit Sie sich in meiner Gegenwart etwas entspannen?«

Sloan meinte, aus seinen Worten eine erotische Anspielung zu hören, und das ließ sie vollkommen aus dem Konzept geraten. »Flirten Sie etwa mit mir?« fragte sie unverblümt.

»Ja, aber ohne großen Erfolg«, erwiderte er genauso unverblümt.

»Ich wünschte, Sie ließen das lieber sein«, erklärte sie ehrlich. Mit etwas sanfterer Stimme fügte sie dann hinzu: »Aber wenn Sie jemals nach Bell Harbor kommen, möchte ich sie einer Freundin von mir vorstellen. Sara würde wunderbar zu Ihnen passen.«

Sie versuchte doch tatsächlich, ihn mit einer Freundin zu verkuppeln, stellte Noah mit ungläubigem Erstaunen fest; etwas Derartiges war ihm noch nie passiert, und es verletzte ihn zutiefst. »Wir sollten besser wieder schweigen. Mein Selbstvertrauen hat schon genug gelitten.«

»Das tut mir leid.«

»Mir auch«, sagte er knapp. Sobald das Lied zu Ende war, führte er sie zurück an ihren Tisch, und Sloan wußte instinktiv, daß er sich nie wieder um sie bemühen würde. Es hätte sie erleichtern sollen. Doch sie fühlte sich ... niedergeschlagen. Er forderte nun Paris zum Tanz auf, und sobald sich die beiden vom Tisch entfernt hatten, wandte sich Paul mit gerunzelter Stirn an Sloan. »Was für ein Problem hast du mit Maitland?«

»Ich habe eigentlich gar kein Problem mit ihm. Ich weiß nur nicht, was ich mit ihm anfangen soll. Er hat versucht, mit mir zu flirten.«

»Dann flirte doch mit ihm!«

Sloan drehte den Stiel ihres Weinglases zwischen ihren Fingern hin und her. »Ich bin nicht sehr gut im Flirten, ganz im Gegensatz zu ihm.«

»Nun, dann nimm Maitland doch als Versuchskaninchen. Tu so, als müßtest du ihn einem Verhör unterziehen, aber setze ein Lächeln auf, während du ihm Fragen über seine Person stellst; und vergiß auch nicht zu lächeln, wenn er dir antwortet. Sieh ihm geradewegs in die Augen ... Nein, doch nicht so!« sagte er mit einem schallenden Lachen über ihren Versuch, seinem Rat zu folgen. »Du siehst aus, als seist du kurzsichtig.«

»Und *worüber* soll ich ihn deiner Meinung nach ausfragen?« versetzte Sloan mit etwas beleidigtem Gesicht.

»Woran hast du zuerst gedacht, als er uns heute abend abgeholt hat?«

»Ich habe mich gefragt, wieviel er für seinen Rolls-Royce gezahlt hat.«

»Nun, das solltest du ihn besser nicht fragen«, sagte Paul und lachte schon wieder.

»Wir haben nun mal nicht gerade viele Gemeinsamkeiten«, sagte Sloan, die sich nun wirklich über seinen Spott ärgerte. »Er ist unglaublich reich und verwöhnt und kommt für mich aus einem anderen Universum. Sieh dir doch nur den Anzug an, den er trägt. Was glaubst du, wieviel der gekostet hat?«

»Auch das solltest du ihn nicht fragen«, erwiderte Paul.

»Ich bin nicht so blöd, wie du denkst. Aber ich freue mich für dich, daß du dich anscheinend auf meine Kosten sehr gut amüsierst.«

Sie klang so verletzt, daß Paul unverzüglich ernst wurde. »Sloan, du hast einen Job zu erledigen. Ich würde gerne wissen, was in den Papieren steht, die er heute morgen vorbeigebracht hat. Schließe Frieden mit ihm. Noch besser: Mach ihn dir zum Freund. Freunde erzählen einander vieles. Dein Vater betrachtet Maitland als Freund, und er hat ihm gegenüber zweifellos Dinge erwähnt, die für uns interessant sein könnten, auch wenn Maitland sie vielleicht für unbedeutend erachtet. Verstehst du?«

Sloan beschloß, ihr vorübergehendes Ungestörtsein mit Paul zu nutzen, um noch ein anderes Thema anzusprechen. »Falls dich das interessieren sollte: Ich weiß, wie das Alarmsystem des Hauses funktioniert.«

»Natürlich interessiert mich das.«

Als die Musik ausklang, fügte Sloan noch schnell einen weiteren Punkt hinzu, den sie Paul nicht vorenthalten durfte. »Eine Sache noch: Paris hat mich heute nachmittag über unsere Beziehung ausgefragt, und ich sagte ihr, daß wir nur Freunde und kein Paar seien.«

Sie erzählte ihm, was genau sie zu Paris gesagt hatte, und nannte ihm ihre Gründe. Paul nickte. »Okay, das ist gut. Wie die Dinge sich zu entwickeln scheinen, könnte es uns zum Vorteil gereichen, wenn beide – Paris *und* Maitland – das wissen.«

»Paris mag dich«, warnte ihn Sloan. »Sie hält dich für absolut vertrauenswürdig.«

»Ich mag sie auch.«

»Du weißt, was ich damit sagen will.«

»Ja, ich weiß, und sieh mich bitte nicht so miesepetrig an. Du machst mir ja angst.« Sloan schenkte ihm ein strahlendes Lächeln, das allerdings nicht ganz ehrlich war. »Das ist schon viel besser. Konzentriere du dich bitte auf Maitland, ich werde mich um Paris kümmern.«

Sloan hatte jedoch weder den Wunsch noch die Gelegenheit, Pauls Anweisungen zu folgen, denn Noah Maitland behandelte sie für den Rest des Abends mit eisiger Höflichkeit.

23

Courtney steckte ihren Kopf in die Küche, in der eine robuste Frau von Anfang Sechzig gerade damit beschäftigt war, gehackte Pekannüsse in einen Pfannkuchenteig zu rühren. »Morgen, Claudine. Wo sind denn alle?«

»Ihr Bruder wollte auf der Terrasse frühstücken«, sagte die Frau, ohne aufzusehen. »Und Ihr Vater ist auch draußen, glaube ich.«

»Ich hätte gerne eine Waffel zum Frühstück. Übrigens bin ich sehr froh, daß Sie so selten krank sind, Claudine. Gestern mußten wir uns unser Frühstück selbst machen. Ich habe glatt meinen Toast verbrannt.«

»Es ist ein Wunder, daß Sie noch leben«, erwiderte Claudine ohne Mitleid.

»Wenn ich mal meinen eigenen Haushalt habe, werde ich mir einen französischen Koch zulegen.«

»Das können Sie ruhig tun, aber von dem schweren Essen werden Sie sicher dick werden.«

Courtney beschloß, daß ihr allmorgendliches Wortgefecht damit ein Ende haben sollte, und wandte sich grinsend zum Gehen. »Ich glaube, ich möchte lieber Toast als Pfannkuchen zum Frühstück.«

Draußen angekommen, blieb Courtney neben dem Servierwagen stehen, auf dem Claudine eine Karaffe mit Orangensaft bereitgestellt hatte. Sie schenkte sich ein Glas davon ein und ging dann die Treppen hinunter zur Gartenterrasse, auf der Noah unter einem hellgelben Sonnenschirm saß und in einer der vielen Zeitungen las, die sich vor ihm auf dem Tisch stapelten.

»Hallo, Noah! Wie ist es gestern mit Sloan Reynolds gelaufen?«

»Es ist gar nicht gelaufen.«

»Du machst wohl Witze«, versetzte Courtney mit unverhüllter Schadenfreude, während sie auf den Stuhl neben dem seinen glitt. »Hast du sie angebaggert?«

Er schlug den Wirtschaftsteil auf, bevor er antwortete. »Ich bin abgeblitzt«, murmelte er, ohne aufzusehen.

»Die Frau muß blind sein!«

Noah verstand ihre Bemerkung als Ausdruck ihrer Loyalität und warf ihr ein kurzes Lächeln zu. »Danke.«

Courtney zögerte nicht, das Mißverständnis aufzuklären. »Ich meinte damit nur, daß sie wohl noch keinen Blick auf deine Kontoauszüge geworfen hat. Ansonsten würde sie jetzt sicher hier auf deinem Schoß sitzen.« Als er nicht reagierte, warf sie einen suchenden Blick über den Rasen auf den angrenzenden Strand. »Wo ist denn unser Vater?«

»Als ich ihn das letzte Mal sah, hat er da hinten ein Blumenbeet umgegraben.«

Courtney drehte sich um und lächelte, als sie schließlich ihren Vater erblickte. »Damit scheint er schon fertig zu sein. Er steht nämlich gerade untätig herum und hält nach jemandem Ausschau. Ich wette, daß er auf Sloan wartet! Sie ist gestern früh ungefähr um dieselbe Zeit vorbeigekommen.«

Courtney entging nicht, daß ihre Bemerkung über Sloan Noahs Aufmerksamkeit geweckt hatte. Er drehte sich auf seinem Stuhl herum und blinzelte in die Sonne.

»Kann ja sein, daß er bessere Chancen bei ihr hat als du. Vielleicht steht sie auf ältere Männer. Mann, ich muß diese Frau unbedingt kennenlernen. Ich glaube, ich gehe mal runter und geselle mich zu Vater.«

»Nein, das wirst du nicht tun. Du bringst uns nur in Verlegenheit.«

»Ich bringe uns gern in Verlegenheit.«

Noah hatte den Verdacht, daß Courtney mit ihrer Vermutung über das Herumlungern ihres Vaters recht hatte. Der Gedanke war ihm peinlich, und er überlegte, wie er ihn vom Strand weglocken konnte. »Roger Kilman hat vor einer Weile angerufen und wollte Vater sprechen. Lauf doch bitte hinunter und sag ihm das. Es ist doch absurd, daß er da so dumm herumsteht.«

»Bist du eifersüchtig?«

»Das reicht jetzt!« wies Noah sie streng zurecht, bereute aber gleich seinen scharfen Ton und setzte etwas milder hinzu: »Könntest du nicht ein einziges Mal tun, was ich dir sage, ohne immer das letzte Wort haben zu müssen?«

»Doch, vielleicht kann ich das«, erwiderte Courtney mit einem Grinsen. In diesem Moment bemerkte sie, wie ihr Vater jemandem zuwinkte: Eine blonde junge Frau in kurzen Sporthosen und T-Shirt kam gerade über den Strand auf ihn zugelaufen und blieb dann stehen, um sich mit ihm zu unterhalten. Courtney zögerte keinen Moment mehr und rannte los. »Ich bring ihn dir sofort her, Noah«, versprach sie ihrem Bruder, der sich wieder in seine Zeitung vertieft hatte.

Sloan hatte vergeblich versucht, Douglas Maitlands Einladung zum Frühstück abzulehnen, doch der charmante ältere Herr wies alle ihre Proteste beharrlich zurück. Ohne auf ihre diversen Ausreden einzugehen, nahm er ihren Arm und zog sie mit sich, wobei er ihr versicherte, daß der Rest seiner Familie ganz bestimmt noch schlafen würde.

Die sorgfältig gepflegte Rasenfläche vor dem Haus der Maitlands war etwa zweihundert Meter lang und fiel zum Strand hin ab. Die Terrasse des Hauses war aus Kalkstein gebaut und erstreckte sich über drei verschiedene Ebenen, die alle mit geschmackvoll und einladend arrangierten Sitz- und Liegegelegenheiten sowie schattenspendenden Sonnenschirmen bestückt waren. Zu spät entdeckte Sloan, daß an einem der Tische bereits ein Mann und ein Mädchen saßen.

Sloan mußte gar nicht erst sein Gesicht sehen, um zu wissen, daß der Mann Noah Maitland war. Sie hatte ihn nur dreimal gesehen, aber sein feingeschnittenes Profil, sein glänzendes schwarzes Haar und seine breiten Schultern hatten sich ihrem Gedächtnis tief eingegraben. Zu ihrer Verärgerung bemerkte sie sogar, daß ihr Herz bei seinem Anblick heftig zu schlagen begann.

Während Sloan sich noch den Kopf darüber zerbrach, wie sie einer Begegnung mit Noah vielleicht doch noch in letzter Minute entkommen konnte, war das Mädchen vom Tisch aufgesprungen und hüpfte nun die Treppen herunter und geradewegs auf sie zu.

»Oh, ich fürchte, Sie werden gleich meine Tochter Courtney kennenlernen«, warnte Douglas sie in scherzhaftem Ton und festigte seinen Griff um ihren Arm, als spürte er ihren Wunsch, zu flüchten. »Das ist eine für die meisten Menschen unvergeßliche Erfahrung. Ihre Mutter war meine vierte Ehefrau. Eine hübsche Frau, die aber nach Courtneys Geburt plötzlich auf den Gedanken kam, daß sie eigentlich keine Kinder wollte. Courtney hat ihre Mutter nur ein paarmal gesehen und ist daher ohne die Fürsorge einer Frau aufgewachsen. Wir haben sie deshalb vielleicht etwas zu sehr verwöhnt.«

Das Mädchen war groß und dünn und trug ihre dunklen Locken über dem linken Ohr zu einem Schwanz gebunden. Ihr federnder Gang war voller jugendlichem Überschwang, und alles in allem hatte das Mädchen so gar nichts von dem verzogenen, quengeligen Teenager, den Sloan nach Douglas' Warnung erwartet hatte. Auch die ersten Worte des Mädchens waren so direkt, daß Sloan unwillkürlich grinsen mußte. »Du bist Sloan, nicht wahr?« fragte das Mädchen unvermittelt und streckte seine Hand aus. »Ich war ganz versessen darauf, dich kennenzulernen. Ich bin Courtney.«

Sloan empfand nicht nur spontane Sympathie für das Mädchen, sondern war geradezu betört von ihrem kindlichen Überschwang, ihrem schelmischen Lächeln und ihren grauen Augen, die sie an die ihres Bruders erinnerten. »Ich freue mich auch, dich kennenzulernen«, sagte sie und schüttelte dem Mädchen kräftig die Hand.

»Das denken die Leute am Anfang oft, aber meistens ändern sie schnell ihre Meinung.«

Sloan hatte in Bell Harbor sehr viel mit Teenagern zu tun, und sie hatte das Gefühl, daß Courtney es ihr als mangelndes Interesse auslegen würde, wenn sie nicht auf ihre lakonische Bemerkung einging. »Wieso das denn?«

»Weil ich immer sage, was ich denke.«

»Nun, meine Liebe«, sagte Douglas mit einem milden Lächeln, »manchmal habe ich eher den Eindruck, daß du gar nichts denkst, sondern einfach drauflosplapperst.«

Courtney ignorierte ihn und lief schnell auf die Verandatreppe zu, so daß Sloan und Douglas sich beeilen mußten, um mit ihr Schritt zu halten. »Noah wird sich wahnsinnig freuen, dich zu sehen«, sagte sie verschwörerisch zu Sloan, während sie sich von der Seite an ihren Bruder heranschlich. »Noah, sieh mal, wen ich getroffen habe ...«

Sloan bemerkte sofort, daß er sich *nicht* freute, sie zu sehen. Sein Gesicht nahm einen Moment lang einen verärgerten Ausdruck an, als er sie erblickte, doch dann legte er seine Zeitung beiseite und stand auf, um sie zu begrüßen. »Guten Morgen, Sloan«, sagte er im Ton vollendeter Höflichkeit, doch ohne jede Wärme.

»Ich habe ihr am Strand aufgelauert«, gestand Douglas, indem er Sloan einen Stuhl gegenüber dem von Noah anbot und sich selbst zu ihrer Rechten setzte. Courtney hatte gerade zwischen Sloan und Noah Platz genommen, als eine Frau mit einem Frühstückstablett auf der Terrasse erschien.

»Wir werden beim Frühstück zu viert sein, Claudine«, teilte ihr Douglas mit. »Sloan, was möchten Sie gerne essen?«

»Oh, ich nehme das, was Sie auch essen«, erwiderte Sloan und versuchte, ihre Verlegenheit gegenüber Noah zu verbergen, um das Frühstück nicht zu einem Alptraum werden zu lassen. Während Sloan noch nach einem unverfänglichen Gesprächsthema suchte und Claudine den Kaffee einschenkte, ließ Courtney die Bombe platzen. Sie hatte ihr Kinn auf die Hände gestützt und ließ den Blick erst prüfend vom einen zum anderen wandern. Dann wandte sie sich an Sloan und sagte mit einem süffisanten Grinsen: »Wie fühlt es sich denn an, die einzige Frau in Palm Beach zu sein, hinter der beide Maitlands her sind? Weißt du schon, welchem von beiden du deine Gunst schenken wirst?«

Sloan blinzelte sie entgeistert an und hoffte, sie nicht richtig verstanden zu haben. »Wie bitte?«

Douglas wollte seine Tochter gerade zurechtweisen, änderte seine Absicht jedoch, als Courtney fortfuhr: »Noah hat gesagt, Sloan habe ihm gestern abend einen Korb gegeben.«

Douglas sah Sloan fasziniert an. »Stimmt das wirklich?«

»Nein, ich …«, stotterte Sloan und warf einen verzweifelten Blick auf Noah, der wiederum mit zornigem Gesicht seine Schwester anstarrte.

»Ja, es stimmt«, sagte Courtney zu ihrem Vater. »Noah hat es mir heute morgen selbst erzählt.« Sie wandte sich an Sloan und fuhr fort: »Ich habe ihn gefragt, wie es gestern abend mit dir gelaufen ist, und er sagte, er sei abgeblitzt!«

»Nein«, stieß Sloan hilflos hervor. »Das hast du mißverstanden. Er … Ich habe doch gar nicht …«

Sloan wußte wirklich nicht, was sie sagen sollte, und lief dunkelrot an, als Douglas ein wieherndes Lachen ausstieß und sich begeistert aufs Knie schlug. Um die Situation so schnell wie möglich wieder unter Kontrolle zu bringen, wandte sie sich in ihrer Verlegenheit an Noah, der der einzige einigermaßen normale Mensch am Tisch zu sein schien. »Ich wollte nur sagen, daß es sicher nicht in meiner Absicht lag, Sie zu beleidigen. Ich wußte nur nicht, wie ich reagieren sollte.«

In seinen Augen stand ein Funke des Vergnügens. »Nun, ich habe es überlebt. Machen Sie sich keine Gedanken mehr darüber.«

»Danke«, sagte Sloan erleichtert. Sie saß erst seit zwei Minuten am Tisch und hatte schon das Gefühl, als habe sie sich einen Weg durch ein gefährliches Minenfeld gebahnt.

Noah hatte eigentlich vorgehabt, sich mit einer Entschuldigung vom Frühstückstisch zurückzuziehen, doch ein Blick auf den rührend verlegenen Ausdruck in Sloans Gesicht veranlaßte ihn, seine Absicht zu ändern. »Danken Sie mir lieber noch nicht. Es könnte noch schlimmer kommen.«

»Ich nehme an, daß du gestern abend nicht in bester Form warst, Noah«, schaltete Courtney sich wieder ein.

»Das glaube ich auch«, bestätigte er.

Courtney beschloß, das Thema zu wechseln, und wandte sich wieder an Sloan. »Noah hat gesagt, daß du einen schwarzen Gürtel in Karate hast und Carter gestern aufs Kreuz gelegt hast …«

»Das war kein Karate«, unterbrach Sloan und versuchte, ihren neuerlichen Schock über die Unverblümtheit des Mädchens zu überwinden.

»Was war es dann?«

»Wir haben in unserem Selbstverteidigungskurs ein paar Bewegungen aus verschiedenen Kampfsportarten gelernt, unter anderem aus Taekwondo und Jiu-jitsu.«

»Kannst du auch Karate?«

»Ja.«

»Hast du einen schwarzen Gürtel?«

»Nein ... Aber um ehrlich zu sein, habe ich mich ziemlich viel damit beschäftigt«, sagte Sloan ausweichend. »Aus rein persönlichem Interesse.«

»Würdest du mir ein paar Übungen zeigen, so daß ich mich auch verteidigen kann, wenn es nötig ist?«

»Wir sind diejenigen, die sich gegen *dich* verteidigen müssen«, wandte Douglas trocken ein.

Sloan fühlte sich geneigt, ihm insgeheim recht zu geben, aber sie konnte dem rebellischen Teenager nicht widerstehen. »Ja, wenn du möchtest.«

»Versprochen?«

»Versprochen.«

Um Zeit zu gewinnen, nahm Sloan einen Schluck Wasser und suchte verzweifelt nach einem unverfänglicheren Thema, mit dem sie Courtney von ihrem unverschämten Verhör ablenken konnte. Sie verschluckte sich fast, als Courtney ihr unerwartet zur Hilfe kam. »An diesem Punkt fragen mich die Leute meistens, welche Schule ich besuche und was ich später mal werden will.«

Sloan unterdrückte ein schuldbewußtes Grinsen und wich dem Blick des Mädchens aus. Statt dessen sah sie Noah an, in dessen Gesicht ein wissender und mitleidiger Ausdruck lag. Sie hatte angenommen, daß er ein müßiges Luxusleben führte, in dem die Probleme der gewöhnlichen Menschheit keinen Platz hatten, und die Erkenntnis, daß er die Launen eines frühreifen Teenagers zu ertragen hatte, ließ ihn ihr plötzlich viel menschlicher und liebenswerter erscheinen. Sie war sich nicht bewußt, welche Zärtlichkeit in ihrem Blick gelegen hatte, als sie sich nun mit einem Lächeln von ihm abwandte und ihre Aufmerksamkeit wieder auf Courtney konzentrierte. Sie wollte irgend etwas sagen, das ehrlich und nicht oberflächlich klang, und nach einer Weile bemerkte sie schmunzelnd: »Ich glaube, du bist ein ungewöhnlich kluges Mädchen.«

»Das stimmt. Es liegt wohl in der Familie, denn auch Noah ist eine Intelligenzbestie. Also, wo wart ihr gestern abend? Welchen Schauplatz hast du dir ausgesucht, um Noah abblitzen zu lassen?«

»Wir waren im Ocean Club, und ich habe Noah *nicht* …«, wandte Sloan verzweifelt ein.

»Es ist auf der Tanzfläche passiert«, kam ihr Noah gelassen zu Hilfe. »Ich tat mein Bestes, um mit Sloan zu flirten, und sie dankte es mir, indem sie mich mit einer Freundin verkuppeln wollte.«

Douglas lachte erneut laut auf, und Courtney sah Sloan mit ehrfurchtsvollem Erstaunen an. »Bist du wirklich immun gegen ihn? Siehst du denn nicht, wie toll er aussieht und wie irrsinnig reich er ist? Oder hast du nur die Spröde gespielt?«

Sloan warf einen beschämten Blick auf Noah, der ihre Antwort mit Spannung zu erwarten schien.

»Spannen Sie uns doch nicht so auf die Folter, meine Liebe«, forderte sie Douglas mit einem neugierigen Grinsen auf.

Das ganze Gespräch war so absurd, daß Sloan sich die Hände vors Gesicht schlug, sich in ihrem Stuhl zurücklehnte und ein verlegenes Lachen ausstieß. Ihr Lachen war so ansteckend, daß auch die anderen darin einstimmten und immer ausgelassener wurden. »Ich habe keine Ahnung, wie man flirtet«, teilte sie Courtney schließlich ehrlich mit. »Wenn ich ein Handy bei mir gehabt hätte, hätte ich glatt meine Freundin Sara von der Tanzfläche aus angerufen und sie gefragt …«

»Was gefragt?« wollte Courtney eifrig wissen.

»Ich hätte sie gefragt, was ich zu einem Mann sagen soll, der mich fragt, wie er mich … beeindrucken kann.«

»Nun, das ist doch ganz einfach: Sie erwähnen zum Beispiel Ihre Vorliebe für wertvollen Schmuck«, belehrte sie Douglas prompt. »Sie könnten etwa ein Diamantarmband ins Spiel bringen.«

Dieser unglaubliche Vorschlag provozierte bei Sloan einen neuerlichen Lachanfall. »Tun das die reichen Frauen aus Palm

Beach?« stieß sie kichernd hervor. Ihr Selbstbewußtsein schwand jedoch, als sie den Blick jetzt wieder zu Noah hob. »Was hätten Sie getan, wenn ich ... ein Diamantarmband von Ihnen verlangt hätte?«

Noah war in den Anblick ihrer herrlich weichen Lippen versunken gewesen, bevor er ihr nun wieder in die Augen sah. Unter den langen braunen Wimpern hatten diese ein hinreißendes Lavendelblau angenommen, und die Unschuld und Arglosigkeit in ihrem Ausdruck rührte und faszinierte ihn. Auf ihren Wangen lag eine leichte Röte, und aus ihrem Zopf hatten sich vereinzelte Haarsträhnen gelöst, die in der Sonne glänzten wie fein gesponnenes Gold. Sie war natürlich und etwas schüchtern, aber gleichzeitig auch temperamentvoll und selbstbewußt, und sie strahlte eine so vollkommene Schönheit aus, daß es ihm den Atem raubte. Plötzlich wurde es ihm bewußt, daß sie die schönste und faszinierendste Frau war, die er jemals gesehen hatte. Es entging ihm nicht, wie sein forschender Blick sie verlegen machte, ihr Lachen langsam von ihren leicht bebenden Lippen verschwand und ihre langen Wimpern sich senkten, um ihre Augen zu verbergen.

»Nun, es sieht ganz so aus«, scherzte Douglas, indem er Noahs Gedanken ganz korrekt interpretierte, »als müßten Sie sich nicht mit einem Armband begnügen, Sloan. Ich glaube, Sie können ruhig gleich eine ganze Diamantkette von meinem Sohn verlangen.«

Danach ging die Zeit sehr schnell vorbei. Als die Frühstücksteller abgeräumt wurden, fühlte sich Sloan schon fast wie eine Freundin der Familie, und dies hatte sie zum Großteil Courtney zu verdanken. Um niemanden zu benachteiligen, wandte das freimütige junge Mädchen seine Aufmerksamkeit bald von Sloan ab, bedachte statt dessen ihren Vater und ihren Bruder mit gleichwohl peinlichen Fragen und Kommentaren und sorgte damit immer wieder für schallendes Gelächter. Am Ende des Frühstücks hatten die drei hilflosen Opfer ihrer im Grunde gutmütigen Sticheleien schließlich einen freundschaftlichen Pakt miteinander geschlossen. Die Atmosphäre ausgelassener Heiterkeit und gegenseitiger

Sympathie machte es für alle Beteiligten zu einem leichten Unterfangen, einander näherzukommen.

Ganz nebenbei erhielt Sloan von Courtney in der kurzen Zeit ein paar wichtige Informationen über die beiden männlichen Mitglieder der Familie Maitland: Noah war drei Jahre lang mit einer Frau namens Jordanna verheiratet gewesen und hatte seitdem genug von der Ehe, während Douglas schon viermal verheiratet gewesen war.

Während Douglas die Fragerei seiner Tochter mit heiterer Gelassenheit ertrug, zog Noah – wie Sloan bemerkte – sehr wohl seine Grenzen, die jedoch vor allem seine Arbeit zu betreffen schienen. Er ignorierte Courtneys zahlreiche Sticheleien über sein Privatleben und sein Verhältnis zu Frauen, aber als sie einmal eine Bemerkung über seine »Geschäftspartner« machte, verdüsterte sich Noahs Gesichtsausdruck, und seine Stimme nahm einen bedrohlichen Unterton an, als er sie warnte: »Ich würde das lieber lassen, wenn ich du wäre.«

Zu Sloans Überraschung erreichte er damit, daß das sonst so schwer zu bändigende Mädchen mitten im Satz stockte und schwieg.

Als Claudine mit einer weiteren Kanne Kaffee herauskam und Sloan eine Tasse davon eingießen wollte, sah diese auf ihre Uhr und schüttelte bedauernd den Kopf. »Das waren die herrlichsten Pfannkuchen, die ich jemals gegessen habe«, lobte sie die Köchin, die vor Freude strahlte. »Aber ich muß jetzt wirklich los. Bei den Reynolds' wird man schon nach mir suchen.«

»Warte noch einen Augenblick«, bat Courtney, um ihren Abschied noch etwas hinauszuzögern. »Es würde mich wirklich interessieren, wieso du dich eigentlich so intensiv mit Kampfsportarten beschäftigt hast.«

»Um meine mangelnde Körpergröße auszugleichen«, erwiderte Sloan leichthin, schob ihren Stuhl zurück und stand auf; dann lächelte sie ihre junge Gastgeberin an und sagte: »Dies war das amüsanteste Frühstück meines Lebens. Danke, daß du mir das Gefühl gegeben hast, ein Mitglied eurer Familie zu sein.«

Sloan bemerkte, daß es Courtney zum ersten Mal seit ihrer Begegnung die Sprache verschlug. Noah hingegen nutzte das Schweigen seiner überrumpelten Schwester schnell, um Sloan seine Begleitung anzubieten.

Während die beiden Seite an Seite über den Rasen davongingen, sahen Courtney und Douglas ihnen schweigend nach.

Courtney legte ihre nackten Füße auf Noahs Stuhl, verkreuzte sie an den Fußgelenken und wackelte mit den Zehen, wobei sie prüfend ihre rotbraunlackierten Zehennägel betrachtete. »Nun?« fragte sie schließlich ihren Vater. »Was hältst du jetzt von Sloan?«

»Ich finde sie hinreißend«, erwiderte Douglas. »Außerdem finde ich«, fügte er mit milder Strenge hinzu, während er einen Löffel Zucker in seinen Kaffee gab und ihn umrührte, »daß einige deiner Kommentare übers Ziel hinausgeschossen sind. Bisher hast du vor Fremden immer ein Minimum an Zurückhaltung an den Tag gelegt, aber heute morgen hast du dich wirklich selbst übertroffen.«

»Ich weiß«, gab Courtney heiter zu. »Ich war *großartig*! Noah sollte mein Taschengeld erhöhen, um mir für meine heutige Leistung zu danken.«

»Von welcher Leistung sprichst du überhaupt?«

»Das ist doch offensichtlich! Ich habe Sloan dazu gebracht, sich zu entspannen. Sie war am Anfang wahnsinnig nervös, und wer könnte ihr einen Vorwurf daraus machen? Ich meine: Sie kennt niemanden in Palm Beach; sie kennt nicht mal ihre eigene Familie. Sie hat ihr ganzes Leben in einer Kleinstadt verbracht, sie weiß nicht, wie man flirtet, und ich wette, daß sie nie Geld gehabt hat.«

»Ich bin sicher, daß Carter sehr gut für sie und ihre Mutter gesorgt hat.«

»Nun, wenn du darauf geachtet hättest, wie sie meine Fragen beantwortet hat, statt in den Anblick ihrer großen, schönen …«

»Courtney!«

»… Augen, ich wollte ›Augen‹ sagen«, korrigierte sie seinen Eindruck. »Egal. Wenn du also zugehört hättest, statt sie anzustarren, dann wüßtest du jetzt, daß ihre Mutter in einer Boutique angestellt ist und daß Sloan auch während ihres Studiums einen Teilzeitjob hatte, um ihren Lebensunterhalt zu verdienen. Kannst du mir folgen? Begreifst du jetzt, worauf ich hinauswill?«

»Noch nicht ganz, aber ich tue mein Bestes, um es zu versuchen.«

Courtney verdrehte die Augen über ein solches Ausmaß an Begriffsstutzigkeit. »Wenn man alles bedenkt, was sie erzählt hat, dann kann man sich doch vorstellen, daß sie von Noah überwältigt sein muß: Er ist nicht nur groß, unverschämt gutaussehend und atemberaubend sexy, sondern auch noch steinreich und eine wirklich elegante Erscheinung. Es hat mich ein ganzes Stück Arbeit gekostet, ihn in ihren Augen normaler und menschlicher erscheinen zu lassen.«

»Ach, jetzt verstehe ich«, sagte Douglas schmunzelnd. »Ich nehme an, das erklärt auch die Tatsache, daß du seine Exfrau als ›böse Hexe‹ bezeichnet hast und überdies erwähnen mußtest, daß seine letzte Geliebte vorstehende Zähne hatte?«

»Ich habe Nicole gar nicht als seine Geliebte bezeichnet, da dieses Wort Sloan höchstwahrscheinlich verlegen gemacht hätte. Ich habe nur von ›Nicole‹ gesprochen.«

Sie lehnte sich mit gerunzelter Stirn nach vorn, weil sie einen Nagel entdeckt hatte, an dem der Lack abgesplittert war, und fuhr mit dramatischem Unterton fort: »Arme Sloan! Noah wird seinen ganzen Charme spielen lassen, um sie schließlich doch noch zu betören. Er wird sie auf eine seiner Yachten mitnehmen, ihr jeden Wunsch von den Augen ablesen, ihr mit teuren Geschenken den Kopf verdrehen und sie irgendwann ins Bett kriegen. Sie wird sich heillos in ihn verlieben, genau wie all die anderen Frau; *dann* erst wird sie herausfinden, daß er so hart wie Stein ist und sich für nichts anderes interessiert als für Geld. Nach der ersten Verliebtheit wird er immer mehr Zeit bei seinen Geschäften verbringen; sie wird schmollen; er wird sich langweilen; dann wird er sie sitzenlassen und ihr damit das Herz brechen … Weißt du«, schloß sie ihren Monolog mit einem hilflosen Schulterzucken,

»wenn ich nicht Noahs treue Schwester wäre, würde ich Sloan warnen, daß er ein Bastard ist und sie besser die Finger von ihm lassen soll.«

Die Verlegenheit, die Sloan beim Frühstück überwunden zu haben glaubte, kehrte sofort zurück, als sie nun allein mit Noah den Strand entlangging. Sie war von seiner Anwesenheit so benommen, daß sie kaum bemerkte, wie er sie durch sein lockeres Geplauder zu entspannen suchte. Er fragte sie sogar, ob sie mit ihm segeln gehen wollte, und erzählte ihr, daß Douglas und Courtney in einem Sturm an der Küste von Nassau einmal Schiffbruch erlitten hätten und beinahe ertrunken wären.

Ein Stück vom Haus der Reynolds' entfernt trafen sie auf ein paar Kinder, die gerade mit dem Bauen einer Sandburg beschäftigt waren. Das jüngste der Kinder – ein pausbäckiger kleiner Zwerg von etwa eineinhalb Jahren, der noch ziemlich unsicher auf den Beinen war – bemühte sich tapfer, mit den älteren Jungs Schritt zu halten, als er mit Eimer und Schaufel bewaffnet zum Meer lief, um Wasser zu holen. Auf dem Rückweg stolperte er jedoch über seine kleinen Beinchen und fiel hin, wobei sich der Inhalt seines Eimers über den Sand ergoß.

»Brauchst du Hilfe?« fragte Sloan, die sofort zu dem Kleinen gerannt war und sich nun zu ihm hinunterbeugte. Der Junge hatte seine Schaufel noch immer fest in der Hand, als er sich nun auf sein Hinterteil rollte, sie entsetzt ansah und nach kurzem Zögern ein entsetzliches Jammergeschrei anstimmte. Sloan hob ihn lachend hoch und drückte ihn liebevoll an sich, während sie sanft auf ihn einsprach und ihm beruhigend den Rücken tätschelte.

Langsam beruhigte sich der kleine Junge in ihren Armen, rieb sich mit seiner sandigen Faust noch einmal die Augen und hickste vernehmlich. Sloan stellte ihn wieder auf den Boden und nahm seine freie Hand fest in die ihre. »Keine Angst, mein Kleiner, wir sind ja bei dir«, sagte sie zu dem Kind und sah dabei Noah an. »Das stimmt doch, oder?« fragte sie ihn.

Noah blickte zuerst in die flehenden veilchenblauen Augen Sloans und dann in die hoffnungsvollen braunen Augen des Kindes. Schweigend streckte er die Hand aus, um dem Jungen die Schaufel aus der Hand zu nehmen. Sloan lächelte ihn an. Das Baby lächelte ihn an. Dieser Augenblick brannte sich in sein Gedächtnis wie ein Schnappschuß.

Er wollte sie.

24

»Es macht soviel Spaß, mit Kindern zusammenzusein«, sagte Sloan ein paar Minuten später, als sie den Jungen seinem Kindermädchen überlassen hatten und ihren Weg fortsetzten, während die älteren Kinder weiter an ihrer Sandburg bauten und sie sogar mit einem ziemlich breiten Wassergraben versahen.

»Es macht Spaß, mit *dir* zusammenzusein«, sagte Noah mit einem Lächeln und brachte sie damit in größte Verlegenheit.

»Danke. Mögen Sie ... Magst du keine Kinder?«

»Bitte? Nein, ich mag keine Kinder.«

»Wirklich nicht?« Sie waren während des Frühstücks so vertraut miteinander geworden, daß ihr die Frage einfach herausgerutscht war. Plötzlich bereute sie jedoch ihre Worte und kam sich vor wie ein kleines Mädchen mit schlechten Manieren.

»Ich war bereits fünfundzwanzig, als Courtney geboren wurde. Sie hat mir jede Illusion genommen, daß ich selbst ein Kind haben möchte ... oder daß ein Kind mich zum Vater haben möchte.«

»Ich wollte nicht in deinem Privatleben herumschnüffeln«, sagte Sloan ehrlich. »Ich hätte das nicht fragen sollen.«

»Du kannst mich fragen, was immer du willst, und ich werde so ehrlich und direkt wie nur möglich sein. Es ist mir lieber so.«

Beim Frühstück hatte Sloan sich vorgenommen, die Kunst des Flirtens zu erlernen, und nun bat er sie statt dessen um Ehrlichkeit und Direktheit ... Das erschreckte sie, denn Ehrlichkeit war so ziemlich das letzte, womit sie ihm dienen konnte. »Okay«, sagte sie etwas kleinlaut.

»Eigentlich wäre es jetzt auch an dir, mir zu versichern, daß ich dich alles fragen kann und du dann ebenfalls ehrlich und direkt zu mir sein wirst.«

»Ich bin mir nicht sicher, ob das eine so gute Idee ist«, sagte Sloan vorsichtig, woraufhin er ein lautes Lachen ausstieß.

»Laß es uns versuchen, einverstanden?« Er griff mit einer Hand nach ihrem Arm und hielt sie hinter der Hecke zurück, hinter der sich das Anwesen ihres Vaters erstreckte.

»Was ist?« fragte Sloan fast erschrocken.

»Wir sollten gleich damit beginnen.« Mit unglaublicher Spontaneität erklärte er dann: »Ich möchte viel Zeit mit dir verbringen, während du hier bist. Angefangen bei dem heutigen Abend.«

»Das geht nicht«, erwiderte Sloan, wobei ihre Stimme einen panischen Tonfall annahm.

»Wieso denn nicht?«

»Aus drei sehr wichtigen Gründen«, erwiderte sie und versuchte, die Kontrolle über ihre Stimme wiederzuerlangen. »Und die heißen: Paris, Paul und Carter.«

»Paris hat mir gestern abend gesagt, daß du nicht mit Paul zusammen bist. Ich hingegen bin nicht mit Paris zusammen, und da keiner von uns beiden mit Carter zusammen ist, sehe ich auch ihn nicht als Hinderungsgrund.«

»Ich meinte damit nur, daß ich viel Zeit mit ihnen verbringen will.«

»Wir können einen Weg finden, das miteinander zu vereinbaren. Gibt es noch etwas, das unserem Kennenlernen im Weg stehen könnte?«

»Ich weiß nicht…«, sagte Sloan ausweichend, doch er durchschaute sie sofort.

»Lassen wir die Spielchen. Ich kenne sie alle, und auch wenn *du* ihre Regeln kennen würdest, würdest du sie nicht genießen.«

Um Zeit zu gewinnen, hob Sloan eine kleine Muschel auf und tat so, als würde sie sie aufmerksam studieren. Noah wartete schweigend, bis sie keine andere Wahl mehr hatte, als ihm in die Augen zu sehen; dann sagte er: »Ich mag deine erfrischende Offenheit und Ehrlichkeit. Aber da ist etwas, das dich stört, wenn du mit mir allein bist. Was ist es?«

Sloan fragte sich, ob er sie immer noch für erfrischend offen und ehrlich halten würde, wenn er erfuhr, wer sie wirklich war. *Mich stört zum Beispiel, wenn ich mit dir allein bin, daß ich keine Innenarchitektin bin, sondern eine Polizistin mit einem Geheimauftrag. Ich bin nicht etwa hier, um mich mit meinem Vater zu versöhnen, sondern um herauszufinden, ob er ein Verbrecher ist. Paul ist nicht mein Freund, sondern ein FBI-Agent, der aus demselben Grund wie ich hier ist. Oh, und übrigens: Er möchte gerne, daß ich auch einiges über dich herausfinde.* Sie war alles andere als offen und ehrlich; tatsächlich war sie wahrscheinlich die größte Betrügerin, die ihm je über den Weg gelaufen war. Und trotz allem fühlte sie sich so sehr zu ihm hingezogen, daß ihr Magen sich unwillkürlich verkrampfte, wenn sie nur daran dachte, daß er eines Tages die Wahrheit erfahren würde.

»Fühlst du dich zu mir hingezogen?« überrumpelte er sie.

Sloan hatte das untrügliche Gefühl, daß er die Antwort bereits kannte. »Weißt du was«, sagte sie zaghaft, »laß uns lieber nicht allzu ehrlich sein.«

Er lachte laut auf und lächelte immer noch, als er sich zu ihr hinunterbeugte und sie leicht auf den Mund küßte. »So, das hätten wir geschafft. Der erste Kuß ist immer der schwierigste. In Zukunft werden wir es leichter haben.«

Sloan starrte ihn fassungslos an; ihr Kopf begann sich wie wild zu drehen, und sie empfand eine seltsame Mischung aus Ungläubigkeit, Angst und Verlangen.

Sloan hatte eigentlich erwartet, daß Noah sich an der Hintertür von ihr verabschieden würde, aber er folgte ihr wie selbstverständlich ins Haus. Drinnen angekommen, hörte sie erst Pauls Stimme und dann ein allgemeines schallendes Gelächter, was in diesem dunklen Haus mit seiner lähmenden Kälte und Vornehmheit irgendwie deplaziert wirkte. »Sie scheinen alle im Speisezimmer zu sein«, sagte sie zu Noah, während sie den Gang durchquerte und dem Geräusch der Stimmen folgte.

Die Familie hatte soeben ihr Frühstück beendet, und Paris saß vor einem aufgeschlagenen Fotoalbum, während Paul ihr von hinten über die Schulter sah. »Der Tennisschläger auf dem Bild ist ja fast so groß wie du«, bemerkte er gerade heiter.

»Sie war damals gerade mal drei Jahre alt«, schaltete sich Edith ein. »Ich war im gleichen Alter, als ich mit dem Unterricht anfing.«

Als Noah und Sloan eintraten, sahen alle auf, und Carters Lächeln gefror, als er die beiden zusammen sah. »Habt ihr etwa den ganzen Morgen miteinander verbracht?«

»Mein Vater und Courtney haben Sloan am Strand abgefangen und sie gezwungen, mit uns zu frühstücken«, erklärte Noah ruhig.

Carter entspannte sich bei seinen Worten sofort. »Nimm dich vor Douglas in acht, Sloan. Er ist ein ziemlicher Casanova.«

Edith schien sich wie üblich nicht von der allgemeinen Heiterkeit anstecken zu lassen. Ihr Blick war alles andere als freundlich, als sie nun zu Noah sagte: »Du solltest dem Kind einen Maulkorb verpassen, Noah. Courtneys Manieren lassen sehr zu wünschen übrig.«

»Sie ist nur einsam und gelangweilt«, widersprach ihr Sloan sanft. »Sie ist intelligenter als die meisten Mädchen in ihrem Alter, kennt hier keine Menschenseele und ist die ganze Zeit nur mit Erwachsenen zusammen. Andere zu provozieren ist ihre einzige Abwechslung. Für ein Kind ist das eine ganz normale Reaktion.« Um sich dafür zu entschuldigen, daß sie ihr in aller Öffentlichkeit widersprochen hatte, tätschelte sie dann Ediths Schulter und sagte beschwichtigend: »Guten Morgen, Urgroßmutter.«

Die schlechte Laune der alten Dame besserte sich kaum merklich und ging in ein etwas weniger bedrohliches Stirnrunzeln über. »Guten Morgen«, erwiderte sie ziemlich steif.

»Sloan mag Kinder sehr gern«, schaltete sich Noah ein, indem er sich aus der Silberkanne auf der Anrichte eine Tasse Kaffee einschenkte. »Sie mag sogar Courtney.«

»*Ich* mag aber keine Kinder«, versetzte Edith ruppig. »Und soweit ich mich erinnere, teilst du meine Meinung.«

»So ist es«, stimmte Noah zu.

»Das ist auch der einzige Einwand, den ich gegen eine Heirat zwischen dir und Paris habe.«

Diese sehr persönliche Bemerkung veranlaßte den Hausangestellten an der Anrichte, das Zimmer durch eine Seitentür zu verlassen, und Sloan beschloß, seinem Beispiel zu folgen. »Ich muß mir die Hände waschen«, gab sie vor, während sie in die Haupthalle hinausging. »Ich habe Ahornsirup auf die Finger bekommen, als ich vorhin das Glas anfaßte. Entschuldigt mich bitte.«

Auch Paul stand auf. »Ich muß etwas aus meinem Wagen holen«, sagte er und verließ das Speisezimmer. Er ging dann aber nicht gleich hinaus, sondern ins Wohnzimmer, wo er sich eine Zeitschrift schnappte und darin blätterte.

»Ich meine es ernst, Noah«, fuhr Edith im Speisezimmer mit strengem Ton fort. »Ich habe nicht fünfundneunzig Jahre gelebt, um mit ansehen zu müssen, wie die Familie ausstirbt, weil Paris keine Kinder bekommt.«

»Vergißt du dabei nicht Sloan?« fragte Noah im Versuch, sie erstens daran zu erinnern, daß Sloan zur Familie gehörte, und zweitens eine Diskussion über die nichtexistierenden Heiratspläne zwischen Paris und ihm zu verhindern.

»Ich habe Sloan tatsächlich vergessen«, gab sie etwas demütiger zu. »Wahrscheinlich kenne ich sie noch nicht lange genug, um sie automatisch zur Familie zu rechnen. Doch ich gestehe, daß du recht hast.«

Noah gab sich mit ihrer Antwort zufrieden; aber als sich nun Carter einschaltete, sagte er etwas so Unerhörtes, daß Noah nicht nur überrascht, sondern tief verärgert war. »Ob Sloan nun Kinder bekommt oder nicht: Sie ist jedenfalls nicht die Richtige, um unseren Familienstammbaum angemessen fortzuführen«, versetzte Carter barsch. »Schon allein der Gedanke ist töricht. Sie hat nicht die geringste Ahnung, was es heißt, eine Reynolds zu sein, und es ist dreißig Jahre zu spät, um es ihr beizubringen. Sie wird ihre Kinder nach ihren eigenen Maßstäben erziehen, nicht nach den unseren.«

»Sie könnte es doch lernen«, versetzte Paris mutig.

»Ich habe dich nicht nach deiner Meinung gefragt, Paris. Du magst sie vielleicht jetzt schon als vollwertiges Mitglied unserer Familie betrachten, aber ich kann dich dabei nicht unterstützen. Unsere Freunde und Bekannten kennen sie nicht, sie haben sogar noch nie von ihr gehört, und sie würden sie niemals akzeptieren ...«

»Ich weiß eine Lösung für dein Problem, Carter«, unterbrach ihn Noah gereizt. »Was hast du heute abend vor?«

»Ich habe mir für die Zeit, in der Sloan und Paul bei uns sind, nichts Besonderes vorgenommen«, erwiderte er, leicht irritiert über Noahs Ton. »Doch ich hatte angenommen, daß Paris und du einige eurer Abende mit ihnen verbringen würdet, um in der Stadt auszugehen und das zu tun, was junge Leute eben gern tun.«

»Gut. Da niemand für den heutigen Abend besondere Pläne hat, mache ich dir einen Vorschlag: Du gibst heute abend eine Party, um Sloan deinen Bekannten vorzustellen und verdammt noch mal deutlich zu machen, daß sie sie zu akzeptieren haben.«

»Kommt nicht in Frage«, blaffte Carter und schüttelte abweisend den Kopf.

»Es muß sein«, widersprach Noah kühl. »Je länger du damit wartest, desto mehr Mutmaßungen wird es über sie geben, und man wird sich schließlich fragen, wieso du Angst hast, sie den Leuten vorzustellen. Mein Vater hat sie seinen Freunden gegenüber zweifellos erwähnt, und die Gerüchteküche brodelt sicher schon heftig.«

»Sei doch vernünftig, Noah! Sie wird nur zwei Wochen hierbleiben und dann wieder nach Hause fahren. Außerdem bin ich überzeugt, daß das ganze Brimborium sie nur belasten würde.«

»Sie wird es überleben«, sagte Noah mit kaum verhohlenem Sarkasmus.

»Ich halte es für eine phantastische Idee, eine Party für Sloan zu geben«, schaltete sich Paris ein und zuckte unter der eisigen Miene ihres Vaters zusammen, weigerte sich aber, den Blick zu senken.

»Paris«, warnte er sie in vernichtendem Ton, »dein Verhalten fängt langsam an, mir auf die Nerven zu gehen…«

»Es geht dir immer auf die Nerven, wenn du unrecht hast«, mischte sich nun auch Edith ein. »Zufällig bin ich mit Noah und Paris einer Meinung. Wir müssen tatsächlich eine Party geben, um Sloan unseren Bekannten vorzustellen; je früher wir dies tun, desto besser.«

»Na fein«, sagte Carter verstimmt und warf hilflos die Hände in die Luft. Dann revanchierte er sich bei Paris für ihren unerhörten Widerstand gegen seinen Willen, indem er in kühlem Ton die unangenehmen Konsequenzen aufzählte, die eine Party für sie haben würde. »Du sagtest doch, du willst soviel Zeit wie möglich mit Sloan verbringen, während sie bei uns ist. Statt dessen mußt du deine Zeit nun damit verschwenden, eine Party zu organisieren, die ihr keinen Spaß machen wird, und Einladungen an Leute auszusprechen, die sie zwar neugierig anstarren, aber dann niemals akzeptieren werden.«

»Sie werden sie sehr wohl akzeptieren«, sagte Noah eisig, »wenn du ihnen zeigst, daß du es von ihnen erwartest. Falls du Angst hast, daß dein Einfluß hierfür nicht ausreicht, werde ich mich glücklich schätzen, dir *meinen* Einfluß zu borgen. Vergiß nicht, daß wir die gleichen Leute kennen.« Mit etwas milderer Stimme wandte Noah sich dann an Paris. »Du brauchst auf deine Zeit mit Sloan nicht zu verzichten, Paris. Ich werde Mrs. Snowden damit beauftragen, die Party zu arrangieren und alle Detailfragen zu übernehmen.«

Nach einer kleinen Pause, in der er Carter einen vernichtenden Blick zuwarf, fuhr er fort: »Paris, ich nehme an, daß du eine Gästeliste hast, die du mir überlassen kannst?« Als sie nickte, schloß er feierlich: »Fein, dann brauchst du nur deinem Personal mitzuteilen, daß das Haus bis heute abend in Ordnung gebracht sein muß. Den Rest wird Mrs. Snowden übernehmen.«

»Ich werde mich ums Personal kümmern«, verkündete Edith. »Sloan und Paris können den Tag dazu nutzen, zum Friseur zu gehen und all die anderen Kleinigkeiten zu erledigen, mit denen sich junge Frauen auf ein festliches Ereignis vorbereiten.«

Sloan kam in diesem Moment zur Tür herein und sah verwirrt zwischen der lächelnden Paris und dem mürrischen Carter hin und her. »Gehen wir auf ein Fest?« fragte sie schließlich, da alle schwiegen und sie anstarrten.

»Wir geben eine Party für dich, und sie wird wunderbar werden!« rief Paris begeistert aus. »Noah, hab vielen Dank, daß du uns Mrs. Snowden zur Verfügung stellst. Ich fürchte, sie muß die Einladungen per Telefon erledigen.«

»Mrs. Snowden liebt Herausforderungen.«

»Ich brauche aber doch gar keine Party«, wandte Sloan zaghaft ein. »Ich will auf keinen Fall, daß ihr euch wegen mir Umstände macht.«

Carter sah die anderen drei triumphierend an. »Ich sagte euch doch, daß ihr die Idee nicht gefallen würde.«

Sloan wollte Carter gerade recht geben, als Noah ihr in leicht herablassendem Ton mitteilte: »Bitte entschuldige, aber diese Entscheidung hast nicht du zu treffen. Es ist unbedingt notwendig, daß deine Familie dich ihren Freunden vorstellt, und die ideale Art und Weise dafür ist eine Party.«

Sloan spürte die gereizte Stimmung zwischen den beiden Männern und konnte sich nicht vorstellen, wie eine banale Party der Auslöser dafür sein konnte. Sie überlegte kurz, ob sie sich über Noahs Anweisung hinwegsetzen sollte, aber Paris sah so begeistert drein, daß sie es nicht über sich brachte, weitere Proteste anzuführen. Überdies schloß sie aus Ediths entschlossenem Gesichtsausdruck, daß ihre Einwände sowieso keine Aussicht auf Erfolg hätten.

»In diesem Fall«, wandte sie sich mit einem bangen Lächeln an Noah, »möchte ich gerne, daß Courtney eingeladen wird.« Nachdem er ihr zugenickt hatte, beschloß sie, sich wieder aus der unangenehmen Diskussion zurückzuziehen, und meinte an Paris gewandt: »Ich denke, ich gehe erst mal nach oben unter die Dusche.«

Paris schob ihren Stuhl zurück und stand auf. »Ich habe unsere Gästeliste im Computer gespeichert. Ich werde sie gleich ausdrucken und dir bringen«, erklärte sie Noah. Dann lief sie Sloan auf dem Gang hinterher, hängte sich bei ihr ein und schwärmte: »Wir werden soviel Spaß haben! Erst mal gehen wir einkaufen, dann zum Friseur, und anschließend lassen wir uns massieren. Paul sagte, er habe einige Besorgungen zu erledigen ...«

Sloan war so verzweifelt bei der Aussicht, von all den fremden Menschen wie ein seltsames Tier angestarrt und aufmerksam geprüft zu werden, daß sie sich bereitwillig von Paris mitschleppen ließ. Erst nachdem Paris ihren Arm freigegeben und die Tür zu einem Zimmer im oberen Stockwerk geöffnet hatte, fiel ihr plötzlich wieder ein, daß sie eigentlich hatte duschen wollen. Doch als sie einen Blick in das Zimmer geworfen hatte, änderte sie ihre Absicht: Der große, holzgetäfelte Raum, aus dem sie schon mehrmals Gary Dishler hatte treten sehen, war zweifellos Carters Büro.

Das Zimmer wurde von einem riesigen Schreibtisch aus Mahagoniholz und von zahlreichen Bücherregalen beherrscht. Paris war hinüber zum Schreibtisch gegangen und hatte einen Schlüssel aus einer Schublade genommen, mit dem sie jetzt einen in die Wand eingebauten Schrank aufschloß, in dem ein bereits angeschalteter Computerbildschirm zum Vorschein kam. Dann ließ sie sich auf den braunledernen Chefsessel nieder und tippte ihr Paßwort ein, das sie Sloan vertrauensvoll mitteilte.

Sloans Herz schlug vor Aufregung heftig, als sie nun mitverfolgte, wie Paris die gewünschte Datei mit der Gästeliste aufrief und dann den Druckauftrag gab. Während Paris sich hinunterbeugte und ein weiteres, auf Kniehöhe gelegenes Wandschränkchen öffnete, in dem sich der Laserdrucker verbarg, warf sie einen neugierigen Blick auf den Monitor: Vielleicht war es möglich, auf diesem Wege mehr über Carters Geschäftsverbindungen zu erfahren.

»Glaubst du, Carter hat etwas dagegen, wenn ich später seinen Computer benutze?« fragte Sloan beiläufig, als Paris den Drucker angeschaltet und sich wieder aufgesetzt hatte. »Ich würde gerne meine E-Mail abrufen und selbst ein paar Nachrichten absenden.«

»Ich finde es seltsam, daß du Vater bei seinem Vornamen nennst«, gestand Paris mit einem Lächeln. »Aber nein, er hat bestimmt nichts dagegen, daß du seinen Computer benutzt, wenn er ihn nicht gerade selbst braucht.«

»Benutzt er ihn oft?« fragte Sloan.

»Ja, aber meist nicht besonders lang. Er kann über den Computer Kontakt mit seiner Bank in San Francisco aufnehmen und überprüfen, ob dort alles in Ordnung ist. Meist gebraucht er ihn jedenfalls nur zu geschäftlichen Zwecken.«

Sloan wußte, daß der Reynolds-Trust auf dem Bankkonto in San Francisco lagerte. »Welche Geschäfte betreibt er denn eigentlich genau?«

»Ehrlich gesagt weiß ich das selbst nicht. Vater spricht nicht gerne darüber. Er sagt auch, für mich und Urgroßmutter sei es zu kompliziert zu verstehen, was er genau tut.« Als der Drucker fertig war, nahm Paris die Gästeliste heraus, klappte die Türen wieder zu und verschloß den Wandschrank, um dann den Schlüssel wieder in die Schreibtischschublade zu legen. Schließlich nahm sie noch einen Bleistift aus einem Lederetui und stand auf.

»Ich bringe die Liste schnell Noah vorbei, und dann können wir gleich gehen«, sagte sie und erinnerte Sloan damit wieder an ihre Dusche. »Oh, wir werden eine herrliche Zeit haben! Erst lassen wir uns den ganzen Tag verwöhnen, und wenn wir heimkommen, machen wir uns schick für den Ball.«

Nachdem Sloan in ihr Zimmer gegangen war, brachte Paris die Gästeliste ins Speisezimmer, wo noch immer Noah, Carter und Edith versammelt waren. Sie setzte sich an den Tisch und begann eifrig, die Namen auf der Liste durchzugehen, warf dann aber einen fragenden Blick auf ihren Vater und ihre Urgroßmutter. »Wie viele Gäste wollt ihr eigentlich einladen? Die Einladung kommt so spät, daß die Hälfte der Leute wahrscheinlich schon andere Pläne für den Abend hat.«

»Halte die Party so klein wie möglich«, versetzte Carter unwirsch.

Noah ignorierte ihn und wandte sich statt dessen an Paris. »Markiere bitte die Leute, die du ganz besonders gern dabei hättest; den Rest übernehme ich. Wir kennen sowieso dieselben Leute.«

Paris kreuzte einige der Namen auf den elf Seiten an und händigte dann Noah die Liste aus.

»Mrs. Snowden wird sich darum kümmern«, versprach er, während er aufstand. »Ist sieben Uhr in Ordnung?«

»Ja, sieben Uhr ist recht«, erwiderte Edith. »Das Wetter ist so schön; ich wünschte, wir könnten eine Gartenparty veranstalten.«

»Ich werde sehen, was sich machen läßt«, versicherte Noah und wandte sich zum Gehen.

»Halte die verdammte Sache so klein wie möglich!« wiederholte Carter.

Ediths Gedanken hingegen waren mit dem finanziellen Aufwand beschäftigt. »Es besteht kein Grund zur Extravaganz«, rief sie Noah nach. »Kleine Häppchen sind genug, wir brauchen kein Bankett. Zwei unserer Hausangestellten können als Kellner und als Barkeeper fungieren; wir müssen nicht auch noch das Personal vom Catering-Service bezahlen.«

»Ich kümmere mich darum«, warf ihr Noah über die Schulter zu.

»Wir brauchen Champagner«, erinnerte ihn Paris.

»Eine einfache Hausmarke«, präzisierte Edith.

Er war schon aus dem Zimmer und auf dem Weg zum Ausgang, als Paris ihn einholte. »Noah«, sagte sie besorgt und senkte ihre Stimme, damit die anderen sie nicht hören konnten. »Vielleicht sollten wir mit der Party doch lieber noch warten.«

Sein Gesicht verdüsterte sich. »Worüber machst du dir Gedanken? Über die Kosten? Über die Tatsache, daß euer Familiengeheimnis an die Öffentlichkeit gerät? Oder sorgst du dich, daß Sloan dir Konkurrenz machen könnte?«

Paris wich so heftig zurück, als habe er sie geschlagen. »Was redest du denn da?«

»Was redest *du* da?« gab er zurück.

»Ich … Ich wollte lieber noch warten und eine wirklich schöne Party arrangieren, statt so ein schäbiges Stelldichein zu inszenieren, wie Vater und Urgroßmutter es beschrieben haben. Vater ist nicht in der Lage, einen vernünftigen Gedanken zu fassen. Wir haben immer große Feste gegeben, und wenn Sloans Party kein Erfolg wird, werden die Leute denken, sie ist uns nicht wichtig genug, um sie in einem angemessenen Rahmen vorzustellen. Die guten Catering-Firmen brauchen viel Vorlaufzeit, um die Menüs zu planen und Personal anzuheuern, und sie werden für den heutigen Abend schon ausgebucht sein. Und dann brauchen wir Blumen und Musik, Stühle, Tische, Tischdecken und was weiß ich noch alles. Ich sehe keine Möglichkeit, das alles in ein paar Tagen zu organisieren, geschweige denn in ein paar Stunden.«

Noahs Miene hatte sich wieder aufgeheitert, und seine Stimme war nun merklich sanfter. »Bitte entschuldige, daß ich deine Motive mißverstanden habe«, sagte er beschämt. »Ich hätte es besser wissen müssen. Aber du brauchst dir wirklich keine Sorgen zu machen: Ich werde mein Bestes tun.«

Courtney und ihr Vater sahen auf, als Noah mit langen Schritten das Haus betrat. »Was ist denn los?« fragte das Mädchen, als es seinen entschlossenen Gesichtsausdruck und seine offensichtliche Eile bemerkte.

»Carter gibt eine Party für Sloan«, antwortete er ohne stehenzubleiben. »Ist Mrs. Snowden oben?«

Courtney schnaubte hörbar. »Wo sollte sie sonst sein? Sie folgt dir von Stadt zu Stadt, von Haus zu Haus, von Hotel zu Hotel, immer zu deiner alleinigen Verfügung, vierundzwanzig Stunden am Tag ...«

Sie übertrieb natürlich wie gewöhnlich, aber Noah hatte keine Lust, sie zurechtzuweisen. Mrs. Snowdens Schwester lebte sechzig Kilometer von Palm Beach entfernt, und sie begleitete ihn oft, wenn er sich zweimal im Jahr hier länger aufhielt. Sie hatten ein Arrangement getroffen, das beiden zugute kam: Noah hatte immer etwas Arbeit für sie, auch wenn er eigentlich Urlaub hatte, und er entschädigte sie damit, daß er für ihre Besuche bei ihrer Schwester alle Ausgaben übernahm.

»Guten Morgen«, sagte Mrs. Snowden und wandte sich ihm zu, als Noah die Bibliothek betrat, die während seines Aufenthalts in Palm Beach als sein Büro fungierte.

»Wie geht es Ihrer Schwester?« fragte er wie gewohnt.

»Gut, danke.«

Noah beschloß, die Begrüßungsformalitäten damit zu beenden, setzte sich hinter seinen Schreibtisch und forderte sie mit einem Nicken auf, ihm gegenüber Platz zu nehmen. »Wir geben eine Party«, verkündete er, indem er ihr Notizblock und Bleistift hinüberschob.

»Ich dachte, Carter Reynolds gibt eine Party«, platzte Courtney, die ihm gefolgt war, dazwischen, lümmelte sich in den Stuhl neben Mrs. Snowden und ließ ihr Bein über die Armlehne baumeln.

Da Noah seiner Schwester keine Beachtung schenkte, nahm Mrs. Snowden Stift und Papier auf. »Wann soll die Party stattfinden?« fragte sie mit gezücktem Stift.

»Heute abend.«

Sie zog die einzig mögliche Schlußfolgerung. »Eine bescheidene Dinnerparty?«

»Nein, die Sache ist etwas größer.«

»Wie groß?«

Statt ihr gleich zu antworten, warf Noah einen prüfenden Blick auf die elf Seiten mit den Namen und Adressen der Freunde der Reynolds in Palm Beach. Er nahm einen Stift und strich die Namen der Leute durch, die er nicht mochte oder von denen er annahm, daß Sloan sie nicht mögen würde; dann schob er die Liste seiner Sekretärin zu. »Etwa hundertsiebzig Gäste, würde ich sagen.«

»Da es sich um eine so kurzfristige Einladung handelt und Sie wahrscheinlich ein Essen servieren wollen, nehme ich an, daß die Party in einem Ihrer Clubs stattfinden wird? Obwohl ich wirklich nicht glaube, daß die Zeit ausreicht, um ...«

»Die Party soll im Garten von Carter Reynolds stattfinden.«

Mrs. Snowden blinzelte ihn verständnislos an. »Sie wollen heute abend eine Gartenparty für hundertsiebzig Leute geben? Bedenken Sie doch, daß der Catering-Service ...«

Er unterbrach ihre Einwände erneut. »Wir können ein Buffet aufstellen, etwa in dem Stil, wie wir es das letzte Mal gehalten haben. Zusätzlich sollten sich ein paar Kellner mit Tabletts unter die Leute mischen, damit nicht alle Gäste am Buffet anstehen müssen. Ich will, daß alles nur vom Feinsten ist.«

»Selbstverständlich«, kapitulierte Mrs. Snowden, doch ihr Gesichtsausdruck schien ihr zu widersprechen.

»Wichtig ist auch, daß der Champagner nicht ausgeht – Dom Pérignon natürlich ... Oh, und sorgen Sie bitte auch dafür, daß einige von diesen Eisdingern aufgestellt werden. Sie sehen so hübsch aus ...«

»Eisskulpturen?« fragte sie zaghaft.

»Ja. Und natürlich Blumen.«

»Natürlich«, echote sie, einer Ohnmacht nahe.

»Wir brauchen selbstverständlich auch ein Orchester. Sie wissen ja, wie man das organisiert. Sie haben es schon zahllose Male für mich getan.«

»Ja, aber nicht bei einem so kurzfristigen Termin!« rief Mrs. Snowden aus, die nun wirklich den Tränen nahe war. Es kam so gut wie nie vor, daß sie einmal etwas nicht bewerkstelligen konnte, doch diesmal sah sie schwarz. »Mr. Maitland, ich wüßte wirklich keinen Weg, wie ich das alles schaffen könnte.«

»Ich erwarte nicht, daß Sie es alleine schaffen«, sagte Noah ungeduldig. »Wir haben hier gerade zwei Hotels gekauft. Überlassen Sie die Details den Leuten dort.«

Mrs. Snowden sah einen kleinen Hoffnungsschimmer und beschloß, sich dieser Herausforderung zu stellen und diese Herkulesaufgabe zu übernehmen. Sie würde sowohl organisatorisches wie diplomatisches Geschick erfordern, und von beidem hatte sie als Noahs Sekretärin eine ganze Menge. »Ich werde sehen, ob ich die Hotelmanager dazu überreden kann«, sagte sie nicht ohne Stolz.

»Ich zweifle nicht an Ihrem Erfolg«, erwiderte Noah kurz. »Sie werden die Einladungen telefonisch abwickeln müssen. Sagen Sie allen Gästen, daß Sie in Carters Auftrag anrufen und daß die Party zu Ehren seiner Tochter Sloan gegeben wird.«

Sie nickte. »Ich werde aber Hilfe benötigen. Mir sind gerade zwei der Assistentinnen in unserem Büro in San Francisco eingefallen, denen ich es zutraue, eine telefonische Einladung zu einer so kurzfristig angesetzten Dinnerparty auf einigermaßen liebenswürdige Weise über die Bühne zu bringen. Ich könnte ihnen die Liste faxen, aber sie müßten die Einladungen natürlich per Ferngespräch erledigen. Ist das in Ordnung?«

»Selbstverständlich.«

»Dann ist da noch ein Problem: Die Gäste könnten argwöhnen, daß wir sie nur als Lückenbüßer für eventuelle Absagen in letzter Minute anrufen. Sie wären dann natürlich beleidigt und würden sich womöglich sogar weigern, zu kommen.«

Noah griff nach der Tagespost, die Mrs. Snowden geöffnet und in den Eingangskorb auf seinem Schreibtisch gelegt hatte. »Dann sagen Sie ihnen, wir hätten gerade erst bemerkt, daß die schriftlichen Einladungen nicht abgesendet worden waren. Geben Sie dem Postamt die Schuld, wenn Sie wollen. Jeder tut das.«

Courtney schwang ihr Bein wieder über die Armlehne und stand auf. »Das klingt ja ganz nach einer der üblichen langweiligen Palm-Beach-Partys. Ich bin verdammt froh, daß mein Name nicht auf dieser Liste steht. Kein Mensch könnte mich je auf so eine Party schleppen.«

Noah sah von dem Brief in seiner Hand hoch. »Sloan hat ausdrücklich zu mir gesagt, daß sie dich dabeihaben möchte. Bitte zwinge mich nicht, dich an den Haaren hinzuzerren.«

Statt sich zu zieren und herumzumaulen, wie Noah erwartet hatte, starrte Courtney ihn mit offenem Mund an. »Sloan hat *mich* eingeladen? Du machst wohl Witze?«

»Nein, durchaus nicht.«

»Dann habe ich wohl wirklich keine andere Wahl«, sagte sie mit Märtyrerstimme. »Wenn ich nicht hingehe, wird die arme Sloan ausschließlich von todlangweiligen Leuten umringt sein.«

Sie machte sich kopfschüttelnd auf den Weg zur Tür, wandte sich dann aber nochmals um. »Noah?«

»Was?« fragte er, ohne von seinem Brief aufzublicken.

»Wieso tust du das alles für Sloan? Wieso kümmern sich nicht Carter oder Edith oder Paris um die Party?«

»Carter benimmt sich wie ein arroganter Idiot, und Edith ist zu geizig und zu alt, um sich mit solchen Dingen abzugeben. Paris hätte es natürlich übernommen, aber die anderen beiden haben sich noch nicht daran gewöhnt, daß sie eine eigene Meinung hat, und sie würden ihr ständig dazwischenreden. Wenn die Reynolds' ihr zu Ehren nicht ein anständiges Fest geben und sie offiziell vorstellen, wird Sloan hier in der Gegend niemals akzeptiert werden.« Erst ein kleines Weilchen später bemerkte Noah, daß Courtney immer noch nicht gegangen war. Als er nun den Blick hob, stand sie immer noch in der Tür und studierte ihn aufmerksam mit zur Seite geneigtem Kopf. »Was ist denn noch?« fragte er ungeduldig.

»Du hast mir gerade erklärt, wieso die Reynolds es nicht tun. Ich warte aber immer noch darauf zu erfahren, wieso *du* es tust.«

Noah starrte sie leicht verärgert an, ohne eigentlich zu wissen, wieso ihre Fragerei ihm so auf die Nerven ging. »Ich weiß es selbst nicht«, sagte er schließlich. »Ich nehme an, daß Sloan mir leid tut, weil Carter sich wie ein Snob benommen und über sie geredet hat, als sei sie eine ›arme Verwandte‹. Es ging mir einfach gegen den Strich.«

»Sie *ist* eine ›arme Verwandte‹«, stellte Courtney gelassen fest. »Und du bist auch ein Snob.«

»Danke für das Kompliment«, versetzte er sarkastisch. »Bist du jetzt fertig, oder weißt du noch mehr zu sagen?«

»Tatsächlich ist mir da noch etwas eingefallen«, erwiderte Courtney. »Ich habe da mal einen Film gesehen, der handelte von irgend so einem reichen Typen, der Besitzer eines großen Filmstudios war und der ein Vermögen dafür ausgab, eine blonde Hure zu einem berühmten Filmstar zu machen. Und weißt du, warum er das getan hat?«

»Nein, warum denn?«

»Weil er sie heiraten wollte; aber um dies tun zu können, mußte er sie erst bedeutend genug machen, damit sie vor den Augen der Gesellschaft seiner wert war.«

»Was zum Teufel hat das mit dieser ganzen Sache zu tun?«

Courtney zuckte mit den Achseln. »Es war nur so ein Gedanke.«

»Falls du damit andeuten willst, daß ich vorhabe, Sloan zu heiraten, oder daß es mich auch nur im entferntesten interessiert, was die Leute über sie denken, dann hast du dich geschnitten. Und jetzt geh und laß mich arbeiten.«

Als Courtney das Zimmer verlassen hatte, las Noah den Brief in seiner Hand zweimal hintereinander durch, ohne auch nur ein Wort davon aufzunehmen. Dann warf er den Brief auf den Tisch, lehnte sich in seinem Stuhl zurück und starrte finster auf das impressionistische Ölgemälde mit dem Blumenfeld, das an der gegenüberliegenden Wand hing.

Er konnte sich selbst nicht erklären, wieso er sich in den Kopf gesetzt hatte, eine Party für Sloan zu organisieren, wenngleich sie seinen persönlichen Zielen durchaus nicht gelegen kam. In wenigen Stunden würden zahllose andere Männer sie kennenlernen und schnell herausfinden, daß sie nicht nur eine attraktive Frau, sondern auch noch eine amüsante Gesprächspartnerin war. Sie würden ebenso fasziniert sein wie er selbst von ihrer natürlichen Schönheit und ihrem strahlenden Lachen, und sie würden ebenso wie er spüren, daß diese Frau ein Geheimnis hatte, das zu entdecken ein herrlicher Genuß sein mußte. Noah mußte sich eingestehen, daß er schon jetzt – obwohl dies geradezu lächerlich war – Besitzansprüche auf sie anmeldete, und daß die Party in dieser Hinsicht eine unverzeihliche Dummheit war.

Er konnte sich selbst nicht erklären, wieso er gegenüber Carter die Beherrschung verloren und sich spontan zu Sloans persönlichem Fürsprecher ernannt hatte. Alles, was er wußte, war, daß ihr ganzes Wesen eine solche Unschuld und Natürlichkeit ausstrahlte, eine solche Liebenswürdigkeit und einen so unaufdringlichen Stolz, daß er absurderweise den instinktiven Wunsch verspürte, sie zu beschützen – sogar vor ihrem eigenen Vater.

25

Paul wartete bereits in der Halle, als Sloan herunterkam, um sich einen ganzen Tag lang mit Paris »verwöhnen zu lassen«, wie ihre Schwester es genannt hatte. »Ich hatte eigentlich vor, euch beide in der Stadt abzusetzen und dann meine Besorgungen zu erledigen«, teilte ihr Paul mit. »Doch Paris hat mich gewarnt, daß eure Schönheitskur viel länger als ein oder zwei Stunden dauern würde. Wir fahren daher besser getrennt; Paris' Jaguar steht schon draußen.«

»Ich begleite dich noch zu deinem Wagen«, sagte Sloan mit einem vielsagenden Blick.

Paris' Wagen war tatsächlich vor der Eingangstür geparkt, während der von Paul etwas weiter entfernt in der Einfahrt stand. Sloan wartete, bis sie ihn erreicht hatten, bevor sie etwas sagte. »In Carters Büro steht ein Computer, der mit seiner Bank vernetzt ist. Paris hat mir erlaubt, ihn zu benutzen, und sie hat mir auch ihr Paßwort verraten.«

»Mach dir keine allzu großen Hoffnungen. Carter ist viel zu vorsichtig, um Paris Zugang zu seinen Dateien zu gewähren«, sagte Paul. »Sicher hat er sein eigenes Paßwort.«

»Das weiß ich auch. Ich wollte dir nur berichten, was ich erfahren habe.«

»Ich hätte gerne eine Kopie der Liste mit Namen und Adressen, die Paris Maitland für die Party gegeben hat.«

»Ich werde sie darum bitten«, erwiderte Sloan. »Ich sage ihr einfach, daß ich die Liste gerne als Souvenir hätte und daß sie mir helfen wird, mich an die Namen der Gäste zu erinnern.«

»Gut.« Er warf einen Blick auf die Eingangstür. »Paris kommt gerade aus dem Haus. Übrigens, falls du es nicht schon weißt: Es war Maitland, der auf der Party zu deinen Ehren bestanden hat. Ich dachte, das würde dich interessieren.«

»Ich habe zwar gemerkt, daß Carter nicht gerade begeistert von der Idee einer Party war. Aber wieso in aller Welt sollte Noah ihn dazu überreden, wenn er keine Lust dazu hat?«

»Du hättest dabeisein und hören sollen, wie er sich ins Zeug gelegt hat. Ich war tief beeindruckt.«

Sloan senkte ihre Stimme, da Paris gerade auf sie zukam. »Aber wieso sollte es ausgerechnet Noah interessieren, ob ich Carters Freunde kennenlerne oder nicht?«

»Ich glaube«, sagte Paul mit einem süffisanten Grinsen, »du kennst die Antwort bereits: Noah Maitland ist hin und weg von dir.«

Wider ihren eigenen Willen fühlte Sloan sich geschmeichelt, daß Noah sich für sie interessierte und daß es ihm überdies gelungen war, Carter Reynolds eins auszuwischen.

»Wir werden wohl einige Stunden unterwegs sein«, rief Paris fröhlich, als sie bei Pauls Wagen angelangt war. »Sloan, du wirst dich heute abend wie neugeboren fühlen! Auf unserem Programm stehen Gesichtsmaske, Maniküre, Pediküre, Massage und Hairstyling. Wir müssen uns aber beeilen, denn mein Kosmetiksalon hat uns in letzter Minute eingeschoben, und wir dürfen auf keinen Fall zu spät kommen.«

»Dann macht euch besser auf den Weg«, riet Paul, bevor er in seinen Mietwagen einstieg. Er wartete, bis er ein paar Blöcke vom Haus entfernt war, bevor er das Handschuhfach öffnete, sein Handy herausholte und eine Nummer wählte. Der FBI-Agent, der seinen Anruf entgegennahm, saß gerade mit einer Angel am Pier und wartete geduldig, daß ein Fisch anbiß. »Kannst du sprechen?« fragte Paul.

»Ob ich sprechen kann?« fragte der Mann fassungslos und ziemlich verärgert. »Du bist derjenige, der mir etwas zu erzählen hat, Paul. Wieso hast du mir nicht gesagt, daß du auf deine eigene Initiative hin nach Palm Beach gefahren bist? Ich habe gestern abend einen Anruf von unserem Chef erhalten: Der Mann ist völlig außer sich! Er ist überzeugt, daß du den Verstand verloren hast und von diesem Fall völlig besessen bist. Es ist mir ernst, mein Junge: Dein Kopf steht auf dem Spiel. Du wirst dir deine Karriere vermasseln, und sogar wenn du Beweise finden solltest, werden Reynolds' Anwälte sie vor Gericht nicht gelten lassen, weil du auf unrechte Weise an sie herangekommen bist …«

»Aber ich suche doch gar nicht nach Beweisen, und wenn ich doch auf welche stoßen sollte, dann werde nicht *ich* derjenige sein, der sie gefunden hat«, unterbrach Paul ihn in dem belehrenden, geduldigen Ton eines Menschen, der sich im Recht sieht und wider Erwarten in die Defensive gerät. »Ich bin nur als Sloans Wegbereiter hier. Mit Carters Entscheidung, seine Tochter einzuladen, hatte ich nichts zu tun. Und falls sie während ihres Aufenthalts auf etwas Belastendes stoßen sollte, wäre es nur natürlich, daß sie die Behörden darüber in Kenntnis setzt, ganz egal ob ich nun dabei bin oder nicht. Sie ist immerhin ein Cop.«

»Nicht ich bin es, den du überzeugen mußt, Paul. Du solltest besser den Alten anrufen und ihm das erzählen.«

»Ich habe zur Zeit Urlaub. Falls es mir gelingt, den Boß zum Helden zu machen, wird er sich wieder beruhigen. In der Zwischenzeit benehme ich mich wie ein ganz normaler Gast, der seine Ferien bei Bekannten verbringt. Ich spiele Tennis, hänge am Pool herum, gehe abends essen und danach tanzen. Es fällt mir gar nicht ein, hier eine Schublade zu öffnen oder auch nur ein Fotoalbum aufzuschlagen, ohne daß jemand mich darum bittet. Das gleiche habe ich zu Sloan gesagt. Sie hat keine Ahnung, daß Reynolds seine Bank benutzt, um Geld zu waschen, geschweige denn, wessen Geld er wäscht. Und ich werde es ihr auch in Zukunft nicht sagen müssen: Das Schicksal hat nämlich eingegriffen und sie genau dorthin gesetzt, wo ich sie haben wollte.«

»Was meinst du damit?«

»Ich meine damit, daß meine hübsche Reisegefährtin sich einen sehr hartnäckigen Verehrer angelacht hat, und daß kein Bundesrichter einen Beweis vom Tisch fegen könnte, den sie durch ihn erhält, weil ich persönlich absolut nichts damit zu tun habe.«

»Wer ist der Mann?«

»Noah Maitland.«

Der Agent atmete tief durch und stieß einen triumphierenden Pfiff aus. »Bingo!«

26

Sloan stand auf ihrem Balkon und war völlig verzaubert von dem Anblick, der sich ihren staunenden Augen bot. Die Party hatte bereits begonnen, und zahllose Lichter – darunter viele Fackeln und Kerzen – erhellten den Abend auf der riesigen Rasenfläche, auf der sich die etwa zweihundert Gäste tummelten. Überall standen weiß gedeckte, mit bunten Blumen dekorierte Tische, und unter die Menschen mischten sich livrierte Kellner mit ihren Tabletts, auf denen sie Champagner und Hors d'œuvres reichten. Zur Rechten waren Buffettische mit den herrlichsten Speisen aufgebaut, und zur Linken, ganz in der Nähe des Swimmingpools, spielte ein Orchester neben einer eigens für dieses Ereignis aufgebauten Tanzfläche. Auf einem Podest in der Mitte des Rasens stand eine große, kunstvoll gestaltete Eisskulptur, die einen auffliegenden Möwenschwarm darstellte.

»Bist du bereit für deinen großen Auftritt?« fragte Paris, die sich soeben zu Sloan auf den Balkon gesellte.

»Ich hatte nicht erwartet, daß es eine so große und wunderbar arrangierte Party sein würde«, erwiderte Sloan.

»Noahs Sekretärin ist eine Magierin«, erklärte Paris mit einem beifälligen Blick über die Menschenmenge. »Ich hätte in so kurzer Zeit nie etwas Derartiges zustande bringen können. Komm, wir gehen hinunter.«

»Ich bin ziemlich nervös«, gestand Sloan.

»Ich auch«, sagte Paris mit einem unsicheren Lachen. »Niemand hat je zuvor einen meiner Entwürfe getragen. Wir wollen sehen, welche Wirkung sie erzielen.«

Sloan wandte sich vom Balkongeländer ab und folgte ihrer Schwester ins Schlafzimmer, wo sie sich vor Paris' prüfenden Augen langsam um die eigene Achse drehte. Ihr zitronenfarbenes Chiffonkleid bestand aus einem bei jedem Schritt weich um die Beine fließenden, langen Rock und einem enggeschnittenen Oberteil mit rechtwinkligem Halsausschnitt und Nackenträgern, die hinten mit einer juwelenbesetzten Spange zusammengehalten wurden. »So gut wie heute werde ich nie mehr aussehen«, erklärte Sloan mit leichtem Bedauern.

»Die Farbe paßt wunderbar zu deiner Haut«, frohlockte Paris, die einen Schritt zurückgetreten war und das Ergebnis ihrer Bemühungen aufmerksam studierte. »Und das Kleid hat einen herrlichen Schnitt. Ich komme mir wie eine richtige Modedesignerin vor.«

»Du *bist* eine richtige Modedesignerin«, erklärte Sloan feierlich.

»Vater glaubt das nicht. Er sagte, ich habe nur meine Zeit verloren, als ich letzten Monat diese Kleider entworfen habe.«

»Du darfst dir von ihm nicht den Mut nehmen lassen«, sagte Sloan eindringlich. »Er muß blind sein, wenn er dein Talent nicht erkennt. Sieh mich doch an! Sieh *uns* doch an.« Sloan unterstrich ihre Worte, indem sie ins Ankleidezimmer ging und sich vor den großen Spiegel stellte. »*Du* hast diese beiden Kleider entworfen.«

Seite an Seite standen die beiden jungen Frauen vor dem Spiegel: Paris, das dunkle Haar an den Schläfen zurückgekämmt und mit goldenen Spangen befestigt, in einem reichbestickten Kleid aus pfirsichfarbener Seide, und Sloan, deren blondes Haar ihr offen auf die Schultern fiel, in einem Traum aus zitronengelbem Chiffon.

»Nicht einmal mein Hochzeitskleid wird an dieses Prachtgewand herankommen«, erklärte Sloan.

»O doch, das wird es«, sagte Paris und nickte entschieden. »Weil *ich* es nämlich entwerfen werde!« Sie wandte sich vom Spiegel ab. »Komm jetzt, Prinzessin, es ist Zeit, um auf den Ball zu gehen. Vater trifft uns auf der Veranda, und ich werde an deiner Seite bleiben, während er dich herumführt und dich allen vorstellt.«

Noah stand in der Nähe der Veranda und unterhielt sich mit einer Gruppe von Männern, die ihn dazu überreden wollten, sich ihrer Aktiengesellschaft anzuschließen und mit ihnen gemeinsam ein Pferdegestüt zu kaufen. Er hatte dem Haus den Rücken zugewandt und merkte erst, daß Sloan auf der Bildfläche erschienen war, als seine Gesprächspartner plötzlich verstummten und fasziniert an ihm vorbeistarrten. Den anderen Gästen schien es nicht anders zu ergehen, denn die Aufmerksamkeit aller hatte sich nun plötzlich ganz auf die Veranda konzentriert, und durch die Menge ging ein staunendes Raunen.

»Guter Gott, was für ein Anblick!« seufzte einer der Männer in Noahs Kreis.

Noah hatte sich langsam umgewandt, und als er sie schließlich erblickte, wäre er am liebsten auf sie zugerannt, um sie vor den gaffenden Gästen zu entführen. Seine Augen folgten jedem ihrer Schritte, während sie – begleitet von Paris und Carter, der um jede seiner Töchter einen Arm gelegt hatte – sich unter die Menschen mischte und ihr endlos scheinendes Begrüßungsritual absolvierte. Sie lächelte jeden der Gäste, dem sie vorgestellt wurde, freundlich an und hörte allen aufmerksam zu, und es bestand kein Zweifel, daß sie mit ihrem natürlichen Charme und ihrer ungespielten Herzlichkeit schon bald die Sympathie aller gewonnen hatte.

Plötzlich wurde Noah von der gelangweilten Courtney aus seinen Gedanken gerissen, die sich zu ihm gesellt hatte und drauf und dran war, die Geduld zu verlieren. »Ich glaube, ich sollte gleich mal Sloan zu Hilfe eilen«, verkündete sie entschlossen. »Carter hat sie nun lange genug durch die Menge gezerrt.«

»Rühr dich bloß nicht vom Fleck!« befahl Noah seiner Schwester. »Sie werden sicher gleich von selbst auf uns zukommen.«

»Da kommt sie ja endlich, und Gott sei Dank ohne Carter«, rief Courtney ein Weilchen später glücklich aus. Gleich darauf runzelte sie aber mißmutig die Stirn, weil auch einige von Noahs Freunden Sloans Zielrichtung bemerkt hatten und nun ihrerseits auf sie zustürzten. »O nein, die ganze Meute lauert schon auf sie, und unser Vater ist auch dabei. Das ist wirklich abstoßend!«

Courtney beschloß, den anderen zuvorzukommen, indem sie sie schnell überholte und sich dann zwischen sie und Sloan drängte. »Hallo, Sloan«, rief sie mit einem Grinsen, als es ihr endlich gelungen war, an sie heranzukommen. »Noah sagte, du wolltest mich auf deinem Fest dabeihaben, und hier bin ich nun. Ich habe mich für diese Gelegenheit sogar chic angezogen«, sagte sie dann, indem sie ihren Rock hob, um ihn Sloan zu zeigen.

Sloan studierte aufmerksam Courtneys ziemlich bizarre Aufmachung, die aus einem altmodischen, spitzenbesetzten Ballkleid, ellbogenlangen, fingerlosen Satinhandschuhen und Militärboots bestand. Sie sah so wild und gleichzeitig so hübsch aus, daß Sloan spontan in Lachen ausbrach und sie herzlich umarmte. »Ich freue mich sehr, daß du gekommen bist, Courtney!«

»Ja, aber was hältst du nun von meinem Outfit?«

»Es ist … Es paßt zu dir«, antwortete Sloan.

»Mrs. Reynolds hat gesagt, daß ich wie ein überkandideltes Flüchtlingsmädchen aussehe.«

»Sie ist sehr alt, und ich glaube nicht, daß sie noch gut sieht«, versetzte Sloan mit einem verschwörerischen Lächeln.

»Willst du Noah nicht begrüßen?« fragte Courtney, nachdem ihr Bruder zu ihnen getreten war.

Sloan hatte seit Beginn der Party keinen anderen Wunsch als diesen gehabt, doch nun, da die Gelegenheit dazu gekommen war, fühlte sie sich befangen. Sie sah schüchtern zu ihm auf und hauchte ein kaum hörbares »Hallo«.

»Hallo«, erwiderte er, und seine Augen strahlten vor Freude und Bewunderung.

»Ich glaube, Noah hat auch eine Umarmung verdient«, platzte Courtney heraus. »Du würdest nicht glauben, was er alles getan hat, um diese Party für dich zu ermöglichen.«

»Ach ja? Was hat er denn getan?« fragte Sloan. Sie wußte, daß Noah Carter zu der Party überredet und daß seine Sekretärin das Arrangement der Party übernommen hatte. Als sie aber nun von Courtney weitere Details zu hören bekam, wurde sie noch verlegener als zuvor.

»Noah hat das Restaurant in einem seiner Hotels schließen lassen, weil wir die Tische und Stühle hier brauchten, und ich wette, daß in dem Hotel auch keine einzige Blume mehr übriggeblieben ist. Siehst du das große Blumenarrangement da drüben auf dem Buffettisch?«

Sloan hatte Mühe, ihren Blick von Noahs amüsierten grauen Augen zu wenden und statt dessen in die von Courtney angezeigte Richtung zu blicken. »Ja, ich sehe es.«

»Nun, noch heute morgen stand es auf einem großen Tisch in der Hotellobby ...«

»Hör auf damit, Courtney.«

Courtney dachte nicht daran, auf Noah zu hören. »Es ist aber die Wahrheit. Und ich wette auch, daß in dem ganzen Hotel keine Serviette und kein Teller und keine Gabel mehr übrig ...«

Noah legte seiner Schwester sanft die Hand auf den Mund und erstickte damit den Rest ihres begeisterten Berichts. »Als ich dich das letzte Mal zum Tanz aufgefordert habe«, sagte er dann zu Sloan, »hast du mir eine ziemliche Abfuhr erteilt. Was würdest du sagen: Wie sind meine Chancen heute abend?«

Sloan war tief gerührt darüber, was er alles für sie getan hatte, und sie konnte sich auch nicht mehr länger gegen den Zauber seiner tiefen Stimme und seiner leuchtenden Augen wehren. »Ich würde sagen, sie sind heute abend sehr vielversprechend«, erwiderte sie sanft.

Sloans Atem stockte, als er sie auf der Tanzfläche in seine Arme nahm und sie seine große, schlanke Gestalt im Schein der Fackeln betrachtete. Der elegante, nachtblaue Anzug saß wie angegossen an seinem Körper und betonte sowohl seine breiten Schultern und seine schmalen Hüften als auch die Länge seiner Beine. Sein Hemd wirkte vor dem Hintergrund seines bronzefarbenen Teints noch weißer, und sein Lächeln war so strahlend wie nie zuvor, als er ihr die Hand auf den Rücken legte und sie dicht an sich zog. »Gefällt dir deine Party?« fragte er, als das Orchester nun *Someone to Watch Over Me* zu spielen begann.

»Ja, sehr«, sagte Sloan leise und versuchte, nicht daran zu denken, wie seine Beine die ihren streiften oder wie kräftig sich sein Arm unter ihrer Hand anfühlte und wie sehr sie seine tiefe Stimme verwirrte. »Ich weiß gar nicht, wie ich dir dafür danken soll.«

Sein geradezu lasziver Blick fixierte vielsagend ihre Lippen. »Es wird uns schon etwas einfallen.«

Sloan suchte verzweifelt eine Ausflucht in einer humorvollen Antwort. »Vielleicht könnte ich dir ein bißchen Nachhilfe in Selbstverteidigung geben.«

Seine Augen wandten sich wieder den ihren zu, und die Andeutung eines Lächelns überflog sein schönes Gesicht. »Glaubst du, das werde ich nötig haben?«

»Schon möglich. Ich bin viel härter, als ich aussehe.«

»Ich auch.«

Sloans Mund fühlte sich so ausgetrocknet an, daß sie es vorzog, zu schweigen.

Sie war so benommen von allem, was mit ihr geschah, daß sie kaum bemerkte, wie leichtfüßig sie mit ihm tanzte und wie mühelos ihre Körper sich zu dem Rhythmus der süßen, vertrauten Melodie bewegten. Sloan wiederholte sich immer wieder, daß die Anziehungskraft, die er auf sie ausübte, gefährlich war und daß es damit ein Ende haben mußte. Aber als Noahs Hand ihren Rücken hinunterstrich und seine Finger sanft auf ihrer Wirbelsäule spielten, bevor er sie wieder fester an sich zog, vergaß sie die Gefahr. Eine unbeschreibliche Schwäche ergriff von ihr Besitz, während sie sich verzweifelt einzureden versuchte, daß es ja nur ein Tanz war und daß er wahrscheinlich gar nicht wußte, was er da tat.

Noah wußte ganz genau, was er tat, und er hatte die feste Absicht, noch viel mehr zu tun. Ihr Haar sah im Licht der Fackeln aus wie flüssiges Gold, ihr Duft war wie der einer Blume, und mit ihr zu tanzen fühlte sich an, als habe er eine Wolke im Arm. Als die Musik verstummte, trat sie einen Schritt zurück und sah ihm in die Augen, und Noah blickte wie verzaubert in ihr feingeschnittenes Gesicht mit den sanft geröteten Wangen, der schmalen Nase und den von langen Wimpern überschatteten, veilchenblauen Augen, das ihn zu seinem eigenen Erstaunen mehr und mehr in seinen Bann schlug. »Wenn die Party vorbei ist, werde ich Courtney und meinen Vater nach Hause begleiten und dann zurückkommen. Warte am Strand auf mich.«

»Warum?« fragte sie bebend.

»Wir werden uns einen Grund ausdenken, wenn wir da sind«, sagte er mit einem ironischen Lächeln.

Sloan kannte die Antwort auf ihre Frage und hatte sie nur aus Beklommenheit gestellt, und sie wußte auch, daß er dies wußte. Sie atmete erleichtert auf, als Paul und Paris, die bisher miteinander getanzt hatten, nun fröhlich auf sie zukamen und Paul einen Partnerwechsel vorschlug, der ihr jedes weitere Wort ersparte.

»Noah«, sagte Sloan jedoch noch, als er sich abgewandt hatte, um mit Paris zu tanzen.

Der Klang ihrer sanften Stimme und die Tatsache, daß sie ihn beim Namen genannt hatte, kam so überraschend und tönte Noah so süß in den Ohren, daß er wie angewurzelt stehenblieb und sich umdrehte. »Ja?«

»Es wäre nett, wenn du nachher mit Courtney tanzen würdest.«

»Mit Courtney?« wiederholte er überrascht, da er selbst niemals auf den Gedanken gekommen wäre, seine Schwester um einen Tanz zu bitten. Mit amüsiertem Entsetzen dachte er an Courtneys Militärboots, nickte dann aber bereitwillig. »Gut, das werde ich tun.«

Nachdem er seinen Tanz mit Paris beendet hatte, hielt er unverzüglich nach Courtney Ausschau und entdeckte sie schließlich ganz in der Nähe. Er wollte Sloan nicht enttäuschen, war aber der festen Überzeugung, daß Courtney seine Aufforderung sowieso zurückweisen würde. »Miss Maitland, wie wär's mit einem Tanz?«

Sie starrte ihn fassungslos an. »Mit dir?«

»Nein, mit dem Kellner«, versetzte er trocken, bemerkte dann aber, daß sie sich schon hinunterbeugte und einen ihrer Schuhe aufschnürte. Bevor sie sich auch an den zweiten machte, zögerte sie und warf ihm von unten einen mißtrauischen Blick zu. »Meinst du es wirklich ernst?«

Als ihm bewußt wurde, wie sehr sie sich über seine Aufforderung freute, fühlte er sich plötzlich schuldig, daß er nicht von selbst daran gedacht hatte. »Ja, ich meine es ernst.«

Wenig später mußte er feststellen, daß seine kleine Schwester eine überraschend gute Tänzerin war. »Wo hast du denn so gut tanzen gelernt?«

Sie verdrehte fassungslos die Augen über ein solches Ausmaß an männlicher Ahnungslosigkeit. »Tanzen ist Frauensache. Wir können das alle praktisch von Geburt an. Wirst du versuchen, Sloan ins Bett zu bekommen?«

»Kümmere dich um deine eigenen Angelegenheiten.«

»Tu mir einen Gefallen und laß sie in Ruhe. Du wirst sie am Ende doch sitzenlassen wie all die anderen Frauen. Dann wird sie verletzt sein, und wir werden sie nicht wiedersehen. Sie ist nett. Ich möchte sie wirklich gern als Freundin haben.«

Noah sah überrascht in das ehrlich besorgte Gesicht seiner Schwester. Er fühlte sich plötzlich beschämt und bloßgestellt. Sloan war so großmütig und mitfühlend, daß sie sich sogar auf einer Party, in der sie selbst im Zentrum der Aufmerksamkeit stand, Gedanken um Courtneys Gefühle machte. Und selbst Courtney schien ihm nicht mehr der verzogene Teenager, der ihn mit seinen Launen zur Weißglut bringen konnte. Noah warf einen weiteren, fast zärtlichen Blick auf seine Schwester und sagte dann ruhig: »Sloan ist schon deine Freundin.«

Er verbrachte den Großteil des verbleibenden Abends im Gespräch mit Freunden und Bekannten, immer mit dem heimlichen Wunsch, sie würden sich endlich verabschieden und gehen. Die Zeit bis zum Ende der Party schien sich ewig hinzuziehen, und um Sloan wenigstens in seiner Nähe zu haben, schloß er sie immer wieder in die Plaudereien mit seinen Freunden ein. Sie verschwand jedoch wiederholt, um mit ihrem Vater oder mit einem der männlichen Gäste zu tanzen. Noah selbst tanzte nur noch zweimal mit Courtney.

27

Sloan stand mit Paris und ihrem Vater an der Eingangstür und verabschiedete sich von den letzten Gästen, einem Ehepaar, das zu Carters engsten Freunden zählte. Noah und die anderen Gäste waren längst gegangen; Edith hatte sich schon vor Stunden zurückgezogen, und auch Paul hatte sich vor einer halben Stunde zur Ruhe begeben, während Senator Thurmond Meade und seine Frau mit ihren Gastgebern noch in eine intensive politische Diskussion verstrickt gewesen waren.

»Gute Nacht, Sloan«, sagte Mrs. Meade nun. »Ich freue mich wirklich, Sie kennengelernt zu haben. Ich werde das Rezept für die Salbe, die Sie mir heute für meinen wunden Arm gegeben haben, gleich ausprobieren.«

Dann wandte sie sich an Paris und berührte mit ihrer Wange leicht die ihre, eine Geste, die Sloan inzwischen als den Abschiedskuß der High Society von Palm Beach kannte. »Du ungezogenes Mädchen«, sagte sie in scherzhaftem Ton zu Paris. »Ich kann gar nicht glauben, daß du dein Talent die ganze Zeit für dich behalten hast! Wenn Sloan uns nicht gesagt hätte, daß du eure beiden Kleider selbst entworfen hast, hätten wir es wohl nie erfahren. Wie ich gehört habe, will Sally Linkley deine Zeichnungen sehen, aber ich bestehe darauf, daß du sie mir zuerst zeigst. Es ist nur fair, daß ich die erste Wahl habe – ich kenne dich schon viel länger als Sally.«

Senator Meade verabschiedete sich eher förmlich von Paris und Sloan, doch als er Carters Hand ergriff, schwang ehrliche Begeisterung in seinen Worten. »Du kannst dich wirklich glücklich schätzen, Carter, zwei so bildschöne Töchter zu haben. Paris ist ja schon immer eine Zierde für dich gewesen, aber auf Sloan kannst du genauso stolz sein. Sie hat heute abend die Herzen aller im Sturm erobert.«

Carter lächelte und schüttelte ihm herzlich die Hand. »Ich weiß.«

Als die Tür schließlich ins Schloß gefallen war und Carter sich zu Sloan wandte, waren seine Worte genauso ehrlich wie die von Senator Meade. »Sloan, ich kann dir gar nicht sagen, wie stolz ich heute abend auf dich war.«

Er schien ihr im Moment sehr zugetan – nicht, wie Sloan vermutete, weil er sie tatsächlich liebte, sondern weil er ein Narziß war, und sie seine Freunde beeindruckt und damit sein Prestige erhöht hatte. Zu Sloans eigener Überraschung hatte sie für viele seiner Freunde heute abend spontan Sympathie empfunden. Es gelang ihr aber nicht, dasselbe für ihn zu empfinden, und sie versuchte sich dies nicht anmerken zu lassen, während sie ihm lächelnd dankte.

Als Carter nach oben gegangen war und Sloan auf die antike Wanduhr im Foyer blickte und sah, wie spät es schon war, machten sich gleichzeitig Erleichterung und Enttäuschung in ihr breit. Zu so später Stunde würde Noah sicherlich nicht mehr am Strand auf sie warten. Das Schicksal hatte in Gestalt von Senator Meade und seiner Frau eingegriffen und sie davor bewahrt, eine große Dummheit zu begehen. Eigentlich hätte die Erleichterung überwiegen müssen, doch leider tat sie das nicht.

Sloans Träumereien wurden schließlich von Paris unterbrochen, die ihre Schwester stolz umarmte. »Du warst hinreißend heute abend! Alle Gäste haben nur darüber geredet, wie hübsch, charmant und geistreich du bist – und die Party im allgemeinen war wirklich ein voller Erfolg. Deshalb sind die Leute auch so lange geblieben.«

Dann begleitete Paris ihre Schwester in ihr Schlafzimmer, und als sie dort angekommen waren, grübelte Sloan immer noch, ob sie nicht doch noch hinunter an den Strand gehen sollte, um zu sehen, ob Noah dort auf sie wartete.

»Gute Nacht«, flüsterte Paris.

»Gute Nacht«, erwiderte Sloan mit der Türklinke in der Hand, rührte sich aber nicht vom Fleck.

Endlich bemerkte Paris, daß mit Sloan etwas nicht stimmte. »Du bist seit dem frühen Morgen auf. Bist du denn nicht müde?«

Sloan schüttelte den Kopf und gestand ihr dann die Wahrheit. »Noah hat mich gebeten, ihn nach der Party noch unten am Strand zu treffen.«

»Wirklich?«

»Ja.«

»Wieso bist du dann noch hier oben?« fragte Paris schmunzelnd.

Plötzlich wußte Sloan, was sie zu tun hatte.

Der Rasen war immer noch hell erleuchtet, und es wimmelte von all den Menschen, die noch in der Nacht für die Aufräumungsarbeiten gekommen waren. Es handelte sich teils um die Angestellten von Noahs Hotel, teils aber auch um Carters eigenes Personal, so daß Sloan im Vorbeigehen zwei seiner Dienstmädchen einen Gruß zuwerfen mußte. Niemand schien etwas Sonderbares daran zu finden, daß sie um ein Uhr nachts noch einen Mondscheinspaziergang am Strand machen wollte, noch dazu in einem herrlichen Chiffonkleid und mit zierlichen, hochhackigen Sandalen an den Füßen. Dennoch kam sich Sloan vor wie jemand, der etwas ausgefressen hatte, als sie an den Leuten vorbeiging.

Sie war erleichtert, als sie endlich am Strand ankam und vom Anwesen der Reynolds' aus nicht mehr gesehen werden konnte, doch gleich darauf machte ihre Erleichterung einer überwältigenden Enttäuschung Platz: Von Noah war weit und breit keine Spur zu sehen.

Sloan ließ ihren suchenden Blick lange umherschweifen, doch es schien ganz offensichtlich, daß er schon nach Hause gegangen war. Sie entschloß sich, ihre Sandalen auszuziehen und in die Hand zu nehmen, bevor sie langsam in Richtung seines Hauses den Strand entlangwanderte. Heimlich hoffte sie, daß er plötzlich wie aus dem Nichts doch noch auftauchen würde.

Je mehr sie sich Noahs Haus näherte, desto niedergeschlagener wurde sie. Ihr verräterisches Herz erinnerte sie daran, wie es sich angefühlt hatte, mit ihm zu tanzen, und wie er dann seinen Blick begehrlich auf ihre Lippen geheftet hatte, als sie nicht gewußt hatte, wie sie ihm für die Party danken sollte. »*Es wird uns schon etwas einfallen*«, hatte er gesagt. Und als sie ihn gefragt hatte, wieso er sie nach der Party am Strand treffen wollte, war seine Antwort noch unverblümter gewesen: »*Wir werden uns einen Grund ausdenken, wenn wir da sind.*«

Endlich erreichte sie das Anwesen der Maitlands und spähte im Licht des Mondes nach den Terrassen, konnte aber nur vage und verschwommene Umrisse erkennen. Es war besser so, redete sie sich besänftigend zu. Noah Maitland war zu verwöhnt, zu erfahren und viel zu selbstsicher für sie. Für ihn war es eine Selbstverständlichkeit, sie schon zwei Tage nach ihrer ersten Begegnung nach einem romantischen Erlebnis auf der Tanzfläche zu verführen, und er würde ihr ohne Zweifel das Herz brechen, wenn sie ihm nachgab.

Sie hatte großes Glück gehabt, daß sie in dieser Nacht einer Katastrophe doch noch entkommen war.

Sie war froh, daß er nicht gewartet hatte.

Sie war erleichtert, daß er schon zu Bett gegangen war.

Und sie war erregt bei dem Gedanken, daß er dort oben in seinem Bett lag und schlief.

Sie schluckte den Kloß in ihrem Hals hinunter und wandte sich zum Gehen. Da löste sich plötzlich ein Schatten von der dunklen Terrasse und kam in schnellen Schritten auf sie zu, und eine leise, aber ihr wohlbekannte Stimme nannte ihren Namen. »Sloan!«

Sie freute sich so sehr, daß er doch auf sie gewartet hatte, daß sie ihm fast entgegenrannte, als er jetzt die Terrassenstufen herunterkam und auf dem untersten Absatz stehenblieb. Er hatte seine Jacke und seine Krawatte ausgezogen, die oberen Knöpfe seines weißen Hemdes waren geöffnet und seine Hemdsärmel über die Unterarme aufgerollt. Irgendwie wirkte er dadurch noch anziehender als vorher auf der Party.

Sloan blieb abrupt vor ihm stehen und versuchte ihn nicht merken zu lassen, wie glücklich sie war und daß das Herz ihr bis zum Hals schlug. »Die letzten Gäste sind sehr lange geblieben, daher konnte ich jetzt erst kommen.«

Er nahm ihre Erklärung mit einem kurzen Nicken zur Kenntnis; dann schob er seine Hände tief in seine Hosentaschen und sah sie lange und schweigend an.

Sloan hatte halb erwartet, daß er sie an sich ziehen würde, sobald sie in seiner Nähe war. Wenn sie ehrlich war, wünschte sie sich nichts sehnsüchtiger als das, doch er tat nichts dergleichen, sondern stand einfach nur da und betrachtete sie. Als sie merkte, daß ihre Erwartung sich nicht erfüllen würde, führte sie sein Zögern auf das Problem zurück, über das sie sich schon seit ihrem Tanz auf der Party den Kopf zerbrach. Sie nahm ganz selbstverständlich an, daß es auch für ihn ein Problem darstellte. Nicht ohne Bedauern sagte sie daher schließlich: »Wir dürfen das nicht tun. Wenn Carter merkt, daß etwas zwischen uns ist, wird er sehr böse auf Paris sein, weil sie nicht deutlichere Besitzansprüche auf dich geltend gemacht hat.«

Er erwiderte scheinbar ungerührt: »In diesem Fall könnte ich ihm ganz ehrlich sagen, daß ich nicht an einer Heirat mit Paris interessiert bin.«

»Dann wird er auf *dich* böse sein.«

»Machst du dir immer Gedanken um andere Leute?«

Noah merkte, daß sie ernsthaft über seine Frage nachgedacht hatte, bevor sie nach einer Weile aufseufzte und bedauernd nickte. »Das ist einer meiner vielen Fehler.«

Fehler? dachte er mit ungläubigem Erstaunen. Er fragte sich, ob sie überhaupt wußte, was ein wirklicher Fehler war. Wie sie so im Mondlicht stand und der Wind leise um ihre Röcke strich und ihr vereinzelte Strähnen ihres goldenen Haars um die Wangen wehte, erinnerte sie ihn eher an einen barfüßigen Engel, der Sandalen statt einer himmlischen Harfe in den Händen trug.

Sie war eine Frau, die kleinen Kindern den Wassereimer zu ihren Sandburgen trug und die stehenblieb, um leidenden alten Gärtnern zu helfen. Er dachte daran, welche Freude er Courtney bereitet hatte, indem er Sloans Wunsch gefolgt war und mit ihr getanzt hatte, und wie sehr auch Paris in den letzten beiden Tagen aufgeblüht war. Er war Courtney im Grunde dankbar dafür, daß sie ihm heute ins Gewissen geredet hatte: Noah hatte kein Recht, Sloan zu verletzen und damit zu riskieren, daß sie ihr Strahlen und ihre unglaubliche Wirkung auf andere Menschen verlor.

Andererseits war sie dreißig Jahre alt. Das war alt genug, um zu wissen, was es bedeutete, heute abend zu ihm zu kommen, alt genug, um die Spielregeln zu kennen und die Konsequenzen zu tragen, wenn es vorbei war.

Doch insgeheim wußte er genau, daß sie keine Ahnung hatte, wie das Spiel gespielt wurde. Sie hatte selbst zugegeben, daß sie nicht einmal wußte, wie man flirtete. Ein zynisches Lächeln glitt über seine Lippen, als er sich ausmalte, welche Verwüstungen sie in der Männerwelt anrichten könnte, wenn sie nur gewollt hätte. Auf der Party heute abend hatte er oft genug beobachtet, wie vernünftige und lebenserfahrene Männer förmlich dahinschmolzen, wenn sie ihnen auch nur zugelächelt hatte.

Sie war ihm ein Rätsel: Entweder sie wußte wirklich nicht, welche Wirkung sie auf Männer hatte, oder es war ihr schlicht und einfach egal. Tatsächlich war er sich in bezug auf Sloan nur zweier Dinge wirklich sicher: Sie hatte keine Erfahrung mit Männern wie ihm; und sie verdiente viel mehr als das, was er ihr geben wollte.

»Was denkst du?« fragte Sloan endlich, als die letzten Spuren ihres Muts zu schwinden begannen und sie sich töricht und unwohl zu fühlen begann.

»Ich dachte gerade, daß du aussiehst wie ein barfüßiger Engel«, sagte er, ohne daß seine Stimme seine Gefühle verriet.

Sloan war bei seinen Worten zutiefst erschrocken. Sie dachte mit Entsetzen daran, wer sie wirklich war und was sie nach Palm Beach geführt hatte, und ihre Stimme zitterte leicht, als sie schnell versicherte: »Glaube mir, ich bin kein Engel. Ganz im Gegenteil.«

Er machte ein paar Schritte in ihre Richtung und stand nun dicht vor ihr. Ohne daß sie etwas dagegen tun konnte, nahm er seine Hände aus den Taschen, legte seine Arme um Sloan und zog sie fest an sich. »Das ist gut«, sagte er dann, beugte den Kopf zu ihr herunter und küßte sie schnell auf den Mund.

Seine Reaktion kam so plötzlich, daß Sloan daraus schloß, er habe ihre Worte mißverstanden und auf ihre sexuellen Erfahrungen bezogen. Sie hatte ihn aber schon in so vielen Dingen belügen müssen, daß sie das zwanghafte Bedürfnis verspürte, wenigstens in dieser Hinsicht völlig ehrlich zu ihm zu sein. »Als ich gerade gesagt habe, daß ich kein Engel bin«, erklärte sie daher hastig, »habe ich damit nichts gemeint, was mit ... Sex zu tun hat.«

Er fuhr überrascht hoch. »Nein?«

Sloan schüttelte den Kopf und tat ihr Bestes, um als eine emanzipierte, reife und offenherzige junge Frau zu erscheinen, die es nicht als entsetzlich peinlich empfand, mit ihm über derartige Dinge zu sprechen. »Was solche ... solche Beziehungen betrifft, habe ich nicht soviel Erfahrung wie du ... wie manche Leute vielleicht meinen.«

Noah blickte in ihr bezauberndes Gesicht mit den leuchtenden Augen und lächelte sie zärtlich an. Seine Stimme klang rauh, als er sie fragte: »Hast du nicht?«

»Nein. Ich hatte im ganzen nur zwei solcher Beziehungen.«

»Nur zwei?« scherzte er. »Ich bin schrecklich enttäuscht.«

Bis vor kurzem hatte sie nicht einmal gewußt, wie man flirtet, aber jetzt konnte sie das Lachen in seinen Augen durchaus richtig deuten. Sie zwinkerte ihm kaum merklich zu, als sie nun mit gespielter Betretenheit sagte: »Ich wünschte, ich könnte dir sagen, daß ich Dutzende hatte, aber ich hatte tatsächlich nur zwei.«

»Wie schade. Darf ich hoffen, daß sie beide sehr kurz und völlig bedeutungslos waren?«

Das wunderbare Wesen in seinen Armen nickte langsam und feierlich und verbarg ein Lachen hinter den zusammengepreßten Lippen. »Sie waren *extrem* kurz und *ganz und gar* bedeutungslos.«

»Das freut mich!« Er beugte den Kopf, um ihr das Lächeln von den Lippen zu küssen; dann hielt er inne, sein Mund nur wenige Zentimeter von dem ihren entfernt. »Waren sie das wirklich?« fragte er ernst und stellte erstaunt fest, daß er zum ersten Mal in seinem Leben den lächerlichen Wunsch verspürte, etwas über die anderen Liebhaber einer Frau zu erfahren.

Ihre langen Wimpern hoben sich, und sie sah ihm geradewegs in die Augen; dann legte sie ihre Hand auf seine Wange und flüsterte: »Ja, sie waren es wirklich.«

Noah wandte seinen Blick nicht von dem ihren, als er nun sanft ihre Handfläche küßte. Er spürte das Zittern, das sie bei seiner Berührung durchlief, und als habe es sich auf seinen eigenen Körper übertragen, erbebte auch er.

Im zweiten Stock des Hauses der Maitlands streckte Douglas gerade die Hand aus, um seine Nachttischlampe zu löschen, als Courtney wie eine Furie in sein Zimmer gestürmt kam. »Du wirst nicht glauben, was unten auf der Terrasse gerade vor sich geht«, stieß sie wütend hervor, während sie entschlossen hinüber zu seinem Fenster marschierte. »Ich habe vor fünf Minuten Noahs Stimme gehört, und als ich daraufhin aus meinem Fenster gesehen habe, entdeckte ich, daß Sloan bei ihm ist. Schau dir das nur an!« Sie zog den Vorhang zurück, ging einen Schritt zur Seite und wies auf das Fenster. »Nun komm schon, sieh es dir an!«

Douglas stieg etwas beunruhigt aus dem Bett, trat ans Fenster und starrte in die Dunkelheit hinaus. Als er entdeckte, was auf der Terrasse vor sich ging, wich seine besorgte Miene jedoch schnell einem vergnügten Lächeln. Noah hatte einen Arm um Sloans Taille geschlungen und hielt mit der anderen Hand ihren Kopf, während er sie leidenschaftlich küßte und langsam mit ihr auf eine Gartenliege niedersank. Und Sloan schien sich gegen seinen Zärtlichkeiten durchaus nicht zu wehren, sondern vielmehr seine Küsse genauso leidenschaftlich zu erwidern.

Douglas nahm Courtney den Vorhang aus der Hand und ließ ihn wieder vors Fenster fallen. »Sagtest du, das hat erst vor fünf Minuten angefangen?«

»Ja!«

»Unglaublich«, sagte er heiter.

»Er hat doch überall seine Frauen sitzen. Ich sehe wirklich nicht ein, wieso er auch noch Sloan verführen muß!«

»Ich würde nicht sagen, daß er sie verführt.«

Courtney war so wütend, daß sie mit dem Fuß aufstampfte. »Wie würdest du es denn sonst nennen?«

»Gegenseitige unwiderstehliche Anziehungskraft«, sagte Douglas mit einem Lächeln; dann schaltete er den Fernseher an, öffnete ein Schränkchen in der Wand und nahm einen Stapel Spielkarten heraus. Ich bin in der Stimmung für ein Spielchen Rommé.«

»Nein, ich gehe ins Bett«, sagte Courtney und wollte sich auf den Weg in ihr Schlafzimmer machen.

»Du bleibst mir schön hier, meine Liebe«, befahl Douglas, der genau wußte, daß sie Noah von ihrem Zimmer aus weiter hinterherspionieren würde.

»Aber ich bin ...«

»Du willst nur deinen Bruder beobachten«, sagte Douglas milde. »Das wäre aber nicht nur ein Zeichen für schlechte Manieren, sondern auch Zeitverschwendung, weil du schon alles gesehen hast, was es zu sehen gibt. Da draußen wird heute nacht nicht mehr passieren; ich gebe dir mein Wort darauf.« Er setzte sich seelenruhig in seinen Stuhl und begann, die Karten auszuteilen.

»Wieso bist du dir so sicher?« fragte sie, während sie sich mit einem beleidigten Gesichtsausdruck in den Stuhl ihm gegenüber lümmelte.

»Ich bin mir dessen sicher, weil ich deinen Bruder kenne. Noah ist nicht so dumm und niveaulos, es mit einer Frau auf einer Gartenliege zu treiben.«

Courtney dachte einen Moment zweifelnd über das Gehörte nach; dann bereitete sie dem Thema mit einem Achselzucken ein Ende, was in etwa bedeutete, daß sie ihrem Vater insgeheim recht gab. In einer versöhnlichen Geste nahm sie ihre Karten auf und sah sie prüfend an. »Du schuldest mir noch hundertfünfundvierzig Dollar vom letzten Mal«, erinnerte sie Douglas vorsorglich. »Wenn du heute abend nicht zahlst, werde ich dir Zinsen draufschlagen müssen.«

»Wie hoch ist denn dein Zinssatz?« fragte er, während er die Karten in seiner Hand ordnete.

»Achtzehn Prozent bei mehr als dreißig Tagen Überfälligkeit. Ich muß langsam an meine Zukunft denken.«

»Du wirst keine Zukunft haben, wenn du deinen armen alten Vater zum Bettler machst.«

Als sie mit dem Spielen aufhörten, hatte Courtney weitere fünfzehn Dollar gewonnen. Dann beschlossen sie, noch etwas miteinander fernzusehen, und schliefen endlich friedlich vor dem Spätfilm ein.

»Es ist schon sehr spät«, flüsterte Sloan, als Noah sie endlich freigab. »Ich muß zurück.«

»Ja, du hast recht.« Noah zog seinen Arm unter ihr hervor, sah auf seine Uhr und stellte erstaunt fest, daß es bereits nach drei Uhr morgens war. Er stand auf und bot ihr seine Hand, um ihr von der Liege hochzuhelfen.

Sloan sah etwas beschämt auf ihre nackten Füße und ihr völlig zerknautschtes Kleid herunter und hob dann die Hände, um ihre zerzausten Haare einigermaßen in Ordnung zu bringen. Plötzlich überkam sie eine große Verlegenheit für das, was sie die letzten zwei Stunden getan hatten. Wenn irgend jemand sie bei den Reynolds' ins Haus schleichen sah, würde sie sich wie die Hure von Babylon vorkommen. Und auch Noah gegenüber wich die Vertrautheit nun wieder und machte der alten Beklommenheit Platz, die sie schon vorher in seiner Nähe empfunden hatte.

Noah fand, daß die Frau an seiner Seite auf bezaubernde Weise zerknittert aussah. In den vergangenen zwei Stunden hatte er keinen Moment seine Hände von ihr nehmen können: Ihre Haare waren zerwühlt, ihr Kleid zerknautscht und ihre Lippen von seinen leidenschaftlichen Küssen leicht angeschwollen. Aber sie war immer noch angezogen, und für seine Verhältnisse war die erste Begegnung ihrer Körper ungewöhnlich keusch verlaufen. Und doch hatte er es als ungemein aufregend empfunden, sich mit ihr auf eine unbequeme Gartenliege zu drängen, aufregender und befriedigender als so manches erotische Erlebnis, das er mit anderen Frauen gehabt hatte.

Sloan hatte die Hände auf dem Rücken verschränkt, und an ihren Fingern baumelten wieder ihre Sandalen, als sie neben Noah die Verandatreppe hinunterging. Ihr Kopf war leicht zur Seite geneigt, als denke sie über etwas nach, und Noah hätte gar zu gerne gewußt, wie sie die letzten Stunden erlebt hatte... Immerhin hatte er sich wie ein unerfahrener und hemmungsloser Teenager benommen, der im Garten seiner

Eltern über seine kleine Freundin herfällt, statt sie irgendwohin zu bringen, wo sie es bequem hatten und ungestört waren. Jetzt im nachhinein war ihm sein Verhalten wirklich peinlich.

Während sie auf die Palmen am Ende des Rasens zugingen, sagte Noah daher in zerknirschtem Ton: »Es tut mir leid, was geschehen ist. Ich hätte nicht so weit gehen dürfen, und wir hätten auch nicht so lange dort liegen sollen. Ich habe dich ja praktisch überfallen, und auch noch auf einer Gartenliege ...«

Sloan war erleichtert zu entdecken, daß nicht nur sie etwas unsicher und peinlich berührt war. »Was hast du gegen eine Gartenliege?« fragte sie verschmitzt und sah ihn mit lachenden Augen an. »Und was heißt hier ›überfallen‹? Ich glaube, ich hatte einen etwas anderen Eindruck.«

Noah lachte laut auf und zog sie wieder in seine Arme.

Sie sah ihn zärtlich an und legte ihre Hände auf seine Brust. »Vielleicht ist ja meine Erinnerung getrübt, aber ...«

»Ich werde schon dafür sorgen, daß deine Erinnerung dich nicht im Stich läßt«, flüsterte Noah und senkte sein Gesicht zu dem ihren. »Ich habe zum Beispiel das getan ...« Er hauchte einen Kuß auf ihre Schläfe. »Und das ...« Er legte seine Lippen auf ihr Ohr und küßte es, und ein Lächeln glitt über sein Gesicht, als sie schauderte und sich näher an ihn lehnte. »Und ich habe das getan ...« Er küßte leicht ihre geschlossenen Lider, bevor er seinen Mund über ihre Wangen zu ihren Lippen wandern ließ. »Und das ...« Er teilte ihre Lippen mit seiner Zunge und küßte sie zunächst sanft, dann immer wilder, bis er merkte, daß auch sie sich fester an seinen harten Körper drückte und ihn ebenso leidenschaftlich küßte. Zum zweiten Mal an diesem Abend verlor Noah nun den Kopf, packte die Frau in seinen Armen und schob sie gegen einen Baum, nahm ihre Hände in die seinen und legte sie neben ihren Kopf, während er sich mit seinem ganzen Körper an sie preßte.

Seine Küsse wurden immer heftiger, sein Körper bewegte sich langsam gegen den ihren, und er fühlte, wie ihre Brüste sich einladend gegen seinen Oberkörper wölbten. Er ließ eine ihrer Hände los und wanderte mit einer Hand über ihre weiche Haut, von der Kehle hinunter zu ihrer Brust, über die er zuerst sanft mit den Fingerknöcheln strich, bevor er sie besitzergreifend mit der ganzen Hand bedeckte. Ihre freie Hand hatte seinen Nacken gepackt, und ihr ganzer Körper wölbte sich dem seinen entgegen. Schon spielte seine Hand an der juwelenbesetzten Nackenspange, die das Oberteil ihres Kleides schloß, und erst als es aufsprang, wurde ihm klar, was er da tat. Schwer nach Atem ringend hielt er inne.

Er kämpfte hart um seine Selbstbeherrschung, als er sich ein Stück von ihr entfernte und in ihr vom Mond erleuchtetes Gesicht starrte. »Das ist Wahnsinn«, flüsterte er heiser; dann senkte er langsam den Kopf und begrub ihren Mund wieder unter dem seinen.

28

»War's spät heute nacht?« fragte Paris, die bereits fertig angezogen war, als sie am nächsten Morgen in Sloans Schlafzimmer kam und sich an den Bettrand setzte.

Sloan rollte sich gähnend auf den Rücken. »Sehr spät«, sagte sie mit einem schläfrigen Lächeln, da sie sich gerade daran erinnerte, was geschehen war. »Wieviel Uhr ist es?«

»Halb elf.«

»So spät schon!«

Paris nickte. »Du hast Glück gehabt, daß ich Dishler gebeten habe, das Alarmsystem nicht anzuschalten, als er gestern abend ins Bett ging. Ansonsten hättest du ein Inferno ausgelöst, als du nach Hause gekommen bist.«

Sloans Augen weiteten sich vor Schreck. An diese Möglichkeit hatte sie in der Nacht nicht einmal ansatzweise gedacht! Tatsächlich hatte sie nicht einmal einen Gedanken daran verschwendet, wie sie eigentlich ins Haus gelangen sollte, bis sie an der Hintertür ankam und sie glücklicherweise unverschlossen fand. Sie wagte gar nicht, sich Carters Reaktion vorzustellen, wenn plötzlich die Sirenen aufgeheult und alle Lichter angegangen wären und er so entdeckt hätte, daß sie mit Noah zusammengewesen war.

»Ich werde dir heute morgen einen Hausschlüssel und einen Toröffner besorgen. Außerdem kannst du am Eingangstor einen bestimmten Sicherheitscode eingeben, der das Alarmsystem außer Funktion setzt. Das Anwesen ist von allen Seiten von Infrarotstrahlern umgeben, und du müßtest sonst ständig aufpassen, daß du nicht irgendwann doch noch ins Fettnäpfchen trittst.«

Sloan dankte ihr für alles. Sie wollte aber Paris auf keinen Fall in dem Glauben lassen, daß sie sich von nun an immer so wie letzte Nacht benehmen würde. Daher setzte sie sich im Bett auf und sagte verlegen: »Ich habe nicht vor, das zu einer Gewohnheit werden zu lassen ...«

»Wirklich nicht?« fragte Paris in neckischem Ton. »Nun, er hat übrigens heute morgen schon angerufen, um uns für den heutigen Abend einzuladen.«

»Oh, hat er das?« fragte Sloan und konnte ihr glückliches Lächeln nicht verbergen.

»Ja, wir vier werden heute abend zusammen essen«, erwiderte Paris mit kindlicher Vorfreude. »Wir sollen uns elegant kleiden, und auch die Männer kommen im Smoking, aber den Bestimmungsort wollte Noah mir nicht verraten. Noahs Fahrer wird uns kurz vor Sonnenuntergang abholen. Das ist alles, was ich weiß.«

Sloan zog ihre Knie an die Brust und schlang ihre Arme um sie. »Ich habe gesehen, daß du gestern abend viel mit Paul zusammen warst.«

Paris nickte. »Paul bringt mich zum Lachen, ich bin sehr gern mit ihm zusammen. Aber gestern abend beim Tanzen hat er etwas sehr Seltsames zu mir gesagt.«

»Was denn?« fragte Sloan gespannt, die es sehr genoß, mit ihrer Schwester über Männer zu plauschen.

»Er sagte, ich fasziniere ihn sehr, weil ich so viele verschiedene Seiten habe. Ich ... bin nicht sicher, ob er das als Kompliment gemeint hat.«

»Wie hätte er es denn sonst meinen sollen?« sagte Sloan so ehrlich begeistert, daß sie beide lachen mußten. Als Paris nun weitersprach, wurde sie jedoch sofort wieder ernst.

»Das Interessante dabei ist«, fuhr Paris fort, »daß eigentlich eher Paul der Undurchschaubare von uns beiden ist, meinst du nicht?«

»Ich ... weiß nicht.«

»Ich habe das Gefühl, daß irgend etwas mit ihm nicht stimmt. Und ich glaube nicht, daß mich dieses Gefühl täuscht, da mir immer wieder kleine Dinge an Menschen auffallen, die die anderen meist übersehen. Vater sagt immer, ich erkenne auf Anhieb, wenn jemand sich für etwas anderes verkauft als für das, was er ist.«

»Bei Henry hat das aber nicht funktioniert«, stellte Sloan hastig fest und spielte damit auf den Betrug von ihrem ehemaligen Verlobten an.

»Stimmt«, erwiderte Paris mit einem melancholischen Lächeln. »Und ich will damit auch nicht sagen, daß Paul nicht der ist, der er zu sein vorgibt. Natürlich nicht.«

Sloan war nicht so ganz überzeugt, daß Paris die Wahrheit sagte. Sie war unentschlossen, ob sie das Thema wechseln oder es weiterverfolgen sollte, entschied sich schließlich aber für letzteres. »Was ist es denn, das dir an Paul so ungewöhnlich vorkommt?«

»Zum einen reden Männer normalerweise immer gern über sich selbst, und Paul tut das nicht. Außerdem stellt er seine Fragen so geschickt und ist ein so aufmerksamer Zuhörer, daß man immer erst nachher merkt, was man ihm alles erzählt hat, ohne dabei etwas über ihn selbst erfahren zu haben. Falls er scheu wäre, würde ich das ja noch verstehen, aber er ist alles andere als scheu. Und dann ist da noch etwas, das ich ungewöhnlich finde ...«

»Was denn?« fragte Sloan mit ängstlicher Erwartung.

»Er scheint sich von niemandem einschüchtern zu lassen, nicht einmal von Vater, der jüngere Männer eigentlich immer einschüchtert, die nicht so ... nun, nicht so erfolgreich sind wie er.«

»Mich schüchtert er doch auch nicht ein«, sagte Sloan bestimmt.

»Nein, aber du bist auch kein Mann. Das Selbstvertrauen von Männern beruht großteils auf ihrem beruflichen Erfolg und ihrem Vermögen, ganz im Gegensatz zu dem von Frauen.«

Paris äußerte ihre scharfsinnigen Bemerkungen so freimütig, daß Sloan kaum glauben konnte, daß dies immer noch die zurückhaltende junge Frau war, die sie wenige Tage zuvor kennengelernt hatte.

»Und da ist noch eine Sache. Paul arbeitet im Versicherungsgeschäft, und Vater hat sich immer wieder über die hohen Versicherungskosten für seine Angestellten in der Bank beschwert. Aber als ich Paul einmal die Gelegenheit verschaffen wollte, mit Vater über die Policen seiner Versicherungsgesellschaft zu sprechen, hat er sie nicht genutzt.«

»Vielleicht denkt er, es sei ein Zeichen von schlechten Manieren, seinem Gastgeber eine Versicherung andrehen zu wollen.«

»Das wäre es doch aber nicht gewesen: *Ich* bin auf die Idee gekommen, nicht Paul.«

»Vielleicht hätte es ihn in Verlegenheit gebracht.«

»Ich glaube nicht, daß Paul so leicht in Verlegenheit gerät.«

Sloan nahm sich heimlich vor, Paul bei nächster Gelegenheit darauf hinzuweisen, daß er mehr über sich selbst erzählen und zumindest so tun mußte, als sei er am Verkauf seiner Versicherungen interessiert. Paris gegenüber versuchte sie soweit wie möglich bei der Wahrheit zu bleiben, als sie nun sagte: »Ich habe Männer noch nie begriffen und finde sie immer schwer zu durchschauen. Ich kann dir nur sagen, daß Paul ein anständiger und verläßlicher Mann ist, und manchmal kann er sogar galant sein.«

Paris nickte zustimmend. »Das ist auch mein Eindruck.«

Dann stand sie lächelnd auf und wandte sich dem bevorstehenden Tag zu. »Du solltest besser aufstehen und dich anziehen. Ich dachte, wir könnten uns etwas in der Stadt umsehen und einkaufen gehen. Paul will hierbleiben und sich einen faulen Tag machen.«

»Hat Paul eigentlich einen Smoking für heute abend?« fragte Sloan, während sie die Decke aufschlug und ihre Beine aus dem Bett schwang.

»Ich habe ihn auch schon danach gefragt, und er sagte, er habe sich einen von einem Freund geborgt.«

Sloan duschte ausgiebig und zog sich dann rasch an. Sie wollte noch kurz ihre Mutter anrufen, bevor sie und Paris das Haus verließen. Da sie verschlafen hatte, würde sie Kimberly im Geschäft anrufen müssen, wo sie sicher wieder nicht offen sprechen konnte. Nachdem sie sich auf den Bettrand gesetzt und von ihrem Zimmertelefon aus die Nummer von Lydia Collins' Laden gewählt hatte, wappnete Sloan sich insgeheim für ein Wortgefecht mit der Vorgesetzten ihrer Mutter: Lydia hatte den Führungsstil eines Gefängniswächters und tat bei jedem der seltenen Privatanrufe, die Kimberly erhielt, als sei dies ein ausreichender Grund, um ihre beste Angestellte zu entlassen.

»Lydia«, sagte Sloan, als am anderen Ende der Leitung abgenommen wurde, »hier ist Sloan. Ich rufe aus Palm Beach an und ...«

Wie erwartet klang Lydias Stimme ziemlich verärgert. »Ihre Mutter ist gerade mit einer Kundin beschäftigt, Sloan.«

Kimberly war immer mit Kundinnen beschäftigt, weil die meisten von ihnen sich lieber von ihr als von jeder anderen Verkäuferin beraten ließen und hierfür sogar Wartezeiten in Kauf nahmen. »Ich verstehe, aber ich müßte sie trotzdem ganz kurz sprechen.«

»Aha. Warten Sie einen Moment!«

Lydia knallte den Hörer so laut auf die Theke, daß Sloan am anderen Ende der Leitung das Gesicht verzog, aber als sie einen Moment später Kimberlys warme, aufgeregte Stimme hörte, mußte sie unwillkürlich lächeln.

»Liebling, ich freue mich ja so, daß du anrufst. Wie geht es dir denn?«

Sloan versicherte ihr, daß ihr Vater und ihre Urgroßmutter sie sehr gut behandelten und wirklich nett zu sein schienen. Erst dann kam sie auf Paris zu sprechen und merkte bald, daß ihre Mutter sehr still geworden war. Endlich schloß sie mit den Worten: »Du wirst sie sehr liebgewinnen, und sie dich auch. Sie will schon bald einmal nach Bell Harbor kommen.« Kimberly schwieg immer noch, als Sloan nichts mehr zu sagen hatte. »Mom, bist du noch da?«

»Ja«, flüsterte ihre Mutter kaum hörbar.

Erst jetzt bemerkte Sloan, daß Kimberly weinte, und das versetzte ihr einen schmerzhaften Stich. Es wurde ihr plötzlich bewußt, wie hart es für ihre Mutter gewesen sein mußte, all die Jahre so zu tun, als habe sie sich mit dem Verlust von Paris abgefunden. Nun brachte sie schon der Gedanke an ein Wiedersehen mit ihrer älteren Tochter zum Weinen. Sloan hatte ihre Mutter noch nie weinen sehen und war so tief gerührt darüber, daß ihr nun selbst die Tränen in die Augen traten. »Sie erinnert mich so sehr an dich«, sagte sie sanft. »Weißt du, sie liebt Kleider und entwirft sie sogar selbst.« Im Hintergrund war Lydias schrille Stimme zu vernehmen, die Kimberlys Namen rief. »Klingt, als solltest du besser gehen«, sagte Sloan. »Ich rufe dich in ein paar Tagen wieder an.«

»Ja, bitte tu das.«

»Wiedersehen.«

»Warte noch«, bat Kimberly. »Glaubst du… Glaubst du, daß Paris sich freut, wenn ich ihr liebe Grüße ausrichten lasse?«

Sloan schluckte, um nicht laut aufzuschluchzen. »Ja, sie wird sich ganz sicher freuen. Ich werde es ihr gleich sagen.«

29

Edith saß in ihrem Lieblingsstuhl im Schlafzimmer und war wie immer in Schwarz gekleidet; der einzige Farbfleck an ihrer Gestalt war eine große, mit Rubinen und Diamanten besetzte Brosche auf ihrer Brust. Sloan fragte sich, ob sie in ihrem Kleiderschrank irgend etwas Helleres hatte, und wenn es auch nur ein Schal war.

»Urgroßmutter«, sagte Paris, indem sie der alten Frau einen Kuß auf die Stirn gab. »Du sagtest, du wolltest Sloan noch sehen, bevor wir das Haus verlassen.«

»Ja, Paris. Wenn du nichts dagegen hast, möchte ich mit ihr allein sprechen.«

Paris sah leicht überrascht aus, nickte dann aber und ging aus dem Zimmer.

Sloan hatte kaum Edith gegenüber Platz genommen, als diese sie auch schon spitz fragte: »Was hast du vorhin gedacht?«

Sloan fühlte sich ertappt. »Ich habe mich gefragt, ob du einen farbigen Schal tragen würdest, wenn ich dir heute in der Stadt einen kaufe.«

Die weißen Brauen der alten Frau schossen in die Höhe. »Du magst meinen Kleidergeschmack nicht?«

»Nein, das habe ich damit gar nicht gemeint.«

»Du solltest auf deine Unverschämtheiten nicht auch noch eine Lüge draufsetzen. Genau das hast du gemeint.«

Sloan saß in der Falle und suchte sich mit einer Ausrede herauszuwinden. »Meine Mutter sagt immer, daß helle Farben gute Laune machen.«

»Und du glaubst, daß meine Laune besser sein könnte, oder wie darf ich das verstehen?«

»Aber nein. Ich dachte nur, du hast so hübsche Augen, und ein blauer Schal …«

»Jetzt verlegst du dich auch noch auf Schmeicheleien. Heute kommen wirklich alle deine Laster an die Oberfläche«, unterbrach sie die alte Lady, wobei sie jedoch auf die für sie typische, bärbeißige Art und Weise lächelte. Dann warf sie einen Blick zur Decke und sagte: »Paß auf, daß man dich dort oben nicht hört.«

Sloan folgte verständnislos ihrem Blick. »Dort oben?«

»Ja, dort oben. Im Himmel. Wenn man so alt ist wie ich, fängt man an, sich darüber Gedanken zu machen. Ich hoffe doch, daß ich in den Himmel komme und nicht in die Hölle, oder was denkst du?«

Erst jetzt verstand Sloan, daß die alte Frau vom Sterben sprach. »Ich möchte lieber gar nicht daran denken.«

Edith wischte ihren Einwand mit einer ungeduldigen Handbewegung fort. »Der Tod gehört nun mal zum Leben. Ich bin fünfundneunzig Jahre alt und kann meine Augen nicht mehr vor ihm verschließen. Darum geht es aber jetzt gar nicht. Ich werde ganz offen zu dir sein und wünsche keinerlei Gefühlsausbrüche ...«

Sloan wappnete sich innerlich dafür, daß sie gleich etwas sehr Unangenehmes zu hören bekommen würde.

Edith hatte inzwischen nach einem großen dunkelblauen Samtkästchen auf dem Tisch gegriffen und es Sloan hinübergeschoben; dann begann sie am Verschluß ihrer Brosche zu nesteln. Ihre Finger waren von Alter und Arthritis stark verkrümmt, aber Sloan hütete sich davor, ihr ihre Hilfe anzubieten, um Ediths Stolz nicht zu verletzen. Vielmehr blieb sie schweigend sitzen und hielt das Kästchen auf ihrem Schoß, bis Edith die Brosche endlich abgenommen hatte.

»Mach das Kästchen auf«, befahl die alte Frau dann.

Sloan tat, wozu Edith sie aufgefordert hatte, und hob den Deckel des flachen Schmuckkästchens: Darin fand sie in Samt eingebettet ein wunderschönes, mit zahlreichen Rubinen und Diamanten besetztes Kollier und dazu passend ein Paar Ohrringe und ein Armband.

»Was sagst du?« fragte Edith.

»Oh, der Schmuck ist wunderschön... Und hell ist er auch«, fügte sie hinzu, da sie annahm, Edith habe sich ihre

Kritik zu Herzen genommen und wolle sich selbst mit den Juwelen schmücken, um ihre düstere Erscheinung etwas aufzuhellen.

»Diese Schmuckstücke haben – zusammen mit dieser Brosche hier – deiner Ururgroßmutter Hanover gehört. Sie sind schon länger als jedes andere Stück in unserer Familie, und sie haben aus diesem Grund eine besondere Bedeutung für mich. Du bist lange Zeit aus dieser Familie ausgeschlossen worden, und zwar nicht durch deine eigene Schuld. Ich bin normalerweise nicht sentimental, aber ich hielt es für eine gute Idee, mit diesen Juwelen sozusagen eine Brücke über die letzten dreißig Jahre zu schlagen. Ich habe diese Brosche heute zum letzten Mal angelegt; und ich freue mich darauf, sie schon bald an dir zu sehen – allerdings solltest du dann etwas Anständigeres anziehen als diese lächerlichen Männerhosen.«

»An mir?« wiederholte Sloan ungläubig; dann fiel ihr das Dinner ein, das Noah später veranstalten wollte, und sie glaubte zu begreifen. »Oh, es ist sehr nett von dir, daß du sie mir borgen ...«

»Du dummes Kind! Ich habe nicht vor, dir diese Juwelen zu borgen. Ich will sie dir schenken. Der Rubin ist dein Geburtsstein. Er wird dich an mich erinnern, wenn ich nicht mehr dasein werde, und er wird dich auch mit den anderen Vorfahren verbinden, die du nie kennenlernen konntest.«

Der Schock ließ Sloan so plötzlich hochfahren, daß das Samtkästchen beinahe auf den Boden fiel. Nun erst begriff sie, wieso all dem ein Gespräch über den Tod vorangegangen war. »Ich hoffe, daß du noch lange leben und noch viele Gelegenheiten haben wirst, diesen Schmuck zu tragen. Ich brauche ihn nicht, um mich an dich zu erinnern, wenn du ... wenn du ...«

»Wenn ich tot bin«, sagte Edith freimütig.

»Ich will einfach nicht daran denken; nicht, da ich dich doch gerade erst kennengelernt habe.«

»Ich bestehe aber darauf, daß du den Schmuck jetzt schon an dich nimmst.«

»Das werde ich *nicht* tun«, versetzte Sloan stur und stellte das Kästchen wieder auf den Tisch.

»Aber eines Tages wird er dir sowieso gehören.«

»Ich will aber jetzt nicht an die Zukunft denken.«

»Ich hoffe, daß du dich nicht genauso hartnäckig sträubst, über mein Testament zu sprechen. Ich habe nämlich beschlossen, es zu ändern, damit du deinen rechtmäßigen Anteil ...«

»O doch, auch dagegen werde ich mich sträuben!« unterbrach sie Sloan.

Zu ihrer Überraschung stieß Edith Reynolds ein lautes Lachen aus, das sich zwar eher nach einem harschen, unmelodischen Meckern anhörte, das aber dennoch herzerwärmend war.

»Was für ein starrköpfiges Wesen du doch bist«, sagte Edith schließlich anklagend und wischte sich dabei mit dem Zipfel ihres Taschentuchs die Lachtränen aus den Augen. »Ich kann mich nicht erinnern, daß irgend jemand einmal geglaubt hat, er könne mich von meinen Absichten abbringen. Selbst Carter weiß genau, daß es völlig überflüssig ist, mir zu widersprechen.«

Sloan wollte nicht undankbar oder rücksichtslos klingen und versuchte daher, ihren Ton zu mäßigen. »Ich will aber nicht über deinen Tod oder irgend etwas, das damit zusammenhängt, sprechen. Es ist ... deprimierend.«

»Nun, ich finde den Gedanken an den Tod auch nicht immer sehr erheiternd«, sagte Edith rauh, und Sloan verstand nicht sofort, daß es ein Scherz sein sollte.

Schließlich ging Sloan zu der alten Frau hinüber, beugte sich zu ihr herunter und küßte sie schnell auf ihre Wange, die sich wie Pergament anfühlte. »Dafür werde ich dir heute einen aufheiternden Schal kaufen«, versprach sie, bevor sie sie verließ.

»Aber gib nicht zuviel Geld dafür aus!« rief Edith hinter ihr her.

30

Da sie beide hungrig waren, schlug Paris vor, erst irgendwo essen zu gehen. Sloan willigte ein. Sie konnte es kaum erwarten, Paris die Grüße ihrer Mutter auszurichten, aber sie war sich auch bewußt, daß jeder Schritt, den Paris auf Kimberly zuging, sie von ihrem Vater entfernen würde.

Als eine Kellnerin ihre Gläser mit Wasser gefüllt hatte und ihnen dann die ledergebundenen Speisekarten überreichte, ergriff Sloan die ihre mit einer automatischen Geste. Ihre Gedanken waren noch immer bei dem bevorstehenden Gespräch, und sie konnte sich kaum auf das Gelesene konzentrieren. Trotz ihrer nicht sonderlich guten persönlichen Meinung über Carter mußte sie zugeben, daß er Paris ein aufmerksamer – wenn auch in seiner Herrschsucht erstickender – Vater war, und verständlicherweise würde Paris ihn nicht verletzen wollen. Es war für ihre Schwester noch relativ einfach und ungefährlich gewesen, Sloan liebzugewinnen, da sie dafür nicht der Tatsache ins Auge sehen mußte, daß ihr Vater ein Feigling und Lügner war. Die Sache sah allerdings ganz anders aus, sobald Kimberly in ihr Leben treten würde.

Carter und seine Mutter hatten Paris in dem Glauben großgezogen, daß Kimberly eine unverantwortliche Mutter sei und eine richterliche Verfügung Paris vor ihr habe schützen müssen. Wenn Paris dies als eine Lüge enttarnen würde, dann würde sie auch einsehen müssen, daß ihr Vater und ihre Großmutter sie betrogen hatten. Diese Erfahrung mußte für Paris sehr schmerzhaft sein, und Sloan hatte Angst, daß sie den einzig möglichen Ausweg wählen würde, um sich davor zu schützen: die Annäherung an Kimberly zu vermeiden, etwa indem sie sich immer neue Gründe einfallen ließ, um sie nicht aufsuchen zu müssen.

Die Kellnerin kam an den Tisch, um ihre Bestellung aufzunehmen, und Sloan entschied sich für das empfohlene Tagesgericht, ohne gelesen zu haben, um was es sich dabei handelte. Sobald die Bedienung wieder gegangen war, beschloß Sloan, die Sache mit Kimberly anzusprechen, doch Paris ergriff zuerst das Wort und brachte ein anderes Thema auf den Tisch. »Worüber wollte Urgroßmutter heute morgen mit dir sprechen?«

»Über Schmuck«, sagte Sloan scheinbar leichthin. »Sie wollte mir ein paar Familienerbstücke schenken, was ich allerdings abgelehnt habe.«

Paris sah sie ernst an. »Hat sie auch über ihr Testament mit dir gesprochen?«

Als Sloan nickte, legte Paris ihre Fingerspitzen an beide Schläfen und begann sie zu reiben, als litte sie unter plötzlichen Kopfschmerzen. »Es tut mir leid«, sagte sie entschuldigend. »Ich weiß ja, daß sie irgendwann sterben muß.«

Während Sloan voller Mitgefühl schwieg und wartete, daß sie weitersprach, ließ Paris schließlich die Hände in den Schoß fallen und seufzte auf. »Ich habe das Samtkästchen auf ihrem Tisch gesehen und dachte mir schon, daß sie so etwas vorhat. Es ist nur: Ich hasse es, wenn sie vom Sterben spricht. Vielleicht glaube ich insgeheim, daß sie dadurch den Tod herbeiredet. Ach, ich weiß auch nicht.« Sie schüttelte den Kopf, als könne sie sich so von den schwermütigen Gedanken befreien, stützte dann die Ellbogen auf den Tisch und lehnte sich nach vorn. »Reden wir lieber über etwas Erfreulicheres.«

Auf diese Gelegenheit hatte Sloan gewartet. »Möchtest du über deine Mutter sprechen?«

»Einverstanden.«

»Ich habe heute früh mit ihr telefoniert und ihr von dir erzählt. Ich habe ihr auch gesagt, daß du sie besuchen willst.«

»Und wie hat sie reagiert?«

Sloan sah Paris gerade in die Augen und erwiderte sanft: »Sie hat geweint. Ich habe noch nie erlebt, daß Mom geweint hat.«

Paris schluckte, als sie begriff. »Hat sie sonst noch etwas gesagt?«

»Ja. Sie hat mich gebeten, dir liebe Grüße auszurichten.«

Paris senkte verlegen den Kopf und starrte auf ihr Wasserglas. »Das war nett von ihr.«

Wie Sloan vorausgesehen hatte, würde dieses Thema bei ihnen beiden äußerst gemischte Gefühle auslösen, und sie wählte ihre Worte sehr vorsichtig, als sie nun weitersprach. »Ich weiß, wie hart das für dich ist. Man hat dir schreckliche Dinge über sie erzählt, und nun komme plötzlich ich daher und sage dir, daß sie einer der liebsten und nettesten Menschen der Welt ist. Wenn aber ich die Wahrheit sage, dann muß dich vorher jemand belogen haben. Nein, nicht *jemand*, sondern dein Vater und seine Mutter.«

»Er ist auch *dein* Vater«, sagte Paris mit einem Flehen in der Stimme, als würde sie Sloan darum bitten, die Beziehung zu ihrem Vater anzuerkennen, bevor Paris eine mit Kimberly bilden konnte.

»Natürlich ist er das«, erwiderte Sloan und beschloß, dieselbe vorbehaltlose Strategie zu verfolgen wie Paul auf dem Weg nach Palm Beach, als er ihr gegenüber Mutmaßungen über die Trennung ihrer Eltern angestellt hatte. Nach einer kurzen Pause fragte sie Paris: »Bist du der Mutter deines Vaters sehr nahegestanden?«

»Großmutter Frances?« Paris zögerte einen Moment und schüttelte dann schuldbewußt den Kopf. »Ich hatte entsetzliche Angst vor ihr. Jeder hatte das. Es war nicht so sehr, daß sie böse war – obwohl sie auch das war –, aber sie war auch noch kalt.«

Genau diese Art von Antwort hatte Sloan erhofft. »Dann laß uns ihr die Schuld geben für das, was passiert ist und was man dir erzählt hat«, sagte sie mit leicht ironischem Unterton. »Wahrscheinlich war sie tatsächlich die treibende Kraft.«

Nun erzählte Sloan ihrer Schwester ihre Version von dem Tag, als Carters Mutter in ihrer Limousine in Florida erschienen war und Carter und Paris mit nach San Francisco genommen hatte. Während Paris ihr aufmerksam zuhörte, konnte Sloan mitverfolgen, wie sie sich ganz in sich selbst zurückzog, als könne sie nicht glauben, daß ihr Vater und seine Mutter zu einer solchen Grausamkeit fähig waren.

»Eine Sache dürfen wir nicht vergessen«, beendete Sloan ihre Geschichte mit gewolltem Optimismus. »Als dein Vater einwilligte, mit seiner Mutter zurück nach San Francisco zu gehen, war er erst siebenundzwanzig. Er war nicht der Mann, den wir heute kennen. Er war jung und im Luxus aufgewachsen, und plötzlich fand er sich mit einer Frau und zwei Babys belastet, für deren Unterhalt er zu sorgen hatte. Wahrscheinlich hatte er furchtbare Angst. Und seine Mutter überzeugte ihn davon, daß sie nur das Beste für ihn wollte. Vielleicht hat sie ihm sogar gesagt, daß er in San Francisco dringend gebraucht wurde, weil sein Vater krank war. Vielleicht wollte er das glauben. Wer weiß schon, was in ihm vorgegangen ist?«

»Niemand«, sagte Paris nach einem Moment des Schweigens.

»Und da ist noch ein Faktor, der erschwerend hinzukommt: Unsere Mutter und unser Vater hatten nicht das geringste gemein. Er liebte sie nicht. Sie war einfach nur ein schönes, naives Kleinstadtmädchen, das sich in einen reichen, eleganten und erfahreneren Mann verliebt hatte und dummerweise auch noch von ihm schwanger wurde.«

»Und er versuchte, das Richtige zu tun und sie zu heiraten«, warf Paris ein.

»Nicht unbedingt. Als sie nach San Francisco kam, um ihm mitzuteilen, daß sie ein Kind von ihm erwartete, waren seine Eltern dabei. Sie waren so wütend und entsetzt, daß sie ihm – als er am gleichen Abend spät nach Hause kam – befahlen, sein Bündel zu packen und Mom mitzunehmen.«

Sloan war klug genug, Paris die Tatsache zu ersparen, daß Carter sturzbetrunken gewesen war, als er nach Hause kam, und daß seine Eltern die Schwängerung eines Kleinstadtteenagers als letztes Glied in einer Kette unverantwortlicher Verfehlungen ihres Sohnes betrachteten.

Mit großem Feingefühl wagte sich Sloan nun an das wirkliche Problem heran, über das sie mit Paris zu sprechen hatte. »Nach der Scheidung haben sie dir schreckliche Lügen über unsere Mutter erzählt, und natürlich war das falsch; aber wenn man es sich gut überlegt, ist es gar nicht so überraschend.«

»Eigentlich war es Großmutter Frances, die die meisten dieser schlimmen Dinge erzählt hat.«

»Das wundert mich nicht, nach dem, was du gerade über sie gesagt hast«, meinte Sloan in einem halb scherzhaften Unterton.

»Ja, aber Vater hat alles gehört und ihr nie widersprochen.«

Sloan war auf diesen Einwand nicht vorbereitet, aber auch dafür fiel ihr schließlich eine Erklärung ein. »Damals war er schon etwas älter und klüger, und wahrscheinlich schämte er sich für das, was er getan hatte – oder wozu er sich von ihr überreden hatte lassen. Es ist offensichtlich, daß du ihm sehr viel bedeutest, daher wollte er in deinen Augen auf keinen Fall als Feigling dastehen.«

Nachdem sie Paris Zeit gelassen hatte, all das erst einmal zu verdauen, nahm Sloan ihr Wasserglas und führte ein weiteres Argument an. »Ich glaube außerdem, daß es bei geschiedenen Eltern gang und gäbe ist, vor ihren Kindern schlecht über den anderen Elternteil zu sprechen.«

»Da hast du recht. Wie hat sich unsere Mutter denn über Vater geäußert?«

Sloan war für einen Moment sprachlos und betrachtete – ein hilfloses Lächeln auf den Lippen – versonnen ihr Glas Wasser. »Unserer Mutter«, erklärte sie schließlich, »wurde vor ein paar Jahren von einem Teenager die Handtasche geklaut. Vor Gericht hat sie *für* den Angeklagten ausgesagt und den Richter gebeten, ihn nicht zu bestrafen.« Kichernd fügte sie hinzu: »Ich hatte sie nie zuvor so eloquent erlebt, so entschlossen war sie, den Jungen freizubekommen.«

Paris mußte unwillkürlich lächeln. »Hat sie ihn denn freibekommen?«

Sloan nickte. »Der Richter sagte, er habe das Gefühl, daß er in Wirklichkeit *sie* bestrafen würde, wenn er den Jungen ins Gefängnis steckte.«

»Was für eine schöne Geschichte!«

»Nun, nicht ganz. Eine Woche später stahl der Bengel ihr Auto. Er hatte erkannt, was für ein dankbares Opfer sie war, und das nutzte er schamlos aus.«

Sloan fing nun langsam an, sich zu entspannen, denn sie merkte, daß es ihr gelungen war, Paris auf ihre Seite zu ziehen. Tatsächlich hörte ihre Schwester den ganzen weiteren Nachmittag nicht mehr damit auf, sie mit Fragen über Kimberly zu löchern.

31

Die Gespräche über ihre Mutter hatten Sloan etwas von ihren Gedanken an Noah abgelenkt, aber am Spätnachmittag, als es langsam Zeit wurde, sich für den Abend fertigzumachen, konnte sie das Wiedersehen mit ihm kaum mehr erwarten. Sie war so aufgeregt, daß sie sich gehetzt und hektisch fühlte, obwohl kein Anlaß dazu bestand, und lange vor dem geplanten Aufbruch hatte sie nichts anderes mehr zu tun, als sich mit ihrer Abendgarderobe zu beschäftigen.

Als Paris in ihr Zimmer kam und eingehend Sloans Kleiderschrank inspizierte, äußerte sie sich zwar anerkennend über einzelne ihrer mitgebrachten Kleider, schüttelte dann jedoch entschieden den Kopf und verkündete, daß dieser besondere Abend ein besonderes Kleid verlangte. »Es sollte nicht allzu förmlich und elegant sein«, erklärte sie, »sondern dir eher luftig um den Körper fallen, wenn du dich bewegst.« Sie versicherte sich nochmals, daß Sloan nichts Derartiges bei sich hatte, legte ihr dann die Hand auf den Rücken und schob sie sanft den Gang hinunter in ihr eigenes Zimmer.

Sloan mußte amüsiert feststellen, daß Paris' Kleiderschrank reicher sortiert war als Lydias Geschäft in Bell Harbor; auch in einem Nebenzimmer befanden sich noch Unmengen von Entwürfen und unvollendeten Kleidern, die darauf warteten, von Paris fertiggestellt zu werden.

Ihre Schwester machte sich nun begeistert daran, ein herrliches Kleid nach dem anderen aus ihrem Schrank zu nehmen, es mit Kennerblick zu betrachten und es schließlich aus Gründen, die Sloan meist nicht nachvollziehen konnte, wieder zu verwerfen.

»Das ist es!« rief Paris schließlich triumphierend aus, nachdem sie ein trägerloses weißes Kleid von einer Stange genommen hatte, das sie nun Sloan hinhielt. »Was meinst du?«

Sloan fand, daß es – bis auf die Länge und die Farbe – sehr dem roten Leinenkleid ähnelte, das Sara ihr vorsorglich eingepackt hatte. Als sie es jedoch übergestreift hatte und Paris ihr den Reißverschluß hochzog und sie zum Spiegel drehte, war sie sprachlos: Das enggeschnittene Oberteil legte sich wie eine zweite Haut um ihre Brust und ihre schmale Taille, während der Rock an den Hüften etwas ausgestellt war und dann in einer geraden Linie bis auf den Boden fiel. Sowohl das Oberteil als auch der Rocksaum waren mit weißgoldenen Blumen bestickt, die dem Kleid eine zauberhaft romantische Note verliehen.

»Oh«, flüsterte Sloan, »es ist wunderschön!«

»Das ist aber noch nicht alles«, erklärte Paris, während sie eine hauchdünne, mit weißgoldenen Blütenblättern bestickte Stola von einem Bügel nahm und sie Sloan um die Schultern legte. »Und jetzt brauchen wir noch den passenden Schmuck«, verkündete sie dann und zog mehrere in die Wand eingelassene Schubladen auf.

»Was soll ich mit meinem Haar machen?« fragte Sloan mit einem Blick über die Schulter. »Soll ich es hochstecken oder offen tragen?« Statt es wie sonst auf der Seite gescheitelt frei um die Schultern hängen zu lassen, strich sie es nun probeweise aus dem Gesicht und fügte es am Hinterkopf zu einem lockeren Knoten.

Paris hatte zwei goldene Filigranhalsketten aus einer der Schubladen genommen und studierte sie eingehend, bevor sie sich wieder an Sloan wandte. »Deine Haare sehen auch hochgesteckt sehr hübsch aus, aber du brauchst dann natürlich unbedingt Ohrringe… Hier«, fügte sie hinzu, während sie Sloan ein Paar längliche Ohrringe präsentierte, die wie goldene Regentropfen aussahen, »das sind genau die richtigen für dich!«

Sloan legte die Ohrringe an und ließ sich dann von Paris die breite Filigrankette um den Hals legen. Als sie sich dann wieder dem Spiegel zuwandte, hielt sie erstaunt den Atem an, da sie die Frau im Spiegel kaum wiedererkannte. Paris war aber immer noch nicht ganz zufrieden mit ihrem Werk. Sie verschwand für einen Moment im angrenzenden Zimmer und kehrte dann mit drei frischen weißen Rosenknospen in der Hand zurück. »Die habe ich gestern aus einem der Gestecke gestohlen«, erklärte sie und befestigte sie sorgfältig an Sloans Haarknoten.

»Weiß jemand, wo wir eigentlich hinfahren?« fragte Paul, als ein livrierter Chauffeur ihm die hintere Tür von Noahs Rolls-Royce aufhielt.

»Ich habe keine Ahnung«, erwiderte Sloan, die hinter ihm in den Wagen stieg. »Aber egal wo wir hinfahren, die Frauen werden dir heute abend zu Füßen liegen. Du siehst in dem Smoking phantastisch aus!«

Sloans Begeisterung wirkte sogar auf Paul ansteckend und versetzte ihn in gute Laune. »Sie werden aber leider kein Glück haben«, scherzte er. »Immerhin bin ich in Begleitung der zwei schönsten Frauen in ganz Florida. Paris, hast du eine Ahnung, wo wir hinfahren?«

Paris hatte neben Sloan Platz genommen. Sie sah wie ein Paradiesvogel aus in ihrem langen, buntgemusterten Seidensarong. »Ja, das habe ich«, gab sie schmunzelnd zu, »aber ich bin nicht zur Weitergabe von Informationen berechtigt.« Als sie Sloans fragenden Blick bemerkte, ließ sie sich aber doch zu einem Hinweis erweichen. »Gut, ich gebe euch einen kleinen Tip: Wir werden heute abend im exklusivsten Restaurant von Palm Beach dinieren.«

»Und das wäre?« fragte Paul und mußte über ihre Verschwörermiene grinsen.

»Es heißt *Apparition*.«

Ein seltsamer Ausdruck legte sich auf sein Gesicht, der Sloan auf die Idee brachte, daß er den Namen kannte. »Hast du schon mal dort gegessen?« fragte sie ihn neugierig.

Ihre Frage schien ihn für einen Moment aus dem Konzept zu bringen. »Nein. Nie davon gehört.«

»Es muß ein unglaublich schickes Restaurant sein, wenn wir uns dafür so herausputzen müssen«, bemerkte Sloan.

Eine kleine Weile später fuhr der Wagen in einen Privathafen ein, in dem mehrere große Segelboote vor Anker lagen. »Ich hätte es mir denken können«, rief Sloan erfreut, indem sie sich an Paris wandte. »Die *Apparition* ist ein Schiff!«

Paris gab ihr keine Antwort. Sie beugte sich nach vorne und runzelte besorgt die Stirn, als der Rolls den letzten Pier hinter sich ließ und schließlich auf einem etwas abgelegenen Parkplatz zu stehen kam, auf dem ein kleiner weißer Helikopter bereits mit kreisendem Propeller auf sie zu warten schien. »O nein ...«, sagte sie entsetzt, als der Chauffeur ausstieg und ihr die Tür öffnete.

Paul und Sloan stiegen ebenfalls aus und folgten Paris, die jedoch plötzlich wie angewurzelt stehenblieb und ihren Blick von dem Helikopter zum Chauffeur wandern ließ. »Ich hatte angenommen, daß Mr. Maitland uns ein Motorboot schicken würde, Martin«, sagte sie in leicht vorwurfsvollem Ton.

Martin war Noahs Chauffeur und ein ungewöhnlich großer Mann von Ende Vierzig, der stark genug aussah, um den Rolls nicht nur fahren, sondern auch in seinen Armen tragen zu können. Als er Paris antwortete, klang seine Stimme eher befehlend als entschuldigend. »Das Boot hat leider einen Motorschaden und ist nicht funktionstüchtig. Mr. Maitland möchte, daß Sie mit dem Helikopter auf die *Apparition* fliegen. Er erwartet Sie bereits und wird alles tun, um Ihnen einen angenehmen Abend zu bereiten.«

Sloan entnahm seinen Worten eine indirekte Anweisung, daß Paris nun ohne weiteres Murren in den Helikopter einsteigen sollte. Ihre Schwester jedoch schien die Maschine weit mehr einzuschüchtern als der Chauffeur, da sie sie weiterhin mit sorgenvollem Gesicht anstarrte.

»Wo liegt das Problem?« fragte Paul sie freundlich.

Paris rempelte ihn versehentlich an, als sie nun ein paar Schritte zurückwich, offensichtlich um den größtmöglichen Abstand zwischen sich und dem Helikopter herzustellen. »Es tut mir leid, aber ich glaube wirklich nicht, daß ich in dieses Ding einsteigen kann. Nein, ich kann es *sicher* nicht. Ich habe schon Angst vor richtigen Flugzeugen, aber bei einem solchen Miniaturding packt mich die blanke Panik!«

Sloan hielt gespannt den Atem an. Es bedeutete ihr nichts, auf den Flug oder den Abend auf einer Yacht zu verzichten, aber sie wollte unter keinen Umständen ein Wiedersehen mit Noah versäumen. »Sind wir die einzigen Gäste, die Noah erwartet?« fragte sie und versuchte, ihre Furcht hinter einem Lächeln zu verbergen. »Falls ja, könnten wir vielleicht irgendwo auf dem Festland essen, wo er nachkommen kann.«

»Das wäre nicht fair«, sagte Paris bestimmt. »Noah hat von seinem Koch ein ganz besonderes Dinner zubereiten lassen, und er hatte sich schon so darauf gefreut, uns damit zu überraschen.« Mit einem traurigen Blick auf Paul fuhr sie fort: »Ich möchte euch den Abend nicht verderben. Ihr beide könnt auch allein hinüberfliegen; ich lasse mich dann nach Hause bringen.«

Sloan öffnete den Mund, um Einspruch zu erheben, doch Paul kam ihr zuvor. »Das wäre aber auch nicht fair«, sagte er. »Ich weiß, was wir tun: Sloan fliegt alleine auf die *Apparition*, und wir beide essen irgendwo anders.«

»Bist du sicher, daß du nichts dagegen hast?« fragte Paris zögerlich und sah ihn mit einer Mischung aus Bedauern und Dankbarkeit an.

Paul schien eher belustigt als enttäuscht, als er nun mit einem Blick auf den Helikopter zu Sloan sagte: »Du solltest besser einsteigen, bevor dem Ding der Treibstoff ausgeht.« Dann wandte er sich an Paris und wies auf die offene Wagentür. »Sollen wir aufbrechen?«

Als sie im Wagen saßen, sah Paris dem Helikopter noch lange nach, wie er von dem Parkplatz abhob und über das Meer der untergehenden Sonne entgegenflog. Dann wandte sie sich mit einem bezaubernden Lächeln an Paul. »Ich hoffe, du bist nicht schrecklich enttäuscht.«

»Überhaupt nicht«, sagte er vergnügt. Damit kreuzte er die Arme über der Brust, lehnte sich mit dem Rücken gegen die Wagentür und musterte seine Gefährtin aufmerksam.

Etwas verunsichert von seinem schalkhaften Blick meinte Paris mit einem betretenen Lächeln: »Du mußt mich für dumm und neurotisch halten.«

Schweigend schüttelte er den Kopf.

»Ich habe einfach Angst vor Helikoptern.«

Er sah sie immer noch unverwandt an. »Das muß dir viel von dem Spaß daran nehmen.«

»Woran?«

»Daran, sie zu *fliegen.*«

Paris lachte bei seiner Bemerkung hell auf und lehnte sich kopfschüttelnd zurück. »Wie hast du das herausbekommen?«

»Dein Vater ist sehr stolz auf deine sportlichen Leistungen und prahlt gerne damit. Aber eines würde mich wirklich interessieren: Was hättest du getan, wenn ich beschlossen hätte, Sloan zu begleiten?«

Sie verzog keine Miene, als sie ihm nun in die Augen sah. »Ich wußte, daß du das nicht tun würdest.«

Der Chauffeur hatte inzwischen per Autotelefon Mr. Maitland verständigt, daß der Helikopter mit Miss Reynolds an Bord gerade abgeflogen war und gleich auf der *Apparition* landen würde. Als er aufgehängt hatte, warf er im Rückspiegel einen fragenden Blick auf Paris. »Wir können mit dem Theater aufhören, Marty«, sagte sie augenzwinkernd. »Ich wurde ertappt. Bringen Sie uns dorthin, wo Mr. Maitland für uns reservieren hat lassen.«

Der Chauffeur nickte, machte eine Kehrtwendung und fuhr zu einem Pier, wo er den Wagen anhielt. Paris runzelte verständnislos die Stirn. »Was tun wir denn hier?«

»In Kürze«, sagte der Chauffeur ungerührt, »werden der Kapitän und der Chefkoch der *Apparition* mit dem Helikopter hier ankommen. Als ich gerade mit Mr. Maitland gesprochen habe, um ihn von Miss Reynolds' Kommen in Kenntnis zu setzen, war er untröstlich, daß er fatalerweise Ihre panische Angst vor Helikoptern vergessen hatte. Er wies mich an, auf einem Ersatzdinner und einer Kreuzfahrt an Bord der *Star Gazer* zu bestehen.« Damit wies er auf ein stattliches Segelboot, das direkt vor ihren Augen im Wasser lag.

Paris strahlte, als sie nun Paul ansah. »Was meinst du? Ist es fair, Noah so viele Umstände zu bereiten?«

»Natürlich ist das fair«, sagte Paul, der ihre kindliche Begeisterung unwiderstehlich fand. Mit einem schelmischen Grinsen fügte er hinzu: »Es geschähe ihm sogar sehr recht, wenn wir ohne seine Crew mit dem Boot hinaus aufs Meer segelten.«

»Kannst du ein so großes Boot segeln?«

»Mit deiner Hilfe.« Aus seiner so locker geäußerten Erwiderung schloß Paris sofort, daß Paul keinerlei Schwierigkeiten damit haben würde. »Kannst du kochen?« fragte er sie im Gegenzug.

»Mit *deiner* Hilfe.«

Er reichte ihr die Hand. »Dann laß uns gehen.

32

Als Sloan vom Helikopter aus die *Apparition* entdeckte, die ein gutes Stück von der Küste entfernt im Wasser lag, stockte ihr vor lauter Staunen der Atem: Das Schiff war strahlend weiß und zeichnete sich so scharf und funkelnd gegen das tiefblaue Meer und den in den verschiedensten Rottönen glühenden Sonnenuntergang ab, daß es aus der Ferne wirkte wie ein verwunschener Palast.

»Willkommen an Bord, Miss«, begrüßte sie wenig später ein Mann in weißer Uniform, indem er sich tief vor ihr verbeugte und ihr die Hand reichte, um ihr aus dem Helikopter zu helfen. Dann führte er sie über zwei Treppen hinunter zum Hauptdeck des Schiffes, in dessen Bug ein weißgedeckter Tisch mit feinstem Porzellan und Kristallgläsern für ein elegantes Dinner bereitstand. »Mr. Maitland hat einen dringenden Anruf erhalten, aber er wird in Kürze bei Ihnen sein«, erklärte der Mann noch, bevor er sie allein ließ.

Sloan sah sich wie verzaubert um. Sie hatte etwas Derartiges noch nie gesehen und kannte es nur aus Hollywoodfilmen oder aus Fernsehberichten über die oberen Zehntausend, die sich in Monte Carlo oder sonstwo auf der Welt auf ihren gigantischen Yachten ein Stelldichein gaben. Sie wußte, daß Noah reich war, aber sie hätte niemals gedacht, daß auch er Eigentümer eines solchen Traumschiffes war.

Sloan ging langsam über das Hauptdeck auf den Heckteil des Schiffes zu und ließ ihre Hand dabei über die glatte und kühle Reling gleiten. Der Großteil des Decks wurde von einem großen, geräumigen Salon eingenommen, dessen Wände fast ganz aus Glas bestanden. Die Vorhänge waren aufgezogen, so daß Sloan einen neugierigen Blick hineinwerfen konnte: Zu ihrem Erstaunen vermittelte seine Einrichtung ihr jedoch eher das Gefühl, sich in einem hochmodernen

Penthouse-Apartment zu befinden als auf einem Schiff. Der hauptsächlich in Weiß gehaltene Teppich besaß ein Muster in Pflaumenblau und Platin, das sich in einem wellenförmigen Design zur Mitte hin verdichtete und dort ein kunstvolles Medaillon formte. Eine Wendeltreppe mit verchromtem Geländer führte sowohl nach oben als auch nach unten in weitere Etagen des Schiffes. Mehrere Sitzgruppen mit Sofas und Sesseln, in den Farben des Teppichs gepolstert, waren einladend um Tische mit dicken Glasplatten arrangiert. Einen besonderen Blickfang boten jedoch die surrealistisch anmutenden Skulpturen aus leuchtendem Silber und Gold, die an verschiedenen Stellen im Raum aufgestellt waren, sowie die bizarren Gesteinsformationen, die in allen Farben des Regenbogens leuchteten.

Von Noah war weder im Salon noch sonstwo auf dem Hauptdeck eine Spur zu sehen. Als Sloan jedoch wieder nach vorne zum Bug des Schiffes schlenderte, sah sie ihn plötzlich neben dem gedeckten Tisch an der Reling stehen. Er hatte ihr den Rücken zugewandt und war offensichtlich in ein Telefongespräch vertieft. Sloan, die auf ihn zugetreten war, erschrak fast, als sie seine ungewohnt barsche und verärgerte Stimme hörte: »Warrens Entschuldigungen interessieren mich nicht mehr. Ich will endlich Resultate sehen«, schnauzte er gerade in sein Handy. »Richten Sie Graziella schöne Grüße aus: Wenn er das noch einmal verpatzt, werde ich nicht den leisesten Gedanken daran verschwenden, ihm bei der Regierung von Venezuela aus der Klemme zu helfen; von mir aus kann er da unten im Gefängnis versauern.«

Dann schwieg er und hörte eine Weile zu, bevor er erwiderte: »Sie haben recht, ich meine es verdammt ernst.« Und nach einem weiteren kurzen Schweigen versetzte er: »Gut. Kümmern Sie sich um Graziella und machen Sie, daß Sie so schnell wie möglich von dort wegkommen.« Ohne ein Wort des Abschieds brach er das Gespräch ab und knallte das Handy wütend auf den Tisch. Sloan, die immer noch hinter ihm stand und zögerte, ihn anzusprechen, konnte kaum glauben, daß dieser kühle und herrische Mann derselbe war wie der charmante Herzensbrecher, den sie bisher gekannt hatte.

In diesem Moment drehte er sich um und erblickte sie. Die schlagartige Veränderung, die in seinem Gesicht vor sich ging, hätte sogar ein Blinder bemerkt.

»Hallo«, sagte er mit einem überwältigenden Lächeln, dessen unterschwellige Sinnlichkeit Sloan das Herz stocken ließ. Überdies kam er ihr in seinem tadellos geschnittenen, rabenschwarzen Smoking, dem schneeweißen Hemd und der schwarzen Fliege noch eleganter und hinreißender vor als sonst.

Sloan hielt sich verlegen ein gutes Stück von ihm entfernt und wußte nicht, was sie sagen sollte. All dies – sein Schiff, sein Helikopter, sein Smoking und nicht zuletzt sein seltsames Telefongespräch – verwirrte und verunsicherte sie zutiefst. Er schien ihr plötzlich fremd und unnahbar. »Hallo«, brachte sie schließlich etwas steif hervor.

Falls er ihre Reserviertheit spürte, ließ er es sich jedenfalls nicht anmerken. Ohne ein Wort zu sagen, griff er nach der Flasche Champagner, die in einem silbernen Eiskübel auf dem Tisch stand, und schenkte zwei Gläser davon ein. Dann reichte er ihr das eine Glas und zwang sie dadurch, auf ihn zuzutreten und es ihm aus der Hand zu nehmen.

Beide blickten nach oben, als sich kurz darauf die Rotoren des Helikopters wieder in Bewegung setzten, und Sloan bemerkte, daß außer dem Piloten noch weitere drei Männer in die Maschine eingestiegen waren. »Dies alles ist ziemlich überwältigend für mich«, sagte sie laut, während der Helikopter vom Schiff abhob und sich in die Luft schwang.

Noah widerstand dem instinktiven Bedürfnis, seine Hand auszustrecken und mit den Fingern die Linien ihres Gesichts nachzuzeichnen, doch er lehnte sich statt dessen lässig gegen die Reling und betrachtete die junge Frau mit großem Vergnügen. Sie sah in ihrem langen, trägerlosen Kleid bezaubernd aus, und der Gedanke, daß er es ihr später in dieser Nacht ausziehen würde, verstärkte dessen Wirkung.

Sloans Blick war immer noch auf den abfliegenden Hubschrauber gerichtet, und als sie ihm nun wieder ihr Gesicht zuwandte, wurde sie von tiefer Verlegenheit ergriffen. »Paris ist nicht mitgekommen; sie hat Angst vor Helikoptern«, sagte sie mit einem scheuen Lächeln.

»Wie schade«, erwiderte er feierlich.

Sloan nickte zustimmend. »Paul ist mit ihr an Land geblieben.«

»Ich bin untröstlich.«

Sie konnte nicht umhin, das vergnügte Glitzern in seinen schönen grauen Augen zu bemerken, das ihn ihr plötzlich viel vertrauter erscheinen ließ. Als sie nun einen prüfenden Blick auf den festlich gedeckten und mit Blumen und Kerzen geschmückten Tisch warf und feststellte, daß nur zwei Gedecke darauf lagen und nur zwei Stühle bereitstanden, kam ihr plötzlich der Verdacht, daß er von Anfang an nur sie beide für das Abendessen eingeplant hatte. Trotz ihrer Schuldgefühle gegenüber Paris mußte sie ihn insgeheim für seinen raffinierten Schachzug bewundern, und es gelang ihr nur schwer, ein beleidigtes Gesicht aufzusetzen, als sie nun ausrief: »Du wußtest die ganze Zeit, daß Paris Angst vor Helikoptern hat!«

»Daran hatte ich nicht im geringsten gedacht«, sagte er todernst.

»Wirklich nicht?« Sloan war zwar verunsichert, aber noch nicht überzeugt.

Langsam schüttelte er den Kopf; in seinen Augen aber lag ein amüsiertes Lachen über ihre mißtrauische Miene, und er wußte, daß sie nicht aufgeben würde, bis sie die Wahrheit herausgefunden hatte.

»Du kennst Paris seit Jahren und wußtest bis zum heutigen Tag nicht, daß sie Angst vor dem Fliegen hat?« fragte Sloan voller Zweifel. Dann fiel es ihr plötzlich wie Schuppen von den Augen. »Kann es vielleicht sein, daß Paris gar keine Flugangst hat?«

Noah, der die Wahrheit nicht mehr zurückhalten konnte, beugte sich hinunter und flüsterte ihr ins Ohr: »Paris besitzt sogar einen Flugschein.«

Sloan lachte laut auf und versuchte, die Wirkung seines warmen Atems in ihrem Ohr nicht zur Kenntnis zu nehmen, als sie nun auf den gedeckten Tisch zeigte. »Soll das heißen, daß all dies nur für uns beide ist?«

»Ich wollte das mit der Gartenliege gestern abend wiedergutmachen.«

»Mit all diesem Aufwand?« fragte Sloan fassungslos. »Machst du nie etwas nur halb?«

»Doch, gestern abend zum Beispiel.«

Die leichte Änderung seines Tonfalls und die unterschwellige Bedeutung seiner Bemerkung blieben Sloan nicht verborgen. »Mir hat die Gartenliege aber gefallen.«

»Die Annehmlichkeiten hier werden dir noch besser gefallen.«

Sloan ahnte, was er damit meinte, und spannte sich unwillkürlich an.

»Möchtest du eine Besichtigungstour machen?«

»Ja«, sagte sie schnell und stellte sich darunter eine Besichtigung von allerlei Maschinen, Kesseln und Wasserpumpen vor. Er nahm ihre Hand und ließ seine Finger zwischen die ihren gleiten, doch auch die Wärme seiner Hand zerstreute nicht ihre ängstliche Besorgnis bei dem Gedanken, daß er vorhatte, noch heute nacht mit ihr zu schlafen.

Sie hatte gewußt, daß dieser Moment kommen würde, doch er hatte die falsche Zeit und den falschen Ort gewählt: Wo sie auch hinsah, erblickte sie unmißverständliche Beweise dafür, daß die Welt, in der er lebte, von der ihren so grundverschieden war wie ein anderes Sonnensystem. Für ihn war sie nur eine kleine Urlaubsaffäre, die – wenn überhaupt – zwei Wochen dauern mochte. Für sie war es ... Sie konnte den Gedanken kaum ertragen, doch es war ihr auch nicht möglich, ihn noch länger zu verdrängen: Für sie war es ihre eigene Geschichte, die sich auf dramatische Weise wiederholte.

Sie kam sich vor wie ihre eigene Mutter, nur daß inzwischen dreißig Jahre vergangen waren. Sie war verrückt nach Noah Maitland, der für sie ebenso unerreichbar wie unwiderstehlich war. Ihr ganzes Leben lang hatte sie darauf gewartet, sich einmal richtig zu verlieben, und nun würde sie den Rest ihres Lebens damit zubringen, andere Männer mit ihm zu vergleichen.

Noah führte sie über eine Außentreppe nach oben und blieb vor der ersten Tür auf diesem Deck stehen. »Dies ist die Schlafkabine des Schiffsherrn«, sagte er, während er die Tür aufschwang.

Sloan verspürte eine wachsende Panik, während sie den großen Raum betrat, der von einem opulenten Himmelbett beherrscht wurde. Die Bettdecke war einladend zurückgeschlagen, das Licht war gedämpft und verführerisch. Nach einem verlegenen Räuspern sagte sie schließlich mit gespielter Koketterie: »Nun, es ist nicht gerade luxuriös, aber Leute wie du müssen sich auf See wohl mit dem begnügen, was sie kriegen können.« Im nächsten Moment taten ihr ihre Worte leid, und sie bat ihn hastig um Verzeihung. »Sei mir bitte nicht böse. Es ist dumm und gemein, so etwas zu sagen.«

Er sah sie schweigend an, und es gelang ihr nicht, in seiner Miene zu lesen, was er dachte. »Wieso hast du es dann gesagt?«

Sloan seufzte und entschloß sich, ehrlich zu sein. Sie sah ihm in die Augen und gab beschämt zu: »Ich habe es gesagt, weil ich nervös bin und mich hier nicht wohl fühle. Ich hatte mich daran gewöhnt, wie du zusammen mit Courtney und Douglas bist.« Sie machte eine etwas resignierte Geste, die ihn und das Schiff einschloß. »Aber ich hatte nicht erwartet, dich hier inmitten von all diesem Luxus vorzufinden. Und auch deine Stimme vorhin am Telefon war mir fremd. Mir ist klargeworden, daß ich dich überhaupt nicht kenne«, schloß sie mit unterdrückter Verzweiflung in der Stimme.

Noah verstand sofort und mußte sie insgeheim für ihre Ehrlichkeit bewundern. Zu seinem eigenen Erstaunen stellte er fest, daß er sich selbst nicht wiedererkannte, wenn er mit ihr zusammen war. Während er in ihr schönes, furchtsames Gesicht blickte und dem Zauber ihrer Stimme lauschte, wußte er plötzlich nicht mehr, was er lieber tun wollte: sein Gesicht in ihrem duftenden Haar verbergen und über ihre Bedenken lachen oder ihr die Zweifel von den Lippen küssen. Sie betrachtete seinen Reichtum nicht als begehrenswert, sondern als lästiges Hindernis – und dies machte sie in seinen Augen noch einzigartiger und noch verführerischer.

Nach einem kurzen Zögern nahm Noah schließlich ihr Kinn zwischen Daumen und Zeigefinger. »Du kennst mich, Sloan«, sagte er leise und senkte langsam seinen Kopf. Unendlich sanft legte er seine Lippen auf die ihren und brachte sie nach und nach dazu, sich ihm zu öffnen. »Erinnerst du dich?« flüsterte er, während seine Hände über ihre Schultern glitten. Dann öffnete er plötzlich den Mund und küßte sie heftig.

Es dauerte nur wenige Sekunden, bis Sloans Erinnerung in voller Schärfe zurückkam und all ihre Vorsätze zu wanken begannen. Statt sich ihm zu entziehen, hob sie die Hände und ließ sie über seine muskulöse Brust und dann über seine Schultern zu seinem Nacken gleiten. Als er seinen Mund nun von dem ihren nahm, sah er sie mit vor Verlangen glühenden Augen an, während er flüsterte: »Kennst du mich jetzt wieder?«

Sloan wußte, daß es zu spät zur Umkehr war und daß sie ihn nie mehr vergessen würde. Es wäre unsinnig gewesen, sich ihm aus Angst vor den Erinnerungen zu versagen. Zu Hause in Bell Harbor würde sie noch genügend Zeit und Gelegenheit haben, sich einsam zu fühlen und zu bereuen, was vorgefallen war. Jetzt aber wollte sie mit ihm zusammensein, heute, morgen, am Tag darauf und vielleicht noch an dem danach – je nachdem, wie lange ihre Anziehungskraft auf ihn wirken würde.

Er wartete immer noch auf ihre Antwort, und Sloan nickte, während sie mit einem leisen Seufzer der Hingabe erwiderte: »Ja.« Dann stellte sie sich auf die Zehenspitzen und preßte ihren Mund auf den seinen. Sie küßte ihn mit aller Liebe und Verzweiflung ihres Herzens, und seine Antwort auf ihren Kuß war wild und leidenschaftlich. Seine Lippen wurden fordernd und ungestüm, seine Arme schlangen sich fest um sie und drückten sie an seinen harten Körper, und seine Hände wanderten besitzergreifend über ihren Rücken und an den Seiten ihrer Brüste entlang.

Als er mit seinem Fuß die Tür zuschob, lief ein Schauder der Erregung durch Sloan, doch statt nun vor Leidenschaft den Kopf zu verlieren, wurde er plötzlich sanft und zärtlich. Er bedeckte sie mit Küssen, bis jeder Nerv in ihrem Körper nur noch Begehren war – zunächst lange, liebkosende Küsse, dann harte und fordernde, während seine Hände sie streichelten und Stück für Stück ihres Körpers erforschten.

Es dauerte nicht lange, bis es ihm gelang, den Reißverschluß ihres Kleides zu öffnen, und während es weich zu Boden glitt, trat er einen Schritt zurück, um das Jackett seines Smokings auszuziehen. Sloan wollte sich verlegen hinunterbeugen, um ihr Kleid wieder hochzuziehen.

»Tu's nicht«, sagte er sanft, während er – den Blick auf ihre rosigen Brüste gebannt – schnell sein Hemd aufknöpfte.

Während er sich ohne Hemmungen vor ihr auszog, wandte Sloan sich beschämt um, um den Rest ihrer Kleider abzulegen. Noah bemerkte ihre Verlegenheit, doch er konnte den Blick nicht von ihrem nackten, wunderbaren Körper wenden: Ihre Glieder waren schlank und zart, ihre weiblichen Formen sanft gerundet und ihre Haut von einladender Weichheit. Als sie die Arme hob und den Kopf leicht neigte, um die Spange aus ihrem Haar zu nehmen, fühlte er sich unwillkürlich an ein Aktbildnis erinnert, das er einmal im Louvre gesehen hatte. Dann schüttelte sie den Kopf, und ihr offenes Haar fiel ihr wie ein Wasserfall aus glänzendem Gold um die Schultern.

Sie ist herrlich, dachte Noah voller Begehren.

Sie ist aber auch scheu, sprach er sich ins Gewissen.

Nachdem er sie gebührend bewundert hatte, trat er hinter sie, umschlang sie mit seinen Armen und zog ihren Rücken an seine Brust. »Du raubst mir den Atem«, flüsterte er heiser in ihren Nacken. Sie antwortete ihm mit einem Schaudern. Er wandte sie um, hob sie hoch und legte sie auf das Bett; dann streckte er sich neben ihr aus und stützte sich auf seinen linken Arm, dessen Hand unter ihrem Nacken ruhte.

Sloans erwartungsvolle Erregung wuchs, während seine Augen über jede Kurve und jede kleine Vertiefung ihres Körpers und schließlich wieder zu ihrem Gesicht wanderten. Ein Glühen lag in seinem Blick, und als seine Hände nun mit festem Griff ihr Gesicht umfaßten, bereitete sie sich instinktiv darauf vor, daß er sie nun schnell nehmen würde. Statt dessen gab er ihr einen langen, zärtlichen Kuß, der so federleicht und entspannend war wie die zarte Berührung seiner Fingerspitzen in ihrem Nacken. Es war ein Kuß, der ihr Vertrauen und Sicherheit schenkte.

Sloan war nun viel ruhiger geworden und schmiegte sich zärtlich an ihn, während seine rechte Hand über ihre Schulter zu ihrer Brust wanderte und seine Finger spielerisch ihre Brustwarze umkreisten.

Mit einem leisen Stöhnen preßte Sloan ihre gespreizte Hand gegen seine Brust und fuhr mit den Fingern der anderen Hand durch seine kurzen, dunklen Haare. Seine Haut war glühend heiß und weich wie Seide, und seine Brustwarze richtete sich unter der Berührung ihrer Handfläche auf. Sie spürte das Spiel seiner Muskeln, während sie seine Arme und seinen Hals liebkoste und ihre Finger dann langsam zu seinem Gesicht mit dem kantigen Kinn und den scharfgeschnittenen Wangen glitten. Er war von vollendeter Schönheit, dachte sie mit einem bittersüßen Lächeln. Und er gehörte ihr. Jedenfalls für diesen Moment...

Für Sloan war die wie selbstverständlich wirkende Harmonie ihrer Körper eine überwältigende Entdeckung; doch auch für Noah war sie so unerwartet, daß sie ihn zutiefst berührte. Er hob leicht den Kopf und sah sie mit einem Ausdruck zärtlichen Erstaunens an, während jede ihrer Liebkosungen einen Strom von Verlangen durch seinen Körper fließen ließ.

Sloan hatte die Augen geschlossen, während sie ihre Fingerspitzen in einer hauchzarten Bewegung über seine Lippen gleiten ließ. Sie schienen aus einem wunderbaren Stoff gemacht, der gleichzeitig fest und weich war. Als sie ihn ansah, bemerkte sie, daß auch er seine Augen geöffnet hatte.

Sein Blick verwirrte sie und erschreckte sie im ersten Moment sogar. Er war hart und dunkel vor Leidenschaft, und ein Muskel an seinem Hals zuckte, als würde er einen inneren Kampf ausfechten. Doch als sie verstand, was sie sah und daß sie selbst dies verursacht hatte, machte sie sich keine Gedanken mehr und legte die Hand um seinen Nacken. Voller Verlangen drängte sie sich mit geschlossenen Augen an ihn und küßte ihn heftig, als sie seinen Atem an ihrem Mund spürte.

Seine Lippen öffneten sich sofort unter ihrem Kuß, und seine Zunge in ihrem Mund wurde hart und fordernd, während seine Hand in fieberhafter Suche an ihrem Körper herabglitt. Seine forschenden Finger erreichten schließlich die Ringellocken zwischen ihren Schenkeln, spielten kurz darin und verschafften sich dann sanft Einlaß. Sloan stöhnte laut auf und wand sich vor Lust, als sie sie tief in sich spürte und sein Kuß noch stürmischer wurde.

Dann nahm er seinen Mund von dem ihren und ließ ihn über ihren Hals zu ihren Brüsten wandern, um dann wieder zu ihren Lippen zurückzukehren. Wie von Sinnen hatte Sloan ihre Finger so heftig in seine Schultern gegraben, daß es ihm eine Mischung aus Schmerz und Lust bereitete.

Mit sanfter Entschlossenheit packte er sie nun bei den Hüften und zog sie noch fester zu sich; dann drang er so machtvoll in sie ein, daß ihr ganzer Körper erzitterte. Langsam begann er, sich in ihr zu bewegen, und jeder seiner rhythmischen, kräftigen Stöße steigerte ihren Rausch.

Plötzlich umschlang er sie fest und rollte sich auf den Rücken, so daß sie auf ihm zu sitzen kam. Der erstaunte Ausdruck auf ihrem glühenden Gesicht entlockte ihm ein zärtliches Lachen und ließ ihn kurz innehalten. Normalerweise hätte er an diesem Punkt bis zum Höhepunkt weitergemacht, aber er hatte das Bedürfnis, Sloan soviel Lust wie nur möglich zu schenken, bevor er die Kontrolle über sich verlor. Ihre anderen beiden Liebhaber waren unerfahren und ungeschickt gewesen. Er selbst war alles andere als das. Und aus irgendwelchen Gründen wollte er, daß Sloan dies wußte, wenn sie diesen Raum verlassen würde.

Er hob seine Hände zu ihrem Gesicht und schlang seine Finger durch ihr Haar. »Du bist wunderbar«, flüsterte er zärtlich, während er seine Hände über ihre Brüste gleiten ließ und dann fest ihre Hüften umfaßte, um ihr die Bewegung zu erleichtern.

Es war offensichtlich, daß sie bezüglich ihrer mangelnden Erfahrung nicht gelogen hatte. Sie wußte nicht, wie sie es anstellen sollte, ihre Körper einen gemeinsamen Rhythmus finden zu lassen, und ihre Bewegungen waren immer entweder schneller oder langsamer als die seinen oder veränderten sich so plötzlich, daß er verwundert innehielt. Es war nie vorauszusagen, was sie im nächsten Moment tun würde, und diese Unvorhersehbarkeit hielt Noah in einem endlos scheinenden

Zustand der Erregung, der in gewisser Weise lustvoller war, als wenn sie gewußt hätte, wie sie seine Lust steigern konnte.

Plötzlich schien jedoch eine Veränderung mit ihr vorzugehen. Sie sah ihm prüfend ins Gesicht, und als sie sich nun dem Druck seiner Hüften anpaßte, stöhnte Noah laut auf. Die Ekstase, die er unter Kontrolle zu haben glaubte, raste mit solcher Macht durch seine Lenden, daß er ihre Hüften packte, um sie zu stoppen. Er zog sie an seine Brust und kämpfte mit sich selbst, um den Höhepunkt noch hinauszuzögern, doch als er merkte, daß es nicht möglich war, rollte er sie sanft auf den Rücken. Dann legte er sich auf sie und drang tief in sie ein, seine Wange fest an die ihre gepreßt, in dem verzweifelten Wunsch, sich ebenso tief in ihr Gedächtnis zu graben, wie er seinen Körper in den ihren grub. »Sieh mich an«, sagte er mit einer Stimme, die nur noch ein heiseres Wispern war.

Ihre langen, braunen Wimpern öffneten sich mit einem Flackern, und ihre blauen Augen baten ihn schweigend um Erlösung. Ohne ein Wort versprach er sie ihr und begann, sich härter und schneller in ihr zu bewegen, während sich sein ganzer Körper versteifte.

Wenig später fühlte Sloan, wie es tief in ihr zu pulsieren begann. Ein Schütteln durchraste sie wie ein Erdbeben, und es schien ihr, als würde ihr ganzer Körper in einem Ausbruch unbeschreiblicher Ekstase explodieren. Ein leises Wimmern stieg aus ihrer Kehle, als Noah noch einmal mit aller Macht in sie eindrang und sein Körper dann in demselben Rausch erbebte, den er ihr geschenkt hatte.

Als es vorbei war, ließ er, schwer atmend, seinen Kopf vornübersinken, doch nach einer Weile schlang er seine Arme um ihre Hüften und rollte sich mit ihr auf die Seite.

Sloan lag ruhig da, zu erschöpft und berauscht von dem Erlebten, um an irgend etwas zu denken, und genoß das wunderbare Gefühl, von seinen Armen gehalten zu werden. Als ihr Verstand nach und nach wieder zu arbeiten begann, dämmerte es ihr jedoch, daß der Mann, den sie gerade geliebt hatte, sein Liebesspiel zweifellos durch die Übung mit zahllosen Frauen perfektioniert hatte. Andererseits kam es ihr aber nicht so vor, daß ihre Unerfahrenheit ihn gelangweilt hatte und er sie daher nicht mehr begehren würde. Würde er sie denn sonst jetzt so dicht an sich gedrückt halten und mit seiner Hand liebevoll ihre Taille streicheln? Sie beschloß, offen mit ihm zu sein. »Noah?«

»Hmm?«

»Ich lerne schnell«, sagte sie leise.

Als Noah den Kopf beugte, um ihr in die Augen zu blicken, erschien auf seinen Lippen ein zärtliches Lächeln. »Das habe ich gemerkt«, hauchte er.

»Mit einiger Übung werde ich sicher besser werden.«

Er lachte so schallend, daß das Bett erzitterte, bevor er sie in seine Arme zog und sein Gesicht an ihrem Hals verbarg. »Du bist wirklich ein erstaunliches Mädchen.«

Noahs Stimmung blieb die ganze Zeit über heiter, während er sie weiterhin in seinen Armen hielt und liebkoste. Normalerweise war er nach einem Orgasmus entspannt und zunächst etwas müde und später dann voller Energie, aber dieses absurde Glücksgefühl war ihm neu. Er konnte einfach nicht verstehen, wieso die Frau in seinen Armen eine so erstaunliche Wirkung auf ihn hatte: Ein Blick von ihr genügte, um ihn zu erregen, ein Lächeln, um ihn aufzuheitern, eine Berührung, um ihn dahinschmelzen zu lassen. Sie war die wunderbarste Frau, die er jemals kennengelernt hatte.

Plötzlich fiel ihm ein, daß sie noch nichts zu Abend gegessen hatte. Er hatte sie früh an Bord haben wollen, um mit ihr gemeinsam den Sonnenuntergang zu erleben, und als er nun auf seine Uhr sah, stellte er fest, daß der Abend noch erfreulich jung war.

Sie sah zu ihm auf, als er ihr Haar von seiner Wange strich und in schalkhaftem Ton meinte: »Im Abendprogramm sind auch ein Dinner und eine Besichtigungstour inbegriffen.«

Mit einem schläfrigen Lächeln ließ sie ihre langen Finger zärtlich über seine Brust gleiten. »Und was wir gerade getan haben, war das auch im Eintrittspreis enthalten, oder wird es extra verrechnet?«

»Sieh mich nicht so an, oder wir werden das Dinner ausfallen lassen müssen!«

»Ach ja?« fragte sie. »Was würden wir denn statt dessen tun?«

»Gleich zum Dessert übergehen.«

Um jede weitere Versuchung zu vermeiden, griff er nach dem Telefon und wies sein Personal an, in einer halben Stunde das Abendessen zu servieren; dann stieg er widerstrebend aus dem Bett.

Die Atmosphäre zwischen ihnen hatte sich geändert, als sie wenig später bei Kerzenlicht und leiser Hintergrundmusik zu Abend speisten. Ohne die Spannung, die aus unerfülltem erotischen Begehren entstand, fühlten sie sich plötzlich wie neue Freunde, die einander besser kennenlernen wollten.

Nach dem Essen war Sloan so locker und entspannt, daß sie keinerlei Hemmungen mehr hatte, auf all die Fragen zu antworten, die Noah ihr über Carter und ihre Mutter stellte. »Meine Mutter hat mit achtzehn Jahren einen Schönheitswettbewerb gewonnen, und der Preis war eine einwöchige Reise nach Fort Lauderdale mit Unterbringung in einem Luxushotel«, begann sie. »Ein Fotograf von der Lokalzeitung machte am Strand Fotos von ihr, während Carter ganz in der Nähe auf einer Cocktailparty eingeladen war. Als er in seinem weißen Dinnerjackett am Strand entlangspazierte und meine Mutter ihn sah, verliebte sie sich auf Anhieb in ihn. Das ist alles.«

»Nun, das kann ja noch nicht alles gewesen sein«, scherzte Noah.

»Dann sagen wir, *beinahe* alles. Meine Mutter war bei ihrer Großmutter aufgewachsen, und sie war genauso naiv, wie sie schön war. Sie verbrachte die verbleibenden drei Tage ihrer Reise mit Carter in seiner Hotelsuite. Sie schenkte ihm ihre Jungfräulichkeit, und Carter schenkte ihr Paris. Als sie nach Hause zurückkehrte, war sie fest davon überzeugt, daß er sie liebte und sie heiraten wollte – sobald er seine feine Familie in San Francisco mit seiner Absicht vertraut gemacht hatte. Natürlich war Mom daher leicht verwundert, als sie statt dessen kein Wort mehr von ihrem ›Verlobten‹ hörte. Noch verwunderter war sie allerdings, als ihr der Arzt mitteilte, daß sie nicht an einer Magenverstimmung litt, sondern schlicht und ergreifend schwanger war.«

Noah hob sein Weinglas und betrachtete aufmerksam ihr Gesicht, in dem sich ihre widerstreitenden Gefühle abzeichneten. Sie war sichtlich bemüht, so beiläufig wie möglich zu klingen, doch ihre Stimme wurde unwillkürlich weich, wenn sie ihre Mutter erwähnte, und verhärtete sich merklich, wenn sie über Carter sprach. »Und was geschah dann?« fragte er, als sie schwieg.

»Das Übliche«, erwiderte sie mit einem scheinbar heiteren Lächeln und ohne ihn anzusehen. »Meine Mutter begab sich in die Stadtbibliothek und fand die Adresse des Vaters ihres Babys heraus, indem sie seinen Familiennamen im *Who's Who* nachschlug.« Als Noah nicht auf ihren Versuch einging, die Schwere ihrer Worte mit einer Portion Humor zu überspielen, räusperte sich Sloan und fuhr hastig fort: »Sie war sich immer noch so sicher, daß er sie auch liebte und daß sein Schweigen nur von dem Zwang seiner Familie herrühren konnte, daß sie ihr letztes Geld von dem Wettbewerbspreis für ein Flugticket ausgab. Spät am Abend kam sie mit ihrem Koffer bei Carters Familie an, die ihr kurz und bündig mitteilte, daß er ausgegangen sei. Sie stellte sich als seine Verlobte vor und fragte, ob sie auf ihn warten könne. Den Rest kannst du dir denken.«

»Das mag sein«, sagte Noah, »aber ich möchte ihn lieber von dir hören.«

»Du bist schrecklich beharrlich«, scherzte Sloan. Statt sich ablenken zu lassen, runzelte er fragend die Stirn und sah sie erwartungsvoll an. Unfähig, sich seiner schweigenden Aufforderung zum Weitererzählen zu widersetzen, seufzte sie schließlich und sagte: »Innerhalb von wenigen Minuten hatten sie die ganze Geschichte aus ihr herausgequetscht. Seine Eltern schäumten vor Wut.« Sie machte eine Pause und dachte darüber nach, wie sie den Rest der Geschichte in Worte fassen sollte. Carter war Noahs Freund und Paris' Vater, und sie wollte das Bild, das Noah von Carter hatte, nicht gänzlich zerstören. »Natürlich war ihnen aber auch klar, daß ihr Sohn einen Fehler begangen hatte, und als Carter schließlich nach

Hause kam, akzeptierte er seine Verantwortung und verließ mit meiner Mutter ...«

Noah hatte sofort bemerkt, daß sie die Wahrheit zu beschönigen suchte. »Das nehme ich dir nicht ab, Sloan. Ich habe zwar Carters Mutter und Vater erst kennengelernt, als sie schon älter waren, aber ich glaube nicht, daß sie sich so sehr verändert haben. Was ist wirklich passiert?«

Sloan, die sich durch seine Unverblümtheit in die Enge getrieben fühlte, spielte verlegen mit der Serviette auf ihrem Schoß, hob dann aber den Kopf und hielt seinem unerbittlichen Blick stand. »Also gut«, seufzte sie. »Als Carter an jenem Abend nach Hause kam, war er betrunken, und seine Eltern waren ihm schon böse aufgrund einer langen Liste anderer Dummheiten, die er sich zuschulden hatte kommen lassen. Sie warfen ihn und meine Mutter kurzerhand hinaus. Es muß eine ziemlich ernüchternde Erfahrung für ihn gewesen sein. Er und meine Mutter machten in Las Vegas einen Zwischenstopp und heirateten dort, bevor sie dann zu ihr nach Florida zogen. Er hatte genug Geld übrig, um ein Segelboot zu kaufen, das er für die nächsten zwei Jahre vermieten konnte. Bald wurde Paris geboren, und ein Jahr später kam ich auf die Welt.«

»Und dann?«

»Dann kam eines Tages Carters Mutter in einer Limousine angefahren, um ihm mitzuteilen, daß sein Vater einen Schlaganfall hatte. Sie sagte ihm, daß er im Schoß der Familie wieder willkommen sei und daß er eine seiner beiden Töchter mit sich nehmen solle. Am selben Tag noch machten sie sich zusammen mit Paris auf den Weg.«

»Courtney hat den Eindruck gewonnen, daß für dich und deine Mutter nach der Trennung nicht gut gesorgt wurde.«

»Meine Mutter erhielt eine bescheidene Abfindung«, sagte Sloan vage.

»Wie bescheiden?«

»Bescheiden«, erwiderte Sloan stur und schüttelte dann lächelnd den Kopf. »Ein größerer Betrag hätte aber auch nichts geändert. Meine Mutter ist so uneigennützig und gutgläubig, daß sie das Geld jedem Dritten gegeben hätte, der sie um einen Kredit gebeten hätte, oder daß sie es sich von irgendeinem gerissenen ›Finanzberater‹ abschwindeln hätte lassen.«

»Hat sie das mit dem Geld aus ihrer Abfindung getan?«

»Mit einem Großteil davon«, bestätigte Sloan.

»Du sprichst nie von Carter als deinem Vater, nicht wahr?« fragte Noah.

Sie blickte ihn lachend an und verdrehte die Augen. »Er *ist* nicht mein Vater.«

Noah senkte langsam sein Weinglas. »Das ist er nicht?«

»Nicht im wirklichen Sinne.«

»Und was genau verstehst du darunter?«

»Er ist mein biologischer Vater und damit basta. Ein richtiger Vater zu sein bedeutet viel mehr. Ein Vater ist jemand, der deine Tränen trocknet, wenn du klein bist, und der unter deinem Bett nachsieht, weil du Angst hast, daß ein Monster darunter sitzt. Er sorgt dafür, daß der Schulbösewicht dich und deine beste Freundin in Ruhe läßt. Er geht zum Elternabend, und er sieht zu, wenn du Softball spielst, auch wenn du eigentlich zu klein bist zum Spielen und meistens auf der Bank sitzen mußt. Er macht sich Sorgen um dich, wenn du krank bist, und er macht sich Sorgen, daß die Jungs dich verführen wollen, wenn du zum Teenager herangewachsen bist.«

Noah mußte über die Einsichten in ihre Kindheit grinsen, die sie ihm mit ihren Ausführungen unabsichtlich verschafft hatte. In seiner Vorstellung blitzte das Bild eines kleinen blonden Mädchens mit traurigen, veilchenblauen Augen auf, das auf einer Bank sitzt und schmollt, weil man es nicht Softball spielen läßt. »Du hast Softball gespielt?« fragte er und versuchte sich zu erinnern, ob er je eine Frau kennengelernt hatte, die in ihrer Kindheit Softball und nicht Tennis oder Hockey gespielt hatte.

»Das zu sagen wäre übertrieben«, sagte sie, und ihr Lachen tönte in seinen Ohren wie heller Glockenklang. »Ich war so klein für mein Alter, daß meine Mitspieler mich für einen Grasstengel hielten und glatt überrannten. Erst als Teenager hatte ich einen Wachstumsschub.«

»Allerdings keinen besonders großen«, sagte Noah zärtlich.

»Oh doch, für meine Verhältnisse schon«, versicherte sie ihm lachend.

Bei näherem Bedenken mußte Noah zugeben, daß sie recht hatte, denn sie war wohlproportioniert und hatte eine phantastische Figur. Außerdem paßte ihr Körper perfekt zu seinem eigenen ... Allein der Gedanke an ihre herrlichen Rundungen erregte ihn, und um sich abzulenken, sagte er nun schnell: »Ich hatte dir eine Tour versprochen.«

Er stand auf und ging um den Tisch herum, um ihr aufzuhelfen; dann legte er ihr die Stola um die Schultern.

Sloan war von der Besichtigungstour ehrlich begeistert. Sie war schon oft auf Booten gewesen, aber die *Apparition* war eher ein Kreuzschiff als ein Boot. Noah zeigte ihr den tadellos sauberen Maschinenraum und dann die Kombüse, und als er merkte, daß sie wirklich interessiert war, führte er sie auch noch in weitere Räume, die er normalerweise ausgelassen hätte und die vom Putzmittel bis zur Spezialnautikausrüstung alles enthielten, was man auf einem Schiff brauchte. »Ich liebe Schiffe«, gestand sie ihm schließlich mit leuchtenden Augen.

»Alle Arten von Schiffen?« fragte er amüsiert.

Sloan nickte feierlich. »Alle, vom Schlepper bis zum Fischerboot, egal ob sie klein oder groß, schnell oder langsam sind. Ich liebe das Meer und alles, was mit ihm zu tun hat.«

Sie befanden sich eine Etage unterhalb des Hauptdecks, etwa in der Mitte der Yacht, und Sloan war automatisch vor der nächsten Tür stehengeblieben.

»Diese Tür können wir auslassen«, sagte er fest und legte ihr die Hand an die Taille, um sie weiterzuschieben.

Er hatte aber nicht damit gerechnet, daß er mit seiner Bemerkung nur Sloans Neugier weckte. »Wieso denn? Was hast du dahinter versteckt?«

»Es würde dich sicher nicht interessieren.«

Sie brach in Lachen aus. »Sag so was nicht; es ist nicht fair. Jetzt bin ich erst recht neugierig geworden. Ich kann ungelöste Rätsel nicht leiden. Ich bin Detektivin aus ...« Sie brach entsetzt ab. »Ich bin Hobbydetektivin«, sagte sie dann hastig, und um ihn abzulenken, fügte sie mit geheuchelter Entrüstung hinzu: »Hinter dieser Tür verbirgt sich ein Harem, stimmt's? Du nimmst Frauen mit auf See, um deine Crew auf längeren Fahrten an einer Meuterei zu hindern.«

»Nein, da liegst du falsch«, sagte er, machte aber keinerlei Anstalten, die Tür aufzuschließen, was Sloans Faszination nur noch steigerte.

»Oder hast du einen Piratenschatz an Bord?« mutmaßte sie weiter, in der festen Absicht, ihm eine Erklärung zu entlocken. »Schmuggelware? Drogen?«

Es war ihm nicht entgangen, daß ihr Lächeln bei den letzten Worten erloschen war, und mit einem resignierten Seufzer schloß er schließlich die Tür auf und schaltete das Licht an. Sloan starrte entsetzt auf das Bild, das sich ihr bot: In dem relativ kleinen Raum hatte sich ein ganzes Waffenarsenal angesammelt, einschließlich eines Maschinengewehrs.

»Als Courtney das sah, weigerte sie sich, noch mal mit mir hinauszufahren.«

Sloan war sprachlos vor Schreck und schüttelte nur leicht den Kopf.

»Mach jetzt bitte kein Drama daraus«, warnte er sie so eindringlich, daß sie erschrak.

Sloan bemerkte einige Waffen, von denen sie wußte, daß ihr Besitz in den Vereinigten Staaten illegal war. »Mein Gott, all diese Waffen … Wozu in aller Welt brauchst du denn das alles?«

»Schiffsbesitzer haben oft Waffen an Bord«, sagte er beschwichtigend.

Sloans Bestürzung war so groß, daß sie schauderte, woraus Noah eine ganz falsche Schlußfolgerung zog. »Du brauchst keine Angst zu haben. Sie sind nicht geladen.«

Sloan wagte sich langsam ein paar Schritte vorwärts. Sie wußte, daß er log, aber sie versuchte, wie ein Amateur zu klingen, als sie ihn darauf hinwies. »Wenn das wahr ist, wieso hängt dann dieser Gurt mit der Munition aus dem Maschinengewehr?«

Noah lachte gekünstelt, zog sie dann aus dem Raum und löschte das Licht. »Er hängt nur aus Versehen da. Das ist ein altes Maschinengewehr, das wir einem Überraschungsgast bei unserer letzten Kreuzfahrt abgenommen haben.«

In Gedanken vernahm Sloan den gleichen Refrain, der ihr schon früher am Abend in den Ohren geklungen hatte: Sie kannte ihn nicht. Nicht wirklich. Sie war mit ihm ins Bett gegangen und hatte die intimsten Dinge mit ihm angestellt, die man sich vorstellen konnte, aber sie kannte ihn dennoch nicht.

Noah spürte, daß sie sich vor ihm zurückzog, als er wenig später wieder mit ihr auf dem Hauptdeck an der Reling stand. Es war nicht schwer, dies auf die Entdeckung des Waffenlagers zurückzuführen, und er ging davon aus, daß ihre Reaktion derselben vagen Panik entsprang, die auch Courtney bei seinem Anblick ergriffen hatte. »Wenn man Angst vor Gewehren hat, lernt man am besten, mit ihnen umzugehen.«

Sloan schluckte und nickte.

»Ich könnte dir das Schießen beibringen.«

»Das wäre nett«, sagte sie geistesabwesend und versuchte, ihre widerstreitenden Gefühle unter Kontrolle zu bringen. Sie sagte sich immer wieder, daß sie es nicht zulassen durfte, daß ihre Phantasie mit ihr durchging, auch wenn das eine völlig normale Reaktion war. Sie hatte sich praktisch in dem Moment, als sie ihn in Carters Wohnzimmer zum ersten Mal gesehen hatte, in Noah verliebt; soeben hatte sie ihren Körper mit dem seinen vereint und in seinen Armen vor Lust gestöhnt. Angesichts all dessen war es angemessener, ihn um eine vernünftige Erklärung zu bitten, als sich selbst eine auszudenken. »Es wäre mir aber lieber, wenn du mir einfach erklären würdest, zu welchem Zweck du diese Waffen hast. Schließlich befinden wir uns ja nicht im Krieg, oder?«

»Nein, aber ich habe geschäftlich viel mit Ländern zu tun, deren Regierungen nicht sehr stabil sind. Die Geschäftsleute in solchen Ländern sind oft bewaffnet.«

Sie drehte sich ganz zu ihm um und erforschte dabei sein Gesicht. »Du machst Geschäfte mit Leuten, die dich erschießen wollen?«

»Nein, ich mache Geschäfte mit Leuten, deren Konkurrenten *sie* erschießen wollen. Oder mich, falls ich mich ihnen in den Weg stelle. Aus diesem Grund habe ich vor ein paar Jahren festgestellt, daß es nicht nur klüger, sondern auch gesünder ist, auf meinem eigenen Grund und Boden Geschäfte zu machen. Dieses Schiff hier *ist* mein eigener Grund und Boden. Nächsten Monat habe ich ein Treffen an der Küste einer mittelamerikanischen Großstadt. Es wird an Bord der *Apparition* stattfinden, und meine Partner werden per Helikopter eingeflogen werden.«

»Vielleicht solltest du dir eine ungefährlichere Arbeit suchen«, bemerkte Sloan nicht ohne Besorgnis.

Er lachte. »Ich benutze das Schiff nicht nur wegen der Gefahr, sondern auch wegen seiner Wirkung.« Als sie ihn nur verständnislos anblickte, erklärte Noah weiter: »In einem ausländischen Hafen ist es immer gut, wenn man die Leute mit dem eigenen Erfolg beeindrucken kann, und die *Apparition* gibt mir diese Möglichkeit.«

Sloan atmete auf. Sie mußte zugeben, daß seine Ausführungen durchaus Sinn machten. »Welche Art von Geschäften machst du mit diesen Leuten?«

»Import/Export. Meist führe ich die Verhandlungen für andere Auftraggeber.«

»In Venezuela?«

»Unter anderem.«

»Trägt Mr. Graziella eine Waffe?«

Sloan wurde bewußt, daß ihm die Frage nicht gefiel.

»Nein«, sagte er ungerührt, »das tut er nicht. Und wenn es doch so wäre, würde sie ihm schnell jemand wegnehmen und ihn damit erschießen.«

Er wußte, daß sie immer noch mißtrauisch war, aber statt ihre Zweifel zu zerstreuen, überließ er es ihr selbst, ihre Schlußfolgerungen zu ziehen. Sloan spürte, daß er sie heimlich auf die Probe stellte. Wollte er herausfinden, ob sie ihm vertraute? Oder gar, ob sie seine Liebe verdiente? Der Gedanke gefiel ihr sehr, aber auch wenn seine Absicht eine andere sein sollte, sagte ihr ihr Instinkt, daß seine Worte der Wahrheit entsprachen. Bisher hatte sie sich bei ihrer Arbeit immer auf ihren Instinkt verlassen können, und sie beschloß, dies auch jetzt zu tun. »Es tut mir leid, ich hätte nicht so neugierig sein sollen«, sagte sie endlich und wandte sich ab, um sich auf die Reling zu stützen und auf das Meer hinauszuschauen.

»Hast du noch mehr Fragen?«

Sie nickte langsam und feierlich. »Ja, eine noch.«

»Und die wäre?«

»Wieso haben wir bei der Besichtigungstour den Salon ausgelassen?«

Noah war hingerissen, nicht nur von ihrer Schlagfertigkeit, sondern auch von der Art, wie sie mit ihrem trägerlosen Abendkleid und dem im Wind flatternden Haar im Mondlicht stand. Er stellte sich hinter sie, legte seine Arme um ihre Taille und zog sie dicht an seinen Körper. In seiner Stimme lag bereits das wiedererwachende Begehren, als er sagte: »Aus dem Salon führt eine Tür in mein Schlafzimmer, und wenn man den einen Raum betritt, muß man auch zu dem anderen durchgehen; so steht es in den Schiffsregeln.«

Er wartete gespannt auf ihre Reaktion und spürte, wie sein Blut bei ihrem kaum merklichen Nicken in Wallung geriet.

»Da ist noch ein Problem«, flüsterte er. »Ich habe vorhin einen Fehler gemacht. Der Standardpreis schließt diesen Teil der Tour nicht ein. Ich muß dir einen Aufschlag berechnen – und zwar im voraus.«

Sloan schauderte, als seine Lippen ihre Wange berührten, und mit einem hingebungsvollen Seufzer drehte sie sich um, um seinen Kuß zu empfangen.

33

Die folgende Woche erlebte Sloan als herrliche Abfolge von sonnigen Tagen und sinnlichen Nächten. Sie verbrachte den Großteil der Tage mit Paris und den Großteil der Nächte mit Noah. Sein kleineres Segelboot, die *Star Gazer*, kam ihr schon bald wie ein mobiles Gartenhäuschen vor. Sein Haus am Strand war ihr schon fast so vertraut geworden wie ihr eigenes in Bell Harbor, und sowohl Douglas als auch Courtney schienen sie bereits als Familienmitglied zu betrachten. Nichts von alldem würde von Dauer sein, das wußte sie. Genauso wie sie wußte, daß sie nur eine Sache von ihrer Reise nach Palm Beach mit nach Hause nehmen würde, die beständig war: ihre Liebe zu Noah.

Auch Paul und Paris schienen gut miteinander auszukommen, und oft verbrachten die vier den Nachmittag zusammen, wenngleich sich ihre Wege am Abend meist trennten. Sloan hatte keine Ahnung, welcher Art die Beziehung des FBI-Agenten zu ihrer Schwester war. Paul war kein Mann, der sein Gegenüber zu offenen Fragen über seine persönlichen Gefühle einlud, und obwohl Paris die ihren gern mit Sloan geteilt hätte, konnte sie ihr nicht viel darüber sagen, da sie selbst nicht wußte, was Paul für sie empfand.

Darüber und über viele andere Themen sprachen Sloan und Noah in ihren gemeinsamen Nächten, wenn sie sich nicht gerade liebten. Am achten Tag nach ihrer schicksalshaften Nacht auf der *Apparition* aber war er nicht da, und zum ersten Mal seit ihrer Ankunft in Palm Beach hatte Sloan einen einsamen Abend vor sich. Noch vor wenigen Wochen hätte sie dies genossen, nun aber fühlte sie sich plötzlich rastlos und allein.

Noah hatte eine geschäftliche Verabredung in Miami und würde erst am nächsten Tag zurückkehren. Sloan wollte seine Abwesenheit eigentlich dazu nutzen, den Abend mit Paris und Edith zu verbringen, doch dann bekam ihre Schwester am Nachmittag einen Migräneanfall und fiel nach der Einnahme eines Medikaments in tiefen Schlaf. Paul hingegen war schon am Morgen weggefahren, um »persönliche Geschäfte« zu erledigen, und hatte nicht gewußt, ob er noch am selben Abend oder erst am nächsten Morgen zurückkehren würde. Auch Carter war nicht zu Hause und hatte angekündigt, daß er von seinem Pokerspiel mit ein paar Freunden nicht vor elf Uhr zurück sein würde. Nach einem frühen Abendessen hatte sich Sloan daher mit Edith vor den Fernseher gesetzt, um sich mit ihr noch ein paar Spielshows anzusehen, doch schon um halb zehn hielt sie es nicht mehr in ihrem Sessel aus.

Eine schreckliche Vorahnung beschlich sie, daß nach ihrer Abreise aus Palm Beach und dem Abschied von Noah Ruhelosigkeit und Einsamkeit ihre ständigen Begleiter werden würden. Es war ihr klar, daß sie sich keine falschen Hoffnungen über seine Absichten machen durfte, denn sie hatte genug Bemerkungen von Douglas und Courtney sowie von Noah selbst gehört, um zu wissen, daß er weder ein zweites Mal heiraten, noch Kinder haben wollte. Überdies hatte sie im Country Club ein paar seiner Freunde kennengelernt und ihren Gesprächen entnommen, daß Noah seine Frauen fast so sorglos – und fast so oft – wechselte wie seine Hemden.

Und dennoch: Wenngleich sie dies alles wußte und obwohl ihr klar war, wie sehr es schmerzen würde, wenn es vorbei war, hätte Sloan keinen Moment ihrer Zeit mit Noah missen wollen.

Bis vor einer Woche war sie sich in der Gesellschaft von Sara und anderen Freundinnen immer wie ein Fremdkörper vorgekommen. Alle Mädchen außer Sloan waren schon als Teenager ganz verrückt nach Jungs gewesen; in ihrer gemeinsamen College-Zeit hatten sie sich ständig verliebt und wieder »entliebt« und ihre ersten sexuellen Erfahrungen gemacht. Sloan hingegen hatte in ihrem ganzen Leben nur zwei erotische Beziehungen gehabt, und die eine davon hätte sie sicher auch nicht angefangen, wenn sie sich damals nicht wie eine völlige Außenseiterin vorgekommen wäre.

Die einzige, die ihr Verhalten nicht seltsam fand, war ihre Mutter, wenngleich auch Kimberly – als Sloan auf die Dreißig zuging und in ihrem Leben immer noch weit und breit kein Mann in Sicht war – immer häufiger darauf anspielte, daß sie sich öfter verabreden sollte. Dabei erging es Kimberly mit Männern nicht anders als ihrer Tochter: Immer wieder tauchte ein Verehrer auf und machte ihr den Hof, aber sie ging fast nie darauf ein. »Ich fühle mich einfach nicht zu ihm hingezogen«, sagte sie dann zu Sloan. »Lieber bleibe ich zu Hause oder gehe mit guten Freunden aus.«

Sloan mußte entdecken, daß sie ihrer Mutter mehr ähnelte, als sie gedacht hatte. Sie konnten sich beide kaum jemals dazu überwinden, an einem Mann Gefallen zu finden; nur äußerst selten geschah es, daß einer sie wirklich anzog, aber wenn es dann doch geschah, war es eine Erfahrung, die ihr ganzes Leben umwälzte. Hatten sie sich einmal verliebt, geschah dies rettungs- und bedingungslos.

Diese Gedanken beschäftigten Sloan, während sie auf ihrem Schlafzimmerbalkon stand und in den Anblick des Mondlichts versunken war. Schließlich warf sie jedoch einen kurzen Blick auf ihre Uhr und sah, daß es fast zehn war. Um sich von den Gedanken an Noah abzulenken und später besser einschlafen zu können, beschloß sie, noch einen Strandspaziergang zu machen. Sie zögerte nicht lange, vertauschte ihr Kleid mit Jeans und Turnschuhen und zog sich ein eigentlich zu groß geratenes, pinkfarbenes Sweatshirt über. Dann band sie ihr Haar zu einem Pferdeschwanz und hüpfte die Treppen hinunter.

Am Strand angekommen, entschied sie sich, nach links abzubiegen statt nach rechts in Richtung von Noahs Haus, um nicht in Versuchung zu geraten, unbewußt nach ihm Ausschau zu halten. Sie mußte damit aufhören, ständig mit den Gedanken bei ihm zu sein. Statt dessen sollte sie sich lieber ihrer eigenen Zukunft widmen, in der es einen Mann namens Noah Maitland nicht geben würde. Doch sooft sie sich diesen Vorsatz auch wiederholte, immer wieder ertappte sie sich dabei, wie ihre Gedanken abschweiften und sie von Noah träumte. Es war viel zu schön, an all die Dinge zu denken, die er sagte und tat, wenn sie zusammen waren. Er war ein brillanter Unterhalter, witzig und beredt und immer bereit, über alles zu sprechen, was sie interessierte – außer über die Gefühle, die er für sie empfand. Niemals, nicht einmal in der größten Leidenschaft, gebrauchte er das Wort »Liebe« oder erwähnte er ihre Zukunft nach ihrer Abreise aus Palm Beach. Niemals machte er ihr ein zärtliches Versprechen oder rief sie auch nur bei einem Kosenamen. Jess in Bell Harbor nannte sie »Kleine« oder manchmal – wenn er Humphrey Bogart spielen wollte – sogar »Süße« oder »Baby«. Die Hälfte ihrer Polizeikollegen hatte irgendeinen Spitznamen für sie, aber der Mann, mit dem sie sich manchmal stundenlang liebte, nannte sie schlicht und einfach »Sloan«.

Statt sich über seine mangelnden Liebeserklärungen den Kopf zu zerbrechen, beschloß Sloan, an ihre gemeinsamen schönen Erlebnisse und an all den Spaß zu denken, den sie oft miteinander hatten.

Als sie eine Stunde später von ihrem Spaziergang zurückkam und sich bereits wieder Carters Haus näherte, waren ihre Gedanken immer noch bei Noah. Sie blieb eine Weile stehen, schob die Hände in die Hosentaschen und schaute aufs Meer hinaus, während sie sich lebhaft vorzustellen versuchte, wie er ein Boot segelte und der Wind ihm dabei durch die Haare strich. Als sie eines Tages gemeinsam hinausgefahren waren, hatte er sich als begeisterter und kompetenter Segler erwiesen und sich sogar bereit erklärt, ihr das Segeln beizubringen. Allerdings hatte er ein ungeduldiges Temperament und tendierte dazu, von seiner Schülerin zuviel auf einmal zu verlangen und schnell gereizt zu werden, wenn sie ihm manchmal nicht gleich folgen konnte. Sie hatte sich dies aber nicht gefallen lassen und ihn in halb ernstem, halb spaßhaftem Ton auf seine mangelnden pädagogischen Fähigkeiten hingewiesen.

Sloan war so in ihre Erinnerung an diesen Tag vertieft, daß sie zuerst dachte, sie habe sich nur eingebildet, seine Stimme zu hören. »Sloan!«

Sie schreckte aus ihren Träumereien hoch und wandte sich in die Richtung, aus der die Stimme gekommen war. Zu ihrem Erstaunen entdeckte sie, daß Noah nicht etwa auf Geschäftsreise in Miami war, sondern in diesem Moment in Jeans und Polohemd über den Strand auf sie zugelaufen kam. Erst als sie ganz sicher war, daß sie sich nicht getäuscht hatte, ging sie ihm schnell entgegen, und auch er beschleunigte seinen Schritt.

»Hast du irgendein bestimmtes Ziel?« fragte er mit einem jungenhaften Grinsen, als er schließlich vor ihr stehenblieb.

Sloan schüttelte nur sprachlos den Kopf.

»Hast du dich heute zufällig auch verloren und einsam gefühlt und dich auf nichts konzentrieren können?«

»Ja, tatsächlich habe ich das«, sagte sie und war überglücklich, daß er dasselbe zu empfinden schien. »Ich weiß auch nicht, was mit mir los ist.«

»Gehört zu den Symptomen dieser seltsamen Krankheit auch, daß man anderen Menschen gegenüber unleidlich und gereizt ist?«

Wenngleich sie ihn erst kurz kannte, war Sloan bereits aufgefallen, daß er seine Launen hatte und sehr kurz angebunden oder sogar rüde sein konnte, wenn ihm etwas gegen den Strich ging; er hatte diese Seite seiner Persönlichkeit jedoch nie ihr oder seiner Familie gegenüber gezeigt. Sie sah ihn mit einem überlegenen Gesichtsausdruck an. »Das würde ich wiederum nicht sagen. Ich bin immer nett zu anderen Menschen.«

Er lachte und öffnete seine Arme. »Dann komm und sei auch zu mir nett.«

Sloan lehnte sich an seine Brust und fühlte, wie sich seine Arme so fest um sie schlossen, daß sie kaum mehr atmen konnte. »Ich habe dich vermißt«, sagte er ganz leise. »Du hast mich schon süchtig nach dir gemacht.« Damit zog er sie noch enger an sich und küßte sie heftig und fast verzweifelt. Erst nach einer langen Weile, als er wieder etwas ruhiger geworden war, schlang er seinen Arm um ihre Taille und schlug die Richtung ein, die zu seinem Haus führte.

»Wohin bringst du mich?«

»Dorthin, wo ich dich am liebsten sehe.«

»In deine Küche?« scherzte Sloan.

»Woher wußtest du das?« erwiderte er lachend. »Ich bin schon heute nacht zurückgekommen, weil ich dich sehen wollte. Allerdings habe ich seit dem Frühstück nichts gegessen, und Claudine ist schon zu Bett gegangen. Courtney verbrennt alles, was sie anfaßt, und Douglas rührt in der Küche nichts an, was er sich nicht direkt in den Mund schieben kann. Meinst du, du könntest wieder so ein Omelett hervorzaubern wie das, das du letzte Woche für mich gemacht hast?«

Sloan schmunzelte. »Es bricht mir das Herz, daß du anscheinend hungrig zu Bett gehen mußt, wenn du am Strand nicht zufällig eine Frau findest, die einen Herd bedienen kann. Das ist wirklich traurig.«

Noah sah sie prüfend an. »Du siehst aber gar nicht traurig aus«, scherzte er dann.

»Du bist nicht nur ein unverschämt gutaussehender Mann mit einer hocherotischen Ausstrahlung und einem umwerfenden Charme«, sagte Sloan, ohne sich ihre Verlegenheit über ihren eigenen Mut anmerken zu lassen, der sie zu diesen Komplimenten verleitet hatte, »sondern auch noch ein guter Beobachter. Ich sehe tatsächlich nicht traurig aus, und zwar weil ich eine Lösung für dein Problem weiß.«

»Wird sie mir gefallen?«

Courtney kam in das Arbeitszimmer ihres Vaters gerannt, packte seine Hand und zerrte ihn so heftig vom Stuhl, daß sein Buch zu Boden fiel. »Was ist denn nun wieder in dich gefahren?« protestierte Douglas ungehalten.

»Du mußt mit nach unten kommen! Sloan und Noah sind in der Küche, und du wirst deinen eigenen Augen nicht trauen, wenn du das siehst.«

»Was soll ich denn sehen?«

»Noah kocht!«

»Du meinst, er kocht vor Wut?« spekulierte Douglas, folgte ihr aber die Treppen hinunter.

»Nein, ich meine, er kocht – wie man eben in der Küche kocht.«

Unten angekommen, schlichen sie sich lautlos auf die Küche zu, um das unerhörte Ereignis ungestört beobachten zu können.

Noah stand mitten in der Küche und sah Sloan dabei zu, wie sie die Zutaten für ein Omelett zusammenstellte. »Ich habe eine eigene Philosophie über das Kochen«, verkündete er im professionellen Ton eines Mannes, der sich auf theoretischer Basis über ein Thema ergehen wollte, in dem er Experte war.

Sloan grinste ihm zu, während sie eine Zwiebel, ein paar Tomaten und eine rote und eine grüne Paprikaschote aus dem Gemüsekorb nahm und sie zum Hacken auf die Anrichte legte. »Lautet deine Philosophie in etwa so: ›Ich habe für das Essen bezahlt; nun soll jemand anders herausfinden, was damit zu tun ist?‹«

»Oh, du hast doch nicht etwa schon meinen Bestseller über diese Thematik gelesen?«

Sloan ignorierte seine Bemerkung und fuhr fort: »Gehe ich auch richtig in der Annahme, daß dieser ›Jemand‹ in deiner Philosophie höchstwahrscheinlich weiblichen Geschlechts ist?«

»Wie hast du das erraten?«

»Ist das nicht ein wenig chauvinistisch?«

»Das finde ich nicht«, sagte er mit einem charmanten Lächeln. »Ich finde, es hat eher mit der Fähigkeit zu tun, Verantwortung delegieren zu können.« Als der Schinken in der Mikrowelle zu brutzeln begann, schnupperte Noah genießerisch. »Das riecht ja schon herrlich.«

Sie lächelte ihm über ihre Schulter zu. »Tut es das?«

»Ich habe eine Schwäche für Omeletts, und ich bin halb verhungert.«

»Willst du *meine* Philosophie übers Kochen hören?« warnte ihn Sloan.

»Ich glaube nicht.«

Sie teilte sie ihm trotzdem mit. »Wer nicht beim Kochen hilft, bekommt auch nichts zu essen.«

»Okay, ich bin bereit. Gib mir eine Aufgabe, und zwar eine möglichst schwierige.«

Ohne sich umzudrehen, reichte sie ihm ein Messer und eine grüne Paprikaschote über die rechte Schulter. »Da hast du eine Paprika.«

Er grinste ihren Rücken an. »Ich hatte etwas Männlicheres im Sinn.«

Sie gab ihm eine Zwiebel.

Noah lachte vergnügt und begann dann kopfschüttelnd, die Zwiebel zu schälen. »Ich hoffe, meine Freunde von der Bowlingbahn erfahren nichts von dieser Niederlage. Es wäre mein Untergang.«

»Nein, das wäre es nicht. Messer sind toll. Richtige Männer spielen gern mit Messern.«

Statt etwas zu erwidern griff er nach einem Geschirrtuch und schlug ihr damit leicht auf den Hintern.

»Das hättest du mit *mir* nicht tun dürfen, Noah«, platzte in diesem Moment Courtney heraus, die sich inzwischen in die Küche gepirscht hatte. Sie stützte ihre Ellbogen auf die Theke, legte ihr Kinn in ihre Fäuste und sah ihn mit strenger Überlegenheit an. »Sloan hat mir ein paar gute Selbstverteidigungsübungen gezeigt. Ich kann dich auf deinen… Autsch«, rief sie aus, als Noah sie unterbrach, indem er das Geschirrtuch mit einem kräftigeren Schlag auf ihrem Hinterteil landen ließ.

Courtney sah ihn mit gespielter Wut an und wandte sich dann an Sloan. »Willst du, daß ich ihn fertigmache, oder möchtest du das selbst übernehmen?«

Bevor Sloan antworten konnte, nahm Noah eine Tomate von dem kleinen Haufen und reichte sie Courtney zusammen mit einem Messer. »Sloan hat mir gerade ihre Philosophie über das Kochen mitgeteilt. Laß sie uns gemeinsam ausprobieren.«

Courtney ergriff das Messer und machte einen halbherzigen Versuch, die Tomate zu schneiden. »Igitt, das ist ja eklig«, stöhnte sie. »Ich werde nie in einer Talkshow auftreten, wenn das so weitergeht. Es kommt mir langsam so vor, als würden in diesem Haus richtige Menschen leben.«

Als die gehackte Zwiebel schon in der Pfanne brutzelte und alle Vorbereitungen beendet waren, kam auch Douglas hereingeschlendert. »Wird von diesem köstlichen Essen vielleicht auch noch etwas für mich abfallen?« fragte er Sloan.

»Mehr als genug«, erwiderte sie.

Courtney mischte sich erbost ein. »Du kannst nicht essen, weil du auch nicht dafür gearbeitet hast.«

»Aber – es gibt doch gar nichts mehr zu tun«, protestierte Douglas und sah sich mit Unschuldsmiene um.

Noah warf ihm einen ahnungsvollen Blick zu. »Das hast du gut eingefädelt.«

»Klar«, erwiderte Douglas verschmitzt und setzte sich an den Küchentisch.

34

»Es ist schon nach Mitternacht«, sagte Sloan, als sie zusammen mit Noah auf Carters Haus zuging. Er hatte seine langen Finger mit den ihren verschlungen und hielt ihre Hand in seinem warmen, festen Griff. Sloan genoß mit allen Sinnen seine Berührung, seine Nähe und den Klang seiner tiefen, wohltönenden Stimme.

»Die letzten Stunden haben mir viel Spaß gemacht«, sagte er schließlich.

»Das freut mich.«

»In deiner Nähe bin ich immer guter Laune.«

»Danke.«

Ruhig und fast unhörbar fügte er hinzu: »Ich bin verrückt nach dir.«

Sloans Herz machte einen Satz. *Ich liebe dich*, dachte sie. »Danke«, wiederholte sie leise, da sie ihm nicht die Wahrheit sagen konnte.

Er lächelte sie von der Seite an. »Ist das alles?« fragte er mit leichter Enttäuschung in der Stimme.

Sloan blieb plötzlich stehen. »Nein, ist es nicht«, erwiderte sie sanft, stellte sich auf die Zehenspitzen und sagte ihm mit einem Kuß, was sie ihm mit Worten nicht mitzuteilen wagte. Er nahm sie fest in seine Arme und küßte sie wieder, und sie merkte, daß sein Körper nach mehr verlangte.

Er liebt mich auch, dachte sie.

Sie waren etwa in der Mitte von Carters Rasen in der Nähe des Golfplatzes angekommen, als Sloan plötzlich die Infrarotstrahlen einfielen und sie erschrocken die Hand vor den Mund schlug. »Ach du meine Güte, ich habe diese Dinger vergessen!«

»Welche Dinger?«

Sie mußte selbst über ihre plötzliche Furcht lachen. »Die Infrarotstrahler. Wenn das Alarmsystem an wäre, wären wir unten am Strand in die Lichtschranke geraten und hätten es in Gang gesetzt. Dishler muß gesehen haben, daß ich ausgegangen bin, und sie ausgeschaltet haben.«

»Oder aber die Polizei bricht in diesem Moment durch die Vordertür«, scherzte Noah.

»Nein«, versicherte Sloan. »Paris hat mir gesagt, daß im ganzen Haus die Lichter angehen und die Sirenen heulen, wenn der Alarm ausgelöst wird.«

»Was?« meinte er. »Hast du denn noch nie von einem lautlosen Alarm gehört, der direkt beim Polizeirevier ankommt?«

Sloan hatte nicht nur davon gehört, sondern sie hätte ihm auch sagen können, wie man eine solche Vorrichtung installiert. Statt noch eine weitere Lüge hinzuzufügen, für die er sich später betrogen fühlen würde, sagte sie heiter: »Ich weiß alles über diese Dinge.«

Er drückte spielerisch ihre Hand. »Darauf könnte ich wetten«, sagte er prompt.

Sloan wurde sofort mißtrauisch. »Wie kommst du denn darauf?«

»Durch meinen scharfen Verstand und mein detektivisches Gespür. Eine Frau, die sich in Kampfsportarten auskennt, wird zweifellos zu Hause auch ein gutes Alarmsystem haben, um ungestört schlafen zu können. Stimmt's?« sagte er mit scherzhafter Selbstgefälligkeit.

»Ich kann nicht abstreiten ...«, begann Sloan, wurde dann aber von einer schattenhaften Gestalt unterbrochen, die sie vom Balkon aus leise rief. »Hallo, ihr zwei!«

Es war Paris, die in einem Morgenmantel am Balkongeländer stand.

»Hallo, Paris. Wie geht es dir?« fragte Sloan.

»Schon viel besser. Ich habe den ganzen Tag geschlafen und bin jetzt hellwach. Paul und Vater sind gegen elf nach Hause gekommen und gleich zu Bett gegangen. Ich hatte gerade vor, runter in die Küche zu gehen und mir eine heiße Schokolade zu machen. Möchtet ihr auch eine?«

Sloan bejahte, um Paris einen Gefallen zu tun. Sie hätte auch ja gesagt, wenn sie todmüde gewesen wäre, aber Noah schüttelte den Kopf und blieb an der Hintertür stehen. »Ich bin ein wenig müde, und mein Magen könnte im Moment nicht mehr das geringste verkraften.« Er war aber nicht zu müde, um Sloan einen langen, leidenschaftlichen Gutenachtkuß zu geben und sie auch danach nicht aus seinen Armen zu lassen. Sloan hatte das herrliche Gefühl, daß er sich nur äußerst ungern von ihr trennte. Nach einer Weile beugte er sich schließlich vor und öffnete die Hintertür mit dem Schlüssel, den sie ihm gegeben hatte. »Ich rufe dich morgen …«

Paris' Schrei ließ ihn abrupt abbrechen. »*Urgroßmutter! … O nein … so helft mir doch*!«

Sloan wirbelte herum und rannte – dicht gefolgt von Noah – ins Haus und in die Richtung, aus der Paris' Schrei gekommen war. Sie gelangten durch die Küche in das Zimmer, in dem Edith den ganzen Abend gesessen und ferngesehen hatte. Das Szenario, das sich Sloan bei ihrem Eintreten bot, ließ ihr das Blut in den Adern gefrieren: Edith lag vornübergefallen auf dem Sofa, und Paris hatte sich über sie gebeugt und versuchte, sie umzudrehen. »O mein Gott, o mein Gott«, stöhnte sie. »Eine Herzattacke. Und niemand war bei ihr …«

»Ruf einen Krankenwagen«, befahl Sloan ihrer Schwester und nahm ihren Platz ein, um die alte Dame sanft auf ihren Rücken zu rollen. »Wir werden eine Herzmassage machen und …« Sloan brach abrupt ab, als sie die Schußwunde in der Brust ihrer Urgroßmutter entdeckte. Entsetzt fuhr sie hoch. »Holt Paul!« rief sie über ihre Schulter und rannte aus dem Zimmer. »Faßt bitte nichts an! Und schaltet die Lichter draußen an!«

Für den Bruchteil einer Sekunde dachte Noah, daß sie zu einem Telefon gelaufen war, aber es befand sich eines im Zimmer, und sie hätte deswegen nicht hinausrennen müssen. Erst als er einen Moment später die Hintertür schlagen hörte, wurde ihm klar, daß sie das Haus verlassen hatte.

»Ruf die Polizei!« rief er Paris zu und rannte ebenfalls hinaus, um Sloan zu suchen. Er konnte nicht glauben, daß diese impulsive kleine Närrin tatsächlich nach draußen gelaufen war, um sich nach dem Angreifer umzusehen.

Schnell sprintete er zur Hintertür hinaus und hielt kurz an, um mit seinem Blick den verlassen daliegenden Rasen abzusuchen. Als er Sloan nirgends entdecken konnte, wandte er sich nach rechts und lief an der Rückseite des Hauses entlang. Am Ende der Mauer angekommen, bog er um die Ecke und konnte Sloans Schatten gerade noch ein Stück von ihm entfernt in der Nacht verschwinden sehen. Er folgte ihr in die Richtung, in der sie abgetaucht war, und sah sie schließlich an der Seite des Hauses gegen die Mauer gepreßt stehen und um die Ecke nach vorne spähen. »Sloan!« rief er, doch da rannte sie schon wieder los und überquerte in Windeseile den Rasen an der Vorderfront des Hauses, wobei sie im Wege stehenden Sträuchern und Büschen geschickt auswich und wie bei einem Hürdenlauf über mehrere Hindernisse hinwegsprang. Er hastete ihr nach, und es gelang ihm schließlich, den Abstand zwischen ihnen nach und nach zu verringern. Doch er war zu wütend und besorgt, um die Geschicklichkeit und Schnelligkeit ihrer Bewegungen zu bewundern – oder um zu merken, daß ihre Reaktion ihm so verblüffend bekannt vorkam.

Kurz vor dem Eingangstor blieb sie stehen und ließ niedergeschlagen den Kopf sinken, während ihre Schultern in stillem Schmerz zu beben begannen. Als Noah sie endlich eingeholt hatte, packte er ihre Arme und warf sie herum. »Was zum Teufel ...«

»Sie ist tot«, schluchzte sie. »Sie ist tot ...« Die Tränen, die über ihre Wangen strömten, dämpften seinen Zorn über ihre Unbesonnenheit, und schließlich zog Noah sie an sich und nahm sie fest in seine Arme. »Es tut mir leid«, flüsterte er. »Es tut mir so leid.«

In der Ferne begannen Sirenen zu heulen, die schnell näher kamen. Wenig später wurde das elektrisch gesteuerte Tor geöffnet. Noah schob Sloan sanft zur Seite, als zwei Streifenwagen mit blinkenden Blaulichtern in die Einfahrt einbogen.

35

Trotz ihres Schocks und ihrer Trauer mußte Sloan den Leuten vom Palm Beach Police Department Anerkennung zollen: Sie waren nicht nur effizient, sondern sie wußten auch genau, wie sie mit ihren reichen und verwöhnten Bürgern umgehen mußten, ohne ihnen auf den Schlips zu treten.

Schon wenige Minuten nachdem die ersten Streifenbeamten am Tatort erschienen waren, hatten sie sich ein Bild von dem Geschehen gemacht, die Hausbewohner vom Schauplatz des Verbrechens ferngehalten, damit sie nicht versehentlich Beweise vernichteten, und den Gerichtsmediziner des Verwaltungsbezirks Palm Beach benachrichtigt. Wenig später traf das Team der Kriminalpolizei ein, sicherte unverzüglich das Gelände ab und machte sich auf die Suche nach Fingerabdrücken oder weiteren Spuren, die der Mörder hinterlassen haben konnte. In der Zwischenzeit hatten zwei Kriminalbeamte bereits mit den Befragungen aller Anwesenden begonnen.

Die Köchin, die Haushälterin, der Butler und der Hausmeister wurden gebeten, im Speisezimmer zu warten. Die Mitglieder und Freunde der Familie hingegen wurden im Wohnzimmer plaziert, wo sie einen den Umständen entsprechenden Komfort genießen konnten und einigermaßen ihre Ruhe hatten. Da Gary Dishler zwischen diesen beiden Gruppen stand, wurde Carter gebeten, eine Entscheidung zu treffen, wo sein Assistent sich einfinden sollte, und er wählte das Wohnzimmer.

Captain Walter Hocklin war aus dem Bett geholt worden, um durch seine persönliche Anwesenheit sicherzustellen, daß Carter Reynolds und seine Familie keinen unnötigen Strapazen unterzogen wurden. Nicht nur im Haus selbst, sondern auf dem ganzen Gelände wimmelte es von Polizeibeamten, und inzwischen waren auch die Detectives Dennis Flynn und Andy Cagle eingetroffen, die mit der Einsatzleitung betraut worden waren.

Die tote Edith lag immer noch im Fernsehzimmer, und Sloan konnte an dem wiederholt aufblitzenden Lichtschein, der aus dem Zimmer drang, erkennen, daß man mit dem Fotografieren der Leiche beschäftigt war. Sie zuckte jedes Mal innerlich zusammen, wenn der Blitz von neuem aufleuchtete, und hoffte inständig, daß Paris ihn nicht bemerkte oder sich wenigstens seiner Bedeutung nicht bewußt war.

Während sie mit Noah, Carter und den anderen im Wohnzimmer saß, spürte sie nur ein dumpfes Gefühl von Zorn und Verzweiflung über das, was geschehen war. Die Detectives Flynn und Cagle hatten zunächst alle Anwesenden getrennt voneinander befragt, doch nach einer Besprechung mit ihrem Team im Fernsehzimmer teilten sie ihnen mit, daß sie einige der erhaltenen Informationen noch etwas zu präzisieren wünschten.

Nun hatten sie neben Captain Hocklin im Wohnzimmer Platz genommen und beschäftigten sich mit ihren Notizen, während ihr Vorgesetzter den Anwesenden mit vorsichtigen und eindringlichen Worten erklärte, wozu dies alles nötig war. »Ich weiß, daß Sie alle müde und schockiert sind«, sagte Hocklin und wandte sich dabei vor allem an Carter und Paris. »Bevor ich Sie nun aber mit weiteren Fragen belästigen muß, werde ich Sie daher über das Wenige informieren, das wir zum jetzigen Zeitpunkt wissen. Es wird wahrscheinlich eine große Erleichterung für Sie sein, zu erfahren, daß Mrs. Reynolds nicht gelitten hat. Die Kugel hat sie direkt ins Herz getroffen, und sie war sofort tot.«

Er gab der Familie die Zeit, um diese Nachricht aufzunehmen, und fuhr dann fort: »Es gibt Hinweise, daß sich jemand gewaltsam Zugang zum Haus verschafft hat: Ein Fenster in dem Zimmer, in dem wir sie gefunden haben, ist zerbrochen und dann eingedrückt worden. Überdies haben wir mehrere aufgebrochene Schubladen gefunden, aber wir können natürlich nur mit Ihrer Hilfe feststellen, ob etwas fehlt. Wir haben keine Ahnung, wie lange der Mörder sich im Haus aufgehalten hat und ob er sich auch Zugang zu anderen Räumen verschafft hat. Wir möchten Sie bitten, sich morgen früh gut umzusehen und uns dann mitzuteilen, ob Sie etwas vermissen und wenn ja, was.«

Er machte eine Pause und warf einen Blick auf Carter, der ihm kurz zunickte.

»Wir werden alles in unserer Macht Stehende tun, um diese Tortur für Sie alle so kurz und erträglich wie möglich zu gestalten. Im Moment sind wir gerade dabei, in den Schlafzimmern der Familienmitglieder und der Gäste Fingerabdrücke zu nehmen, so daß sie heute nacht ungestört dort schlafen können. Ich muß Sie bitten, in den anderen Räumen absolut nichts zu berühren. Wir werden die ganze Nacht durcharbeiten und hoffen, irgendwann am morgigen Tag die Untersuchungen abschließen zu können. Leider hat die Lokalpresse schon Wind von der Geschichte bekommen, so daß morgen wahrscheinlich landesweit darüber berichtet wird. Das Tor an der Vorderfront des Hauses wird die Reporter auf Abstand halten; unglücklicherweise ist das Anwesen aber auch vom Strand aus begehbar. Wir haben dort mit Bändern alles abgesperrt, und ich werde heute nacht einen meiner Männer dort postieren, um Neugierige und Reporter in Schach zu halten. Zu Ihrer eigenen Sicherheit sollten Sie aber ein paar Wachleute anheuern, die das Gelände noch mehrere Tage absichern, nachdem wir mit der Arbeit fertig sind. Sonst werden Sie vor der Presse und den Schaulustigen keine Ruhe haben.«

»Gary wird das gleich morgen früh arrangieren«, sagte Carter, was Dishler mit einem Nicken bestätigte.

»Sie werden es nicht bereuen. Nun gut, wir sind fast mit dem Verhör Ihres hier im Haus lebenden Personals fertig, und ich möchte die Leute gerne aus dem Haus haben, bis wir unsere Ermittlungen hier beendet haben. Wäre es möglich, daß Sie sie in einem nahen Motel unterbringen, wo sie sich für weitere Fragen zur Verfügung halten?«

Carter warf einen fragenden Blick auf Gary, der wiederum nickte und sagte: »Ich werde mich darum kümmern.«

»Man hat mir mitgeteilt, daß Sie auch noch zwei Dienstmädchen haben, die nicht hier im Haus leben. Wir möchten sie morgen früh befragen, sobald sie hier ankommen und ihre Arbeit beginnen. Danach wäre es mir recht, wenn Sie sie wieder nach Hause schicken.« Zufrieden, daß damit alle allgemeineren Fragen erledigt waren, wandte sich Hocklin nun seinem eigentlichen Thema zu. »Es tut mir leid, daß ich Sie schon heute abend weiteren Befragungen unterziehen muß; es ist sehr wichtig für uns, jetzt schon so viele Informationen wie nur möglich von Ihnen zu erhalten, da Ihre Erinnerung später nachlassen wird. Die Detectives Flynn und Cagle kennen Sie ja schon aus den Einzelverhören, und es wäre nun hilfreich für uns, Sie noch einmal in der Gruppe zu befragen. Es kommt in solchen Situationen oft vor, daß jemand zufällig etwas sagt, das dem Gedächtnis einer anderen anwesenden Person auf die Sprünge hilft. Detective Flynn«, sagte er abschließend und nickte dem Mann zu, der zu seiner Rechten saß.

Dennis Flynn war etwa Ende Vierzig, mittelgroß und ziemlich mollig. Sein rundes, munteres Gesicht schien eher einem irischen Priester als einem Gesetzeshüter zu gehören. Er hatte etwas ungemein Vertraueneinflößendes an sich, und Sloan vermutete, daß dies trotz seines untypischen Äußeren einen guten Polizisten aus ihm machte.

Andy Cagle war das glatte Gegenteil von Flynn. Er war beträchtlich jünger als sein Kollege – schätzungsweise Ende Zwanzig – und von großer, magerer Gestalt. Sein schmales Gesicht wurde vor allem von seiner dicken Brille beherrscht, die ihm das Aussehen eines Gelehrten verlieh und die er ständig auf seinem Nasenrücken hochschob. Seine Bewegungen waren unsicher und unbeholfen. Er hatte sich dreimal bei Sloan dafür entschuldigt, daß er sie mit Fragen über ihre Person im allgemeinen und über ihre Beschäftigung zum Tatzeitpunkt im besonderen belästigen mußte. Eigentlich sah er aus wie der Prototyp des schüchternen und naiven großen Jungen, der niemals eine andere Meinung als sein Gegenüber äußern würde und der eine Lüge nicht einmal von der Wahrheit unterscheiden könnte, wenn ihn jemand direkt mit der Nase daraufstieß. Sloan konnte sich aber des Verdachts nicht erwehren, daß er in Wirklichkeit über einen scharfen Verstand verfügte und sogar der gefährlichere der beiden Männer war.

Paul hatte darauf bestanden, daß er und Sloan trotz allem bei ihrer falschen Identität blieben. Die Hälfte all dessen, was Sloan Detective Cagle erzählt hatte, war daher glatt gelogen. Doch im Grunde machte es wenig Unterschied, ob sie nun eine Innenarchitektin auf Urlaub war oder eine Polizistin, die mit dem FBI zusammenarbeitete: Edith Reynolds war tot. Wenn Sloan am Abend zu Hause geblieben wäre, hätte sie vielleicht noch am Leben sein können. Sloans einziger Trost – ein schwacher Trost, an den sie sich aber dennoch klammerte – war, daß ihre Urgroßmutter nicht gelitten hatte.

»Mr. Reynolds«, begann Flynn endlich seine Befragung, »Sie sagten, Sie seien um etwa elf Uhr abends nach Hause gekommen?«

Sloan bemerkte, daß Carters Hand zitterte, als er sich das Haar aus der Stirn strich. Sein Gesicht war bleich vor Schock, und er sah so mitgenommen aus, daß ihre Gefühle ihm gegenüber etwas milder und nachsichtiger wurden. Edith war sicher keine einfache Zeitgenossin gewesen, aber die Art, wie sie gestorben war, hatte ihn offensichtlich tief verstört. Er antwortete auf Flynns Frage mit einem Nicken und räusperte sich dann. »Das ist richtig. Ich habe bis Viertel vor elf mit ein paar Freunden Poker gespielt. Danach habe ich mich gleich auf den Heimweg gemacht und war etwa fünfzehn Minuten später hier. Nachdem ich mein Auto in der Garage geparkt habe, bin ich sofort nach oben ins Bett gegangen.«

»Denken Sie jetzt bitte genau nach. Als Sie auf das Haus zugefahren sind, haben Sie da irgenwelche Fahrzeuge auf der Straße bemerkt, oder ist Ihnen sonst etwas Verdächtiges aufgefallen?«

»Sie haben mich das vorhin schon gefragt, und ich habe versucht, mich zu erinnern. Mir scheint, ich habe einen weißen Lieferwagen gesehen, der weiter unten an der Straße parkte.«

»Haben Sie an dem Lieferwagen etwas Besonderes bemerkt?«

»Nein, er ist mir nur aufgefallen, weil ich diese Woche schon einmal einen ähnlichen Wagen hier gesehen hatte.«

Flynn nickte und notierte sich etwas auf seinem Block.

»Sie sagten, Sie seien in die Garage gefahren. Das Haus hat vier Hintereingänge: Durch einen gelangt man von der Garage aus in die Küche, und der andere führt durch den Garten ebenfalls in die Küche; die anderen beiden führen auch durch den Garten, allerdings in andere Zimmer. Nachdem Sie also Ihren Wagen in der Garage geparkt hatten, welchen Eingang haben Sie benutzt?«

Carter sah Flynn an, als sei er nicht ganz bei Trost. »Natürlich habe ich die Tür benutzt, die von der Garage aus in die Küche führt.«

Detective Flynn ließ sich von Carters Verhalten nicht aus der Ruhe bringen und fuhr mit seinen Notizen fort.

»Sind Sie auf dem Weg in Ihr Schlafzimmer an dem Zimmer vorbeigegangen, in dem wir das Opfer gefunden haben, oder haben Sie von dort irgendwelche Geräusche gehört?«

»Nein. Ich verließ die Küche und ging gleich über die Treppe nach oben.«

»Gehörte es zu Mrs. Reynolds' Gewohnheiten, abends allein und bei geschlossener Tür in diesem Zimmer zu sitzen?«

»Nicht bei geschlossener Tür, aber sie hielt sich gern am Abend in diesem Zimmer auf, weil es auf den Garten hinausblickt und einen Fernseher mit sehr großem Bildschirm hat. Sie mochte das Sonnenzimmer am Abend nicht, weil sie so viele Lichter anschalten mußte, um die Atmosphäre dort als angenehm zu empfinden.« Carter saß nach vorne gebeugt und hatte seine Unterarme mit gefalteten Händen auf die Knie gestützt. Als ihn nun aber die Erinnerung an seine Großmutter überfiel, wie sie noch wenige Stunden zuvor gewesen war, legte er völlig niedergeschlagen den Kopf in die Hände.

»War es üblich, daß die Vorhänge aufgezogen waren, wenn sie am Abend dort saß?« fuhr Flynn unbeirrt fort.

Carter nickte.

»Falls also jemand sie vom Strand aus beobachtet haben sollte, hätte er dies schnell herausfinden können?«

Carters Kopf schoß in die Höhe. »Wollen Sie damit sagen, daß irgendein Psychopath hier Nacht für Nacht herumlungerte und nur auf eine Gelegenheit gewartet hat, sie zu ermorden?«

»Das wäre möglich. War Mrs. Reynolds in irgendeiner Art und Weise behindert?«

»Sie war fünfundneunzig Jahre alt. Das ist Behinderung genug.«

»Aber sie konnte noch gehen?«

Carter nickte. »Für ihr Alter konnte sie sich noch recht gut bewegen.«

»Waren ihre Augen in Ordnung?«

»Sie brauchte eine Lesebrille, aber die hatte sie schon, seit ich denken kann.«

»War sie schwerhörig?«

Er schluckte hörbar. »Nur wenn sie wollte. Wieso fragen Sie das alles?«

»Es handelt sich um reine Routinefragen.«

Flynn log, und Sloan wußte das. Sie hatte noch nicht vergessen, daß Hocklin ein zerbrochenes Fenster im Fernsehzimmer erwähnt hatte. Edith hätte etwas hören oder sehen müssen, das sie auf einen Einbrecher hinwies, und sicher hätte sie dann versucht zu fliehen. Das hatte sie aber nicht getan. Als Paris sie gefunden hatte, lag sie mit dem Gesicht nach unten auf dem Sofa. Andererseits wußte Sloan, daß Ediths Glieder steif waren und sie manchmal sehr lange zum Aufstehen brauchte. Vielleicht hatte sie doch zu fliehen versucht und war nur nicht schnell genug gewesen. Was auch immer geschehen sein mochte, Sloan hielt es für besser, daß Flynn und Cagle von Ediths begrenzter Bewegungsfähigkeit erfuhren. »Mrs. Reynolds hatte Arthritis«, sagte Sloan vorsichtig, woraufhin Flynn und Cagle sie aufmerksam ansahen. »Ich weiß, daß das nicht gerade eine Behinderung ist, aber sie hatte manchmal große Schmerzen, und vor allem fiel ihr das Aufstehen schwer, wenn sie länger gesessen war.«

»Ich bin froh, daß Sie das erwähnt haben, Miss Reynolds«, sagte Hocklin schnell. »Es könnte uns vielleicht weiterhelfen. Danke.«

Sloan warf einen Blick auf Paul, der ihr gegenüber neben Noah auf dem Sofa saß; sie wollte sehen, wie er darauf reagierte, daß sie den Kriminalbeamten eine Information lieferte, um die sie diese nicht gebeten hatten. Paul schien sie jedoch nicht zu bemerken, da er in die Beobachtung von Paris vertieft war. Auf seinem angespannten Gesicht lag ein seltsamer Ausdruck, den sie nicht zu deuten wußte.

Statt Paul fing Noah ihren Blick auf und lächelte ihr ermutigend zu, und Sloan wünschte sich einen Moment lang verzweifelt, ihren Kopf an seine breite Schulter zu legen und zu weinen. Sie war Polizistin, und doch hatte sie es nicht verhindern können, daß ein Mitglied ihrer eigenen Familie ermordet wurde. Sie war Polizistin, und man hatte sie dazu ausgebildet, sowohl im Dienst als auch in ihrer Freizeit alles auch nur im geringsten Verdächtige zur Kenntnis zu nehmen. Und doch war auf ihrem Weg vom Haus zum Strand wahrscheinlich Ediths Mörder schon in der Nähe gewesen, und sie hatte nichts, absolut nichts bemerkt.

»Miss Reynolds«, wandte sich Flynn nun an Paris, nachdem er noch einen Blick auf seine Notizen geworfen hatte. »Sie sagten, daß Sie am Nachmittag ein Migränemittel genommen haben und gegen zehn Uhr abends aufgewacht sind. Wissen Sie, wodurch Sie geweckt wurden?«

»Nein. Ich hatte einige Stunden geschlafen, und wahrscheinlich ließ die Wirkung des Medikaments nach.«

»Was taten Sie, nachdem Sie wach geworden waren?«

»Das sagte ich Ihnen ja schon: Ich wollte etwas frische Luft schnappen und ging daher auf den Balkon hinaus.«

»Haben Sie von dort aus etwas Verdächtiges bemerkt?«

»Nein, nichts Verdächtiges.«

»Sie dürften dort etwa zum selben Zeitpunkt gestanden sein, zu dem Ihre Urgroßmutter gestorben ist. Es scheint, daß der Einbrecher durch ein Fenster ins Fernsehzimmer eingedrungen ist, und der Balkon Ihres Schlafzimmers ist nicht weit davon entfernt.«

»Ja, ich weiß. Aber ich habe wirklich nichts Verdächtiges gesehen.«

»Sind Sie sicher? Vielleicht haben Sie ja etwas gesehen, das Ihnen gar nicht verdächtig vorkam?«

»Ich habe nur Noah weggehen sehen ...« Sie brach abrupt ab und sah so entsetzt drein, als habe sie Noah des Mordes an Edith beschuldigt. »Noah, ich wollte damit nicht sagen ...«

Nun meldete sich erstmals Detective Cagle zu Wort und sagte in seiner schüchternen, zögerlichen Art: »Mr. Maitland, Sie haben gar nicht erwähnt, daß Sie zum Haus gekommen waren. Sie sagten doch, Sie hätten Miss Reynolds am Strand getroffen.«

Noah schien die Richtung, die das Verhör genommen hatte, nicht aus der Ruhe zu bringen. »Ich war schon auf dem Rasen und halb am Haus angelangt, als ich eine Frau am Strand sah. Ich vergewisserte mich, daß es sich um Sloan handelte, und kehrte dann um, um ihr am Strand entgegenzugehen.«

»Kommen Sie öfter spätabends hierher, ohne vorher anzurufen?«

»Tatsächlich habe ich angerufen, aber es nahm niemand ab.«

»Um welche Uhrzeit haben Sie angerufen?«

»Eine Viertelstunde bevor ich schließlich herüberkam. Der Anrufbeantworter hat meine Nachricht aufgenommen.«

»Das ist korrekt, ich kann es bestätigen«, schaltete sich Gary Dishler ein. »Nordstrom geht früh zu Bett, da er auch früh aufsteht; ich übernehme daher alle Anrufe, die nach halb zehn eingehen. Ich hörte das Telefon klingeln, als ich gerade unter der Dusche war, und als ich schließlich in meinem Zimmer den Hörer abnahm, hatte Mr. Maitland schon aufgehängt. Dann hörte ich seine Nachricht auf dem Anrufbeantworter ab, um sicherzugehen, daß es sich nicht um etwas Eiliges handelte. Mr. Maitland hatte eine kurze Nachricht für Miss Reynolds hinterlassen. Er machte einen Scherz darüber, daß sie sicher zu Hause sei und daß er gleich herüberkommen und Steine an ihr Balkonfenster werfen würde. Ich habe über die Hausleitung in Miss Reynolds' Zimmer angerufen, aber sie war nicht da. Dann habe ich sie noch über die Gegensprechanlage ausgerufen, aber auch darauf hat sie nicht reagiert. Daher nahm ich an, daß sie ausgegangen war.«

»Haben Sie sonst noch etwas getan, das für uns von Interesse sein könnte?«

»Ja, bevor ich kurze Zeit später zu Bett ging, habe ich die Infrarotstrahler außer Funktion gesetzt, damit sie nicht das Alarmsystem in Gang setzen, das um Mitternacht automatisch eingeschaltet wird.«

»Wieso haben Sie die Strahler denn außer Funktion gesetzt?«

»Damit Miss Reynolds und Mr. Maitland auch nach Mitternacht noch über den Rasen gehen konnten, ohne in die Lichtschranken zu laufen und so den Alarm auszulösen. Es ist ziemlich einfach, sie auszuschalten, wenn ich auch erst in der Gebrauchsanweisung nachsehen mußte, als ich dies nach Miss Reynolds' Ankunft hier zum ersten Mal tat.«

»Was hat Miss Reynolds damit zu tun?«

»Nun, Miss Reynolds geht gerne frühmorgens am Strand laufen oder auch zu später Stunde dort noch spazieren. Mr. Reynolds und Miss Paris hingegen tun dies nicht.«

Sloan hatte Dishler gegenüber immer ambivalente Gefühle gehabt, und sie war nun überrascht zu hören, wie er sich ins Zeug legte, um sie und Noah vor weiteren Verdächtigungen zu bewahren. Es hörte sich ganz so an, als habe er in den Fragen der Kriminalbeamten über Noahs Anruf und Sloans nächtliche Strandausflüge einen Zweifel gewittert, den er unter allen Umständen ausräumen wollte. »Niemand hat mich bisher danach gefragt, doch ich kann Ihnen zudem noch versichern, daß Mr. Maitland nicht bis zum Haus gekommen ist. Ich war nämlich gerade an mein Fenster getreten, um die Nachtluft hereinzulassen, als ich Mr. Maitland über den Rasen auf das Haus zukommen sah. Dann fiel sein Blick plötzlich auf den Strand, er blieb zunächst stehen und machte schließlich kehrt, um zum Strand zurückzugehen.«

»Haben Sie auch Miss Reynolds gesehen?«

»Nein. Ich habe aber bemerkt, daß Mr. Maitland in Richtung Norden davonging, nicht in Richtung Süden, wo sein eigenes Haus liegt. Nach allem was ich jetzt weiß, nehme ich an, daß Miss Reynolds aus nördlicher Richtung kam, als er sie sah, und daß er ihr entgegenging.«

Cagle blickte sehr dankbar, sehr beeindruckt und vor allem sehr, sehr entschuldigend drein. »Ich hatte nicht die Absicht, den Verdacht auf Miss Reynolds oder Mr. Maitland zu lenken. Ich wollte nur wissen, wer sich wann wo aufgehalten hat, damit wir diese Orte morgen ausschließen können, wenn wir das Haus und das Anwesen nach Beweisen durchkämmen.

Ich bin noch nicht so lange bei der Polizei. Stellen Sie sich einfach vor, ich sei so eine Art Lehrling.«

Er warf allen Anwesenden im Raum – einschließlich Captain Hocklin – einen um Verzeihung heischenden Blick zu, schob seine Brille wieder auf die Nase und versuchte, sich unsichtbar zu machen, während Detective Flynn das Verhör wieder übernahm.

»Für heute abend sind wir fast fertig«, sagte er. »Mr. Richardson, Sie sagten, Sie seien tagsüber aus geschäftlichen Gründen unterwegs gewesen und um elf Uhr abends zurückgekommen?«

»Das stimmt.«

»Sie haben den Knopf am Eingangstor betätigt, über die Gegensprechanlage mit Mr. Dishler gesprochen, und der hat Sie schließlich hereingelassen?«

»Auch das stimmt.«

»Ich danke Ihnen, Sir.«

»Ich kann Mr. Richardsons Aussage bestätigen«, ließ sich Dishler vernehmen.

»Auch Ihnen vielen Dank, Sir«, sagte Flynn erleichtert.

»Miss Reynolds?« sagte er dann und wandte sich an Sloan. »Hätten Sie etwas dagegen, Ihren Abend noch einmal gemeinsam mit mir durchzugehen? Sie sagten, Sie haben mit dem Opfer zu Abend gegessen. Was ist danach geschehen?«

Sloan hob die Hand und rieb sich ihre Schläfen, ohne sich ihrer beginnenden Kopfschmerzen wirklich bewußt zu sein. »Nach dem Essen saß ich bis etwa halb zehn mit meiner Urgroßmutter in dem Zimmer, in dem Sie sie gefunden haben, und sah fern; dann entschloß ich mich, nach oben zu gehen und einen Brief zu schreiben. Mrs. Reynolds liebt Spielshows, und ich hatte mir schon drei davon mit ihr zusammen angesehen. Ich konnte es einfach nicht mehr vor dem Fernseher aushalten. Mrs. Reynolds ist beim Fernsehen immer sehr konzentriert und will sich dabei auch nicht unterhalten, außer während der Werbepausen. Ich war stundenlang gesessen, und als ich oben ankam, wollte ich lieber noch etwas spazierengehen, statt mich wieder hinzusetzen und den geplanten Brief zu schreiben.«

Detective Flynn zeigte sich sehr mitfühlend und verständnisvoll. »Ich hoffe, Sie machen sich keine Vorwürfe, weil Sie Mrs. Reynolds allein gelassen haben. Wenn Sie bei ihr geblieben wären, hätte der Einbrecher auch Sie noch erschießen können.«

»Vielleicht«, sagte Sloan und empfand plötzlich eine grenzenlose Wut auf das Monster, das dieses Verbrechen begangen hatte – und auch auf sich selbst, weil sie nicht dagewesen war, um ihrer Urgroßmutter helfen zu können. Wenn ihre Gedanken nicht immerzu mit Noah beschäftigt gewesen wären, wäre all dies vielleicht nie passiert.

Plötzlich lief ein Schauder des Entsetzens durch ihren Körper, der sie leicht erzittern ließ. Noah, der sie schon seit längerem aufmerksam ansah, war dieses Anzeichen für ihre Erschöpfung nicht entgangen, und er wandte sich nun mit gerunzelter Stirn an Captain Hocklin: »Sie haben für heute nacht genug gehört«, sagte er scharf. »Lassen Sie diese Menschen zur Ruhe kommen.«

Zu Sloans Erleichterung stand Hocklin sofort auf und warf einen entschuldigenden Blick in die Runde, während die beiden Detectives unverzüglich seinem Beispiel folgten. »Sie haben recht, Mr. Maitland.«

Sobald die Beamten das Haus verlassen hatten, ging Carter nach oben in sein Schlafzimmer. Paris hatte sich erhoben und wollte ebenfalls zu Bett gehen, doch sie zögerte noch. Auf ihrem Gesicht lag ein leerer Ausdruck, und sie wirkte so bleich und wächsern wie ein Gespenst. In einer ihrer geballten Fäuste hielt sie ein Taschentuch umklammert, das sie völlig vergessen zu haben schien. Den ganzen Abend hatte sie sich bemüht, vor den Fremden keinen Zusammenbruch zu erleiden, doch als Sloan sie nun zur Tür begleitete, merkte sie, daß sie langsam die Kontrolle über sich verlor. »Kommst du nicht auch nach oben ins Bett?« fragte Paris mit leicht zitternder Stimme.

Sloan verstand sofort, daß sie Angst vor dem Alleinsein hatte, und sagte daher mit sanfter Stimme: »Ich will nur noch kurz mit Paul sprechen und komme in ein paar Minuten nach. Was hältst du denn davon, heute nacht in meinem Zimmer zu schlafen? Das Bett ist doch groß genug für uns beide.«

Nachdem Paris ihr nur erleichtert zugenickt hatte, umarmte Sloan sie fest und versuchte, ihr etwas von ihrer eigenen Kraft abzugeben. Als sie sich abwandte und ihr Blick kurz in den Spiegel fiel, bemerkte sie gar nicht, daß Trauer und Erschöpfung auch in ihrem Gesicht zu lesen waren und sie fast so mitgenommen wie Paris aussah.

Wer dies aber wohl bemerkte, war Noah. Nachdem Carter den Raum verlassen hatte, hatte er keine Lust mehr, seine Gefühle für Sloan zu verbergen, und ohne den immer noch anwesenden Paul zu beachten, zog er sie zärtlich in seine Arme. »Komm mit mir nach Hause«, flüsterte er ihr dann liebevoll zu. »Wir werden uns um dich kümmern. Bleib heute nacht nicht hier, mein Liebling.«

Es war das erste Mal, daß er sie mit einem Kosenamen ansprach, und die Zärtlichkeit in seinen Worten ließ Sloan fast zusammenbrechen. Sie war es gewöhnt, daß immer sie diejenige war, die sich um andere Menschen kümmerte, und als Noah nun ihr seine starke Schulter anbot, stiegen ihr die Tränen in die Augen. »Ich kann nicht«, sagte sie dennoch, während schon eine Träne über ihre Wange rollte, die er sanft mit seinem Daumen wegwischte. Jetzt, da sie seine Liebe spürte, empfand sie plötzlich auch den Schock und den Schmerz über Ediths Tod stärker, und es gelang ihr nur schwer, sich zu beherrschen.

»Es wird mir gleich bessergehen«, sagte sie, während sie sich aus seinen Armen wand und sich ungeduldig die Augen wischte. Als ihr Blick kurz auf Paul fiel und sie Mißbilligung und sogar Wut in seinen Augen zu lesen glaubte, erschrak sie, ging aber darüber hinweg und wandte sich wieder an Noah. »Ich bin okay, wirklich«, sagte sie mit einem verkrampften Lächeln, und als er sie immer noch zweifelnd ansah, hakte sie sich bei ihm ein und begleitete ihn zur Gartentür.

36

Wie Sloan erwartet hatte, war Paul schon nach oben in sein Zimmer gegangen und hatte die Tür für sie angelehnt gelassen, damit sie sich allein unterhalten konnten.

Als sie das Zimmer betrat, stand er mit einem Drink in der Hand am geöffneten Fenster und sah zu, wie Noah über den Rasen ging und die Richtung zu seinem Haus einschlug. »Das war eine verdammt miese Nacht«, sagte er mit unterdrücktem Zorn in der Stimme, als er das Fenster schloß und sich ihr zuwandte. Bis auf den wütenden Blick, den er Noah bei dessen Abschied zugeworfen hatte, hatte Paul den ganzen Abend den wohlerzogenen und aus verständlichen Gründen schockierten Versicherungsmann gespielt, doch nun hielt er nicht mehr mit seinen wahren Gefühlen hinter dem Berg.

Er zeigte auf die beiden Stühle in seinem Zimmer und bedeutete Sloan, auf einem von ihnen Platz zu nehmen. »Was zum Teufel geht zwischen dir und Maitland vor?« fragte er dann gereizt.

Sloan war zu überrascht von seinen Worten, um beleidigt zu sein. Andererseits war sie aber auch davon überzeugt, daß sie ihm keine Erklärung schuldete und die ganze Sache ihn im Grunde nichts anging. »Was glaubst du denn, was zwischen uns vorgeht?« fragte sie ruhig.

»Nach allem, was ich in der vergangenen Woche beobachtet hatte«, sagte er sarkastisch, »hatte ich angenommen, daß ihr einen kleinen Flirt miteinander habt. Aber es ist mehr als ein Flirt, nicht wahr? Mir ist nicht entgangen, was sich zwischen euch abgespielt hat, bevor er gegangen ist, und mir ist auch nicht entgangen, wie du ihn den ganzen Abend angesehen hast.«

»Und?« fragte Sloan abwartend.

Seine Miene verhärtete sich. »Wie kannst du in jeder anderen Beziehung so schlau sein – und ihm gegenüber so verdammt töricht? Du hast selbst gesagt, daß er ein ganzes Waffenarsenal auf seiner Yacht hat und daß auch sein Segelboot mit einer ansehnlichen Sammlung bestückt ist.«

»Schiffsbesitzer haben nun mal Waffen an Bord. Schließlich handelt er ja nicht mit ihnen, und ein Schmuggler ist er auch nicht. Überall in der Welt gibt es Häfen, die nicht besonders sicher sind. Noah will sich und seine Crew nur schützen.«

»Und dazu braucht er ein Maschinengewehr?« fragte Paul mit einem gereizten Lachen. »Und ein ganzes Lager mit Schnellfeuerwaffen? Es klingt mir eher danach, daß er eine etwas heikle Fracht zu beschützen hat.«

»Das ist doch Unsinn! Wie ich dir gesagt habe, ist das Maschinengewehr veraltet, und überdies habe ich nie behauptet, daß es sich um Schnellfeuerwaffen handelt.«

»Du konntest es nur nicht feststellen, weil du nicht nahe genug an sie herangekommen bist, um sie zu untersuchen.«

»Ich hatte keine Ahnung, daß dir das alles solche Sorgen bereitet«, sagte Sloan und versuchte, ruhig zu bleiben. »Falls dich das beruhigt, werde ich Noah darum bitten, mir die Waffen noch einmal zu zeigen.«

»Nein, tu das nicht. Laß bitte die Finger davon. Sieh mal, ich will nur nicht, daß du dich in diesen Mann verliebst. Es ist mir scheißegal, ob du mit ihm im Bett warst; schließlich seid ihr beide erwachsen. Leider hatte ich nur dummerweise angenommen, daß so etwas nicht passieren würde, nach allem, was ich von dir weiß. Immerhin hast du in Bell Harbor ein ziemlich abstinentes Leben geführt.«

»Woher willst du denn das wissen?« fragte Sloan absolut fassungslos.

»Woher ich das wissen will?« wiederholte er mit beißendem Sarkasmus. »Ich weiß sogar, wann du deine Milchzähne verloren hast! Was denkst du denn, woher ich das weiß, verdammt noch mal?« Er beugte sich nach vorn und legte seine Unterarme auf die Knie. Eine Weile starrte er schweigend auf seinen Drink und rollte das Glas zwischen seinen Händen hin und her. Als er weitersprach, klang seine Stimme schon viel milder. »Wie weit geht das mit dir und Maitland? Gefühlsmäßig, meine ich.«

Er hatte die Frage mit fast väterlicher Besorgnis gestellt, und Sloan antwortete ihm nun bestimmt, aber ohne jeden Unwillen. »Das geht dich nichts an.«

Er wußte, was er von ihrer Bemerkung zu halten hatte. Nachdem er wieder eine Weile auf sein Glas gestarrt hatte, rang er sich zu einem Lächeln durch und sagte nachdenklich: »Das klingt ja verdammt weit.«

»Paul?«

Er sah sie an.

»Wieso sprechen wir eigentlich über Noah, wenn jemand hier im Haus heute nacht ermordet wurde? Ist dir bei der kleinen Sitzung unten im Wohnzimmer nichts aufgefallen?«

Zu ihrer Erleichterung hatte er anscheinend nichts dagegen, das Thema zu wechseln. »Ich weiß nicht. Ich war wohl nicht ganz bei der Sache. Was meinst du denn genau?«

»Sie sagten, ein Fenster im Fernsehzimmer sei zerbrochen worden und der Mörder sei wahrscheinlich auf diesem Wege eingedrungen. Das macht aber keinen Sinn. Die Vorhänge waren aufgezogen, und jeder hätte Edith von draußen vor dem Fernseher sitzen sehen können. Das gleiche gilt aber auch für Edith. Auch wenn sie den Mörder nicht gleich gesehen haben sollte, hätte sie doch zumindest gehört, wie das Fenster zersplittert ist.«

»Vielleicht auch nicht, wenn der Mörder vorsichtig war und der Fernseher so laut, daß sie nichts hören konnte.«

»Aber wieso sollte ein Dieb ausgerechnet das Fenster zu einem Zimmer einschlagen, in dem sich jemand aufhält? Es gibt doch noch genug andere zugängliche Fenster im Haus. Und früher oder später muß sie ihn doch bemerkt und zumindest versucht haben, zu fliehen.«

»Ihre Augen waren nicht mehr so gut, und das Fenster befand sich außerhalb ihres Blickwinkels. Vielleicht war sie so sehr auf den Fernseher konzentriert, daß sie ihren Mörder erst gesehen hat, als es schon zu spät war.«

»Gut, ihre Augen waren nicht mehr die besten, aber sie war noch lange nicht blind! Man hat sie auf dem Sofa gefunden, was bedeutet, daß der Mörder das Fenster einschlagen, es aufdrücken und dann ins Zimmer steigen mußte, bevor er sich schließlich zu ihr hinüberschlich und sie erschoß. Und das alles, ohne von ihr bemerkt zu werden? Das kommt mir alles ziemlich seltsam vor«, schloß Sloan vielsagend. »Ich habe den Verdacht, daß sie den Mörder kannte und überzeugt war, nichts von ihm befürchten zu müssen.«

»Der Gerichtsmediziner wird uns bald sagen können, wer sich wo befand, als es passierte.«

Sloan hatte das Gefühl, daß seine Gedanken aus irgendeinem Grund immer noch bei Noah waren, und das irritierte und ärgerte sie so sehr, daß ihr fast die Tränen in die Augen stiegen. »Verstehst du denn nicht, was ich dir sagen will?«

»Doch, natürlich verstehe ich«, sagte er mit einem grimmigen Seufzer. »Alles außer dem zerbrochenen Fenster weist darauf hin, daß der Mörder schon im Haus war.«

»Und da ist noch etwas. Früher oder später werden Flynn und Cagle unsere Identität überprüfen. Ich bin sicher, daß deine Tarnung funktioniert, aber sie werden im Handumdrehen herausfinden, daß ich keine harmlose Innenarchitektin aus Bell Harbor bin.«

»Ich hoffe, daß dies eher später als früher der Fall sein wird. Schließlich bist du keine Verdächtige. Wieso solltest du in ein Haus einbrechen, für das du einen Schlüssel hast?«

»Um eine falsche Fährte zu legen«, sagte Sloan müde. Dann lehnte sie den Kopf zurück und schloß die Augen. »Andy Cagle ist schlau. Er wird mich überprüfen, und sei es auch nur aus Routinegründen. Du solltest damit einverstanden sein, daß ich ihnen die Wahrheit sage, damit sie nicht unnötig Zeit verlieren und sich auf wichtigere Dinge konzentrieren können. Ich finde, ich sollte gleich morgen früh mit ihnen reden.«

»Nein«, sagte er scharf. »Es besteht die Gefahr, daß dann auch Carter davon erfährt. Ich brauche sechsunddreißig Stunden, bevor dies geschehen darf. Danach wird es nichts mehr ausmachen.«

Sloan sah ihn mit großen Augen an. »Was wird denn in sechsunddreißig Stunden geschehen?«

Er blickte wieder stirnrunzelnd auf seinen Drink. »Das kann ich dir nicht sagen.«

»Ich habe es wirklich satt ...«

»Glaub mir bitte«, sagte er eindringlich. »Ich würde es dir gern sagen, jetzt um so mehr – aber ich kann nicht. Nicht nach dem, was heute nacht passiert ist.«

Sloan vermutete, daß er Ediths Tod meinte. Sie konnte sich nicht vorstellen, welche Verbindung es zwischen seinem Auftrag und dem Mord an ihrer Urgroßmutter geben konnte, doch es war offensichtlich, daß er nicht weiter darüber zu sprechen wünschte. »Hast du irgendwelche Vermutungen, wer den Mord begangen haben könnte, oder ist das auch wieder so ein Geheimnis, das du nicht ausplaudern willst?« fragte sie bitter.

Zu ihrer Überraschung gab er ihr diesmal eine zufriedenstellende Antwort. »Das kommt darauf an. Falls Flynn und Cagle Anhaltspunkte dafür haben, daß es sich um einen geplanten Raubmord mit eventuellen Komplizen handelt, dann würde ich bei den außer Haus lebenden Dienstmädchen anfangen. Das Personal hier im Haus würde ich zunächst aussparen, da Reynolds mir mehr als einmal gesagt hat, daß die Leute schon seit Jahren für die Familie arbeiten. Der Mörder hat jedenfalls ein Neun-Millimeter-Kaliber benutzt; ich habe die Patronenhülse auf dem Boden gesehen. Und wer immer es auch war: Er war ein Amateur.«

»Du meinst, weil er so töricht war, durch das Fenster im Fernsehzimmer einzusteigen – falls er wirklich von dort gekommen ist?«

»Nein, eher weil er einige Dinge übersehen hat, die ein Profi auf jeden Fall beachten würde. Als du nach draußen gelaufen warst, um ihn vielleicht noch aufzuspüren, war ich mit Paris im Fernsehzimmer. Der Diamantring, den Edith immer getragen hat, steckte nicht mehr an ihrem Finger, aber der Mörder hat eine sehr wertvolle Diamantbrosche an ihrem Kleid und den Ring an ihrer anderen Hand übersehen. Das ist ein weiterer Grund für Cagle und Flynn, dich nicht als Verdächtige zu betrachten: Wieso solltest du erst umständlich einen Einbruch simulieren, sie umbringen und die Wertsachen am Ende zurücklassen?«

Als Sloan ihm keine Antwort gab, fuhr er fort: »Ach, übrigens, wieso bist du eigentlich zur Vorderseite des Hauses gelaufen statt nach hinten?«

»Ich war ja gerade mit Noah durch den Garten gekommen und hatte am Strand niemanden gesehen. Es war reine Spekulation, daß er über die Vorderseite geflüchtet war, und ich wollte es wenigstens versuchen.«

Sloan fühlte sich plötzlich völlig erschöpft, und die Tränen, die sie so lange zurückgehalten hatte, stiegen ihr nun doch in die Augen. Sie dachte an Ediths toten Körper auf dem Sofa: Ihr Haar war immer noch perfekt frisiert gewesen, und ihr Kleid war ordentlich über die Beine gezogen. Jemand hatte ihr das Leben und ihren Schmuck geraubt, doch auch im Tod hatte er ihr ihre Würde nicht nehmen können. Sloan seufzte tief auf und wischte sich eine Träne von der Wange. »Ich kann einfach nicht glauben, daß sie tot ist.«

»Es wird dir morgen erst richtig zu Bewußtsein kommen«, sagte Paul mit der instinktiven Sicherheit eines Mannes, der Dinge dieser Art schon oft – zu oft – erlebt hat. »Wir sollten ins Bett gehen. Du wirst deinen Schlaf brauchen, und ich auch.«

Sloan bemerkte erst jetzt, wie mitgenommen er aussah. Er hatte gesagt, er sei unten im Wohnzimmer nicht ganz bei der Sache gewesen, aber sie hatte das bestimmte Gefühl, daß er sich in Wirklichkeit Sorgen machte. Große Sorgen. Er schien immer so ungemein selbstsicher und resolut, daß es nicht einfach war, sich vorzustellen, daß er auch schwache Momente kannte.

»Ich sehe dich morgen früh«, sagte er.

In ihrem Schlafzimmer zog Sloan sich aus und streifte ein altes T-Shirt über, das Sara nicht aus ihrem Koffer genommen hatte. Vorsichtig schlug sie die Decke zurück, um Paris nicht zu stören, kroch dann ins Bett und fiel sofort in einen unruhigen Schlaf.

37

Der Anruf, auf den Dennis Flynn gewartet hatte, kam um halb elf Uhr morgens, während er, in seinen Stuhl gelümmelt, vor dem Computer saß und die Datenbanken des Regionalen Informationszentrums zur Verbrechensbekämpfung in Nashville abrief. Er hatte die Namen aller Mitglieder der Reynolds-Familie sowie des Personals und der zum Zeitpunkt des Verbrechens anwesenden Gäste eingegeben, um eventuelle Vorstrafen oder Verdachtsmomente herauszufinden. Doch der Bericht, den er auf seine letzte Anfrage erhielt, war ebenso ergebnislos wie die vorhergehenden.

Am Schreibtisch gegenüber fuhr Andy Cagle auf seinem Drehstuhl herum und schob seine Brille hinauf. Er hatte am Morgen die noch verbleibenden Dienstmädchen verhört und war gerade mit seinem Protokoll fertig geworden. »Hast du irgend etwas Interessantes aus Nashville bekommen?«

»Nichts«, erwiderte Flynn. »Absolut nichts. Soweit ich meinem Computer Glauben schenken kann, leben in Reynolds' Haushalt nur brave, gesetzestreue Bürger.«

Als das Telefon auf seinem Schreibtisch klingelte, nahm er den Hörer ab und setzte sich dann sofort erwartungsvoll in seinem Stuhl auf, als er die Stimme des Anrufers erkannte. »Ich hoffe, du hast gute Nachrichten für mich«, sagte er zu dem diensthabenden Lieutenant, der die Untersuchungskommission im Haus der Reynolds leitete. »Was habt ihr herausgefunden?«

»Wir haben einen Einbruch, der kein Einbruch war.«

»Was meinst du damit?«

»Ich meine, daß nichts zu fehlen scheint, außer dem Ehering der alten Lady, von dem wir aber schon gestern abend wußten.«

Flynn zog die Augenbrauen hoch. »Bist du sicher?«

»Wir haben Zimmer für Zimmer durchgekämmt, und zwar mit dem Butler, Reynolds' Assistenten, dem Hausmeister und mit Paris Reynolds. Keinem von ihnen ist aufgefallen, daß etwas fehlte oder auch nur in Unordnung gebracht war.«

»Ist das alles?«

»Wir suchen weiter, aber bisher ist das alles.«

»Das ist schlecht«, sagte Flynn mit einem Blick auf Captain Hocklin, der nebenan in seinem Büro unruhig auf und ab ging. »Die Presse belagert uns hier wie ein Rudel Wölfe, und jeden Moment kommen mehr Reporter dazu. CNN kampiert auf unserer Türschwelle, der *Enquirer* versucht durchs Klofenster bei uns einzudringen, und die Leute von irgendeinem anderen Blatt suchen gerade nach einem Parkplatz. Hocklin hat schon mehrere Anrufe vom Bürgermeister und von drei Senatoren erhalten, die ihm eine schnelle Aufklärung des Falles dringend ans Herz legten. Er hat heute nacht keine Minute geschlafen und ist ziemlich griesgrämig. Sei ein Held und sag mir irgendwas, was ich ihm präsentieren kann, damit er mich in Ruhe läßt.«

»Okay«, sagte Lieutenant Fineman. »Wie wär's denn damit: Das Fenster im Fernsehzimmer wurde von innen eingedrückt.«

»Das hatten wir uns doch schon heute nacht gedacht.«

»Ja, aber jetzt wissen wir es mit Sicherheit. Außerdem haben wir versucht herauszufinden, wie der Einbrecher entkommen sein könnte. Wir haben nirgendwo Fußspuren gefunden, nicht einmal in den Blumenbeeten, die den Zaun an der Vorderfront des Hauses umsäumen. Was hat der Arzt dir gesagt?«

»Bisher nicht viel. Der Tod ist etwa um zehn Uhr eingetreten. Der Wunde nach zu schließen wurde die alte Dame aus etwa dreißig Zentimeter Entfernung erschossen. Sie saß auf dem Sofa, während der Mörder vor ihr stand. Das ist alles, was wir haben. Melde dich sobald wie möglich wieder.«

Flynn legte auf und sah Cagle an. »Im Haus fehlt nichts«, sagte er und setzte eine ernste Miene auf. Dann legte er seine Hand in den Nacken und massierte seine verspannten Muskeln. »Was nun?«

»Wir vergessen die Sache mit dem Einbrecher und suchen nach jemandem, der vergangene Nacht im Haus war und ein Motiv hatte, die alte Lady umzubringen. Ich habe mit den Nachbarn auf beiden Seiten von Reynolds' Haus gesprochen, und sie haben beide ein Infrarotsystem, das gestern abend um zehn Uhr in Funktion war. Es ist daher unwahrscheinlich, daß jemand vom Seitenzaun aus in das Anwesen eingedrungen oder über diesen Weg geflüchtet ist. Auch die Strandseite ist so gut wie ausgeschlossen, weil Maitland und Sloan Reynolds ihn sonst gesehen hätten.«

Flynn seufzte. »Über die Vorderseite des Hauses ist er auch nicht entkommen, da Fineman mir gerade gesagt hat, daß sie in den Blumenbeeten, die er dort durchqueren hätte müssen, keine Fußspuren gefunden haben.«

»Was bedeutet, daß der Mann – oder die Frau – sehr wahrscheinlich gestern abend anwesend war und mit uns geplauscht hat.«

Flynn schaukelte geistesabwesend auf seinem Stuhl, dann beugte er sich plötzlich nach vorn und griff nach einem Bleistift. »Okay, gehen wir also unsere Namensliste hier nach einem Motiv durch. Die Gelegenheit dazu hatte jeder von ihnen ... Warte«, unterbrach er sich dann. »Jetzt da wir wissen, daß es sich nicht um einen Profi handelt, sollten wir eine Kopie dieser Liste an Hank Little weiterreichen, damit er ihre Daten über die Data Base Technologies abchecken kann.«

»Ich habe mir die Freiheit genommen und das bereits getan«, erwiderte Cagle mit einem selbstzufriedenen Lächeln.

Die Datenbanken des Regionalen Informationszentrums zur Verbrechensbekämpfung waren für das gesamte Personal der Polizeikräfte von Palm Beach kostenlos und von ihren eigenen Computern aus zugänglich. Im Gegensatz dazu kostete es einen Dollar pro Minute, die gigantischen Datenbanken der Data Base Technologies in Pompano Beach zu befragen, und der Zugang war auch nur auf eine Reihe von Benutzern mit Sondergenehmigung – wie Versicherungsgesellschaften und Kreditbüros – beschränkt. Die Polizeikräfte überall im Land benutzten diesen Service, aber sie mußten einen geheimen Code eingeben, wenn sie online gingen, damit niemand kontrollieren konnte, wer gerade wen durchcheckte. »In wenigen Minuten dürften wir von Hank ein paar bescheidene Daten erhalten«, scherzte Cagle und spielte damit auf die enorme Menge an Informationen an, die DBT selbst noch über den uninteressantesten Bürger ansammelte.

»Okay«, erwiderte Flynn. »Trinken wir einen Kaffee und gehen dann die Liste durch.«

Da er der Jüngere war, bestand eine unausgesprochene Abmachung zwischen den beiden Männern, daß Kaffeeholen zu Cagles Aufgaben zählte. Er ging daher los und kehrte wenig später mit zwei Tassen starken schwarzen Kaffees zurück. Dann setzte er sich wieder auf seinen Stuhl und drehte sich zu Flynn, damit sie gemeinsam arbeiten konnten.

»Falls es ein geplanter Mord war, können wir wahrscheinlich den Butler, die Köchin, den Hausmeister und die Haushälterin streichen«, sagte Flynn.

»Wieso denn das? Ich hatte während unserer Befragungen das Gefühl, daß die alte Dame ziemlich streitsüchtig war.«

Flynn grinste. »Wenn sie wirklich so schlimm war, hätten die Köchin oder einer von den anderen Hausangestellten sie sicher schon früher ins Jenseits befördert. Sie haben sich jahrelang mit ihr herumgeschlagen.« Er strich die vier Namen kurzerhand durch. »Haben die Hausmädchen, die du heute früh befragt hast, dir den Eindruck vermittelt, daß sie irgendein Interesse an ihrem Tod hatten?«

Cagle schüttelte den Kopf und nahm dann einen Schluck von seinem heißen Kaffee, während Flynn auch diese beiden Namen durchstrich.

»Was ist mit Dishler?« fragte Flynn.

»Ich halte ihn nicht für verdächtig. Er arbeitet schon seit mehreren Jahren für Reynolds und scheint sehr loyal zu sein. Außerdem hat er im Handumdrehen Maitlands Geschichte bestätigt. Es kommt mir sehr unwahrscheinlich vor, daß er der Mörder sein könnte.«

»Ich stimme dir zu, aber wir sollten ihn trotzdem überprüfen«, sagte Flynn. »Was hältst du von Maitland?«

»Welches wäre sein Motiv?«

Flynn drehte seinen Bleistift zwischen den Fingern. »Ich mag ihn nicht.«

»Wieso vergeuden wir dann noch Zeit? Laß uns einen Haftbefehl ausstellen«, versetzte Cagle mit trockenem Humor. Als Flynn weiterhin stirnrunzelnd seinen Stift betrachtete und schwieg, wurde er aber neugierig. »Wieso magst du ihn nicht?«

»Ich bin vor einem Jahr mit ihm aneinandergeraten, als ich seine kleine Schwester wegen einer Drogengeschichte verhörte, in die ein paar Freunde von ihr verwickelt waren.«

»Und?«

»Er ist ziemlich jähzornig. Außerdem ist er ein arroganter Schnösel, und seine Anwälte sind eine Meute von Dobermännern. Ich weiß das, weil er sie nach dieser kleinen Episode auf uns losgelassen hat.«

»Dann sollten wir seinen Hintern so bald wie möglich ins Gefängnis befördern«, sagte Cagle mit einem ironischen Grinsen.

Flynn ignorierte seine Bemerkung. »Sein Schwesterherz ist eine freche Göre. Sie hat mich die ganze Zeit ›Sherlock‹ genannt.«

»Teufel noch mal, wir sollten sie auch gleich mit einbuchten.« Als Flynn ihm einen mürrischen Blick zuwarf, wurde Cagle wieder ernst. »Sollten wir uns nicht auf einen überzeugenderen Verdächtigen konzentrieren?«

»Es ist ja fast niemand mehr da.« Flynn betrachtete nachdenklich die Liste. »Paris Reynolds?«

Cagle nickte nachdenklich. »Schon möglich.«

»Wieso?« fragte Flynn. »Gib mir ein Motiv.«

»Als ich Carter Reynolds nach dem Testament seiner Großmutter befragte, teilte er mir mit, daß er und Paris die alleinigen Erben seien.«

Flynn stieß ein trockenes Lachen aus. »Willst du mir weismachen, daß einer der beiden dringend Geld brauchte?«

»Vielleicht hat es Paris satt, auf ihr Erbe zu warten. Vielleicht will sie nicht mehr auf Daddys Kosten leben.«

»Aber Edith Reynolds war doch immerhin schon fünfundneunzig. Sie hätte sowieso nicht mehr lange gelebt.«

»Das weiß ich, aber ich will Paris trotzdem noch nicht von der Liste streichen.«

»Okay, dann lassen wir sie noch drauf. Was ist mit diesem Versicherungsmenschen – Richardson?«

»Klarer Fall«, schnaubte Cagle. »Er schaut auf einen Besuch mit seiner Freundin vorbei – die keinerlei Erbansprüche hat, wenn man Reynolds Glauben schenken kann, und daher keinerlei Interesse an Ediths Tod. Aus völlig unerfindlichen Gründen beschließt er, die alte Dame umzubringen, und das auch noch per Fernsteuerung, denn laut Dishler ist Richardson erst um elf Uhr nach Hause gekommen.«

»Du hast recht«, sagte Flynn. »Ich bin doch schon müder, als ich dachte. Ich hatte ganz vergessen, daß er ein Alibi hat.« Damit strich er auch Paul Richardson. »Dann hätten wir noch Carter Reynolds. Er sagte, daß er auch erst gegen elf Uhr heimgekommen ist, und Dishler hat das bestätigt, aber er könnte auch für seinen Boß gelogen haben.«

Cagle nickte. »Dishler wohl, aber ich glaube nicht, daß Senator Meade gelogen hat. Er hat heute früh schon angerufen und eine sofortige Verhaftung des Schuldigen verlangt.«

»Und?«

»Captain Hocklin sagte, daß der Senator während seines Wutanfalls auch erwähnt hat, daß er gestern abend mit dem armen Reynolds Karten spielte, während der Mord geschehen sein muß.«

»Woher wußte er denn den Zeitpunkt des Mordes?«

»Es wurde doch in allen Nachrichtensendungen darüber berichtet.«

»Stimmt«, sagte Flynn mit einem Seufzer. »Außerdem hat Reynolds kein Tatmotiv. Er ist mit seiner Großmama fast sechzig Jahre lang ausgekommen, und Geld brauchte er sicher auch nicht.«

»Das ist richtig. Außerdem glaube ich nicht, daß seine Reaktion letzte Nacht nur gespielt war. Er wirkte ziemlich durcheinander, und sein Gesicht war ganz grau vor Entsetzen.«

»Das ist mir auch aufgefallen.« Flynn strich Carter Reynolds' Namen durch. »Dann bleibt uns noch Sloan Reynolds.«

Cagles Gesicht hellte sich auf. »Nun, *die* ist doch wirklich interessant. Sie hatte ihre Familie voher nicht gekannt und keinerlei Kontakt zu ihr gehabt, und kaum ist sie da, geschieht ein Mord.«

»Ich weiß, aber es wäre nicht gerade die beste Art und Weise, sich bei ihrer neuen, stinkreichen Familie beliebt zu machen.«

Cagle zögerte noch, Sloan wegen einer so dürftigen Erklärung von der Liste zu streichen. »Sie war da, und sie hatte eine Gelegenheit.«

»Was ist ihr Motiv?«

»Rache, weil sie all die Jahre ausgegrenzt worden war?«

»Na ja. Es hätte mehr Sinn für sie gemacht, die alte Oma am Leben zu halten und sich bei ihr einzuschmeicheln. Sloan war keine Erbin, aber wenn Edith noch etwas länger gelebt hätte, hätte sie sie vielleicht dazu bringen können, ihr auch ein Stückchen von dem großen Kuchen zukommen zu lassen. Jetzt aber muß sie sich mit nichts zufriedengeben.«

»Nichts außer ihrer Rache«, gab Cagle zu bedenken.

»Was ist dein Problem mit Sloan Reynolds?« fragte Flynn mit leicht sarkastischem Unterton, wenngleich er Cagles Verdacht nicht unter den Tisch kehren wollte. Der Junge hatte einen phantastischen Instinkt und war ein scharfer Beobachter, und er verfolgte jede potentielle Spur mit erstaunlicher Ausdauer. »Du hast schon auf ihr herumgehackt, als wir das Haus verließen und eigentlich noch davon ausgingen, daß es sich um einen mißglückten Diebstahl handelte. Inzwischen haben wir es mit handfestem Mord zu tun, und du bist immer noch hinter ihr her.«

»Unter anderem könnte sie es von der Zeit her gewesen sein; sie hat kein Alibi, weil sie am Strand zunächst allein unterwegs war. Außerdem ist mir aufgefallen, wie schlau sie uns davon in Kenntnis gesetzt hat, daß Edith Reynolds zwar nicht behindert war, aber sich nur schwer bewegen konnte. Ich hatte das Gefühl, sie hat unseren Verdacht durchschaut, daß Edith Reynolds ihren Mörder gekannt haben muß, weil sie nicht versucht hat zu fliehen.«

Flynn dachte darüber nach und nickte dann langsam. »Das kaufe ich dir ab, aber sie scheint mir dennoch nicht auf den

Typ der vorsätzlichen Mörderin zu passen. Man muß schon sehr von dem Wunsch nach Rache besessen sein, um sich eine Waffe zu besorgen, den Mord genau zu planen und dann eine hilflose alte Lady kaltblütig zu erschießen. Überdies, wenn sie sich wirklich dafür rächen wollte, daß sie all die Jahre ausgeschlossen worden war, wieso hat sie dann nicht lieber ihren Daddy erschossen?«

Cagle trommelte mit seinen Fingern auf den Schreibtisch, hielt dann kurz inne, um seine Brille hochzuschieben und warf einen Blick durch die Glaswand auf Hank, der im Nebenraum an seinem Computer saß. »Hey, Hank«, rief er. »Wie lange brauchst du noch?«

»Ich bin gleich soweit.«

»Weißt du, was ich denke?« fragte Cagle, nachdem er sich wieder Flynn zugewandt hatte.

»Du machst wohl Witze! Ich habe noch nie gewußt, was du denkst oder warum du es denkst.«

Cagle ging nicht auf den gutmütigen Witz ein. »Da ist noch eine wichtige Sache, die wir nicht überprüft haben. Hast du den Namen von dem Notar, der laut Reynolds mit Ediths Testament betraut war?«

Flynn griff nach seinem Notizblock und blätterte Seite für Seite durch. »Wilson«, sagte er endlich.

»Wir sollten losziehen und einen gemütlichen Plausch mit diesem Mr. Wilson abhalten«, sagte Cagle, indem er aufstand und sich ausgiebig streckte. »Wer weiß, ob sich daraus vielleicht etwas Neues ergibt. Danach können wir uns dann den Daten widmen, die Hank gerade für uns vorbereitet.«

38

Paul saß draußen am Pool und beobachtete das Team der Kriminalpolizei, das jeden Busch und jeden Strauch auf der Hinterseite des Hauses sorgfältig durchforschte. »Sie suchen nach der Tatwaffe«, sagte er zu Sloan, die zu ihm getreten war und sich auf einem Stuhl neben ihm niedergelassen hatte.

Sloan nickte abwesend und strich sich das Haar aus der Stirn.

»Gary Dishler hat gerade nach dir gesucht«, fuhr Paul fort. »Maitland hat schon zweimal angerufen und um deinen Rückruf gebeten. Die Polizei hat ihn nicht über die Absperrungslinie gelassen.«

»Ich habe Gary schon getroffen und werde gleich selbst zu Noah hinübergehen. Erst wollte ich aber noch mit dir sprechen.«

Paul bemerkte die Anspannung in ihrer Stimme und sah, wie bleich sie war, und plötzlich fühlte er sich so schuldig wie schon seit Jahren nicht mehr. Das Mädchen ging gerade durch die Hölle, und er selbst würde alles für sie noch schlimmer machen. Er hatte auf einmal das Bedürfnis, sie an seine Seite zu ziehen, ihr in die Augen zu sehen und sie im voraus um Verzeihung zu bitten. ›*Vergib mir. Du hast das nicht verdient. Ich war oft so stolz auf dich. Und ich finde dich wundervoll.*‹ »Was ist los?« fragte er statt dessen.

»Ich bin mit Paris und Lieutenant Fineman durchs Haus gegangen und habe mich etwas umgehört. Im Haus fehlt nichts, Paul. Niemand ist hier eingebrochen, und bis auf den Diamantring wurde nichts gestohlen. Ich habe beobachtet, wie die Leute von der Polizei das zerbrochene Fensterglas aufsammelten. Ein Großteil der Scherben lag draußen unter den Sträuchern und nicht im Zimmer. Jemand muß Edith vorsätzlich ermordet haben. Ich glaube, es sollte nur nach einem fehlgeschlagenen Diebstahl aussehen. Und ich glaube, daß der Mörder jemand ist, der hier im Haus lebt. Jemand, den sie gut kannte.«

Er hatte ihr aufmerksam zugehört, wenngleich sein Blick von Paris abgelenkt wurde, die soeben mit einem Tablett voller Softdrinks aus dem Haus getreten war. »Ich stimme mit dir überein.«

»Man wird mich verdächtigen.«

Seine Augen flackerten vor Erstaunen. »*Dich*? Aber warum das denn?«

»Ich bin die verstoßene Tochter. Kaum komme ich hierher, wird Edith ermordet und ein Ring verschwindet.«

»Ein Racheakt? Falls du wirklich vorhättest, jemanden zu ermorden, würdest du doch eher den guten alten Carter wählen, weil er dich so lange verleugnet hat; oder auch Paris, weil sie all die Jahre auf großem Fuß leben konnte, während du in bescheidenen Verhältnissen aufwachsen mußtest.«

Sloan mußte ihm insgeheim recht geben und fühlte sich schon etwas besser.

Paul beobachtete kurz, wie Paris stehenblieb, um höflich mit ein paar Mitgliedern der Untersuchungskommission zu sprechen und ihnen kalte Getränke anzubieten; dann wandte er sich wieder Sloan zu und schenkte ihr ein aufmunterndes Lächeln. »Nun, die Sache würde nur anders liegen, wenn Edith dich in ihrem Testament bedacht hätte.«

Sloan lächelte wehmütig in Erinnerung an das Gespräch mit der alten Dame. »Das wollte sie auch. Sie ließ mich vor einigen Tagen ins Sonnenzimmer rufen, um mir ein paar Familienschmuckstücke zu schenken. Bei dieser Gelegenheit hat sie auch darüber gesprochen, daß sie ihr Testament ändern will. Ich weigerte mich, ihr Geschenk anzunehmen und wollte auch nicht mit ihr über dieses Thema sprechen.«

Pauls Lächeln verschwand aus seinem Gesicht. »Hast du dieses Gespräch Paris gegenüber erwähnt?«

»Ich glaube nicht... oder ja, natürlich. Wir haben später beim Lunch darüber gesprochen.«

Sein Gesichtsausdruck verhärtete sich, und er sah wieder zu Paris hinüber. In seinem Blick lag Mißtrauen und sogar

Abscheu, als er nun einen leisen Fluch ausstieß. »*Verdammt*!«

»Du glaubst doch wohl nicht…« Sloan beschloß, den Gedanken lieber nicht zu Ende zu denken, und brach entsetzt ab.

Paul schien sie gar nicht zu hören, sondern sich ganz auf die Szene zu konzentrieren, die er gerade beobachtete. »Verdammt!« wiederholte er dann lauter.

»Aber das ist doch lächerlich, Paul!« Sloan packte seinen Arm und zwang ihn, den Blick von Paris abzuwenden und statt dessen sie anzusehen.

»Findest du?« fragte er mit beißendem Spott. »Du solltest damit aufhören, deiner Schwester gegenüber eine törichte Närrin zu sein, Sloan! Öffne die Augen und stelle dich der Wirklichkeit, wie sie nun mal ist: Paris wollte von Anfang nicht, daß du hierherkommst. Ich hatte nie den Mut, dir das zu sagen, aber ich wußte es von unserem Informanten.«

Sloan ließ sich durch diese Nachricht nicht aus der Ruhe bringen. »Das weiß ich doch schon lange. Edith hat es mir gesagt und mir auch den Grund dafür erklärt: Man hat Paris ihr ganzes Leben lang weisgemacht, daß meine Mutter und ich eine Art Abschaum der Gesellschaft sind. Natürlich wollte sie nicht, daß ich komme; aber sie änderte ihre Meinung schnell, nachdem sie mich kennengelernt hatte.«

»Ach ja?« höhnte er. »Paris hat nicht einmal einen Tag dafür gebraucht, um die Gefühle, die sie jahrelang gegen dich gehegt hatte, vollständig zu revidieren und sich innerhalb von vierundzwanzig Stunden in deine liebende große Schwester zu verwandeln. Kommt dir das nicht ein bißchen übertrieben vor?«

»Nein, durchaus nicht!«

»Dann überleg dir einmal folgendes: Dreißig Jahre lang war Paris die treue Sklavin deines Vaters und deiner Urgroßmutter, ohne jemals aufzumucken. Dann kommst du hier hereinmarschiert, und plötzlich entdeckt deine Uroma ihr Herz für dich und will dir einen Teil von Paris' Erbe vermachen. Doch du hast Paris nicht nur die Liebe und das Geld ihrer Urgroßmutter gestohlen, sondern auch ihren zukünftigen Ehemann. Nach all dem bist du immer noch davon überzeugt, daß

Paris dich nicht haßt? Und da wir schon beim Thema sind: Findest du es nicht etwas seltsam, daß die süße, liebe, schüchterne Paris gleichzeitig eine begeisterte Hobbypilotin ist?«

»Du verstehst sie nicht.«

»Du auch nicht«, gab er zurück. »Ein ganze Horde von Seelenklempnern hätte Schwierigkeiten herauszufinden, was wirklich in ihr vorgeht; und ich möchte gar nicht wissen, was sie in ihren Gutachten über sie schreiben würden.«

Sloan starrte ihn tief getroffen an. »Du haßt sie, nicht wahr?«

»Ob ich sie hasse?« Er lachte bitter. »Ich würde eher sagen, ich habe eine Heidenangst vor ihr.«

»Mein Gott, du scheinst sie für eine Hexe zu halten, und dabei dachte ich, ihr seid verliebt ineinander.«

»Sie ist entweder eine Hexe oder eine Heilige. Da ich nicht an Heilige glaube, scheint mir die Hexe wahrscheinlicher.«

Sloan schüttelte traurig den Kopf. »Ich hatte wirklich gedacht, du magst sie.« Sie sah ihn lange und prüfend an und suchte in seinem Gesicht nach Anhaltspunkten dafür, was er wirklich dachte. »Ich weiß, daß du nicht zu deinem Vergnügen hier bist, aber ich hatte oft das Gefühl, daß du in Paris' Gegenwart fröhlicher bist und sie mit einem fast zärtlichen Blick ansiehst.«

»Nun, es ist ja nicht gerade eine Qual, sie anzuschauen«, sagte Paul gereizt. »Sieh sie dir doch an!« Er wies mit dem Kopf auf Paris, die immer noch mit einem der Männer plauderte. »Sie ist schön, sie ist anmutig, sie hat Charme. Sie ist etwas scheu, bis man sie näher kennenlernt und sie vor deinen Augen aufblüht… Ich war ein Narr, zu denken, daß ich der Grund dafür sein könnte.«

Sloan wußte nun gar nicht mehr, was sie glauben sollte. Sie hatte sich bezüglich der Anziehungskraft zwischen Paul und Paris nicht getäuscht, und sie hätte sich darüber gefreut, wenn die Situation nicht so verfahren gewesen wäre. Doch aus irgendwelchen Gründen schien Paul seine Gefühle für Paris nicht wahrhaben zu wollen.

»Beantworte mir eine Frage, Paul«, bat sie ihn. »Was würdest du sagen, wenn sich herausstellte, daß du unrecht hast und Paris doch nicht so schlecht ist, wie du denkst?«

Pauls Augen streiften Paris, die gerade wieder ins Haus ging, mit einem kurzen, brennenden Blick. »Ich würde sagen, daß sie ein Wunder ist.«

Sloan lächelte zufrieden und stand auf. »Gut, dann sind wir uns ja einig.«

Er zuckte mit den Schultern. »Leider glaube ich aber nicht an Wunder.«

Sloan schob ihre Hände in die Hintertaschen ihrer Hose und sah auf Paul hinunter. »Paris ist genau wie meine Mutter: Sie sind wie zwei kleine Weidenbäume. Sie scheinen zart und zerbrechlich, wenn der Wind sie ordentlich durchschüttelt, aber sie sind unzerstörbar. Sie würden es einfach nicht zulassen, daß jemand sie kaputtmacht. Irgendwie finden sie immer einen Grund, um weiterzuleben und das Leben auch noch zu lieben. Jeder hält sie für schwach und schutzbedürftig, und in gewisser Weise stimmt das auch. Aber wenn sich dann jemand vor sie stellt und sie zu schützen meint, merkt er gar nicht, daß in Wirklichkeit *sie ihn* beschützen. Meine Mutter war mir immer ein Rätsel, und bisher hatte ich noch nie jemanden getroffen, der so ist wie sie. Niemanden bis auf meine Schwester Paris.«

Paul sah sie fasziniert an und fragte sich, ob er ihr ehrlich sagen sollte, was er über ihre Worte dachte; schließlich entschied er sich dafür, es zu tun. »Du täuschst dich, Sloan«, sagte er ruhig. »Nicht Paris ist es, die so ist, sondern du selbst.«

Damit stand er auf und ging davon, während Sloan sprachlos und verwundert dastand und ihm nachsah.

»Mr. Richardson?« rief der Butler Paul zu, kurz nachdem er ins Haus getreten war. »Ich habe hier einen dringenden Anruf für Sie, aus Ihrem Büro.«

Paul eilte hinauf in sein Zimmer und nahm den Hörer ab. Er hatte diesen Anruf erst einen Tag später erwartet und war gespannt, was er zu bedeuten hatte.

Kurz darauf teilte der FBI-Mann am anderen Ende der Leitung Paul in verschlüsselten Worten mit, daß der Bundesrichter soeben einen Durchsuchungsbefehl für Maitlands Schiffe unterzeichnet hatte. »Tut mir leid, daß ich dich im Urlaub stören muß, aber wir haben große Neuigkeiten: Der Kunde hat den Vertrag unterschrieben. Ich halte ihn bereits hier in meiner Hand. Willst du bis morgen warten, um ihn gegenzuzeichnen, oder soll ich ihn dir noch heute überbringen?«

»Ich will ihn auf jeden Fall noch heute haben. Die Reynolds' werden mich nicht vermissen, wenn ich mich für eine Weile verabschiede. In der Familie hat es einen Todesfall gegeben.«

»Ich habe davon gehört. Wie traurig.« Der Mann schwieg einen Moment, um sein gespieltes Mitgefühl auszudrücken. Dann fragte er Paul wiederum in verschlüsselten Worten, ob nur das FBI bei der Durchsuchung dabeisein sollte oder auch die Küstenwache und die Spezialeinheiten der Polizei, die für den Schmuggel von Alkohol, Drogen oder Waffen zuständig waren. »Da sind noch ein paar Einzelheiten bezüglich der Gruppenversicherungspolice, über die ich mir nicht sicher bin. Willst du eine Ausschlußklausel für Raucher drinhaben?«

»Du kannst sie ruhig mit reinnehmen.«

»Was ist mit der Deckung bei Unfalltod?«

»Nimm sie auch dazu. Das macht die Police zu einem lückenlosen, soliden Paket. Wie bald kannst du die Papiere fertig haben?«

»Wir haben schon alles vorbereitet, in der Hoffnung, daß der Kunde den Vertrag unterschreiben würde. Wenn ich mich beeile, kann ich in ein bis zwei Stunden aufbrechen.«

»Tu dein Möglichstes. Ich treffe dich am vereinbarten Ort und führe dich dann persönlich herum. Je mehr Tageslicht wir noch haben, desto besser.«

Als das Gespräch beendet war, legte Paul den Hörer auf die Gabel und atmete erleichtert auf.

39

Sloan zog es vor, persönlich zu Noah hinüberzugehen, statt ihn zurückzurufen. Sie hatte ihm etwas Wichtiges zu sagen und wollte das nicht am Telefon erledigen.

Courtney ging inzwischen in Palm Beach auf eine Privatschule, und so war es Douglas, der Sloan die Tür öffnete. Nachdem er sie herzlich umarmt und ihr sein Beileid für Ediths Tod ausgesprochen hatte, sagte er: »Noah ist oben in seinem Büro; er wird sehr froh sein, dich zu sehen.« Dann zog er sie vertraulich auf die Seite und fügte hinzu: »Er führt sich auf wie ein Tiger im Käfig, weil er heute morgen nicht mit dir sprechen konnte und nicht weiß, wie es dir geht.«

Sloan ging schnell die Treppe hinauf und winkte im Vorbeigehen Mrs. Snowden zu, die in einem kleineren Büro neben dem von Noah saß.

Noah schien zwar gerade ein ziemlich wichtiges Telefongespräch zu führen, doch als er aufblickte und Sloan auf der Türschwelle stehen sah, brach er es abrupt ab und versprach, sich später wieder zu melden. Dann stand er hastig auf, ging um seinen Schreibtisch herum und schloß Sloan erleichtert in die Arme. »Ich habe mir solche Sorgen um dich gemacht. Wie geht es dir denn, mein Liebling?«

»Ich bin okay«, flüsterte Sloan und schmiegte ihre Wange an seine vertraute Brust. Er hatte sie »Liebling« genannt, und die Süße dieses Wortes wie die Zärtlichkeit in seiner Stimme rührten sie so sehr, daß sie beinahe in Tränen ausbrach.

»Hat die Polizei drüben schon etwas Wichtiges gefunden?«

»Wichtig ist wohl eher, was sie *nicht* gefunden hat«, sagte Sloan, indem sie widerstrebend ihr Gesicht von seiner Brust hob und zu ihm aufsah.

Noah bemerkte besorgt, wie bleich sie war und daß in ihren blauen Augen Angst und Unruhe zu lesen waren. »Du kannst mir alles erzählen, wenn wir unten sind. Ich werde Claudine bitten, uns etwas zu essen zu machen. Mein Gott, du siehst ja aus wie ein Geist! Ich wünschte, du wärst heute nacht mit hierhergekommen und hättest zugelassen, daß wir uns um dich kümmern.«

Der Gedanke, daß jemand sich um sie kümmern wollte, war für Sloan genauso neu wie die Tatsache, »Liebling« genannt zu werden, und all dies erfüllte sie mit tiefer Dankbarkeit.

Noah hatte den Arm um ihre Taille gelegt, während sie nach unten gingen. »Ich muß unter vier Augen mit dir sprechen und möchte nicht, daß Douglas dabei ist«, sagte Sloan. Er nickte und führte sie in das riesige Wohnzimmer mit der hohen Decke und dem hellen Marmorboden. Seine bis zum Boden reichenden Fenster gaben den Blick auf die Rasenfläche an der Vorderfront des Hauses frei, auf der ein Springbrunnen seine Fontänen über einen großen bronzenen Fisch ergoß. Trotz ihrer Angespanntheit bemerkte Sloan, wie luftig und hell Noahs Haus im Gegensatz zu dem von Carter war.

»Es wurde gestern abend so gut wie nichts gestohlen«, begann sie, nachdem Noah Claudine um die Zubereitung eines Lunchs gebeten und neben Sloan auf dem Sofa Platz genommen hatte, wo er ihr nun seine volle Aufmerksamkeit schenkte.

»Offensichtlich wollte der Mörder uns nur glauben machen, daß es sich um einen Einbruch handelt«, fuhr Sloan fort. »Der Großteil des zerbrochenen Glases lag außerhalb des Hauses, was bedeutet, daß das Fenster von innen eingeschlagen wurde. An Ediths Hand fehlt zwar ein Ring, aber sie trug noch einen weiteren Ring und eine Brosche, die beide noch da sind. Alles deutet darauf hin, daß es sich um einen geplanten Mord handelt, Noah.«

»Bist du sicher?« fragte er mit gerunzelter Stirn.

Sloan hob resigniert die Schultern und fragte sich vergeblich, wer Edith ermorden hätte wollen. »So sicher man sein kann, solange das Geständnis des Schuldigen noch nicht vorliegt.«

»Ich kann es kaum glauben. Edith ist doch kaum ausgegangen und hatte daher so gut wie keine Gelegenheit, sich Feinde zu machen. Wer könnte sie denn nur umbringen wollen?«

Sloan atmete tief durch und sah ihm gerade in die Augen. »Ich glaube, daß die Polizei mich als allererste verdächtigen wird.«

»Dich?« sagte er mit einem Lachen. »Dich?« wiederholte er dann nachdenklicher. »Wieso in Himmels Namen sollte jemand annehmen, daß du sie töten willst oder daß du überhaupt zu irgendeiner Art von Gewalt fähig bist?«

Sloan war sehr wohl gewohnt, mit Gewalt umzugehen, aber das konnte sie ihm nicht sagen. Statt dessen erklärte sie ihm kurz, wieso die Polizei sie verdächtigen würde. Während Noah ihr schweigend zuhörte, verschwand langsam das Lächeln von seinen Lippen. Sloan bemerkte erleichtert, daß er sich keinerlei Illusionen über die mögliche Willkür der Gesetzesmaschinerie machte und sie daher nicht davon zu überzeugen suchte, sich keine Sorgen zu machen, weil sie schlicht und einfach unschuldig war. Statt dessen reagierte er so schnell und effizient, daß sie nur staunen konnte.

Sobald Sloan mit ihrem Bericht zu Ende war, wandte sich Noah über die Gegensprechanlage an Mrs. Snowden. »Treiben Sie mir bitte Robbins auf, wo immer er auch sein mag, und rufen Sie dann Kirsh an. Er ist zur Zeit hier in der Stadt und wohnt im Windsor.«

Als Sloan ihn fragend ansah, erklärte er: »Robbins ist mein Sicherheitsbeauftragter, und Kirsh ist einer der besten Strafverteidiger in Florida. Er wohnt in meinem Hotel.«

Sloans Augen weiteten sich vor Staunen. »Kenneth Kirsh?«

»Genau der«, sagte Noah mit einem beruhigenden Lächeln.

Innerhalb kürzester Zeit rief Mrs. Snowden zurück, daß sie Kirsh am Apparat habe, und Noah nahm den Hörer auf und bat ihn in knappen Worten, zu ihm zu kommen. Er hatte kaum aufgelegt, als Mrs. Snowden schon wieder anrief, daß jetzt auch Robbins in der Leitung sei.

»Wo bist du?« fragte Noah, nachdem Robbins sich gemeldet hatte. Dann hörte er eine Weile schweigend zu und sagte schließlich: »Gut. Du kannst also in zwei Stunden hier sein.« Nach einer weiteren Pause setzte er in einem Ton, der keine Widerrede zuließ, hinzu: »Das hier ist wichtiger.«

Kenneth Kirsh war etwas kleiner, als Sloan gedacht hatte. Sie kannte ihn nur aus dem Fernsehen und wußte, daß er für Polizei und Staatsanwälte eine Geißel war, da er fast jeden Prozeß gewann. Ihr erschien er jedoch im Moment wie ein rettender Engel.

Er hörte aufmerksam zu, während sie ihm alles erzählte, was sie über den Tod ihrer Urgroßmutter wußte und was sie für sich selbst befürchtete. Kirsh hielt ihre Angst zwar für begründet, beruhigte sie aber ebenso wie zuvor Paul mit der Tatsache, daß sie durch Ediths Tod in finanzieller Hinsicht nichts zu gewinnen hatte.

»Ich nehme an, daß Sie sich in der Vergangenheit keines Gewaltverbrechens schuldig gemacht haben?« fragte er sie schließlich halb im Scherz, und als Sloan dies bestätigte, händigte er ihr mit einem Lächeln seine Karte aus. »Rufen Sie mich an, wenn die Polizei Sie verhören will.« Dann schüttelte er Noah die Hand und sagte mit einem Grinsen: »Danke, daß Sie gleich an mich gedacht haben. Ich fühle mich sehr geschmeichelt.«

Sloan konstatierte mit größtem Erstaunen, daß der arrogante Kenneth Kirsh sich geschmeichelt fühlte, seinen Urlaub für einen geschäftlichen Besuch in Noahs Haus unterbrechen zu müssen. Nach einem Blick auf ihre Uhr wandte sie sich jedoch eilig an Noah. »Ich muß zurück nach Hause, da ich Paris nicht so lange allein lassen will. Carter hat die Beerdigungsformalitäten übernommen, aber auch Paris hat alle Hände voll zu tun, und sie scheint mir nicht mehr lange durchzuhalten.«

»Ich will noch ein paar Anrufe erledigen, um sicherzugehen, daß wir auf alle Eventualitäten vorbereitet sind. Daher werde ich dich diesmal nicht begleiten«, sagte Noah, während er sie in seine Arme zog und ihr einen Kuß gab.

»Ich denke, ich werde den Weg schon allein finden«, erwiderte Sloan und versuchte zu lächeln.

»Daran zweifle ich nicht, aber trotzdem lasse ich dich nur ungern gehen«, sagte er mit einem langen und zärtlichen Blick. »Ich mag es, dich nach Hause zu begleiten. Am liebsten würde ich deine Bücher für dich tragen und dir nach der Schule die Hausaufgaben vorbeibringen.«

Als Sloan ihn nur verwirrt ansah, küßte er sie nochmals und erklärte dann verschmitzt: »Ich komme mir vor wie ein Schuljunge, der zum ersten Mal verliebt ist.«

Verliebt? Sloan forschte lange in seinem dunklen Gesicht, und als sie das Strahlen in seinen Augen und das hingebungsvolle Lächeln auf seinen schönen Lippen sah, wußte sie, daß er es ernst meinte. Sie sahen sich lange schweigend an, und Noahs Blick verriet ihr, daß sie ihn richtig verstanden hatte.

40

»Das muß ja ein verdammt wichtiger Notfall sein, wenn du mich deswegen von dem Job in Atlanta abkommandierst«, sagte Jack Robbins, als er zwei Stunden später die Tür von Noahs Büro hinter sich zuzog. »Was ist los?«

Noah sah zu dem stämmigen, energiegeladenen Mann auf, der für seine persönliche Sicherheit bei seinen Unternehmungen in aller Welt zuständig war. Wie viele der Männer, die hochkarätigen Klienten ihre Beschützerdienste zur Verfügung stellten, war Robbins ein ehemaliger FBI-Agent. Mit seinen fünfzig Jahren wirkte er eher wie ein sympathischer, lässiger und sportlicher Geschäftsmann. Hinter diesem harmlosen Image verbarg sich jedoch ein knallharter und zäher Draufgänger, den man sich besser nicht zum Feind machte. Noah betrachtete ihn als eine seiner erfolgreichsten Geschäftsverbindungen. Überdies war er der einzige seiner Angestellten, dem er auch erlaubte, sein Freund zu sein.

»Ich bin mir nicht sicher, was los ist«, erwiderte Noah und lehnte sich in seinem Stuhl zurück. »Wahrscheinlich ist die Sache halb so schlimm, aber ich will sichergehen, daß es dabei bleibt. Hast du davon gehört, daß Edith Reynolds gestern abend umgebracht wurde?«

»Ja. Es war in allen Nachrichten, und soweit ich es verstanden habe, handelte es sich um einen verpatzten Einbruch.«

»So schien es zunächst, aber ich glaube nicht, daß diese Version stimmt.« Noah erzählte ihm, was er von Sloan über die polizeilichen Ermittlungen erfahren hatte. Als er mit seinem Bericht zu Ende war, sagte er: »Die Polizei wird sich jemanden herauspicken, der Zugang zum Haus hatte und zur Tatzeit in der Nähe war.«

Robbins runzelte verwirrt die Stirn. »Du wirst doch wohl nicht ernsthaft annehmen, daß sie dich als Verdächtigen in Betracht ziehen könnten?«

»Es wäre mir scheißegal, wenn sie das täten.«

»Warum bin ich dann hier?«

»Ich will nicht, daß sie Sloan verdächtigen.«

Robbins sah seinen Auftraggeber lange an und schwieg; dann begann er plötzlich zu grinsen. »So ist das also?«

Er hatte erwartet, daß Noah seine Bemerkung entweder entschlossen zurückweisen oder aber ignorieren würde. Stattdessen nickte Noah und sagte mit einem Lächeln: »Ja, so ist das.«

Robbins grinste noch breiter und stieß einen Pfiff aus. »Ich glaube es einfach nicht.«

»Das kannst du halten, wie du willst. Ich will jedenfalls sichergehen, daß sie den wirklichen Mörder finden, statt sich mit Sloan zufriedenzugeben, weil sie hier die Außenseiterin ist. Morde geschehen in Palm Beach nicht besonders häufig, und die Cops sind es nicht gewöhnt, damit umzugehen.«

»Wenn Sloan Reynolds von der alten Dame eine Erbschaft zu erwarten hatte, wird die Wahl der Polizei automatisch auf sie fallen, egal ob die Leute nun unerfahren sind oder nicht.«

»Dann laß uns ihnen dabei helfen, eine bessere Wahl zu treffen.« Noah schob Robbins eine von Sloan angefertigte Liste zu. »Das sind die Namen der Leute, die an jenem Tag und vor allem am Abend im Haus waren. Einer von ihnen hat Edith entweder selbst getötet oder ihren Mörder hereingelassen. Nutze deine Verbindungen, und geh sie auch im Computer durch. Einer von ihnen muß der Schuldige sein, und du wirst ihn finden, wenn du nur lange genug gräbst. Ich mache mir Sorgen, daß die Polizei gar nicht weitergraben, sondern ohne viel Federlesens Sloan zum Sündenbock erklären wird. Ich will, daß du so lange suchst, bis du etwas findest, und ich will, daß du es schnell erledigst.« Als Jack nicht sofort aufstand und sich ans Werk machte, fügte er hinzu: »Noch Fragen?«

»Ja, eine«, sagte sein Freund mit einem Grinsen. »Hast du vielleicht ein Foto von dieser Frau?«

Noah hatte den Grund seiner Frage falsch verstanden. »Ich will nicht, daß du Sloan überprüfst«, sagte er ungeduldig. »Du sollst dich vielmehr um die anderen kümmern. Sloan könnte keiner Fliege was zuleide tun. Meine Güte, sie hat panische Angst vor Waffen, selbst wenn sie sicher verwahrt sind.«

»Ich habe ja gar nicht vor, sie zu überprüfen, sondern will nur einen Eindruck von der Frau bekommen, die dir so unter die Haut geht.«

»Sei nicht so neugierig, und mach dich an die Arbeit. Wir müssen verhindern, daß Sloans Name als mögliche Verdächtige in die Hände der Presse gelangt.« Nichtsdestotrotz verspürte Noah das plötzliche Bedürfnis, seinem Freund die Frau zu zeigen, die er liebte, und so griff er ein wenig zögernd in seine Schreibtischschublade. »Andererseits«, meinte er, während Robbins aufstand, »will ich auch nicht, daß deine Neugierde dich von deiner Arbeit ablenkt.« Damit schob er ihm einen Zeitungsartikel über Sloans Party über den Schreibtisch, der auch ein Foto enthielt, auf dem Sloan mit ihrem Vater im Vordergrund stand.

»Eine Blonde, hm?« scherzte Jack. »Ich dachte, du stehst eher auf Brünette.«

»Ich mag dieses Blond.«

»Woher kommt sie?«

»Aus Bell Harbor. Sie ist Innenarchitektin.«

»Nun, ich muß zugeben, daß sie toll aussieht«, sagte Jack bewundernd. »Wie ich sehe, hat auch der alte Gauner von Senator Meade die Party mit seiner Anwesenheit beehrt?«

»Sicher. Er und Carter haben einander immer gegenseitig aus der Patsche geholfen«, erwiderte Noah. Jack hatte ihm aber gar nicht zugehört, sondern wies mit einem fragenden Gesichtsausdruck auf ein tanzendes Paar im Hintergrund des Fotos.

»Das ist Paris, Sloans Schwester.«

»Ich kenne Paris. Aber wer ist der Typ, mit dem sie da tanzt?«

»Ein Freund von Sloan, der mit ihr nach Palm Beach kam, um ihr bei dem ersten Treffen mit ihrer Familie seine moralische Unterstützung anzubieten. Er ist im Versicherungsgeschäft tätig.«

»Wie heißt er?«

»Paul Richardson. Warum fragst du?«

»Ich weiß es selbst nicht. Er kommt mir irgendwie bekannt vor.«

»Vielleicht hat er dir irgendwann mal eine Versicherung verkauft. Du solltest ihn ebenso überprüfen wie die anderen Personen auf der Liste.«

»Geht in Ordnung.«

»Mrs. Snowden wird dir dein Zimmer zeigen. Brauchst du einen Computer?«

»Nein.« Jack hob seine Aktentasche, in der sich auch sein Laptop befand. »Ich verlasse nie das Haus, ohne das Ding hier bei mir zu haben.«

41

Andy Cagle fläzte sich zufrieden in den Beifahrersitz, während Dennis Flynn den Motor startete und aus der Einfahrt von Grant Wilsons Haus fuhr. Der Notar war wegen einer gerichtlichen Testamentsbestätigung aufgehalten worden, und sie hatten in seinem Büro geschlagene zwei Stunden auf ihn warten müssen, bevor er endlich zurückgekehrt war. Danach hatte es sie noch harte Überzeugungsarbeit gekostet, ihm klarzumachen, daß er sich höchstwahrscheinlich im Besitz eines wichtigen Beweisstückes in der Mordsache Edith Reynolds befand.

Es war die Mühe wert gewesen. Was sie schließlich entdeckt hatten, hatte sie in einen nahezu euphorischen Zustand versetzt, da der Aufklärung des Falles nun so gut wie nichts mehr im Wege zu stehen schien.

»Ich wage es kaum zu glauben«, sagte Flynn. »Was denkst du: Wieso hat Edith Reynolds Carter nicht gesagt, daß sie ihr Testament geändert und Sloan als Miterbin eingesetzt hat?«

»Ich weiß es nicht. Vielleicht dachte sie, daß er was dagegen hat. Oder sie war davon überzeugt, daß es ihn nichts anging. Vielleicht hatte sie aber auch schlicht und einfach keine Gelegenheit mehr, es ihm zu sagen.«

»Ist ja auch egal«, meinte Flynn mit einem Grinsen. »Das einzig Wichtige für uns ist, daß Edith Wilson versichert hat, ihre Testamentsänderung mit Sloan besprochen zu haben.«

Cagle schob seine Brille hoch und lehnte sich selbstzufrieden zurück. »Stimmt. Und um ganz sicherzugehen, daß ihre Uroma ihre Absichten nach Sloans Abreise nicht wieder ändern würde, hat sie sie so schnell wie möglich ins Jenseits befördert.«

Flynn nickte. »Wir haben also ein überzeugendes Motiv. Sollen wir sie gleich verhaften und ihr beim Verhör die weiteren Details aus der Nase ziehen, oder sollen wir zuvor unser

Team im Haus verständigen? Unsere Leute könnten erst noch ihr Zimmer durchsuchen und eventuell weitere Beweise entdecken.«

»Ich finde, wir sollten die Frau für den Moment in Ruhe lassen und sehen, worauf wir sonst noch stoßen.«

Flynn griff nach seinem Handy und rief Lieutenant Fineman an, um ihm die letzten Entwicklungen mitzuteilen.

Als Flynn das Gespräch gerade beenden wollte, fiel Cagle noch etwas ein. »Bitte die Jungs, die Sträucher an der Nordseite des Hauses bis hinunter zum Strand noch zu durchsuchen. Maitland sagte, daß Sloan aus nördlicher Richtung kam, als er sie spät am Abend getroffen hat. Sie war wahrscheinlich nicht so dumm, die Waffe in ihrem Koffer oder an sonst einem Ort zu verstecken, an dem wir sie leicht finden können. Und sag ihnen auch, daß Sloan Reynolds unter keinen Umständen mitbekommen darf, daß wir hinter ihr her sind. Ich will nicht, daß sie die Waffe aus ihrem Versteck holt und woanders verschwinden läßt.«

Flynn gab Cagles Anweisungen an Fineman weiter und machte dann selbst noch einen Vorschlag. »Laßt euch etwas einfallen, um das Mädchen beschäftigt zu halten. Sie könnte ja einen schriftlichen Bericht über den Abend anfertigen oder so was.« Damit hängte er auf. »Jetzt aber auf zum Captain! Der Mann wird drei Kreuze schlagen vor Erleichterung«, sagte er hämisch. »Wenn die Waffe bald gefunden wird, wird Hocklin noch Zeit für eine kleine Schönheitskur haben, bevor er der Nation im Fernsehen entgegentritt.«

Die Nachricht von der unerwartet schnellen Lösung des Mordfalls Reynolds verbreitete sich auf dem Polizeirevier wie ein Lauffeuer und versetzte das ganze Revier in Hochstimmung.

»Schwein gehabt, Jungs«, scherzte ein Sergeant, als er seinen Kollegen Cagle und Flynn im Flur begegnete.

»Ich gratuliere«, sagte Hank, während er einen Papierstapel mit den Daten der Leute auf der Namensliste auf Andy Cagles Schreibtisch legte. »Die werdet ihr dann wohl gar nicht mehr brauchen.«

Cagle ging die Papiere durch und zog den einzigen Bericht daraus hervor, der ihn wirklich interessierte, während Flynn gerade einen Anruf in Empfang nahm. »Wir sind sofort da!« sagte Flynn einen Moment später, schoß aus seinem Stuhl hoch und griff nach seiner Jacke. »Sie haben die Mordwaffe gefunden«, teilte er Cagle mit. »Es handelt sich um eine Neun-Millimeter-Glock, und aus dem Magazin fehlt eine Kugel. Wir brauchen sofort einen Haftbefehl.«

Cagle war ebenfalls aufgesprungen und hatte seine Jacke schon übergezogen. »Wo haben sie sie entdeckt?«

»Du wirst es nicht glauben, wie bescheuert das Mädchen ist«, erwiderte Flynn kopfschüttelnd. »Sie hat sie unter ihre Matratze gestopft. Als ob wir nicht auf die Idee kommen würden, dort zu suchen.«

42

Sloan saß mit Paris im Speisezimmer und versuchte gerade, einen ausführlichen Bericht über die Ereignisse des Vorabends zu erstellen, wenngleich ihr dies wie eine absurde Zeitvergeudung vorkam. Paris war indessen mit dem Entgegennehmen der zahllosen entsetzten Anrufe von Freunden und Verwandten der Familie beschäftigt. Draußen im Gang stand Lieutenant Fineman und sprach leise mit einem seiner Mitarbeiter. Als es am Vordereingang klingelte und Nordstrom sich auf den Weg zur Tür machte, sah Sloan hoch. Einen Moment später erschienen die Detectives Cagle und Flynn schon mit eiligen Schritten im Speisezimmer und bauten sich bedrohlich vor ihr auf.

Als Sloan den kalten, entschlossenen Ausdruck auf ihren Gesichtern sah, wußte sie sofort, warum sie gekommen waren, und ließ ihren Stift aus den Fingern gleiten.

»Sloan Reynolds«, sagte Flynn, indem er sie von ihrem Stuhl hochzog und sie mit dem Gesicht zur Wand drehte. »Wir haben Grund zur Annahme, daß Sie des Mordes an Edith Reynolds schuldig sind.« Er bog ihr die Arme auf den Rücken und legte ihr Handschellen an. »Sie haben das Recht, die Aussage zu verweigern …«

»Nein!« schrie Paris, die vor Schreck ihre Hände ineinander verkrampft hatte und leicht schwankte, als sei sie im Begriff, ohnmächtig zu werden. »Nein …«

»Es handelt sich um einen Irrtum«, konnte ihr Sloan nur noch über die Schulter hinweg versichern, während die beiden Beamten sie schnell hinausführten. »Es ist alles ein Irrtum. Alles wird wieder in Ordnung kommen.«

Draußen wurde sie ohne weitere Erklärungen auf den Rücksitz des bereits mit laufendem Motor wartenden Streifenwagens geschoben, während Cagle und Flynn vorne Platz nahmen und losfuhren. Auf der Straße hatten noch in der Nacht zahllose Pressereporter ihr Lager aufgeschlagen, die in helle Aufregung gerieten, als sie entdeckten, daß jemand aus dem Haus geführt wurde. Nur mit Mühe konnte sich der Einsatzwagen einen Weg durch die mit Kameras bewaffneten Männer und Frauen bahnen, die wie eine Horde Wilder über die Wagenfenster herfielen und ein wahres Blitzlichtgewitter entfachten.

Wenig später drehte sich Andy Cagle, der den Wagen fuhr, zu Sloan um und sah sie an, als habe sie eine ansteckende Krankheit. »Möchten Sie jetzt schon sprechen, oder wollen Sie noch warten, bis wir auf dem Revier Ihre Personalien aufgenommen haben?«

Sloan lag schon der Satz »*Sie machen einen schweren Fehler*« auf der Zunge, doch sie schluckte ihn schnell hinunter, da er ihr einfach zu banal vorkam. Sie hatte ihn unzählige Male gehört. Genaugenommen hatte so gut wie jeder Missetäter, den sie jemals verhaftet hatte, ihn ausgesprochen, und sie hätte es nicht ertragen, ihn nun von sich selbst zu hören.

Als sie an Noahs Haus vorbeifuhren, sah sie den Springbrunnen mit dem Fisch hinter dem Tor seine sprudelnden Fontänen werfen und fragte sich unwillkürlich, wie lange es dauern würde, bis Noah von ihrer Verhaftung erfuhr.

Paul hatte Carters Haus wegen einer wichtigen Besorgung verlassen und nur gesagt, daß er »später« zurücksein würde. Cagle und Flynn hatten offensichtlich nicht vor, sie schon vor der Aufnahme ihrer Personalien und den weiteren polizeiüblichen Formalitäten zu verhören, und sie war wütend darüber, daß sie wahrscheinlich die ganze aufreibende Prozedur durchlaufen würde müssen, bevor Paul Kontakt mit ihr aufnahm. Es bereitete ihr nicht das geringste Vergnügen, daß man ihre Fingerabdrücke nehmen und sie mit einem verdammten Nummernschild vor ihrer Brust fotografieren würde. All dies war nicht Teil der Abmachung gewesen, als sie eingewilligt hatte, nach Palm Beach mitzukommen.

Es war ihr völlig unverständlich, daß Flynn und Cagle offensichtlich von ihrer Schuld überzeugt waren, ohne sie überhaupt verhört zu haben. Während sie noch nach einem Grund suchte, der sie hierzu berechtigte, erinnerte Cagle sie an seine immer noch unbeantwortet im Raum stehende Frage. »Bedeutet Ihr Schweigen, daß Sie lieber erst die Formalitäten erledigen möchten?«

»Nein«, sagte Sloan so ruhig wie möglich. »Mein Schweigen bedeutet, daß ich auf eine Erklärung dafür warte, wieso Sie mich ohne jeden Beweis verhaftet haben.«

Da Cagle gerade mit dem Straßenverkehr beschäftigt war, übernahm der auf dem Beifahrersitz sitzende Flynn das Gespräch. »Nun, wie kommen Sie denn auf den Gedanken, daß wir ohne Beweise so böse Dinge tun, wie Sie zu verhaften?«

Die hämische Arroganz in seiner Stimme ließ in Sloan für einen kurzen Moment den sehnsüchtigen Wunsch aufsteigen, ihm einen kräftigen Faustschlag zu versetzen. »Sie können gar keine Beweise haben, und zwar aus einem sehr einfachen Grund: Ich habe das Verbrechen nicht begangen.«

»Lassen Sie uns diese kleine Unterhaltung für später aufsparen, wenn wir uns dabei in die Augen sehen können«, erwiderte nun Cagle und trat aufs Gaspedal, um an einem Laster vorbeizufahren.

Der Haupteingang des Polizeigebäudes war von einem Mob von Fernseh- und Zeitungsreportern umstellt, und Sloan war sich sicher, daß Cagle und Flynn einen guten Grund hatten, wieso sie nicht einen der Hintereingänge wählten: Sie wollten der Presse ihre Beute vorführen, um ihren Erfolg schnell in der Öffentlichkeit verbreitet zu wissen.

Als Sloan einfiel, daß wahrscheinlich auch ihre Mutter in den Abendnachrichten von ihrer Verhaftung erfahren und die Bilder von ihrer Einlieferung ins Gefängnis sehen würde, wurde sie von nacktem Entsetzen gepackt. Noch schockierter aber war sie, als Flynn und Cagle sich wenig später mit ihr in einen Raum setzten und ihr eine Plastiktüte mit ihrer Dienstpistole über den Tisch zuschoben. »Erkennen Sie die wieder?«

Sloan war zunächst sprachlos, doch nachdem sie sich einigermaßen von dem ersten Schrecken erholt hatte und ihr Kopf wieder zu arbeiten begann, war sie fast erleichtert, daß sich ihre Verhaftung offenbar nur auf den Besitz dieser Waffe gründete. Sie wollte ihnen gerade sagen, daß die Waffe ihr gehörte und sie einen Waffenschein besaß, als Flynn ihr harsch das Wort abschnitt. »Raten Sie mal, wo wir sie gefunden haben: unter Ihrer Matratze! Und nun möchten wir von Ihnen wissen, wie sie dahingekommen ist.«

Sie hatte aber die Waffe in einem viel besseren Versteck verborgen als unter einer Matratze, und noch an diesem Morgen hatte sie sich versichert, daß sie noch dort lag. Verblüfft lehnte sie sich nach vorn und starrte ihre Neun-Millimeter-Glock an, bevor sie schließlich stammelte: »Ich weiß nicht, wie sie dorthin gekommen ist... Ich habe sie jedenfalls nicht dort versteckt.«

Flynns Stimme wurde plötzlich warm und freundlich, wenngleich Sloan merkte, daß sein Mitgefühl nur gespielt war. »An Ihrer Stelle würde ich lieber noch mal gut nachdenken.« Er rückte sich auf seinem Stuhl zurecht und wandte sich an Cagle. »Wieso holst du Miss Reynolds nicht ein Glas Wasser?«

»Ich will kein Glas Wasser«, sagte Sloan verärgert, doch Cagle ignorierte sie und verließ den Raum. »Ich will eine Erklärung! Sie haben die Waffe also unter meiner Matratze gefunden?«

Flynn stieß ein brüllendes Gelächter aus. »Wofür halten Sie sich, Lady? Das ist ja wohl die Höhe! Ich erkläre Ihnen jetzt mal, wie die Sache hier läuft, Miss Reynolds: *Wir* stellen die Fragen, *Sie* geben die Antworten.«

In Sloans Kopf wirbelten die Gedanken panisch durcheinander, bis schließlich einer davon Form gewann. Ohne auf seine Belehrung einzugehen, fragte sie Flynn: »Wie viele Kugeln befanden sich in ihrem Magazin?«

»Neun. Eine Kugel fehlt. Ist das nicht ein hübscher Zufall? Und wollen Sie hören, was ich glaube? Ich glaube, daß unsere Ballistikspezialisten uns bald schon mitteilen werden, daß die Kugel, die Mrs. Reynolds getötet hat, aus dieser Waffe stammt.«

Während Sloan ihn fassungslos anstarrte, lief ihr eine Gänsehaut über den Rücken. Sie hatte am Morgen zwar nachgesehen, ob die Waffe noch an ihrem Platz war, doch sie hatte es nicht für nötig erachtet, auch zu kontrollieren, ob das Magazin noch voll war. »Oh, mein Gott!« flüsterte sie.

Andy Cagle war indessen in sein Büro gegangen, hatte an seinem Schreibtisch Platz genommen und ging nun die elektronisch ermittelten Daten über Sloan Reynolds durch. Schon bei ihrer Verhaftung hatte ihn irgend etwas an ihrer Reaktion gestört, und sein Gefühl hatte sich verstärkt, als sie über den Anblick der Waffe nicht besonders erstaunt gewesen war. Während er aufmerksam den Bericht durchsah, trat Captain Hocklin hinzu, der soeben eine kurze Presseerklärung über die Verhaftung von Sloan Reynolds wegen des Mordes an ihrer Urgroßmutter abgegeben hatte.

»Gute Arbeit, Andy«, sagte er und klopfte Cagle anerkennend auf die Schulter, blieb aber wie angewurzelt stehen, als dieser den Kopf hob und ihn verwirrt und erschrocken anstarrte. »Was ist denn los?« fragte Hocklin, der sofort das Schlimmste befürchtete, da Cagle sonst auch in kniffligen Situationen die Ruhe selbst war.

»Sie ist ein Cop«, sagte Cagle.

»Was?«

Cagle hielt die fünfunddreißig Seiten dicke Akte über Sloan Reynolds hoch und wiederholte: »Sie ist ein Cop.«

Hocklins erster Gedanke war, daß er wie ein vollständiger Narr dastehen würde, wenn er den Medien seinen Fehler eingestehen mußte. Nach einem Weilchen entspannte er sich aber ein wenig. »Na und? Cops verdienen nicht viel Kohle, und sie wollte eben ihren gerechten Anteil vom Erbe der alten Lady.«

»Vielleicht.«

»Hat sie abgestritten, daß die Glock ihr gehört?«

»Nein. Sie hat nur abgestritten, sie unter der Matratze versteckt zu haben. Wie auch immer, die Waffe ist unter ihrem Namen registriert. Sehen Sie sich das an.« Er zeigte Hocklin den Bericht.

Hocklin ignorierte sowohl Cagles Worte als auch den Bericht. »Sie hatte ein Motiv und eine Waffe; und sie hat kein Alibi. Nehmen Sie sie in Untersuchungshaft.«

»Ich glaube nicht...«

»Ich habe Ihnen einen Befehl erteilt.«

»Aber es könnte sein, daß wir einen Fehler machen.«

»Nehmen Sie sie in Untersuchungshaft! Falls sich herausstellen sollte, daß wir unrecht haben, werden wir uns bei ihr entschuldigen.«

Cagle starrte wütend auf Hocklins Rücken, als dieser ohne ein weiteres Wort das Büro verließ. Dann hievte er sich aus seinem Stuhl und ging zurück zu dem Raum, in dem Flynn mit Sloans Verhör beschäftigt war. »Entschuldigen Sie, bitte«, sagte er in mechanischem Tonfall zu Sloan und warf dann einen Blick auf Flynn, wobei er eine Kopfbewegung zur Tür machte. »Ich muß dich kurz draußen sprechen.«

Flynn war zu verwirrt, um sofort reagieren zu können. Sloan hatte jedoch sofort verstanden, was vor sich ging: In dem Moment, als Cagle sie angesehen und sich bei ihr entschuldigt hatte, hatte sie gewußt, daß er über ihr Geheimnis im Bilde war. Dem dicht bedruckten Papierstapel in seiner Hand nach zu urteilen, war er endlich auf die Idee gekommen, DBT nach ihr zu befragen, und hatte so ihre wahre Identität herausgefunden. Wenngleich sie dies auf gewisse Weise erleichterte, befand sie sich aber nach wie vor in einer Zwickmühle: Sie konnte ihnen immer noch nicht sagen, wieso sie sich als Innenarchitektin ausgegeben hatte und daß sie in Wirklichkeit für das FBI arbeitete.

Sloan hatte erwartet, daß Flynn und Cagle sie bei ihrer Rückkehr mit Samthandschuhen anfassen und nicht mehr wie eine Mörderin behandeln würden. Damit lag sie jedoch falsch.

»Miss Reynolds«, sagte Flynn kurz, »würden Sie bitte mit mir kommen?«

Sloan stand auf. Sie konnte noch nicht glauben, daß man sie einfach so ohne weiteres freilassen würde. »Wozu denn?«

»Sie kennen ja die Prozedur. Sie haben sie selbst schon oft genug mitgemacht, nur befanden Sie sich sonst immer auf der anderen Seite.«

»Haben Sie etwa vor, mich in Untersuchungshaft zu nehmen?« platzte sie wütend heraus. »Ohne mich um eine Erklärung zu bitten?«

Die beiden Polizisten sahen einander hilflos an. Cagle schob seine Brille hoch und stellte einen gleichzeitig dämlichen und zornigen Gesichtsausdruck zur Schau. »Wir werden Sie später um eine Erklärung bitten. Aber wenn ich Sie wäre, würde ich so schnell wie möglich meinen Anwalt verständigen. Bedanken Sie sich bitte nicht bei uns, sondern bei Captain Hocklin.«

Sloan war klar, was er damit meinte: Hocklin wollte sie als Verdächtige behalten, egal ob sie nun schuldig war oder nicht. Wahrscheinlich hatte er die Reporterschar draußen vor der Tür schon von ihrer Verhaftung benachrichtigt und wollte es nicht riskieren, das Gesicht zu verlieren.

Ohne ein weiteres Wort zu sagen, folgte sie Flynn und Cagle widerstandslos. Es war das vernünftigste, so schnell wie möglich Kirsh in seinem Hotel anzurufen und im Notfall Noah zu verständigen, falls sie den Anwalt dort nicht antraf. Paul zu kontaktieren machte im Moment noch keinen Sinn, weil er wahrscheinlich keinen Finger für sie rühren würde, bevor seine sechsunddreißig Stunden abgelaufen waren.

43

Jack Robbins lehnte sich in seinem Stuhl zurück und wartete, bis der Computer die Daten der Data Base Technologies geladen hatte, während seine Gedanken immer wieder zu dem Gesicht des Mannes auf dem Zeitungsausschnitt zurückkehrten, der ihm so seltsam bekannt vorgekommen war.

Er schüttelte den Kopf, um das Bild aus seinen Gedanken zu streichen. Dann beugte er sich vor und gab seine Anfrage nach Sloan Reynolds ein. Am unteren Rand des Bildschirms erschienen die Namen der Organisationen, die in diesem Moment die Datenbanken der DBT durchforschten.

Als er ihren Namen eingegeben hatte, hatte er nicht erwartet, irgend etwas Besonderes über sie herauszufinden, und ihre persönlichen Daten interessierten ihn kaum. Er machte einfach nur seinen Job, der darin bestand, Probleme aller Art von Noah Maitland fernzuhalten – und dafür erhielt er eine ansehnliche Stange Geld. Die Möglichkeit, daß die Frau, die einen so sanften Ausdruck in Noahs Gesicht und Stimme gezaubert hatte, unter Mordverdacht geriet, könnte ein sehr großes Problem werden.

DBT hatte sieben Personen mit dem Namen Sloan Reynolds gespeichert und auf der Suchmaske gleich deren Sozialversicherungsnummern und Wohnorte angegeben. Nur eine der Frauen lebte in Florida – Bell Harbor, Florida. Robbins klickte mit der Maus ihren Namen an und wartete, bis der Computer alle Daten geladen hatte. Dann ging er offline und speicherte die Daten auf seinem Laptop.

Der erste Teil der Informationen über Sloan Reynolds bestand aus allen ihren Adressen in den vergangenen zehn Jahren, den Schätzwerten der Häuser, in denen sie gelebt hatte, und den Namen aller ihrer ehemaligen Vermieter. Seit kurzem war sie nun selbst Besitzerin eines bescheidenen kleinen Hauses, dessen Hypothek noch nicht ganz abbezahlt war.

Der nächste Abschnitt listete die Namen der Personen auf, mit denen sie zusammengewohnt hatte oder die ihre Post an ihre Adresse hatten schicken lassen. Offensichtlich hatte sie nie – nicht einmal kurzzeitig – mit einem Mann zusammengelebt.

Robbins hielt die Page-Down-Taste einen Moment zu lange gedrückt, so daß das Bild zu einem späteren Abschnitt sprang, der die Namen und Telefonnummern aller ihrer Nachbarn an den diversen Adressen auflistete. Statt zu der Stelle zurückzukehren, bis zu der er gekommen war, arbeitete er sich nun langsam von hinten nach vorn vor: Seltsamerweise besaß sie kein Auto, war aber Eigentümerin eines billigen kleinen Boots. Sie war noch nie vor Gericht gestanden und hatte nie Konkurs angemeldet. Sie hatte sich weder in Straf- noch in Zivilsachen etwas zuschulden kommen lassen und war noch nicht mal in einen Autounfall verwickelt gewesen.

Sie war unglaublich sauber, dachte Jack, als er wieder zum obigen Abschnitt zurückkehrte. Sie war eine Heilige. Sie war ... Er sprang von seinem Stuhl auf und starrte auf den Bildschirm ...

... Sie war ein Cop!

Sie war keine Innenarchitektin, sondern Detective bei der Polizei von Bell Harbor! Und aus irgendeinem Grund hatte sie dies vor Noah verheimlicht.

Jack legte eine Diskette ein und speicherte die Daten darauf ab. Dann griff er zum Telefon und rief bei der Auskunft an, um die Nummer des Bell Harbor Police Departments zu erfragen; gleich im Anschluß wählte er die Nummer, die man ihm gegeben hatte.

»Detective Sloan Reynolds, bitte«, sagte er zu dem Mann am anderen Ende der Leitung.

»Sie ist bis nächste Woche im Urlaub. Kann Ihnen jemand anders weiterhelfen?«

Jack legte ohne ein weiteres Wort auf, griff nach der Diskette und eilte zu Noahs Büro, wo er im selben Moment wie

Mrs. Snowden ankam. Noahs ansonsten unerschütterliche Sekretärin schien ziemlich beunruhigt, als sie sich nun entgegen ihren Gewohnheiten an Jack vorbeidrängte und herausplatzte: »Mr. Maitland!«

Noah, der gerade in ein Telefongespräch mit dem Direktor einer Aeronautikgesellschaft in Frankreich vertieft war, warf ihr einen verärgerten Blick zu, von dem Mrs. Snowden sich jedoch nicht abschrecken ließ. »Mr. Maitland, es tut mir leid, daß ich Sie unterbrechen muß, aber Paris Reynolds ist auf Leitung zwei. Sie hat vorhin schon einmal angerufen und sagt, daß es sehr dringend sei.«

Noah verabschiedete sich abrupt von dem französischen Unternehmer und wollte gerade die Taste für Leitung zwei drücken, als Jack ihn zurückhielt. »Warte noch, Noah! Ich muß dir etwas sagen.«

Noah hielt mit ausgestrecktem Arm inne. »Was zum Teufel willst du denn? Hast du nicht ...«

»Sie ist ein Cop, Noah.«

In all den Jahren, die er für Noah Maitland arbeitete, hatte Jack es noch nie erlebt, daß sich sein Auftraggeber von seinen Gefühlen aus der Bahn bringen ließ. Je stärker der Druck, je größer das Desaster, desto mehr Schwung und Energie schien er zu entwickeln. Was für ein Problem er auch immer haben mochte, er gab niemals auf, bis es gelöst war. Jetzt jedoch starrte Noah ihn an, als habe er einen Geist vor sich. »Du bist ja verrückt«, sagte er endlich und wollte wieder auf die blinkende Taste drücken. »Sloan hat Angst vor Waffen.«

»Hör mir zu, Noah!« versetzte Jack scharf. »Sloan Reynolds ist Detective bei der Polizei von Bell Harbor. Ich weiß nicht, was sie im Schilde führt, aber sie will offensichtlich nicht, daß dies hier jemand erfährt.«

Ein wirres Durcheinander von Bildern blitzte in Noahs Gedächtnis auf: Sloan in Carters Garten, wie sie ihn durch eine geschickte Bewegung zu Boden wirft; Sloan, die Courtney ein paar Selbstverteidigungsgriffe beibringt; Sloan, wie sie einen Mörder verfolgt und sich dabei an Wänden entlangpirscht und Hindernisse überspringt wie eine anmutige Gazelle. Nein, nicht wie eine Gazelle, sondern wie ein *Cop*!

Ohne ein Wort der Erwiderung drückte Noah die Taste für Leitung zwei und nahm Paris' Anruf entgegen. »Wann haben sie sie mitgenommen? ... Gut, beruhige dich. Dein Vater ist verständlicherweise durcheinander und kann daher nicht klar denken ... Ich kümmere mich darum und rufe dich dann zurück.« Er legte auf und sah Jack mit völlig leerem Gesichtsausdruck an. »Wieso sollte sie mich belügen?«

Bevor Jack diesbezüglich Spekulationen anstellen konnte, erschien Mrs. Snowden wieder auf der Türschwelle. »Ross Halperin ist am Telefon. Er sagt, es sei ein Notfall.«

In diesem Moment kam auch noch Courtney ins Zimmer gerannt und stieß prompt mit Mrs. Snowden zusammen. »Sloan ist verhaftet worden!« rief sie und schaltete hastig den Fernseher an.

»Ich werde Halperins Anruf entgegennehmen«, sagte Jack und griff nach dem Telefon, um mit Noahs Rechtsberater zu sprechen. Als er wenig später den Hörer auflegte, sah er Noah fest an und teilte ihm mit knappen Worten mit: »Das FBI hat einen Durchsuchungsbefehl gegen dich ausgestellt. In diesem Moment sind die Leute vom FBI – zusammen mit der Küstenwache und diversen Spezialeinheiten – gerade dabei, deine Schiffe nach illegalen Waffen zu durchkämmen.«

Noah stand langsam auf und schüttelte ungläubig den Kopf. »*Was?* ... Aber wieso in aller Welt sollte sie mich belügen?«

Courtney stand immer noch vor dem Fernseher und fluchte gerade über die Fernsehwerbung, die die Nachrichtenübertragung unterbrach. »Noah, sieh nur!« rief sie dann aus, als die Berichte vom Tage fortgesetzt wurden.

»*Nicht nur wegen des Mordes an Edith Reynolds war heute ein harter Tag für die High Society von Palm Beach, Florida*«, verkündete der Nachrichtensprecher soeben. »*Vor knapp einer Stunde wurden auch noch zwei Yachten des Finanzmagnaten Noah Maitland vom FBI für eine Durchsuchung beschlagnahmt. Sehen Sie nun unseren Live-Bericht.*«

Jack erkannte den im Profil zu sehenden FBI-Agenten, der am Heck der *Apparition* stand, im selben Moment wie Noah.

»*Richardson*!« Der Name entfuhr Noah wie ein Fluch.

»Deine Sloan ist ein Cop, Noah«, sagte Jack scheinbar gelassen, »und ihr sauberer Freund hier ist ein FBI-Agent.«

»Courtney!« stieß Noah hervor. »Verlasse sofort das Zimmer.«

Sie warf einen ängstlichen Blick auf Noahs Gesicht und ging langsam rückwärts aus dem Büro. Trotz ihrer leichtzüngigen und oft respektlosen Bemerkungen über die Geschäfte ihres Bruders hatte sie niemals wirklich geglaubt, daß Noah etwas Schlimmes tat. »Sloan ist ein Cop?« fragte sie wie betäubt. »Und Paul ist vom FBI? Und sie beide wollen dir deine Yachten wegnehmen? Aber warum denn nur?«

Als er sich ihr nun zuwandte und sie schweigend anstarrte, zuckte ein Muskel an seinem angespannten Kiefer. Die soeben eintretende Mrs. Snowden übernahm es schließlich, das Mädchen aus Noahs Büro zu schieben, bevor sie mit einem zögerlichen Blick auf ihren Chef sagte: »Mr. Maitland – Sloan Reynolds ist am Telefon.« Dann ging auch sie wieder hinaus und schloß die Tür.

Noah starrte immer noch fassungslos auf den Fernseher, wo CNN Bilder von der Beschlagnahmung seines Eigentums zeigte. Dann ging er langsam zum Schreibtisch und nahm den Telefonhörer auf. Sloans Stimme klang etwas mitgenommen, aber relativ ruhig. »Noah, ich kann Mr. Kirsh in seinem Hotelzimmer nicht auftreiben. Man hat mich verhaftet.«

»Ach wirklich?« sagte Noah mit samtener Stimme. »Darfst du nur einen Anruf tätigen?«

»Ja ...«

»Das ist aber verdammt schlecht für dich, Detective Reynolds, denn du hast ihn leider vergeudet.« Damit knallte er den Hörer auf.

Noah schob seine Hände in die Taschen und beobachtete weiter, wie seine Schiffe einer gründlichen Inspektion unterzogen wurden. Nun erinnerte er sich auch an Sloans Reaktion, als sie die Waffen an Bord seiner Yacht gesehen hatte, und sah all die Fragen, die sie ihm darüber gestellt hatte, plötzlich in einem ganz anderen Licht. Nachdem sie ihn ausgiebig bespitzelt hatte, war sie mit in sein Schlafzimmer gekommen und seine Geliebte geworden. Sie hatten sich in jener

Nacht stundenlang geliebt – aber erst, nachdem sie ihm genügend Informationen aus der Nase gezogen hatte, damit ihr Komplize dem Bundesrichter einen Durchsuchungsbefehl entlocken konnte.

Er dachte mit Bitterkeit daran, wie er ihre Hand gehalten und ihr gestanden hatte, daß er verrückt nach ihr war, und wie er ihr anvertraut hatte, daß er sich wie ein frisch verliebter Schuljunge fühlte. »Schlampe!« sagte er laut.

Als die Nachrichten zu Ende waren, setzte er sich wieder an seinen Schreibtisch und begann zu handeln. Er bat Mrs. Snowden, vier Leute für ihn ans Telefon zu holen: Zwei von ihnen waren Rechtsanwälte, einer war ein pensionierter Bundesrichter, und der vierte war ein Richter des Obersten Gerichtshofs. Nachdem er mit den Anweisungen an seine Sekretärin fertig war, teilte er Jack mit, was er von ihm erwartete. »Hast du verstanden?« fragte er am Schluß barsch.

»Du kannst dich voll auf mich verlassen«, erwiderte Jack.

»Wenn ich mit diesem Hurensohn Richardson fertig bin«, stieß Noah zwischen den Zähnen hervor, »wird er nicht mal mehr als Verkehrspolizist einen Job bekommen!«

44

Paul prüfte, ob Maitlands Schiffe für die Nacht abgesichert und bewacht waren, und ging dann erschöpft zu seinem Mietwagen. Es war genau zehn Uhr abends, als er das Hafengelände verließ, und so schaltete er das Autoradio an, um die Abendnachrichten zu hören. »*Es war ein schwarzer Tag für zwei der angesehensten Familien von Palm Beach*«, sagte der Nachrichtensprecher in diesem Moment. »*Heute nachmittag wurde Sloan Reynolds, die Tochter des Finanzmagnaten Carter Reynolds, wegen Mordes an ihrer Urgroßmutter Edith Reynolds verhaftet.*«

Paul stieß einen wütenden Fluch aus, trat das Gaspedal durch und raste in höllischer Geschwindigkeit zum Polizeirevier.

Sloan war in ihrer Zelle ebenfalls damit beschäftigt, der Nachrichtenübertragung zu lauschen, doch erst der zweite Teil des Berichts ließ sie schockiert hochfahren:

»*Eine kurze Weile später gelang es dem FBI – in Zusammenarbeit mit der Küstenwache und einem Sonderkommando für den Schmuggel von Alkohol, Drogen und Feuerwaffen –, zwei Yachten des Millionärs Noah Maitland zum Zwecke der Durchsuchung zu beschlagnahmen. Aus sicheren Quellen konnte unser Nachrichtenteam erfahren, daß das FBI guten Grund zur Annahme hat, Maitland habe seine Yachten für den illegalen Transport von Waffen mißbraucht.*«

Wenig später betrat Paul das Polizeigebäude, das von außen einen modernen und gepflegten Eindruck machte. Seine Innenräume waren hell erleuchtet, doch die in den Gängen herumstehenden oder an ihren Schreibtischen arbeitenden Beamten schienen eine relativ ruhige Nacht zu haben. »Wer ist hier der Hauptverantwortliche?« schnauzte Paul einen Polizisten an, der sich gerade ein Glas Wasser holte.

»Sergeant Babcock. Er steht da drüben und unterhält sich mit einem Kollegen.«

»Sind Sie Babcock?« fragte Paul einen der beiden Männer und unterbrach damit rüde den kleinen Plausch, den die beiden gerade über die Beschlagnahmung von Maitlands Yachten führten.

Babcock baute sich vor ihm auf. »Ja, und wer sind ...« Paul schnitt ihm das Wort ab, indem er ihm seinen FBI-Ausweis unter die Nase hielt.

»Was kann ich für Sie tun, Mr. Richardson?«

»Sie halten hier eine Mitarbeiterin von mir fest. Ich will, daß sie sofort freigelassen wird.«

Babcock wußte, daß in dieser Nacht nur zwei der Untersuchungszellen belegt waren: In der einen wartete ein betrunkener Teenager auf seinen Vater, und in der anderen saß die Frau, deren Verhaftung Captain Hocklin zu unverhoffter Berühmtheit verholfen hatte. »Über wen sprechen Sie?« fragte er zögernd.

»Sloan Reynolds.«

Der Sergeant wurde bleich, während sein Kollege Paul mit offenem Mund anstarrte und die anderen Beamten von ihrer Arbeit aufsahen und gespannt lauschten. »Wollen Sie damit sagen, daß Sloan Reynolds für das FBI arbeitet?« fragte Babcock.

»Genau das will ich sagen. Ist sie nun hier oder nicht?«

»Nun, ja, sie ist hier. Aber ich kann sie nicht... Ich habe keine Genehmigung...«

»Wer kann Ihnen die Genehmigung erteilen?«

»Nur Captain Hocklin persönlich. Aber er geht früh zu Bett, und er hat die letzte Nacht kein Auge zugetan.«

Paul griff nach einem Telefon auf dem nächststehenden Schreibtisch und schob es Babcock zu. »Wecken Sie ihn auf!« befahl er barsch.

Babcock zögerte einen Moment, folgte aber nach einem Blick auf die unerbittliche Miene des FBI-Mannes dessen Aufforderung.

Wenig später nahm Sloan ihre bescheidenen Besitztümer entgegen, die aus nicht viel mehr als ihrer Handtasche und ihrer Armbanduhr bestanden, und folgte Paul in angespanntem Schweigen zu seinem Wagen.

»Wir werden uns für heute nacht ein Motel suchen«, sagte Paul sanft. »Es tut mir leid, Sloan. Ich hatte keine Ahnung, daß sie dich festgenommen hatten, bis ich es um zehn Uhr in den Nachrichten hörte.«

»Ich bin sicher, du hattest viel zu tun; sonst wärst du bestimmt früher gekommen«, sagte sie leise, aber in einem nicht gerade sanftmütigen Ton.

Paul warf ihr einen unsicheren Blick zu, beschloß jedoch, erst mit ihr zu sprechen, wenn sie eine Unterkunft für die Nacht gefunden hatten.

Wenig später parkte er vor einem einigermaßen ordentlich aussehenden Motel, mietete zwei nebeneinanderliegende Zimmer und begleitete Sloan zu ihrer Tür. »Ich muß noch einen Anruf erledigen; dann werden wir miteinander reden.«

Sie schwieg, steckte ihren Schlüssel ins Schloß und ging ins Zimmer, ließ die Tür jedoch angelehnt. Als sie allein war, ging sie hinüber zum Fernseher und schaltete die Nachrichten auf CNN ein. Den Blick unverwandt auf den Bildschirm gerichtet, verfolgte sie schockiert, wie eine Horde von FBI-Männern – unter ihnen auch Paul – über Noahs Boote ausschwärmte. Sie konnte einfach nicht glauben, daß man Noah tatsächlich anlastete, sein Geld illegal mit dem Transport und Verkauf von Waffen zu verdienen …

Sie stand noch immer wie betäubt vor dem Fernseher, als Paul endlich das Zimmer betrat. »Ich kann mir vorstellen, wie du dich fühlst«, sagte er fast zärtlich.

Er erkannte sie kaum wieder, als sie sich ihm nun zuwandte und ihn mit undurchdringlicher Miene ansah. »Habt ihr etwas gefunden?« fragte sie mit tonloser Stimme.

»Nein, noch nicht«, gab Paul zu, bevor er mit einem resignierten Seufzer fortfuhr: »Ich weiß, daß du eine irrsinnige Wut auf mich haben mußt. Du kannst mich ruhig anschreien oder sonst etwas tun, das dich erleichtert.«

»Gut, vielleicht wird mir das helfen!«

Einen Sekundenbruchteil später traf ihn ihre rechte Faust auch schon am Kiefer, so daß sein Kopf nach hinten flog und er beinahe das Gleichgewicht verloren hätte. Völlig verdattert griff er mit einer Hand nach der Wand, um sich auf den Beinen zu halten, und berührte mit der anderen sein Gesicht. Für eine so kleine und zarte Frau hatte sie einen ungemein harten Schlag. Als sie einen weiteren Schritt auf ihn zumachte, hob er jedoch schnell die Hand und rief in einer Mischung aus Schmerz, Bewunderung und Wut: »Genug! Es ist genug! Den ersten Schlag lasse ich dir durchgehen, aber es wird keinen weiteren geben.«

Sie hielt in ihrer Bewegung abrupt inne und sank vor seinen Augen in sich zusammen und auf den Boden, wo sie die Arme um sich schlang und sich langsam vor und zurück wiegte. Ihre nach vorne hängenden Haare verbargen zwar ihr Gesicht, aber er erkannte an ihren bebenden Schultern, daß sie weinte. Dies war für Paul bei weitem schlimmer als der rechte Haken, den sie ihm verpaßt hatte. »Ich werde versuchen, alles wieder in Ordnung zu bekommen«, sagte er fast flehend.

Sie setzte sich stocksteif auf und wandte ihm ihr tränenüberströmtes Gesicht zu. »Wie denn?« brachte sie schluchzend hervor. »Wie willst du das mit Noah wieder in Ordnung bringen? Bevor er erfuhr, was du heute getan hast, hat er alles versucht, um mich vor einer Verhaftung zu schützen. Nur eine Stunde später haßte er mich so sehr, daß er den Hörer aufknallte und mich im Gefängnis sitzenließ.«

»Das wollte ich nicht.«

Sie warf ihm einen Blick zu, der ihm das Blut in den Adern gefrieren ließ, und schrie ihn in ohnmächtiger Wut an: »Das wolltest du nicht? Was willst du noch daran ändern? Kannst du Paris vergessen lassen, daß ich den Namen ihrer Familie beschmutzt und der Presse zum Fraß vorgeworfen habe? Kannst du sie vergessen lassen, daß man mich in Handschellen aus ihrem Haus geführt hat? Sie schrie vor Verzweiflung, als sie mich wegbrachten. Hörst du mich?« Sloan war nun selbst hysterisch geworden. »Sie *schrie*!«

Paul wußte, daß es im Moment keinen Sinn hatte, Sloan seine eigene Meinung über Paris mitzuteilen. Er war nach wir vor davon überzeugt, daß Paris eine raffinierte Schauspielerin war und für ihre Leistung einen Oscar verdient hätte. Höchstwahrscheinlich saß sie in diesem Moment zu Hause und war erleichert, daß man ihre Schwester für ein Verbrechen verhaftet hatte, das in Wirklichkeit sie selbst begangen hatte. Er wußte nur noch nicht, ob Paris nun die Rolle der aufopferungsvollen Schwester spielen und der unter Mordverdacht stehenden Sloan beistehen würde, oder ob sie einfach beschließen würde, sich nicht mehr darum zu kümmern. In Sloans Interesse hoffte er auf die erste Möglichkeit. Es würde Sloans Situation wenigstens etwas erleichtern, wenn sie zu ihrer Familie zurückkommen durfte.

Er wies auf das Telefon neben dem Bett. »Ruf sie an«, sagte er. »Wenn es so schlimm für sie war, was dir geschehen ist, dann möchte sie sicher, daß du nach Hause kommst.«

Die Hoffnung, die in Sloans Augen aufflackerte, und die zögernde Bewegung, mit der sie zum Telefon griff und den Hörer abnahm, versetzte Paul einen schmerzlichen Stich; einen ähnlichen Stich hatte er zuletzt gespürt, als ihm klargeworden war, daß Paris die Mörderin sein mußte.

Das Telefongespräch war sehr kurz, und als Sloan auflegte, war die Hoffnung in ihren Augen erloschen. Sie sah Paul fest an, doch ihre Stimme war völlig leblos, als sie nun sagte: »Gary Dishler war dran. Er sagte, Paris ließe mir mitteilen, daß sie und Carter mich nie wiedersehen wollen. Er bringt unser Gepäck an den Vordereingang. Wenn wir es nicht binnen einer halben Stunde abholen, wird es morgen früh von der Müllabfuhr weggebracht.«

»Ich fahre sofort los und hole es ab«, sagte Paul schnell und fühlte plötzlich das dringende Bedürfnis, seine Hände um Paris' schlanken, zarten Hals zu legen und sie zu erwürgen.

Sloan nickte und griff erschöpft wieder zum Telefon. »Ich muß meine Mutter und Sara anrufen. Sie haben sicher schon von der ganzen Sache gehört und werden außer sich sein vor Sorge.«

Das Untersuchungsteam hatte seine Arbeit offensichtlich nur für die Nacht unterbrochen, denn Paul bemerkte bei seiner Ankunft zwei Streifenwagen, die das Anwesen überwachten. Auch stellte er erleichtert fest, daß die Presse sich zumindest für den Moment aus dem Staub gemacht hatte.

Nach dem üblichen Knopfdruck hatte Gary Dishler ihm per Fernsteuerung das Hoftor geöffnet. Wie angekündigt, fand Paul das Gepäck auf der Türschwelle und verstaute es in seinem Wagen. Dann ging er zurück zur Haustür und klingelte.

Dishlers Gesicht war wie versteinert, als er wenig später die Tür öffnete. »Wie ich Sloan Reynolds bereits am Telefon mitteilte, ist sie hier nicht mehr willkommen. Dasselbe gilt für Sie, Mr. Richardson.«

Paul hinderte ihn daran, die Tür zu schließen, indem er seinen FBI-Ausweis hervorholte und ihn Dishler unter die Nase hielt. »Die Formalitäten hätten wir erledigt«, schnauzte er dann. »Holen Sie mir jetzt bitte Paris Reynolds herunter.«

»Das FBI hat nicht das Recht, dies zu verlangen.«

»In diesem Haus wurde ein Verbrechen begangen, in das eine unserer Mitarbeiterinnen verwickelt wurde. Sie haben die Wahl: Entweder Sie sehen zu, daß ich mit Paris sprechen kann, oder ich gehe zu meinem Wagen zurück und sorge telefonisch dafür, daß es hier binnen einer Stunde nur so vor FBI-Leuten wimmelt.«

»Warten Sie hier«, versetzte Dishler mißmutig und ließ die Haustür vor Pauls Nase ins Schloß fallen. Als sie wieder geöffnet wurde, stand Paris in einem hellen Brokatmorgenrock auf der Schwelle; ihr Gesicht war eine schöne, elfenbeinerne Maske. »Hast du nicht schon genug Unheil angerichtet?« fragte sie kalt.

Paul händigte ihr ungerührt seine Karte aus, auf deren Rückseite er seine Handynummer geschrieben hatte. »Ruf mich unter dieser Nummer an, falls du dich entschließen solltest zu reden.«

Sie sah ihn mit einem Ausdruck unbeteiligter Distanz an. »Worüber sollte ich mit dir reden wollen?«

»Vielleicht willst du mir sagen, wieso du deine Urgroßmutter getötet hast.«

Zu seiner maßlosen Verblüffung wurde Paul nun zum zweiten Mal in dieser Nacht von einer Frau geschlagen. Diesmal war es Paris, die ihm eine schallende Ohrfeige versetzte und dann mit einem Knall die Tür zuschlug.

45

»Wirst du versuchen, Maitland zu sehen, bevor du nach Bell Harbor zurückfährst?« fragte Paul am nächsten Morgen, als er in Sloans Zimmer getreten war. Sie sah ebenso bleich und mitgenommen aus wie am Abend zuvor, und er fühlte sich jetzt noch schuldiger, da sie nicht mal mehr die Kraft zu haben schien, auf ihn wütend zu sein.

Sie packte ihre Toilettentasche in ihren Koffer und zog den Reißverschluß zu. »Ja, aber es wird nichts nutzen«, sagte sie, ohne aufzublicken. Sie hatte ihn nur einmal kurz angesehen, als sie die Tür geöffnet hatte, und danach jeden Blickkontakt konsequent vermieden.

»Fühlst du dich besser, wenn ich dir sage, daß mir das alles verdammt leid tut?«

»Es ist mir egal, ob es dir leid tut oder nicht.«

Paul war überrascht, wie sehr ihn ihre Antwort traf. Sie hatte ihm vertraut und ihren Job hervorragend erledigt, und er mochte sie sehr. Um so schlimmer war es für ihn, daß sie offensichtlich beschlossen hatte, jegliche Verbindung zwischen ihnen abzubrechen. »Okay. Würdest du dich dann vielleicht besser fühlen, wenn ich dir sage, wieso ich hinter Carter her bin und was mich hierhergeführt hat?«

»Wieso solltest du es mir jetzt sagen, wenn du vorher ein so großes Geheimnis daraus gemacht hast?«

»Ich möchte, daß du es erfährst.«

Sie warf ihm zum ersten Mal seit langem einen Blick zu; dann wandte sie sich ab und zuckte mit den Schultern.

Paul nahm ihren Arm und zwang sie sanft, sich aufs Bett zu setzen, bevor er ihr gegenüber auf einem Stuhl Platz nahm. »Ich weiß, daß Carter Geld für ein südamerikanisches Drogenkartell wäscht, das sein Geld in Reynolds' Bank und in seinem Trust deponiert hat. Das Geld wird von ihm angenommen und auf Scheinkonten überwiesen, um so die gesetzlichen Bestimmungen zu umgehen. Anschließend wird es dann von Reynolds' Bank aus telegraphisch auf die Auslandskonten des Kartells überwiesen und ist zu hübschem, sauberem Geld geworden. Geld, das ausgegeben werden kann.«

Sie sah ihn durchdringend an, und was sie nun sagte, zeugte von Klugheit und Scharfsinn und versetzte ihm einen schmerzhaften Stich. »Du *weißt* doch gar nicht, daß Carter in solche Geschäfte verwickelt ist; du *glaubst* es nur, das ist alles. Wenn du irgendwelche Beweise hättest, dann hättest du längst sein Telefon angezapft oder gar einen Durchsuchungsbefehl ausstellen lassen.«

»Unser Informant hatte zufälligerweise einen Unfall, ausgerechnet an dem Tag, als er uns die Beweise aushändigen wollte. Das Kartell, mit dem wir es hier zu tun haben, besteht aus einer Horde von Bestien, die schlauer und gefährlicher sind als die meisten ihrer Konkurrenten. Sie haben angesehene Anwaltsfirmen angeheuert, die ihre Geschäftsinteressen gerichtlich vertreten, und sie gewinnen langsam, aber sicher politischen Einfluß. Senator Meade zum Beispiel ist ein besonderer Freund von ihnen. Ich will Carter vor Gericht bringen, aber noch wichtiger ist es mir, herauszufinden, welche Kontaktpersonen zwischen ihm und dem Kartell stehen.«

»Was hat das alles mit Noah zu tun?«

»Maitland ist der größte Investor in Reynolds' Bank; er besitzt dort mehrere Konten in schwindelerregenden Höhen. Außerdem ist er Eigentümer von ein paar hübschen großen Schiffen, die in regelmäßigen Abständen nach Mittel- und Südamerika aufbrechen.«

»Das tun auch die harmlosesten Kreuzschiffe«, spottete Sloan bitter.

Paul ignorierte ihren Sarkasmus. »Maitland hat ein paar fragwürdige Geschäftspartner in diesen Häfen.«

»Von denen man weiß, daß es sich um Kriminelle handelt?« versetzte Sloan.

»Nein, aber laß uns nicht darüber streiten. Bleiben wir beim Thema: Es muß jemanden geben, der das Geld des Kartells in die Staaten schmuggelt und in Reynolds' Bank deponiert. Ich glaube, daß Maitland dieser Mann ist. Und ich glaube auch, daß er von Zeit zu Zeit Drogen von seinen Ausflügen mitbringt.«

Sie nickte kurz und stand auf; dann griff sie nach ihrem Koffer und ihrer Handtasche.

»Du glaubst mir das alles nicht, habe ich recht?« fragte Paul.

»Das mit Noah – nein. Und das mit Carter – ich weiß es nicht.«

Sie war schon an der Tür, als sie sich nochmals umwandte. »Man hat mich auf dein Drängen hin freigelassen, aber ich stehe noch immer unter Mordverdacht. Ich würde es begrüßen, wenn du dich darum kümmern könntest.«

Paul stand auf und sah sie hilflos an. Sie hatte eine so ruhige Würde und war offensichtlich so sehr von ihm enttäuscht, daß er sich vorkam wie einer der fiesen Typen, hinter denen er her war.

»Leb wohl«, sagte sie.

Er nickte schweigend, da er nicht wußte, was er sagen sollte.

46

Die meisten der Privatanwesen in Palm Beach verfügten über elektronisch gesteuerte Eingangstore, die unwillkommene Besucher daran hinderten, zur Haustür zu gelangen. Noahs Haus bildete hierin keine Ausnahme.

Wie Sloan befürchtet hatte, war auch sie eine unwillkommene Besucherin geworden. Mrs. Snowden teilte ihr dies über die Gegensprechanlage mit, während Sloan in ihrem Mietwagen vor dem Tor wartete. In einem Ton, der so kalt wie Eis war, sagte Noahs Sekretärin: »Ich wurde beauftragt, Sie davon in Kenntnis zu setzen, daß Sie diesem Haus und allem, was der Maitland-Familie gehört, in Zukunft fernzubleiben haben. Falls Sie sich nicht daran halten sollten, wird Mr. Maitland nicht etwa die Polizei einschalten, sondern Sie persönlich daran hindern.« Sie machte eine Pause und fügte dann noch warnend hinzu: »Ich würde ihn nicht auf die Probe stellen, wenn ich Sie wäre. Leben Sie wohl.«

Sloan wollte nicht weinen, solange Mrs. Snowden sie noch auf ihrem Überwachungsmonitor sehen konnte. Während sie den Rückwärtsgang einlegte und gegen die Tränen ankämpfte, sah sie jedoch Courtney auf das Tor zukommen. Sie trat auf die Bremse, stieg schnell aus und ging auf das Mädchen zu.

Courtney blieb auf der anderen Seite des Tors stehen und sah ihr Gegenüber voller Verachtung an. »Wie konntest du das tun!« stieß sie wütend und verbittert hervor. »Wie konntest du uns das antun, wo wir doch immer so nett zu dir gewesen sind!«

»Ich weiß, daß ihr so denken müßt«, sagte Sloan schmerzlich berührt. »Und ich erwarte nicht, daß du mir glaubst. Aber ich schwöre dir, daß ich wirklich keine Ahnung von all dem hatte, was passieren würde.« Sie schluckte, bevor sie weitersprechen konnte. »Ich… Ich liebe eure Familie, jeden von euch.«

Courtneys Augen, in denen jetzt nur noch kalte Feindseligkeit lag, ähnelten denen von Noah so sehr, daß Sloan von der Trauer über ihren Verlust überwältigt wurde.

»Ich bin nicht so dumm, dir das zu glauben«, sagte das Mädchen bestimmt.

Sloan akzeptierte ihre Worte mit einem hilflosen Nicken. »Das kann ich dir nicht übelnehmen.« Sie wandte sich um und versuchte, ihre Tränen zurückzuhalten, als ihr noch etwas einfiel. »Danke, daß du mir nur vorwirfst, eine Spionin zu sein, und nicht auch noch eine Mörderin.«

Courtney zuckte gleichgültig mit den Achseln. »Ich bin auch nicht so dumm zu glauben, daß du Edith umgebracht hast.«

Als Sloan schwieg, da ihr die passenden Worte fehlten, sagte Courtney unvermittelt: »Ich habe heute die Schule geschwänzt, weil ich mir schon gedacht hatte, daß du kommen würdest. Aber es ist besser, wenn du nie mehr hierherkommst. Du hast Glück, daß Noah nicht zu Hause ist. Er ist nicht nur zornig auf dich, er haßt dich.«

Sloan nickte. »Ich verstehe. Wenn ich ihm aber in einiger Zeit einen Brief schreiben würde, glaubst du, daß er ihn wenigstens lesen würde?«

»Keine Chance«, sagte Courtney, wandte Sloan den Rücken zu und ging davon.

Courtney wartete, bis Sloan aus der Einfahrt gefahren war. Dann drehte sie sich um und ging langsam zurück zum Tor, um sie noch um die Ecke biegen zu sehen. Sie hob ihre Handflächen an die Augen und drückte sie fest, um die Tränen zurückzuhalten.

47

Sloan fühlte sich auf ihrer Rückreise nach Bell Harbor zu miserabel und verzweifelt, um sich darüber Gedanken zu machen, welche Auswirkungen die Neuigkeit von ihrer vorübergehenden Verhaftung auf ihr Leben und ihren Job haben würde. Schon wenige Stunden nach ihrer Rückkehr gab es aber in dieser Hinsicht keinen Zweifel mehr.

Als sie ihre Mutter in Lydias Geschäft anrief, um ihr mitzuteilen, daß sie zu Hause war, ignorierte Kimberly entgegen ihrer sonstigen Gewohnheit Lydias Klagen und nahm sich den Rest des Tages frei. Auch Sara versuchte, ihre Verabredung mit einem wichtigen Kunden so schnell wie möglich über die Bühne zu bringen, und kam kurz nach Sloans Mutter bei ihrer Freundin an. Die beiden kümmerten sich rührend um sie und verwöhnten sie mit kleinen Aufmerksamkeiten und ihren Lieblingsspeisen, um ihre Laune und ihren Appetit einigermaßen wiederherzustellen.

Sloan war sich nicht darüber im klaren, daß sie tatsächlich krank aussah. Ihre Arme fest um ein Kissen geschlungen, saß sie zusammengekauert in einer Sofaecke und erzählte ihren aufmerksamen Zuhörerinnen, was sie über den Mord wußte.

Sara und Kimberly hatten Paul wiedererkannt, als sie ihn in den Nachrichten auf Noahs Boot gesehen hatten, und Sloan sah nun keinen Grund mehr, ihnen die Wahrheit über die Beziehung zwischen ihr und Paul vorzuenthalten. Um ihre Mutter nicht unnötig aufzubringen, ließ Sloan jedoch Carter aus dem Spiel und sagte ihr, Paul sei wegen der Ermittlungen gegen Noah Maitland nach Palm Beach gefahren. Sie erzählte ihnen auch über Paris und Carter und die anderen Leute, die sie kennengelernt hatte, und berichtete, was sie alles zusammen unternommen hatten. Ihre kurze Liebesaffäre mit Noah verschwieg sie jedoch. Sie wußte einfach nicht, wie sie über ihn sprechen sollte, ohne zusammenzubrechen.

Als es nichts mehr zu erzählen gab, ging Kimberly in die Küche, um Sloan eine Tasse Tee zu kochen. Sara unternahm unterdessen einen weiteren Versuch, Sloan etwas aufzuheitern, der jedoch in die falsche Richtung zielte. »Und, hast du deinen Traumprinzen dort getroffen?« fragte sie scherzhaft.

Sloan mußte um ihre Haltung kämpfen. »Ich … nun … ja.«

»Wahrscheinlich waren es gleich mehrere, stimmt's?«

»Nein. Nur einer.«

»Nur einer? Palm Beach ist doch voller Traumprinzen. Du hast dich wohl nicht richtig umgesehen.«

Sloan schloß die Augen und sah das sonnengebräunte, scharfgeschnittene Gesicht eines Mannes mit wunderschönen grauen Augen, das sich ihr näherte, um sie zu küssen. Sie schluckte. »Es gibt keinen tolleren Mann als ihn.«

»Und, hast du ihn kennengelernt?«

»O ja«, sagte Sloan schwach. »Ich habe ihn kennengelernt.«

»Bist du mit ihm ausgegangen?«

»Ja.«

»Und?« fragte Sara neugierig.

Sloan räusperte sich, da ihre Stimme nur noch ein Flüstern war. »Wir mochten einander.«

»Wie sehr mochtet ihr einander?« Saras Lächeln verschwand, als sie den Schmerz in Sloans Gesicht und Stimme bemerkte.

Sloan legte ihre Wange auf das Kissen in ihren Armen und schluckte wieder. »Sehr.«

»Darf man seinen Namen erfahren?« fragte Sara.

»… Noah Maitland.«

»Noah Maitland?« wiederholte Sara ungläubig. »*Noah Maitland*?« Wie viele Leute in Bell Harbor hatte Sara die Tageszeitung von Palm Beach abonniert und war daher bestens über das Leben der Reichen und Schönen dort informiert. »Aber, Sloan, ich bitte dich! Auch wenn er kein Waffenschmuggler wäre, wäre Maitland sicher kein Mann für dich. Auf jedem Foto, das ich von ihm gesehen habe, hat er irgendeine andere reiche und unverschämt attraktive Frau im Arm, und es ist bekannt, daß er bei keiner bleibt.«

Bevor Sloan etwas erwidern konnte, kehrte ihre Mutter mit dem Tee aus der Küche zurück und meinte in sanftem, aber bestimmtem Ton: »Ich finde nicht, daß Sloan die Hoffnung aufgeben sollte, daß sie mit ihm glücklich werden wird. Ediths Mörder wird gefunden werden, und Paris und Carter werden dann merken, daß sie unschuldig ist und ihr vergeben. Und bisher gibt es keinerlei Anhaltspunkte, daß etwas Illegales auf Noah Maitlands Schiffen gefunden wurde. Ich bin sicher, daß er unschuldig ist, sonst hätte Sloan niemals ...« Sie sah ihre unglückliche Tochter zärtlich an und fuhr dann fest fort: »Sonst hätte sich Sloan niemals in ihn verliebt. Die Wahrheit über seine Unschuld wird herauskommen, und Sloan kann sich dann bei ihm entschuldigen. Ich bin mir sicher, daß er ein netter, liebenswerter Mann ist, der ihr sicher verzeihen wird.« Sie sah wieder zu Sloan. »Habe ich nicht recht, Liebling?«

Sloan dachte an das letzte Telefongespräch mit Noah und sah ihre Mutter mit tränenverschleiertem Blick an. »Nein.«

Ein paar Minuten später wurde sich Sloan bewußt, daß sie sofort etwas unternehmen mußte, um über ihren Schmerz hinwegzukommen. Sie griff zum Telefon und rief das Polizeirevier an. »Matt, hier ist Sloan«, sagte sie zu Lieutenant Caruso. »Ich möchte gerne schon morgen statt am Montag zur Arbeit kommen, wenn ihr mich brauchen könnt.«

»Bist du schon wieder in der Stadt?« fragte er, und als sie dies bejahte, willigte er ein, daß sie am nächsten Morgen zum Dienst erschien. Als Caruso aufgelegt hatte, schlenderte er mit einem selbstgefälligen Grinsen zu Jess Jessups Schreibtisch. »Sloan ist zurück. Ich habe ihr gesagt, daß sie morgen zur Arbeit kommen kann. Hoffentlich geht das für Captain Ingersoll in Ordnung. Immerhin wurde sie eines Mordes verdächtigt ...«

Jess stand sofort auf. »Caruso, du bist ein Arschloch.«

»Wo gehst du hin?« rief Caruso hinter ihm her.

»Du kannst mich über Funk erreichen, wenn ich gebraucht werde«, erwiderte Jess, doch bevor er das Revier verließ, blieb er noch am Schreibtisch des Kollegen an der Anmeldung stehen. »Sloan ist zurück«, sagte er zu dem Mann. »Sie ist zu Hause.«

Noch bevor Jess an seinem Wagen angekommen war, hatte sich die Nachricht von Sloans Rückkehr bei allen diensthabenden Kollegen in Bell Harbor verbreitet, was zur Folge hatte, daß innerhalb von kürzester Zeit eine Begrüßungsparade von Polizeiwagen vor ihrem Haus vorfuhr.

Jess kam als erster dort an, und nachdem er geklingelt hatte, wurde die Tür von Sara geöffnet. Sie hatten einander nicht mehr gesehen, seit er nach der Grillparty am Strand überraschend bei ihr zu Hause erschienen war. Sara stockte, als er nun vor ihr stand. »Komm bitte kurz heraus«, sagte Jess und zog sie über die Türschwelle. »Wie geht es ihr?«

»Es geht ihr gut«, sagte Sara steif. »Es geht ihr ganz phantastisch.«

Jess ließ sich nicht von ihr täuschen. »Wie geht es ihr wirklich?«

»Den Umständen entsprechend.«

Er nickte, als habe er nichts anderes erwartet. Dann tat er etwas für Sara völlig Unerwartetes: Er legte seine Hand unter ihr Kinn und hob ihr Gesicht zu dem seinen, und in dem Lächeln, mit dem er sie jetzt ansah, lag weder Spott noch Wut. »Glaubst du, wir könnten ihr zuliebe das Kriegsbeil für eine Weile begraben?«

Sara nickte vorsichtig, erstaunt über die Sanftmut in seiner Stimme und in seiner Miene. »Das wäre mir sehr lieb, Jess.«

Die Welle von Besuchern, die gekommen war, um Sloan guten Tag zu sagen, ebbte den ganzen Nachmittag und Abend nicht mehr ab. Als es schließlich ruhiger wurde, hatte sich auf dem Wohnzimmertisch eine ansehnliche Anzahl von leeren Pizzaschachteln und Sandwich-Verpackungen gestapelt.

Sloan nahm den Grund ihres Kommens mit großer Dankbarkeit zur Kenntnis. Ihre Freunde und Kollegen hatten ihr zeigen wollen, daß sie geschlossen hinter ihr standen, und das war ihnen in rührender Weise gelungen. Sie hatten es sogar geschafft, sie etwas aufzuheitern, wenn auch nur, bis sie am Abend zu Bett ging. Als sie dann allein in der Dunkelheit lag, konnte sie nichts mehr von ihren Erinnerungen an Noah ablenken. Endlich schlief sie ein, in dem Gedanken daran, wie sie nachts an seiner Seite gelegen war, nachdem sie sich geliebt hatten. Sie glaubte fast, zu spüren, wie er ihren Kopf auf seine Schulter legte und sanft ihren Körper streichelte, bevor sie schließlich zusammen einschliefen. Oder sich noch einmal liebten.

48

Paris ließ sich vom höflichen Ton der Detectives Cagle und Flynn nicht in die Irre führen. Am Tag nach der Beerdigung ihrer Urgroßmutter saßen sie ihr im Wohnzimmer gegenüber und warteten insgeheim darauf, daß sie durch irgend etwas verriet, daß sie selbst den Mord begangen hatte.

»Sicher können Sie verstehen, daß wir an manchem so unsere Zweifel haben«, sagte Flynn. »Wieso in aller Welt sollte Ihre Schwester – falls sie wirklich die Mörderin von Mrs. Reynolds ist – ihre Fingerabdrücke von der Waffe wischen und sie an einem Ort verstecken, wo wir sie ohne weiteres finden können? Schließlich sind ihre Fingerabdrücke auf ihrer eigenen Dienstwaffe nichts Außergewöhnliches. Das einzige, was gegen sie spricht, ist, daß der Schuß auf Mrs. Reynolds aus dieser Waffe abgegeben wurde.«

»Wie ich schon vorhin gesagt habe«, erwiderte Paris fest, »kann ich Ihnen darauf auch keine Antwort geben.«

»Sloan sagte, daß sich die Waffe am Morgen nach Mrs. Reynolds' Tod noch in ihrem ursprünglichen Versteck befand – und nicht unter der Matratze. Sie hat extra nachgesehen. Glauben Sie, daß jemand anders die Waffe unter ihre Matratze gelegt haben könnte?«

»Wer denn?« fragte Paris ärgerlich. »Die Hausangestellten sind alle von Ihnen heimgeschickt worden. Die einzigen Personen im Haus – außer Ihren eigenen Leuten – waren Paul Richardson und Sloan, mein Vater und ich, und natürlich Gary Dishler.«

»Das ist ja das Verwirrende«, warf Cagle ein.

»Ja, nicht wahr?« sagte sie. »Und offensichtlich halten Sie Paul Richardson und Sloan für unschuldig.«

»Richardson ist vom FBI, und er hatte kein Motiv. Ihre Schwester hat sich in ihrer Polizeilaufbahn nie auch nur das geringste zuschulden kommen lassen, und überdies arbeitete sie mit Richardson zusammen. Glauben Sie mir, wenn wir all dies nicht zweifelsfrei überprüft hätten, würde Sloan jetzt einer lebenslangen Gefängnisstrafe entgegensehen. Nun überlegen wir mal, wen wir da noch hätten: Wer hatte ein Motiv, den Tod Ihrer Urgroßmutter zu wünschen und Sloan dafür ins Gefängnis gehen zu lassen? Und wer konnte herausfinden, wo sie ihre Waffe versteckt hält, und sie unter ihre Matratze befördern?«

Paris hatte nun endgültig genug von der Befragung, stand auf und gab Nordstrom, der gerade im Gang vorbeiging, ein Zeichen. Sie hatte keine Lust mehr, freundlich zu Leuten zu sein, die ihr selbst alles andere als freundlich gesinnt waren. »Nordstrom«, sagte sie kalt, »bitte begleiten Sie diese Herren zur Tür, und verschließen Sie sie hinter ihnen. Sie werden dieses Haus nie mehr betreten.«

Flynn fand es an der Zeit, seine höfliche Maske fallenzulassen. »Wir könnten mit einem Haftbefehl wiederkommen.«

Paris wies mit einer Kopfbewegung zur Tür und nickte. »Tun Sie das«, sagte sie dann. »Aber jetzt gehen Sie bitte, und kommen Sie ohne einen ausdrücklichen Grund nicht wieder!«

Als die Haustür sich hinter ihnen geschlossen hatte, sah Andy Cagle Flynn mit einem spöttischen Lächeln an. »Das war aber eine sehr kultivierte Art und Weise, um jemanden zum Teufel zu jagen, nicht wahr?«

»Stimmt. Ich wette, daß sie ebenso kühl und gelassen die Glock auf die Brust ihrer Urgroßmutter gerichtet und den Abzug gedrückt hat.«

Paris fühlte sich alles andere als kühl und gelassen. Vielmehr war sie in heller Panik, als sie nun unruhig im Wohnzimmer auf und ab ging und verzweifelt überlegte, wer der Mörder sein konnte. Sie war noch nicht so überzeugt wie die Polizei, daß Paul Richardson und Sloan ausgeschlossen werden konnten. Paul war offensichtlich ein Lügner und Betrüger, und er war durchaus dazu in der Lage, andere Menschen bedenkenlos für seine Zwecke zu mißbrauchen. Er konnte mit Waffen umgehen, und er wußte auch, wie man den Verdacht auf jemand anders lenken konnte. Er hatte kein Herz. Und er hatte das ihre gebrochen. Das Problem war nur, daß er anscheinend überzeugt war, daß sie selbst ihre Urgroßmutter umgebracht hatte.

Sloan war so verlogen und herzlos wie er. Sie hatte so getan, als wolle sie ihr eine wirkliche Schwester sein, und sie schließlich dazu gebracht, sie wie eine solche zu lieben. Sie hatte ihr so den Kopf verdreht mit den rührenden Geschichten über ihre Mutter, bis Paris sich danach gesehnt hatte, ein Teil ihrer Familie in Bell Harbor zu werden. Im Rückblick war es leicht zu erkennen, daß Sloan die Einladung nach Palm Beach nur angenommen hatte, um einen FBI-Agenten in ihre Mitte zu schmuggeln und mit ihm zusammen Noahs Existenz und die der Reynolds zu zerstören.

Zerstreut rieb sich Paris über ihre hämmernden Schläfen und ging noch einmal durch, was die beiden Detectives gesagt hatten. Sie schienen hundertprozentig davon überzeugt, daß Sloan die Wahrheit sagte und daß der Mörder absichtlich die Waffe unter ihre Matratze gesteckt hatte. Die Polizei hatte Sloan und Paul zweifelsfrei als Verdächtige ausgeklammert, und Paris war sich sicher, daß ihr Vater nicht der Mörder sein konnte.

Dann blieb also nur noch Gary Dishler.

Zunächst schien ihr dieser Gedanke absurd, doch je mehr sie darüber nachdachte, desto bewußter wurde ihr, wie wenig sie den Mann im Grunde mochte. Erst seit wenigen Jahren war er der Assistent ihres Vaters, doch er verfügte inzwischen schon über viel mehr Entscheidungsgewalt, als einem solchen eigentlich zustand. Normalerweise behandelte er ihren Vater mit höflichem Respekt; aber ein paarmal hatte sie gehört, wie er in einem leicht barschen, ungeduldigen Ton mit ihm sprach, der ihr völlig unangebracht erschienen war. Einmal hatte sie sogar miterlebt, wie er einem Hausmädchen gegenüber die Beherrschung verloren und sie fristlos gefeuert hatte, nur weil sie versehentlich ein paar Papiere auf seinem Schreibtisch durcheinandergebracht hatte.

Nach und nach fielen Paris weitere ähnliche Situationen ein, die ihr Dishler plötzlich immer zwielichtiger erschienen ließen. Sie konnte sich nicht vorstellen, wieso er ihrer Urgroßmutter etwas antun wollte, aber sie konnte auch nicht ausschließen, daß er dazu in der Lage war.

Ihr Vater saß in seinem geräumigen Arbeitszimmer im oberen Stockwerk, das eine Verbindungstür zu Gary Dishlers Büro hatte, und ging gerade die Kondolenzkarten zu Ediths Tod durch. Die Tür zum Gang, über den man ebenfalls in Dishlers Büro gelangen konnte, stand offen, doch die direkte Verbindungstür war geschlossen. Als Paris eingetreten war, schloß sie auch die Tür zum Gang, um völlig ungestört mit ihrem Vater sprechen zu können. »Wir haben ein Problem, Vater«, sagte sie so ruhig wie möglich.

»Welches denn?« fragte er, während er einen weiteren Briefumschlag öffnete.

Paris setzte sich ihm gegenüber an den Schreibtisch. »Weißt du, wie Gary sich mit Urgroßmutter vertragen hat? Ich finde, daß sie ihm gegenüber manchmal ziemlich barsch war.«

»Sie war zu jedem Menschen manchmal ziemlich barsch«, meinte Carter gelassen. »Wieso fragst du nach Gary?«

Paris atmete tief durch. »Die Polizei war gerade hier. Sie glauben, daß weder Sloan noch Paul Urgroßmutter umgebracht haben, sondern daß jemand anders die Waffe unter Sloans Matratze versteckt hat.«

»Du solltest dir nicht zu viele Gedanken darüber machen, Paris. Die ganze Geschichte macht dich sonst noch völlig verrückt. Laß die Polizei ihre Arbeit erledigen, und kümmere dich nicht weiter darum.«

»Ich glaube nicht, daß wir uns das leisten können.«

Er sah sie stirnrunzelnd an. »Was meinst du damit?«

»Die Polizei hat den Verdacht, daß ich es getan habe. Ich hatte ein stichhaltiges Motiv, und ich habe kein Alibi.«

»Aber das ist doch lächerlich! Mir scheint, daß entweder du selbst verrückt geworden bist oder die Polizei.«

»Es wäre allerdings verrückt, wenn man mich unschuldig ins Gefängnis sperren würde, aber solche Justizirrtümer geschehen die ganze Zeit. Es gibt nur eine Person, die die Waffe am Morgen nach Urgroßmutters Tod versteckt haben könnte, und das ist Gary Dishler. Neben uns vieren – Paul, Sloan, dir und mir – war er der einzige, der von der Polizei nicht weggeschickt wurde. Du hast es nicht getan, und ich habe es auch nicht getan. Bleibt noch Gary.«

Paris hatte den seltsamen Ausdruck, der kurz über das Gesicht ihres Vaters huschte, wohl bemerkt, aber er war so schnell wieder verschwunden, daß sie ihn nicht deuten konnte. War es etwa Angst? »Die Polizei wird von selbst nicht auf die Idee kommen, ihn zu verhören, sondern das Naheliegendste tun und mich verhaften. Ich glaube, wir sollten uns einen Privatdetektiv nehmen. Und außerdem werde ich wohl einen Anwalt brauchen. Wirst du dich darum kümmern?«

Jetzt war es Zorn und nicht Angst, was in seinem Gesicht zu lesen war, als Paris sich nach seinem Nicken anschickte, aufzustehen und hinauszugehen. Sie war schon an der Treppe angelangt, als sie eine Tür schlagen hörte und sich umwandte. Die Tür zum Arbeitszimmer ihres Vaters war immer noch offen, doch die von Dishlers Büro, die vorher ebenfalls offen gewesen war, war nun geschlossen. Paris fragte sich mit einem Schaudern, ob ihr Vater wohl ausgerechnet Dishler damit beauftragen würde, einen Anwalt und einen Privatdetektiv anzuheuern. Doch dann fiel ihr der Zorn auf dem Gesicht ihres Vaters ein, und sie hatte plötzlich den beängstigenden Verdacht, daß er beschlossen hatte, Dishler persönlich zur Rede zu stellen.

Die Furcht um ihren Vater veranlaßte Paris, entgegen ihren üblichen Prinzipien zurück in Carters Arbeitszimmer zu schleichen und zu versuchen, das Gespräch zwischen den beiden zu belauschen. Sie schloß vorsichtig die Tür hinter sich, ging zum Schreibtisch und wählte auf dem Telefon Gary Dishlers Durchwahl. »Ja, bitte«, schnauzte er, nachdem er abgenommen hatte.

»Gary? Oh, das tut mir leid«, sagte Paris und drückte vorsichtig eine Taste, durch die sie das Gespräch im anderen Zimmer mithören konnte. »Ich wollte eigentlich in der Küche anrufen.«

»Durchwahl zweiunddreißig«, sagte Dishler kurz und legte auf.

Dishler selbst hatte das neue Telefonsystem ausgewählt und ihr auch gezeigt, wie man die Mithörtaste drückte, als ihr

Vater sich von seiner Herzattacke erholte und noch sehr schwach war. Paris hatte sie seither nicht mehr benutzt, entschied aber, daß dies ein Notfall war, der sie zu dieser Indiskretion berechtigte. Während sie nun angespannt lauschte, überkam sie nach anfänglicher Ungläubigkeit langsam das kalte Entsetzen.

»Ich sagte Ihnen doch bereits, Sie sollen sich beruhigen, Carter!« warnte Dishler ihren Vater in einem Ton, den sie noch nie an ihm gehört hatte. »Was erzählen Sie denn da für unglaubwürdige Geschichten?«

»Sie haben genau gehört, was ich gesagt habe. Meine Tochter hat mir gerade mitgeteilt, daß man sie wahrscheinlich des Mordes an Edith beschuldigen wird.«

»Welche Ihrer Töchter?« fragte Dishler scheinheilig, um Zeit zu gewinnen.

»Ich habe nur eine Tochter, die zählt«, schnauzte Carter. »Und sie hat ziemlich überzeugende Argumente dafür angeführt, daß Sie es sind, der Sloans Waffe unter ihre Matratze gelegt hat. Das würde nichts anderes bedeuten, als daß Sie der wahre Mörder sind.«

Paris hatte erwartet, daß Dishler die Tat entschieden abstreiten würde, doch als er nun sprach, hatte seine Stimme einen so ungerührten und kalten Klang, daß sie erschauerte.

»Sie hatten da ein kleines Problem, Carter, und Ihren Geschäftspartnern konnte das nicht verborgen bleiben. Sie baten mich, für eine Lösung zu sorgen, bevor es schlimme Konsequenzen nach sich ziehen würde, die uns alle zerstören könnten.«

»Wovon sprechen Sie?« fragte Carter scheinbar ahnungslos, doch seine Stimme klang alarmiert.

»Nun tun Sie nicht so, als wüßten Sie das nicht«, sagte Dishler scharf. »Edith hat ihr Testament geändert, bevor wir etwas dagegen unternehmen konnten. Sie hat Sloan darin ein großes Stück vom Kuchen vermacht, und dieses Geld kommt aus dem Hanover-Trust. Sloans Anteil an dem Trust hätte aus fünfzehn Millionen Dollar bestanden. Aber der Hanover-Trust besteht nur noch aus insgesamt fünf Millionen Dollar, da Sie ihn seit zehn Jahren beständig gemolken haben, um die

Bank am Leben zu erhalten und Ihre ganzen anderen Verluste zu decken. Habe ich recht?«

Nach einem kurzen Schweigen hörte Paris ihren Vater sagen: »Ich hätte Sloan dazu überreden können, das Geld in dem Trust zu lassen und sich mit den Zinsen zufriedenzugeben. Das habe ich ja mit Paris auch schon getan.«

Paris hörte ein Geräusch, als habe Dishler mit der Hand auf den Tisch geschlagen. »Sloan ist nicht Paris: Sie ist Polizistin. Wenn sie eines Tages ihr Geld fordern würde und Sie es ihr nicht geben könnten, würde sie einen Mordszinnober veranstalten, und Sie und Ihre Bank wären damit erledigt. Ihre Partner konnten verständlicherweise nicht zulassen, daß es soweit kommt.«

»Hören Sie verdammt noch mal damit auf, diese Leute meine Partner zu nennen! Wir haben nicht mehr als ein kleines geschäftliches Arrangement miteinander. Ich habe nur zugestimmt, ihr schmutziges Geld zu waschen, weil sie meiner Bank damals in den achtziger Jahren aus der Klemme geholfen haben. Leider mußte ich dann noch ein paar von ihren Leuten in Schlüsselpositionen setzen und Ihre Anwesenheit in meinem Haus tolerieren. Aber es war nie die Rede von Mord!«

»Wir hatten keine andere Wahl, Carter. Wenn ich vorher gewußt hätte, daß Edith ihr Testament zugunsten von Sloan ändern würde, wäre die alte Dame noch früher gestorben – und zwar so, daß jeder es für einen natürlichen Tod gehalten hätte. Dies ist aber nicht der Fall, und so müssen wir uns nun mit diesem Problem herumschlagen.«

Dishler machte eine Pause und fuhr dann fort: »Als ich durch einen Zufall von der Testamentsänderung Wind bekam, habe ich mich mit Ihren Partnern in Verbindung gesetzt, und diese wiederum mit ihren Anwälten. Sie fanden schließlich einen Ausweg: Sloan konnte nur am Antreten ihres Erbes gehindert werden, wenn ihr ein geplanter Mord nachgewiesen werden konnte. Ihre Partner wiesen mich an, diese Sache in die Hand zu nehmen, und das habe ich getan.«

Paris hörte ihren Vater einen wütenden Fluch ausstoßen, der Dishler jedoch völlig ungerührt ließ. »Es ist doch nur ein

Geschäft, Carter. Nehmen Sie es nicht zu persönlich. Immerhin hatten wir das Glück, daß Sloan eine eigene Waffe hatte.«

Carters Stimme klang niedergeschlagen und resigniert. »Woher wußten Sie überhaupt, daß sie bei der Polizei ist und eine Waffe hat?«

»Am Tag vor dem Ableben der armen Edith fragte ich Ihre Tochter, was sie von den wertvollen Perserteppichen im Erdgeschoß hielt. Ihre Antwort bestätigte den Verdacht, den ich schon seit längerem hegte, da sie sich in keinster Weise für die architektonischen Details Ihres Hauses zu interessieren schien: Sie hat nicht die geringste Ahnung von Innenarchitektur.«

Es folgte ein vielsagendes Schweigen, bevor er fortfuhr: »Ich habe dann schnell über den Computer herausgefunden, daß sie ein Cop ist, und ein Anruf bei ihrer Dienststelle bestätigte dies. Kurze Zeit später hatten Ihre Geschäftspartner schon einen Plan ausgearbeitet und gaben mir die entsprechenden Anweisungen.« Leicht gereizt fügte er hinzu: »Das einzig Schwierige an der ganzen Sache war, die verdammte Knarre zu finden... Nun, können wir dieses unangenehme Gespräch damit beenden?«

Paris hörte die Anspannung in der Stimme ihres Vaters, als er nun fragte: »Was ist mit Paris? Sie werden sie für den Mord an Edith verhaften.«

»Aber nein, das würden wir natürlich nie zulassen. Man wird sich noch heute nacht um Sloan kümmern und damit alle Probleme ein für allemal aus der Welt schaffen.«

»Was meinen Sie damit?«

»Wollen Sie das wirklich wissen?«

Paris hatte eigentlich auflegen wollen, doch nun hielt sie gespannt den Atem an. Sie mußte unbedingt erfahren, was Dishler mit Sloan vorhatte.

Ihr Vater mußte genickt haben, denn Dishler setzte kurz darauf wieder zum Sprechen an. »Sloan Reynolds wird heute nacht von plötzlichen Schuldgefühlen über ihre Tat überwältigt werden. Sie wird einen Brief schreiben, in dem sie sich zu dem Mord an ihrer Urgroßmutter bekennt und uns allen erklärt, daß sie mit dieser Schuld nicht länger leben kann. Danach wird sie sich in den Kopf schießen. Frauen suchen sich normalerweise einen etwas hübscheren Tod aus, aber Sloan ist keine Durchschnittsfrau und würde zweifellos einen schnellen und sicheren Tod wählen.«

Paris legte schnell den Hörer auf und floh so hastig aus dem Arbeitszimmer ihres Vaters, daß sie beinahe gestolpert wäre. Als sie jedoch draußen im Gang eines der Hausmädchen mit einem Stapel frisch gewaschener Leintücher auf sich zukommen sah, verlangsamte sie ihren Schritt und setzte eine unbeteiligte Miene auf. Sie hatte keine Ahnung, was genau sie nun tun würde, aber es gelang ihr, einen klaren Gedanken zu fassen: Sie mußte Sloan warnen, und sie mußte das Haus so verlassen, daß niemand wegen ihres plötzlichen Aufbruchs Verdacht schöpfen würde.

»Hallo, Mary«, sagte sie lächelnd zu dem Hausmädchen. »Mir ist gerade eingefallen, daß ich noch eine wichtige Verabredung habe. Ich habe es schrecklich eilig.«

Daraufhin legte sie halb rennend den Weg in ihr Zimmer zurück, raffte dort ihre Handtasche und die Autoschlüssel zusammen und wollte dann wieder zur Tür hinauseilen, als ihr Paul Richardsons Karte einfiel. Sie hatte sie nach seinem Besuch in eine Schublade geworfen, in der vagen Absicht, einen Beschwerdebrief an seinen Vorgesetzten zu schreiben, in dem sie sich über seine unverschämte Verdächtigung beklagte. Als sie sie endlich fand, zitterten ihre Hände so sehr, daß sie sie zweimal fallen ließ.

Unten in der Halle begegnete sie Nordstrom. Sie mußte sich eine Nachricht für ihren Vater einfallen lassen, die erklärte, wieso sie zum Abendessen nicht zurück sein würde. Verzweifelt überlegte sie, wo sie am Tag nach der Beerdigung ihrer Urgroßmutter hingehen könnte, ohne seinen Verdacht zu erregen. »Oh, Nordstrom. Mein Vater hat gerade ein wichtiges Gespräch mit Mr. Dishler, und ich möchte ihn nicht stören. Könnten Sie ihm bitte sagen, daß ... Mrs. Meade angerufen hat und gerne mit mir über einige meiner Entwürfe sprechen möchte. Ich glaube, das wird mich etwas aufheitern.«

Nordstrom nickte. »Natürlich, Miss Paris.«

49

Paris sah auf die Uhr auf dem Armaturenbrett ihres Jaguars, während sie nach dem Hörer ihres Autotelefons griff: Es war kurz nach vier Uhr nachmittags. Wenn sie die Geschwindigkeitsbegrenzungen nicht beachtete, würde sie in höchstens einer Stunde in Bell Harbor sein. Es würde auf jeden Fall länger dauern, wenn sie einen Flug arrangierte und dann noch eine Fahrtmöglichkeit vom Landeplatz in die Stadt finden mußte. Sie entschloß sich daher, selbst zu fahren. Doch wie sehr sie sich auch beeilen mochte, sie würde kaum vor Einbruch der Dunkelheit in Bell Harbor sein.

Den Telefonhörer zwischen Schulter und Ohr geklemmt, wählte sie die Nummer, die Paul auf die Rückseite der Karte gekritzelt hatte, und versuchte sich gleichzeitig auf den Verkehr zu konzentrieren. Ihre Hände zitterten immer noch, aber sie wußte auch, daß sie handeln mußte und sich nicht in ihren entsetzlichen Gedanken verlieren durfte.

Ihr Anruf wurde nicht von Paul selbst, sondern nur von seinem Pager entgegengenommen. Paris gab die Nummer ihres Autotelefons ein, schaltete es aus und wartete auf seinen Rückruf.

Paul saß in seinem Motelzimmer in Palm Beach und hörte sich mit resignierter Miene die telefonische Schimpftirade seines Vorgesetzten in Miami an. Während er selbst das Telefon des Motels benutzte, sah er, wie auf seinem auf dem Nachtkästchen liegenden Handy ein Licht blinkte, das das Eintreffen eines Anrufs anzeigte. Paul langte hinüber und schaltete den Pager ein, um das Telefon am Klingeln zu hindern und sich weiterhin auf den wütenden Mann am anderen Ende der Leitung konzentrieren zu können.

»Hast du kapiert, was hier vor sich geht, Paul? Habe ich mich deutlich genug ausgedrückt? Es wird uns ein Vermögen und einen Haufen Arbeit kosten, auch nur einen Bruchteil der Beschwerden zu beantworten, mit denen Maitlands Anwälte uns eingedeckt haben.«

»Was genau hat er gegen uns vorzubringen?«

»Sehr aufmerksam von dir, mich das zu fragen«, erwiderte Brian McCade sarkastisch. Er raschelte mit den Papieren von Maitlands Anwälten, die sich auf seinem Schreibtisch türmten. »Schauen wir uns das mal an. Man beschuldigt uns des Hausfriedensbruchs, des Betrugs, der widerrechtlichen Beschlagnahme von Privateigentum...« Paul hörte sich die lange Litanei der Vorwürfe schweigend an. »Warte noch, dies hier habe ich selbst noch gar nicht gesehen«, sagte McCade bitter. »Man wirft uns auch noch ›böswillige Inkompetenz‹ vor.«

»Davon habe ich ja noch nie gehört. Seit wann ist Inkompetenz eine Gesetzesübertretung?«

»Seit Maitlands Anwälte sie zu einer gemacht haben!« rief McCade wütend aus. »Mit einigen dieser Klagen werden sie wahrscheinlich die Gesetzgebung ändern. Sie haben die Macht, bis zum Obersten Gerichtshof zu gehen und die Gesetze umschreiben zu lassen.«

»Ich weiß nicht, was ich sagen soll, Brian.«

»Du solltest dir aber etwas einfallen lassen. In einer dieser Beschwerden fordert Maitland eine förmliche und öffentliche Erklärung, daß auf seinen Schiffen nichts Illegales gefunden wurde. Er will, daß du dich ganz brav bei ihm entschuldigst.«

»Sag ihm, er soll zur Hölle fahren.«

»Unsere Anwälte sind gerade dabei, dies in einer etwas höflicheren Form zu tun. Ich halte es aber nur für ratsam, wenn noch eine konkrete Möglichkeit besteht, daß er das Zeug, das du auf seinen Yachten gesucht hast, ohne unser Wissen von Bord geschafft hat.«

Paul stieß einen tiefen Seufzer aus. »Das hätte er nicht tun können. Er selbst ist nach seinem letzten Treffen in Südamerika, das an Bord der *Apparition* stattfand, in die Staaten zurückgeflogen. Wir haben die Yacht auf ihrem Rückweg immer im Visier gehabt und dasselbe gilt für die ganze Zeit, die sie hier in Palm Beach vor Anker gelegen ist.«

»Du willst mir damit also sagen, daß sie in Südamerika keine illegalen Güter an Bord schaffen konnten, die ihr nicht gefunden hättet?«

Paul nickte, bevor er kleinlaut erwiderte: »Richtig.«

»Und dasselbe gilt für die *Star Gazer*?«

»Auch das ist richtig.«

»Wir müssen also davon ausgehen, daß Maitland unschuldig ist?«

Paul dachte mit Schaudern an die Menschen, denen er durch seinen falschen Verdacht Schaden zugefügt hatte, doch er versuchte, McCade gegenüber gefaßt zu bleiben. »Man könnte es so ausdrücken. Das einzige, was wir ihm höchstens noch anhängen könnten, ist dieses Maschinengewehr, das wir gefunden haben. Es ist eine automatische Waffe und damit gesetzlich verboten.«

»Danke für diese erleuchtende Bemerkung. Was sollen wir aber zu der Tatsache sagen, daß das Ding völlig veraltet und gar nicht mehr funktionstüchtig ist?«

Paul seufzte wieder und dachte daran, wie Sloan Maitland entschlossen verteidigt hatte; offensichtlich war ihr Urteil wesentlich verläßlicher gewesen als sein eigenes. »Glaubst du, es würde Sinn machen, wenn ich Maitland einen Besuch abstatte und vor ihm zu Kreuze krieche? Vielleicht würde es sein erregtes Gemüt beruhigen.«

»Er will nicht beruhigt werden, er will Blut sehen – dein Blut.«

»Ich muß sowieso noch wegen einer anderen Sache mit ihm sprechen«, sagte Paul, der es wenigstens nicht unversucht lassen wollte, Maitland davon zu überzeugen, daß Sloan keine Ahnung von den gegen ihn gerichteten FBI-Ermittlungen hatte.

»Wag dich bloß nicht in Maitlands Nähe«, warnte McCade mit bedrohlichem Unterton. »Du könntest dadurch unsere Verteidigungsstrategie gefährden. Hast du gehört, Paul? Dies ist kein Rat, sondern ein Befehl.«

»Ich habe dich gehört.«

Nachdem er aufgelegt hatte, erhielt Paul noch zwei Anrufe von seinen Männern in Palm Beach. Er gab ihnen genaue Instruktionen; dann schenkte er sich ein Glas Wasser ein und ging hinüber zum Bett. Ernüchtert holte er seinen Koffer hervor und begann zu packen.

Paris hatte fünfzig Minuten vergeblich auf Pauls Rückruf gewartet, bevor sie einsah, daß sie sich auf sich selbst verlassen und einen Plan über ihr weiteres Vorgehen schmieden mußte. Ihre Hände auf dem Lenkrad waren verschwitzt, und sie erwartete jeden Moment, wegen zu schnellen Fahrens von einer Streife aufgehalten zu werden.

Sie mußte Ruhe bewahren und einen klaren Kopf behalten. Mit ihrer rechten Hand öffnete sie ihre Handtasche und nahm Stift und Papier heraus. Dann griff sie wieder zum Telefon und rief die Auskunft von Bell Harbor an, um sie um Sloans Telefonnummer zu bitten: Sie war nicht registriert.

»Haben Sie dann vielleicht die Nummer von Kimberly Reynolds?« fragte Paris.

Sie notierte Nummer und Adresse, die ihr der Mann am anderen Ende der Leitung gab. »Und dann möchte ich auch noch die Nummer des Polizeireviers von Bell Harbor.«

Nachdem sie auch diese aufgeschrieben hatte, wählte sie die zuerst und fragte nach Detective Sloan Reynolds. Man versprach ihr, sie umgehend mit Detective Reynolds zu verbinden, doch Paris schien eine Ewigkeit vergangen zu sein, als sich endlich ein Mann namens Lieutenant Caruso meldete.

»Ich muß mit Sloan Reynolds sprechen«, sagte Paris ungeduldig.

»Tut mir leid, meine Dame, aber sie hat seit drei Uhr Feierabend.«

»Es ist aber sehr dringend. Ich bin ihre Schwester. Könnten Sie mir ihre Privatnummer geben?«

»Sie sind Sloans Schwester und haben ihre Privatnummer nicht?«

»Ich habe sie im Moment nicht bei mir.«

»Es tut mir leid, aber wir dürfen keine Privatnummern herausgeben.«

»Hören Sie mir bitte zu«, sagte Paris unwirsch. »Es handelt sich um einen Notfall. Sloans Leben ist in Gefahr. Heute nacht wird jemand versuchen, sie umzubringen.«

Der Mann namens Caruso war offensichtlich der Meinung, daß die Anruferin eine Verrückte sei. »Und ich nehme an, daß Sie selbst die Frau sind, die Sloan an den Kragen will?«

»Natürlich nicht!« explodierte Paris, versuchte sich aber wieder zu beruhigen, als sie merkte, daß sie mit Wut bei diesem Narren nicht weiterkam. »Ich bin wirklich ihre Schwester. Kennen Sie Sloan Reynolds persönlich?«

»Klar.«

»Dann wissen Sie doch sicher, daß sie bis vor ein paar Tagen zu Besuch bei ihrer Familie in Palm Beach war?«

»Jawohl, und ich weiß auch, daß ihre Urgroßmutter umgebracht und Detective Reynolds vorübergehend des Mordes verdächtigt wurde. Wir hatten hier schon zwei Anrufe von Leuten, die den Mord gestehen wollten.«

Paris beschloß, daß er ein hoffnungsloser Idiot war. »Wer ist Ihr oberster Vorgesetzter?«

»Eigentlich Captain Ingersoll, aber der hat heute frei.«

»Und wer vertritt ihn?«

»Ich selbst.«

Paris beendete entnervt das Gespräch.

Als Paul mit dem Packen fertig war, griff er automatisch nach dem Autoschlüssel und seinem Handy. Das blinkende Licht erinnerte ihn daran, daß jemand ihn anzurufen versucht hatte, während er mit McCade gesprochen hatte. Die Nummer auf seinem Pager war ihm unbekannt, doch er beschloß, vorsichtshalber zurückzurufen und sich zu erkundigen, worum es sich handelte.

Paris' Hand zitterte stark, als sie den Zettel mit Kimberlys Nummer vom Beifahrersitz nahm. Sie wollte sie gerade wählen, als das Telefon zu klingeln begann und sie hastig den Hörer hochriß.

»Hier spricht Paul Richardson«, sagte eine vertraute Stimme. »Ich hatte Ihre Telefonnummer auf meinem Pager.«

Paris war so erleichert, Pauls Stimme zu hören, daß ihr unwillkürlich die Tränen in die Augen stiegen. »Paul, hier ist Paris. Ich sitze in meinem Wagen und bin auf dem Weg nach Bell Harbor. Du mußt mir unbedingt glauben, denn die Polizei von Bell Harbor hält mich für eine Psychopathin und denkt gar nicht daran, etwas zu unternehmen. Und wenn du mir nicht hilfst ...«

»Ich werde dir glauben, Paris«, unterbrach er sie mit erstaunlich sanfter Stimme. »Und ich werde dir auch helfen. Sag mir jetzt bitte, was los ist.«

»Sie wollen Sloan heute nacht umbringen! Sie wollen sie dazu bringen, einen Abschiedsbrief zu schreiben, in dem sie den Mord an meiner Urgroßmutter gesteht, und danach wollen sie sie erschießen!«

Paris hatte erwartet, daß er eine umständliche Erklärung von ihr fordern würde, während Sloan jeden Moment ermordet werden konnte.

»Verstanden. Sag mir nun bitte, wer ›sie‹ sind, damit ich mir überlegen kann, wie ich sie aufhalte.«

»Ich weiß nicht, wer sie sind. Ich habe nur ein Gespräch belauscht, in dem darüber gesprochen wurde.«

»Okay, dann muß ich wenigstens wissen, wen du belauscht hast.«

Der Moment des Verrats war gekommen. Ihr Vater hatte sie aufgezogen, und er hatte sie immer geliebt ... Ihr Vater war aber auch völlig damit einverstanden, daß Sloan sterben mußte, um seine ›Geschäfte‹ zu schützen ... Und er war auch nicht sonderlich schockiert gewesen, als er gehört hatte, daß seine eigene Großmutter aus denselben Gründen ermordet worden war. Paris hatte die alte Frau so sehr geliebt. Aber auch ihn liebte sie. Und sie liebte Sloan.

»Paris? Ich muß wissen, wer daran beteiligt ist, um schnell handeln zu können!« drängte Paul.

Sie schluckte und wischte sich mit dem linken Arm über ihre tränennasse Wange. »Mein Vater. Mein Vater und Gary Dishler. Ich habe gehört, wie sie darüber gesprochen haben. Dishler arbeitet für gewisse Leute, die er als die Partner meines Vaters bezeichnet, und diese Leute haben ihn angewiesen, meine Urgroßmutter umzubringen. Er ist der Mörder, Paul!« Die Tränen strömten jetzt ungehemmt über ihr Gesicht und verschleierten ihr die Sicht auf die Straße. »Sie haben auch gesagt, daß Sloan umgebracht werden soll, aber das wird Dishler nicht selbst übernehmen. Ich glaube, sie haben professionelle Killer angeheuert.«

»Danke, das genügt mir für den Moment. Ich rufe dich sobald wie möglich wieder an.«

Paris legte auf. Paul würde ihr helfen, Sloan zu retten. Und er würde ihren Vater verhaften.

Sie stellte sich ihren stolzen, attraktiven Vater vor, wie er in Handschellen aus dem Haus geführt wurde. Sie dachte an den Mordprozeß, die Verhöre und die häßlichen Zeitungsberichte, die überall sein Foto verbreiten würden. All dies ließ ihre Tränen immer heftiger fließen. »Es tut mir leid«, sagte sie laut. »Es tut mir so furchtbar leid.«

50

Paul machte sich sofort auf den Weg zum Hafen von Palm Beach, um von dort aus mit einem FBI-Helikopter nach Bell Harbor zu fliegen. Als er von unterwegs aus beim dortigen Polizeirevier anrief, bekam auch er Lieutenant Caruso an den Apparat.

Nachdem Paul seinen Namen genannt hatte, fiel Caruso sofort ein: »Ich erinnere mich, Ihren Namen in den Fernsehnachrichten gehört zu haben. Sie waren mit Sloan bei …«

»Seien Sie still und hören Sie mir zu«, schnauzte Paul. »Sloan ist in Gefahr. Jemand will ihr etwas antun, wahrscheinlich lauert man ihr zu Hause …«

»Ich wette, Sie sprechen von der Frau, die gerade hier angerufen hat. Wahrscheinlich handelt es sich nur um eine Verrückte, aber um auf Nummer Sicher zu gehen, habe ich Sloan angerufen und eine Nachricht auf ihrem Anrufbeantworter hinterlassen.«

»Hat sie Sie schon zurückgerufen?«

»Nein, noch nicht.«

Paul ging im Kopf die Polizeibeamten durch, die er damals mit Sloan am Strand kennengelernt hatte. Einer war ihm besonders im Gedächtnis geblieben: Er war so scharfsinnig gewesen, Paul gegenüber mißtrauisch zu sein und Sloans Geschichte über die Knallkörper, die sich wie Gewehrschüsse anhörten, anzuzweifeln. »Wo ist Jessup?«

»Er ist nicht im Büro. Möchten Sie mit jemand anders …«

»Halten Sie den Mund, Sie ignoranter Idiot, dann werde ich Ihnen schon sagen, was ich will. Bewegen Sie jetzt gefälligst Ihren Hintern und sehen Sie zu, daß Sie Jessup finden. Sagen Sie ihm, er soll mich unter dieser Nummer anrufen!«

Es war März, und die Tage waren noch kurz; die Sonne ging schon unter, als Paris die Ausfahrt nach Bell Harbor erreichte. Sie hatte keine Ahnung, wo Sloan wohnte, und unter Kimberlys Privatnummer hatte sie immer nur ihren Anrufbeantworter erreicht.

Wahrscheinlich war Kimberly noch bei der Arbeit, dachte Paris nervös. Sie sagte sich immer wieder, daß sie ruhig bleiben und sich eine vernünftige Lösung überlegen mußte. Plötzlich fiel ihr ein, daß Kimberly in einer Boutique arbeitete und Sloan ihr gegenüber einmal deren Namen erwähnt hatte. Sie wußte noch, daß die Besitzerin einen altmodischen Namen trug, nach dem auch die Boutique benannt war. Paris hatte sich für die Designerkleidung interessiert, die ... die ... *Lydia* führte.

Sie griff wieder zum Autotelefon und bat die Auskunft um Lydias Nummer. Vor lauter Erleichterung mußte sie beinahe lachen, als Lydia sich darüber beschwerte, daß Kimberly schon wieder einen Privatanruf bekam.

»Hier ist Kimberly Reynolds«, sagte kurz darauf eine sanfte Stimme, in der gespannte Neugierde auf den unerwarteten Anrufer lag.

»Hier ist Paris, Mrs. Reyn... Mutter.«

»Oh, mein Gott. Oh, dem Himmel sei Dank!« Kimberly preßte den Telefonhörer so fest an ihr Ohr, daß Paris am anderen Ende der Leitung ihr Haar rascheln hörte.

Paris schaltete die Scheinwerfer an und ging auf die Bremse, da sie an einer Ampel halten mußte. »Ich bin in Bell Harbor und habe ein Problem: Ich muß sofort Sloan finden.«

»Sie sollte eigentlich zu Hause sein. Es ist schon nach fünf Uhr, und sie hatte heute Frühschicht, aber wenn sie besonders viel zu tun hat, arbeitet sie manchmal länger.«

»Ich befinde mich gerade auf der Ausfahrt von der Interstate. Könntest du mir sagen, wie ich von hier aus zu ihrem Haus komme? Ich bin jetzt ...«, Paris machte eine Pause, um das Straßenschild zu lesen, »... am Harbor Point Boulevard.«

Kimberly gab ihr so eifrig Auskunft, daß Paris vor Rührung für einen Moment ihre Angst vergaß. »Sloan hat ihren Ersatzschlüssel in einem Versteck«, fügte Kimberly hinzu und sagte ihr, wo genau der Schlüssel lag. »Falls sie noch nicht daheim ist, kannst du damit ins Haus gelangen und auf sie warten.«

»Vielen, vielen Dank.« Paris folgte Kimberlys Anweisungen und bog nach links ab, zögerte aber noch, das erste Telefongespräch mit ihrer Mutter zu beenden. Unsicher hielt sie den Atem an, bevor sie sagte: »Meinst du, ich kann später bei dir vorbeikommen?«

Ihre Mutter lachte unter Tränen. »Darauf habe ich dreißig Jahre gewartet. Du ... Du wirst es doch nicht vergessen?«

»Nein, das verspreche ich.«

Wenige Minuten später kam Paris vor Sloans Haus an. Im Inneren brannte Licht, und in der Einfahrt stand ein weißer, relativ neuer Wagen, dessen Kennzeichen ihn als Eigentum des Bell Harbor Police Departments identifizierte.

Paris parkte auf der Straße vor dem Haus, griff nach ihrer Handtasche und stieg aus. Es pfiff ein kräftiger Wind, und ein paar vereinzelte Regentropfen kündeten bereits ein Unwetter an. Wenngleich es schon dunkel war, machte die gutbeleuchtete Straße einen sehr sicheren Eindruck. Paris hatte sich vorgenommen, an die Tür zu klopfen, Sloan zu sagen, was man mit ihr vorhatte, und sie dann sofort aus dem Haus zu ziehen. Um alles andere würde sich Paul kümmern.

Der Plan schien klar und einfach, doch je näher sie dem Haus kam, desto unwohler fühlte sie sich. Als sie vor der Haustür angelangt war, hob sie ihre Hand, um zu klopfen, hielt aber dann inne und sah sich noch einmal suchend um. Der Strand auf der anderen Seite der Straße war teilweise hell erleuchtet, und im Lichtstrahl einer Straßenlaterne sah Paris eine Frau über den Sand in ihre Richtung kommen und dann in einen schnellen Lauf fallen. Sie erkannte sie sofort und war so erleichtert, sie zu sehen, daß sie ihren Namen rief, ohne darauf zu achten, daß Sloan sie wegen des Windes und der Brandung gar nicht hören konnte.

»Sloan ...« Bevor sie ein weiteres Wort sagen konnte, wurde plötzlich die Haustür aufgerissen. Die Hand eines Mannes stülpte sich über ihren Mund und erstickte ihren Schrei, während er sie mit der anderen Hand ins Innere zog.

51

Der drohende Regen hatte Sloan veranlaßt, schneller zu laufen, doch als es bei wenigen Tropfen zu bleiben schien, verlangsamte sie ihren Schritt wieder. Normalerweise hatte das Meer immer eine beruhigende Wirkung auf sie gehabt, und oft war es ihr so vorgekommen, als sänge es ihr ein Lied, doch seit ihrer Rückkehr aus Palm Beach bot es ihr keinen Trost mehr. Bevor sie Bell Harbor verlassen hatte, hatte sie die ruhigen Stunden allein zu Hause genossen. Nun konnte sie auch diese nicht mehr ertragen.

Sie beugte sich zum Sand hinunter und hob einen glatten, runden Stein auf; dann ging sie zurück zu den Wellen und warf ihn mit einer schnellen Drehung aus dem Handgelenk hinaus, um ihn auf der Wasseroberfläche springen zu lassen. Statt zu hüpfen, fiel er jedoch sofort ins Wasser und versank. Nach ihren Erlebnissen der letzten Tage hatte sie nichts anderes erwartet.

Sie war kurz nach drei Uhr nach Hause gekommen und hatte den größten Teil des Nachmittags damit verbracht, auf einem Felsen im Norden des Picknickgeländes zu sitzen und aufs Meer zu starren.

Während die Wolken vor der untergehenden Sonne vorbeizogen, hatte sie verzweifelt versucht, die vertraute Musik der Wellen zu hören. An stillen Abenden hatte das Meer Schlaflieder für sie gespielt; in stürmischen Nächten waren es kraftvolle Sinfonien gewesen. Seit sie aus Palm Beach zurückgekommen war, war die Musik verstummt. Das Meer schien ihr nun plötzlich bedrohlich, und das unheimliche und beunruhigende Geräusch der Brandung verfolgte sie bis in den Schlaf.

Es hatte eine unaufhörliche Klage angestimmt, daß ihre Urgroßmutter tot und ihr Mörder in Freiheit war. Es flüsterte ihr zu, daß sie geliebt und diese Liebe durch ihre eigene Schuld verspielt hatte. Mit jedem Wellenschlag schien es die Namen der Menschen aufzuzählen, die für sie unwiederbringlich verloren waren. Edith … Noah … Paris … Courtney … Douglas.

Sloan stand noch lange am Strand, die Hände in den Hosentaschen vergraben, und lauschte diesem wehmütigen Refrain, und wenngleich er sie zurück nach Hause trieb, wußte sie doch, daß sie ihm auch dort nicht entkommen konnte.

Mit gesenktem Blick überquerte sie schließlich die Straße, gepeinigt von den Erinnerungen, verfolgt vom traurigen Klagegeflüster der See. Sie war so in ihre schmerzlichen Gedanken versunken, daß sie schon fast an der Hintertür war, als sie hochsah und bemerkte, daß die Rückseite des Hauses im Dunkeln lag. Seit ihrer Rückkehr aus Palm Beach hatte sie in der Küche und im Wohnzimmer immer Licht brennen lassen, um wenigstens nicht nachts ein dunkles Haus betreten zu müssen. Sie war sich ganz sicher, daß sie auch diesmal die Lichter angelassen hatte, bevor sie zum Strand gegangen war.

Verwundert, daß ihr ihr Gedächtnis offensichtlich einen Streich spielte, wollte sie nach dem Türknauf der Hintertür greifen, als sie entdeckte, daß das kleine Fenster daneben zerbrochen war. Alarmiert riß sie ihre Hand zurück, fuhr herum, preßte sich dicht an die Hausmauer und kauerte sich dann auf den Boden.

Unter die Fenster geduckt, bahnte sie sich vorsichtig einen Weg zur Vorderseite des Hauses, wo sie bemerkte, daß das Wohnzimmerlicht noch brannte. Ihr Berufsinstinkt sagte ihr, daß ein gewöhnlicher Dieb das Haus sicher so schnell wie möglich wieder verlassen hätte, bevor seine Eigentümerin zurückkehrte. Das gelöschte Küchenlicht und eine unbestimmte Vorahnung gaben ihr jedoch das Gefühl, daß es sich in diesem Fall nicht um einen gewöhnlichen Einbrecher handelte.

Sie trug ihren Hausschlüssel bei sich, doch ihr Wagenschlüssel lag im Haus. Ihre Glock befand sich noch immer im Gewahrsam der Polizei in Palm Beach, während ihre Ersatzwaffe in ihrer Handtasche im Schlafzimmer lag. Falls sich wirklich ein Fremder in ihrem Haus befand, war es das einzig Sinnvolle, zu einem Nachbarn zu gehen und von dort aus die Polizei zu verständigen.

Sloan wollte sich gerade auf den Weg machen, als sie den Jaguar sah, der vor ihrem Haus parkte. Es war zweifellos Paris' Wagen. Aber wieso sollte Paris ihr Auto hier vor aller Augen parken und dann in Sloans Haus einbrechen? Sloan fühlte, wie ihr plötzlich ein Angstschauer über den Rücken lief.

Leise schlich sie sich zurück zur Rückseite des Hauses und öffnete vorsichtig die Tür, um sich dann, dicht an die Wand gepreßt, ins Innere zu pirschen. Plötzlich glaubte sie ein Geräusch zu hören. War es nur der Wind gewesen? Oder doch ein leises Wimmern?

Sie warf einen vorsichtigen Blick in die dunkle Küche und sah, daß sie leer und die Schwingtür zum Wohnzimmer geschlossen war. Lautlos und mit angehaltenem Atem stahl sie sich in die Küche und öffnete dann die Schwingtür einen winzigen Spaltbreit, um ins Wohnzimmer zu spähen.

Paris saß ihr zugewandt am Schreibtisch und starrte mit angstverzerrtem Gesicht auf einen Mann, der Sloan den Rücken zukehrte und Paris mit einer Waffe bedrohte. In der verzweifelten Hoffnung, daß sich nur ein Mann im Raum befinden würde, schob Sloan die Tür noch etwas weiter auf.

Paris ließ sich nicht anmerken, daß sie Sloan gesehen hatte. An der Wortflut, die nun über ihre Lippen kam, konnte Sloan jedoch ablesen, daß Paris die Aufmerksamkeit des Mannes auf sich zu lenken und gleichzeitig ihre Schwester darüber zu informieren suchte, was hier vor sich ging. »Sloan wird sicher kein schriftliches Geständnis ablegen, daß sie meine Urgroßmutter umgebracht hat, nur um meinem Vater aus der Patsche zu helfen. Sie wird sich sofort darüber im klaren sein, daß Sie sie danach umbringen wollen.«

»Halt den Mund!« fauchte der Mann sie an. »Oder du wirst nicht mehr lange genug leben, um herauszufinden, ob du recht hast oder nicht.«

»Ich weiß wirklich nicht, wieso ihr drei bewaffnete Männer braucht, um eine einzige Frau umzubringen!« fuhr Paris unbeirrt fort und wurde sich vage bewußt, daß die Männer wahrscheinlich nicht nur Sloan, sondern auch sie selbst umlegen würden.

»Nun, mein Täubchen«, sagte ein Mann, der zur Linken der Küchentür stehen mußte, »immerhin haben wir inzwischen schon zwei Frauen zu erledigen.«

Paris erschrak, behielt sich aber unter Kontrolle, um Sloan die Möglichkeit zum Rückzug zu geben. Diese tat jedoch etwas ganz anderes: Sie öffnete die Tür und trat mit hocherhobenen Händen ins Wohnzimmer. »Laßt sie gehen«, sagte sie ruhig. »Ich bin es, die ihr wollt.«

Paris schrie entsetzt auf, während der Mann vor dem Schreibtisch herumwirbelte und die anderen beiden sich von links und rechts auf sie stürzten, sie gegen die Wand warfen und beide auf ihren Kopf zielten. »Da hätten wir ja unser hübsches Kind. Willkommen zu Hause!« sagte einer von ihnen dann mit einem dreckigen Lachen.

»Laßt sie gehen, und ich werde alles tun, was ihr von mir verlangt«, sagte Sloan mit einer Gelassenheit, die Paris tiefen Respekt einflößte.

»O nein, Baby. Du vergißt, daß wir es sind, die hier die Bedingungen stellen: Entweder du tust, was wir dir sagen, oder wir bringen sie vor deinen Augen um«, sagte der Mann, der Paris am nächsten stand, bevor er um den Schreibtisch herumging und sich neben Sloans Schwester plazierte. Dann packte er sie am Genick, zog sie aus ihrem Stuhl hoch und schob sie auf einen der beiden anderen Männer zu. »Du«, sagte er dann und zielte mit seiner Waffe auf Sloan, »komm hier herüber zu mir. Du wirst jetzt einen netten kleinen Brief schreiben.«

»Gut, ich werde ihn schreiben«, sagte Sloan, während sie von dem dritten Mann so hart vorwärtsgeschoben wurde, daß sie stolperte. »Aber Sie machen einen Fehler.«

»Du bist es, die einen Fehler gemacht hat, Schätzchen. Du hättest nicht zu dieser Tür hereinkommen sollen«, schnauzte der Mann am Schreibtisch, bevor er sie packte und sie brutal auf den Stuhl zerrte.

»Falls Sie keine Schwierigkeiten bekommen wollen«, warnte Sloan, »sollten Sie besser zu dem Telefon dort greifen und Ihren Auftraggeber anrufen.«

Er drückte den Lauf seiner Pistole gegen ihre Schläfe. »Halt verdammt noch mal das Maul und schreib!«

»Okay. Lassen Sie mich mein Briefpapier aus der Schreibtischschublade nehmen ... Und bitte hören Sie damit auf, mir dieses Ding gegen den Kopf zu drücken ... Hören Sie zu: Meine Schwester hat nichts damit zu tun. Ich weiß, daß Sie mich töten werden. Aber es hat keinen Sinn, auch meine Schwester zu töten. Rufen Sie Ihren Boß an und fragen Sie ihn.«

Trotz ihrer scheinbaren Gelassenheit war Sloan inzwischen der Schweiß aus allen Poren ausgebrochen, als sie plötzlich glaubte, von draußen ein Geräusch zu hören. Sie sprach unwillkürlich lauter und schneller, um die Aufmerksamkeit ihrer Peiniger auf sich zu ziehen. »Die Absicht eures Auftraggebers war es doch, meine Schwester zu beschützen, indem ihr mich tötet. Sagen Sie Ihrem Boß ...«

Der Mann packte sie bei den Haaren, riß hart ihren Kopf zurück und setzte ihr die Pistole an die Schläfe. »Wenn du noch ein Wort sagst, drücke ich ab.«

Sloan nickte langsam, und nach einigem Zögern nahm er die Pistole wieder zurück und ließ ihr Haar los.

»Was soll ich in diesem Brief schreiben?« fragte Sloan, während sie die Schreibtischschublade öffnete und mit der rechten Hand ihren Schreibblock daraus hervorzog. Sie war etwas näher an den Tisch herangerückt, so daß der Mann nicht sehen konnte, wie sich ihre Linke um das kalte Metall ihrer Achtunddreißiger schloß und sie sie auf ihrem Schoß verbarg, bevor sie die Schublade wieder zuschob.

»Was soll ich schreiben?« wiederholte sie.

Statt ihr eine Antwort zu geben, zog der Mann ein Stück Papier aus der Tasche und klatschte es vor sie hin.

Das klatschende Geräusch des Papiers fiel in Paris' Erinnerung später mit dem Knallen von Schüssen zusammen, die plötzlich aus allen Richtungen zu kommen schienen. Einen Augenblick später spürte sie einen scharfen, stechenden Schmerz im Kopf. Paul Richardsons wutverzerrtes Gesicht war das Letzte, was sie sah, bevor die Dunkelheit sich über sie senkte.

52

Trotz des Belagerungszustandes, den die Fernsehreporter und Presseleute über das kleine Krankenhaus von Bell Harbor verhängt hatten, herrschte dort Feststimmung. Das Attentat auf Sloan und Paris Reynolds so kurz nach der Ermordung ihrer Urgroßmutter hatte in ganz Florida für Aufsehen gesorgt und bei seinen Einwohnern von wütendem Entsetzen bis zu verworrenen Theorien über die Urheber der Gewalttaten die unterschiedlichsten Reaktionen hervorgerufen.

Die lokalen Fernsehsender richteten ihr Augenmerk vor allem auf den Wagemut und den Scharfsinn von Detective Sloan Reynolds und Officer Jess Jessup, während sie die Heldentaten zweier FBI-Agenten, die maßgeblich an der Rettung der beiden Schwestern beteiligt gewesen waren, großmütig übersahen. Die nationalen Medien hingegen fanden es besonders hervorhebenswert, daß einer dieser FBI-Agenten erst wenige Tage zuvor durch die Beschlagnahmung und Durchsuchung von Noah Maitlands Yachten für Schlagzeilen gesorgt hatte.

Kurz nach Morgengrauen kam die von allen Seiten freudig aufgenommene Nachricht, daß Paris Reynolds das Bewußtsein wiedererlangt hatte. Das Krankenhauspersonal hoffte inständig, daß die Trauben von Reportern, die die Türen und Gänge des Hospitals bevölkerten, nun nach und nach abziehen und sich anderen Skandalnachrichten zuwenden würden.

»Mr. Richardson?« fragte die Krankenschwester lächelnd, als sie das Privatwartezimmer im dritten Stock betrat. Um Kimberly und Sloan nicht zu wecken, senkte sie die Stimme, als sie dann zu Paul sagte: »Miss Reynolds ist jetzt wach. Wenn Sie sie für ein paar Minuten allein sehen möchten, sollten Sie gleich zu ihr gehen.«

Paul stand sofort auf. Stunde um Stunde hatte er voller Besorgnis darauf gewartet, daß Paris das Bewußtsein wiedererlangte. Doch jetzt, da es endlich soweit war, wußte er nicht, was er ihr sagen sollte.

Paris hatte die Augen geschlossen, als er ins Zimmer trat. Er setzte sich an ihr Bett und sah sie sorgenvoll an, doch als er bemerkte, daß ihr Atem gleichmäßig und kräftig war und daß auch ihre Wangen schon wieder etwas Farbe angenommen hatten, entspannte er sich ein wenig.

Als er es endlich wagte, ihre Hand zu ergreifen, schlug sie die Augen auf und sah ihn verwirrt an. Erst nach und nach wurde ihr bewußt, was geschehen war und wo sie sich befand. Paul wartete mit angstvoller Spannung auf den Moment, da sie den Mann an ihrem Bett erkannte – und ihn mit dem Bastard identifizierte, der ihre Ehrlichkeit und Liebenswürdigkeit in Zweifel gezogen und schließlich auch noch die schreckliche Ungerechtigkeit begangen hatte, sie des Mordes an ihrer geliebten Urgroßmutter zu bezichtigen. Erst jetzt wußte er, wie sehr er es verdient hatte, daß sie ihn bei seinem letzten Besuch geohrfeigt und ihm die Tür vor der Nase zugeknallt hatte.

Als sich ihre Blicke trafen, verschwand der verwirrte Ausdruck in ihren Augen. Sie schluckte mühsam und wandte all ihre Kraft auf, um nach zwei Tagen der Bewußtlosigkeit den Mund zu öffnen. Paul legte sein Ohr an ihre Lippen, um ihr leises Flüstern zu verstehen. »Wo warst du denn so lange?« fragte sie mit einer kaum wahrnehmbaren Andeutung ihres wunderbaren Lächelns.

Er stieß ein heiseres Lachen aus und drückte unendlich erleichtert ihre Hand.

»Wurde ich angeschossen?« fragte sie.

Er nickte und erinnerte sich mit Grauen an den Moment, als während der Schießerei eine Kugel an der Wand abgeprallt war und der Querschläger ihren Kopf gestreift hatte.

»Wer hat auf mich geschossen?«

Paul lehnte seine Stirn gegen ihre ineinander verschlungenen Hände und schloß die Augen, bevor er ihr die Wahrheit sagte. »Ich glaube, das war ich.«

Sie lag ganz still; dann erbebte ihr zierlicher Körper leicht unter einem verhaltenen Lachen. »Das hätte ich mir denken können.«

Paul sah ihr tief in die Augen und versuchte zu lächeln. »Ich liebe dich«, sagte er dann.

53

Paris konnte das Krankenhaus schon am Ende der Woche verlassen und sich im Haus ihrer Mutter, die sich rührend um sie kümmerte, erholen. Paul hatte Urlaub genommen, um bei ihr sein zu können, und Sloan kam jeden Tag auf Besuch.

Kimberly und Paris schienen sich glänzend zu verstehen und bester Laune zu sein. Sloan jedoch wurde mit jedem Tag magerer und blasser, und Paul brauchte nicht lange zu überlegen, um zu wissen, daß der Grund ihres Kummers die Sache mit Maitland war.

Paul fühlte sich immer noch schuldig für das Zerwürfnis zwischen den beiden, und obwohl man ihn angewiesen hatte, Maitland fernzubleiben, nahm er sich heimlich vor, früher oder später eine Versöhnung herbeizuführen. Für den Moment waren ihm allerdings die Hände gebunden, da Maitland sich weigerte, ihn zu sehen. Paul hatte ihn zweimal angerufen und um eine Aussprache gebeten, doch seine Sekretärin hatte ihn jedesmal abgewimmelt.

An einem sonnigen Nachmittag etwa zwei Wochen nach Ediths Tod saßen Paris, Sloan und ihre Mutter in Kimberlys Wohnzimmer und unterhielten sich, während Paul sich wieder einmal den Kopf zerbrach, was er noch unternehmen konnte, um an Maitland heranzukommen.

Als es unvermittelt an der Tür klingelte und die drei Frauen keine Reaktion zeigten, stand Paul schließlich auf und öffnete die Haustür. Er blieb wie angewurzelt stehen, als draußen keine andere als Courtney Maitland stand und ihn mißtrauisch anstarrte.

»Wir wollen Paris besuchen«, verkündete sie nach der ersten Verwunderung knapp. »Was machen Sie denn hier? Hat man Ihnen den Auftrag erteilt, das Porzellan zu konfiszieren?«

Als Paul über die Schulter des Mädchens blickte und Douglas aus dem Wagen steigen sah, flackerte ein Hoffnungsschimmer in ihm auf, der sich schnell zu einem vagen Plan verdichtete.

»Ich möchte erst mit euch beiden allein sprechen, bevor ihr ins Haus zu Paris geht«, sagte er, indem er – Courtney sanft vor sich her schiebend – vor die Tür trat und diese hinter sich schloß. Während sowohl Courtney als auch Douglas ihn noch zornig anstarrten, sagte Paul schnell: »Ich habe eurer Familie großes Unrecht zugefügt. Doch nicht nur euch habe ich verletzt, sondern auch Sloan, und mit eurer Hilfe möchte ich das gerne wieder ausbügeln.«

Courtney stieß ein spöttisches Prusten aus. »Wieso wedeln Sie nicht mit Ihrem FBI-Ausweis und erteilen uns Befehle? Das ist doch normalerweise Ihre Art, mit Menschen umzugehen.«

Paul überging ihre Bemerkung und wandte sich an Douglas. »Sloan hatte nicht die geringste Ahnung, daß ich die Yachten Ihres Sohnes durchsuchen wollte, Douglas. Sie wußte überhaupt nicht, daß ich mich für Noah interessierte. Als sie sich bereit erklärte, mit mir nach Palm Beach zu kommen, hatte ich sie nur über den Verdacht gegen Carter Reynolds in Kenntnis gesetzt. Sie haben sicher die Zeitungen gelesen und wissen, daß er alles gestanden hat. Auch Dishler haben wir inzwischen verhaftet, und es hat nicht lange gedauert, bis er alles ausgeplaudert hat.«

Er machte eine Pause, um ihre Reaktion zu prüfen, doch da sie beiden schwiegen, fuhr er schnell fort: »Bezüglich Carter hatte ich recht. In Noah jedoch habe ich mich getäuscht. Was jetzt jedoch zählt, ist, daß Sloan ehrlich zu euch war und euch alle ins Herz geschlossen hatte. Ihr habt gehört, was sie getan hat: Sie hat ihr Leben für Paris aufs Spiel gesetzt. Sie hat mir vertraut, und ich habe – wenn auch ohne Absicht – ihr Vertrauen enttäuscht. Ich handelte aus Pflichtgefühl und in dem festen Glauben, daß ich Noah gegenüber im Recht war.«

Als er wieder schwieg, warf Douglas einen Blick auf Courtney, wie um zu fragen, was seine naseweise Tochter von der Sache hielt.

»Courtney«, wandte Paul sich dann an das Mädchen, »Sloan spricht mit ihrer Mutter und mit Paris so oft über dich. Sie vermißt dich.«

»Wieso sollten wir Ihnen glauben?« fragte Courtney stur.

Paul schob seine Hände in die Taschen und zuckte mit den Schultern. »Wieso sollte ich euch anlügen?«

»Weil es in Ihrer Natur liegt?« schlug Courtney ohne große Überzeugung vor.

»Offensichtlich vergeude ich hier nur meine Zeit«, sagte Paul kurz und wandte sich zur Tür. »Im Grunde ist Sloan euch doch ganz egal. Vergessen wir, was ich gesagt habe. Ich habe es satt, mich bei Leuten zu entschuldigen, die gar nicht daran interessiert sind.«

Er öffnete die Tür und wollte ins Haus treten, als Courtney ihn plötzlich am Ärmel packte. »Vermißt Sloan uns wirklich?«

Er wandte sich zu ihr um. »Ja, sehr. Wie geht es deinem Bruder?« gab er zurück.

Courtney senkte den Blick und focht einen inneren Kampf, mit welcher Seite sie sich nun solidarisch erklären sollte. Schließlich hob sie den Kopf und sah ihm fest in die Augen. »Er vermißt sie. Er vermißt sie so sehr, daß er heute nach Saint Martin fahren will, das er nicht ausstehen kann, um sich dort mit einer Menge Leute zu treffen, die er ebenfalls nicht ausstehen kann. Danach will er definitiv zurück nach San Francisco.«

»Ermögliche es mir, ihn zu sehen und ihm alles zu erklären.«

»Er wird Sie rauswerfen«, versetzte Courtney grinsend. »Schließlich ist er ja nicht in Sie verliebt. Wir müssen ihn mit Sloan zusammenbringen, und zwar irgendwo, wo er ihr nicht so leicht entkommen kann.«

Daraufhin tauschten sie vielsagende Blicke, kamen zum gleichen Ergebnis und gingen endlich ins Haus.

»Hallo, alle miteinander«, rief Courtney, als sei nie etwas geschehen, nachdem sie ins Wohnzimmer getreten war.

Die wohlbekannte Stimme veranlaßte Sloan, völlig überrascht herumzufahren. »Wir können leider nicht so lange bleiben«, fuhr Courtney fort, während sie Paris entgegenwirbelte und ihr einen Kuß auf die Wange drückte. »Cooler Verband, Paris.«

Sloan blickte an dem Mädchen vorbei zu Douglas, der freudig grinste und seine Arme ausbreitete. Immer noch mißtrauisch, aber auch unendlich erleichtert, stand sie auf, ging ihm entgegen und umarmte ihn herzlich. Er ergriff die Gelegenheit, um sie zur Seite zu nehmen und ihr zuzuflüstern: »Courtney wird dich und Paul zu Noah bringen. Geh mit ihr. Wenn du noch länger wartest, wird Noah nicht mehr da sein. Er will Palm Beach in ein paar Stunden verlassen.« Damit entzog er sich ihrer Umarmung und warf eine Blick über ihre Schulter, da irgend etwas im Raum seine ungeteilte Aufmerksamkeit erregt zu haben schien. »Wer in aller Welt ist denn das?«

Sloan war so aufgeregt und hatte es plötzlich so eilig, daß sie ihre Mutter für einen Moment entgeistert anstarrte, bevor sie seine Frage beantworten konnte. »Meine Mutter. Möchtest du sie kennenlernen?«

»Meine Liebe«, sagte er, während langsam ein Lächeln sein Gesicht erhellte, »es gibt nichts, das ich lieber täte.«

54

Noah verstaute den letzten Papierstapel in seiner Aktentasche und trug sie hinunter in die Eingangshalle, wo seine Koffer schon bereitstanden, um vom Chauffeur in den Wagen geladen zu werden.

Dann stand er eine Weile nur versonnen da, die Hände in den Hosentaschen vergraben, und sah sich ein letztes Mal um. Er hatte dieses Haus selbst entworfen. Er liebte alles an ihm, die weichen und großzügigen Formen der Zimmer, die hohen Decken und die herrliche Aussicht. Dennoch war er froh, daß er dem Haus für eine Weile den Rücken kehrte. Wo immer er auch hinging in diesem Haus, folgten ihm die Erinnerungen an Sloan und an die beschämende Leidenschaft, die er für diese Frau empfunden hatte. Kein Zimmer, keine Treppe, kein noch so entfernter Winkel, den er nicht mit ihr in Verbindung gebracht hätte.

Er warf einen Blick ins Wohnzimmer und sah Sloan auf dem Sofa sitzen und sich Sorgen um ihre bevorstehende Verhaftung machen.

Langsam und nachdenklich wanderte er über die peinlich sauberen Parkettböden von Zimmer zu Zimmer.

Er trat in die Küche und sah Sloan am Herd stehen und ein spätabendliches Omelett braten. »*Wer nicht beim Kochen hilft, bekommt auch nichts zu essen*«, hatte sie ihn gewarnt.

»*Gib mir eine Aufgabe, und zwar eine möglichst schwierige.*«

Sie hatte ihm eine grüne Paprikaschote und ein Messer gereicht.

»*Ich hatte etwas Männlicheres im Sinn*«, hatte er im Scherz gesagt, und da hatte sie ihm eine Zwiebel ausgehändigt.

Danach öffnete Noah die Gartentür und ging hinaus auf die Terrasse, wo er sich wehmütig umsah. Zu seiner Linken stand der Tisch mit dem Sonnenschirm, an dem sie zum ersten Mal mit Courtney, Douglas und ihm selbst gefrühstückt hatte. Courtney hatte sie über den Abend zuvor ausgefragt, als sie Noah einen Korb gegeben hatte, und Sloan war schließlich in ein ansteckendes Lachen ausgebrochen. *»Ich habe keine Ahnung, wie man flirtet … Wenn ich ein Handy bei mir gehabt hätte, hätte ich glatt meine Freundin Sara von der Tanzfläche aus angerufen und sie gefragt, was ich sagen soll.«*

Noah wandte den Blick vom Tisch und sah zum Strand hinunter. Sie war spät in der Nacht nach ihrer Party noch zu ihm gekommen und dort im Sand gestanden, und mit ihren Sandalen in der Hand hatte sie wie ein barfüßiger Engel ausgesehen. *»Was … was solche Beziehungen betrifft … Ich hatte nicht, was du … oder was andere Leute viel Erfahrung nennen würden. Tatsächlich hatte ich nur zwei solche Beziehungen.«*

»Nur zwei? Wie schade. Darf ich hoffen, daß sie beide sehr kurz und völlig bedeutungslos waren?«

»Ja«, hatte sie geflüstert, während sie ihre Hand auf seine Wange legte. *»Extrem kurz und ganz und gar bedeutungslos.«*

Sie waren in jener Nacht schließlich auf der Gartenliege gelandet, die dort unten stand, und er war sich vorgekommen wie ein Teenager in seiner ersten Liebesnacht.

Er ging ein paar Stufen hinunter und blickte aufs Meer hinaus. In der Nacht, als Edith gestorben war, war er mit ihr über diesen Strand gegangen. Er hatte sie so vermißt, daß er es in Miami nicht ausgehalten hatte und früher zurückgekommen war. Nachdem sie zusammen gekocht und gegessen hatten, hatte er sie wieder nach Hause begleitet. *»Ich bin verrückt nach dir.«* Eigentlich hatte er sagen wollen, daß er sie liebte. Gott sei Dank hatte er es nicht getan. Es wäre nur eine weitere Idiotie gewesen, die er jetzt zu bereuen hätte.

Noah drehte sich schnell um und ging die Treppen wieder hinauf und zurück ins Haus. Er war wütend und enttäuscht, und er fragte sich verärgert, was sie nur an sich hatte und welche magische Kraft ihn mit ihr verband, daß sie unter den unzähligen Frauen, die er gekannt hatte, die einzige war, die er wirklich wollte.

Er konnte einfach nicht verstehen, wie er so verdammt naiv hatte sein können. Es hatte eine Zeit gegeben, in der er seinen

Kopf darauf verwettet hätte, daß sie ebensosehr in ihn verliebt war wie er in sie. Diese maßlose Dummheit hatte ihm nicht nur das Herz gebrochen, sondern würde ihn auch in finanzieller Hinsicht noch ein Vermögen kosten. Die Durchsuchung seiner Schiffe durch das FBI hatte ihm eine zweifelhafte Publicity eingebracht und seinen tadellosen Ruf ruiniert. Auch wenn sie nichts gefunden hatten, würde allein schon der Verdacht, der auf ihn gefallen war, auf Jahre hinaus im Gedächtnis der Öffentlichkeit bleiben.

Sloan Reynolds war so schön und facettenreich wie eine Orchidee; sie war eine skrupellose Mata Hari mit Pferdeschwanz.

Er blieb auf der Schwelle zum Wohnzimmer stehen und sah versonnen auf das Videoband, das aus dem Videorecorder ragte. Nach dem Mordanschlag auf Paris und Sloan hatte das Fernsehen tagelang Bilder von den Heldentaten übertragen, die Sloan in ihrer kurzen Polizeilaufbahn bereits vollbracht hatte. Courtney betrachtete Sloan zwar als gemeine Verräterin, war von diesen Bildern jedoch so fasziniert, daß sie alles auf Video aufgenommen und ihn in ihrer jugendlichen Unbesonnenheit auch noch dazu überredet hatte, sich die Filme mit ihr anzusehen.

Es handelte sich um Dokumentaraufnahmen, die dem Zuschauer ein realistisches Bild der alltäglichen Polizeiarbeit vermitteln sollten. Sloan war darin unter anderem bei einer live mitgeschnittenen Drogenrazzia zu sehen.

Noah konnte den Blick nicht von dem Videoband abwenden. Es war die letzte Gelegenheit, es vor seiner Abreise noch einmal anzuschauen. Courtney und Douglas waren in Bell Harbor, um Paris zu besuchen, und sie würden sicher nicht so bald zurückkehren. Widerstrebend ging er hinüber zum Fernsehgerät, schaltete es an und schob das Video hinein.

Während der Bildschirm hell wurde und das Band zurückspulte, wurde Noah wieder von Zorn übermannt: Er hatte auch noch die maßlose Dummheit besessen, Sloan Schießunterricht anzubieten, damit der »liebe kleine Engel« keine Angst mehr vor Waffen zu haben brauchte ...

Auf dem Fernseher trug dieser Engel eine Polizeiuniform und kauerte – das Gewehr fest in der Hand – in geduckter Stellung neben einem Streifenwagen, während sich ihre Kollegen über den Hof auf ein Haus zupirschten.

Im folgenden Filmausschnitt hatte sie sich ganz nach vorne gewagt und stand nun im Zentrum der Aufmerksamkeit neben der Haustür an die Wand gepreßt. Ihre Hände umklammerten immer noch entschlossen ihre Waffe, während sie gerade ihre Arme nach oben riß, um einen Warnschuß abzugeben.

Noah ging mit verbitterter Miene zum Fernseher und schaltete ihn aus. Er haßte und verachtete diese Frau ... Und doch: Wenn sie ihn nicht betrogen hätte, hätte er zugeben müssen, daß sie großartig war.

Unwirsch schüttelte er den Kopf, um Sloan Reynolds für immer aus seinen Gedanken zu verbannen und sich auf seine bevorstehende Abreise zu besinnen. Als ihm einfiel, daß er in seinem Büro noch einen Bericht vergessen hatte, den er unbedingt mitnehmen wollte, ging er schnell nach oben. Er war gerade dabei, seinen Schreibtisch nach ihm abzusuchen, als er unten in der Eingangshalle Stimmen hörte, die sich schnell näherten. Verwundert sah er hoch und sah zu seinem maßlosen Erstaunen Paul Richardson auf der Türschwelle stehen, zu dessen beiden Seiten sich Courtney und Douglas aufgebaut hatten.

Douglas unternahm unverzüglich den Versuch, seinen Sohn zu beschwichtigen, als er den wutschäumenden Ausdruck in seinen Augen bemerkte. »Noah, möchtest du dir nicht wenigstens anhören, was Paul dir zu sagen hat?«

Statt ihm zu antworten griff Noah zum Telefon und drückte den Knopf für die Gegensprechanlage. »Martin«, sagte er zu seinem Chauffeur, der auch sein Leibwächter war, »ich habe einen Eindringling in meinem Büro. Kommen Sie sofort her, und schaffen Sie ihn mir vom Hals!« Ohne noch einmal aufzusehen, suchte er dann weiter auf dem Schreibtisch nach seinem Bericht und stand sofort auf, als er ihn gefunden hatte. Er ging langsam auf die Tür zu, und in seinen Augen stand ein so bedrohliches Flackern, daß sein Vater und seine Schwester es für klüger hielten, zurückzuweichen und ihm den Weg freizugeben. Paul jedoch rührte sich nicht vom Fleck. »Wenn ich jetzt an Ihnen vorbeigehe, Richardson, und Sie dabei auch nur blinzeln sehe, werde ich das als versuchte Körperverletzung betrachten. Es wird mir ein Vergnügen sein, Ihren Hintern in diesem Fall höchstpersönlich über diesen Balkon nach unten zu befördern. Haben wir uns verstanden?«

Die Reaktion des FBI-Agenten kam völlig unerwartet. Er tat einen weiteren Schritt in Noahs Büro, schob die Tür hinter sich zu und drehte den Schlüssel um, wodurch er nicht nur Douglas und Courtney, sondern auch den in diesem Moment die Treppen heraufpolternden Martin ausschloß. Dann lehnte er sich seelenruhig mit dem Rücken gegen die Tür, kreuzte die Arme über der Brust und sah Noah herausfordernd an.

Von draußen waren die Stimmen von Courtney und Douglas zu hören, die Martin versicherten, daß er nicht gebraucht wurde, doch Paul zweifelte keinen Moment daran, daß Noah kräftig und wütend genug war, um es auch allein mit ihm aufzunehmen. Er vertraute jedoch auf die schlichte Tatsache, daß Noah seine fünfzehnjährige Schwester keiner Schlägerei aussetzen wollte, auch wenn sie sie nicht mit eigenen Augen sehen, sondern nur hören konnte. Bis Courtney sich entschließen würde, ihren Lauschplatz vor der Tür zu verlassen, war es ihm hoffentlich gelungen, Noahs Zorn zu besänftigen und so eine gewalttätige Auseinandersetzung zu vermeiden.

»Noah«, sagte Paul endlich in einem fast vertraulichen Ton, »ich habe zwei verdammt lausige Wochen hinter mir. Es war so ziemlich die mieseste Zeit, die ich in den vergangenen fünf Jahren erlebt habe.«

Noah lehnte sich mit der Hüfte gegen den Schreibtisch und lauschte aufmerksam, ob ein Geräusch hinter der Tür darauf hindeutete, daß Courtney noch immer dort stand. Die Muskeln an seinem angespannten Kiefer zuckten heftig, und es schien ihn einen harten Kampf zu kosten, nicht auf sein Gegenüber loszugehen.

Paul war sich völlig im klaren darüber, was in Noah vorging, und er überlegte sich seine Worte sorgfältig, bevor er nun weitersprach. »Können Sie sich noch an den Fall Zachary Benedict erinnern, der vor fünf Jahren die Öffentlichkeit bewegte?«

Noah sah ihn überrascht, aber immer noch voller Verachtung an. Die Geschichte über den preisgekrönten Schauspieler und Regisseur, der fälschlicherweise des Mordes an seiner Frau beschuldigt worden war, hatte weltweit Schlagzeilen gemacht. Benedict war damals aus dem Gefängnis geflohen und hatte eine Geisel namens Julie Mathison genommen, die bald darauf seine Geliebte geworden war. Später war er dann am Flughafen von Mexiko City – wo er sich trotz des Risikos, verhaftet zu werden, mit Julie treffen wollte – nach einer Schießerei wieder dingfest gemacht worden.

»Aus Ihrem Gesichtsausdruck schließe ich, daß Sie sich noch gut an das Debakel erinnern können«, fuhr Paul fort. »Sie wissen aber wahrscheinlich nicht, daß ich selbst damals für Benedicts Verhaftung verantwortlich war. Ich habe Julie Mathison als Lockvogel benutzt und bin mit ihr nach Mexiko geflogen.«

»Beantworten Sie mir eine Frage«, schnauzte Noah. »Waren Sie jemals hinter jemandem her, der tatsächlich schuldig war?«

»Offensichtlich nicht in Ihrem Fall. Und auch mit Benedict ist mir ein Fehler unterlaufen. Als die ganze Sache damals vorbei und Benedict freigesprochen war, habe ich ihn aufgesucht und mich bei ihm entschuldigt. Ich habe damit auch erreicht, daß er Julie vergeben hat.«

»Was zum Teufel hat das alles mit mir zu tun?«

»Darauf wollte ich gerade zu sprechen kommen. Sehen Sie, es gibt zwei eklatante Unterschiede zwischen der Geschichte zwischen Julie und Benedict damals und der heutigen zwischen Sloan und Ihnen: Julie kam mit mir nach Mexiko City, um Benedict eine Falle zu stellen, weil ich sie von seiner Schuld überzeugen konnte. Es wäre mir aber niemals gelungen, Sloan davon zu überzeugen, daß *Sie* schuldig sind.«

Erleichtert nahm Paul das Flackern in Noahs Augen wahr, das auf sein wachsendes Interesse zu deuten schien. »Tatsächlich habe ich das nicht einmal versucht. Sloan ist mit mir nach

Palm Beach gekommen, weil ich hinter Carter Reynolds her war. Sie hatte keine Ahnung von meinem Verdacht, daß Sie das Geld des Kartells in die Staaten brachten. Ich habe sie aus verschiedenen Gründen nicht davon in Kenntnis gesetzt. Einer dieser Gründe ist, daß Sloan eine Idealistin ist; sie ist absolut vertrauenswürdig und sehr schlau. Wenn sie jemals auch nur geahnt hätte, daß ich sie als Lockvogel benutzte, hätte sie höchstwahrscheinlich ihre und meine Deckung auffliegen lassen, um Sie zu schützen.«

»Und das soll ich Ihnen glauben?«

»Warum sollte ich Sie belügen?«

»Weil Sie ein falscher Hund sind.«

»Courtney hat diese Meinung auch schon vertreten«, sagte Paul mit einem schiefen Grinsen. »Sie hat sich zwar etwas höflicher ausgedrückt, aber ihr Ton und ihre Aussage waren die gleichen. Wie auch immer«, fuhr er brüsk fort, »die Eigenheiten meines Charakters sollen uns hier nicht weiter interessieren... Doch wie ich Ihnen schon sagte: Es gab zwei große Unterschiede zwischen Julie Mathison und Sloan Reynolds. Der zweite Unterschied ist: Julie hatte einen Grund, sich schuldig zu fühlen, weil sie Benedict tatsächlich hintergangen hatte. Sie war aber willens, sich Benedicts Zorn zu stellen und ihm alles zu erklären. Sloan hingegen hat überhaupt keinen Grund für ihr schlechtes Gewissen. Und sie ist ebenso stolz und unbeugsam wie Sie selbst, Maitland. Überlegen Sie sich daher gut, ob Sie sich weiterhin weigern wollen, sie zu sehen.«

Paul machte einen Schritt ins Zimmer. »Ich weiß, daß es Ihnen nicht leichtfallen wird, mir zu glauben.« Er warf einen Blick auf seine Uhr. »Sie haben etwa eine halbe Stunde Zeit, um zu entscheiden, ob Sie Sloans Leben und Ihr eigenes wirklich zerstören wollen.«

»Was soll denn das nun wieder heißen, verdammt noch mal?«

»Es soll heißen, daß Sloan auf der *Apparition* auf Sie wartet. Denken Sie gut darüber nach: Sie ist nicht dort, um Sie um Verzeihung anzuflehen. Sie würde niemals um etwas betteln. Alles was sie will, ist, Ihnen zu sagen, daß es ihr leid tut, was geschehen ist, und sich auf anständige Art und Weise von Ihnen zu verabschieden.«

Paul wandte sich um und wollte schon die Tür öffnen, dann hielt er nochmals inne und machte eine halbe Drehung in Noahs Richtung. »Da ist noch eine Sache«, sagte er grinsend. »Ich werde Paris heiraten. Und das, obwohl ich eines Nachts zu meinem größten Unbehagen bemerken mußte, daß sie ziemlich kräftig zuschlagen kann.«

Maitland sah ihn verwundert an. »Sie hat Sie geschlagen?« fragte er fast amüsiert.

»Richtig.«

»Warum denn das?«

»Ich habe sie beschuldigt, Ediths Mörderin zu sein.«

»Klingt nach einem guten Grund für eine Ohrfeige«, versetzte Noah sarkastisch.

»Das ist aber noch nicht alles. Eine Stunde zuvor hatte ich bereits am eigenen Leib spüren müssen, daß Sloan noch kräftiger und schneller ist als Paris.«

Noah konnte sein Interesse nun nicht mehr verbergen. »Sloan hat Sie auch geschlagen?«

»Das ist etwas untertrieben. Ich würde eher sagen, sie hat mir einen rechten Haken verpaßt, der mich fast zu Boden warf.«

»Und wieso hat sie das getan?«

Paul räusperte sich. »Weil sie herausgefunden hatte, daß ich sie benutzt habe, um an Sie heranzukommen, Maitland.«

Da ihm damit alles gesagt schien, schwieg Paul und suchte in Noahs Gesicht nach einem Hinweis dafür, welche Wirkung er mit seinen Worten erzielt hatte. Nachdem dieser aber keinerlei Reaktion zeigte, wandte er sich um, drehte den Schlüssel im Schloß und verließ das Zimmer.

Als Paul gegangen war, ließ Noah sich schwer in seinen Schreibtischstuhl fallen und dachte nach. Er hatte keinerlei Beweise, daß der FBI-Agent die Wahrheit über Sloan sagte. Und auch in Zukunft würde er keine haben. Und doch war da etwas, das ihm absolute Sicherheit gab. Es war immer dagewesen, er hatte es nur nicht sehen wollen. Der Beweis lag in Sloans Augen, wenn sie ihn ansah, in ihren Armen, wenn sie

sie um ihn schlang, und in ihrem wild klopfenden Herzen, wenn sie sich nachts liebten.

Plötzlich war Noah klar, daß es keiner weiteren Beweise bedurfte. Als er nun schnell aufstand, konnte er an nichts anderes mehr denken, als daß er Sloan bald sehen würde. Während er mit hastigen Schritten sein Büro verließ, kam ihm unvermittelt ein Gedanke, der ihn laut auflachen ließ: Richardson würde nicht ungeschoren davonkommen. Er würde hart dafür büßen müssen, daß er Noahs Charakter und seine Integrität vor aller Öffentlichkeit in Zweifel gezogen hatte, denn er würde von nun an auf Lebenszeit mit ihm verbunden sein – als sein Schwager!

Auf Noahs Lippen lag immer noch ein Lächeln, als er durch die Eingangshalle ging und von Courtney abgepaßt wurde. »Ich nehme an, daß wir nun Abschied voneinander nehmen müssen«, sagte sie und sah ihn für ihre Verhältnisse ziemlich niedergeschlagen an. »Paul hat gesagt, daß seine Worte keinen großen Eindruck auf dich gemacht zu haben scheinen. Sei bitte nicht sauer auf mich, weil ich ihn hergebracht habe, okay? Ich will nicht, daß du weggehst und böse auf mich bist.« Sie stellte sich auf die Zehenspitzen und legte zu Noahs größtem Erstaunen ihre Arme um seinen Nacken, um ihm einen Abschiedskuß zu geben.

»Wenn ich es nicht besser wüßte, würde ich jetzt fast annehmen, daß du mich vermissen wirst«, sagte er scherzhaft.

Sie zuckte mit den Schultern. »Das werde ich auch.«

»Ist das dein Ernst? Ich dachte immer, du magst mich nicht.«

Seine Koffer waren schon in den Wagen gepackt worden, und in der Halle stand nur noch seine Aktentasche. Während Noah sich hinunterbeugte, um sie zu ergreifen, merkte er genau, daß Courtney ihn beobachtete und zu ergründen suchte, was in ihm vorging. Sie hatte die Hoffnung noch nicht aufgegeben und war schlau genug, ihn nicht ohne einen letzten Versuch ziehen zu lassen. »Ich würde dich noch *viel* lieber mögen, wenn du Sloan vergeben könntest.«

Noah warf einen Blick über die Schulter und sah Douglas auf der Schwelle zum Wohnzimmer stehen; in seinem Gesicht lag der gleiche hoffnungsvolle Ausdruck wie in dem von Courtney. Noah zwinkerte seinem Vater verschwörerisch zu und wandte sich dann zum Gehen. »Nun, wenn du mich dann wirklich lieber magst, habe ich wohl keine Wahl«, sagte er mit einem schelmischen Grinsen zu seiner Schwester.

Mehr brauchte Courtney nicht zu hören. Da sie jedoch wie immer das letzte Wort haben wollte, lief sie Noah, der schon an der Tür war, schnell nach: »Weißt du, am allerliebsten wäre es mir, wenn du Sloan heiraten und in Palm Beach bleiben würdest.«

Er lachte laut auf, schlug einen Arm um sie und küßte sie auf ihre wilden Locken. Sie verstand, was er damit ausdrücken wollte, und folgte ihm überglücklich hinaus ins Freie. »Noah«, rief sie ihm eifrig hinterher, während er sich auf den Rücksitz seines Wagens gleiten ließ, »ich werde eine ganz tolle Tante sein!«

Noah schüttelte sich vor Lachen, als er die Autotür hinter sich zuzog.

55

Die Rotorblätter des Helikopters waren noch nicht zum Stillstand gekommen, als Noah schon auf dem Hauptdeck anlangte und sich suchend nach Sloan umsah. Da er sie nicht entdecken konnte, wandte er sich hastig an eines seiner Crewmitglieder, das gerade damit beschäftigt war, das Schiff zum Auslaufen fertigzumachen: »Ist Miss Reynolds an Bord?«

Der Mann wußte nur drei Dinge über diese geheimnisvolle Miss Reynolds: Sie war eine enge Freundin des FBI-Agenten, der das Schiff seines Chefs durchsuchen hatte lassen; sie war des Mordes an Edith Reynolds beschuldigt worden; und sie war vor kurzem von Maitlands kleiner Schwester an Bord gebracht worden, allerdings unter der Auflage, daß ihre Anwesenheit ein Geheimnis bleiben sollte. Er hielt es daher für besser, sich unwissend zu stellen. »Nein, Sir, meines Wissens ist sie nicht hier.«

Noah nickte mürrisch und ging stirnrunzelnd die Außentreppe hinauf zu seinem luxuriösen Schlafraum. Es war unmöglich, daß ein Helikopter oder ein Zubringerboot hier unbemerkt angekommen war. Offensichtlich hatte Sloan ihre Meinung geändert und wollte nun doch nicht mehr mit ihm sprechen. Die ganze Sache kam ihm äußerst seltsam vor.

Er schob die Hände in die Hosentaschen und starrte wehmütig auf das riesige Bett, in dem er so viele intime Stunden mit Sloan verbracht hatte, in denen sie sich leidenschaftlich geliebt oder lange, vertraute Gespräche miteinander geführt hatten. Langsam begann sein Mißtrauen wieder zu wachsen, und er fragte sich enttäuscht, inwiefern Richardsons flammende Verteidungsrede für Sloan der Wahrheit entsprochen hatte. Die Frau, die Noah auf dem Polizeivideo gesehen hatte, hätte jedenfalls keine Angst vor einer Konfrontation mit ihm gehabt – wenn sie wirklich unschuldig war.

Er stand mit dem Rücken zur Tür und bemerkte daher nicht, wie Sloan über die Schwelle trat und zögernd stehenblieb. Sie hatte ein paar Stunden Zeit gehabt, über alles nachzudenken, was zwischen ihnen geschehen war, und versuchte nun ihren ganzen Mut zusammenzunehmen. Courtney war der festen Überzeugung gewesen, daß Noah vergeben und vergessen und alle Schwierigkeiten sich in Nichts auflösen würden, sobald sie ihm gegenüberstand. Aber Sloan glaubte nicht daran. Sie befand sich schließlich nicht in einem Märchen. Die Wahrheit war, daß sie ihn von ganzem Herzen liebte, aber ihm nichts anderes eingebracht hatte als eine öffentliche Demütigung. Die Wahrheit war auch, daß Noah niemals gesagt hatte, daß er sie liebte, und daß er überdies nicht an die Ehe glaubte und keine Kinder wollte. Als würden all diese Hindernisse nicht schon genügen, kamen sie auch noch aus zwei vollkommen verschiedenen Welten … Alles was sie sich nun erhoffen konnte, war ein letztes, aufrichtiges Gespräch und vielleicht, eines Tages, seine Vergebung.

Immer noch zögernd, doch entschlossen, es hinter sich zu bringen, machte sie einen Schritt auf ihn zu. Er wandte ihr nach wie vor den Rücken zu und hatte die Hände in den Hosentaschen vergraben, und sein Kopf war leicht zur Seite geneigt, als sei er völlig in Gedanken versunken. »Ich möchte dir gerne Lebewohl sagen, Noah«, sagte Sloan endlich leise.

Sein Körper hatte sich beim Klang ihrer Stimme unwillkürlich angespannt, doch als er sich nun langsam zu ihr umwandte, gelang es ihr nicht, den rätselhaften Ausdruck in seinem Gesicht zu deuten.

»Ich bin gekommen, um dir zu sagen, daß es mir leid tut. Natürlich weiß ich, daß es sehr lange dauern wird, bis du mir vergeben kannst.« Sloan schwieg kurz und sah ihn an. In ihren Augen lag die inständige Bitte, ihr zu glauben und das, was sie ihm zu sagen hatte, zu verstehen. »Ich mache dir keinen Vorwurf, daß du mir gegenüber so fühlst. Doch glaub mir bitte: Ich wollte dir mehr als einmal die Wahrheit sagen, aber Paul hat mich daran gehindert. Er hatte Angst, daß du Carter warnen würdest.« Sie versuchte, das Zittern in ihrer Stimme zu unterdrücken, und atmete tief durch. »Ich hätte trotzdem meinem Herzen folgen und dir alles sagen sollen. Aber auf gewisse Weise ist es auch besser, daß die Sache mit uns so schnell zu Ende gegangen ist. Es wäre niemals gutgegangen.«

Noah brach zum ersten Mal sein Schweigen. »Glaubst du das wirklich?«

»Ja.« Sie machte eine weit ausholende Geste in das elegante Schlafzimmer. »Du bist du ... und ich ... bin ich.«

»Das war immer ein großes Problem für uns«, sagte er, ohne eine Miene zu verziehen.

Sloan bemerkte die feine Ironie in seiner Stimme nicht. »Ja, ich weiß. Es hat mich aber nicht daran gehindert, mich mit jedem Tag mehr in dich zu verlieben. So sehr, daß ich gern deine Frau geworden wäre, obwohl ich genau wußte, daß du nie mehr heiraten willst.«

»Ich verstehe.«

»Ich liebe Kinder«, sagte sie schmerzlich. Die Tränen waren ihr in die Augen getreten, so daß sie ihn nur noch verschwommen sehen konnte.

Ohne den Blick von ihr zu wenden, beugte sich Noah hinunter zum Bett und schlug die Bettdecke zurück.

»Und du willst keine Kinder ...«

Er löste den Knopf an seinem Hemdkragen.

»Ich hätte ein Baby von dir gewollt.«

Er öffnete einen weiteren Knopf, und einen weiteren ...

Epilog

Jeder Tisch in dem exklusiven Restaurant in Palm Beach war voll besetzt, und in der Bar sowie in der Eingangshalle warteten noch weitere Gäste auf einen Platz.

Als das Telefon klingelte, ging der Oberkellner namens Roland hinaus an den Empfang, um den Hörer abzunehmen. »Verzeihung, wen möchten Sie sprechen, bitte?« fragte er und legte eine Hand auf sein freies Ohr, da er wegen des Stimmengewirrs kein Wort verstehen konnte. »Ja, die Party der Maitlands findet hier statt… Gut, ich werde sie sofort rufen.«

Roland war neu im Remington Grill. Er mußte erst auf seiner Liste den Tisch heraussuchen, den die Maitlands reserviert hatten, und sich dann umständlich einen Weg in den hinteren Teil des Restaurants bahnen.

Dort saßen drei Frauen an einer langen Tafel nebeneinander: Die erste war eine hinreißende Blonde, die etwa Anfang Dreißig sein mochte; die zweite war eine ebenfalls blonde und elegant gekleidete Frau von Ende Vierzig, die aussah, als könnte sie die Mutter der anderen Frau sein; die dritte hingegen war ein dunkelhaariges junges Mädchen in empörender Aufmachung, das so gar nicht zu den beiden anderen Frauen im besondern und zu der exklusiven Kundschaft des Remington Grill im allgemeinen passen wollte.

Roland hatte keine Ahnung, welche der drei offensichtlich äußerst gutgelaunten Frauen am Telefon verlangt wurde. »Entschuldigen Sie bitte«, wandte er sich an alle drei gleichzeitig, »ich habe einen Anruf für eine Mrs. oder Miss Maitland.«

Die drei Frauen sahen ihn fragend an.

»Um welche von uns handelt es sich denn?« fragte das junge Mädchen.

»Nun, ich weiß nur, daß der Anrufer nach einer Mrs. oder Miss Maitland verlangt hat«, wiederholte Roland, der etwas irritiert war über die peinliche Situation, in die er unversehens geraten war.

»Wie ich sehe, sind Sie neu hier, daher lassen Sie mich das kurz erklären«, versetzte der Teenager, der sein Dilemma auch noch zu genießen schien, in einem unverschämt besserwisserischen Ton. »Sehen Sie: Ich bin Miss Maitland, und dies hier« – damit wies sie auf die jüngere Blondine – »ist meine Schwägerin, Mrs. Noah Maitland. Und dies hingegen«, sagte sie mit einer Geste, die der älteren blonden Frau galt, »ist die Mutter meiner Schwägerin, Mrs. Douglas Maitland. Man könnte jedoch auch sagen«, fügte sie mit einem triumphierenden Lächeln hinzu, »daß sie auch meine Mutter ist.«

Roland zog die Augenbrauen hoch und versuchte, sich seine Verärgerung nicht anmerken zu lassen. »Wie schön für Sie.«

Sloan beschloß, sich des recht hilflos wirkenden Mannes anzunehmen, und schob ihren Stuhl zurück. »Der Anruf ist wahrscheinlich für mich. Noah ist in Rom und wollte mir Bescheid geben, oder er schon heute oder erst morgen zurückkommt.«

Noah ging die Treppen hoch ins Kinderzimmer, wo er seine dreijährige Tochter vermutete. »Daddy!« rief das Kind erfreut aus, sobald es seinen Vater erblickte, und rannte im Schlafanzug auf ihn zu, während das Hausmädchen ihn mit einem Nicken begrüßte und das Zimmer verließ. »Wie schön, daß du schon zurück bist!«

Normalerweise hätte Noah sie in seine Arme genommen, doch da er hinter seinem Rücken ein Geschenk für sie verbarg, grinste er sie nur liebevoll an.

»Tante Courtney war heute hier!«

»Das merke ich«, sagte er zärtlich.

Sie legte erstaunt den Kopf mit den langen, blonden Korkenzieherlocken auf die Seite und sah ihn fragend an. »Woran denn?«

»An deiner Lockenpracht.«

Als Sloan nach Hause kam, fand sie Noah im Mondlicht auf der Terrasse sitzen. Ihre gemeinsame Tochter kauerte auf seinem Schoß, und die beiden flüsterten sich gerade leise etwas zu. »Daddy ist schon zu Hause!« rief Ashley ihrer Mutter zu, nachdem sie zu ihnen getreten war.

Ein wortloser Gruß und seine unendliche Liebe lagen in Noahs Augen, als er aufsah und Sloans Blick traf.

»Wir haben gerade Geheimnisse ausgetauscht«, platzte Ashley heraus. Strahlend legte sie ihr Ohr an Noahs Mund, damit er ihr ein weiteres Geheimnis anvertrauen konnte. Dann sah sie ihn ernst an und fragte: »Darf ich das Mommy sagen?«

»Ja, das darfst du«, erwiderte Noah feierlich.

Ashley klang ebenso feierlich wie ihr Vater, als sie Sloan nun eröffnete: »Daddy sagt, daß er dich sehr, sehr, *sehr* lieb hat.«

DANKSAGUNGEN

Meinen Dank und meine Liebe an die beiden Menschen, deren Freundlichkeit und Unterstützung mein Leben bereichert haben, während ich an diesem Roman schrieb …

Tamara Anderson, meine wunderbare Unterhändlerin und Strategin

Joe Grant, mein Ritter in Rechtsfragen

Und an die weiteren Menschen, deren fachkundige Beratung und wertvolle Hilfe den Roman bereichert haben …

Don K. Clark, leitender Special Agent des Federal Bureau of Investigation, Houston

H. A. (Art) Contreras, U. S. Marshal, Southern District

Alan und Jack Helfman, meine persönlichen »Magier« mit ihren zahlreichen Kontakten zu den richtigen Stellen

Michael Kellar, Nachrichtenabteilung, Houston Police Department

John Lewis, ein Schutzengel

Schließlich und endlich an …

Cathy Richardson, meine rechte Hand
Judy Webb-Smith, meine zweite rechte Hand